I0694913

EL ALMA DE LA CIUDAD

EL ALMA DE LA CIUDAD

JESÚS SÁNCHEZ ADALID

Cualquier forma de reproducción, distribución, comunicación pública o transformación de esta obra solo puede ser realizada con la autorización de sus titulares, salvo excepción prevista por la ley.
Diríjase a CEDRO si necesita reproducir algún fragmento de esta obra.
www.conlicencia.com - Tels.: 91 702 19 70 / 93 272 04 47

Editado por HarperCollins Ibérica, S.A.
Núñez de Balboa, 56
28001 Madrid

El alma de la ciudad
© 2007, 2018, Jesús Sánchez Adalid
© 2021, para esta edición HarperCollins Ibérica, S.A.

Todos los derechos están reservados, incluidos los de reproducción total o parcial en cualquier formato o soporte.
Esta es una obra de ficción. Nombres, caracteres, lugares y situaciones son producto de la imaginación del autor o son utilizados ficticiamente, y cualquier parecido con personas, vivas o muertas, establecimientos comerciales, hechos o situaciones son pura coincidencia.

Diseño de cubierta: Lookatcia
Imagen de cubierta: Lookatcia © Juan Aunion

I.S.B.N.: 978-84-17216-95-5
Depósito legal: M-25870-2020

A don Antonio Montero Moreno

¡Cuidado no nos acontezca esa ignorancia rayana en la demencia, no infrecuente, en esta nuestra mísera condición, que llega a tomar a un enemigo por amigo y viceversa! ¿Qué consuelo nos queda en una sociedad humana como esta, plagada de errores y de penalidades, sino la lealtad no fingida y el mutuo afecto de los buenos y auténticos amigos?

San Agustín
La ciudad de Dios, cap. VIII

Cuando oigo disertar sobre los goces reservados a los elegidos, me contento con decir: «No tengo confianza más que en el vino, en el dinero contante y no en las promesas. El batir de los tambores solo me gusta a distancia…».

Omar Jayam
Rubaiyat, siglo XII

1

El camino era muy hermoso en aquel tramo. Discurría cuesta abajo, en suave pendiente, por un bosque repleto de verdes helechos que crecían al pie de los troncos de los árboles. Los rayos de sol penetraban entre las hojas de las frondosas ramas creando bellos contrastes de luz y sombra, haciendo también resplandecer algunas telas de araña como brillantes tejidos de plata en los roquedales oscuros. Un permanente zumbido de monótonos insectos se escuchaba en todas partes, así como el canto feliz de las aves. La espesura enviaba aromas de frescas plantas de las que se crían junto a los arroyos. A lo lejos, se divisaba el valle, por donde la senda se abría paso por en medio de amarillos campos de heno recogido, hasta llegar a una pequeña aldea de sencillas casas de piedra y adobe.

Cuatro caminantes avanzaban a buen paso, en dirección al norte. Eran cuatro peregrinos camino del santo templo del apóstol Santiago, allá en Compostela. Se conocían bien entre ellos, después de muchas jornadas de calzada. El primero era un fraile de poco más de treinta años que vestía pobre hábito marrón y caminaba descalzo. El segundo, un comerciante grueso de Ciudad Rodrigo que iba en acción de gracias por la sanación de una hija. El tercero, un joven caballero perteneciente a la Orden de Santiago, del convento de Alconétar, que hacía penitencia antes de formular sus votos. Por último, era el cuarto un veterano e inicuo clérigo arrepentido que purgaba sus muchos pecados peregrinando desde las lejanas tierras del sur.

Se habían ido juntando los cuatro a medida que se encontraron por el camino, ya fuera a las puertas de una ciudad, en el solaz de una fuente, en un hospital de peregrinos o en el avanzar por la soledad de los campos. Ahora, después de largas leguas de fatigas compartidas, eran ya como hermanos. Cada uno había contado a los demás lo que le parecía bien dar a conocer de su vida. Los peregrinos suelen desahogarse abriendo sus almas a los compañeros que Dios les pone en la calzada; es alivio, catarsis, confesión y manifestación de esperanza. A fin de cuentas, en la vastedad del mundo, ¿volverán a encontrarse en la vida presente? Cada peregrino es un espíritu errante, anónimo, desnudo e indigente.

Únicamente el clérigo se mantuvo más reservado. Solo había dicho que era arcediano y que expiaba pecados de la existencia pasada; pero no reveló de dónde era, ni confesó cuáles eran tales culpas. Era hombre apreciablemente cultivado, mas igualmente reservado. Sus ojos de penetrante mirada no podían disimular la mucha sabiduría y experiencia que atesoraba aquella alma misteriosa.

Alcanzaron los cuatro peregrinos el valle caminando en silencio. Aunque andaban fatigados, pareció deleitarles la visión de la mies entre los montes, el pequeño riachuelo de orillas verdes y el caserío con su campanario insignificante. El fraile puso palabras a lo que a buen seguro todos pensaban:

—¡Oh, bondadoso Dios, qué maravilloso lugar!

Un muchacho que aventaba la parva en la era, a la entrada de la aldea, corrió a solicitar la bendición. Se arrodilló y les rogó entre sollozos que pidieran por él en el templo del apóstol.

—Soy muy pecador —decía—. ¡Dios se apiade de mí! ¡Quiero ir a la Gloria!

Los peregrinos se conmovieron mucho. Bendijeron al muchacho y este, agradecido, les indicó dónde estaba la fuente. Cuando se adentraban en la aldea, el joven caballero comentó:

—¿Qué suerte de pecados va a tener aquí esta criatura?

—Bendito de Dios —dijo el fraile—. Le espera al pobre muchacho una dura vida de trabajo en estos apartados lugares. He ahí el misterio del nacimiento: unos vienen al mundo en palacios y otros en la miseria, como Nuestro Señor Jesús. Todos hemos de hallar la manera de salvarnos. Dios se apiade de nosotros.

Llegaron a la fuente, bebieron y rellenaron sus calabazas. Los vecinos les proporcionaron un pajar limpio para dormir y algunos alimentos. Descansaron y prosiguieron su camino a la mañana siguiente.

Algunas leguas después de haber abandonado la aldea, cuando se adentraban de nuevo en los bosques, el clérigo rompió a llorar repentinamente. Se detuvieron los cuatro. Extrañados, los otros tres peregrinos contemplaban a su compañero sin saber qué hacer. Hasta que el fraile, compadecido, le dijo:

—Habla, hermano, no guardes más lo que te atormenta. Dios no ha de dejar de ayudarte. Dinos qué te pasa.

El clérigo se enjugó las lágrimas con la manga del hábito de peregrino, suspiró y habló al fin:

—Para vosotros, hermanos, varones castos y sensatos, de poca edificación puede resultar el relato de mi vida. Soy un gran pecador, porque así fui engendrado, y sin moverme a conversión, el pecado mordió en mi carne débil con todos sus dientes. Satanás tomó asiento en mi alma de tal manera que ni los más prudentes consejos de hombres sabios y buenos hicieron mella para frenar las injusticias que causé. Mas, como os veo caminar deseosos de conocer los motivos de mi peregrinaje, os contaré sin reserva alguna los hechos de la mala existencia que he llevado hasta el día de hoy. Es hora de expiar las culpas, y el sufrimiento que me causa la vergüenza que sentiré al narrar mis iniquidades ¡sírvase Dios aceptarlo como purificación!

—¡Ea, hermano! —exclamó el fraile, poniéndole suavemente la mano en el hombro—. Consuélate pensando que todos somos pecadores.

—Todos sí, mas no tanto como yo. Mi vida es un dechado de mentiras y engaños, pasiones, vicios, infidelidades…; un desierto hecho de malas acciones de luctuosa memoria.

—Aun así —replicó el fraile—, más grande ha de ser la misericordia del Omnipotente y Altísimo Señor.

Detúvose el clérigo y miró al cielo con implorantes y enrojecidos ojos. Luego rompió a llorar. Muy quietos, los otros tres peregrinos le miraban desconcertados. Destapó el fraile su calabaza y le ofreció un trago de agua, compadecido al verle en tal estado.

—Anda, bebe, hermano —le dijo con dulzura—, y olvida tu vida pasada. No es menester recordar lo que tanto te hace padecer. Por malo que sea, Dios lo ha de perdonar. Caminemos ahora con sosiego respirando este aire puro de la mañana, en medio del silencio, sin otro rumor que el de las hojas de los árboles y esos pájaros que saludan al primer sol del día.

Se mojó los labios el clérigo y después se enjugó las lágrimas con el dorso de la mano. Tenía una mirada tristísima, perdida en el horizonte, y una expresión amarga prendida en el rostro. Inspiró profundamente y pareció calmarse, pero aún sollozó durante un rato más. Espiró finalmente en un largo suspiro, como un quejido, y dijo:

—He de contarlo. He de confesar mis culpas, pues solo así descansará mi alma atormentada.

—¡Claro, hermano! —exclamó el joven caballero—. ¡Habla!, ¡suéltalo todo! Los cuatro somos desconocidos y procedemos de diversos lugares, ninguno podemos perjudicarte.

—Será mejor que calle —observó el fraile—. ¿No veis qué sufrimiento le causa el recuerdo?

—No, no, no… —replicó el mercader sin ser capaz de disimular su curiosidad—. Debe hablar. Ha de desahogarse. ¿De dónde venís, hermano? ¿Acaso sois obispo? ¿Abad de un monasterio tal vez? ¿Capellán de la hueste de un rey? Vuestro distinguido aspecto, a pesar del hábito de penitente, delata que no sois cura solamente de misa y olla…

—Haya caridad, hermanos —propuso el fraile extendiendo los brazos—. Dejemos que sea él quien decida, sin atosigarle. Si desea hablar y ello aligera su alma, hable; si ha hondo pesar por ello, calle y guárdese dentro lo que le atormenta. Dios, que todo lo ve, le aliviará cuando lo tenga a bien en su divina providencia.

Más tranquilo, por este sabio consejo, el clérigo dijo:

—Mi vida transcurre toda delante de Él. Mas, quién soy ahora está oculto a los hombres. Por eso, voy a hablar. Y os ruego, compañeros de camino, que hagáis oídos sordos a los nombres de las personas y lugares que citaré en mi relato, como si no los dijere. Olvidad los detalles de mi historia y mirad mi vida como la de uno de tantos pecadores que yerran por este mundo engañoso.

—Sea como pides —otorgó el fraile en nombre de los demás—. En este camino, los cuatro somos solo peregrinos que van en busca del Altísimo Señor, olvidados de sus ciudades, casas y parientes. Hagamos juramento de no decir nada a la vuelta del peregrinaje. Puesto que luego el espíritu es débil y puede ceder a la tentación de revelar el secreto.

—En la vastedad de este mundo —comentó el mercader—, ¿a quién pueden importarle los pecados de un anónimo peregrino?

—Aun así —dijo el joven caballero—, opino como el hermano: hágase juramento ante Dios y no se hable más.

Los tres caminantes sostuvieron en la mano la cruz del fraile y pronunciaron un breve juramento. El clérigo, que se disponía a contar su historia, se tranquilizó tras este gesto, e inició el relato de los hechos que le quemaban por dentro.

LIBRO I

LA INOCENCIA

2

Recuerdo Ávila. Aquella ciudad donde el frío se aferraba a las piedras. ¡Oh, Dios, cómo la recuerdo! Era yo tan pequeño como el más insignificante grano de trigo. Había junto a nuestra casa una tahona que emitía cada mañana aromas de pan tierno. Dormía junto a mis padres y su calor era lo más dulce del mundo. Pero el despertar me devolvía con el sol cada día al hambre. Era esa hambre que nace con los primeros dientes. No tendría yo cinco años y mis hermanos menores amanecían agarrados al pecho de nuestra madre. A mi edad, no había más leche para mí que una aguada mixtura hecha de castañas machacadas, harina tostada y miel; muy poca miel, solo la suficiente para dejar en el paladar una triste añoranza de la teta perdida.

Vagábamos los niños por las calles embarradas, junto a las cabras y los cerdos. A mediodía, me embargaba una debilidad tan grande que me hacía perder el sentido de la existencia. Me dormía de repente echado sobre un montón de arena y sentía lejanos a los niños, en mi tibio sueño, a mi alrededor, enfrascados en sus juegos, voces y risas. No sé de dónde sacaba las fuerzas para corretear al despertarme. Íbamos a solicitar algún mendrugo a la casa de los ricos. Éramos despedidos a escobazos. Si alguien se compadecía y nos arrojaba un puñado de ciruelas pasas, no nos hacía ninguna merced, sino que nos abocaba a una pelea cruenta. Más de una vez me abrieron la tierna piel a dentelladas los muchachos mayores. ¡Creedme, soy hijo del hambre!

Recuerdo que alguien anunció que venía el rey. Mi padre estaba alegre como el más feliz de los hombres. «Ahora acabarán nuestras penas», decía. Pasaban los días, las semanas y los meses. Para un niño, la vida transcurre lentamente. Quizá pasó un año. No sé cuánto tiempo. Se olvidó esa promesa.

Llovió mucho en otoño. Nevó luego como si el cielo quisiera cubrir la tierra. Sería abril cuando decían que no había pasto para las reses y la gente se moría agarrotada y firme como pura roca. La primavera se retrasó y solo comíamos gachas rancias. Mis hermanos pequeños murieron aferrados a los pechos secos de nuestra madre. El cielo estaba tan oscuro como los mantos de las viejas.

—¡Llega el rey! —oímos gritar una mañana de mayo, cuando las campanas de la catedral despertaron a todo el mundo. Mi padre se echó la raída capa sobre los hombros y fue a ver. Cuando regresó, gritó:

—¡Viene! ¡Viene el rey! ¡Por fin! ¡Sea loado Dios!

Mi madre estaba muy enferma, pálida y triste. Apenas esbozó una sonrisa y se quedó muerta. Creo que, como mucha gente, vivía esperando ese momento, la llegada del rey. Pero no le quedaron fuerzas para gozarlo.

Un sacerdote roció con agua bendita toda la casa. Amortajaron el cuerpo con una manta remendada y lo llevaron a la iglesia de San Vicente, en cuyo huerto la sepultaron. El sol primaveral de la mañana bañó la húmeda tierra. Una anciana vecina me envolvió con su toca y toda la tristeza del mundo me cubrió ese día.

Transcurrió la primavera casi tan fría como el invierno. Hasta bien avanzado el mes de mayo no cobró fuerza el sol, cuando cesaron los helados aguaceros. Después de tan largos y oscuros tiempos, pareció que brotaban todas las flores de la creación. Los prados verdes se tornaron amarillos, blancos y morados. Las reses pacían orondas, rebosantes de salud, mas sabíamos que nadie probaría su carne, que estaba reservada únicamente para los señores y los canónigos de la catedral.

Tal y como anunciaron, no bien se cumplieron dos semanas cuando al fin se escucharon a lo lejos los añafiles y los timbales una bonita mañana de primeros de junio. Llegaba el rey.

Ávila amaneció engalanada con ramas de olivo y ciprés, flores, estandartes y tapices en los balcones de todos los palacios. Se congregaban los caballeros y nobles del reino venidos de las llanuras y los montes, así como los hombres del burgo de cuantas ciudades, villas y aldeas tenían renombre. Coros de austeros monjes y frailes salían de sus monasterios y conventos para entonar la salmodia en las plazas.

Los niños nos metíamos por entre las piernas de la gente, como perrillos curiosos, para ir a gatas a ponernos en primera fila. Nos llovían pescozones, puntapiés y pisotones por todas partes, mientras aspirábamos casi a ras de suelo el nauseabundo olor de las inmundicias que cubrían la tierra: heces de animales y personas, orines y desperdicios. Pero podías encontrar felizmente algo que llevarte a la boca en medio de aquel jolgorio: algún pedazo de galleta, un pezón mordisqueado de manzana, habas secas, nueces o peladillas que se les caían a los ricos en el ajetreo de ir a buscar un buen lugar para ver la llegada.

Recuerdo todo aquello con la luminosidad propia de la mente de los niños. Me parecía que Dios nuestro Señor mismo bajaba a la tierra rodeado de todos sus ángeles. Resplandecía la catedral bajo el sol de medio día en un firmamento limpio, azul, lleno de alborotados pájaros que revoloteaban asustados en todas direcciones. Entre los cantos y el bullicio alegre de la multitud, vine a creer firmemente que estaba próximo el fin de todos mis males, puesto que el rey pondría remedio a las hambres y las enfermedades.

Oyose estruendo de caballería. Apareció una hueste bien organizada que venía en alegre trote, alineados de cuatro en cuatro, por la calle Mayor, para abrir paso. Enseguida entraron los peones de a pie, con sus sacabuches y albogones, soplando a todo meter, como si llegaran cien bueyes mugiendo embravecidos. Toda esta gente se fue por las calles adyacentes para dejar desocupado el centro de la plaza Mayor. Entonces se vio venir a los caballeros sobre sus monturas, bien pertrechados con pulidas armaduras que parecían de plata. Cada uno de ellos llevaba el pendón con sus armas bordadas en vivos colores. Siguieron los condes, duques, obispos y abades de ampulosos ropajes, túnicas, capas y vistosos hábitos. Causaron la mayor impresión las damas, por sus altos tocados de diversas sedas, plumas y arreglos coloridos; por sus manos enguantadas y los delicados jaeces de sus monturas, así como por las muchas campanillas que tintineaban prendidas en los arreos.

Los atambores y las dulzainas avisaron de que era próximo el monarca. Entonces el gentío se agitó mucho y clamó en griterío solicitando las mercedes que esperaban de esta venida: auxilios de todo tipo, trigo, simientes, hierro para forjar herramientas y armas, dineros y licencias para ocupar tierras.

Salió de la catedral en procesión la imagen de la Virgen por la puerta del Evangelio, al tiempo que se alzaban al cielo los tañidos de un carillón de campanas. En ese momento, irrumpió el rey en la plaza cabalgando sobre un brioso corcel. Vestía don Alfonso armadura de placas y camisote de cota de malla, sobre el que lucía el sobreveste ajustado de buen tejido color azul con bordados de oro. Cubría su cabeza un bacinete puntiagudo circundado por la corona dorada, el cual se sacó nada más ver frente a él a la Virgen. Al tirón del palafrenero, el caballo se arrodilló extendiendo sus gualdrapas por el suelo y descabalgó el rey, que fue a postrarse ante la bendita imagen. Me fijé es su cara; era apenas un muchacho de escasa barba y rostro sonrosado.

Iniciaron los monjes sus cantos, pero enseguida fueron ahogados por los gritos de la multitud que, recuperada de su inicial asombro, enloqueció de entusiasmo:

—¡Santa María guarde a nuestro señor el rey! ¡Viva el rey! ¡Viva, viva, viva…!

Ya no pude ver más, pues aquella turba incontenible logró rebasar a los guardias que la mantenían a prudente distancia y avanzó en avalancha hasta nuestro rey. Sentí una fuerte patada en los labios y pronto saboreé el salado brotar de la sangre en la boca. Entonces comprendí la causa de la colectiva locura: todo el mundo se agachaba a recoger las monedas que los criados del rey tiraban al aire. Cientos de manos ávidas recorrían el suelo para hacerse con la plata.

Estaría de Dios que sacara yo algo bueno de aquello, porque cayó delante de mis narices un brillante dinero de pepión. Mi pequeña mano saltó como un resorte y lo asió de tal manera que una vieja ladrona que estaba al lado no consiguió quitármelo, por fuerte que me clavara en los dedos las uñas y el único diente que le quedaba.

—¡Suéltalo o te mato, niño asqueroso! —me gritaba aquella arpía.

Pero yo logré zafarme de ella y corrí de allí como alma que huyese del diablo. Y cuando, seguro ya detrás de una esquina y lejos de la multitud, abrí los dedos amortecidos y contemplé extasiado mi tesoro, me sentí la criatura más dichosa de la tierra.

3

Se supo que el rey don Alfonso VIII vino a Ávila porque los caballeros de nuestra ciudad se habían cubierto de gloria en la conquista de Cuenca. Esto reportó buenas prebendas a la vecindad. Llegó el ansiado trigo y no faltó el pan en mucho tiempo. También abundaron los ganados, los dineros y el vino. La vida se volvió más alegre y proliferaron las fiestas. Mas no por ello me vi libre yo de las hambres.

En mayo las gentes iban en romería a la ermita de los Santos Mártires, a solazarse en las praderas comiendo empanadas rellenas y dulces de todo tipo. Acudían también los moros a poner tenderetes donde asaban pinchos de carne especiada cuyo aroma se extendía por varias leguas a la redonda. La flauta y el tamboril con sus alegres melodías animaban el jolgorio. Y los juglares aprovechaban para hacer dineros cantando, bailando o haciendo sus juegos y truhanerías. A los nobles esto los divertía mucho y, cuando ya estaban alegres por el vino, les llenaban el gorro de monedas.

Para mí, hijo de un pobre cabrero y huérfano de madre, con apenas ocho primaveras, no había mejor manera de pasar la fiesta que unirme a un tropel de rapazauelos desaliñados e ir por ahí a ver si caía algo de lo que les sobraba a los ricos, a repelar huesos como canes hambrientos y a sustraer alguna cesta aprovechando un descuido.

Estando en estos menesteres propios de muchachería alampante, me sucedió algo que no puedo achacar sino a milagro de Dios, que debió de abajarse y compadecerse de mi existencia mísera.

En nuestro deambular buscando qué llevarnos a la boca, escuchamos por ahí decir a alguien que acababa de llegar a la ermita don Bricio, arcediano principal, que era canónigo y clérigo muy poderoso de quien comentaban que solía apiadarse de los pobres y repartir limosnas cuando las campanas repicaban a fiesta. Allá corrimos, ansiosos de dar cuenta de nuestra parte, confiados en tales rumores. Atravesamos velozmente los prados, como bandada de gorriones, y fuimos a apostarnos junto a la puerta principal del templo, donde ya se reunían decenas de menesterosos, cojos, ciegos y muchachería de la misma o peor traza que nosotros. Sujetas por la servidumbre, aguardaban también las mulas del tal don Bricio, repletas las alforjas de panecillos y roscas. Se nos hacía la boca agua.

Salió el clérigo después de hacer sus rezos. Era la primera vez que veía yo a aquel extraño hombre. Me pareció un gigante, alto y robusto como una torre, cuyo tamaño se duplicaba por los ropajes ampulosos; túnica de lino, capa y sobrepelliz de pelo de lobo. Tenía unas enormes manos enguantadas en cuero rojo sobre el que brillaban los anillos de oro, y su gran cabeza la cubría un píleo de fieltro negro. Caminaba muy erguido, con semblante adusto y mirada dura que daba miedo, perdida en la nada.

—¡Don Bricio, caridad! —le gritó un anciano harapiento.

Pareció salir el arcediano de su trance y clavó los ojos en él.

—¡Caridad, don Bricio, por amor de Dios! —insistió el viejo menesteroso—. ¡Por los Santos Mártires benditos que están en la Gloria!

El resto de los necesitados nos manteníamos a distancia, como temerosos de aquel imponente clérigo de quien poco parecía esperarse. Pues, por mucho que se hablase de sus buenas obras, era aún muy desconocido en Ávila, por no llevar allí ni un año, después de que viniera con el rey el pasado junio a instalarse en un caserón de donde salía apenas para el oficio de la catedral. Solo se sabía de él, a más de que daba limosnas en las fiestas, que era un gran guerrero capaz de desbaratar a una veintena de moros de un único mandoble.

Con voz que parecía salida de una caverna, don Bricio preguntó al anciano mendigo:

—¿Qué te hace falta, abuelo?

El viejo abrió unos grandes ojos esperanzados y extendió sus crispados dedos sarmentosos.

—¡De todo! —clamó.

El clérigo hizo una seña a sus criados, los cuales acudieron enseguida con una cesta de panecillos y con varias talegas llenas de ropa usada. A un nuevo gesto de su amo, entregaron al menesteroso un lote de comida y vestidos, entre los que había una gruesa capa remendada.

—¡Dios os bendiga, buen don Bricio! —rezó el viejo.

Después de ver esto, los demás pobres que allí estábamos nos abalanzamos como un solo hombre hacia tan generoso benefactor. Los criados no daban abasto repartiendo pan y prendas hasta que se les agotó todo lo que llevaban. Entonces empezaron a gritarnos:

—¡Ya no hay más! ¡Se acabó! ¡Fuera!

Pero el pobrerío no estaba conforme, porque solo se abastecieron los primeros en llegar. A los niños apenas nos tocó algún pedazo de rosca.

—¡Don Bricio! ¡Don Bricio! ¡Caridad!… —suplicábamos.

El clérigo nos miraba con lástima y extendía las manazas haciendo ver que no le quedaba nada más que dar. Los criados a su vez recogían las alforjas vacías y subían a sus mulas para marcharse de allí. Y el palafrenero que sostenía por la brida al gran corcel de don Bricio, viendo que la canalla harapienta rodeaba a su amo importunándole, se apresuró a aproximarle la montura para facilitarle la huida.

—¡Idos de aquí! —rugían los criados—. ¡No hay nada más que dar! ¡Dejad al señor arcediano! ¡Fuera!

—¡Caridad! ¡Una moneda! ¡Apiadaos!… —insistíamos los pobres.

El clérigo puso el pie en el estribo y subió en su cabalgadura, con sorprendente ligereza, dada su corpulencia. Vaciló un momento contemplando a los niños, y finalmente echó mano a una bolsa para sacar un puñado de monedas.

—¡Ahí tenéis, criaturas! —nos dijo al tiempo que las dejaba caer sobre la hierba a nuestros pies.

Propició este último gesto en los pobres una confianza y una desenvoltura tales que se abalanzaron hacia el caballo en tumulto. Se encabritó el animal y se alzó tembloroso sobre sus patas resoplando, de manera que perdió el equilibrio don Bricio y dio en tierra con su pesado cuerpo en sonora costalada. La bolsa cayó con él y se desparramaron las monedas por los suelos. Tardaron poco las ávidas manos en recoger tan reluciente cosecha, a pesar de que los criados se apresuraron a salvar lo que podían.

—¡Ladrones! ¡Desagradecidos! —gritaban—. ¡Soltad lo que no es vuestro!

Como no había ya dinero alguno que recoger y la cosa se ponía fea por el enfado de los criados, el pobrerío se dio media vuelta y emprendió retirada. Yo, como uno más, salí también huido echando a correr con mis menudos pies. Hasta que me vi parado en seco, cuando una recia mano me asió por el pelo.

—¡Te agarré, mocoso del demonio! —escuché gruñir a mis espaldas. Me volví y, paralizado de miedo, me topé con el hosco rostro de un enfierecido muchacho.

Era este uno de los criados más jóvenes del clérigo, que, cobrada su presa, se disponía como buen sabueso a llevársela a su amo.

Iba yo muerto de miedo, conducido a puntapiés. A lo lejos veía al cura gigante alzándose del suelo ayudado por el palafrenero. Se me hacía que aquel ogro me comería después de asarme en una olla, como sucedía en los cuentos que tanto susto nos daban a los niños.

—¡Anda, suelta lo que has robado, rapaz! —me gritó el criado, zarandeándome.

Llevaba yo en mano el único pedazo de rosca que había conseguido en el alboroto y, en la otra, un maravedí. Ambas cosas di al clérigo temblando de miedo, sin atreverme a alzar la mirada para no verle la cara. Recogió él la moneda —que era de plata— y me devolvió el mendrugo. Después, me puso los grandes dedos en la barbilla y me alzó la testa. Vi de repente el rostro barbado, muy sonriente, y de expresión compadecida de don Bricio.

—¿Cómo te llamas, pequeño? —me preguntó.

Estaba yo mudo.

—Vamos, no temas. ¿Cuál es tu nombre?

—Blasco… por mi padre… y Jiménez por mi abuelo —balbucí con un hilo de voz.

—¡Ay, criatura! —exclamó él—. ¿Quién te enseñó a tomar lo que no es tuyo?

—Nadie, señor. El dinero se cayó y…

—Y alargaste la mano, rapazuelo. ¡Claro! ¿Qué habías de hacer si no?

—¿Le doy una tunda, don Bricio? —preguntó el joven criado que me sujetaba por el brazo, alzando amenazante la mano.

—No, no, no… ¡Déjale! —contestó el arcediano—. ¿No ves lo pequeño que es? No sabe aún lo que hace.

—¡Hay que darle su merecido! —repuso el que debía de ser el jefe de la servidumbre—. No se compadezca, amo, que pronto crecerá y se hará ladrón, como tantos otros que andan por ahí. A esta canalla hay que enseñarla desde que son cachorros.

El criado me clavaba los dedos en la carne y yo tiritaba muerto de miedo. Temía que acabarían convenciendo al ogro y ya me veía dentro de la olla. Pero don Bricio le dijo a su sirviente:

—Anda, suéltalo, Hermesindo, que es solo un niño.

Cuando me vi libre, ciertamente, no pretendí huir, sino que me quedé como paralizado frente al enorme clérigo.

—¿Tienes hambre? —me preguntó él.

Afirmé con un movimiento de cabeza.

Entonces se acercó a mí, me tomó por la mano y dijo:

—Vamos, ven conmigo.

Sentía mi pequeña mano prendida entre sus gruesos y recios dedos mientras me llevaba casi a rastras en pos de él. Anduvimos por el prado en dirección a una alameda donde se reunía mucha gente en torno a varias hogueras. Vi que nos aproximábamos a un enorme caldero que humeaba sobre las brasas. Me dio un vuelco el corazón cuando imaginé que acabaría asado en él. Entonces traté de zafarme de don Bricio, pero él me tranquilizaba diciendo:

—No temas, Blasco, no te haré nada.

Unas mujeres se acercaron e hicieron reverencias al clérigo.

—Ya está preparado el cabrito, señor —dijo una de ellas.

—Bien —ordenó don Bricio—, servidle un plato a este pequeño, que está hambriento.

Las mujeres me sentaron sobre la hierba y pusieron en mis manos una escudilla repleta de un guiso de cabrito recién hecho y un buen pedazo de pan caliente.

—Si quieres más, pídelo —me dijeron cordialmente.

Sosegado, al ver que nada malo iba a sucederme, devoré el delicioso plato mientras me iba invadiendo una agradable sensación de felicidad. Durante aquella hora del mediodía, el sol caldeaba la pradera con amables rayos y se colaba entre las hojas de los álamos que, recién brotados, aún no completaban la sombra. Hacía mucho tiempo que no comía carne, así que pronto me sentí lleno y era incapaz de tragar ni un bocado más, aunque me insistían.

—Vamos, mozuelo, un poco más.

—No, gracias, señora, estoy satisfecho.

—Entonces, duérmete una siestecita para que te sientes bien —me dijo cariñosamente la mujer, mientras me echaba una manta por encima.

Me parecía poco agradecido irme de allí inmediatamente después de haber llenado el estómago, así que me quedé muy quieto. Contemplaba a la gente que se aplicaba feliz al guiso del caldero y al vino que corría a raudales en una jarra que pasaba de mano en mano. Todo aquel personal debía de ser la parentela y la servidumbre del arcediano, reunida en el prado para pasar en familia la fiesta. Entre ellos, había labriegos, pastores y criados, junto a algunos hombres y mujeres de mejor traza, que vestían buenas ropas de paño nuevo y se movían con mayor distinción.

Don Bricio permanecía sentado en un gran sillón, junto a una mesa donde le iban sirviendo todo tipo de viandas. Mientras comía a dos manos, miraba divertido a la gente.

En tan pacífico ambiente, me quedé casi dormido, vencido por el sopor de la abundante comida. Oía a mi alrededor el piar de los pájaros, el rumor de la cacharrería, las voces, las risas y el lejano tintineo de la campana de la ermita, en el duermevela que precedió a un plácido sueño.

Desperté cuando el sol se había ocultado ya por detrás de las montañas. Momentáneamente, no sabía dónde estaba. Pero enseguida vi la inmensa figura de don Bricio un poco más allá.

—Ya despierta el niño, señor —le avisó una de las mujeres, al verme alzar la cabeza.

Se acercó el arcediano y se dobló sobre sí mismo desde su gran altura, para decirme:

—Ahora vete, rapaz, que tu familia debe de andar preocupada.

Me puse en pie y, lleno de agradecimiento, me incliné en una profunda reverencia. Dije:

—Gracias por todo, señor, que Dios os lo pague.

Echó mano a la bolsa y sacó un maravedí de plata.

—Toma, y no vuelvas a tomar nada que no te den de buena gana.

—No volveré a hacerlo, señor.

Cuando me disponía a alejarme, añadió él:

—Ve mañana a mi casa. Vivo en la calle de San Blas,

detrás justo de la catedral. Pregunta allí por don Bricio y di que yo te mandé ir. Que te acompañe tu padre.

Asustado, formé una cruz con los dedos y le contesté:

—¡Señor, no se lo digáis a mi padre! Os juro que no volveré a robar nada.

—No se lo diré —contestó sonriente—. No tengo intención de causarte perjuicio alguno. Tu padre nunca sabrá cómo te he conocido. Si quiero que vengas mañana a mi casa es porque deseo que entres a mi servicio.

Y así fue cómo cambió mi vida el día de la romería. Al día siguiente, mi padre me puso la mejor ropa que logró conseguir y me llevó a casa del arcediano. Entré en la cocina como galopillo, dispuesto a hacer los recados que me mandaran los criados del clérigo, y ya no me volvió a faltar un plato de comida, ni camisón, ni justillo con que vestirme.

4

Aunque no dejara de tener padre y hermanos, fui alejándome de mi familia y pasé a formar parte de la casa del arcediano a medida que cumplía los años. Don Bricio organizaba mi vida y disponía según su voluntad de lo que había de ser de mi persona en cada momento. Eso, para un niño de apenas diez años, pobre, huérfano de madre y hecho a andar por ahí todo el día unido a una bandada de rapaces alampantes, suponía una gran seguridad.

Con doce años dejé mi oficio de galopillo y, por designio de mi amo, fui a la escuela de la catedral, para formar parte de la *schola lectorum*. Esto supuso que me cortaran los cabellos, ofreciéndose algunos mechones al obispo como signo de deferencia y sujeción.

El día de mi ceremonia tonsural, me arrodillé a los pies del anciano prelado de Ávila, don Sancho, delante de su sede en la capilla central de la girola de la catedral. En ese momento, don Bricio rogó en voz alta a Dios que tuviese a bien en su divina misericordia aceptar mis cabellos como signo de humilde renuncio al adorno humano y de voluntad de consagración a su servicio. Luego solicitó al obispo que me tomara bajo su mano. Ponderó el arcediano mis virtudes de humildad, obediencia, tesón, trabajo e inteligencia, las cuales me merecían, según su parecer autorizado, acceder al estado clerical y empezar a formarme en la escuela de la diócesis. Por primera vez en mi corta vida, sentí que mi persona tenía algún valor y comencé, aunque timoratamente, a considerarme importante.

Como si las letras estuvieran sembradas en estado de latencia en mi alma infantil, aprendí con gran facilidad la lectura y la escritura y en pocos meses manejaba los libros sagrados con tal facilidad que mi eclesiástico protector y mentor, don Bricio, no tenía tiempo para salir de su estado de asombro. Cuando me escuchaba recitar los salmos y leer con soltura las páginas de las Escrituras, me revolvía los cabellos cariñosamente y con entusiasmo emocionado exclamaba:

—¡Dios te ha hecho para esto, Blasco! ¡Eres una criatura suya! ¡Sí, sin duda perteneces al buen Dios! Él no te dejará nunca.

Estas amables palabras henchían mi alma con una satisfacción infinita e iba yo creciéndome en humana vanidad.

Sucedió después que el maestro de canto, don Pelegrín, se fijó en mi voz una tarde de domingo, cuando rezábamos las vísperas. Al terminar la ceremonia, me llevó aparte y me ordenó que entonara el himno que se había cantado al comienzo de la liturgia. Con la seguridad que me daba saber que podía servirme sin miedo de mi voz adolescente, canté:

> *Deus, qui certis legibus*
> *noctem discernis, ac diem;*
> *ut fessa cures corpora,*
> *somnus relaxet etium.*

Abrió el maestro unos grandes ojos de asombro y después comentó:

—He de hablar con don Bricio. Me parece prudente que te incorpores a la *schola cantorum*.

No estuvo muy conforme al principio el arcediano con esta propuesta de don Pelegrín. Mas luego comprendió que la música completaría mi formación y accedió a que ingresara en el grupo de los cantores. En este nuevo destino, por ser yo el mayor de todos, no tardé en hacerme el jefe de los demás, a los cuales capitaneaba a mi antojo y pronto logré que me sirvieran en los trabajos que nos encomendaban a diario, cuales eran: lavar la ropa, limpiar la escuela y encargarse de los asuntos menores de la catedral, raspar la cera de las velas, encender las lámparas y ayudar en el altar a los clérigos. No es que tratara yo con dureza o crueldad a mis pequeños compañeros, pero confieso que los tenía permanentemente a mis órdenes, sirviéndome de unas dotes de persuasión y mando que día a día se iban despertando en mi persona.

Cuando cumplí los catorce años, don Bricio solicitó al obispo que se me admitiera a un grado más en el estado clerical, que consistía en la entrega y vestición de la sobrepelliz, que era el blanco sobrevestido coral que usaban los acólitos. Los sacerdotes y el propio obispo estuvieron muy conformes y se me impuso ese hábito tan codiciado por todos los muchachos que querían servir al altar.

No podré olvidar nunca las lágrimas en los ojos de mi pobre padre y mis desarrapados hermanos en la ceremonia que me elevaba a la condición de clérigo casi definitivamente.

Fue una hermosa celebración, un domingo lluvioso de noviembre. La catedral olía a humedad, a cera y a incienso, y un buen grupo de nobles caballeros tuvieron la deferencia de acudir vistiendo sus jubones de fiesta sobre los que relucían las brillantes espadas de parada sujetas a sus cintos. Avanzó el obispo con pasos lentos y trabajosos por la nave central del templo, apoyándose en el báculo que sujetaba en la mano derecha, y sosteniéndose asimismo sobre mi hombro con su mano izquierda. Sabiéndome el centro de todas las miradas, caminaba yo con los ojos con falsa humildad fijos en el suelo, sin delatar la arrogancia que me envanecía por dentro.

Llegados al presbiterio, sostuve el incensario y me arrodillé con toda reverencia. Entonces el anciano don Sancho pronunció las palabras que invocaban al Espíritu Santo para pedirle que obtuviera yo la gracia de conservar *habitum religionis in perpetum*. Luego me cortó un mechón de cabellos en forma de cruz y mis compañeros de la *schola* cantaron la estrofa:

> *Dominus pars haereditatis meae...*
> (El señor es la parte de mi herencia...).

Fue este el momento más emocionante y sentí brotar las lágrimas de mis ojos a borbotones. Sobre todo cuando vi a don Bricio, un poco más allá, viviendo el acto intensamente. Fue él quién se aproximó llevando la sobrepelliz en las manos para entregársela al obispo. Este me la impuso mientras decía la fórmula: *Induat te Dominus novum hominen...*

En ese momento comprendí que me convertía en clérigo y asumía aquella forma de vida como la mejor que Dios hubiera podido enviarme.

Don Bricio me retiró de la *schola cantorum*, pues no era demasiado aficionado a la música. Con frecuencia me decía que los cantos son muy necesarios en la Iglesia, pero que debían dedicarse a ellos solamente los clérigos que no servían para otra cosa. En mi trato diario con el arcediano comprendí que esa «otra cosa» constituía para él las armas. Pues era uno de esos clérigos que tanto abundaban en aquellos difíciles tiempos, consagrados al templo y a la guerra. Y como me tomó gran afecto y me prohijó espiritual y materialmente, quiso que yo siguiera en mi estado su mismo genero de vida.

—Blasco —me aconsejaba—, tú haz como yo: mucha oración, disciplina corporal, ejercicio y buena alimentación. ¡Fortalécete muchacho, que hay que dar batalla al moro!

Con esta particular visión de las cosas, alterné mis estudios con una tenaz formación militar. En la hueste del arcediano había avezados caballeros y maestros de armas que me enseñaron la equitación, el manejo de la espada y a vestir la armadura con ligereza de cuerpo, lo cual requería no poca destreza. Con esta dura vida de letras y armas, y sin pasar hambres ni necesidades, merced a la largueza de mi protector, me convertí en un joven fuerte y tan ducho en las cosas de la Iglesia como en los usos castrenses.

Don Bricio me vio crecer y madurar muy satisfecho, mientras él iba envejeciendo por pura ley de vida. Al observar cómo aumentaban mis conocimientos y mi fortaleza, comentaba feliz:

—¡Ah, Blasco, hijo mío querido!, haré de ti alguien grande. Dios te concibió en su providencia y me encomendó tu cuidado. Eres una criatura singular. Estás bendecido por el buen Dios. ¡Harás grandes cosas! Y quiera el Señor que yo viva para verlas.

5

Durante los años que transcurrieron mientras avanzaba mi adolescencia, el reino de Castilla gozó de cierta tranquilidad. Los moros habían sido arrinconados por nuestro rey Alfonso VIII más allá de las sierras, a los territorios del sur donde contaban con la protección del valí de Sevilla, Abu Ishaq. Las batallas más duras se daban en tierras portuguesas, en Santarén, ciudad asediada por el califa de los almohades Abu Yacub Yusuf. Los caballeros de Ávila se unían cada temporada a la mesnada y partían en primavera acompañando al rey, para regresar antes del invierno, en torno a la fiesta de Todos los Santos. Por entonces murió el anciano obispo don Sancho y lo enterraron en la capilla central de la girola de la catedral. Fue aquel un duro invierno de viento y nieve. Contaba yo la edad de dieciséis años y ya tenía recibidas las órdenes menores.

Transcurrió un año sin obispo en la ciudad y mi señor don Bricio acarició la esperanza de ser consagrado con esa dignidad. A decir verdad, nadie dudaba de que el arcediano heredaría el báculo, pues contaba con méritos suficientes y con plena confianza de su antecesor hasta el mismo momento de su muerte.

Pero en la Pascua llegó aviso de Roma anunciando que pronto acudiría un nuevo obispo a hacerse cargo de la sede vacante, de nombre don Domingo. Don Bricio asumió la noticia, pero quedó visiblemente marcado por la tristeza. A los ojos de toda Ávila, este nombramiento no hacía justicia al arcediano, pero nadie dudó en acatar el designio del pontífice.

El nuevo prelado hizo entrada en la ciudad en junio. Salió solemne procesión a hacerle recibimiento y me correspondió portar la cruz de guía. En la puerta principal de la muralla, mi señor don Bricio hincó la rodilla ante su nuevo superior y acto seguido le presentó una reliquia para que la venerara y besara en señal de obediencia a las tradiciones de la sede. Se cantó el tedeum frente a la catedral y se decretó gran fiesta por tres días.

El arcediano examinó frente al cabildo el *decretum* que portaba don Domingo y lo reconoció como auténtico, tras lo cual recibió el juramento de quien iba a ser el nuevo obispo. Se fijó la fecha de consagración para el mes de julio, pues debían de estar presentes los obispos vecinos. Durante las cuatro semanas siguientes, hasta el día de Santiago, fueron llegando los prelados con sus comitivas: don Berreli, obispo de Zamora; don Vitalis, obispo de Salamanca y don Pedro, obispo de Ciudad Rodrigo. Llegaron también muchos condes, todos de edad madura, pues los caballeros jóvenes andaban con el rey guerreando contra los moros.

Se hizo gran ceremonia pontifical con toda solemnidad, inciensos y muchos cantos, en el sopor veraniego, con la catedral abarrotada de gente y cientos de clérigos. Finalizada la misa, hubo en la plaza hogueras, músicas y danzas, y se repartió mucho vino y tocino a cuenta del nuevo obispo.

***

En época de paz el tiempo da mucho de sí. Progresaba yo en mis estudios y en el oficio de la guerra mientras me iba haciendo hombre. Pero no sabía del enemigo sino por lo que me contaban quienes venían del frente.

También don Bricio me aleccionaba en esas materias. Por aquel tiempo languidecía vencido por la nostalgia. Con casi cincuenta años se iba haciendo viejo y recordaba con pena su juventud, cuando acompañaba en la hueste al rey Alfonso VII, el Emperador. Eran tiempos de grandes hazañas: las conquistas de Coria, del castillo de Calatrava, Baeza, Almería…

Para no consentir que terminara de vencerle la melancolía, resolvió retornar a la afición de la caza, que había abandonado por consejo del difunto obispo don Sancho que no la consideraba propia de clérigos. Mas don Bricio la retomó como remedio de su mal, entendiendo que la actividad física y el contacto con la naturaleza reactivarían los humores de su poderoso cuerpo.

Como por aquel tiempo le acompañaba yo a todas partes haciéndole de paje, fui testigo de la petición que le hizo el arcediano al obispo para que le permitiese dedicarse a los menesteres de la caza en su tiempo libre. Don Domingo era un hombre del norte, menos guerrero que pastor de almas, para quien las armas y la caza eran asuntos no tan familiares. Cuando don Bricio —a quien su superior apenas le llegaba a la altura del pecho— le preguntó desde su gran altura con toda humildad si podía dedicarse a la cetrería, el prelado le miró con desdén y le contestó:

—Dedicaos a lo que os apetezca, arcediano. A vuestra edad, ¿quién puede prohibiros algo tan libre de culpa?

Cuando salimos del palacio del obispo, mi señor don Bricio iba cabizbajo y pensativo. Se detuvo un momento, me puso la mano en el hombro y preguntó con mirada llena de abatimiento:

—Dime la verdad, Blasco, muchacho, ¿soy un viejo?

No estaba dispuesto yo a aumentar su pesadumbre, así que respondí:

—¿Vos un viejo, señor? ¡Nada de eso! Sois el hombre más fuerte de Ávila, todo el mundo sabe eso.

Se le iluminó el rostro y afirmó el paso, como si hubiera recobrado juvenil brío. Pero luego, cuando ambos estábamos sentados a la mesa para comer en un mesón cercano, volvió a quedarse pensativo y, como hablando solo, comentó:

—«A vuestra edad», «A vuestra edad»… ¿Qué demonios habrá querido decir el señor obispo? ¿Qué edad es la mía? Con cinco años más que yo, don Alfonso el Emperador daba batalla a los moros en Almería con la misma entereza que el más ágil y joven de los caballeros. Eso lo vi con estos ojos que se han de pudrir bajo tierra.

Después de decir esto, apuró en dos tragos la media jarra de vino que estaba sobre la mesa y luego la sacudió en el aire dando un fuerte vozarrón:

—¡Mesonero! ¡Más vino! ¡Y esa condenada carne, cuándo la vas a traer! ¿Es que has ido a matar el cerdo?

—¡Ya va, señor arcediano! —contestó el mesonero—. ¡Tened paciencia!

Don Bricio perdió la mirada en la bóveda del mesón, ennegrecida por el humo y la grasa.

—¡Paciencia! —exclamó—.¡Dios bendito! Paciencia es lo que a mí me está sobrando en esta ciudad. Llevo aquí diez años con más quietud que las torres de esa muralla de ahí fuera. ¡Paciencia! «Paciencia», eso me pidió el rey cuando me mandó venir. ¡Con lo bien que estaba yo campeando por ahí contra el moro! «Ten paciencia, Bricio —me prometió el rey—, que no ha de pasar esta Semana Santa sin que te llegue la mitra». Diez años ha de aquello. Tenía yo cuarenta cumplidos. ¡Un mozo era yo! Y ahora viene este y me dice que «a vuestra edad…». ¡Mandangas! Movimiento es lo que yo necesito. No hay más edad que las ganas de dar guerra.

Nunca había visto yo al arcediano tan desesperado como aquel día. Por otra parte, me sentía honrado por la confianza que me manifestaba a pesar de mi mocedad; pero, por otra parte, me sabía mal ser testigo mudo de sus amargas quejas. Así que me armé de valor y, aun arriesgándome a resultar atrevido, le dije:

—¿Y si volvierais a la guerra, señor? Aún sois joven. Según referís vos mismo, el gran rey Alfonso VII daba batalla con edad próxima a los sesenta años. A vos os queda tiempo para eso.

Asintió con la cabeza y observó:

—Mi señor el rey Alfonso el Emperador murió a los pies de una encina, agotado, después de perder Almería. No era ya un hombre joven…

—Mas murió haciendo lo que debía, señor. Dios premiará sus desvelos por devolverle esta tierra a Jesucristo.

Me miró con una ternura infinita y sus ojos grisáceos enrojecieron repentinamente. Mientras se enjugaba las lágrimas, me dijo con entrecortada voz:

—Me encanta oírte decir eso, muchacho. Lo que yo preciso es gente como tú a mi lado. ¡Ánimos es lo que yo necesito y no que me recuerden la edad!

—Pues si por mí ha de ser, señor —añadí—, contad con que he de seguiros a donde vayáis. Pues os debo todo lo que soy y cuanto tengo en la vida.

—¡Ah, Blasco, mi buen Blasco! —me dijo cariñosamente—. Sé que hablas de corazón y lo agradezco más que nada en el mundo.

Dicho esto, se puso en pie, inmenso como era, y dio un fuerte puñetazo en la mesa.

—¡Mesonero! ¡El condenado vino! ¡Y la carne!

Atemorizado, corrió el mesonero a servirnos y depositó sobre la mesa una nueva jarra de vino, un pan caliente y una fuente de barro repleta de carne recién asada en las brasas.

Comió con avidez el arcediano, pues nunca le faltaba el apetito, por triste que estuviera. Bebió también un par de jarras más y, recobrado el ánimo, se puso a contarme sus viejas historias de batallas. Le escuchaba yo boquiabierto y se me encendían las ganas de ir pronto a campear.

6

El estío ofrecía una visión hermosa de los campos de Ávila. Los trigos segados desplegaban un intenso color ocre en los llanos que, fustigados por el sol, enviaban a la ciudad un calor denso y seco a mediodía. Pero al pie del cerro donde se alza la muralla, junto a la enmarañada fronda de las riberas del río, los huertos se mostraban muy verdes, repletos de árboles frutales con ciruelas en sazón y nogales de espesas copas. La ciudad se veía a lo lejos, sobre su loma, amodorrada por la canícula.

Regresábamos de una feliz jornada de caza. Don Bricio cabalgaba sobre un enorme corcel y oteaba el horizonte con melancólica mirada. Las barbazas grises le caían luengas sobre el pecho y el cabello grasiento, sudoroso, le brotaba por debajo del gorro de tafilete, en la nuca. Vestía solo el camisón claro que solía llevar siempre bajo los hábitos. Así, sin la capa y la túnica, se asemejaba a un campesino robusto que iba a sus labores, de no haber sido por el águila real que llevaba en el puño y que le otorgaba un aire majestuoso.

A mi vez, portaba yo amarrado al guante un bello azor que también pertenecía a mi amo, aunque hacía uso de él a mi antojo, como si fuera propio. También cabalgaba yo sobre buena montura: la yegua alazana recién domada que el arcediano me regaló nada más iniciarse nuestras jornadas de caza. Me sentía como un señor, henchido de orgullo por dedicarme a menesteres tan nobles y propios de gentes de buena cuna. Pues jamás había visto ni oído contar que hombres de mi familia y condición se hubieran atrevido a ejercer la altanería. La vida se me iba poniendo cada vez más regalada.

Delante iban los perros, zigzagueando aún para no perder ni un palmo de terreno en su oficio de husmear, a pesar de llevar las lenguas casi arrastrando por los suelos, de la mucha faena que habían tenido desde la madrugada. De su buena casta para levantar piezas, y del bien hacer de las aves de presa, se había merecido el premio de lograr las seis liebres y las dos docenas de perdices que portaban detrás de nosotros los lacayos, a más de un pato y dos becadas.

Por tan copiosa y divertida jornada, iba yo feliz y, nada más sentirme próximo a los muros de Ávila, me puse a cantar alegre como un jilguero a voz en cuello.

—¡Calla, insensato! —me regañó don Bricio—. ¿No ves que aún no hemos terminado la caza?

—Si estamos a las puertas de Ávila. ¿Aquí en los huertos va a haber caza? —repliqué, pues andábamos ya por entre los nogales y ciruelos.

—Más que en parte alguna —sentenció él—. A la caza le gusta hacer la vida por donde suenan las campanas.

Como si le hubieran escuchado desde el cielo, se alzó al momento desde los campanarios un general repiqueteo llamando al rezo de la hora sexta. Echó pie a tierra el arcediano e hincó la rodilla al tiempo que se santiguaba y oraba con mucho recogimiento. Hice yo lo mismo y ambos dimos gloria a Dios.

Estando en esto, se removió algo en la espesura de la ribera del río. Saltaron los perros como flechas en aquella dirección y se formó enseguida un gran alboroto de ladridos y gruñidos.

—¡Jabalí tenemos! —exclamó don Bricio—. ¡Traedme la pica!

Corrieron los criados a cumplir la orden y colocaron el arma en las manos del amo. El arcediano puso cara de alimaña furibunda y se dirigió con grandes zancadas hacia la fronda. Yo fui detrás con el ánimo de no perderme el espectáculo.

Después de abrirnos camino por espinosos matorrales y recios árboles, llegamos a donde los canes tenían acosado a un jabalí hembra de buen tamaño, arrinconado entre unas tapias medio derruidas y unos zarzales espesos.

—¡Buen bicho! —dijo don Bricio—. Verás lo que tardo en ponerle patas arriba.

Alzó la pica y caminó decidido hacia la presa.

—¡Déjeme a mí, amo! —le rogué llevado por un impulsivo deseo—. ¡Es mi oportunidad!

Vaciló el arcediano. Miraba al jabalí y me miraba a mí.

—Es mucha fiera para ti —dijo—. No tienes práctica en esto.

—¡Déjeme, por Dios, que no se me escapará!

—Anda, toma, muchacho —otorgó pasándome la pica—. Apunta al cuello y obra con decisión.

Sin pensármelo, me puse a cuatro pasos del jabalí, que gruñía y cabeceaba queriendo zafarse de los perros a colmillazos con sus buenas defensas. Agarré firmemente la pica y embestí echando toda la fuerza de mi cuerpo. Gruñó la fiera al sentirse atravesada y trató de alzarse sobre sus patas traseras, pero los perros la asían con fuerza. Tres veces más le clavé la punta, siempre en el cuello, y vi brotar la sangre a chorros como por el caño de una fuente.

—¡Eso es, muchacho, así se hace! —gritaba don Bricio—. ¡Sepárate ahora, no te vaya a alcanzar con el ímpetu de la muerte!

Di un salto hacia atrás y me puse a salvo, mientras veía cómo el jabalí se tambaleaba. Los perros lo echaron a tierra y apenas pataleó un momento antes de quedarse muy tieso.

—¡Estupendo! —me felicitaba don Bricio palmeándome la espalda—. ¡Si no lo veo, no lo creo!

Ufano por mi éxito, me acerqué hacia la presa abatida y le hundí la espada en la garganta, sabedor de que así se hacía siempre, para tener mayor seguridad al aproximarse.

—¡Bien, muy bien! —me jaleaba el arcediano—. ¡Como un maestro! —Y aplaudía el feliz lance.

Loco de contento, saboreaba yo mi victoria, cuando se oyeron voces por detrás de la tapia.

—¡No, por caridad, no lo hagáis…!

—¡Eh, quién anda ahí! — inquirió don Bricio.

—Ay, señores, no me hagáis ese perjuicio —irrumpió gritando un hombrecillo que venía alzando las manos lleno de espanto.

—Pero… ¿Qué pasa? —le preguntó el arcediano.

El hombrecillo saltó la tapia y contempló el jabalí muerto que los perros zaleaban sobre el pasto.

—¡Ay, Virgen Santísima, qué desatino! —se lamentó—. ¡Cómo habéis hecho esto, señores! ¡Mi pobre puerca! ¡Ay, que desastre!

—¡Cómo que tu pobre puerca! —dijo don Bricio—. Del campo es y por tanto de quien la caza.

—Que no, señor, que es mía —sollozaba el hombre—. La crie yo desde que era rallona, con leche de cabra primero y luego con algarrobos. ¡Ay, qué desastre! Me habéis matado la puerca, ahora que iba a parir lechones. ¡Ay, cuando mi pobre mujer se entere! ¡Qué pena tan grande! ¡Qué poca caridad!…

Resultó que aquel hombrecillo vivía un poco más allá en una cabaña, junto a su mujer y sus cuatro hijos. Era el guarda de los ciruelos y los nogales, que cuidaba para sus dueñas, las monjas de un cenobio cercano. Tenía también este hombre algunos animales, cabras, gallinas, y cerdos, entre los cuales criaba mansamente a la puerca recién muerta, que era cruce de cerda doméstica y jabalí.

—¡Cómo habéis hecho esto, señor don Bricio…! ¡Un hombre de Dios como vos! ¡Ay, madre mía! —gritaba fuera de sí, llevándose las manos a la cabeza, ante la mirada atónita y compadecida del arcediano.

Me pareció que aquel hombre no tenía derecho a recriminar a mi amo, así que me fui para él y le espeté:

—¡Qué dices, majadero! ¡Cómo se te ocurre decirle eso al señor arcediano! ¿No te das cuenta de con quién hablas? Si dejaste suelta la puerca, es culpa tuya que la hayamos matado. No hay nada más que verla para creer que era animal salvaje y no doméstico. ¿Cómo íbamos a saber que tenía dueño? Anda, márchate con tu asquerosa puerca y no molestes a mi señor con tus gritos y lloriqueos.

—¡Ay, Dios bendito, qué injusticia tan grande! —exclamó el hombre hincándose de rodillas y entrelazando los dedos para implorar a los cielos con muchos aspavientos.

Don Bricio se aproximó entonces al caballo y extrajo de la talega la bolsa donde llevaba el dinero.

—¿Cuánto vale la puerca? —le preguntó al dueño del animal cazado.

—Diez maravedíes de plata cuesta un cerdo bien

criado en el mercado de las calendas de enero —respondió sin dudarlo el hombre—, eso lo sabe todo el mundo.

—Pues toma quince —ofreció don Bricio extendiéndole las monedas.

—¡Ah, qué abuso! —grité yo—. ¡No haga tal cosa, señor! ¿No se da cuenta de que es un aprovechado?

—¡Calla, que nadie te ha dado vela en este entierro! —me recriminó con autoridad mi amo—. Con mi dinero hago lo que quiero. ¿O vas a tener tú envidia porque sea yo justo?

Esto me enojó mucho, porque me daba cuenta de que el hombrecillo quería aprovecharse y sacar el mayor beneficio del paso de don Bricio por las proximidades de su cabaña.

—¿Justo? ¡Pero si es una injusticia! ¡Esa marrana no vale ni cuatro maravedíes!

—Toma, buen hombre —dijo don Bricio dándole el dinero al guarda del convento y zanjando así la cuestión.

Por el camino, de regreso a la ciudad, iba yo muy contrariado. Porque lo que primeramente pareció ser un buen lance para mí en la caza, se había desbaratado por ser el animal un manso cerdo doméstico. En vez de quedar yo como un valiente cazador, que no había dudado en arrojarse a la fiera, aparecía ahora a los ojos de don Bricio y de toda la servidumbre como un mero matarife.

—¡Qué gracia! —Reía sin parar el arcediano—. ¡Hay que ver qué cosas pasan… ! ¡Ja, ja, ja…! Hemos matado una cerda creyendo que era jabalí. ¡Ja, ja, ja…!

A mí no me divertía nada el asunto e iba echando chispas de rabia. Sobre todo porque los lacayos se iban mofando de mí y hacían mucha guasa con el asunto.

Más tarde, mientras cenábamos, seguía enojado y no abrí la boca. El arcediano se dio cuenta de que no acababa de encajar yo el suceso y me dijo:

—Vamos, muchacho, no te lo tomes así. Búscale el lado bueno a la cosa. Hazte la cuenta de que mataste un jabalí y en paz. Saborea el aspecto más dulce de la jornada: Dios nos regaló con un hermoso día y vimos volar a las aves admirablemente. Hemos cazado mucho y hemos disfrutado del sol y de los campos bellos. ¡Anímate, hombre!

—Todo eso está muy bien dicho, señor —refunfuñé—. Pero no acabo de comprender por qué dejasteis que se saliera con la suya ese miserable porquero. ¿No veis que se ha reído de vos? Ahora estarán él y su mujer muertos de risa con toda esa plata encima de la mesa. ¡Menudo negocio han hecho a cuenta nuestra!

—Bueno, bueno, Blasco, te empeñas en ver la parte mala. También puede ser que estén dando gracias a Dios por poder aliviarse un poco más de su pobreza. Nosotros nos estábamos divirtiendo mientras esos dos y sus pobres hijos seguramente no tenían sino unas secas castañas que llevarse a la boca. Intenta ser caritativo.

—Eso no es caridad. Ese enano se gasta el sueldo que le dan las monjas en vino cada vez que cobra.

—¡Tú que sabes! —replicó—. No seas tan mal pensado.

—Todo el mundo sabe esas cosas, don Bricio. Vos sois demasiado bueno y se aprovechan.

—De vez en cuando hay que dejar que los otros se aprovechen de uno. Esa es la equidad. ¿No has oído esa palabra? Algunas veces debemos fallar según la conciencia y no según la rigurosa justicia. Me hice la cuenta de que, si no hubiéramos pasado este mediodía por los huertos de las monjas de regreso a casa, la vida de ese hombre continuaría igual y su puerca seguiría engordando para el mercado de las calendas en enero. Yo venía feliz después de un día hermoso de caza y pensé que de alguna manera tenía que satisfacer mi deuda con el cielo. No obré injustamente al pagarle al guarda más de lo que valía su cerda; sencillamente, quise recompensar con ello a ese pobre hombre por habernos divertido tanto a costa de ese bonito momento de caza. Sigo sin comprender por qué eso te causó tanto enojo.

Me levanté de la mesa como un niño malcriado e hice ademán de irme. Estaba tan furioso que aquellas explicaciones no me valían.

—¡Blasco! —me rugió él—. Se puso en pie y me pareció un enorme oso furibundo que iba a desgarrarme—. ¡No me gusta que seas así! Ese orgullo tuyo no te reportará nada en la vida.

—¡No es orgullo! —protesté, aun sabiendo que me lloverían algunas bofetadas—. ¡Es justicia! ¡A cada uno lo suyo!

Noté que la paciencia de don Bricio se consumía. Me miraba fijamente y resoplaba.

—Estás furioso porque se contrariaron hoy tus ilusiones —dijo—. Eso es lo que te pasa. No aceptas el hecho de haber matado una mansa cerda, pues querías demostrar a todo el mundo lo que eras capaz de hacer. Por eso estás tan negativo y lleno de soberbia, y lo pagas con ese pobre hombre. Habrás de acostumbrarte a que en la vida las cosas pueden ponerse patas arriba en un instante. ¡No todo va a ser gloria! Siempre habrá un momento de contrariedad agazapado detrás de un hecho feliz. Pero no por eso debemos pagar con los demás odiando y revolviéndonos como un perro rabioso contra el primero que se ponga delante. Hay que conformarse. Recuerda aquello: «Si aceptamos de Dios los bienes, ¿no aceptaremos los males?»

Comprendía perfectamente todo lo que don Bricio quería decirme con aquel sermón, pero me mantenía en mi postura, pues quería que él viera que tenía mis razones.

—No, señor —dije—, no me enfadé por eso. Os repito, con todo el respeto, que sigo considerando que fue injusto pagar mucho más de lo que pidió el porquero por el perjuicio sufrido, lo cual era ya desorbitado. Debo decir la verdad. Pues bien, me parece bonito todo eso de la equidad y el día de sol y los pájaros cantando (me regodeé en la ironía), pero quince maravedíes por una cerda cruzada con jabalí es excesivo, en Ávila y en la mismísima Roma. Los espabilados saben sacar buen provecho de las bondades ajenas. Eso es lo que pienso, señor, con todo mi respeto.

Se quedó en silencio mirándome con un gesto raro. Primeramente, me pareció que le había convencido y eso me envaneció por dentro. Luego vi cómo él se entristecía mucho. Se desvaneció su enojo y se derrumbó sobre el asiento, con la mirada perdida en la madera de la mesa, donde empezó a juguetear con las migas de pan que redondeaba con sus enormes dedos. Pasado un rato, habló con un hilo de voz que parecía salirle de muy adentro:

—Blasco, muchacho —me dijo sin alzar los ojos—. ¿Te acuerdas del día que nos conocimos tú y yo?

—Sí, señor, ¿cómo iba a olvidarlo? —contesté con gran sinceridad.

—Mis lacayos me trajeron a un niño muy pequeño a rastras —prosiguió—. Aseguraban que me había robado una moneda de plata. Cuando vi el rostro de aquella criatura, sus manitas ateridas y el pasmo de terror en toda su figura, sentí el mayor dolor y la mayor compasión del mundo. Con la velocidad de un relámpago, Dios me hizo comprender que un ser excepcional entraba en ese momento en mi vida y sé que el buen Dios es el mayor experto en sacar grandes bienes de nuestros males. Si no hubieras cogido aquella moneda de sucio y vano metal, no te habría conocido. Hoy comprendo que mi generosidad de entonces, fruto de mi lástima, me mereció la dicha de poder enseñar felizmente a alguien mi manera de vivir y mi amor a la verdad. Me alegro de haber discutido contigo esta tarde, pues acabo de comprender eso.

Me sacudía por dentro una zozobra y una vergüenza grandísima. ¿Cómo no había recordado aquello? El arcediano entonces no me trató como le aconsejaban sus criados: castigándome por haberle robado la moneda. Por el contrario, me dio de comer, me regaló la plata y luego me concedió el gran beneficio de vivir en su casa. Yo sí que comprendí en un instante, con la velocidad de un relámpago, lo que es ser desagradecido. Me arrojé de rodillas y, sin poder articular palabra, pues tenía un gran nudo en la garganta, besé sus grandes y generosas manos.

Él me levantó del suelo y me abrazó con la delicadeza de un padre, mientras sollozábamos los dos con inmensa alegría.

Después llenó dos copas de vino. Brindamos y él dijo mirando al cielo:

—Después de todo, hoy ha sido un gran día.

7

Como ya dije, Castilla gozó de cierta paz durante al menos un lustro, tiempo suficiente para que me hiciera hombre. La guerra entre cristianos y moros se daba sobre todo en tierras portuguesas y la cosa quedaba lejos. Además se supo que, precisamente en esos reinos de poniente, había muerto el califa almohade Abu Yacub, quedándose los sarracenos de momento sin cabeza, pues el sucesor estaba en África y necesitaba ganarse a su gente. Aun así, no faltaron contratiempos, como cuando fueron derrotadas las armas cristianas en Sotiello.

Durante la mocedad del rey de Castilla, se escuchaba a la gente entendida afear mucho la conducta de don Fernando II de León, en el hecho de pretender la tutela de su tierno sobrino don Alfonso VIII, y en haberse apoderado de muchas de sus plazas y ciudades. Los altivos castellanos no soportaban que viniese nadie de fuera a arrogarse el derecho moral que la edad y el deudo le daban para entremeterse en las cosas del reino. Pero, en el transcurso de este lustro, maduró mucho nuestro rey. La segunda vez que le vi en mi vida ya no me pareció tan mozo. Le había crecido la barba rubicunda y su cuerpo abultaba el doble que cuando le vi por primera vez, seis años antes, en la plaza Mayor de Ávila. ¿Lo recordáis?; cuando siendo yo un mocosuelo tuve en la mano aquella moneda que arrojaron los reales lacayos.

Ahora fue en la catedral de Ávila, una mañana de abril, cuando tuve muy cerca al monarca. Servía yo de acólito en el altar y me correspondía hacer de turiferario, con lo que hube de incensarle durante el ofertorio. Estaba el rey de Castilla muy digno y tieso, vistiendo armadura y capa púrpura, en el lugar del presbiterio que le correspondía por ley y respeto.

Resultaba también que había muerto por entonces el rey de León y le sucedió su hijo don Alfonso IX, el cual prestó homenaje a su primo, nuestro monarca, en las Cortes de Carrión. Esto acercó mucho a los dos reinos y aumentó el prestigio de don Alfonso VIII. Nadie dudaba ya de que solo él empuñaba con mano propia las riendas de Castilla.

Este convencimiento hizo que los caballeros jóvenes, ávidos de aventura y botín, le pidieran con mucha insistencia que se hiciera pronto una algara por las tierras del moro, para emular los viejos tiempos de su abuelo don Alfonso VII, que tantas glorias guerreras reportó al reino.

Al joven rey, que era altivo y elevado en sus pensamientos, le encendieron estos ánimos de su gente y no tardó en anunciar que armaría hueste para ir contra los infieles.

Prendió en el alma de don Bricio la pasión de la guerra, y resolvió con tanta decisión servir a la causa cristiana que pidió verse libre de su cargo de arcediano, así como de todas las obligaciones que le vinculaban a la ciudad de Ávila. Quería sentirse un hombre nuevo. Pensó que sería mejor ponerse en camino sin dejar hogar seguro al que poder regresar. Por aquellos días repetía mucho la frase evangélica: «Nadie que pone la mano en el arado y mira hacia atrás es apto para el reino de Dios». Así que puso en venta su caserón, sus predios y el resto de sus pertenencias inmuebles. Anunció liberar a todos sus siervos prometiendo dotarlos con buenos emolumentos, viviendas, ganados y otros recursos que les permitieran seguir la vida sin el que hasta entonces era su amo.

Acudió a solicitar del rey la gracia de contarse entre los mesnaderos, en atención a los servicios que antaño prestara a su abuelo don Alfonso VII. Consintió el monarca de buen grado y pidió al obispo don Domingo que autorizara al arcediano. El adusto prelado, que nunca miró demasiado bien a su subordinado, estuvo encantado de quitarse de en medio a un renombrado clérigo que era más admirado que él en toda la diócesis. Le concedió licencia para armar hueste y todos sus parabienes para que partiera de Ávila cuanto antes.

A todas estas nuevas asistía yo con el entusiasmo propio de la mocedad. Sabía que mi amo me llevaría consigo y vivía impaciente aguardando a que la mesnada partiera un día u otro hacia el sur.

A todo esto, don Bricio cobró bríos y en su alma anidaron ilusiones aventureras. Me hablaba con la intrepidez que brotaba de sus recuerdos como nunca antes lo había hecho. En su mirada se encendió el brillo del delirio y parecieron reavivarse sus energías. Envió cartas a sus antiguos compañeros de armas y publicó bandos en los que ofrecía aína fortuna y gloria a cuantos quisieran unirse a su hueste.

Pero se llevó una gran sorpresa cuando quiso vestir la armadura que desde hacía quince años guardaba bien engrasada y envuelta en seda almizclada en un baúl: le quedaba tan pequeña que ni siquiera logró cubrirse las canillas con las grebas de antaño. Los armeros trataron de arreglársela, ensanchándola, pero terminaron diciéndole al arcediano que le resultaría más barato encargarse una nueva. Así que le tomaron medidas y se pusieron manos a la obra.

Con mucha atención, aprendiendo cuanto podía, escuchaba yo las explicaciones que los fabricantes daban a mi amo: le recomendaban el yelmo con barra de metal para proteger la nariz y plaquín de mallas alrededor del cuello. Pero don Bricio no estaba nada de acuerdo con esta opción y replicó:

—No, nada de eso. No soporto la barra en la nariz, pues me molesta a la vista. Mejor será que me forjéis un yelmo plano por arriba, con visera y barbera.

—Mirad señor que estáis harto grueso —observó el maestro armero—. Si os pongo barbera, os ahogaréis cuando os apriete la papada.

Se palpó el arcediano el abultamiento carnoso que crecía debajo de su barba, entre ella y el cuello, y contestó con circunspección:

—¡Cielos, qué gordo estoy! He de ver la manera de quitarme carne.

—Mejor será eso que nada —le recomendó el artesano—. Poneos a verduras un par de meses y luego veremos qué se puede hacer.

—Sí, lo haré —afirmó mi amo con gran convencimiento, palpándose la barriga—. Aquí sobran más de veinte libras de carne. Al fin y a la postre, falta poco para que empiece la Cuaresma. Lo haré a modo de mortificación por mis pecados. No hay mal que por bien no venga.

Sabiendo que le esperaban largos días de contención,

quiso desquitarse de antemano y se aplicó a la mesa durante un par de semanas con mayor ansiedad todavía que antes de que le tomaran las medidas para la armadura. Delante de una pierna de lechón asada, se justificaba diciendo:

—He de cobrar fuerzas, pues, a mi edad, una campaña guerrera es un duro ejercicio.

—Pero, señor —le decía yo—, si coméis más de la cuenta ahora, más habréis de adelgazar después en la Cuaresma.

—No, nada de eso. Hago ejercicio y procuro fortalecerme. No le doy a mi cuerpo sino lo que pide.

Su glotonería terminó perdiéndole. Se atiborraba de lechones, liebres, conejos y volatería de todo tipo. En su mesa no faltaban los dulces ni los arropes que cada primavera traían los moriscos a los mercados. También es verdad que se ejercitaba a diario cabalgando y entrenándose con las armas para fortalecerse.

—¡Ah, reboso salud! —decía ufano—. Y este convencimiento suyo le invitaba a comer más y más.

Pero, cuando fue a probarse la armadura, resultó que seguían sobrándole las carnes. El ventalle le oprimía la garganta y la cota de malla ni siquiera le entraba.

—¡Pero, señor arcediano —le recriminó el maestro armero—, si en vez de adelgazar habéis engordado! ¿No os propusisteis hacer lo que fuera para perder volumen?

—Lo haré, descuida —aseguró él—, pero en Cuaresma, que es cuando corresponde.

Sucedió por aquel tiempo que llegaron noticias muy alarmantes para la cristiandad: el ejército cruzado había sido derrotado en Hattin por Saladino, después de unificar bajo su mano Siria y Egipto. Las plazas más importantes se habían perdido; entre ellas, Jerusalén y Acre.

Causaron estas fatídicas nuevas mucha consternación en las gentes. Suponía este desastre que el flanco oriental de la cristiandad se derrumbaba, lo cual daría muchos ánimos a los sarracenos. El miedo a un avance incontenible de los infieles empezó a cundir en la vida diaria.

8

Pronto se supo en todas partes la fatal noticia de que el papa Urbano III se había afectado profundamente por la pérdida en Jerusalén del Santo Sepulcro del Señor, hasta el punto de no sobrevivir a tan gran calamidad. Se hizo mucho duelo en toda Castilla, como en los demás reinos cristianos, ya que era creencia general que la salvación de la fe verdadera y la misma gloria de Dios estribaban en la conservación de los santos lugares. El que pasaran a manos de infieles, unido a la pronta muerte del papa después de apenas dos años de pontificado, causó tal consternación que algunos agoreros empezaron a anunciar que se avecinaba el fin de los tiempos.

Sin embargo, no era don Bricio de este parecer. Según él, la pérdida de la Tierra Santa no era sino el signo de que los hombres vivían en pecado. Consideraba mi amo que los cristianos estaban dormidos, que las ciudades debían desterrar el lujo y los fieles tornar a hacer penitencia como antaño.

—Al deplorarse la pérdida del sepulcro de Jesucristo —decía—, se recordarán los preceptos del Evangelio y los hombres mejorarán en sus costumbres. Ayunos y mortificaciones deben hacerse —aseguraba—, que la carne es débil y el demonio anda al acecho.

Dispuesto a ser el primero en predicar con el ejemplo, se desprendió de su habitual sobrepelliz de pelo de lobo, aunque era marzo y los vientos llegaban aún fríos desde el norte. Entonces comenzó a vestir solo con túnica tosca de sayal y se ciñó un áspero cíngulo de esparto. Por la noche se acostaba sobre ceniza y no olvidaba ajustarse un par de cilicios. No comía otra cosa que pan duro y desterró el vino de su mesa. Únicamente bebía agua en la que depositaba algunas gotas de hiel.

Mas no por excederse en tales privaciones languideció su espíritu; por el contrario, acudió a él una vivacidad que nunca antes le había conocido yo. Menguó mucho en carnes en el transcurso de la Cuaresma y su cuerpo adquirió agilidad. Se pasaba las horas a lomos de su caballo. Cabalgábamos desde antes de que amaneciera. En la fría madrugada, no tiritaba cuando le envolvía el helado aire de las montañas, a pesar de que no se cubría sino con el sencillo paño de sayo. Ni siquiera un día que nos fustigó la lluvia y el granizo le vi quejarse.

Se volvió taciturno y reservado. Pasaba muchas horas entregado al silencio de la meditación y, cuando desaparecía durante un largo espacio de tiempo, ya sabíamos que estaría en cualquier iglesia, arrodillado en un rincón.

A todo esto, apareció un comprador dispuesto a adquirir el caserón donde habitábamos. Pensábamos que nuestro amo no se desharía de la vivienda y de las demás propiedades. Pero estábamos muy equivocados. Don Bricio no dudó lo más mínimo. Sin regatear siquiera acerca del precio, tomó la suma que ofrecieron y apalabró el desalojo en el exiguo plazo de una semana.

Supongo que, hasta aquel momento, era yo el único de entre su gente que se había tomado en serio las intenciones manifestadas por nuestro amo. Pero, apenas se supo que el caserón había cambiado de dueño, cundió el desconcierto entre la servidumbre. Los más no estaban dispuestos a cambiar de vida y se dieron un gran disgusto. Suplicaban, lloraban y se desesperaban. Algunos decían despechados que don Bricio había sido poseído por un demonio. Otros empezaron a odiar a quien antes habían amado y respetado tanto. Solo unos pocos, entre los que me contaba, estábamos encantados por este repentino trastocarse los destinos, pues auguraba aventuras, viajes y nuevas posibilidades.

Una vez liquidada la hacienda del arcediano, nadie tuvo motivos para estar descontento. Los que decidieron quedarse en Ávila, recibieron lo suficiente para seguir haciendo la vida con soltura. Hubo quien escapó mucho mejor de lo que estaba. Y a los que nos proponíamos seguir el sueño guerrero de don Bricio se nos prometió un buen tanto en los botines que se alcanzaran en la campaña.

El cuarto domingo de Cuaresma apremió el comprador pidiendo dejar expedita la casa, como correspondía a su derecho, amenazando con reclamar justicia del obispo de Ávila si no se cumplía lo pactado delante de muchos testigos.

Sin grandes aspavientos, don Bricio mandó salir a todo el mundo de la vivienda que ya no le pertenecía.

—¿Adónde iremos? —le preguntaban gimiendo los criados—. ¿Qué ha de ser de nosotros?

—Cada uno a su casa —contestó con gran serenidad el arcediano— y Dios en la de todos. Que para eso he preparado yo nido a todo el mundo. Así que ¡a volar!

Y se dispersó allí mismo la servidumbre, como bandada de aves contra la que se arrojan piedras. Se fueron los matrimonios a las viviendas que tenían en los arrabales, a labrar los huertos que se les dieron, y la gente soltera a servir a otros amos.

—¿Y nosotros? —le preguntamos los que decidimos ir a la hueste.

—Vosotros, conmigo a las tiendas de campaña —contestó parsimoniosamente él—. Que ese es el techo que nos ha de cobijar de ahora en adelante. Así que habrá que irse acostumbrando cuanto antes, pues nos esperan muchos meses de andar por ahí errantes, como aves de paso, que es la vida de las gentes de guerra.

Dicho y hecho. Cogimos los petates, los caballos y las armas y nos fuimos a las afueras, al Real, que era como llamaban a la gran explanada donde se extendía el campamento de los ejércitos que iban de camino al sur y los que acompañaban al rey cuando venía a la ciudad.

En ese lugar, haciendo la vida en tiendas y preparándonos para la guerra, estuvimos el resto de la Cuaresma, la Semana Santa y casi toda la Pascua. Moraban allí habitualmente muchos señores, capitanes y caballeros, con sus hombres. Solía haber buena relación entre ellos, camaradería y gran respeto. Aunque también se organizaban de vez en cuando trifulcas y feroces peleas, alguna de las cuales terminó con gente muerta en la riña o con juicios y ahorcados.

Aunque estaba yo muy resuelto a seguir a la mesnada, no voy a mentir diciendo que se me hizo fácil la vida militar. Por el contrario, me costó lo mío acostumbrarme a dormir en el duro suelo, comer desabrido rancho y estar todo el día de acá para allá, sin asiento para el cuerpo. Hecho a la comodidad desde que don Bricio me tomó bajo su mano, este súbito cambio de costumbres me desconcertó y anduve al principio de muy mal humor.

En el campamento, además de nosotros, había otros clérigos que acompañaban a la hueste: obispos, abades, monjes y capellanes. Pero no eran de costumbres tan austeras como mi amo. Se tomaban las cosas de otra manera: vivían en confortables barracones, con braseros que caldeaban el ambiente y alfombras cubriendo los suelos; tenían criados que los servían y les aviaban buenas comidas a todas horas; vestían con hábitos de buen paño y se calentaban el cuerpo con vino cada noche, mientras los juglares les alegraban el oído cantándoles romances y tañendo para ellos delicados instrumentos de cuerda. Aunque también es verdad que había otros muchos de muy recias costumbres. Me refiero a los miembros de las órdenes militares de caballería, esas milicias de frailes guerreros tan célebres, de gran piedad religiosa y singular destreza en las armas. Se desenvolvían aparte del resto de la hueste, bajo las austeras reglas de san Agustín o del Císter, mas trocando la vida contemplativa y apacible del monacato por la ascética de enérgicos combatientes.

Don Bricio se fijaba mucho en ellos y procuraba que su gente se asemejara más a estos intrépidos monjes que profesaban de guerreros que al resto de los clérigos que —según él— tan mal ejemplo daban.

—Aprende bien una cosa, Blasco —me decía—: el mal comportamiento de un solo clérigo hace más daño a la cristiandad que la vida disoluta de veinte príncipes. La gente se fija mucho en nosotros y debemos predicar con obras, más que con palabras. Ay, hijo mío, a quien escandaliza a la gente sencilla más le valiera que le ataren una piedra al cuello y lo arrojaren a lo más profundo de un pozo. Ya lo dijo Nuestro Señor.

Este reciente empeño de mi amo en hacerse maestro de todas las virtudes con tanta premura comenzaba a atosigarme y he de reconocer que me puse algo hosco con él.

Llovió mucho durante aquella primavera. Un día que estaba cayendo un tardío aguacero de abril que llenaba las hondonadas de parduscos torrentes, mi paciencia llegó a su límite. Me encontraba empapado y hambriento, no había leña seca con la que encender una hoguera y todas las armas y pertrechos estaban llenos de herrumbre. El vendaval arrancaba las tiendas y no tenía uno donde guarecerse del frío y la humedad. Entre el barro y los excrementos de los animales, vagaba en constante deambular, tratando de calentarme siquiera con el movimiento, ateridos los pies y azuzado por los mil demonios que me echaban a la cara el haber cambiado el sosiego de la vida clerical ordinaria por aquel piélago de molestias.

No era yo el único que estaba descontento. El resto de la gente de don Bricio empezaba a arrepentirse de haber optado por este género de vida. Todos estábamos acostumbrados al cobijo que nos había amparado hasta el último invierno y al plato caliente diario. De lo bueno a lo peor se pasa difícilmente. Hicimos entonces lo que suelen hacer los subordinados disconformes: olvidados del agradecimiento debido nos dimos a la maledicencia y sacamos a relucir todas nuestras quejas contra nuestro amo.

Tenía don Bricio un escudero oriundo de Burgos que se llamaba Hermesindo. No he hablado antes de él porque era un ser ruin cuyo solo recuerdo me enferma las entrañas. Medía este hombre apenas vara y media de alto. Era pequeño tanto de cuerpo como de alma; una de esas personas de quien se dice que sería capaz de vender a su propia madre. Aunque menudo, tenía una fortaleza física envidiable; era puro nervio y andaba siempre en movimiento, buscando la manera de salirse con la suya. Gozaba además de esa rara habilidad para ganarse a todo el mundo y salir airoso de los líos y maldades que tramaba. No sé si nuestro amo era consciente de su perfidia, pero le consideraba un auxiliar imprescindible y ponía en sus manos hasta los más delicados asuntos, como era manejar la bolsa del dinero. Cuando alguien acudía a exponer una necesidad o a reclamar algo, don Bricio contestaba: «Hermesindo sabrá darte razón». Y casi para todo tenía ese nombre en la boca: «Hermesindo, esto; Hermesindo, aquello…». Siendo como era, desleal e infiel, el escudero se pasaba la vida inventando mentiras que el arcediano se creía a pies juntillas. Se fingía piadoso y rezador; pero, fuera de la vista del amo, no desperdiciaba ocasión para entregarse a los vicios: vino, mujerzuelas, naipes, dados y pendencias.

Al principio me mantenía yo a considerable distancia de Hermesindo, pues me causaba temor. Guardaba de él un doloroso recuerdo: fue el lacayo que me capturó cuando era niño y le propuso a don Bricio que me diera una paliza. Mas con el tiempo, como el resto de la servidumbre, caí en sus redes. En la rebeldía propia de la adolescencia, empecé a sentir admiración por sus malas costumbres y se convirtió para mí en maestro de pérfidos hábitos, artimañas y falsedades.

Aquel día de abril que llovió tanto, se las arregló sutilmente para empañar con sus cuentos la buena imagen que yo tenía de don Bricio. Ya por aquella época se refería siempre a nuestro amo, a sus espaldas, con el traicionero apodo de «don Birrio». También le llamaba «el viejo», «el largo» y muchos otros nombres que no recuerdo, pues era muy aficionado a los motes y se servía de ellos con gran ocurrencia.

—Nosotros aquí pasando calamidades —me dijo—, chorreando y sin comer, mientras don Birrio estará calentito con alguna barragana.

—¡Qué dices! —repliqué—. El amo anda en sus rezos, como cada día.

—¡Huy! Vaya ignorante estás hecho. No digo que no haya estado esta mañana en sus rezos, pero luego… Primero rezar y después gozar para tener qué confesar. ¡Ja, ja, ja…!

Con dichos maliciosos como estos e insinuaciones constantes, logró que mi inocencia se esfumara pronto. Empecé a sospechar que don Bricio no sería tan virtuoso como parecía. Esto me causó primeramente cierto desasosiego, mas luego me otorgó licencia para dedicarme a pecar con mayor desenvoltura.

9

El camino avanzaba por una llanura extensa, cubierta de trigales aún verdes que comenzaban a granar. Amapolas muy rojas, como salpicaduras de sangre, brotaban por doquier. En mitad de los sembrados se alzaban parduscas encinas en cuyas copas revoloteaban bandadas de azuladas palomas torcaces. La frescura de la mañana iba cediendo bajo un brillante sol que cobraba fuerza al elevarse en el cielo limpio.

—Hoy hará calor —comentó uno de los peregrinos.

—Sentémonos y descansaremos un rato a la sombra de esa encina —propuso el mercader con gesto fatigoso—. Salimos de Salamanca en noche cerrada y ha buen rato que amaneció. Es menester parar y cobrar fuerza.

—Hermanos, allá se ve gente —indicó el joven caballero señalando hacia la lejanía del camino.

Todos miraron en aquella dirección. Al pie de un pequeño cerro, se veía a algunas personas junto a una carreta tirada por bueyes.

—Quizá sepan decirnos si hay alguna fuente cerca —dijo el mercader mientras se enjugaba el sudor de la frente y del cuello con un paño.

—Yo llevo aún casi toda el agua que recogí en el último riachuelo que atravesamos —observó el joven caballero—. ¿Tenéis sed?

—Vayamos hacia esas buenas gentes —propuso el fraile—. Ellos sabrán decirnos cuánto falta para Zamora.

Así lo hicieron. Cuando se iban acercando, los campesinos advirtieron su presencia. Junto a la carreta había varias mujeres, un anciano y algunos niños.

—¡Peregrinos! ¡Peregrinos! —gritaron los niños—. ¡Peregrinos al señor Santiago!

Las mujeres se recogieron las faldas y corrieron muy alegres a dar la bienvenida a los caminantes.

—¿Vais al santo apóstol, señores? —preguntaban—. ¿A Santiago? ¿Al santuario del sepulcro?

—Allá vamos —les respondió el fraile.

—¡Pues pedid lo que hayáis menester! —les dijo el anciano desde la carreta—. ¡Dadles de comer, hijas mías!

Se apresuraron las mujeres a sacar algunos panes, tocino y tasajos.

—Comed, hermanos, que el camino es largo —ofreció una de ellas.

—¡Ay, buena gente —exclamó el fraile mirando al cielo—, Dios os bendiga!

—Comed, comed cuanto queráis —decía el anciano—. ¿Va alguno herido o enfermo?

—Todos vamos enteros, gracias a Dios —contestó el fraile.

Sentáronse bajo la amplia sombra de un gran árbol. Las mujeres cortaban generosas tajadas sobre una manta, mientras los niños merodeaban curiosos, observando a los cuatro peregrinos.

—Sacadles también queso —añadió el abuelo.

Obedientes, las mujeres ofrecieron a los caminantes

cuanto tenían: las viandas que guardaban para sus maridos que andaban por los campos, pastoreando el ganado. Bendijo los alimentos el fraile y todos empezaron a comer.

—¿Falta mucho para Zamora? —preguntó el mercader con la boca llena de pan.

—El próximo pueblo es Calzada —respondió el anciano—, de donde somos nosotros. Es señorío del señor obispo de Salamanca. Allá encontrarán una buena fuente y cobijo. Desde nuestro pueblo a Zamora hay dos jornadas de camino. Hallaréis aldeas de gente cristiana y buena que, como nosotros, han de daros lo que tengan para ellos. ¡Ah, el buen señor Santiago nos lo pagará!

—Confiad en que así ha de ser, buen hombre —le dijo el fraile—. Auxiliar a los peregrinos es una obra de misericordia que complace mucho a Nuestro Señor.

—Ha sido un buen año —añadió el anciano mirando al cielo—. Ha habido aguas y nieves. Ya veis cómo están los campos de pastos tiernos. No podemos quejarnos. Dios no nos ha tratado mal este invierno y hemos de pagarle como podemos. Rogad, hermanos peregrinos, a Dios por nos.

—Lo haremos, no dudéis dello —le prometió el clérigo.

Cuando se sintieron satisfechos, se tumbaron a la sombra para reposar. Insistieron los campesinos y les llenaron los zurrones con comida para la noche.

—Dios os lo pague, buenas gentes —decían agradecidos los cuatro peregrinos—. Dios ha de protegeros y daros de sus bienes en abundancia. ¡Gracias, gracias, gracias…!

—Ahora debemos irnos —dijo el anciano—. Mis hijos llevan los ganados hacia aquellos prados de allá y hemos de ir con ellos a la orilla del río, para llevarles el sustento que se merecen.

—Claro, claro, id, buenas gentes —otorgaron los peregrinos—. Cumplid con vuestras obligaciones, que a nosotros ya nos hicisteis mucho bien.

—¡Bendecidnos, hermanos! —suplicó el anciano.

Pusiéronse de rodillas todos; el abuelo, sus hijas, nueras y nietos. Extendió el fraile las manos sobre ellos y pronunció la bendición:

El Señor os bendiga y os guarde;
os muestre su faz y tenga misericordia de vosotros.
Os vuelva a vosotros su rostro y os conceda la paz.
El Señor os bendiga, gentes suyas.

Hicieron los cuatro peregrinos la señal de la cruz en el aire y se santiguaron los campesinos. Durante un momento, hubo paz y silencio, mientras se oía próximo el arrullo de una tórtola. Después se despidieron todos. El anciano arreó a los bueyes y estos emprendieron su pacífico caminar tirando pesadamente de la carreta. Se alejaron lentamente, volviendo hacia atrás de vez en cuando la vista.

Los peregrinos se quedaron descansando, al pie de la encina. Sestearon durante un largo rato, para reponer fuerzas. Después se aplicaron ungüentos en los pies doloridos y se vendaron las rozaduras. También organizaron sus escasas pertenencias, procurando envolver bien los alimentos y retirar, frotando con grasa, el moho que se había criado en la corteza del bizcocho. El mercader se dio friegas con un aceite de olor resinoso. Hacían todas estas labores en silencio, meditabundos. Quizá pensaba cada uno en el relato del clérigo.

Seguramente el mercader reflexionaba sobre ello mientras se sobaba los muslos regordetes, brillantes por el ungüento, porque, como pensando en voz alta, comentó:

—Y si hacía tanta penitencia ese don Bricio, cómo iba a ser tan pecador a la par. Es lo que no comprendo. No parece tener lógica que se privara del vino y la comida, que tanto le placían, para andar luego amancebado con una barragana. ¿O no?

Alzó la cabeza el clérigo Blasco Jiménez y sentenció solemnemente:

—Podría tener don Bricio otros pecados, mas no el del fornicio. Eso puedo asegurarlo.

—¿Entonces? —preguntó encogiéndose de hombros el mercader.

—Eran sucias mentiras de Hermesindo, embustes que él inventaba para llenar de ponzoña la honra del hombre a quien más debía en este mundo. Y yo, desagradecido y ruin, acabé creyendo a aquel miserable y poniendo en duda a mi buen amo —aseguró con tristeza el clérigo.

—¿Y por qué sabéis que no tenía barragana el arcediano? —insistió llevado por la curiosidad el mercader.

—Porque le conocí muy bien y lo traté largos años como os contaré al proseguir mi relato. No puedo hablar de la vida pasada de don Bricio. Me refiero a los años anteriores a mi infancia. Pero podría jurar que, aunque le tentara la carne como a todo mortal, era muy cuidadoso en esto. Todo acaba sabiéndose; nada hay oculto bajo el sol. Era mi amo un hombre de castas costumbres.

—Hay una cosa en esa historia que me llama mucho la atención —dijo el joven caballero—. Según lo que nos has contado, me parece que el arcediano era alguien extraño. Me explicaré: resulta que era hombre piadoso y caritativo, hombre de Dios, eso era evidente. Pero observo que su conducta oscilaba. Al principio del relato, resultaba ser un clérigo que no se privaba de la buena mesa; en cambio, repentinamente, varió su manera de ser y se entregó con ahínco a la penitencia. ¿Era acaso conversión? ¿No es desconcertante tan repentino mudar de vida? Aunque comprendo que en Cuaresma se entregara a las mortificaciones y ayunos que exige la buena práctica cristiana. Me refiero, y lo digo con todo el respeto hacia tu amo, a que parecían morar en él dos almas: una mundana y otra espiritual.

Blasco se quedó pensativo, meditando en el profundo discurso del joven. Se le veía hacer un esfuerzo de memoria a la vez que ponía en orden sus pensamientos.

—Ahora que lo dices —respondió al fin—, caigo en la cuenta de que, en aquellos torpes años míos de mocedad, reparé en ello. Era como si hubiese conocido a dos don Bricio…

El fraile escuchaba atento, con los ojos muy abiertos, como si todas aquellas palabras despertaran la inquietud en su interior. Se puso en pie y se aproximó al clérigo.

—Dejadme expresar mi opinión, hermanos —pidió—, pues creo entender lo que a don Bricio le sucedía.

—Habla —otorgó el clérigo.

El fraile entrelazó los dedos y dio sus explicaciones:

—Hay una suerte de espíritus, y lo sé porque he tropezado con ellos, para los cuales la vida y el mundo toman la forma de una perplejidad digna de asombro. Me parece que el buen don Bricio era uno de ellos. Estos espíritus están enamorados del Dios que es uno y es múltiple, pero viven presos de una verdadera dualidad espiritual. Por una parte, sienten un instinto que se confunde con su amor del ser y su gusto de vivir, lo cual los atrae a la alegría de disfrutar de lo creado y servirse de ello. De otra parte, su voluntad superior de amor a Dios por encima de todo les hace temer verse partidos y sentir el menor desliz de sus afectos.

—Cierto es lo que dices —asintió el clérigo—. Esa

misteriosa manera de ser de mi amo y maestro me causaba admiración y asombro, mas asimismo desconcierto. Porque observaba yo que, amando tanto como amaba las cosas del mundo, era capaz de no dejarse plegar a sus deseos. Disfrutaba de las cosas creadas, pero sabía dónde debía buscar al Creador.

—¡Ah, Dios y el mundo! —exclamó el joven caballero—. Dos astros rivales que atraen al hombre ¿Cuál de los dos se hará adorar más noblemente?

—No, hermanos —negó el fraile—. No es contraposición, sino hermosa armonía. Dios no está lejos de sus criaturas. Es más, permanece siempre en su intimidad. No olvidéis los orígenes: «Vio Dios cuanto había hecho, y todo estaba muy bien».

—Es bello decir y creer eso —observó con tristeza el clérigo—. Pero muy difícil de armonizar en la realidad de la vida. Lo digo por propia experiencia: las cosas y el mundo apartan de Dios.

—Aun así —expresó sonriente el fraile—, Dios no se aleja de su criatura. Según la bella intuición de Agustín: «Yo vagaba lejos de ti… Tú, sin embargo, estabas dentro de mí, en lo más profundo de mí mismo…».

—El que peca se halla muy lejos de Dios. No puede sentirlo… —sollozó amargamente Blasco.

—Y digo yo —intervino el mercader con rostro perplejo y gesto casi infantil—: ¿por qué nos manda Dios a este mundo, si sabe bien en su sabiduría eterna que aquí nos acechan el pecado y la desdicha? ¿A qué crearnos para la vida si hemos de morir? ¿Por qué permite que nos acose el tentador? ¿Por qué nos deja pecar? ¿Qué gana con nuestro mal?

Eran preguntas muy difíciles. Los cuatro peregrinos se quedaron muy callados. Caía la tarde sobre el mundo y las sombras de los árboles se iban alargando. El hori-

zonte se tornaba anaranjado y las aves emprendían el vuelo para buscar cobijo. Una manada de ciervos recorrió los
prados en alegre trote.

Sobrecogía el alma tanta placidez. Pero los interro-
gantes parecían flotar en el aire.

El fraile buscó su libro de oraciones. Lo estuvo ojean-
do y, cuando hubo escogido un salmo a su gusto, dijo:

—Recemos. No todo lo podemos saber, pues el buen
Dios se reserva el misterio divino. Rezar nos ayudará a
encontrar luz.

> ¿Adónde iré yo lejos de tu espíritu,
> adónde de tu rostro podré huir?
> Si hasta los cielos subo,
> allí estás tú;
> si en el abismo me acuesto,
> allí te encuentras.
> Si tomo las alas de la aurora,
> si voy a parar a lo último del mar,
> también allí tu mano me conduce,
> tu diestra me aprende.
> Aunque diga: «Me cubra al menos la tiniebla,
> y la noche sea en torno a mí un ceñidor,
> ni la misma tiniebla es tenebrosa para ti,
> y la noche es luminosa como el día».

Se arrodillaron todos y besaron la tierra del camino,
como hacían después de cada etapa, antes de empezar a
andar. Recogieron los zurrones, los capotes y los bordo-
nes e iniciaron de nuevo su ardua tarea de caminantes.
La luz decrecía, pero el vientecillo de la tarde aliviaba
refrescando el sudor de sus frentes.

—Ahora, hermano —pidió el joven caballero al clérigo—, continúa con el relato de tu vida, si es tu deseo,

pues estamos listos a seguir escuchándote mientras avanzamos en nuestro camino.

Retomó el clérigo el hilo de su historia y, con calma y sinceridad, les iba haciendo más entretenido el viaje con los hechos de su juventud, a la vez que aliviaba su alma atormentada por el recuerdo de sus errores.

LIBRO II

LA ENSEÑANZA

10

En mayo de aquel año, cuando cesaron al fin las lluvias que embarraban los caminos, los pregoneros anunciaron el edicto firmado y sellado por el rey Alfonso VIII. Mandaba el soberano que se interrumpieran las construcciones de los muros de las ciudades, de los puentes e iglesias, y que los caballeros y peones se proveyesen de armas y se dispusieran para ir en hueste, todos, desde el mayor al menor, atendiendo al requerimiento. Los preparativos fueron cuidadosos: reclutamiento de gentes, recaudación de fondos y acopio de víveres, armas y pertrechos. La ciudad de Ávila estuvo generosa a la hora de pagar la fonsadera, pues se habían predicado bulas de cruzada en nombre del papa Clemente III, que advertía acerca de los graves peligros que podían avecinarse después de la ruina ocurrida en Oriente.

El sábado de Pentecostés llegó el monarca a la puerta principal de la muralla. La fiesta era muy señalada y las gentes cristianas exultaban de fervor. Se celebró solemne vigilia en la catedral en la que se bautizaron numerosos infieles.

Don Bricio había vuelto a ayunar en los días previos

a esta fecha y se le veía más seco que nunca. Ensimismado en sus oraciones y con la mirada delirante, solo una cosa parecía importarle: partir cuanto antes de Ávila y emprender nueva vida en cualquier otra parte.

Asistió a la misa en un rincón oscuro de la catedral, arrodillado en el duro y frío suelo, sin reclinatorio ni escabel, fijos los ojos en el gran crucifijo de oscura madera que pendía del ábside sobre el altar. Ahora, pasado el tiempo, comprendo que se hallaba unificado y entero, sin división interior, como pura roca. Eso me parecía a mí; una estatua orante habitada por un misterioso espíritu.

Me encontraba yo a sus espaldas y quería entender las profundas razones que le llevaban a comportarse de aquella manera, pero me resultaba imposible rozar siquiera lo inaccesible de sus pensamientos.

Cuando se entonó el himno *Veni, Creador Spiritus*, bello, profundo y vivaz, alzó las manos enormes como si quisiera recoger en ellas toda la fuerza del momento. Ante esta visión, quedé sobrecogido.

Más tarde, finalizada la vigilia nocturna, salió discretamente a la calle, confundido entre el gentío. Manifestó entonces que aguardaría en la plaza para acercarse a saludar al rey. No deseaba mezclarse con los nobles ni con el clero poderoso que abarrotaba la nave central del templo. Quería hacer las cosas a su manera: humildemente. Todo esto, a los que le acompañábamos, no dejaba de causarnos desconcierto.

Desde su gran altura, don Bricio divisó al monarca por encima de las cabezas.

—Allá va el rey —anunció—. Iré hacia él. He de hablarle hoy sin falta.

Le seguíamos. Anduvo con cuidado, para no avasallar a la gente. Pero todos se apartaban a su paso. Era un hombre respetado y querido. Avanzó en dirección al rey, que caminaba junto al obispo hacia su gran palacio. Cuando estuvo a unos pasos de él, alzó la voz y le llamó:

—¡Señor! ¡Señor, escuchadme! ¡Hacedme una merced!

Don Alfonso VIII se volvió y le miró fijamente durante un largo rato, como queriendo reconocerle. Al fin, exclamó:

—¡Don Bricio, mi buen servidor! ¿Dónde os hallabais? Pregunté por vos y me dijeron que andabais retirado, entregado a duras penitencias. Casi no os conocía. ¡Estáis muy flaco!

—¡Señor, hacedme una merced! —repitió el arcediano hincando la rodilla en tierra.

—Claro, pedid lo que queráis —respondió el rey—. En atención a vuestros buenos servicios a mi señor abuelo, y a mí mismo, que prestasteis en vuestra juventud, atenderé vuestro ruego.

—Quiero ir con vos en la hueste y gobernar una ciudad —pidió mi amo con emocionada voz.

—¿Una ciudad? —dijo el monarca extrañado—. ¿Qué ciudad?

—Una ciudad, cualquiera que sea —respondió él. Le temblaba el labio inferior y brotaban lágrimas de sus ojos—. Una ciudad grande o pequeña, decidid vos cuál ha de ser. Una ciudad donde se bendiga a Dios…

El obispo don Domingo no ocultó su furia ante lo que en aquel momento consideró un atrevimiento de su subordinado.

—¡Don Bricio! —gritó—. ¿Habéis perdido el juicio? ¿Qué absurdo es este? Ya os advertí de que os estabais excediendo en las mortificaciones. ¡Comed de una vez y dejaos de tonterías!

Emitió don Bricio un sonido raro, como un ronquido, y prorrumpió en un llanto violento e incontenible. Conmovido, el rey se aproximó a él y le puso la mano en el hombro.

—¡Oh, don Bricio!, mi fiel servidor, el amigo de mi abuelo, su buen compañero, mi propio amigo… ¿Qué os sucede?

Ante aquella escena, sentí vergüenza por causa de mi amo. Se había hecho un gran silencio en torno a él y todo el mundo observaba curioso. A mi oído, Hermesindo repetía:

—Se ha vuelto loco, el viejo ha enloquecido. Ya te lo decía yo.

Besó el arcediano la mano del rey cariñosamente y volvió a exponer su ruego:

—¡Una ciudad, señor! ¡Dejadme gobernar una ciudad!

—Claro, hombre de Dios —contestó el rey—. Claro que podéis acompañarme en la hueste. Habéis adelgazado mucho. Se os ve fornido y dispuesto. Pero, decidme: ¿por qué queréis gobernar una ciudad? ¿Acaso no os gusta vivir en Ávila?

—Dios me lo ha mandado —respondió sin titubear don Bricio—. He de hacerlo. Durante días, he orado suplicando al Todopoderoso que me mostrara su voluntad. Ahora sé lo que Él quiere de mí.

—¡Basta! —rugió el obispo—. ¡Callad ya, don Bricio! ¡Qué suerte de locura es esta! ¡Callad!

—No, no, dejadle —repuso el rey—. He comprendido muy bien lo que me pide. —Y, para sorpresa de todos, otorgó—: Sea como pedís, buen don Bricio, os daré el gobierno de una ciudad.

Partió de Ávila la gran hueste del rey camino del sur. En ella, en pos de mi amo, abandoné yo al fin el lugar de mi infancia. Me despedí de mi pobre padre y de mis hermanos, y sentí el desgarro de la nostalgia por los muchos recuerdos. Inevitable era pensar que tal vez no pudiera regresar jamás. Pero también sabía que, al marchame de allí, dejaba atrás el lastre de mis humildes orígenes. Ahora solo era Blasco Jiménez, acólito y mesnadero del rey. El mundo me franqueaba su vastedad.

Avanzaba el ejército por los campos de Castilla. En cada ciudad, en cada villa y aldea se unían jóvenes caballeros y recios campesinos que portaban armas heredadas de sus padres y abuelos. Aumentaban el gentío, los víveres y los pertrechos. Éramos una enorme fila que se desplazaba ordenadamente. Delante cabalgaban veloces los guías y observadores para recorrer el terreno por el que habíamos de pasar. Detrás iban muchos mercenarios moros, aliados de don Alfonso VIII, dispuestos a guerrear contra los hombres de su misma religión a cambio de beneficios. Los seguían cada una de las huestes particulares: los grandes señores con sus caballeros, vasallos y peones. A continuación, según el orden del real fonsado, iban las órdenes militares: caballeros del Templo y de San Juan de Jerusalén, con sus priores a la cabeza. Tras los cuales cabalgaban los grandes clérigos del reino: arzobispos, obispos y abades. Entre ellos iba mi amo como capellán del rey, con los doscientos hombres que componían su mesnada. Ocupaba yo mi lugar como segundo escudero de don Bricio, después de Hermesindo, que era el primero. Iban por último los grandes nobles del reino: infanzones, duques y condes que acompañaban al rey. Seguían las damas de la corte con la servidumbre, criadas, cocineros, ayudantes, pajes y lacayos de todo género. En la cola, a su paso, nos perseguía a distancia una innumerable fila de buscavidas, prostitutas, truhanes y mercachifles; gentes miserables que no sabían vivir sino en pos de los ejércitos.

Mientras cubríamos las leguas que nos aproximaban a las montañas, se agitaban en mi interior todas las ilusiones y a la vez algunos temores. Como veía que don Bricio cobraba ánimos y se volvía más comunicativo, me acercaba a él, para preguntarle muchas cosas y resarcirme del tiempo en que había estado tan reservado y sumido en sus cavilaciones. Le preguntaba acerca de las cosas militares, del orden y composición de la hueste, de la disposición de la caballería y los hombres de a pie, de las armas que intervenían en el combate... Respondía él con sumo detenimiento, dándome cumplidas lecciones y detalladas explicaciones. A modo de ejemplos, desgranaba sus recuerdos de las guerras pasadas. Me contó cómo los almohades desembarcaron en Cádiz, cuando él era aún un niño, después de que los moros rebeldes del Algarve y un almirante de la escuadra almorávide, que se pasó a los invasores, les facilitaran el camino. Pelearon moros contra moros durante algún tiempo, hasta que Abu Yacub Yusuf consiguió gobernar el sur y el levante. Entonces lanzó una guerra santa contra los cristianos del norte. Así se había desenvuelto la juventud de mi amo, entre combate y combate. Se crio en Burgos, de donde partió un día, como yo ahora de Ávila, con la hueste de aquel rey, Alfonso VII, que era el abuelo de este.

Como veía que le placía que cabalgara a su lado y que estaba muy resuelto a proseguir la conversación que llevábamos, quise satisfacer una curiosidad que me remordía desde hacía semanas.

—Señor —le dije con todo respeto—, ¿puedo preguntaros algo?

—Pregunta lo que quieras —respondió—. Ya sabes cómo me agrada instruirte.

—¿Por qué razón queréis gobernar una ciudad? ¿De veras os mandó Dios hacer tal cosa?

Me observó desde su gran altura y sonrió. Tal vez le sorprendía mi curiosidad sobre ese asunto.

—Tuve un sueño —dijo perdiendo la mirada en el horizonte—. Dios me mostró lo que quería de mí. Durante semanas clamé a Él suplicándole que me mostrara el sentido de mi vida. A veces, los hombres pierden el sendero… Entonces se debe acudir a Dios. Él sabe orientar de nuevo los pasos…

—¿Podéis contarme vuestro sueño? —le pregunté empujado por una curiosidad aún mayor.

De nuevo sonrió. Luego cerró los ojos como si quisiera volver a ver en su interior aquellas imágenes. Cabalgábamos por la llanura inmensa. Detrás y delante de nosotros se escuchaba ese constante rumor de las pisadas, el rozar de los cueros y el metálico estrépito de los pertrechos guerreros. El cielo estaba intensamente azul y el aire era cálido y limpio.

—A veces los hombres pierden el sendero… —repitió—. Entonces se debe acudir a Dios. Mi vida ha sido muy intensa, y estoy agradecido al que conoce todos los destinos por cuanto me ha dado en este mundo. Mas sentí que no debía abandonarme a la complaciente quietud del responso: orar dando gracias, comer, beber, engordar… y morir. Siempre hay tiempo. Ya lo dejó escrito Él en su sagrado libro: «Todas las cosas tienen su tiempo… Todas las cosas de Dios son buenas, usadas a su tiempo; y el señor entregó el mundo a las vanas disputas de los hombres, de suerte que ninguno de ellos pueda entender perfectamente las obras que Dios creó desde el principio hasta el fin…».

Dicho esto, se quedó abstraído. Cabalgamos y él no hablaba, así que le recordé mi pregunta.

—Señor, el sueño.

—¡Ah, claro! —prosiguió. Cuando los días se parecen demasiado los unos a los otros, cuando pasa la vida sin que suceda nada en especial, a algunos hombres les entra gran tranquilidad en el alma. Otros, en cambio, comienzan a inquietarse. Creo que yo soy uno de estos últimos. Sentí que el demonio empezaba a envenenar mi alma con su ponzoña. Nunca está el hombre libre de tentación. Y cuando viene la tentación hay que dar batalla. No olvides eso…

—¡Por santa María, don Bricio, contadme ya ese sueño! —supliqué impaciente.

—Como el Señor en lo alto del monte, fui tentado por la astuta serpiente. Quería yo ser obispo de Ávila y asentarme en esa sede para pastorear a la grey con sabiduría y elocuencia. Creía que Dios no me negaría esa gracia, pues sentí merecérmela por tantos años de fatigas por la causa del Señor. Mas ya sabes cómo me vi defraudado en esa engañosa ilusión. Las cosas no suceden tal y como deseamos, sino como Dios quiere. Y el designio de su divina providencia resulta a veces incomprensible para las pobres expectativas del hombre. Fue nombrado don Domingo como obispo de Ávila. ¡Precisamente don Domingo!, el clérigo que más me ha detestado en mi mísera vida. Siempre estuvo próximo a mí; primero en Burgos, luego en la hueste de don Alfonso VII como capellán real… Ahora es mi superior, mi propio obispo. Mentiría si dijera que le tengo estima, pues me causa su persona tal animadversión que se entorpecen las luces de mi razón solo por escucharle hablar. Antes pensaba que él me tenía envidia; siempre pensé que, a causa de su menudez de cuerpo, se sentía inferior a mí y que por eso saltaban chispas cuando ambos estábamos cerca. ¡Oh, pobreza y mezquindad del alma humana!

—El sueño, don Bricio, el sueño…

—¡Déjame proseguir, muchacho impaciente! —replicó—. No comprenderás el sueño si no te pongo en antecedentes. El sueño es lo de menos en toda esta historia; lo que importa es el porqué de ese sueño.

Solía sucederme siempre que hablaba con él: sus largas explicaciones para la mínima cosa me exasperaban. ¡Qué necio e impulsivo era yo! No sabía aprovechar la gran sabiduría de mi maestro, cuyas palabras no tenían desperdicio.

—Fue tal mi desazón cuando supe que don Domingo sería mi obispo —prosiguió—, que me salió un sarpullido en la piel de la barriga y otro peor en el centro del alma. No podía pensar en otra cosa. Me parecía un fatal capricho del destino. ¿No había más clérigos en Castilla? Aunque no me nombraran a mí obispo de Ávila, ¿por qué Dios me golpeaba de esa manera? Precisamente él, don Domingo, la persona que menos me ha comprendido en este mundo. Es él un hombre práctico y sensato que ha hecho del orden y la corrección la bandera de su vida. Para él yo siempre fui un loco místico que se mueve por impulsos. Hablamos él y yo dos lenguas bien diferentes, aunque nos leemos los pensamientos y nos conocemos desde hace años… Sí, él es lo más diferente a mí que Dios ha hecho en este mundo. Por eso, me vine abajo cuando lo supe.

—¡Señor, el sueño!

Me miró apretando los labios. Conocía yo ese gesto suyo. Vi que sus pupilas se movían de un lado a otro velozmente. Se había enojado, pero no me regañaría con dureza. Solo dijo:

—Eres terco como una mula, pequeño Blasco. Aprende a tener paciencia. Hoy no te contaré mi sueño.

Aquella noche acampamos en la extensa vega de un río. Había grandes bandadas de aves poco acostumbradas a la presencia de las personas y los ballesteros se entretuvieron asaeteándolas. Cuando anocheció, se escuchaba cantar a las damas bellas canciones de amor en su campamento. Me invadió una extraña melancolía.

Don Bricio fue a rezar las vísperas con el arzobispo de Toledo. Yo en cambio me uní a los caballeros del Templo para hacer la oración pues me maravillaba su manera de entonar los salmos.

Poco a poco, el rumor de los cantos litúrgicos se fue apagando y entonces empezó a escucharse el cacharreo de las cocinas. Pronto se encendieron multitud de hogueras y se expandió el aroma salobre de los caldos hechos con huesos secos de cerdo, tocino y legumbres. Era ese el momento más entrañable en el duro peregrinar de la hueste.

Cuando hubimos cenado, Hermesindo y yo fuimos a hablar de nuestras cosas buscando la proximidad del calor de las brasas. Me contó él sus aventuras del día anterior en el campamento de los truhanes y prostitutas que nos seguía. No tenía yo aún la suficiente intrepidez para explorar esos territorios prohibidos.

—Cualquier día de estos se enterará don Bricio de la mala vida que haces a sus espaldas —comenté.

—Pues que se entere —dijo él con indiferencia—. No voy a pasarme la vida rezando. Cuando estemos frente al moro te darás cuenta de que hay que sacar el mejor partido a esto de la guerra. Si te matan en la batalla sin haber probado lo bueno de este mundo…

Otras veces estaba yo más atento a las cotidianas historias de sus pecados. Aquella noche no me interesaba otra cosa que el misterioso sueño de don Bricio. Así que, por si él sabía algo, le pregunté:

—¿Qué te contó el amo de su sueño?

—¿Sueño? ¿Qué sueño?

—El que tuvo antes de pedirle al rey que le dejara gobernar una ciudad.

—¡Ah, eso! —observó desdeñoso—. ¿Aun llevando siete años junto al viejo no te has dado cuenta de que no está del todo en sus cabales?

—¡No digas eso, Sindo! —repliqué—. El amo tuvo un sueño. Quiso contármelo hoy, pero me impacienté y se enojó conmigo. No está loco, lo que pasa es que Dios le habla. Es un hombre de Dios.

—¡Qué estupidez! Cuando uno no come en condiciones escucha voces y le habla hasta el mismo demonio. Ya lo decía mi madre. El viejo ha sido siempre de muy buen comer y beber. Desde que dejó la carne y el vino y se puso flaco como un galgo, son los demonios quienes andan haciéndole ver visiones. ¿Un sueño? ¡Hambre es lo que tuvo! No seas ingenuo. Si te fías de sus cosas acabarás tan loco como él.

11

Al día siguiente volví a cabalgar junto a mi amo. Discurría la hueste por antiguos senderos de montaña que los hombres del rey habían limpiado el pasado año, retirando árboles y piedras de en medio. Se veían roquedales musgosos, umbríos valles y extensos bosques de robles, encinas, quejigos y madroños. Alguien comentó que en aquellas tierras abundaban los osos. Todavía de madrugada se escuchó lejano el aullido de algún lobo. Pero, a media mañana, eran los cantos de mil perdices los que saludaban a nuestro paso.

—Señor —le pedí a don Bricio—, ¿me contaréis hoy el sueño? Prometo no interrumpiros.

—Nada sucede porque sí —respondió enseguida, como si estuviera deseando seguir con sus explicaciones—. Dios sabe sacar copiosos bienes de nuestros males. Esa debe ser la regla primera de todo hombre del espíritu. Cuando amenaza una gran tribulación, se aproxima un gran beneficio. Detrás de la tormenta viene siempre la calma. Lo que sucede es que somos impacientes y queremos ver inmediatamente realizados nuestros deseos. Mas para Dios no existe el tiempo. Momentáneamente, supuse que la llegada de don Domingo a Ávila traería para mí un dechado de perjuicios. Y así sucedió primeramente. Ya lo sabes. Quiso apartarme él de todo. Igual que yo no le soporto, comprendo que él desee tenerme cuanto más lejos mejor.

—Claro. Por eso empezamos a cazar —observé.

—En efecto. Creí que el ejercicio, el contacto con la naturaleza y el viril retornar a las armas, aunque solo fuera para abatir animales, me haría bien. Pero mi alma languidecía…

—¿Entonces fue cuando tuvisteis el sueño? —le pregunté.

—El sueño vino mucho después —refunfuñó—. ¡Ten paciencia, diantre!

Como temía que sucediera lo del día anterior, decidí no volver a mentarle el sueño. Él prosiguió con su perorata:

—Intenté una vez más que don Domingo me comprendiera. Acabóseme, empero, la templanza y estuve a punto de hacer algún desatino. Pero, gracias a Dios, comprendí que no debía luchar contra mi obispo, sino contra mí mismo con las armas del espíritu. Me había convertido yo con el tiempo, y casi sin darme cuenta, en un grueso tronco de vid que se ahogaba en medio de sus muchos sarmientos sin producir frutos. Debía pues recortarme en mis muchos poderes, mis comodidades y mis vicios. Fuime a leer en mi viejo libro de *Las vidas de los santos* los saludables ejemplos que recordaba de aquellos que se pusieron a dominar su propio cuerpo para agrandar el espíritu ante el Tentador: aquellos anacoretas del yermo, demacrados, extenuados, perdidos en las ásperas soledades de Egipto y Siria. ¡Oh, san Onofre!, que sin más vestido que su propia cabellera y un cinturón de hojas, ni siquiera parecía un ser humano, alimentándose tan solo con dátiles silvestres que producía una pequeña palmera plantada frente a su mísera choza. ¡Qué entereza la de san Hilarión!, que, a pesar de su mala salud, aprendió a privarse de todo: vivía en una celda angosta como una tumba, jamás quebrantaba el ayuno antes de la puesta de sol, no comiendo otra cosa que hierbajos y raíces, y vistiendo siempre con tela de saco, sobre la que se ponía únicamente la pellica que san Antonio abad le había dado. San Simeón Estilita se pasó la vida en lo alto de una columna, sin amparo contra el sol y las tormentas; sin lugar suficiente en que tenderse, y con una llaga abierta en el pie, llena de gusanos… ¡Ah, cómo vencieron ellos al diablo! Dominando sus pasiones, llegaron a encontrar la luz que buscaban.

En la natural impaciencia de mi mocedad, no alcanzaba yo el sentido último de aquellas sabias explicaciones de don Bricio. Me regalaba él de sus labios todo un tratado sobre las virtudes de la ascética. Pero a mí me fatigaban tantas palabras.

—Querido Blasco —proseguía—, los santos se mantienen en continua alerta para ahogar en sí el menor movimiento de la carne. Por ejemplo, san Sisoes, se ganaba el sustento diario tejiendo con mimbres cestos que luego llevaba a vender a los mercados; pero se dio cuenta de que se encolerizaba cuando nadie compraba su trabajo, y decidió entonces abandonar este oficio para no caer en el pecado de la ira. Por eso uno debe ser cuidadoso incluso a la hora de practicar las más loables virtudes. Un discípulo de san Pacomio tejía esteras. Un día tejió dos en vez de una, como tenía asignado cada jornada, y lo hizo para ser alabado por su maestro; mas san Pacomio se dio cuenta y le dijo secamente: «Te has afanado desde la mañana a la noche para dar tu trabajo al diablo».

Como temía que me relatara una por una todas las vidas de los santos de su libro, le interrumpí cautelosamente.

—Señor, he llegado a comprender muy bien la necesidad de la mortificación para la santidad del alma. Pero quisiera saber qué relación guarda esto con que Dios os haya pedido gobernar una ciudad.

—No andes con rodeos, mi pequeño Blasco —dijo con ironía nada disimulada—. ¿Crees que no adivino tu impaciencia? Una vez más, te repito que no te contaré el sueño hasta que no seas capaz de comprender su sentido.

—Proseguid pues —contesté resignado—. Soy todo oídos.

—La vida, muchacho, está sembrada de lazos y asechanzas que urde el diablo. Estos engaños se le aparecieron a san Antonio en una de sus visiones, en tal número y peligro que el santo preguntó al cielo qué manera había de evitarlas. La respuesta que se le dio es la única salida que hay: «Con la humillación se vence». La humildad es lo contrario de la soberbia. Son soberbios los que creen ser alguien, los que tienen un alto concepto de sí mismos y desean imponerse a los demás. Es lo que condena san Pablo en sus cartas: «No seáis altivos, antes bien, poneos al nivel de los sencillos. Y no seáis autosuficientes». ¡Ay, qué difícil es eso!

Estando en esta conversación, sonó varias veces la trompeta de los heraldos del rey dando aviso de detener la marcha. Habíamos descendido ya casi hasta el pie de las altas sierras que atravesábamos. Don Bricio oteó el horizonte con agudos ojos de aguilucho y dijo:

—Estamos ya próximos al valle del río que los moros llaman Xerit. Supongo que habrán regresado los observadores para informar acerca de lo que hay más adelante, en las extensas y fértiles vegas que el rey conquistó para su reino hace algunos años.

La hueste se detuvo al poco rato en unos prados cuya hierba comenzaba a amarillear. El terreno era irregular, cerro tras cerro, y el río discurría manso allá abajo, serpenteando entre tupidos bosques de parduscos árboles. Volvieron a sonar las trompetas llamando ahora a consejo.

Siguiendo el mandato del rey, recorrió la hueste ordenadamente aquellos boscosos territorios, respetando villas y aldeas, sin tomar de las gentes que habitaban el valle otra cosa que el debido tributo correspondiente al fonsadero. A nuestro paso, se ocultaban los campesinos temerosos, muy conscientes de los graves perjuicios que sobrevenían con el paso de los ejércitos. Acudían solo los señores, los alcaldes y los concejos a prestar juramento de vasallaje al soberano de Castilla y a informar acerca de las nuevas que se habían dado desde que el verano pasado por última vez rindieran cuentas ante su rey y dueño. Todos relataban la misma historia: los moros estaban lejos, en el sur, allende la ciudad de Cáceres. Había sido pues un año tranquilo. Aunque los pacíficos pueblos no se habían visto libres de las fechorías de alguna que otra banda de hombres sin ley, fueran musulmanes o cristianos, de los que abundan por ahí echados a los caminos como manadas de lobos hambrientos. Prometió don Alfonso dar con ellos y hacer justicia.

Llegamos al fin al primero de nuestros destinos, un lugar llamado Ambroz, situado en un gran meandro del río Tiétar, donde el rey don Alfonso VIII había fundado el año anterior una aldea con vocación de ciudad que bautizó con el nombre de Ambrosía. La ribera que circundaba las murallas de la población eran fértiles, muy verdes, merced de la abundancia de huertas regadas a base de norias y acequias dispuestas a la manera mora. En el llano pastaban plácidamente orondos terneros sobre la hierba aún verde; más allá, ingentes rebaños de ovejas se desplazaban hacia el sur guiados por sus pastores. En los campos cultivados crecían matas de legumbres y verduras de todo género; los frutales se extendían en desorden, entrelazando sus ramas en una maraña verde que dejaba asomar las coloridas frutas pendientes de ser recogidas. Circundando el cerro donde se alza la pequeña ciudad, el río Xerit abandona allí la dirección de poniente y traza una curva buscando el norte. Discurren las aguas por su cauce bordeando los árboles altos, entre los cuales se veía gente con enormes barcazas de las que se usan para cruzar de una margen a otra.

Ambrosía era una ciudad muy pequeña y pobremente fortificada, a pesar de estar en territorio próximo a la frontera. Se veía un triple cerco de murallas poco elevadas: las dos interiores de piedras sobrepuestas de forma tosca, y la interior de tierra batida y adobes endurecidos por los años, al modo de los moros. Las casas del interior eran pequeñas; solo sobresalía una iglesia con su campanario y una sencilla fortaleza, también construida con barro y escasas piedras.

Componía el conjunto —montes, ciudad y río— una visión hermosa. Ascendían desde las huertas aromas húmedos de frescas plantas de las que crecen junto al agua, albahaca, hierbabuena, poleo, salvia…, y el aire era suave. De repente se alzó a lo lejos el repicar de las campanas que avisaban de la llegada del rey. El tintineo puso alegría en el avanzar de la hueste por los campos y las gentes corrieron alborozadas a situarse a la vera del camino.

—Me gusta este lugar —comentó don Bricio muy sonriente—. Se respira aquí la inocencia propia de los hombres entregados a sus labores. Mira esos huertos fértiles, esos ganados, esas montañas, el río… y la pequeña ciudad ahí, tan quieta… Sí, me agrada mucho este lugar.

12

El fértil valle del río Xerit y el lugar llamado Ambroz fueron conquistados a los moros por el rey de Castilla hacía diez años, en la campaña guerrera que siguió a la toma de Cuenca, con el fin de crear una línea segura utilizando el Tajo como barrera defensiva. En la ciudad de Ambrosía, mandada edificar por el rey, vinieron a asentarse pobladores de Ávila, preferentemente, aunque también había pequeños caseríos de moros que labraban la tierra y poblados de pastores que vivían en chozas, arriba en la sierra. Junto a una ermita dedicada a san Bartolomé apóstol, se había levantado un convento de la orden de San Juan de Jerusalén y otro se estaba edificando dentro de la muralla para albergar frailes de Santo Domingo. Querían el rey y el obispo de Ávila que Ambrosía fuera una ciudad estratégica; un centinela castellano frente a los musulmanes del sur que dominaban hasta la línea del Tajo; así como frente al reino de León que tenía próximos sus últimos territorios. Aquí confluían además las mejores cañadas del occidente hispano. La última frontera cristiana estaba ahora en las plazas de Turgello, Santa Cruz y Monfragüe. La tierra de nadie había empezado pues a estar lejos desde las últimas contiendas con el moro. El postrero señorío cristiano hacia el sur era Turgello, que detentaba don Pedro Fernández de Castro, vasallo del rey castellano.

Por estas razones, con muy buen juicio, dio el monarca permiso al obispo de Ávila para que otorgase carta puebla con el fin de consolidar la repoblación de cristianos en aquellos parajes, haciendo repartimiento de tierras y derechos entre las gentes de Ávila que venían en la hueste.

Advertí que don Bricio se había enamorado de aquel lugar enseguida. Se le veía inquieto desde que pusimos la tienda en el verde prado que se extendía por la ribera del río Xerit. Contemplaba las elevadas montañas a lo lejos, los huertos de los moros, las aguas copiosas y mansas que discurrían plácidamente, como espejo de plata que reflejaba el cielo claro, y los espesos bosques que prometían caza abundante.

—Esta plaza es verdaderamente hermosa —comentaba—. Lo tiene todo: montes, pastos, cultivos, ríos, arroyos, fuentes… ¡Es una bendición!

Pronto comprendí que le apetecía tomar asiento allí y supuse que le pediría al rey que le otorgase en esa misma ciudad el privilegio que le solicitó en Ávila. Entonces temí que se echaran a perder mis sueños de aventura demasiado pronto, mucho antes de llegar a la tierra de nadie.

Mis suposiciones eran fundadas. Permanecimos en Ambrosía durante tres semanas, que era el tiempo estimado suficiente por el obispo para realizar las gestiones que necesitaba la repoblación. Mi amo no perdía ocasión para aproximarse al rey y hablarle con mucha sutileza y encanto de las excelencias de aquel lugar. Si iban en jornada de caza y se abatía un oso, don Bricio se las arreglaba para que el monarca reparase en que nunca antes había contemplado osos mayores y de más lustre que los del bosque de Ambrosía. Si los lugareños traían pepinos, melones, calabazas o manzanas, alababa el arcediano el color, la frescura y la salud de lo frutos como si del paraíso vinieran. Del vino decía que era el mejor, «por no ser espeso ni claro, fuerte ni flojo, dulce ni ácido; sino justo en su sabor, como ambrosía misma». Las truchas se las hacía ver al rey «de plata fina y jade»; el aceite, «oro líquido»; el vinagre, «bálsamo aromático»; de los quesos de cabra decía que eran «como comer seda». En fin, nunca antes había visto yo a mi amo tan hábil para desvelar la poesía de las cosas más cotidianas. Saltaba a la vista que Ambrosía era el lugar de sus sueños.

Tanto entusiasmó don Bricio al rey con aquel lugar que don Alfonso VIII quiso rebautizar la ciudad y no se le ocurrió nombre más adecuado que el de *Placencia*, esto es, la que causa agrado, la agradable, la que place.

—Ese nombre es justo y necesario —sentenció mi amo delante del monarca y del obispo de Ávila, el día que se anunció la decisión solemnemente, en presencia del concejo, de los nobles y del pueblo reunido para asistir al repartimiento de las tierras y derechos de la carta puebla.

En esa misma ceremonia debían nombrarse los cargos principales del gobierno de la ciudad. Por ser erigida Placencia en territorio de Ávila, el monarca otorgó al obispo don Domingo la tercera parte de las rentas reales de la nueva población y el privilegio de hacer justicia. Debía pues el obispo de Ávila nombrar arcediano a sus órdenes para la iglesia de Santa María, que era la principal en la nueva plaza.

Para don Bricio, este era el momento más esperado. Confiaba en que el rey habría puesto cuidado en atender sus ruegos, pues ya se había adelantado mi amo para manifestarle su vivo deseo de ser arcediano de Placencia.

Sentado don Domingo en la sede de la iglesia, anunció:

—Tengo a bien nombrar arcediano y vicario mío para el pastoreo de las almas de Placencia al servidor de Dios don Pedro de Taiaborch.

Asistió don Bricio a la escucha de este nombre con aparente impasibilidad. Felicitó al nuevo arcediano con un abrazo y se retiró silencioso. Quería yo adivinar su decepción y buscaba en su penetrante mirada algún asomo de tristeza, pero solo aprecié su conformidad y esa facilidad que tenía para transformar lo malo en necesario. Cuando íbamos de camino hacia las tiendas, comentó con palabras llenas de convencimiento:

—No estaría de Dios. Quizá estime Él que no sea aún tiempo de tomar asiento. Sigamos caminando pues. Hasta que el Señor quiera darnos reposo. Aunque bien sabe él cuánto me place esta ciudad.

Dejó la hueste atrás Placencia y puso rumbo al sur, atravesando el señorío de los Fernández de Castro, que salieron al encuentro del rey a las puertas de Turgello para rendirle homenaje y ofrecerle su castillo como hospedaje. Se había reunido allí mucha gente de armas venida de todas partes. Los señores de la ciudad recelaban y no dejaron entrar dentro de la muralla nada más que al monarca y a sus servidores más directos. También permitieron que los clérigos fueran a decir misa en los templos que había intramuros. Acompañé a don Bricio, que fue a oficiar en una bella iglesia de piedra.

Finalizado el culto, ascendimos hasta las almenas para divisar el paisaje. Se veía el campamento allá abajo, con miles de tiendas, barracones, caballerizas y un hervidero de gentes y bestias que ajetreaban en una amplia extensión. A lo lejos, la vista alcanzaba una infinidad de tierras montuosas pobladas de encinas:

—Allá, hacia el sur, empiezan las tierras de nadie —me explicó don Bricio, señalando con el dedo el horizonte.

—¿Qué hay en esas tierras? —le pregunté.

—Nada —respondió con gravedad—. No hay campos cultivados ni pueblos. Hay ruinas, alimañas y forajidos. Solo un ejército puede atravesar esos territorios que pertenecen al demonio. Más allá de ellos, están los reinos de los moros.

Se me agitó el alma al escuchar aquello. En ese preciso lugar acababa un mundo y empezaba otro.

13

Permanecimos en Turgello todo el otoño, mientras el rey establecía las fronteras, limpiaba de bandidos los territorios limítrofes y ordenaba las cosas de manera que el sur de Castilla gozase de la paz necesaria para el buen gobierno de las ciudades. Con este fin, dispuso que los caballeros de Montegaudio se hicieran cargo de la defensa de los montes cercanos otorgándoles algunas fortalezas.

El fin de año llegó metido en aguas y arreciaron unos fríos grandísimos. Los vientos soplaban helados desde el norte y no había manera de calentarse los huesos. Entonces don Alfonso VIII partió hacia Toledo para pasar el invierno. Mientras gran parte de la hueste permanecía en el campamento de Turgello, muchos señores, clérigos y caballeros principales fueron en pos del rey para acompañarle en su retiro. Mi amo decidió contarse entre ellos y nos llevó consigo a toda su hueste.

Nos estábamos acercando a Toledo, atravesando enormes y ásperas altiplanicies cubiertas de escarchas, cortadas por los duros vientos de las montañas nevadas, cuando vi por primera vez un ejército de moros. Era la hueste del rey de Mallorca, Abdalá ben Ishac, el último caudillo almorávide que se enfrentaba a los almohades aliándose con el monarca castellano. Nos salieron estos moros al paso en unos cerros yermos con mucho estruendo de tambores, chirimías, cantos y vocerío. La gente cristiana que no estaba enterada del pacto de nuestro rey con ellos se sobresaltó mucho y algunos caballeros se aprestaron a dar batalla. Pero los heraldos recorrieron el campo gritando:

—¡Son amigos de Castilla! ¡Son aliados! ¡Acuden a rendir vasallaje al rey cristiano!

Sonaron las trompetas sobre nuestra hueste y la gran fila que avanzaba se detuvo. Entonces vimos acercarse al rey de los moros, que venía montado en un animal blanco altísimo, de largas patas y andar pausado, que yo no había visto nunca.

—Es un dromedario —me explicó don Bricio—. El moro lo monta para indicar que viene en son de paz.

Descendió el monarca mallorquín de su altura y fue a besar la mano de nuestro rey, el cual le abrazó luego como a un hermano. Las órdenes se gritaron entonces en ambos ejércitos y los caballeros, moros y cristianos, se alinearon formando una columna que avanzó unida en dirección a Toledo. El frío viento removía las capas y las banderas. Aquella visión me hizo estremecer, pues se divisaba la enorme ciudad a lo lejos, recortándose en el horizonte, con sus murallas y torres coronando una alta loma.

Tal vez por no estar acostumbrados a tan recios viajes, a los fríos, al comer mal y a deshora, así como a las penalidades propias de la vida de fonsadera, vine a enfermar yo en las mismas puertas de Toledo. Me afligió una debilidad grande de cuerpo, con tiritonas, calentura y mucha tos, de manera que llegué a la ciudad en tan lastimoso estado que no pude disfrutar de los recibimientos y fiestas que estaban preparados para nuestro rey y toda su corte.

Al reparar en mis males, acudió don Bricio solícito a prestarme cuidados. Dispuso que me acostasen dentro de la tienda y me cubrieran con cálidas pieles de oveja. Envió a los médicos, que me mandaron tomar caldos calientes hechos con huesos de carnero y verduras. También me aplicaron friegas en el pecho a base de perfumados ungüentos y cataplasmas ardientes de trapos impregnados en manteca y heces de caballo. No parecían surtirme efecto tales remedios y pasaron días largos de enfermedad en los que creí morir.

En mi estado febril, durante aquellas noches de fríos sudores que se me hacían eternas, tuve espantosas pesadillas en las que se me presentaban todos los horrores. Soñaba con sombríos parajes a los que acudían malignos demonios a llevarse mi alma a los infiernos. Mas siempre venía don Bricio en mi socorro recomendándome: «Ora, Blasco, ora al Dios que todo lo puede». Iniciaba yo el padrenuestro una y otra vez y no conseguía concluirlo, como si lo hubiese olvidado; me desesperaba, pugnaba agitado contra las pieles que me cubrían, gritaba, sollozaba, rugía… Una luz en la noche venía entonces a mi encuentro, acompañada por una voz:

—Sálvalo, Dios bendito; devuélvele la salud. Ten misericordia, Jesucristo… —Era mi amo que no dejaba de rezar por mí ni un momento.

Por fin, una mañana desperté con la mente más clara. Me dolían los miembros, pero no tiritaba ya, ni me oprimía la angustia en el pecho. Entonces estimaron los médicos que comenzaba a sanar.

—Reposo ahora, mucho reposo —los oí recomendarle a don Bricio—. Está mermado de fuerzas por la enfermedad y deberá recobrar poco a poco los bríos.

En efecto, estaba yo flaco como un esqueleto. El día que me levanté por primera vez del lecho y me vestí, me asusté al ver cómo me caían holgadas las ropas y me sobraban telas por todas partes. Di apenas dos pasos y al momento tuve que sentarme, para recobrar el resuello. Cuando aparté con una mano la lona de la tienda para asomarme al exterior, el brillante sol de la mañana me cegó y a punto estuve de dar en tierra con mi cuerpo maltrecho. Pero al poco rato pude fijar la vista y contemplar allá arriba la hermosura imponente de Toledo con sus baluartes y palacios resplandecientes bajo el azul cielo.

Cuando estuve algo más repuesto, me subió don Bricio a lomos de un asno y me llevó a ver la ciudad. Quedé maravillado por la belleza de las construcciones: murallas, puertas de mármol labrado, caserones de rojo ladrillo, plazas, mercado, iglesias, mezquitas y sinagogas. En las calles se desplegaba un colorido y un bullicio tales que me parecía estar en un lugar de encantamiento. Los artesanos forjaban hierro, cardaban lana, curtían cuero y tallaban madera con una habilidad inigualable. Había moros por todas partes muy bien ataviados con anchas mangas y calzones. Los hombres salían y entraban en las tabernas, mientras ricas damas recorrían los zocos auxiliadas por ejércitos de criadas. Ora se escuchaba acá tañer una campana, ora allá el canto de un almuecín llamando a la oración musulmana.

—Es la ciudad más prodigiosa de la cristiandad hispana —me explicó don Bricio—. Cuando fue ganada a los moros por el emperador Alfonso VI, repicaron en Roma las campanas en cuanto se supo la feliz noticia.

Anduvimos por laberínticos barrios hasta el amplio callejón que reunía a los libreros toledanos. En este mercado tan especial, se alineaban las casas y los negocios de todos aquellos, ya fueran judíos, moros o cristianos, que se dedicaban a comprar y vender libros de todo género. Era un lugar silencioso y sorprendente que tenía una peculiar atmósfera impregnada con los olores de las vitelas, los pliegos de papel y las tintas. Sabios maestros y clérigos se entregaban con detenimiento a hojear los diversos volúmenes que se ofrecían en los mostradores o que reposaban en los estantes abarrotados. Los libreros iban de acá para allá atendiendo a sus clientes o se entretenían con las delicadas tareas de encuadernar, ilustrar y reparar los manuscritos. Reinaba un ambiente misterioso, casi sacro.

Don Bricio sabía bien lo que buscaba. Amarró el asno a la reja de una ventana y me pidió que le acompañase. Ambos entramos en una casa de amplio zaguán, donde un criado nos atendió amablemente. Enseguida apareció un enjuto anciano de aspecto distinguido, que se inclinó respetuosamente y ofreció a mi amo cuanto había en su negocio.

—Vengo por indicación del señor arzobispo —dijo don Bricio.

—¡Ah, mi señor don Gonzalo, el insigne arzobispo! —exclamó el librero—. ¿Qué os trae a mí? Os atenderé gustoso.

—Necesito una obra que, según me indican, solo tú podrás ofrecerme sin necesidad de hacerme esperar a que se copie.

—Vos diréis de qué se trata. Será para mí un honor complaceros y servir así a mi señor arzobispo. ¿Cuál es el libro que tanto deseáis?

—*De civitate Dei* de san Agustín.

—¡Oh, claro, *La ciudad de Dios*! —exclamó el librero.

—¿Lo tienes? —preguntó con impaciencia mi amo.

El librero se aproximó a los estantes y se encaramó en el último peldaño de una pequeña escalera. Con sumo cuidado, extrajo varios libros que fue entregando a su criado. Cuando tuvo en sus manos el último de ellos, dijo:

—He aquí: *De civitate Dei*, cinco manuscritos en papel toledano de la mejor calidad que contienen veintidós libros que forman la genial obra de san Agustín.

El rostro de don Bricio se iluminó. Entusiasmado, estuvo hojeando durante un largo rato los volúmenes, contemplando las ilustraciones y examinando la hechura de los libros.

—Es justo lo que necesitaba —dijo satisfecho—. ¿Qué pides por la obra completa?

—Bien decís —contestó el librero—, pues esa obra de Agustín solo la venderé completa, pues dividirla sería entregar solo un pedazo de una hermosa vasija hecha añicos. Y los cinco volúmenes tienen el precio que les corresponde. Ya veis la calidad de la piel que los cubre, mirad ese papel fino y consistente, las tintas…

—Bueno, bueno, dejémonos de dar rodeos. ¿Cuánto cuestan los libros?

—Por venir de parte de mi señor arzobispo —respondió sonriente el librero—, os cobraré cincuenta maravedís; lo cual es un precio justo, teniendo en cuenta el gran trabajo que hay ahí.

Don Bricio se quedó pensativo. Extrajo de entre sus ropas una bolsa y la dejó encima del mostrador.

—Ahí tienes treinta doblas castellanas —dijo circunspecto—. Es todo lo que tengo, no miento.

Abrió la bolsa el librero y extendió las brillantes monedas de oro sobre la mesa. Después de observarlas, dijo:

—Es poco para lo que me ha costado la obra, mas, en atención a quien sois y a quien os envía, aceptaré esto y vuestra palabra de entregarme diez doblas más o seis maravedís viejos.

—Sea —otorgó don Bricio extendiendo la mano.

Se cerró el trato quedando ambos contentos. Ofreció entonces el librero un trago de buen vino y brindamos los cuatro: mi amo, el dueño del negocio, el criado y yo. Después estuvieron hablando acerca de los libros que allí había: las *Confesiones* del propio Agustín, la *Vida de Augusto* de Suetonio, la célebre *Etymologiae* de Isidoro de Sevilla, las obras de Teodulfo y Alcuino, los grandes poetas paganos, como Virgilio, Salustio o Terencio, y las *Fábulas* de Esopo.

—¡Es fantástico! —exclamó don Bricio—. ¡Quién tuviera a mano todos estos libros!

—Ah, señor mío —observó el librero—, es cuestión de tiempo y esfuerzo reunir una buena biblioteca.

—Y dinero —añadió don Bricio.

—Sí, pero hay quienes emplean los dineros en asuntos livianos y se les escapan las ganancias como mercurio entre los dedos. Sin embargo, otros, libro a libro, gota a gota, consiguen llenar el ánfora amable de sabiduría y después dedican la vida a beberla sorbo a sorbo. Pues una biblioteca, como el buen vino, debe ir ganando con el tiempo.

Mi amo escuchaba muy atento estas explicaciones y se quedaba después absorto, alzando la vista hacia lo elevado de los estantes, donde se guardaban los libros de mayor valor.

—Vivimos unos tiempos bárbaros —comentó como si hablara para sí mismo—. Siempre andamos en camino, errantes y con prisas. Los libros requieren asiento y el reposo suficiente para entregarse a ellos. Se necesita paz para dedicarse a la sabiduría. Pero, con estas guerras constantes…

—Tenéis razón —asintió el librero—. La gente de guerra invierte mucho tiempo en desplazamientos y tareas diversas que exige el ejercicio de las armas. Pero están los inviernos, que son largos y ofrecen el acomodo necesario para entregarse a la lectura.

—Bien dices, amigo. Mas… ¿de qué sirve tal acomodo si faltan los libros?

El librero extendió los brazos con las palmas hacia arriba y dio una vuelta en derredor, como mostrando la totalidad de su establecimiento.

—Aquí están los libros —dijo—. No ha de pasaros la vida por delante sin ellos. Siempre que queráis, me tenéis a vuestra entera disposición. Sirvo a abades, obispos, arzobispos, monasterios, escuelas y… al mismísimo rey nuestro dueño.

Recogió don Bricio su capa de donde la había colgado, apuró el vino que le quedaba y afirmó:

—Volveré. Si me hago con dineros en la próxima campaña, vendré a visitarte, amigo.

—Os haré buen precio —aseguró el librero—. ¡Id con Dios!

14

Cada día, Hermesindo y yo preparábamos un gran brasero con carbones y ascuas de las que permanecían ardiendo durante la madrugada en las grandes hogueras del campamento. Muy temprano, encendíamos la lámpara de aceite en la tienda de nuestro amo y veíamos a don Bricio puesto de hinojos sobre la alfombra, absorto en las oraciones a que se entregaba desde que se levantaba del lecho, en las frías horas que pertenecían aún a la noche oscura. A veces se le veía tiritar.

—Amo, amanece ya —le avisábamos.

Puesto en pie, don Bricio se asemejaba a una aparición, enorme como era, con el camisón de dormir blanco y la barba y los cabellos canosos, largos y lacios. A cualquiera que no le conociera, su figura le habría causado espanto. Sin decir palabra, pensativo y con movimientos muy cadenciosos, siempre en idéntico orden, se iba revistiendo con los ropajes litúrgicos para celebrar la misa. Se despojaba de la prenda de dormir y se ponía sobre el cuerpo desnudo un camisote de lana; encima, la túnica larga hasta los pies, sobre la que iba el alba, ceñida con un cordón de seda; la estola, la casulla y el manípulo sobre el antebrazo. Luego se lavaba detenidamente las manos musitando algunas oraciones de manera inaudible, se arrodillaba, besaba el suelo y finalmente, con una voz que parecía salida de una profunda caverna, decía:

—Vamos allá.

Una vez fuera de la tienda, ya le teníamos preparando el altar de manera que él pudiera celebrar la misa mirando hacia el lugar preciso donde había de surgir el sol en el horizonte. Muchos otros clérigos aguardaban también ese momento, delante de sus tiendas, con los blancos manteles extendidos sobre las aras, los cirios encendidos, los incensarios humeantes y todos sus acólitos arrodillados, entonando salmos.

Era emocionante ver aparecer los primeros rayos tras los montes, como una roja llamarada, mientras se iba intensificando la luz nueva. Entonces, súbitamente, se alzaban las invocaciones del *introito*, que don Bricio lanzaba a los cielos a voz en cuello, mirando fijamente hacia el lugar donde amanecía:

> *Emitte lucem team et veritatem team;*
> *ipsa me deduxerunt et adduxerunt in*
> *montem sanctum tuum et in tabernacula tua.*
> (Manda tu luz y tu verdad;
> ellos me guiarán y me acompañarán
> a tu monte santo, a tus tabernáculos).
> *Et introito ad altare Dei,*
> *ad Deum qui laetificat iuventutem meam.*
> (Me acercaré al altar de Dios,
> al Dios de mi alegría y de mi juventud).

Se hacía entonces sonar la campana por última vez y acudían los rezagados para participar en el oficio: damas nobles, caballeros, lacayos y soldados de la hueste. Se decían a la vez numerosas misas en el campamento y, a esa hora, los cánticos, las plegarias y los sahumerios se elevaban por todas partes, mientras iba despertando el gentío para ocuparse en las tareas diarias.

Después de celebrar la misa, don Bricio comía algo antes de sentarse junto al brasero para entregarse a la lectura de su nuevo libro. Se envolvía en su gran manta de pelo de lobo y permanecía durante algunas horas con los ojos fijos en aquellas páginas que le abstraían completamente.

De vez en cuando, me aproximaba yo a él, llevado por mi curiosidad, esperando que me contara algo de lo que leía o buscando el beneficio de las enseñanzas de su gran sabiduría. Pero no reparaba él en mi presencia, pues debía de resultarle sumamente interesante el contenido del libro de san Agustín. Entonces nos íbamos Hermesindo y yo a vagar por ahí. Pasábamos el día en el campo, en el bosque, guardábamos los caballos, pescábamos, arrancábamos cortezas de los árboles o acompañábamos a los criados a cortar leña.

Las noches era largas. No estaba yo aún sano del todo y tosía frecuentemente. Sentía frío, dolores y aburrimiento, mas por el día me saturaba de vida. Sobre todo cuando, a pesar del invierno, se despertaba un sol radiante que caldeaba los huesos a mediodía. ¡Qué encanto sentir el júbilo de la holgazanería! Esa libertad para uno hacer lo que le viniera en gana durante toda la jornada, por tener garantizado el sustento, el techo y la protección de un amo justo y bondadoso.

Precisamente, por su misma bondad, reparó don Bricio pronto en que no era demasiado conveniente para un muchacho de mi edad andar por ahí perdiendo el tiempo constantemente.

—Acompáñame a la ciudad —me ordenó una mañana.

Me encantaba subir con él a Toledo y penetrar en el colorido y variopinto mundo que se desplegaba puertas adentro de la muralla. Si no eras un hombre importante o un comerciante que podía permitirse pagar la tasa, no tenías posibilidad de penetrar en aquel prohibido reducto. La gente de la hueste, especialmente, tenía muy restringida la entrada en la ciudad. Lo cual era comprensible, pues el personal guerrero estaba sin dineros por no haberse hecho aún las algaras que proporcionaban el botín. Una gente así, armada, medio hambrienta y ávida de ganancias y placeres, no podía sino ser causa de graves desórdenes.

Me pidió don Bricio que me vistiera con la mejor compostura. Me arreglé la tonsura y me puse la túnica que guardaba para las solemnidades. Él se puso una bonita capa adamascada de color verde. Enjaezamos los caballos con mantas de fiesta y bridas relucientes y pusimos rumbo a la empinada cuesta que conducía a Toledo.

Al principio el camino seguía el linde del bosque. Pasaba junto a viejos y enormes pinos, manchas de alisos jóvenes y encinas, altas y nudosas, que se alzaban solitarias en las laderas, en algunos claros donde no hacía mucho tiempo que se había desbrozado la espesura. La ciudad se veía arriba, desafiante, orgullosa, sobre su monte, a cuyo pie discurría el río verdoso y profundo, llevando una enorme corriente a causa de la mucha lluvia caída.

—¡Toledo, oh Toledo, la más prodigiosa ciudad hispana! —exclamó don Bricio, como si se viera obligado a proferir alguna alabanza ante la conmovedora visión.

Anduvimos una vez más por las hermosas calles abarrotadas de gente y pasamos junto al solar vacío donde un día estuvo levantada la mezquita mayor de los moros, antes de que el rey Alfonso VI la mandara derruir después de ganar la plaza.

—Guarda muchos tesoros Toledo —comentaba don Bricio mientras atravesábamos el barrio noble—. Pero no de esos que roban los ladrones y roen las polillas, sino de sabiduría y conocimiento.

Fuimos hasta un enorme caserón muy antiguo que en el pasado debió de ser el palacio de algún magnate musulmán. Ahora era la residencia del arzobispo don Gonzalo Petrez, a quien iba a visitar don Bricio.

Tomé ambos caballos por las riendas y los llevé a una fuente próxima, mientras él entraba en el caserón. Tuve que aguardar casi toda la mañana, aburridísimo, sin mayor entretenimiento que contemplar las bandadas de palomas que alzaban el vuelo cada vez que repicaba alguna de las campanas de los muchos conventos e iglesias que había por allí. Solo pasaban clérigos por aquellas calles donde reinaba una soledad y un silencio grandes. No parecía pertenecer ese barrio a la misma ciudad llena de mercados que tan bulliciosa me pareció la primera vez.

Al fin, cuando ya era casi el mediodía, se abrió la puerta y apareció un criado que me llamó:

—¡Eh, tú, el de los caballos! ¿Eres el siervo de don Bricio?

—Servidor —respondí.

—Me mandan decirte que entres. Ata a esa reja las riendas, que no hay que temer nada a que alguien se lleve las bestias. No hay ladrones en esta parte de Toledo.

Hice como me decía y penetré en la fría penumbra de aquel caserón de techos altísimos.

—Por aquí —me indicó el criado.

Anduve detrás de él por un largo pasillo. Cruzamos dos patios interiores muy austeros y llegamos a un tercero que tenía galerías con bellos arcos y tejadillos de estilo moro. En el centro cantaba el único chorro de una pequeña fuente de piedra. Al fondo, junto a una de las columnas, estaba don Bricio charlando con otro clérigo. Cuando reparó en mi presencia, mi amo me llamó:

—Ven, Blasco, acércate a nosotros.

Fui hasta allí e hice una reverencia.

—Helo aquí —dijo don Bricio—. Este es el acólito del cual te he hablado.

El clérigo que estaba con mi amo me miró de arriba abajo y luego observó:

—Bien, tiene buena edad para ello. Que venga mañana con sus cosas. Podrá quedarse en la escuela. Por dos maravedís a la semana no le faltará alojamiento, comida e instrucción. Pero ha de saber que aquí no se permite la holgazanería ni la mala disposición de ánimo. Si ha de beneficiarse del saber de esta casa, deberá obrar con suma humildad y aprovechar el tiempo al máximo.

Estaba yo atónito. No comprendía a qué venían esas recomendaciones y miraba a don Bricio buscando una explicación.

—Ya le has oído —dijo mi amo—. A partir de mañana vivirás aquí para aumentar tus conocimientos. La escuela del arzobispo de Toledo es el lugar más adecuado para aprender. Si hemos de permanecer durante un tiempo aquí, me parece conveniente que saques el mayor beneficio. Y ahora, vámonos, que se hace tarde.

Cuando regresábamos al campamento, por el camino, iba don Bricio muy satisfecho. Yo en cambio cabalgaba un poco rezagado, enfurruñado, presa de un gran disgusto, pues me contrariaba mucho la decisión que había tomado mi amo sin haberme dicho nada previamente. Resultaba para mí un fastidio tener que dejar el campamento de la hueste para encerrarme en una aburrida y lóbrega escuela entre libros.

Al pasar por delante de una gran fonda que había a

las afueras de Toledo, al pie mismo de la muralla, don Bricio detuvo el caballo y dijo:

—Comeremos aquí para celebrarlo.

Descabalgamos ambos y penetramos por la puerta principal del edificio. Había un patio amplio con arcadas de ladrillo, caballerizas, almacenes y un par de pilares para abrevar las bestias. También se veían dependencias en un segundo piso, en cuyas ventanas se soleaba la ropa tendida. Por todas partes había gente cocinando, comiendo y bebiendo animadamente. Los criados iban y venían solícitos para asistir a sus amos, que eran ricos comerciantes, moros de buena presencia y caballeros cristianos de aspecto distinguido.

—¡Ah, señor don Bricio, bienvenido! —se oyó gritar desde el fondo de un gran salón donde entramos algo deslumbrados por la claridad exterior.

Un grueso tabernero venía con los brazos extendidos, muy sonriente, hacia nosotros.

—Mi buen amigo Benito, aquí me tienes de nuevo —le dijo don Bricio.

Le besó el tabernero la mano con mucha reverencia y después propuso con amabilidad:

—Pasad, señores, pasad por aquí más adentro; junto a la chimenea. Hace frío afuera. ¡Ah, qué invierno este!

Nos sentamos don Bricio y yo a la mesa, junto a un buen montón de leña que ardía bajo la gran chimenea en el fondo del salón. Enseguida sentimos que nos envolvía un hospitalario y cálido ambiente.

—Muy bien, muy bien —dijo don Bricio frotándose las manos—. ¿Has preparado lo que te encargué ayer?

—Claro, señor don Bricio —contestó el tal Benito—. Enseguida lo tendréis sobre la mesa.

Cuando se hubo marchado el tabernero a sus menesteres, mi amo me explicó:

—Esto es una sorpresa para ti. Ayer envié a uno de los criados a hacerle un encargo al dueño de esta fonda. Creo que tú y yo necesitamos reponer fuerzas. Está siendo este un invierno muy duro, pequeño Blasco, y hemos de darle al cuerpo alguna satisfacción que lo reconstituya. Has estado enfermo y estás flaco como un galgo. ¡Verás qué comida podrás disfrutar hoy!

En esto, aparecieron los sirvientes de la fonda trayendo una marmita de barro humeante que pusieron sobre la mesa. También dispusieron un par de platos, dos copas y una jarra llena de vino. El aroma apetitoso de un guiso me llegó y casi me desvanecí al acentuárseme el hambre que ya me venía acuciando durante toda la mañana.

—Aquí tenéis, señor don Bricio —dijo el tabernero destapando la olla—, tal y como lo mandasteis.

—¡Ah, maravilloso! —exclamó mi amo asomándose desde su gran altura para ver el contenido del humeante recipiente.

Pero estaba yo mohíno por el asunto de la escuela y no me mostraba en absoluto alegre, a pesar del festín que se avecinaba. Así que, al darse cuenta don Bricio, me dijo:

—¿Se puede saber qué te pasa? ¡Anima esa cara, hombre de Dios! Verdaderamente eres un muchacho enigmático. Ya comprendo lo que te sucede: estás contrariado como un niño caprichoso porque no quieres ir a esa escuela. ¿Es eso lo que te pasa?

—¡Eso mismo! —contesté furioso—. ¡No, no quiero ir!

—¡Es increíble! De manera que te doy la oportunidad de recibir el conocimiento, de ver la luz, y te pones así. Eres terco, muchacho, terco como una mula. ¡Abre esa mente! ¡Ah, Virgen santísima, qué lucha la mía!

Dicho esto, sirvió el vino, bebió un par de tragos y se

puso a comer con avidez. Yo no decía nada, no podía hablar. Él todo el rato repetía:

—¡Qué rico! ¡Oh, qué rico! ¡Prueba esto, estúpido y terco muchacho!

Como me llegaba el aroma exquisito y las tripas me hacían un runrún que iba venciendo a mi rabia, terminé alzando los ojos para saber lo que con tanto placer comía don Bricio. Y vi que era un largo muslo de ave, en el cual hincaba los dientes animoso.

—Es un gallo toledano —explicó con la boca llena—. Nada hay como un gallo toledano en salsa de almendras y tiernos ajos. ¡Vamos, pruébalo y déjate de tonterías!

Alargué tímidamente la mano y cogí una presa de la olla. Me la llevé a la boca y comprobé que, verdaderamente, estaba muy rico.

—¡Hum! —exclamé.

—¿Has visto, terco muchacho? Ya sabía yo que te gustaría —dijo. Entonces se puso en pie y me pidió—: Vamos, ven a mirar por esta ventana.

Nos acercamos hasta un ventanuco que daba a un gran corral donde escarbaban las gallinas entre el estiércol y los desperdicios de la fonda. Se veían por lo menos medio centenar de aves entre las que había hermosos gallos de color negro con irisadas plumas que brillaban y unas crestas muy rojas.

—¿Ves qué maravilla? —exclamó suspirando—. ¡Ah, en ningún sitio se crían gallos como los de Toledo! ¡Dios lo sabe!

Retornamos a la mesa y nos aplicamos con avidez al guiso, mojando abundante pan en la salsa. Las fuerzas parecían ir acudiendo a mi cuerpo delgado y débil y, a medida que me achispaba con el vino, me invadía un raro estado de felicidad. Don Bricio hablaba y yo le escuchaba atento. Decía:

—El estudio es luz. Es muy necesario instruirse. Hay para quien bastan las cuatro reglas; mas, en el estado eclesiástico, una buena formación lo es todo. Las armas son para otros. Nuestras armas son el estudio, la oración y la humildad. ¿Comprendes?

Asentía yo con la cabeza, más conforme.

—Me alegro de que lo comprendas —prosiguió él—. Esa escuela a la que irás a partir de mañana es el mayor centro de sabiduría de Hispania… ¡Y tal vez de Europa!… O del mundo. La formó el mismo arzobispo Raimundo hace cincuenta años y han pasado por ahí los más preclaros hombres de la cristiandad: Domingo Gundisalvo, Juan Hispano… Y tantos otros maestros cuyos libros hoy son tan indispensables.

—Puedo leerme los libros sin necesidad de vivir allí —repuse.

—¡Oh, no, no…! —negó frunciendo el ceño—. No será lo mismo. Tú haz lo que yo diga, que te alegrarás.

—Pero… —intenté decir.

—¡Nada de peros! —gruñó—. ¡No se hable más del asunto! Irás allí mañana.

Me encogí de hombros y fue mi manera de expresar que, aunque no estaba conforme, obedecería a su voluntad. Entonces sonrió y hurgó con el cuchillo en la olla. Extrajo la cabeza del gallo y me dijo:

—¡He aquí la cresta! Cómetela, muchacho, que es la parte más suculenta y te aportará lucidez y… algo de locura. La locura también es necesaria en la vida. ¡Ja, ja, ja…!

<h1 style="text-align:center">15</h1>

Aunque los maestros y los alumnos de la escuela principal de Toledo estaban muy orgullosos de pertenecer a ella, se aprendía la humildad en sus dependencias, al tiempo que muchas célebres artes que le otorgaron su merecida fama desde que fue fundada por el arzobispo don Raimundo cincuenta años atrás. La enseñanza era harto dura. Antes de que se le ocurriera cantar a ningún gallo toledano de deliciosas carnes, la campana doméstica daba la señal de levantarse estridentemente. Si te demorabas en el lecho, acudía enseguida un recio mocetón, al que se apodaba «el madrugón», y no dudaba en sacudirte o arrojarte agua helada en el rostro. Al instante estaba todo el mundo en fila, echándose por encima de los hombros lo que podía para guarecerse del frío que reinaba en la capilla durante el rezo de los laudes. Terminada la oración, recibíamos la primera lección a la luz del candil alimentado por un aceite tan usado que su humo negro y maloliente creaba una penumbra triste en el aula. Sin que aún amaneciera, volvía a sonar la dichosa campana llamando a la misa, la cual solía celebrar el arzobispo en la destartalada iglesia de Santa María, anexa al solar vacío que ocupaba la mezquita mayor de los moros antes de que la ciudad viniera a manos cristianas y fuera derruida.

Después del oficio, el propio arzobispo nos obsequiaba con un panecillo y un vaso de vino aguado que sentaba muy bien a los estómagos agradecidos. Luego íbamos a las aulas para recibir las clases durante toda la mañana.

Seríamos más de un centenar de alumnos en total, entre los que estaban los niños del coro y los aspirantes al estado eclesiástico que aprendían a leer, escribir y cantar. Los más pequeños recibían sus lecciones sentados en el pavimento cubierto de paja para mitigar el frío, con las piernas cruzadas, sobre las que sostenían sus tablillas de cera para copiar lo que el maestro escribía en una tabla colgada de la pared. Así empezaban a empaparse de la fe cristiana, leyendo los Salmos de David, memorizando oraciones y ejercitándose en el canto para intervenir en las solmenes celebraciones del pontifical.

Los mayores, es decir, los que pertenecíamos al estado clerical por haber recibido algún ministerio aunque fuera menor, teníamos derecho a pupitre en el *scriptorium*, donde éramos instruidos en las siete artes; gramática, retórica y dialéctica. Los que, como yo, ya habíamos recibido antes tales lecciones, debíamos perfeccionar la sintaxis latina, leyendo y copiando a Donato y Prisciano primeramente, entre otros, y más tarde a Virgilio y Salustio. Aprendíamos a escribir con un estilo elegante sirviéndonos del libro *De inventione* de Cicerón, y nos ejercitábamos en la lógica tomando a Boeccio como guía.

Los maestros eran muy severos y no nos permitían utilizar lo que llamaban la *lingua rustica*. En la escuela solo se podía hablar y escribir en latín. Si a alguien se le escapaba alguna frase en su vulgar lengua materna, debía probar enseguida la dureza de la férula.

Toda la mañana discurría entre enseñanzas, lecturas de la Sagrada Escritura o la vida de los santos, con preguntas, respuestas y repeticiones, a fin de memorizar palabras escogidas y adquirir un lenguaje cultivado.

Detrás de tan fatigoso esfuerzo, en torno al mediodía, nos daban un condumio sencillo y otro vaso de vino aguado, mientras algunos de los estudiantes mayores leíamos en alta voz algún texto, para aprovechar siquiera ese momento sin distraernos lo más mínimo. Solo después de esta comida nos dejaban un rato de descanso, permitiéndonos estar libremente en un huerto cercano. Pero sonaba pronto la campana y teníamos que acudir de nuevo a proseguir con la repetición y memorización de las lecciones mañaneras.

Además de los muchachos que allí aprendíamos las cosas propias del oficio eclesiástico, en la escuela del arzobispo de Toledo se empleaban también numerosos copistas y traductores de libros. Estos no solo eran cristianos, sino que algunos de ellos eran hebreos y moros que se encargaban de pasar a la lengua latina las obras de los poetas persas y los tratados de los sabios mahométicos como Alfarabi, Alkindi, Avicena y Algacel, y muchos antiguos libros que estaban escritos en árabe y que contenían la vieja sabiduría de los griegos y los filósofos de Oriente. De manera que la biblioteca de la escuela estaba abarrotada de tratados de filosofía, medicina, astronomía, matemáticas e incluso de magia, aunque estos se guardaban en una alhacena cerrada con un candado, pues estaban prohibidos para cualquiera que no tuviera el permiso del arzobispo. Por la presencia de estas traducciones y por reunir estos variados libros, era tan afamada la escuela episcopal de Toledo.

Y aproveché yo el tiempo en aquellas aulas tal y como quería mi amo, pues no me daban respiro, día a día, semana a semana de estudio, excepto los domingos que, por orden expresa de don Bricio, me permitían pasar la jornada en el campamento de la hueste. Me sentía entonces feliz como un pájaro al que se le abría la puerta de su jaula.

Pero, precisamente por verme libre de mis cotidianas ataduras y penosos trabajos, no me dedicaba precisamente el día del Señor a santificar la fiesta, sino que me dejaba llevar por Hermesindo a explorar los más oscuros rincones del pecado. Ambos, finalizada la misa, recogíamos el generoso sueldo que nos entregaba cada semana don Bricio y nos íbamos por ahí, de taberna en taberna, a beber, jugar, maldecir y buscar mujerzuelas con las que gastarnos enseguida el dinero. Hasta que, derrochado todo, nos veíamos forzados a regresar a la tienda.

Don Bricio nos sentía llegar y, levantando la vista de su lectura, nos decía:

—¿Ya regresáis? Así me gusta, que dediquéis tiempo al necesario descanso del cuerpo, que hay que reponer fuerzas.

Y bien decía, pues estábamos exhaustos por causa de los vicios.

Lo peor era la mañana del lunes, cuando en plena noche cerrada y muerto de frío tenía que emprender la empinada cuesta que me conducía de nuevo a encerrarme en la cárcel de los libros. ¡Ah, qué angustia y tristeza me embargaba!

Poco duró mi cautiverio en la escuela de Toledo, pues a principios de febrero llegó la noticia de que había muerto en Benavente el rey de León don Fernando II, cuando regresaba de una peregrinación a Santiago de

Compostela. Hubo solemnes funerales y se decretó luto por el rey cristiano del reino hermano, pero toda Castilla se sobresaltó temiendo que con la sucesión de la corona leonesa regresasen las viejas enemistades entre los dos reinos que tantos males causaron en el pasado. Por esta razón, la hueste se puso en movimiento pronto, aprovechando una temprana primavera sin lluvias. Había que desplazar los ejércitos hasta los territorios fronterizos con el vecino reino, no les fuera a dar a sus magnates por romper los antiguos pactos concertados por el rey muerto.

<h1 style="text-align:center">16</h1>

Los peregrinos llegaron a la cabecera del puente de piedra que cruzaba el Duero. Al otro lado del río, se erguía la majestad de la ciudad amurallada y la catedral asomando por encima de las almenas, como un centinela gigante. Una tenue bruma se alzaba desde el agua y reinaba un silencio total.

—¡Centinela! —gritó uno de los peregrinos delante de la garita que guarecía a los hombres que vigilaban el paso de los viajeros.

—¡Va! —contestó una voz.

Al momento salió un centinela joven, de espesa y negra barba.

—¿Sois peregrinos? —preguntó al ver a los cuatro caminantes.

—Lo somos —contestaron.

—Por orden del señor obispo de Zamora, los peregrinos pagan la mitad del portazgo y la tasa mínima al cruzar la puerta de la ciudad. Mas habréis de orar por nos en Santiago. Eso es lo mandado.

Salió el comendador y cada uno de los caminantes le entregó el correspondiente impuesto.

—¡Hala, pasad! —dijo el centinela—. ¡Que el santo os guarde!

Cruzaron los peregrinos el puente y fueron siguiendo la calzada de piedra que los llevó hasta la puerta que llamaban del Valle, donde estaba mandado pagar la tasa y poder así acceder al interior del recinto amurallado.

Nada más entrar, alguien les indicó por dónde debían ir a la catedral y ellos comenzaron a ascender por una cuesta empinada adentrándose en el laberinto de callejuelas que los engulló haciéndoles perderse varias veces.

—No, no es por ahí —les avisó una anciana mujer desde un ventanuco, al ver que andaban extraviados—. Por ahí iréis al barrio de los hebreos. Debéis pasar aquel arco y después girar hacia vuestra mano diestra. Ya no habrá pérdida desde allí; veréis la alta torre llena de campanas.

—¡Dios os lo pague, buena mujer! —exclamó agradecido uno de ellos.

Llegaron al fin frente a la catedral y vieron una larga fila de clérigos que entraban en el templo con gran solemnidad, entonando cánticos.

—Es una procesión —comentó el fraile—. A esta hora, supongo que irán a rezar la *tercia*. Vamos adentro.

Entraron en la fresca penumbra del edificio. Había velas encendidas por todas partes y una espesa neblina que brotaba de los lampadarios e incensarios ascendiendo hasta las bóvedas. Todos se arrodillaron en la fría piedra del pavimento. Durante un buen rato, oraron siguiendo con atención los salmos latinos que entonaban los clérigos.

Había una imagen grande de tosca madera a un lado, que representaba al apóstol Santiago. Un nutrido grupo de peregrinos se arremolinaba en torno a ella bisbiseando rezos y haciendo ofrendas de velas. Los cuatro caminantes se aproximaron también cuando hubo concluido el oficio de la hora *tercia*.

Después de cumplir con estas tareas pías, salieron del templo y un monje anciano los abordó en la misma puerta.

—Hermanos, podéis ir a alojaros allá, junto a nuestro convento. Tenemos un amplio corralón destinado a los peregrinos. Poco podemos ofreceros, pero al menos tendréis agua fresca, techo y una hoguera con leña para cocinaros algo caliente.

Todos se encaminaron en aquella dirección. Estaban muy fatigados y sus pies se levantaban poco del suelo, casi en un arrastrar de pasos. El grueso mercader cojeaba visiblemente. Tenían la ropa sucia y el polvo de los caminos pegado al cuerpo.

En el corralón del convento encontraron agua, techo y leña, tal y como les prometió el monje. Pudieron lavarse y reposar debajo de un tejadillo, mientras se cocinaban un caldo en una marmita que les prestaron. Así discurrió todo el día, sin salir de allí para otra cosa que no fuera rezar en la vecina capilla de los monjes. Las campanas de la ciudad marcaban con sus tañidos el paso del tiempo y la noche pareció caer repentinamente, desplegándose en el negro firmamento un hermoso conjunto de estrellas.

Todos fueron a acostarse. Desliaron las mantas que llevaban en el petate y las extendieron sobre los jergones que los monjes tenían dispuestos para los peregrinos.

Blasco no podía conciliar el sueño y se levantó poco después de haberse echado. Caminó con delicados pasos para no despertar a los demás. Salió al exterior y buscó la hoguera, cuyas ascuas resplandecían en el medio del corralón. Detrás de él, el fraile hizo lo mismo.

—No podía conciliar el sueño —observó el clérigo.

—Yo tampoco —dijo el fraile—. Si quieres, podemos conversar.

—Bien.

Aun estando conformes en hablar, permanecieron un largo rato en silencio, como esperando cada uno a que el otro iniciara la conversación. Finalmente, fue el fraile quien dijo algo que parecía poner palabras a los pensamientos de ambos.

—El sueño, el sueño de don Bricio. Cuando ibas contando tu historia, me llamó mucho la atención eso. Resulta que don Bricio tuvo un sueño mientras estaba entregándose a sus ayunos y penitencias. Contaste que ese sueño era muy importante para él. Dijiste que Dios le pidió algo. Sin embargo, parece ser que tu amo no quería contarte de qué se trataba. Se lo pediste varias veces, y siempre hablaba él de otras cosas. Te daba cumplidas y sabias lecciones, pero eludía contarte ese sueño.

—Sí, ciertamente sucedió como dices. Mi amo se manifestaba reticente a darme detalles sobre esa visión que tuvo. Ahora, pasado el tiempo, comprendo que él se daba cuenta de que yo era aún demasiado joven y no estaba suficientemente instruido para llegar a alcanzar la hondura espiritual y la extraordinaria clarividencia de sus pensamientos. Don Bricio era un místico, pero entonces yo no era capaz de ver eso.

—Dime, ¿con el tiempo, llegó a contarte el sueño? —preguntó el fraile con ansiedad.

Blasco se quedó mirando al fuego fijamente. Sus ojos, perdidos en el resplandor de las llamas, buscaban los recuerdos, así como la respuesta a muchas preguntas.

—Sí —respondió rotundamente—. Cuando don Bricio creyó llegado el momento, no solo me desveló el sueño, sino que me dio a entender muchas cosas que entonces no supe aprovechar.

—¿Deseas contármelo? —preguntó prudentemente el fraile.

—Claro. No tengo por qué ocultarlo. Forma parte de mi historia.

El fraile arrojó al fuego un grueso tronco del montón de leña que había a un lado. Durante un breve instante, se esparcieron en el aire anaranjadas chispas que saltaron en todas direcciones, en la oscuridad de la noche, con un crepitar que rompió el silencio.

—Don Bricio leía y leía su libro —prosiguió Blasco—. Digo su libro porque era el que más le gustaba de cuantos llegó a tener en su biblioteca. Me refiero a *De civitate Dei, La ciudad de Dios*. Siempre llevaba consigo la obra de Agustín. En todas partes y en cualquier circunstancia, cuando tenía un momento de descanso se sumía en la lectura de sus páginas. ¿Tú conoces ese libro? —le preguntó repentinamente al fraile.

—Sí, lo leí hace años. Recuerdo que en él Agustín escribió que la virtud es condición de felicidad, y la voluntad ordenada es condición para la virtud. Con lo cual, si los hombres quieren ser felices deberán regirse por una voluntad ordenada. De la misma manera que la paz del cuerpo humano solo es posible con el equilibrio ordenado de todos sus órganos, la paz de los hombres y las sociedades temporales podrá alcanzarse con el orden y la virtud.

—Ese era el sentir de mi amo —asintió el clérigo—, y así quería regir su propia vida y la de los demás. Aunque en su juventud fue un gran guerrero, estaba convencido de la necesidad de la paz. Y en la obra de Agustín descubrió que el único camino para esa paz era llegar a una sociedad perfectamente ordenada, en todas las cosas, pues, la paz es «la tranquilidad del orden». Es decir, buscaba la ciudad de Dios; ese lugar donde los hombres gozan de Dios y se aman mutuamente en Él.

—En eso no era nada original —repuso el fraile—. Ha habido siempre hombres que han buscado la concordia fundándose en la voluntad de Dios.

—Sí, sí, eso es cierto. Pero don Bricio buscaba su ciudad como algo concreto, visible, palpable… Él deseaba gobernar una ciudad para ordenarla según Dios. Quería ver una ciudad en paz. Ese era su sueño…

—¿Fue eso lo que soñó?

—No exactamente. Como te he dicho, mi amo me contó su sueño cuando creyó que yo podía comprenderlo. Intentaré describirte lo que él me narró, aunque hace ya mucho de aquello y algunos detalles los habré olvidado.

—Soy todo oídos —dijo el fraile.

—Soñó él con una guerra cruel —contó Blasco, fijando la vista en el fuego, buscando sus recuerdos—. Los hombres luchaban entre sí y cada uno consigo mismo. También don Bricio luchaba. Cada uno quería tener la razón y, en el fondo, todos la tenían. Mas ninguno era capaz de entender ni aceptar las razones del otro. A esto se sumaba el hecho de que todos los contendientes escondían motivos ocultos, independientes de las razones que exhibían para hacer la guerra. Todo era complejo, enrevesado, absurdo y caprichoso. El egoísmo, la pereza, la soberbia, la ira, la lujuria… todos los males y sombríos pecados relucían, mientras las virtudes eran incapaces de abrirse paso. En este maremagno, nadie era feliz, aunque muchos se saliesen con la suya. El mundo todo, y los hombres más que nada, estaban corrompidos en el sueño de don Bricio. Hasta los más altos ideales, las ideas aparentemente más puras y las creencias más sublimes guardaban su ponzoña engañosa, revestida de bellas palabras y gestos aparentemente hermosos…

—¡Qué espanto! —exclamó el fraile haciéndose en el pecho la señal de la cruz—. ¡El reino del maligno! ¡La ciudad de Satán!

—La ciudad de los hombres —repuso Blasco—. Nosotros mismos.

Se quedaron ambos en completo silencio. El fuego crepitaba y las llamas comenzaron a elevarse hacia la negrura del firmamento. Se estremecieron.

—¿Ese era el sueño que don Bricio guardaba con tanto celo? ¿Eso es lo que no quería contar? —preguntó el fraile—. No hay nada nuevo en esa visión. El Apocalipsis de san Juan es aún más explícito a la hora de describir a la bestia y sus obras. También el Señor dejó dicho que en este mundo el buen trigo y la engañosa cizaña crecen juntos…

—Sí, hermano. Pero no olvides que don Bricio soñó esto cuando ayunaba y se sometía a duras penitencias. Es decir, cuando estaba en lucha consigo mismo para descubrirse; para alcanzar a ver lo malo que había en él, sus pecados y ambiciones; lo engañoso que había en su alma impidiéndole cumplir su destino.

—Era asimismo un hombre bueno —observó condescendientemente el fraile—. Tú mismo me has contado sus obras de caridad, su temor de Dios y el ansia de justicia que había en su alma.

—Sería por eso que Dios le hizo una gran merced.

—¿Cuál? —preguntó con ansiedad el fraile—. ¡Me tienes en ascuas!

—Tuvo una visión grandiosa después de haber sufrido angustiado por todo ese mal. Percibió que en este mundo todo es confuso, que los sentimientos y las pasiones se mezclan y entrecruzan; pero vio descender repentinamente una hermosa ciudad que vino a ocupar el centro de todas las cosas. De repente, sin violencia, en completa paz, relució una ciudad santa, habitada por hombres justos y… —Su voz se quebró por la emoción—. Y sintió que ahí moraba el mismo Dios, aunque no pudo verle. Entonces, se disiparon sus propios conflictos, desaparecieron los temores y vino a sentir una gran felicidad.

—¡Oh, la Jerusalén del cielo! —exclamó el fraile.

—Eso es. La ciudad de Dios. Por eso don Bricio se obsesionó con la obra de Agustín, la cual seguramente había leído antes de tener ese sueño. Ya sabes cómo en dicha obra las dos ciudades están mezcladas y se entrecruzan, se contraponen y luchan entre sí; una ordenada a lo material y la otra a lo espiritual. Sin embargo, y esta es la conclusión de san Agustín, cualquiera que sea la historia de la humanidad, con sus alternancias de predominio del mal y del bien, al final la ciudad terrena desaparecerá y saldrá vencedora la *civitas Dei*, gracias al amor de Dios, pues el bien es inmortal.

—Sí —asintió el fraile muy conmovido—. Dos amores fundaron las dos ciudades: el amor del hombre por sí mismo, que lleva al desprecio de Dios, la ciudad terrena; y el amor de Dios, que lleva al desprecio de sí mismo, la celestial. La primera se gloría en sí misma, la segunda en Dios. Es como en aquel canto de Isaías:

> Tenemos una ciudad fuerte,
> ha puesto para salvarla murallas y baluartes:
> Abrid las puertas para que entre un pueblo justo,
> que observa la lealtad;
> su ánimo está firme y mantiene la paz,
> porque confía en ti.
> Confiad siempre en el Señor,

porque el Señor es la roca perpetua.
La senda del justo es recta.
Tú allanas el sendero del justo;
en la senda de tus juicios, Señor, te esperamos,
ansiando tu nombre y tu recuerdo.
Mi alma te ansía de noche,
mi espíritu en mi interior madruga por ti,
porque tus palabras son la luz de la tierra,
y aprenden el bien los habitantes del orbe.
Señor, tú nos darás la paz,
porque todas nuestras empresas
nos las realizas tú.

LIBRO III

LA GUERRA

17

Los temores que despertó en Castilla la sucesión de la corona leonesa se disiparon. No había indicios de conspiraciones y los antiguos pactos no se rompieron. En vez de ello, el nuevo rey de León, don Alfonso IX, se avasalló ante nuestro rey nada más tener noticias de que sus huestes se ponían en movimiento hacia las fronteras.

Mayor entusiasmo aún que la paz con León causó en el reino la noticia de que el portugués Sancho I había armado un gran ejército aprovechando el paso por Lisboa de cruzados flamencos, daneses y francos que marchaban a Tierra Santa, con los que atacó la imponente plaza de Silves. Al saberse esto, los hombres de armas de Castilla, y nuestro rey Alfonso VIII más que ninguno, creyeron llegado el momento de iniciar la empresa del sur. Con el moro hostigando en Portugal, el califa lejos, en África, y los leoneses amigos, venía a las manos la mejor oportunidad que se había dado en los últimos tiempos para intentar la conquista de alguna de las grandes ciudades del Guadalquivir.

Nuestra gran hueste fue avanzando por desnudos yermos abrasados por la sequía del invierno y ahora castigados por el sol de junio y los ardientes vientos que soplaban entre los cortados despeñaderos. En la ancha senda que formaban las pisadas de tan larga fila de hombres, bestias y carromatos, desaparecía hasta la más insignificante brizna de pasto y se alzaba una polvareda rojiza que hacía irrespirable el aire tórrido. Eran tierras muy duras. Apenas se hallaban suministros en el camino. Llegaban del oeste caravanas cargadas con trigo y rebaños de ganado extenuado a causa del desplazamiento.

Más adelante, después de atravesar unas ásperas montañas, se extendió ante nosotros una inmensidad montuosa donde crecían espesos encinares. Avanzábamos penosamente, encontrando a nuestro paso solo la poca agua de algunos arroyos que enseguida se tornaban turbios por la avalancha de hombres y animales. De vez en cuando, alguna fortaleza se resistía en un altozano y se organizaban partidas de asedio: catapultas desmontadas y cargadas a lomos de mulos y madera para las escaleras. Pero los moros de aquellos territorios, al saberse tan lejos y desprotegidos de la gente de su religión, no tardaban en rendirse y pactar condiciones de paz. Poco podían ofrecernos; apenas algunos caballos, rebaños de cabras y las escasas provisiones de sus graneros. Pero ¿qué era eso para la multitud que componía nuestra ciudad ambulante?

Después de atravesar el río Guadiana, encontramos unas vegas extensas donde acababan de ser recogidas las cosechas, pobres por la escasez de lluvias; pero que, en otros años mejores, debieron de ser copiosas. La gente mora era allí muy abundante y sus alcaldes nos salieron a hacer recibimiento ofreciendo todo lo que tenían, temerosos de que la hueste arrasase los pueblos. Los magnates almohades que señoreaban aquellas tierras se habían apresurado a escapar con sus hombres de guerra nada más ver en la lejanía la columna de polvo que se levantaba a nuestro paso.

Tomó el rey Alfonso VIII posesión en nombre de la cristiandad de las fortalezas de Medellín, Magacela y Hornachos, sin encontrar resistencia. Pero, más al sur, los observadores enviados por delante para averiguar las intenciones de los sarracenos advirtieron la presencia de un gran ejército en la poderosa fortaleza de Reina, que se alzaba en lo alto de una loma, como vigía del paso por los puertos de Sierra Morena.

La noticia de que había moros dispuestos a presentar batalla más adelante sacudió a la hueste. Los caballeros echaron pie a tierra y enseguida sus escuderos se pusieron a prepararles las armaduras. El estrépito metálico de los aparejos de guerra se extendió por aquellos campos yermos y silenciosos. También los heraldos gritaban las órdenes y una oleada nerviosa de peones corrió para ponerse en la delantera formando la primera fila. Detrás de ellos, fueron aprisa los arqueros para ocupar su lugar. Me quedé como pasmado, sorprendido, viendo a tal cantidad de hombres organizándose con la rapidez de quienes conocen bien su oficio.

—¡Qué hacéis ahí tan quietos! —nos gritó don Bricio a Hermesindo y a mí—. ¿A qué esperáis? ¡Vamos, muchachos, armadme!

Obedientes, corrimos a descargar los fardos que portaban las mulas. Desenvolvimos la armadura de nuestro amo y nos apresuramos a vestirle con ella. Sabíamos bien cómo hacerlo en poco tiempo, pues habíamos repetido mil veces el rito, pieza a pieza, correa por correa, hebilla por hebilla. Pero era la primera vez que nos veíamos ante la inminente batalla, por lo que, torpemente, no atinábamos; equivocamos el orden y apretábamos demasiado fuertes los ajustes o los dejábamos sueltos.

—¡Vestidme despacio, que tengo prisa! —rugió don Bricio—. ¡Vaya par de mentecatos! ¡Ay, Santiago!

Cuando al fin estuvo convenientemente pertrechado, con la espada en una mano y el escudo en la otra, le ayudamos a subir a la montura. Estaba tan hecho a estos menesteres don Bricio que apenas se le veía alterado. Manejaba armas y caballo con soltura, oteando a la vez la lejanía, para decidir dónde debíamos incorporarnos al asedio.

Una parte del espacio que se extendía ante nosotros estaba desnuda y la otra aparecía cubierta de cardos secos y parduscas retamas. La fortaleza quedaba aún muy lejos, coronando un monte que destacaba en el horizonte.

—¡Allá va el rey con su gente! —señaló don Bricio.

Vimos los estandartes reales y el pendón de Castilla avanzando por el medio de la hueste, entre la polvareda que formaban los caballeros que hacían trotar a sus corceles para aproximarse al monarca.

—¡Y allí va el arzobispo de Toledo! —señaló luego—. ¡Vamos con él!

Subimos a los caballos. Nuestra gente se puso en pos de don Bricio y cabalgó en la dirección que él señalaba, hacia un altozano cuya pendiente se iniciaba junto a un arroyo seco.

—¡Eh, don Bricio!, ¿adónde vais? —oímos gritar a nuestras espaldas.

Nos volvimos. Vimos venir hacia nosotros al obispo de Ávila seguido por sus hombres.

—Voy a ponerme con la gente de Toledo —contestó mi amo a su superior.

—¡Nada de eso! —le espetó el obispo—. ¡Vos aquí, conmigo!

—Pero… —replicó don Bricio, contrariado.

—¡He dicho que aquí! —insistió don Domingo—. ¡Con la gente de Ávila debéis ir!

Obedeció el arcediano, pero sabía yo que le causaba disgusto, pues se sentía más cómodo con la gente de Toledo. Nos pusimos en pos de los de Ávila, que ocupaban un ala, en las traseras de la hueste.

Íbamos avanzando por la llanura bajo un ardiente sol. Pronto estuvimos tan cerca del monte donde se asentaba Reina que veíamos los muchos guerreros que se apostaban en las almenas. Sonó entonces una trompeta sobre la gran horda. Los caballos relincharon y patalearon. En menos tiempo del que pudiera pensarse, se habían montado los enormes aparatos con los que se asaltaban las fortalezas y eran transportados pesadamente merced al empuje de cientos de peones. Nuestro ejército iba rodeando ya la loma por todas partes.

—Ahora pueden pasar dos cosas —me explicó don Bricio—: o se rinden al ver el número de nuestra gente, o se hacen fuertes ahí.

—¡Ninguna de las dos! —exclamó un veterano caballero—. ¡Mirad! ¡Los moros salen a campo abierto!

En efecto, se vio salir de la fortaleza una fila de hombres a caballo que descendía ladera abajo hacia los guerreros de nuestra hueste que más próximos se encontraban al pie del monte. Observamos atónitos cómo una infinidad de arqueros corrían a apostarse en los huecos de la pendiente y lanzaban una lluvia de flechas sobre los cristianos. Y cómo después los sarracenos a caballo les caían encima a los peones que transportaban los aparatos de guerra, desbaratando las filas y matando a muchos de ellos.

El rey partió en aquella dirección con toda su gente al galope y se entabló feroz combate en la pendiente. Aunque los nuestros eran más numerosos, ellos atacaban desde arriba y tenían ventaja. Además, había miles de arqueros y duchos lanzadores de hondas entre los moros, que enviaban flechas y piedras certeramente desde la altura. Cualquiera, aunque no hubiera visto antes una batalla, podía apreciar que las cosas se ponían feas.

Entonces sonaron las trompetas sobre la hueste cristiana y se replegó el ejército en retirada hacia los llanos.

—¡Mejor es así! —decían los veteranos—. Está difícil ese monte, con tanta morisma como hay arriba y con tanta pendiente.

Cuando vieron la retirada de los cristianos, regresaron los sarracenos a sus posiciones en el monte.

—No se arriesgan a descender al llano —comentó don Bricio—. Prueba es eso de que no darán batalla en campo abierto. Saben que no les queda otra que resistir dentro. Si han salido es porque lo tenían fácil de momento.

Nuestra hueste se aproximó rodeando el monte y se puso campamento por todas partes, iniciándose el sitio esa misma tarde.

—¿Y ahora qué? —le pregunté a don Bricio.

—Pues a esperar —respondió él—. Ellos dentro y nosotros fuera. Esta noche habrá consejo de generales y decidirán el rey y los magnates qué es lo que ha de hacerse.

Se levantaron las tiendas a prudente distancia de las laderas y salió toda la gente a buscar leña. Cuando cayó la noche, se encendieron millares de hogueras en una extensión grandísima.

El día siguiente muy de mañana, ya estaba todo el mundo manos a la obra componiendo aparatos de guerra: escalas, catapultas, arietes… El rey y sus magnates habían decidido en consejo que se asaltase la fortaleza a una sola orden, con toda la hueste.

Una semana después, de madrugada, subíamos pendiente arriba, como una marea que crece, los más de veinte mil hombres que componíamos el ejército cristiano. Esta vez no se les ocurrió salir a los honderos y arqueros, ni a los sarracenos a caballo.

Por primera vez en mi vida, contemplé yo el espectáculo impresionante del asalto a una fortaleza. Durante días, una y otra vez se cargaba contra los muros. Morían tantos que no daba tiempo para dar cristiana sepultura a los cuerpos que quedaban tendidos en la ladera o amontonados al pie de los muros.

El 25 de julio, día de Santiago apóstol, arreció mucho el combate, con nuestra gente enardecida y dispuesta a tomar la fortaleza ese día, pues se veía que los moros habían perdido mucha fuerza dentro después de que les ardiera parte del castillo sin que dispusieran del agua necesaria para apagar las llamas. A últimas horas de la tarde, se abrió una brecha en uno de los muros de la zona este y penetraron en tropel los burgaleses seguidos por los hombres de Toledo. No tardó en caer la ciudadela después de un enconado asalto. Se mató a todos los moros que se oponían y se cautivó al resto. Lo que no habían devorado las llamas se saqueó, llevándose los de Burgos la mejor parte por haber sido los primeros en entrar.

Ahora estaba abierto el camino hacia Sevilla. Una gran euforia embargaba al ejército cristiano, por ser el día del Apóstol y porque daba la impresión de que la campaña había de ser muy fácil.

18

Ahora había llegado el momento de dirigirnos al sur y cruzar el Guadalquivir. Pero teníamos antes que atravesar las abruptas sierras. Nos adentramos en ellas por rocosas gargantas, entre espesos bosques, solo accesibles a las alimañas y a las aves rapaces. A lo largo de muchas leguas, anduvimos por perdidos senderos que sorteaban los montes. De vez en cuando, nos encontrábamos repentinamente con bonitas aldeas de moros al descender por las placenteras y tibias pendientes cubiertas de vides y árboles frutales. Como en tantos otros lugares, aquel año los huertos apenas daban algunas secas alcachofas y amarillentas matas de habas. Los campesinos sarracenos se arrojaban de bruces al suelo al vernos llegar y suplicaban entre sollozos que los dejáramos vivir en paz, pues ya tenían bastante castigo de Dios soportando la ardiente sequía.

Pronto nos encontramos a mediados de verano avanzando por una llanura donde parecía que el aire provenía de las fauces abiertas de un horno, levantando un polvo enrojecido que secaba la garganta. Tuvimos que envolvernos la cabeza con paños para resguardarnos de aquella maldición.

Cuando llegamos a las proximidades del río, en la ciudad que los moros llaman Alkalat, el espectáculo era grandioso. Se veía el Guadalquivir discurriendo por el medio de un ancho cauce que estaba seco en la mayor parte. Pero resultaba muy hermoso contemplar el agua plateada al atardecer, como una delgada serpiente que se deslizaba por la inmensidad de los campos abrasados, cubiertos de extensiones ocres y parduscas manchas de polvorientas encinas.

Nuestro rey envió hombres por delante y regresaron enseguida para informar de que en Alkalat no había apenas habitantes. Las calles estaban desiertas, las casas cerradas y los apriscos de los ganados vacíos. Hacía días que toda la gente había huido enterada de que nuestra hueste venía bajando las sierras. Los observadores solo encontraron viejos y mendigos que no tenían nada que perder, los cuales les dijeron que en Sevilla el gobernador agareno estaba armando un gran ejército para hacer frente a la mesnada cristiana. Al saberse esto, se dio la orden de avanzar para no dejarles tiempo a aprestarse.

Antes de que se pusiera el sol, estábamos a media legua de Sevilla. Me sobrecogí al contemplar a lo lejos la gran ciudad del moro. Las murallas, torres y minaretes se recortaban en el cielo amarillo del atardecer, al otro lado del río. Reinaba una quietud rara.

—¡Oh, Sevilla! —exclamó a mi lado don Bricio—. ¡Oh, ciudad de san Isidoro, cuna de la sabiduría!

Nuestra hueste se iba alineando para disfrutar del espectáculo. Era un momento emocionante y los hombres estaban conmovidos. ¡Quién iba a decirnos a comienzos de ese año que a mediados de verano estaríamos a las puertas de Sevilla! Parecía un milagro. Por eso, después del pasmo inicial, la multitud cristiana deshizo repentinamente el silencio prorrumpiendo en una especie de delirio, en un griterío ensordecedor que debieron de escuchar los sarracenos en varias leguas a la redonda. Los guerreros golpeaban sus escudos con las espadas, pataleaban sobre la tierra reseca, aullaban e invocaban a Santiago. También, detrás de nosotros, las mujeres y los críos chillaban con agudas voces. Los atabales iniciaron un estruendo que pareció un terremoto. Un estremecimiento como jamás antes había sentido me sacudió desde la nuca hasta los talones.

Anocheció sin que se viera movimiento alguno en la otra orilla. Solo sobre las murallas, si te fijabas bien, se veían las almenas cubiertas de soldados. Los estandartes y las banderas permanecían inmóviles en las más altas torres. El aire era tórrido, estático, parecía atenazar todo con garras invisibles.

En la última luz cárdena, don Bricio permanecía de pie, observando la ciudad con sus agudos ojos bajo el ceño plateado, como un águila fija en su presa; mientras el resto de nuestra gente solo estaba ya preocupada de poner las tiendas y acomodarse para el descanso necesario antes de la batalla, que no se sabía cuándo iba a darse.

Me aproximé a mi amo deseoso de conocer lo que en aquellos momentos pasaba por su mente. Cuando se apercibió de que estaba a su lado, me puso la mano en el hombro y habló con palabras serenas, inmediatamente, como si estuviese deseoso de comunicar lo que sentía en aquel momento:

—Se dice que fue el mismísimo Hércules quien fundó Sevilla. Luego vinieron los romanos a llenarla de edificios hermosos de mármol, con columnas colosales y templos paganos tan espléndidos como los de Roma. Aquí nacieron los emperadores Trajano y Adriano. La invasión de los bárbaros no destruyó la prodigiosa ciudad, sino que en tiempos de los godos, convertidos estos a Cristo, la constituyeron en primera capital de su reino. Esa fue la época del célebre obispo al que siempre se conocerá como san Isidoro de Sevilla, cuya obra las *Etimologías*, que escribió poco antes de su muerte, es el más admirable libro que se ha escrito desde que muriera san Agustín hasta nuestros días. ¡Oh, sapientísimo Isidoro, extraordinario doctor, el último ornamento de la Iglesia católica, el siempre nombrado con reverencia! ¡Quiera Dios que Sevilla, tu preciada sede, vuelva a la cristiandad! ¡Ah, qué maravillosa ciudad!

Al verle emocionado, haciendo tales elogios con tanta pasión, creí entender que era Sevilla la ciudad de su sueño, que por fin había llegado al lugar que ansiaba para realizar sus propósitos.

—¿Es esta vuestra ciudad, don Bricio? —le pregunté—. ¿Es aquí donde viviremos? ¿Nos quedaremos en Sevilla para siempre?

Seguía ensimismado, con la mirada puesta en la silueta hermosa de la urbe que iba ya desapareciendo en el horizonte cada vez más oscuro. Interpreté su momentáneo silencio como una afirmación. Pero luego él me sacó de mi confusión.

—No —negó con rotundidad—. Esta ciudad goza ya de espíritu propio. Como Córdoba, Toledo, Mérida... y tantas otras, Sevilla es ya vieja. Como las personas, las ciudades que han vivido mucho guardan resabios, secretos, recuerdos honrosos que las hacen soberbias; así como vergüenzas ocultas que alimentan su desconfianza. Yo añoro un lugar inocente y puro, algo nuevo; como el alma de un niño donde se puede sembrar el bien...

Ese don tenía don Bricio: sus clarividentes reflexiones tocaban el alma.

***

Con la primera luz del día, los ingenieros de la hueste observaron con detenimiento el cauce del río. Parecía que la providencia nos asistía. Habían traído carros llenos de madera para construir balsas y puentes. En algunos tramos, la poca anchura y la escasa profundidad facilitaban mucho las cosas merced a la sequía de meses, o tal vez de años. Enseguida pusieron manos a la obra y empezaron a clavar pilotes para iniciar el paso.

Cruzaron primeramente los hombres de Burgos, que solían ir siempre al frente. Muchos caían al agua, pero se aferraban a los caballos que sabían nadar y los llevaban a la otra parte. Vi al rey tambaleándose en una inestable balsa, asido a sus criados, y a muchos grandes señores en camisa o medio desnudos, dispuestos a cubrir a nado el Guadalquivir. Pronto apenas se veían las aguas, a causa de tantos hombres y animales que pasaban de un lado a otro. La impaciencia por iniciar el asalto traía a todo el mundo como loco.

—¡Vamos ahora nosotros! —ordenó don Bricio a su gente.

Nos disponíamos a iniciar el vadeo por un tramo poco profundo, cuando apareció uno de los subalternos del obispo de Ávila dando voces.

—¡Eh, don Bricio, deteneos! ¡Mi señor don Domingo manda que permanezcáis en esta orilla! ¡Nadie de los de Ávila ha de pasar aún al otro lado!

—Pero… ¡Cómo es eso! —replicó mi amo—. Anda ya el arzobispo de Toledo con el rey allá lejos. ¡Qué diantres vamos a hacer aquí!

—Yo no digo nada —repuso el ayudante del obispo—. ¡Es lo que manda don Domingo! ¡Nadie de Ávila ha de ir a la otra orilla!

Don Bricio tenía el camisote remangado y su caballo tocaba ya el agua con la panza. Le vi enrojecer por la contrariedad, tragándose la rabia. Solo murmuró entre dientes.

—Este hombre… ¡Dios bendito!… ¡Qué cruz!…

Acudimos donde el obispo para ver qué mandaba hacer a partir de aquel momento. Don Domingo, como solía sucederle en aquellas situaciones, estaba nervioso y de muy mal humor. Al ver acercarse a don Bricio, le gritó:

—¡A qué esas prisas! ¿Es que tenemos que ir siempre los primeros? ¡Más templanza, arcediano!

—¡Señor, se trata de Sevilla! —exclamó mi amo—. ¡Hoy mismo Sevilla puede volver a ser cristiana!

—¿Y si no estáis vos en ello, don Bricio, va a dejar Dios de hacer ese prodigio? ¡No os creáis indispensable, arcediano! ¡Dejad hacer al rey y a su gente!

—¿Y nos? ¿Vamos a estarnos mano sobre mano?

—Digamos misas, que es lo nuestro —sentenció el obispo—. Celebremos el santo sacrificio para implorar el auxilio divino; que más puede la oración que todas las espadas, flechas, armaduras y caballos. ¿No recordáis acaso lo que hizo Moisés cuando el pueblo de Dios luchaba contra los amalecitas? ¿No recordáis cómo permanecía orando con los brazos alzados mientras luchaban los israelitas?

¡Cuánto humillaban a don Bricio aquellas palabras del obispo! Se preciaba don Domingo de dar lecciones a mi amo delante de todos. Parecía disfrutar diciéndole continuamente lo que debía o no debía hacer. Y no se conformaba con dar órdenes, sino que las revestía con explicaciones, con sentencias, con pretendidas enseñanzas. Cuando bien sabíamos todos que la sabiduría de don Bricio superaba la suya con creces. Sería por eso que el obispo se empeñaba en demostrar que era él quien mandaba, así en la ciudad de Ávila como en el campo de batalla.

19

Durante los tres primeros días de asedio vi la batalla desde lejos. Obedeciendo al mandato del obispo de Ávila, la gente de don Bricio permanecimos en la orilla de acá del río. Desde muy temprano, se ponían en pie los altares y se celebraban las misas de espaldas al combate. Las plegarias se confundían con el fragor que no cesaba: estrépito de pisadas de hombres y bestias, construcción y transporte de aparatos guerreros, ruido de armas, estruendo de tambores y ensordecedor griterío. Al cabo de la tercera jornada de brega feroz al pie mismo de las altas murallas, el rey y su consejo reconocieron que el gobernador almohade no abriría las puertas sin condiciones. Lejos de ello, parecía que se hacían más fuertes a medida que transcurrían los días. Se supo, para colmo, que los moros tenían muy bien protegido el acueducto y la puerta que daba a Carmona desde el alcázar, por donde les entraban todos los víveres que necesitaban. Con la curva que trazaba el río y los fuertes muros de la fortaleza, se hacía imposible rodear la ciudad hacia el sur para completar el cerco. Esta evidencia acarreó la confusión entre la aguerrida gente burgalesa, que veía con estupor cómo sus mejores caballeros caían apedreados y asaeteados una y otra vez en los intentos de aproximarse a las murallas de esa parte. Mientras, cualquier posibilidad de extender el asedio se veía frustrada por la presencia de interminables líneas de arqueros amparados por los repliegues del terreno y la altura de la margen del río dominada por ellos.

Don Bricio parecía una fiera enjaulada, fuera de sí, al observar cómo se iba desvaneciendo el fantástico sueño de recuperar la ciudad del gran Isidoro.

—¿Qué hacemos aquí? —suspiraba—. ¡Es allá donde hemos de estar! ¡Oh, Dios, qué gran oportunidad se va a perder!

Pero el obispo de Ávila tenía bien sujeta a su hueste y no dejaba que nadie cruzara el Guadalquivir.

—¡Lo que Dios quiera será! —exclamaba don Domingo—. ¡Recemos a Él!

Transcurrieron largas horas de feroz combate. Caían muchos moros defendiendo las murallas, quedando los más de ellos, heridos o muertos, al abrigo de la ciudad. Los cadáveres de nuestra gente, en cambio, se contaban ya por centenares esparcidos en una gran extensión, sin que hubiera tiempo u ocasión para darles cristiana sepultura. Eso desmoralizaba mucho a la hueste. Pero el rey don Alfonso VIII no quería dar tregua en los asaltos, para no hacer ver al enemigo que nos empezaban a flojear los ánimos.

—¡No regresaremos a Castilla sin Sevilla! —Era el grito de guerra que cada día rugía la multitud cristiana antes de lanzarse al ataque.

A causa de esta buena disposición, determinó el rey emprender un asalto definitivo con gran movimiento de máquinas de asedio y arietes en los cuatro costados de la ciudad, aun sabiendo la mucha sangre que nos costaría tal esfuerzo. Para este menester, se estuvieron componiendo catapultas y trabuquetes durante una semana. Y, mientras se hacían estos preparativos a la vista de los moros, se enviaron emisarios para parlamentar ofreciendo al gobernador unas buenas condiciones de rendición, cuales eran: el respeto de las vidas de todos los sevillanos y sus bienes, evitando el saqueo, a cambio de un tributo anual al rey castellano. El emir se negó rotundamente a abrir las puertas de Sevilla.

No bien concluía el mes de agosto, cuando se dispuso la hueste muy organizada en siete frentes de asedio, con todo el aparato de guerra apuntando hacia la muralla norte principalmente, por ser la de más fácil acceso a causa de la mengua del cauce del río. Resultaba admirable ver a todo el ejército cristiano con tanto orden, con sus estandartes y cruces al frente y los duques, condes y grandes señores rodeados por su gente, así como las ciudades representadas por sus obispos, y tanto caballero bien armado, servido por nobles escuderos y un sinfín de peones decididos a dejarse la piel a tiras en el asalto.

Hermesindo y yo, como siempre, permanecimos atentos a don Bricio, el cual había estado en vela desde mucho antes de romper el alba, orando de hinojos, como en trance. ¡Cuánta esperanza tenía puesta en la conquista de Sevilla!, aun reconociendo que solo un milagro del Altísimo podría alcanzarnos tal hazaña.

—Dios ha de estar hoy de nuestra parte —imploraba—. ¡Isidoro de Sevilla, hombre de Dios, válenos en esta hora!

En esto sonaron las trompetas llamando al combate y arreció el ensordecedor estruendo de tambores. Era como si temblase la tierra cuando tal cantidad de gente y bestias comenzó a encaminarse hacia las murallas gritando:

—¡Santiago! ¡Santiago! ¡Santiago!…

Lo que no podía imaginar don Bricio era la gran desilusión que le aguardaba. Resultó que, una vez más, el obispo había resuelto no ir al combate con la hueste abulense.

—¡Oh, no, no puede ser! —exclamó fuera de sí don Bricio—. ¡Esta vez no! ¡Se trata de Sevilla!

—Alguien ha de proteger la retaguardia —le contestó impasible don Domingo—. La gente de Ávila no avanzará. No me convence toda esta precipitación. No, no lo veo claro.

—¿Cómo que no lo veis claro? —replicó mi amo—. ¡Hay que echar toda la leña al fuego! Si hoy se gana Sevilla, Hispania entera será cristiana mañana.

—Si eso ha de ser así —repuso el obispo—, tendremos tiempo para ir a la brega. Se necesitarán hombres reposados y reflexivos en el futuro. No, don Bricio, hoy no iremos a esa batalla.

—¿Reposados? ¿Reflexivos? —repetía estupefacto el arcediano.

Por un momento supuse que desobedecería y rompería la comunión con su obispo. Pero, una vez más, descabalgó sumisamente y se arrodilló de cara a la ciudad de Sevilla donde ya comenzaba el fragor de una batalla al pie de las altas murallas, en la parte norte.

Completose el primer día con una fatigosa brega guerrera en la que, como se temía, cayeron muchos de los hombres cristianos. Pero las máquinas de asalto resultaron ser muy efectivas y, además, el ejército de moros aliados que venía con el rey de Mallorca apostó un buen frente de arqueros inmejorables, que lanzaban nubes de flechas que casi oscurecían el cielo sobre las murallas, cada vez que la hueste se aproximaba a las defensas enemigas.

Durante los tres días siguientes la cosa no parecía mejorar demasiado a nuestro favor. La gente empezaba a estar fatigada. Pero no por ello se hicieron cambios en

la retaguardia, donde matábamos el tiempo componiendo flechas, enterrando muertos y curando enfermos. El
fétido aroma de la corrupción de la carne impregnaba el
aire.

Don Bricio, vestido solo con un sayal pardo, delgado
como estaba y tan largo como era, se asemejaba a una
aparición, fijos sus ojos enrojecidos por la emoción con-
tenida en su añorada Sevilla.

20

El quinto día de asalto, a media mañana, se escuchó un griterío grande, como de júbilo. Alguien empezó a decir que los de Burgos estaban ya en el alfoz de la ciudad, después de tumbar un buen tramo de la muralla. Corrimos hasta un altozano y comprobamos que, en efecto, los peones burgaleses atravesaban los primeros muros, donde se divisaba una abertura ruinosa que tendría por lo menos diez varas de ancho.

—¡Allá va el rey! —exclamó entusiasmado uno de los clérigos señalando la lejanía.

Miramos en aquella dirección y vimos a don Alfonso al galope, con toda su hueste en pos de él, armas en ristre, encaminándose hacia el lugar donde se podía penetrar al alfoz.

—¡Van a entrar! ¡Hay brecha! —gritábamos locos de contento—. ¡Victoria! ¡Santiago! ¡Victoria!…

Don Bricio se volvió entonces hacia el obispo de Ávila y le suplicó:

—¡Dejadnos ir, señor! ¡Dejadnos tomar parte en el asalto!

Se vio dudar al prelado, algo perplejo, y creímos entender que nos daría permiso. Pero enseguida retornó a su habitual impasibilidad y negó con grandes movimientos de cabeza.

—No, ningún clérigo irá allá hasta que la ciudad no haya sido tomada. ¡Vamos a decir misa, que es lo nuestro!

—¡Señor —imploró don Bricio—, vayamos allá, que la soldadesca hará desatinos en la ciudad y ofenderá gravemente al Creador. ¡Vayamos los clérigos a poner orden en nombre de Dios!

—¡He dicho que no, no y no! —negó rotundo don Domingo—. ¡Vamos, todo el mundo a los altares!

No bien se habían dispuesto las capillas al aire libre, con todos los cirios encendidos y los incensarios echando humo a los cielos, cuando pareció hacerse un silencio grande. El sol estaba en todo lo alto y el calor era sofocante. Un grito desgarrador se alzó en alguna parte:

—¡Dios bendito, nos atacan!

Nos volvimos y, a nuestras espaldas, vimos una pavorosa nube de polvo, alta como cien torres puestas una encima de otra.

—¡Cielo santo, qué es eso! —exclamó el obispo.

Sentimos entonces temblar la tierra y aparecieron desde detrás de los cerros millares de hombres, como una marea incontenible, unos a pie y otros a caballo, que venían a todo correr hacia nosotros.

Por delante de ellos, huían nuestros vigías que llegaban gritando espantados:

—¡Es el ejército de Córdoba! ¡Los moros nos atacan por la retaguardia! ¡A las armas!

Corrimos en desbandada. Estábamos vestidos con los ropajes litúrgicos y las armas descansaban junto a las tiendas. Solo algunos hombres tenían puestas las armaduras y corrieron hacia las empalizadas para detener a los atacantes. Los moros venían sin orden ni concierto, formando una horda que avanzaba frenéticamente en dirección a Sevilla. Los que atacaban a pie se entretuvieron arrasando el campamento, pero los de a caballo pasaron velozmente y fueron contra el ejército cristiano que asaltaba las murallas. A un lado y otro del río se combatía ya.

Aquello fue algo espantoso, debéis creerme, ¡el mismísimo infierno! No había tregua. Durante horas, la gente luchó denodadamente. Las huestes estaban deshechas y el campo de batalla era un maremagno donde los hombres tenían que saltar por encima de los cadáveres. Se peleaba, se gritaba, se maldecía, se sudaba a chorros... Las saetas surcaban el aire silbando y caían piedras por todas partes. Supongo que, tanto entre los moros como entre los cristianos, hubo gente que murió herida por los propios proyectiles, en vez de por los contrarios.

Los de Ávila tardamos un buen rato mientras nos armábamos y elegíamos el lugar donde entrar en combate. Finalmente, decidimos ir por la retaguardia. Pero, en medio de tal desorden, no podíamos organizarnos. Don Bricio era el único punto de referencia, por su gran altura y la enormidad del caballo que montaba. Detrás de él formábamos una fila que descendió hasta la orilla del río donde más encarnizada era la batalla.

Por primera vez, me veía guerreando encima de mi yegua armado de escudo y lanza. Al principio costaba y daba miedo, pero pronto me brotó como por encanto el espíritu guerrero; esa fiera que está ahí latente y que se despierta para poseer al hombre y convertirlo en una especie de demonio sediento de muerte.

Al primer moro le maté ensartándole por el ojo y no sentí nada de particular. Luego fue coser y cantar. Parecía que la cosa no iba con uno. A este le atacaba por detrás y le atravesaba por la espalda, a aquel le pasaba por encima con el caballo…; en fin, una fiesta de sangre. Entonces me di cuenta de que era verdaderamente hábil y que mi agilidad me permitía moverme entre el enemigo con mucha soltura, como si me hubiera dedicado solo a ese oficio en mi corta vida. Sería por eso que me confié y me adentré por en medio de la morisma, creyéndome invulnerable.

No sé precisar el tiempo que estuve peleando. Solo recuerdo haber sentido un impacto fortísimo a la altura de los riñones y verme caer del caballo. Después me pareció que se trataba de un mal sueño. Los cascos de las bestias golpeaban la tierra a mi alrededor y llovían proyectiles de todo tipo. Supuse entonces que iba a morir de un momento a otro. Sin embargo, seguía sin experimentar pánico ni nada parecido. Iba notando que perdía las fuerzas y apenas veía a causa del polvo que cubría mis ojos. Intenté mover las piernas y no pude, puesto que mi caballo las aprisionaba, incapaz de levantarse. Fue en ese momento cuando me cayó encima algo muy pesado. Solo tuve tiempo de pensar que sería la muerte que me llegaba, pero aprecié al tacto que se trataba de una armadura. Tenía encima el cuerpo inerte de algún guerrero. Sin poder ya moverme, me conformé con quedarme muy quieto, para que al menos me consideraran muerto, no fuera a venir alguien a rematarme.

Me asfixiaba. No veía nada, pero advertía que el combate iba remitiendo a mi alrededor. Estaba anocheciendo. El ruido fue cesando y finalmente solo persistía una especie de rumor lejano de voces. Entonces comprendí que la batalla ya no estaba encima de mí.

Con mucho cuidado y no menor esfuerzo, me fui removiendo. Ahora alargaba una mano que tenía totalmente entumecida, después la otra, en la que no sentía los dedos; luego una pierna que me parecía que me la habían cortado a la altura de la ingle. Alcé la cabeza y abrí los ojos. Gracias a Dios, no estaba ciego, como llegué a temer. A mi alrededor solo había hombres y animales muertos, armas y piedras. Allá lejos, se veía la polvareda de la batalla que proseguía.

Comprobando que no había ya peligro para mí, hice un esfuerzo grandísimo y salí de debajo de los cadáveres que me oprimían. Reptando, pude extraer los pies de la presa que hacía mi caballo moribundo y me fui alejando de allí aturdido, a rastras. Verdaderamente estaba molido, sin que sintiera parte sana en el cuerpo. Entonces alguien gritó cerca de mí:

—¡Ay, socórreme, hermano!

Me volví y vi removerse a un hombre herido que estaba tendido en el suelo un poco más allá. Poco pude hacer por él, pues tenía una gran abertura en la barriga y las tripas fuera. Por todas partes había hombres con las cabezas destrozadas y heridas espantosas en diversas partes del cuerpo. Al darme cuenta de que yo no sangraba por ningún sitio, di gracias a Dios.

Conseguí ponerme en pie y anduve vacilante en dirección al campamento. Empezaba a oscurecer y la hueste regresaba en desorden, fatigada y triste. Los soldados iban en busca de agua, muertos de sed, cubiertos de sudor, polvo y sangre.

—¡Eh, muchachos! —les pregunté—. ¿Qué es de don Bricio y su gente?

—Están recogiendo a sus muertos —respondió uno de ellos.

Cuando cayó la noche, el campamento cristiano quedó sumido en la confusión. El calor era sofocante y el olor de la muerte impregnaba el aire tórrido e inmóvil. Los monjes empezaban a entonar salmos en alguna parte. Fui hacia el lugar de donde procedían los cantos para orar.

—¡Qué desastre, Dios bendito! —sollozaba un veterano guerrero—. ¡Nos han hecho pedazos!

—¡Nada de eso! —replicó otro—. ¡Les hemos hecho nosotros más daño a ellos! ¡Basta de lamentos! ¡Mañana Sevilla será definitivamente cristiana!

—¿Y el rey? ¿Dónde está el rey? —preguntaban desalentados otros—. ¿Está vivo el rey?

—Sano y salvo, gracias a Santiago —contestó un heraldo—. Don Alfonso, nuestro señor, descansa en su tienda.

El monótono canto de los monjes ayudaba a serenarse. Las mujeres repartieron caldo caliente, pan y vino. Yo estaba dolorido y muerto de sueño. Comí, bebí y me acurruqué junto a un carromato destartalado. A media noche refrescó, gracias al cielo, lo cual nos alivió mucho y pudimos descansar. Como reinaba una gran oscuridad, decidí no moverme de allí y aguardar a que se hiciera de día para ir en busca de los míos.

21

—¡Ah, muchacho, gracias a Dios que estás vivo! —me despertó la voz de don Bricio cuando la primera luz del día despuntaba hacia oriente.

Abrí los ojos y me sobresaltó la presencia de muchos hombres a mi alrededor. Yo no sabía dónde estaba y me parecía retornar de un sueño de siglos, pues nada recordaba del día anterior.

—¿Qué sucede? —balbucí.

—¡Que vives, nada más y nada menos, cuando ya te creíamos muerto! —exclamaba don Bricio—. ¡Dios sea loado!

—¿Muerto…? ¿Yo…?

—Sí, hijo mío. Recorrimos todo el campo de batalla, revisando los cadáveres, pues estábamos ciertos de que habías caído en medio del desorden de la batalla. Incluso… nos pareció verte deshecho, bajo tu caballo… Pero… ¡Bendito sea Dios!

Me incorporé y me palpé el cuerpo, pues empezaba a recordarlo todo y aún me parecía que debía de estar herido en alguna parte. También mi amo me observaba con mucha atención, para comprobar que estaba sano.

—Nada, nada de nada —decía él—. Cuatro rasguños insignificantes. ¡Es milagroso!

Conté lo que me había sucedido: la caída bajo el caballo, la imposibilidad de moverme mientras proseguía la batalla y la huida a rastras por entre los muertos. Al escucharlo los demás, me palmeaban cariñosamente los hombros y decían asombrados:

—Has vuelto a nacer. Bien puedes darle gracias a Dios.

—Anda, muchacho —me aconsejó don Bricio—, come algo de pan y bebe vino, que habrás de recobrar las fuerzas después de tan grande susto.

Eso hice y me sentí casi repuesto del todo. Aunque mi mente seguía estando como en blanco.

—¿Qué ha sucedido? —le preguntaba a mi amo—. ¿Hemos vencido o perdimos la batalla?

Meneó la cabeza don Bricio pesaroso y respondió:

—Un desastre, Blasco, hijo mío. Los moros nos entraron por la retaguardia y han deshecho lo más granado de la caballería cristiana…

—¿Entonces…?

—No todo se ha perdido. Amanece y el rey anda ahora con sus heraldos comprobando la cuantía de las pérdidas. Yo creo que el ejército cristiano está aún en condiciones de dar batalla. Aunque… me temo que habremos de olvidarnos de Sevilla por el momento.

Estando en esta conversación, llegó uno de los soldados de nuestra hueste a todo correr, muy sofocado, y anunció:

—¡El obispo! ¡El obispo don Domingo ha muerto!

—¿Eh? Pero… ¡qué dices insensato! —le espetó don Bricio.

—Venid a verlo vos mismo, señor arcediano —explicó el hombre entre sollozos—; está allá el rey y mucha gente importante. Al parecer, la morisma cordobesa cayó sobre los altares donde se decían las misas y mataron a todos los clérigos, incluido al propio obispo, que no tuvo tiempo de escapar ni de defenderse…

—¡Vamos! —ordenó don Bricio.

Fuimos allá. Se había reunido mucha gente en nuestro campamento. Tuvimos que abrirnos paso a empujones. Como había dicho aquel hombre, el rey estaba allí, con semblante cansado y triste. También estaban el arzobispo de Toledo y muchos otros prelados, abades, clérigos importantes, caballeros y damas.

—¡Qué espanto! —se lamentaban—. ¡Virgen santísima, qué lástima!

El obispo don Domingo yacía en el suelo con la cabeza abierta, rodeado por los cadáveres de sus diáconos y acólitos. La sangre impregnaba las casullas y la tierra removida. Aquí y allá, desparramados, se veían los ornamentos litúrgicos, cálices, candelabros e incensarios. Los altares estaban tumbados, las tiendas de campaña destrozadas y todas las caballerías muertas. Era una visión verdaderamente lamentable.

—¡Venguemos este sacrilegio! —gritó uno de los caballeros—. ¡Hagamos justicia en nombre de Dios!

—¡Eso! —secundaron otras voces—. ¡Demos muerte a los sarracenos! ¡Venganza!

Los hombres tenían las armaduras puestas y las espadas en las manos. Muchos no habían descansado aún desde la batalla o habían podido solamente echar alguna cabezada pertrechados aún, por temer que los moros volvieran a la carga. A pesar de ello, y enardecidos al ver a los clérigos muertos, corrieron en busca de sus caballos para ir de nuevo a luchar. Pero el rey, con voz desgarrada, les ordenó:

—¡No! ¡Quietos, señores! ¡No enloquezcamos ahora!

¡Debemos reflexionar! ¡No estamos en condiciones de ir al moro ahora!

Todo el mundo quedó como petrificado ante esta exhortación de don Alfonso. Hubo un silencio grande, mientras esperábamos a que el rey de Castilla diera sus razones.

—Hemos perdido mucha gente —prosiguió gravemente—. El inesperado ejército ismaelita de Córdoba nos atacó con más de treinta mil hombres, según la estimación de los heraldos expertos. Con ellos y con lo que ya había en Sevilla, tenemos ahí a más de sesenta mil enemigos. ¡Casi nos doblan en número!

—Pero… ¡señor! —replicó con respeto un veterano caballero burgalés—. La mayor parte de esos sarracenos son hortelanos, labriegos hambrientos con pobres armas hechas en casa. Ya lo visteis ayer.

—Cierto —repuso el rey—. Pero necesitaríamos al menos una semana para hacerles aflojar las fuerzas antes de poder volver a poner los pies junto a los muros de la ciudad. Mientras, es posible que acudan otros ejércitos desde el sur y acabemos metidos en una ratonera. A estas alturas es posible que los mensajeros del emir estén ya próximos a la corte de África para solicitar ayuda al sultán almohade. Se aproxima el tiempo otoñal y las lluvias pueden perjudicarnos impidiéndonos la retirada. ¡Seamos sensatos! No parece estar de Dios la cosa. Conformémonos con haber llegado hasta aquí. ¿Quién lo habría soñado hace apenas un año? Esos ismaelitas han de saber que la cristiandad es mucho más recia de lo que suponían. ¡Viva Santiago!

—¡Santiago! ¡Santiago! ¡Santiago!… —contestamos enardecidos—. ¡Viva el rey de Castilla! ¡Viva, viva, viva…!

22

Los emisarios cristianos cruzaron el Guadalquivir para concertar conversaciones con el gobernador de los moros. Nuestro rey les ofreció la tregua a cambio de un tributo. Supongo que no estábamos en condiciones de exigir demasiado, porque se tardó apenas un día en concertar el acuerdo. Seguramente los sarracenos de Sevilla estaban hambrientos por causa de la sequía, y también a nosotros empezaba a faltarnos el sustento. Además, resultaba repugnante beber el agua del río, por la cantidad de cadáveres que habían caído en él. A pesar de estar avanzado el mes de septiembre, no aparecía una sola nube en el cielo y el calor seguía siendo sofocante. La gente estaba deshecha; así que no les costó mucho hacerse a la idea de regresar a Castilla sin el botín que se prometía en aquella campaña.

Mientras se desmontaba el campamento y se completaban los preparativos para la partida, se celebraron las primeras honras fúnebres por el obispo de Ávila y por tantos caballeros ilustres, soldados y simples peones que habían caído en aquella desastrosa batalla. Los cuerpos de los muertos que tenían servidores fieles y parientes que se ocupasen de ellos eran embalsamados, envueltos en sal o amojamados con aceites resinosos para ser llevados de vuelta a sus terruños donde recibir dignas sepulturas. Los pobres que, como se suele decir, no tenían dónde caerse muertos, en cambio, quedaban allí, bajo dos palmos de tierra, sin cruz ni nada en la cabecera de la tumba, para no provocar las profanaciones de los moros cuando nos marchábamos. Muchos de ellos, ni siquiera eso; sino que eran simplemente arrojados al río y se los veía flotar hinchados, aguas abajo. ¡Vive Dios que no había contemplado yo en mi vida cosa tan horrible! Ni siquiera cuando la peste de Ávila pude imaginar que vería alguna vez tal cantidad de muertos.

Al obispo don Domingo, después de cantarle muchas misas, lo envolvieron en telas alcanforadas, lo cubrieron de sal y especias aromáticas y lo metieron en una caja que pusieron sobre una carreta tirada por un par de mulas, para llevarlo a ser enterrado en la catedral de Ávila.

La aflicción prendió en el alma de don Bricio. En vez de sentirse aliviado al verse libre de un superior tan exasperante, le dio por sufrir grandes remordimientos. Se angustiaba pensando que, a fin de cuentas, el obispo había tenido más razón que un santo al decidir permanecer en la retaguardia.

—Él lo sabía —se lamentaba mi amo—; él buen obispo sabía bien que nunca debe quedarse la espalda descubierta en un asalto. ¡Murió como un mártir! ¡Oh, Dios mío, cuánto siento haber porfiado tanto con él!

—No diga eso, don Bricio —repliqué yo—, que era don Domingo, que en paz descanse, un timorato. ¡Miedo tenía! Por eso no quería llevarnos al combate.

—¡No! —repuso con brusquedad él—. ¡No consentiré que empañes la memoria de los muertos! No hagas suposiciones malpensadas sobre quien ya no vive. ¡Dios es el que todo lo sabe! Honremos la memoria de este servidor suyo.

Perplejo, me atreví a replicar de nuevo:

—Pero…, amo, que esté ahora muerto el obispo no quiere decir que no se equivocara en vida…

—¡Yo estaba equivocado! Él quería contener mis ciegos impulsos. Solo puedo alegrarme ahora por haberle obedecido. Pues me dejaba llevar por mi pasión guerrera como un muchacho inconsciente. Mientras él, muy sabiamente, nos mantuvo en la defensa del campamento. Si no hubiera sido por él, posiblemente incluso nuestro rey habría sido sorprendido por las espaldas… ¡Ah, no quiero ni pensarlo!

Con ojos lastimeros, los hombres miraron por última vez la ciudad de Sevilla, que resplandecía a lo lejos, protegida por su río y por un hado misterioso que parecía querer conservarla agarena. Dejábamos atrás un sueño. La hueste se puso pesadamente en marcha hacia el norte, desandando tristemente el camino que tan alegremente hiciera dos meses antes.

Después de atravesar las primeras montañas, arreciaron los vientos, se llenó el cielo de oscuros nubarrones, tronó, relampagueó y se nos vino encima un aguacero intenso y frío. Después de aquella tormenta que anegó en una sola tarde los campos sedientos, sobrevino una lluvia persistente. El otoño estaba encima.

Regresamos a la ciudad de Ambrosía en las puertas del invierno, después de diez semanas de viaje por esos campos de Dios, peleando contra el barrizal de los caminos. Pero los árboles de aquel valle fértil conservaban aún la hermosura de sus hojas doradas, que el viento arrancaba y arrastraba por los verdes prados. Verdaderamente, Dios mismo parecía morar en ese lugar, al pie de los altísimos montes cubiertos de nieve.

Deleitado por la visión del burgo iluminado por los últimos rayos del sol de la tarde, don Bricio exclamó con los ojos brillantes de emoción:

—¡Oh, Ambrosía, *de civitate Dei*!

Comprendí que le placía aquel lugar más que ningún otro.

Como no se fiaba el rey demasiado de que los moros respetaran la tregua e incluso temiera que se negasen a pagar el tributo fiado, decidió que gran parte de la hueste permaneciese en las plazas de Turgello, Santa Cruz y Monfragüe, guardando la retaguardia a los freires de las órdenes militares. Por la misma razón, decidió reforzar la defensa de Ambrosía. Para lo cual otorgó a la gente de Ávila el derecho de acogerse a la carta puebla.

Como, muerto el obispo, don Bricio no tenía superior eclesiástico por el momento, se vio libre para decidir lo que más le convenía. Y resolvió que permaneceríamos en aquel bonito lugar que tanto le agradaba.

Y resultó que quedó enterrado en la iglesia principal de Ambrosía el obispo don Domingo, pues se echó encima el invierno con abundantes lluvias y nieves en los montes que impedían el traslado del cuerpo a Ávila.

No bien se había sellado el sepulcro del prelado, cuando se reunieron las dignidades eclesiásticas con el rey para elegir el sucesor de la sede vacante de Ávila. Entonces, muchos estuvimos seguros de que esta vez la mitra recaería en don Bricio. Aunque no llegamos a saber si él, en el fondo de su corazón, seguía albergando ese deseo.

Hubo muchas deliberaciones y porfías entre los obispos, pues unos y otros querían que se nombrase a alguien que fuese afecto a sus intereses, como solía suceder en estos casos. Pero el que parecía ser el más firme candidato era aquel tal Pedro de Taiaborch —del cual hablé ya más atrás— que había sido nombrado arcediano de Ambrosía. Gozaba este clérigo de mucho predicamento ante el rey y de gran poder de convicción, merced a lo cual anduvo ganándose adeptos con regalos, promesas y otras malas artes. Y la elección debía hacerse en la misma Ambrosía, donde el tal arcediano era dueño y señor, por lo que muchos dependían de su beneplácito para pasar lo más cómodamente posible el frío invierno dentro de aquella ciudad de paso.

También a don Bricio quiso ganarse el arcediano Taiaborch, aunque fuese rival suyo. Para lo cual le ofreció una casa al abrigo de la muralla, que, aunque pobre y destartalada, podría reformarse con cierta facilidad. Pusimos manos a la obra y, con el buen hacer de los alarifes moros que por allí abundaban dedicados a su oficio, pronto tuvimos en Ambrosía un lugar confortable donde vivir.

23

Los peregrinos caminaban ilusionados por la vieja vía romana que servía de calzada, adentrándose por montuosos parajes. Subían fatigosamente las cuestas que escalaban las sierras. El estío vestía el campo de bellos tonos. El sol de la tarde desplegaba un brillo dorado sobre la maleza y grandes rocas parecían avanzar en la sombra de las laderas, junto a oscuros matorrales. En las alturas corría un vientecillo serrano que refrescaba la cara, y que hacía desplazarse en el cielo azul algunas nubes blancas como mármol. Se divisaba desde arriba un espacio inmenso de tierra que parecía llano, a pesar de estar formado por lomas y cerros, uno tras otro, cubiertos de verde pardusco. En la lejanía, el camino blanco serpenteaba apareciendo y desapareciendo, bordeado por altos árboles, entre colinas y altozanos.

—¡Qué hermosura! —exclamó el caballero de Santiago, que, por ser el más joven, caminaba más ligero y algo adelantado a los demás.

—No ha de faltar mucho para las tierras de Gallaecia —observó el comerciante, fatigoso, deteniéndose para otear el extenso panorama que se contemplaba desde allí.

—No se ve un vivo —dijo el fraile—. ¡Oh, Dios, qué soledad tan inmensa! El mundo es vasto hasta el infinito.

Se quedaron los cuatro callados, con los ojos perdidos en el horizonte montuoso que parecía no tener fin. Reinaba un silencio inquietante bajo la bóveda celeste, que se iba tornando anaranjada hacia poniente.

—¿Habrá bandidos por estos lares tan apartados? —preguntó de repente el mercader, dejando escapar un temeroso pensamiento.

—No, no lo creo —respondió el joven caballero—; precisamente por ser este lugar tan apartado, no creo que vivan aquí sino alimañas y aves de rapiña.

A pesar de esta contestación tranquilizadora, los cuatro caminantes no pudieron evitar cierto estremecimiento. Decrecía la luz y aquellos hombres cansados se sentían indefensos en mitad del abrupto y solitario espacio que los rodeaba.

—Se escucha rumor de agua —dijo Blasco Jiménez, llevándose la mano a la oreja—. ¿No lo oís?

—¡Allá! ¡Allá fluye un arroyuelo! —señaló el caballero de Santiago.

Felices por el descubrimiento, descendieron por la ladera del monte, entre ásperos arbustos y pedruscos. En la hondura del valle, crecían los árboles junto al agua que corría transparente por su lecho de roca pura. Una bandada de aves removió la espesura y huyó veloz por el desfiladero en busca del cielo abierto.

—¡Ah, qué maravilla! —exclamó el fraile—. ¿Veis hermanos? ¡Dios no nos abandona!

Bebieron los cuatro con avidez y se lavaron. Había poco espacio en la orilla del torrente, de manera que buscaron más abajo el llano de un prado para reposar.

—Saquemos todo lo que llevamos para comer y compartámoslo como buenos hermanos —propuso el fraile.

—Apenas hay un pedazo de queso añejo y un puñado de castañas —dijo el mercader—. Poco es para tanta hambre como tenemos.

—Acabemos con todo y repongamos hoy fuerzas —observó el fraile—. Mañana, Dios proveerá…

Parecía que los otros tres estaban de acuerdo en obedecerle, como si la bondad natural del humilde religioso le hubiera conferido autoridad sobre el grupo. Repartieron la frugal colación, oraron y comieron en silencio. Cuando no quedaba ya nada que llevarse a la boca, el mercader, con las manos en la barriga, dijo:

—Ay, qué lástima.

—Para estómagos agradecidos —sentenció el fraile sonriendo—, todo un banquete. Demos gracias a Dios. Que hay en este mundo quien no prueba bocado.

Extendió cada uno su manta sobre la hierba y se echaron los cuatro. Aún no era noche cerrada y en el firmamento, azul turquí, apareció una estrella muy brillante.

El joven caballero extendió la mano y la puso sobre el hombro de Blasco.

—Sigue contando tu historia, amigo. Te aseguro que el relato de los años de tu juventud me resulta harto interesante.

—Eso —insistió el mercader—, prosigue. Cuéntanos lo que sucedió cuando os asentasteis en aquella ciudad… En… Ambro… Ambrosía… o Placencia, como también la llamaste… Porque… ¿cómo es, amigo, Ambrosía o Placencia? Ya que la has nombrado de ambas maneras.

—Porque de ambas maneras puede nombrarse —contestó el clérigo—. Aunque yo prefiero decir Ambrosía, cual es su nombre originario. Por más que nuestro señor el rey don Alfonso VIII la hubiese bautizado luego como

Placencia, como ya dije, por considerar aquel lugar, en pleno valle del río Xerit, tan placentero. Mas mi amo don Bricio siempre llamó a su ciudad «Ambrosía», que, según su sabio parecer, significaba «cosa deleitosa del espíritu»; por ser esto lo que a él le evocaba.

—Has dicho «su ciudad» —precisó el fraile—. ¿Quieres decir, pues, que esta y no otra era la ciudad del misterioso sueño de tu amo?

Blasco Jiménez se le quedó mirando circunspecto. Luego, respondió:

—En efecto, hermanos. Don Bricio reconoció Ambrosía como la ciudad de su sueño. Ya un año antes, en el descenso de la hueste hacia el sur, se sintió seducido por ella. Pero fue ahora cuando, después de la decepción sufrida por no haberse logrado conquistar Sevilla, tenía él decidido dejar definitivamente las armas y entregarse a la realización de su sueño.

—¿Y cómo iba a gobernar él Ambrosía? —preguntó el mercader—. ¿Pues no dices que ese tal arcediano, Pedro de Taiaborch, era el señor de la plaza?

—Cierto es. Lo cual no dejó de causar problemas. Si habéis seguido con atención el hilo de mi relato, compañeros, habréis reparado en que se hallaba Ávila sin obispo por aquel tiempo, después de que muriera don Domingo a manos de los moros.

—Sí —asintió el fraile—. Y decías que, precisamente, debía nombrarse un sucesor. ¿Qué pasó? ¿Nombraron a ese tal Taiaborch o a don Bricio?

—A ninguno de los dos. Resultó que el rey propuso a un candidato que le convenía mucho, un palentino, que por esas casualidades de la vida se llamaba también Domingo, como el anterior.

—¡Ah, qué decepción! —exclamó el joven caballero—. ¡Don Bricio se merecía la mitra!

—Sí, compañeros míos —afirmó Blasco, esbozando una enigmática sonrisa—. Pero los caminos de Dios son muy distintos a los nuestros. Sucedió que ese desprecio a don Bricio, que a todos nos pareció una injusticia, llevaba en sí la futura realización de su sueño.

—Cuenta, cuenta, hermano —le apremió el fraile—. ¿Qué es lo que pasó?

Todos se incorporaron, muy atentos, esperando a que hablara Blasco Jiménez. Era ya de noche y apenas se veían las caras los unos a los otros, pero parecía palparse la acuciante curiosidad de los tres ante el curso que tomaba el relato de su compañero de camino. Este prosiguió sin prisas:

—Mi amo, don Bricio, acató una vez más la voluntad de sus superiores. Como antes, resolvió que «no estaría de Dios» que él fuera nombrado obispo de Ávila y se conformó. No así el arcediano de Ambrosía, Pedro de Taiaborch, que había deseado siempre que la mitra fuera para él. Frustradas sus vanas ilusiones, sufrió un ataque de ira y se negó a reconocer al nuevo obispo como superior. Armó a su gente y anduvo revolviendo a sus partidarios y amigos. El clero, la nobleza y el pueblo se declararon a su favor y se produjo una revuelta entre la gente de Ávila. ¡Aquello fue una vergüenza! Hubo trifulcas. Unos clérigos y otros se pelearon durante una misa. Rodaron por el suelo revestidos con los ropajes litúrgicos, se abofetearon e insultaron delante de todo el mundo. ¡Daba pena ver a los frailes a ciriazo limpio!

—Y, a todo esto, ¿qué hizo don Bricio? —preguntó el joven caballero.

—¿Qué iba a hacer, sino ponerse de parte del legítimo obispo?

—¿A pesar de lo que le habían hecho? —observó el mercader.

—Don Bricio era un hombre cabal —sentenció el clérigo—. Él estaba siempre en guardia frente a los bajos instintos de los hombres. Ya os conté cómo seguía la doctrina de san Agustín de Hipona. Estos desórdenes le parecían el mayor de los males. Era un hombre de gran temperamento, pero incapaz a la vez de contravenir las leyes o rebelarse contra el orden establecido. Él, como el sabio doctor obispo de Hipona, consideraba que la virtud es condición de felicidad, y la voluntad ordenada es condición para la virtud. Los pecados, egoísmo, soberbia, avaricia, lujuria... son los desórdenes que acaban trastocándolo todo. En fin, solía decir que los hombres y las sociedades temporales deben regirse por una voluntad ordenada y sujeta a norma. Dicho de otra manera: toda sociedad necesita la paz, y la paz es orden. Parece que le estoy oyendo ahora repetir su consejo favorito: «La paz del cuerpo humano es el equilibrio ordenado de todos sus órganos; la paz de la vida animal es el acuerdo ordenado de los apetitos; la paz del alma es la armonía del conocimiento racional y la voluntad; la paz doméstica es la concordia de las familias y las sociedades, obtenida solo por el amor, los mandamientos y la obediencia; la paz de la ciudad es la misma concordia familiar extendida a todos los ciudadanos; y la paz de la ciudad cristiana es una sociedad perfectamente ordenada de hombres que gozan de Dios y se aman mutuamente en Él. En todas las cosas, pues, la paz es la tranquilidad del orden».

—¡Oh, sabio hombre era tu amo, ciertamente! —exclamó el fraile.

—Sí. Y su sabiduría y su paciencia juntas le alcanzaron al fin la gloria merecida.

—¿Qué sucedió? —preguntó impaciente el mercader.

—Pues que los desórdenes y las contiendas por la ambición del arcediano Pedro de Taiaborch enfurecieron finalmente al rey, el cual decidió tomar cartas en el asunto. Pero, como era un pleito eclesiástico, tuvo que atenerse a la ley canónica. Se acudió nada menos que a Roma, para que sentenciase lo que debía hacerse. Contestó el papa ordenando lo que era de ley: que el arcediano se sometiese con toda la ciudad de Ambrosía al obispo de Ávila. Y se procedió a cumplir lo mandado. Pedro de Taiaborch, aunque a regañadientes, se avino a obedecer al obispo y se humilló besándole la mano en presencia del rey y de todo el pueblo. Fue un ejemplo memorable. Habríais de ver a mi amo don Bricio, feliz por tal concordia entre buenos cristianos, obedientes al papa, resolviendo sus diferencias como hermanos.

—Entonces… —quiso saber el joven caballero—. ¿El tal Taiaborch siguió gobernando Placencia?

—Por muy poco tiempo, hermanos. Os contaré ahora lo que sucedió a continuación. Resultó que el rey, posiblemente a consecuencia del pleito antes narrado, o porque ya lo tuviese pensado de antemano, resolvió solicitar al papa que erigiese un obispado en Ambrosía.

—¡Ah, qué gran idea! —exclamó el fraile.

—Sí. Todo aquello lo recuerdo vagamente, envuelto en las brumas del tiempo que ha pasado. Por entonces era yo aún joven y andaba procurando solo por mis asuntos. Pero me acuerdo muy bien de cómo repicaron las campanas de la iglesia Mayor una mañana de verano, cuando se recibió de Ambrosía la gran noticia: el papa Clemente III otorgaba una bula creando la diócesis de Ambrosía. El obispo nombrado, propuesto y confirmado por nuestro señor el rey era mi amo don Bricio.

—¡Loado sea Dios! —oró el fraile.

—Se lo merecía —afirmó el joven caballero.

—Era de justicia —sentenció el mercader.

—Así fue, hermanos, como el bueno de don Bricio

alcanzó al fin su sueño. Jamás olvidaré la emoción de su rostro aquel día, cuando supo que tenía al fin su ciudad. Se hincó de rodillas y se arrojó a los suelos para besar la tierra, henchido de agradecimiento al Creador de todas las cosas.

—¿Y qué sucedió después de todo aquello? —preguntó el caballero de Santiago.

—Eso os lo contaré mañana —respondió bostezando Blasco Jiménez—. Ahora es tarde ya. Ha caído la noche y hemos de descansar.

Quedaron todos en silencio y, meditabundos, se envolvieron en sus mantas. Reinaba una negrura grande en el cielo sin luna, merced a lo cual se veía un sendero de estrellas lejanísimas. La soledad de aquellos parajes inhóspitos volvió a hacerse presente. De repente, se levantó un vientecillo helado que recorrió el desfiladero removiendo las hojas de los árboles. Un lobo aulló lastimeramente en lo alto de algún monte. Los peregrinos se estremecieron.

—Oremos a Dios, hermanos —propuso el fraile, e inició un salmo:

> Levanto mis ojos a los montes.
> De dónde me vendrá el auxilio.
> El auxilio me viene del Señor,
> que hizo el cielo y la tierra.

LIBRO IV

LA CIUDAD

24

Con el paso del tiempo, he llegado a comprender que cada ciudad guarda su misterio, su vida propia, su existencia autónoma, particular. Las ciudades no son piedras puestas unas encima de otras para guarecer a la gente. No, no son solo viviendas de hombres. Las ciudades tienen su auténtica alma, y su exclusivo destino. En su interior anida la vida misma y ellas toman el espíritu de sus moradores. Pero eso, como os digo, he llegado a comprenderlo con el paso del tiempo. Entonces, siendo yo tan joven, aún no me daba cuenta de tales cosas.

Cuando don Bricio fue consagrado obispo, Ambrosía aún no había alcanzado su ser propio. Era todavía un lugar de paso, un mero enclave estratégico en los planes que tenía el rey de Castilla para llegar más al sur y conquistar tierras de moros. Las órdenes militares habían acampado allí solo transitoriamente, los pobladores eran mayormente abulenses errantes a los que les daba lo mismo asentarse en un lugar u otro. ¿Y qué decir de los nobles? Los magnates no querían echar raíces en una ciudad gobernada por un obispo y un concejo; no les permitía andar a su antojo. Había fijosdalgos, eso sí, que buscaban un pedazo de tierra y algo de tranquilidad durante el invierno, antes de que se armara alguna hueste por ahí, en otra parte. Creo que por eso era Ambrosía más atractiva para cierto clero ambicioso, a más de una suerte de campesinos deseosos de vivir en paz.

Al principio, había comunicado a la ciudad el arcediano Pedro de Taiaborch su ser desasosegado y ansioso. Los escasos ciudadanos que vivían allí estaban más pendientes de buscarse un buen acomodo que de cualquier otra cosa. Quizá por eso era la población un tormentoso foco de pendencias.

Pero don Bricio, bien respaldado por el rey, se entregó pronto a poner las cosas en orden. Y lo primero que se propuso fue meter en cintura al arcediano rebelde. Lo cual no hizo por la fuerza, con amenazas o represiones, pues Taiaborch contaba aún con muchos partidarios entre el pueblo y el clero, que veían en él a su señor natural. Mi amo trató de ganárselo con prebendas y consideraciones, para así sujetárselo y hacerle entrar en razón. De esta manera pudo mantenerlo contenido durante cierto tiempo, aunque siguió alborotando y originando disgustos, ora por no estar conforme con esto, ora con aquello. Hasta que fue la providencia quien vino en auxilio de don Bricio: durante uno de los berrinches que solían darle frecuentemente al iracundo Taiaborch, se quedó tieso como un palo y vino a entregar el alma de un síncope, delante de toda su parentela y criados.

Se le hicieron unas solemnísimas honras fúnebres y se le enterró en el altar mayor de la iglesia principal, que ya tenía la dignidad de catedral, con los máximos honores que podían corresponderle. A sus herederos y beneficiarios se les respetaron todos los derechos y se les repartieron cuantiosos bienes y rentas. Quedaron todos muy satisfechos, conforme a aquello que suele decirse: «El muerto entiérrese y los vivos hólguense». Pues a nadie se ocultaba que para ellos su amo el arcediano, como para todo el mundo, había sido un tormento, por mucho que le amasen y obedeciesen.

Entonces le llegó definitivamente su momento a don Bricio. Era hora ya de realizar puramente su sueño: debía llevar a la práctica su particular concepción de la ciudad ideal, que no era otra cosa que la que llevaba años rumiando a fuerza de dejarse la vista leyendo durante horas en sus viejos libros.

Antes de iniciarse el proyecto, decidió purificarse, como era su costumbre cada vez que pretendía acometer una difícil empresa. Se sometió a duras penitencias, ayunos y mortificaciones. Oró intensamente, meditó y puso todas sus esperanzas en el único que puede llevar a buen término nuestras obras: el Señor Nuestro Dios.

Cuando hubo considerado prudentemente que su propia voluntad estaba sometida a la del Altísimo de manera suficiente, lo cual sucedió al final de la Cuaresma, es decir, justo en la Pascua, se entregó a sus loables propósitos. Primeramente, llevó a cabo una gran campaña pastoral para influir en el ánimo del clero y los fieles. Reunió al cabildo, al concejo, a los nobles y los superiores de los conventos y órdenes militares. Con gran fervor, unción y sinceridad, les explicó que el santo papa de Roma y el rey de Castilla le encomendaron la misión de regir espiritual y temporalmente una ciudad incipiente en el mismo corazón de la vieja Hispania, en el privilegiado lugar de los elevados montes que secularmente habían servido de muralla a Castilla, en los flamantes y ricos territorios arrancados de la mano de los ismaelitas para ser nuevas tierras de cristianos.

Fueron muy oportunas estas primeras palabras del discurso del recién hecho obispo, pues lograron que la gente de Ambrosía se sintiera importante por primera vez en su historia, y no como meros pobladores de origen abulense en tierras que hasta hacía poco habían sido consideradas como «de nadie».

Aprovechando el buen espíritu sembrado en la concurrencia, don Bricio se animó a exponer su proyecto. Y no le pareció nada mejor para ello que servirse de las mismas palabras que concibiera el insigne obispo san Agustín:

—Todo hombre, instruido en la santa Iglesia, debe saber de dónde somos ciudadanos, y adónde peregrinamos, y que la causa de nuestra peregrinación es el mal, y del retorno, la remisión de los pecados y la justificación por la gracia de Dios.

»Habéis oído y sabéis también que mientras tanto dos ciudades, corporalmente mezcladas y espiritualmente separadas entre sí, recorren estas órbitas de siglos hasta el final: una cuyo fin es la paz eterna y se llama Jerusalén; otra, cuyo ideal es la paz temporal y se llama Babilonia. Si no me engaño, también conocéis la interpretación de sus nombres: Jerusalén se interpreta visión de paz; Babilonia, confusión.

Al escuchar tan sabio párrafo de boca de su obispo, los clérigos y fieles se asombraron. Se miraban unos a otros y asentían con grandes movimientos de cabeza. La cosa parecía marchar bien.

Vi crecerse a don Bricio como nunca antes. Llevaba la capa pluvial sobre los hombros y, con la mitra en la testa, parecía enorme, altísimo, sosteniendo el báculo en la mano. Las barbazas largas y blancas le caían sobre el pecho, donde resplandecía la cruz de plata. Los ojos le brillaban encendidos de emoción y todo él desprendía fuerza de convicción.

—Vosotros, hermanos —prosiguió—, no pertenecéis a un lugar cualquiera; Dios mismo, en su divina providencia, os ha mandado aquí, como a mí, para que realicemos nuestro destino en este mundo donde somos todos peregrinos, hombres de paso.

»Ahora podéis decidir lo que queréis para vosotros y para vuestros hijos, desde hoy hasta la eternidad: miembros de la Jerusalén, visión de paz; o de la Babilonia, confusión.

Se hizo un gran silencio. Me fijé en todos aquellos clérigos, ancianos muchos de ellos, que estaban absortos, comprendiendo perfectamente lo que decía el obispo. En cambio, percibí cierta perplejidad entre los nobles y los miembros del concejo de la ciudad, cuya cultura no llegaba quizá a alcanzar tan elevados razonamientos.

—¿Y qué hemos de hacer? —preguntó uno de los canónigos—. ¿Qué pedís de nos, señor obispo?

—Hagamos lo que Dios quiere —respondió don Bricio—. Como dice san Pablo en la Carta a los Efesios: «Portaos como hijos de la luz, cuyo fruto es la bondad, la rectitud y la verdad. Buscad lo que agrada al Señor y no toméis parte en obras vanas de quienes pertenecen al reino de las tinieblas; al contrario, desenmascaradlas, pues lo que esos hacen en secreto hasta decirlo da vergüenza. Pero, cuando todo eso ha sido desenmascarado por la luz, queda al descubierto; y lo que queda al descubierto es a su vez luz». Vivamos pues, hermanos, en esta hermosa ciudad como en pleno día, con dignidad.

Dicho esto, el obispo se puso a predicarles cómo consideraba él que debía ser la ciudad de Ambrosía; es decir, la ciudad ideal. Para eso, mencionó la antigua sabiduría de los griegos, puesta ahí por Dios para preparar el sendero por donde habría de discurrir el mensaje cristiano. Remontándose hasta Platón, distinguió los tres grados o niveles del alma humana: el alma de lo concupiscible, que es el alma de los apetitos, la que capta el mundo sensible, y cuya virtud es la templanza; el alma racional, que es la que conoce el mundo de las ideas, cuya virtud es la prudencia y el alma irascible, que es la fuerza o energía que mueve al espíritu humano, que tiene por virtud la fortaleza. La ciudad ideal es pues aquella que sigue el esquema del alma humana: en la cúspide de la sociedad, el gobierno de los sabios (alma racional de la ciudad y gobierno de la prudencia), por debajo, la aristocracia guerrera, que mantiene el orden (alma irascible y fortaleza de la ciudad) y en la base, el pueblo (alma concupiscible que debe ejercer la templanza). Al igual de como Dios gobierna el cielo y la tierra, los tres grupos se deben armonizar por la virtud de la justicia.

Paseó la mirada don Bricio por el auditorio y observó que la concurrencia tenía ahora cara de pasmo. Entonces reparó en que se había ido por las ramas y resolvió echar pie a tierra para explicar sus propósitos de gobierno:

—Mirad. Haremos de Ambrosía una ciudad fuerte; levantaremos una catedral como Dios manda, para dar culto al Creador como se merece. Alzaremos murallas y baluartes para defensa de nuestras moradas. Construiremos puentes, molinos y almazaras. Roturaremos los campos y haremos graneros para guardar las reservas por si vienen años malos...

Brotó una ovación espontánea. La gente estaba felizmente conforme con estas acciones. Vitorearon al papa, al rey y al obispo. Don Bricio los había convencido.

Pero, para cerrar con broche de oro su discurso, se sacó de la manga unos razonamientos finales que acabaron de poner loco de contento a todo el mundo. Pidió silencio y preguntó a la concurrencia:

—¿Sabéis quién fue san Ambrosio?

—Claro —contestó uno de los clérigos—. Es uno de los más grandes doctores de la Iglesia. Fue obispo de Milán y bautizó nada menos que a san Agustín.

—Eso es, hermano. ¿Y sabéis cómo se les llama a los habitantes de Milán?

—¿Milanos? —dijo alguien con guasa y todos rieron la ocurrencia.

—¡No! —replicó enérgicamente don Bricio—. Se les llama «ambrosianos», por su gran obispo Ambrosio. Y nosotros, hermanos, habitantes de esta maravillosa ciudad de Ambrosía debemos hacer honor a ese nombre. «Ambrosía» es una antigua palabra griega que nombra el deleitoso alimento de los dioses o la bebida de los inmortales. Cuentan que en cierta ocasión, mientras san Ambrosio dormía con la boca abierta, acudieron las abejas para intentar hacer un panal sobre su lengua. ¡Qué maravilla! ¡Hagamos honor al nombre de Ambrosía! ¡Seamos el lugar más deleitoso! ¡La miel de la nueva cristiandad!

Con este curioso juego de palabras, don Bricio terminó de ganárselos. Me di cuenta de que empezaban a mirarlo como al guía espiritual que necesitaban y que, desde aquel momento, harían cuanto él les mandase.

Como quiera que la tregua pactada con el moro seguía vigente, la paz reinante permitió que se acometieran ilusionadamente los propósitos del obispo. Don Alfonso VIII le otorgó a Ambrosía privilegio fundacional, jurisdicción y escudo. El blasón de las armas de la ciudad quedó compuesto por una fortaleza flanqueada por un pino y un castaño, con sus raíces descubiertas, como símbolo de lealtad, fidelidad, perseverancia y fertilidad. Una guirnalda ornaba el emblema con la leyenda *Placeat Deo et hominibus*, es decir, «Para que agrade a Dios y a los hombres». De esta manera, pasaba a llamarse definitivamente Placencia. Aunque, como ya dije, para don Bricio nunca dejó de llamarse Ambrosía, por la riqueza de significados que le evocaba esa palabra de origen griego.

Enseguida se inició la construcción de las murallas, las cuales «debían ser altas y poderosas, capaces de resistir el más fiero asedio», según repetía el obispo. Pues él se guiaba en esto por las trepidantes palabras bíblicas del himno a Dios cantado en el capítulo 26 de Isaías:

Tenemos una ciudad fuerte,
ha puesto para salvarla murallas y baluartes:
abrid las puertas para que entre un pueblo justo,
que observa la lealtad;
su ánimo está firme y mantiene la paz,
porque confía en ti.

25

Las grandes obras de los hombres exigen grandes sacrificios. La fundación de la ciudad de Placencia según el ambicioso plan de don Bricio requería la abnegación de cuantos allí vivíamos. Para acometer la construcción de las murallas, no solo bastaba con los pocos obreros y alarifes que había en tan insuficiente población, sino que tuvieron que venir muchos de fuera. Se contaban por centenares los maestros canteros llegados desde todos los rincones de Castilla. También acudieron a la llamada del obispo renombrados arquitectos, talladores, carpinteros, ensambladores, herreros y todos los oficios necesarios para la culminación de la obra. Pues, no bien se avanzaba en la construcción del baluarte, cuando ya se iban poniendo los cimientos de la catedral que pensaba alzarse, y de los palacios y conventos que compondrían el burgo. Pero, mientras avanzaban los trabajos, Placencia fue durante aquellos años un villorrio sucio y destartalado, donde todo se amontonaba provisionalmente: sacos de grano, leña, piedras, heno y basura. Cabras, ovejas, perros y gallinas campaban a sus anchas por los lodazales y estercoleros pestilentes. En el centro de la ciudad se levantaba un imponente armazón de troncos y un complejo andamiaje, donde multitud de obreros se afanaban en la construcción del templo. El ruido de innumerables cinceles y el martilleo resultaba ensordecedor, mientras discurría un permanente ir y venir de carretas tiradas por bueyes que iban depositando los materiales en gigantescos montones.

Aquellos años de tantas obras tenían su propio encanto. Placencia bullía abarrotada de gentes diversas venidas de todas partes, que se agolpaban en las calles y plazas que servían de mercado, de talleres, de matadero… A pesar de ello, en el burgo solía reinar el orden, pues don Bricio cuidó de que hubiera guardia permanente dentro de las murallas provisionales construidas con adobe, mientras se iban componiendo las de piedra, más laboriosas. Pero, extramuros, en las afueras, iba creciendo otra ciudad menos consistente formada por tiendas de campaña, chozas, barracones y cabañas, para albergar a tal cantidad de gente como llegaba continuamente. Este arrabal se extendía hasta la orilla misma del río, entre las arboledas, en los prados e incluso adentrándose en el bosque. En él tenían su vivienda los peones de la hueste; muchos fijosdalgos aventureros con sus servidumbres de escuderos, criados hambrientos y buscavidas; moros y hebreos, mercaderes, rameras y gentes de mal vivir, mendigos, rateros y vagabundos.

Podía decirse que, al mismo tiempo que la ciudad de piedra iba alcanzando su forma, consistencia y esplendor, en orden y armonía, en torno a sus murallas se le iba adhiriendo un abigarrado espacio que aumentaba confusamente, como un laberinto construido con pobres materiales, troncos, cañizo, ramas y barro, donde pululaba una humanidad ávida y en estado de agitación permanente. Pero era el barrio exterior, donde abundaban las tabernas y corría el vino a raudales, el lugar más divertido y atrayente para los jóvenes que, como yo, nos pasábamos la vida dedicados al estudio.

Porque, durante aquellos años de febril construcción de la ciudad, no solo se edificaban casas, iglesias y baluartes, sino que el obispo don Bricio quiso también «cimentar la ciudad espiritual», para cuyo menester se empeñó en formar adecuadamente a su nuevo clero, culto, instruido en todas las ciencias, que asegurase el futuro destino de su obra. Esto requería grandes exigencias: obediencia, apartamiento del mundo, dominio de sí mismo. Lo cual, en aquel maremagno en que se iba convirtiendo Placencia, solo podía lograrse encerrando a los aspirantes a clérigos tras los muros de la escuela episcopal que fundó don Bricio, a ejemplo de la que tanto admiraba en Toledo, donde no se hacía otra cosa que leer, escribir y orar, día tras día y año tras año. Para algunos de aquellos muchachos, hechos a vivir en el campo o a ir en la hueste, eso era como querer enjaular animales del bosque. Porque muchos de ellos eran segundones enviados allí por sus padres para que no gravasen la hacienda familiar, mozos díscolos que aguantaban la dura vida clerical en contra de su voluntad. Aunque también había muchachos dóciles que se sentían llamados por Dios y buscaban perfeccionarse, aceptando el ascetismo, la vida en común y la disciplina severa.

Por mi parte, no me quedaba más remedio que asumir mi destino y, obedeciendo a don Bricio, continuar estudiando para alcanzar el presbiterado. Era lo menos que podía hacer en agradecimiento a lo que mi amo había hecho por mí durante tantos años. Aunque, debo confesarlo, me sometí a regañadientes, pues echaba de menos la vida en libertad de la hueste, la aventura y la suerte de vagar por esos mundos de Dios.

Entre aquellas cuatro paredes, transcurrieron para mí dos largos años, mientras afuera se iba levantando la ciudad. Recuerdo aquellos inviernos lluviosos, en los que el caserón se llenaba de humedades; el paso de los días, monótonos, entre las horas canónicas que regulaban toda la vida de la escuela: *prima, tertia, sexta, nona…*, el rezo de vísperas y completas y aun los nocturnos, cuando no coincidían con los laudes, y vuelta a rezar. Esas horas regían toda nuestra vida, como en un cenobio, dividiendo los trabajos del día e interrumpiendo el descanso de la noche. Y añadíase a esto la misa solemne que diariamente se celebraba en el templo principal de la ciudad.

Cuando no orábamos, pasábamos las mañanas, desde una hora muy temprana, en el *scriptorium*. Era un largo y angosto aposento, repleto de pupitres, cuyas ventanas daban a un corral. Sentados en los taburetes e inclinadas las tonsuradas cabezas sobre los pergaminos, íbamos copiando el texto de los libros, ejercitando la paciencia, para evitar el castigo que nos correspondía si nos equivocábamos, cual era repetirlo todo durante los pocos momentos de asueto que nos correspondían.

Cuando llegaba repentinamente la primavera y el sol caldeaba suavemente el ambiente, me embargaba la melancolía, pues dentro de nuestro encierro se oía el rasgar de las plumas de ganso sobre las hojas de vitela. Mientras afuera, libres, trinaban felices los pájaros, pregonaban sus mercancías los quincalleros, cantaban los juglares y alborotaba bulliciosa la chiquillería.

Casi nunca podíamos salir. Ni siquiera en el verano nos abrían la jaula. De manera que apenas se notaba el cambio de estaciones. Poco variaba nuestra vida porque los días se alargasen o acortasen. Advertíase la llegada del otoño en que la deliciosa siesta, permitida en el estío, quedaba ya suspendida; pero, en cambio, podíamos echarnos a descansar entre las oraciones del alba y *prima*. Notábase la llegada del invierno al enfriarse el edificio y tener que encenderse los fuegos del hogar. Y también porque en el taller de copia no podíamos sostener la pluma al helársenos los dedos. La aproximación de la primavera se adivinaba por las largas vigilias, en que nos suprimían una comida y nos cercenaban la otra, por estarse en Cuaresma; mas tornaba el alborozo cuando, al llegar la Pascua, entonábase el «aleluya», revestíase el templo de toda su pompa y venía el rico cordero pascual a la mesa.

Se me hacía muy duro este género de vida. Pero mayor tormento me resultaba vivir continuamente a la vista de los demás en un ambiente cerrado y sentir en torno de mí tantas vidas distintas, no poder ocultarme jamás, no hallarme nunca libre de vigilancia, sin testigos. Mi alma languidecía en medio de aquella vida en común, anhelando una existencia libre y propia.

Cuando ya no aguantaba más, pedía a mis superiores que me permitiesen ir a ver a don Bricio. A lo cual no siempre accedían de buen grado, pues bien sabían que iría al obispo con mis quejas. Y razón tenían, ya que, en cuanto tenía a mi amo enfrente, me lamentaba amargamente por tener que seguir en la escuela. Entonces él me exponía con paciencia las razones por las que consideraba necesario mi sacrificio:

—Difícil le es al hombre débil llegar a Dios en medio del mundo, mi querido Blasco. Vivimos tiempos agitados, henchidos de peligros. Ya te he dicho muchas veces que no te bastará con las cuatro reglas en la vida, sino que nada te hará mejor bien que la sabiduría. Ya conoces la guerra y la inseguridad de la ansiosa vida que se debate ahí fuera. Mucho más fácil y seguro resultará para ti apartarte de las ocasiones de pecar, dejando las mujeres, el dinero y las armas del otro lado de las rejas de la escuela.

—¿Hasta cuando? —le preguntaba yo—. ¿Cuánto tiempo más habré de seguir en esa cárcel?

—Todo el que sea preciso —respondía él—. Aún eres muy joven, apenas has cumplido veinte años. Cuando madures te necesitaré. Yo me voy haciendo viejo y toda esta obra habré de dejarla en buenas manos. Hoy, después de haber observado atentamente lo que se mueve en este mundo, solo confío en los hombres prudentes, en los sabios.

Pasó el tiempo, alargándose aquellos años en los que completé el estudio de las llamadas siete artes liberales: el *trivium* que comprendía la gramática, la retórica y la dialéctica, y el *quadrivium*, integrado por la aritmética, geometría, astronomía y música. También estudié las Sagradas Escrituras, los textos de los santos padres de la Iglesia, las vidas de los santos y muchos libros de la antigüedad. Desarrollé el raciocinio y el arte de hablar, leer y escribir bien en latín. Para ello, además de seguir el método elemental basado en la lectura, discusión y memorización, hube de servirme de la biblioteca que don Bricio fue enriqueciendo poco a poco con varios centenares de libros, que servían de base a los estudios escolares y, a la vez, contribuían a la elevación intelectual y espiritual de los clérigos. El acervo de aquella primera colección de don Bricio lo recuerdo muy bien, pues ejercí durante mi último año de alumno a la vez que de bibliotecario: obras bíblicas, incluyendo no solo Biblias, sino también comentarios de las Escrituras; misales, rituales y liturgias; obras jurídicas, textos históricos y, finalmente, tratados de disciplina y espiritualidad. Aunque, con el tiempo, fueron incluyéndose las obras de los poetas paganos: Virgilio, Salustio, Lucano, Suetonio, Curcio...

Solo se permitía leer estos libros cuando se consideraba que el escolar estaba suficientemente preparado, y siempre advirtiéndole de que muchos de los poemas de la Antigüedad pagana se hallaban animados por una intención moralizadora al presentar las cosas al desnudo para que los hombres las comprendieran mejor. De esta manera, solía decirse que ya san Fulgencio había descubierto que la *Eneida* de Virgilio era una profunda alegoría de la peregrinación del hombre sobre la tierra. Lo mismo que las fábulas de Esopo o que los ejemplos de Valerio Máximo, los versos lascivos de Ovidio y Horacio y las comedias de Terencio. Todo servía para alegorizar los pecados y las virtudes. «Hasta que —como solía repetir el sabio don Bricio con frases de su admirado san Agustín— los vasos de las orgías paganas sean transformados en cálices de ofrendas para el templo del Señor».

Sin embargo, he de confesar que, llevado por mi curiosidad y natural sensualidad, me empapé de paganismo y se me despertó aún más el deseo de conocer el mundo.

Cumplí los veinticuatro años y alcancé la edad que el obispo consideró suficiente para ordenarme presbítero. No puedo decir que para entonces fuera ese clérigo sabio y prudente que demandaba don Bricio para las cosas de la ciudad, pero ciertamente había adquirido conocimientos.

Como si todo lo tuviera dispuesto en su mente prodigiosa para que coincidiese en un orden preciso, resultó que, justo por aquel tiempo, era concluida la construcción de la catedral de Placencia. Sirvió pues la ceremonia de mi ordenación y la de otros compañeros míos a la vez de consagración del nuevo templo.

Fue un día de gran fiesta, un domingo de Pascua en una primavera exultante, después de un largo invierno de lluvias intensas.

El ámbito del flamante templo resultaba espléndido a media mañana, dividido longitudinalmente por dos hileras de pilares y arcos que formaban una nave central, más elevada y ancha. El crucero cortaba en ángulo recto dicha nave y separaba entre sí el espacio destinado al pueblo y el extremo superior, donde se erguía el altar y se hallaban los sillones del coro, con forma de semicírculos. Todo respondía en un plano general a la idea espiritual de la Iglesia como arca de Noé o barca de san Pedro, contra la cual se estrellan las olas de sus enemigos mundanales, sin que puedan hacerla zozobrar: ni la tormenta, ni la lluvia, ni el ardor del sol penetran en su interior, como tampoco pueden hacerlo los pecados y maldades del mundo.

Feliz, aquel domingo luminoso, don Bricio veía resplandecer Ambrosía, su ciudad, como una obra que tomaba forma en las piedras a la vez que en las almas de sus súbditos. Le vi sonreír complacido, con lágrimas de gozo en los ojos, cuando el coro cantó el salmo 121:

> Desead la paz a Jerusalén.
> Vivan seguros los que te aman,
> haya paz dentro de tus muros,
> seguridad en tus palacios.

26

Pasaron los meses, trayendo el dorado verano que regaló los campos con copiosas cosechas. Llegó la deliciosa estación que no siempre disfrutan los hombres por aprovecharla para los menesteres fatigosos de la guerra. Pero la paz concertada con el moro hacía ya cuatro años tenía a los ejércitos ociosos. No así a los constructores de la ciudad, que no se daban tregua edificando Placencia. Pese a que no había buena avenencia entre los reinos cristianos hispanos a causa de que nuestro rey Alfonso VIII y el leonés no terminaran de entenderse, había tranquilidad suficiente para las tareas de la vida.

Para mí, llegó un tiempo feliz. Era al fin libre y solo tenía ya que responder de mis actos ante el obispo. Podría decirse que me había convertido en un hombre, para quien el estudio y la obediencia empezaban a reportar sus frutos. Don Bricio quería que los principales cargos de la ciudad estuviesen en manos de clérigos. De entre ellos nombró pues a los magistrados, consejeros e intendentes. Incluso el gobierno militar quería que fuese cosa propia del clero.

—Eres joven y fuerte —me dijo un día—, mi fiel

Blasco. Conoces ya la guerra y has visto algo de mundo. Pero, sobre todo, confío en ti como en mi hijo. Ha llegado para ti la hora de las responsabilidades. Nadie mejor que tú para gobernar a la ruda milicia que ha de defendernos. Te nombro tenente de la fortaleza de Ambrosía.

Me quedé estupefacto. Mi amo me ponía al frente de los quinientos guerreros que componían la guardia de la ciudadela y el conjunto de las murallas. Podía haber escogido a cualquiera de los nobles y curtidos caballeros de la hueste, veteranos de mil batallas; sin embargo, me confiaba a mí, un joven sacerdote, nada menos que la custodia militar de su ciudad. Era mucho más de lo que siquiera hubiera imaginado.

Cambió mi vida repentinamente. Investido de autoridad, encarando mis obligaciones, decidí que don Bricio no se arrepintiera nunca de tan grande deferencia hacia mi persona. Estaba dispuesto a ser en Placencia quien más supiera de la defensa de plazas, ciudades y castillos. Para eso, con toda humildad, y siguiendo el buen consejo que me dio en esto el sabio obispo, me puse a aprender siguiendo las enseñanzas que me proporcionaba la experiencia; es decir, pedí cuanta información tenían a los viejos soldados que habían participado tanto en asaltos como en salvaguardias de baluartes. También me serví de lo escrito en libros, y nada me resultó más ilustrativo que las explicaciones contenidas en un antiguo tratado escrito por un moro llamado Abudabi, repleto de dibujos de armas, andamiajes y estrategias. Se narraba en él la defensa de Damasco y el sitio de Jerusalén, entre otras grandes batallas con muros de por medio. A medida que me iba instruyendo en estas artes, iba estando cada vez más encantado con mi oficio.

Menos complacido estaba Hermesindo, quien hasta entonces había sido mi igual y compañero en la servidumbre de don Bricio. Mi nuevo cargo le despertó la envidia, pese a que nuestro amo tampoco le había tratado mal, dándole el gobierno de todos los impuestos y tasas de la ciudad, que era verdaderamente lo que había querido, para tener el manejo de los dineros que tanto le atraían. Pero, solo pensar que toda la ciudad estaría bajo mi mando en caso de guerra, le ponía fuera de sí. Por eso anduvo durante algunos meses algo mohíno, me daba contestaciones despectivas y hasta rehusó el trato conmigo. Con el tiempo, la cosa se le fue pasando. Aunque siempre, a pesar de ser amigo desde la infancia, se cuidó mucho de salirse con la suya a costa de lo que fuera. Ya os advertí de lo reservón y malicioso que era Hermesindo. Pero de ello hablaré largamente más adelante.

Cuando cesaron los calores, en esa temporada dulce en que maduran los membrillos y las granadas, estaban concluidas felizmente las principales edificaciones de la ciudad: catedral, murallas, fortaleza, ciudadela y palacio del obispo. Entonces, y aprovechando que era la fiesta de San Miguel Arcángel, se hizo mucho jolgorio en el burgo, con misa mayor, procesión y parada militar de los caballeros.

A medio día don Bricio ofreció un banquete en el patio principal de su palacio. Brillaba un bonito sol septembrino que encendía el colorido de los lábaros episcopales y los pabellones de la ciudad colgados en los balcones. También lucían en las paredes de piedra las guirnaldas que las mujeres se habían entretenido en componer con madreselvas y flores de otoño. Todo resplandecía en una atmósfera limpia por la lluvia de los días precedentes. El aire estaba quieto, fresco y perfumado de humedades recientes.

Los viejos cabreros, tan experimentados en los asuntos del bosque, habían recogido setas deliciosas para la mesa del obispo. Pero todo el mundo esperaba ansioso la exquisita carne de corzo que se asaba en las cocinas, exhalando un apetitoso perfume que invadía hasta la última estancia del caserón. El vino amarillo, aromático, de la sierra de Gata, cumplido ya un año en sus tinajas de barro viejo, se escanciaba aquí y allá como oro líquido, y ponía felicidad en las miradas.

Pero la sorpresa llegó a los postres, cuando los lacayos colocaron sobre el mantel una vasija de porcelana fina, con cierto misterio.

—¿Qué es? —preguntó una dama gordezuela, con gesto goloso.

Don Bricio sonrió ampliamente, se aproximó a la redoma y removió el contenido con un cucharón, sonriendo extasiadamente.

—¿Qué es? —insistió la curiosa dama, sin ocultar su zalamería—. Vamos, decidlo ya, que nos tenéis en ascuas. ¿Qué diantres hay ahí?

Extrajo con el cucharón don Bricio una buena cantidad de una especie de amasijo de aspecto apetecible y lo puso en el plato de la dama, mientras decía pleno de satisfacción:

—Ambrosía es: requesón fresco, miel de abejas, frutas del bosque y piñones.

—¡Humm…! —exclamó la dama sensualmente, clavando sus ojillos ávidos en aquella delicia—. ¡Para morirse!

Pero el que estaba para morirse en aquel momento era yo, pues, por primera vez en mi vida, me veía sentado a la mesa con una veintena de mujeres. Me había propasado con el vino de Gata y no había ninguna de ellas que no me pareciese hermosa. Me encandilaban sus rostros delicados, pálidos y menudos; sus manitas tiernas; el adorable tono de sus voces, las risas, las miradas cariñosas… Algo extraño y diferente me estaba sucediendo. Me embargaba una especie de melancolía y, a la vez, un extraño gozo.

27

En los primeros días de octubre toda Castilla se sobresaltó cuando llegaron algunas noticias, todavía algo inciertas, anunciando que el sultán moro Abu Yusuf preparaba en África un gran ejército para volver pronto a la península. Pero después se supo que el hambre asolaba Alándalus a causa de unas violentas tormentas que desbordaron el Guadalquivir y anegaron las ricas campiñas. No estaban los sarracenos en condiciones de armar una campaña contra los cristianos. A sabiendas de esto, se organizó una hueste castellana que fue a castigar los territorios limítrofes para hacerles ver que no había amedrentamiento en nuestro reino. También, a modo de prevención, hizo el rey donación a la Orden de Alcántara de los castillos de Turguello, Albalat y Santa Cruz, entre otras plazas, para tener bien defendidas las fronteras.

Llegó el otoño, envolviendo todo con su tristeza húmeda, y vistiendo el bosque de bellos colores, rojizos, amarillos, ocres, anaranjados, mientras un torbellino de hojas arrancadas recorría las riberas del río Jerte. Los nublados del cielo sembraban la pena en el alma; una pena suave que la lluvia apacible regaba. Había que espantar la melancolía que en los guerreros despertaba el recuerdo lejano de las gestas heroicas. Era el tiempo más adecuado para la caza, y toda Placencia se echaba a los montes en busca de carne para llenar las despensas antes de que llegara el duro y largo invierno.

No he vuelto a ver preparativos como aquellos. Con una actividad frenética, casi en estado de delirio, todos los caballeros se entregaron a las múltiples tareas de adiestrar caballos, halcones y perros; componer armas, flechas y picas; reunir víveres y juntar cuanta servidumbre pudiera resultar útil para hacer de ojeadores, rastreadores y secretarios. No creo que en la ciudad permaneciera ningún varón de edad superior a los doce años; excepto, naturalmente, el destacamento indispensable de la guardia que debía proteger la ciudad.

Las obligaciones de mi oficio me impedían unirme a las partidas de caza siempre que quería. Al menos al principio del otoño, cuando aún no se sabía si la amenaza del moro iba en serio o no, hube de permanecer en el burgo. Pero, más adelante, ya en el mes de noviembre, el obispo se presentó en la fortaleza una mañana y me dijo:

—¿No vas de caza, muchacho?

—He de cumplir con mis obligaciones —contesté.

—¿Pues no tienes un subalterno que pueda sustituirte en tu ausencia?

—Sí, mas anda él cazando.

—Dile que regrese y ocupe tu puesto. Debes salir al monte también tú. La caza es un pasatiempo placentero en tiempos de paz al que se deben muchos beneficios: la salud, ya que obliga a madrugar y a hacer ejercicio, y propicia la sobriedad. Además, la caza templa el espíritu, haciendo al hombre paciente, discreto, modesto, magnánimo, valiente y laborioso. Y no debemos olvidar que la caza suministra a nuestra mesa carnes valiosas. Por último, también nos permite recorrer nuestros territorios para inspeccionarlos y comprobar cómo viven las gentes que trabajan en los campos. Anda, muchacho, ve al monte, que te hará mucho bien.

—¿Y los moros? —pregunté—. ¿Podemos estar tranquilos?

—Bueno, no te preocupes por eso. Hoy día, gracias a Dios, Castilla tiene centinelas que vigilan todas las fronteras del reino. Ambrosía puede estarse tranquila, puesto que los freires nos guardan de cualquier ataque desde el sur. Aunque…, ya sabes: «Si el Señor no guarda la ciudad, en vano vigilan los centinelas».

Loco de contento, corrí a buscar mi yegua y mis azores. Me envanecía saborear el pequeño triunfo que suponía para mí no haber tenido que pedir permiso a don Bricio, sino que fuera él mismo quien se compadeciera de mí.

Cabalgué solo por el valle, en dirección a una amplia vega donde sabía que disfrutaría con mis aves de presa más que en ningún otro sitio, por la gran distancia que abarcaba la vista. Pero, una vez allí, comprobé decepcionado que ya otros se me habían adelantado, pues la hierba estaba muy pisoteada y la caza había huido hacia las laderas de los montes. Hube de avanzar entonces adentrándome al abrigo de los bosques, donde, apostado en algún claro, aguardar a que las presas espantadas pasasen fatigadas.

Creía conocer un atajo cruzando la montaña; por tanto, anduve durante cierto tiempo por las alturas. Me perdí y fui desorientado, hasta encontrar un sendero conocido. Entonces divisé desde lo alto la hermosura del valle, cubierto por una neblina gris que flotaba allá abajo, sobre el agua del río. Al inspirar profundamente, sentí como si todo el otoño penetrara en la hondura de mi alma. Me sentí feliz como un niño.

Más adelante, los perros levantaron una enorme liebre de entre unos arbustos. La vi correr ladera abajo, ágil, como si no pesara. Le saqué la caperuza al azor y enseguida se lanzó como una centella. Pero la presa desapareció entre la espesura del monte bajo. El ave, desconcertada, se elevaba y descendía después en veloces picados; había perdido de vista la liebre, que era vieja y avezada. En vez de apenarme, me alegré porque la sabia naturaleza hubiese impuesto su ley.

Menos suerte tuvo una perdiz de bosque que casi choca conmigo, volando monte arriba. A esta la atrapó el azor sin esfuerzo. Como después a un par de ellas más, cuando llaneaba por un bonito páramo poblado de encinares.

Ya por la tarde, cuando el sol declinaba rojo como ascuas en la infinitud del horizonte, coroné un altozano y mi vista se encontró de repente con Ambrosía allá abajo, resplandeciendo en el oscuro paisaje montuoso.

En medio de aquella soledad inmensa, los últimos pájaros buscaban las alamedas entre las que el río discurría como plata fundida. Todo el conjunto de la ciudad, murallas, torreones, castillo, campanarios, casas, me pareció una visión entrañablemente familiar, como si hubiera vivido allí durante siglos. Era una imagen vivamente grabada en mi alma, que en aquel momento embargaba todo mi ser. «Es la visión —me dije—; la visión de la ciudad».

Comprendí que el hombre suelto en el aire, sin raíces en la tierra, es alguien extraviado. La humanidad enraizada es la ciudad. Todo hombre necesita una ciudad para saber quién es en este mundo. Entonces supe que todo yo pertenecía a Ambrosía y también el porqué del sueño de don Bricio. La ciudad es el punto de llegada de la peregrinación; el lugar donde los hombres se encuentran reunidos y pueden saborear la paz.

Recordé en ese momento el Apocalipsis: «Me llevó un espíritu a un monte grande y alto y me mostró la ciudad santa, Jerusalén, que bajaba del cielo enviada por Dios, resplandeciente de gloria. Su esplendor era como el de una piedra preciosa deslumbrante, como una piedra de jaspe cristalino. Tenía una muralla grande y elevada, y doce puertas con doce ángeles custodiando las puertas».

Me estremecí comprendiendo cosas que ni yo mismo podía poner en palabras para explicárselas a otros. Era eso, una visión; no un pensamiento, ni un razonamiento. Entonces, entusiasmado por la intensidad de aquellos sentimientos, exclamé:

—¡Fantástico!

Espoleé a mi yegua y descendí por la pendiente, deseoso de llegar a Ambrosía para sentir el amable resguardo de sus muros, para contemplar el ir y venir de los ciudadanos; para percibir ese raro encanto de la vida apacible, el culto a Dios, la hermosura del templo, la acción de gracias… Sabía cuál era mi ciudad y, definitivamente, quién era yo.

28

Por aquel tiempo experimenté por primera vez esa especie de aviso que te sobresalta cuando empiezas a sentirte feliz. Me refiero a la misteriosa voz interior que te advierte: «Cuidado, hoy ríes, pero mañana llorarás». Después, a lo largo de mi vida, he tenido muchas ocasiones para darme cuenta de que en realidad andamos en camino, y estamos a merced de la sorpresa del caminante. Hoy te detienes en un remanso en paz y crees que las fatigas han concluido definitivamente; pero mañana has de proseguir tu ruta, quizá pasado mañana tengas que sufrir.

Pero con veinticuatro años, con salud rebosante, prestigio y tareas que cumplir, un hombre cree que ha de vivir siempre tranquilo. Así que mi alma se había ido a las nubes y yo estaba satisfecho, sin el incordio de las dudas.

Pasaron un par de semanas en las que me dediqué a cazar con tanto placer que creí que no tenía nada mejor que hacer por el momento. Y no me daba cuenta de que Hermesindo, loco de envidia, se había estado entreteniendo con intrigas. Por culpa de sus enredos, había ya algunos miembros del cabildo que empezaban a creerse de verdad que yo era el niño bonito del obispo.

No me habría dado cuenta de eso si no fuera porque una de aquellas noches los bandidos penetraron en la ciudad y causaron algunos estropicios: hirieron a un pobre muchacho, robaron algunos objetos de valor y maltrataron a un anciano canónigo para lograr que les dijera dónde guardaba la plata. Por la mañana, cuando se descubrió el desaguisado, todas las miradas estaban puestas en la guardia y, como era natural, en mí.

Don Bricio reunió al concejo y, muy disgustado, quiso saber quién era el responsable de todo aquello. Hablaron unos y otros. Las versiones se contradecían. Finalmente, a pesar de que algunos clérigos habían estado exagerando, se comprobó que los daños no eran tan graves como se pensó en un principio: el muchacho solo tenía un golpe en la cabeza que no le impedía hacer vida normal; el canónigo había sido desnudado y abofeteado, por lo que estaba más maltratado en su honra que en su cuerpo, y no había soltado prenda de dónde tenía oculto su tesoro. A fin de cuentas, robaron solo unas minucias, y empezaba a sospecharse que los ladrones eran algunos mozos desarrapados del arrabal, no bandidos de los que andaban echados a los campos, ocultos en tierras de nadie, que no solían dejar a sus víctimas con vida. Pero, acostumbrados a vivir en una tranquilidad sin demasiados sobresaltos, este pequeño incidente tenía encendidos a los ciudadanos.

Tuve que soportar los reproches de los clérigos, delante del obispo. Intenté justificarme arguyendo que la muralla era débil y poco elevada en algunos puntos. Hubo quien me dio la razón y se discutió sobre la conveniencia de reforzar los muros. Pero Hermesindo entonces se encaró conmigo y me culpó de haber estado cazando, despreocupado de mis obligaciones. Me hablaba como si me odiara, rojo de rabia. Me acusó de negligencia y dijo que, de seguir así, las cosas irían a peor y Ambrosía perdería su seguridad. La mayor parte del concejo le daba la razón.

Me vi impotente, inmerso repentinamente en una especie de juicio contra mi persona. Parecía que había sido yo mismo el autor de los robos y fechorías. Era injusto. Traté de defenderme como pude, replicando que aquello había sido algo fortuito, que no tenía por qué volver a suceder. Pero no me daba cuenta de que no hacía sino empeorar las cosas, porque los clérigos viejos, entre los que se contaba el que había sido ultrajado, ya estaban en mi contra antes de la reunión.

Don Bricio escuchó muy atento lo que se decía. En esos casos solía dejar que todas las versiones fluyeran libremente, para poder él detectar dónde se hallaba la verdad. Bien sabía yo que juzgaría después en atención a lo que él consideraba «el justo medio»; es decir, sin beneficiar totalmente a nadie. Cuando consideró que se había hablado suficiente y que todas las razones estaban esgrimidas, sentenció:

—Nadie puede evitar totalmente que haya ladrones. Desde que el mundo es mundo ha habido quienes se apropian de lo ajeno. La ley de Dios guarda el número séptimo de sus mandamientos para prohibir ese pecado. Quiere decir eso que, como tantas otras maldades del hombre, pertenece a este mundo donde hace de las suyas Satanás, príncipe del mal. Pero cierto es también que, precisamente por eso, los hombres de bien deben correr a poner remedio a la iniquidad, no permitiendo que los ladrones campen por sus fueros. Creo que en esto hemos estado demasiado confiados. Yo el primero de todos. Más culpable de lo que ha sucedido soy yo que el tenente de la guardia. Yo mismo le mandé ir a cazar, pues me pareció que le haría bien el ejercicio y algo de entretenimiento. No quería él abandonar su puesto, mas insistí tanto que acabó obedeciéndome como un buen hijo. Lo que ha sucedido después no es culpa suya; sino, en todo caso, del subtenente que ocupó su puesto como sustituto. Aunque, por esta vez, nadie cargará con las consecuencias del percance. Aprendamos del yerro. Que se refuercen las murallas donde haga falta y que la guardia ponga mayor cuidado.

Esta solución y las explicaciones del obispo dejaron satisfecho a casi todo el mundo. Yo suspiré aliviado y regresé a mi oficio dispuesto a que no me volvieran a sorprender los ladrones.

En cuanto a Hermesindo, tuvo que tragarse su rabia. Supuse que me cogería más inquina aún, pero no iba a comprobarlo, porque desde aquel día decidí retirarle la palabra.

29

Pasó algún tiempo. La vida en Ambrosía se hacía monótona en invierno, aunque la lluvia cayendo sobre los verdes campos resultaba una visión maravillosa. Algunos días, en pleno diciembre, amanecía con una densa niebla que ocultaba el mundo durante toda la mañana. Pero, en torno al mediodía, se alzaba una especie de velo y lucía un sol espléndido que parecía iluminar una creación recién salida de las manos de Dios. La hierba fresca brillaba junto al río, y las arboledas, desnudas de hojas, eran como una maraña de finas ramas entrelazadas. Y nada era tan bello como las altísimas montañas a lo lejos, cubiertas de nieve pura.

Uno de aquellos días, un domingo, al finalizar el rezo de la hora intermedia en la catedral, Hermesindo me esperó en la salida. Pasé a su lado sin decirle nada, como cada día desde que sucedió aquello. Él entonces me agarró por el brazo y me pidió:

—Eh, Blasco, aguarda un momento.

Me quedé mirándole con altivez y luego hice ademán de seguir mi camino. Pero él tiró de mí y me sonrió con gesto conciliador. Dijo:

—¿Vas a estarte enfadado toda la vida por una minucia?

—¿Una minucia? —repliqué—. ¿Te parece que aquello fue una minucia?

—Bueno. Los amigos se perdonan. Actué llevado por el demonio, lo reconozco. Pero ya he recapacitado. Anda, no seas crío, discúlpame. ¿Crees que no me ha costado venir a pedírtelo?

Parecía sincero. Pero no podía uno fiarse del todo de Hermesindo porque no paraba de urdir maldades.

—¿Por qué lo hiciste? —le pregunté despechado todavía—. Fuiste muy injusto conmigo. Yo también tenía derecho a ir de caza, como todo el mundo.

—Sí, tuviste mala suerte. Ya te he dicho que obré por puro impulso. No quería perjudicarte. ¡Vamos, créeme, hombre! Sigamos siendo amigos. ¡Con lo que llevamos pasado juntos…!

Hermesindo era menudo de estatura y de aspecto campechano. En otro tiempo fue delgado, pero últimamente había engordado mucho a causa de su afición a los placeres mundanos. La barriga abultada y la cara redonda, enrojecida, le daban un aire simpático.

—Olvidemos aquello —otorgué.

—¡Estupendo! —exclamó—. Anda, vamos al arrabal a celebrarlo. Hace mucho que no bebemos juntos. Te mostraré un lugar increíble.

—¿Al arrabal? ¿Vas al arrabal? —le pregunté extrañado.

—¡Naturalmente! No puedes imaginarte lo que se puede comer y beber allí. El arrabal ha mejorado mucho.

Salimos de la ciudad por la puerta del sol. Era una mañana invernal de radiante luz. El río resplandecía allá abajo entre los desnudos troncos de los árboles y los senderos estaban abarrotados de gentes que iban y venían a pie, a lomos de caballerías o en sus carros tirados por bueyes. Las chimeneas del arrabal soltaban cientos de hilillos de humo blanco que se perdían en el cielo intensamente azul. Se me abrió el apetito solo por imaginar lo que se cocinaría a esas horas en los muchos mesones que Hermesindo decía conocer. Pero, de momento, propuso:

—Iremos primero a un par de tabernas que hay junto al molino, para abrir boca, pues es temprano. Y después, ¡ay, después! Prepárate, pues no has visto nada igual.

Tenía razón al decir que el arrabal había cambiado mucho. Las viejas y destartaladas chozas de antaño habían sido sustituidas al pie mismo de las murallas por edificaciones de buena fábrica, casas de labranza con establos, graneros y palomares. También había muchos negocios de moros, bien situados junto a la carretera, almacenes de mercancías de Alándalus: telas, enseres de porcelana fina, cobre, vidrio y acero. Más adelante, se extendía todo un barrio abarrotado de tapices, lanas tintadas, cuero y especias.

—Esto está irreconocible —comenté.

—¡Claro, hombre, ya te lo dije! Ambrosía prospera gracias a la llegada de los comerciantes ismaelitas y hebreos. Esto pronto será un emporio; la auténtica puerta de Castilla.

—Y tú cobras todos los impuestos —insinué maliciosamente.

—Gracias a lo cual don Bricio puede seguir realizando la ciudad de sus sueños —repuso sin darse por aludido.

Quizá fue esta la primera vez que me di cuenta de que el tiempo había pasado. Ambos éramos ahora hombres importantes. La gente nos saludaba con reverencias, se apartaban a nuestro paso y nos trataban servilmente. Casi podía percibirse lo que pensaban y lo que se decían unos a otros con las miradas: «Ahí van el intendente del obispo y el tenente de la ciudad». Éramos jóvenes y aquello regalaba nuestras vanidades. Era una ilusión que tenía su propio encanto.

Bebimos el vino que nos sirvieron sin pagarlo en un par de tabernas de mala muerte. Después fuimos a un mesón limpio, agradablemente caldeado por los grandes troncos que ardían al fondo, bajo la chimenea. Las aceitunas, el queso añejo y el pan caliente nos hicieron felices. El mesonero que regentaba el negocio sabía preparar bien las cosas y se empeñaba en que probásemos su cordero asado, cuyo delicioso aroma resucitaría a un muerto.

—No, amigo —le dijo Hermesindo—. Otro día vendremos a comer tus guisos; hoy estamos invitados en casa de Abasud.

—¡Ah, Abasud al Waquil! —exclamó el mesonero—. ¡Ah, señores, guardad el apetito!

—¿Me vas a llevar a la casa de un moro? —le pregunté a Hermesindo.

—Naturalmente —contestó muy sonriente—, y me lo agradecerás toda tu vida.

—¿Quién es ese moro? ¿Por qué razón tienes tanto interés en ir allí?

—No te preocupes. Abasud al Waquil es un hombre de mundo; un rico comerciante del sur que emigró de Alándalus precisamente porque allá ahora las cosas no andan del todo bien. Él ha sabido hacer prosperar su negocio aquí, en el arrabal de Ambrosía, concertando tratos con cristianos, moros y judíos. El dinero, amigo mío, no entiende de religiones.

—Hermesindo, que te conozco bien —le dije—. ¡Ay, qué asuntos te traerás entre manos con ese moro!

—Bien —respondió, con una sonrisa de oreja a oreja y entrelazando los dedos sobre la abultada barriga—.

Todo el mundo tiene derecho a prosperar en la paz de Ambrosía. ¿O no es acaso ese el sueño de don Bricio?

Decía eso para justificarse, pero bien sabía yo, como todo el mundo en la ciudad, lo bien que le iban las cosas: se había comprado una casa mejor que la del obispo y vivía como un rey, rodeado de sirvientes, vistiendo las mejores ropas y engordando a fuerza de aplicarse a la comida y la bebida.

—¡Qué zorro eres! —le dije.

—Tampoco a ti te va mal —repuso—. Aunque podría irte mejor.

—¿Mejor? ¿Qué quieres decir?

—Mírate, amigo mío —dijo, paseando la mirada por mis vestidos—. Parece que aún andas en la hueste, de acá para allá, como un simple escudero. ¿No te has enterado de que ahora vivimos en una floreciente ciudad donde hasta los pobres se abrigan con lana leonesa? ¿Adónde vas así, vestido con tosco paño y capa remendada? ¡Eres el tenente de Ambrosía!

Me fijé en él. Hermesindo llevaba túnica larga de buena lana color carmesí con bordados blasonados, manto forrado de piel con broche en el hombro derecho, capucha con borla de seda, guanteletes de tafetán y anillos en los dedos. Hacía ya años que ostentaba estas galas, como otros clérigos poderosos y nobles castellanos. Antes, en tiempos de guerra, estuvieron muy mal vistos los atavíos lujosos y las alhajas, se consideraban cosa de infieles; pero luego, con la tregua, las costumbres del levante y del sur se extendían por todas partes.

—Ya sabes que a don Bricio le gusta la austeridad —comenté.

—Don Bricio se hace viejo —observó desdeñoso—. Y a los viejos les cansa la vida. Seguro que, cuando tenía nuestra edad, se preocupaba más de su indumentaria.

¡Es ley de vida, hombre! No podemos juzgar el mundo por los ojos de don Bricio; él pertenece a otra época. Nosotros somos ahora jóvenes y tenemos derecho a nuestra propia vida.

—Me asustas, Hermesindo.

—¡Ah, ja, ja, ja…! Ya lo sé, amigo mío. Y ya sabes cómo me divierte sacarte de tus casillas. Bebamos el último trago de vino y marchemos a la casa de Abasud al Waquil.

Atravesamos el arrabal de parte a parte. Me di cuenta de que el gran campamento de la hueste había desaparecido casi completamente. La última vez que vino el rey había allí varios centenares de caballeros acampados con toda su gente, escuderos, sirvientes, peones… Ahora apenas había una veintena de aventureros cuyas oxidadas armaduras estaban abandonadas con descuido junto a las tiendas.

—¿Ves? —comentó Hermesindo—. En una próspera ciudad no hay sitio para los guerreros; solo para los comerciantes y la gente de negocios.

—Es curioso observar cómo ha cambiado todo —añadí.

Llegamos frente a una puerta que daba al interior de un amplio espacio vallado con piedras. Se veía al fondo una gran casa construida a la manera de los moros, con tejadillos y ventanas cerradas por celosías. Delante se extendía un huerto sembrado de frutales sin hojas que aún no habían sido podados. Había buenos caballos amarrados a un lado, junto a unos establos, y las palomas revoloteaban por todas partes, encantadas por el alegre día de sol.

—Aquí es —dijo Hermesindo.

Nos salió a recibir un criado de tez oscura, vestido con camisote sarraceno de invierno. Se deshizo en reverencias y nos condujo al interior de la casa.

—¡Amo, amo Abasud! —gritaba—. ¡El señor intendente del obispo está aquí!

Cruzamos el patio adornado con hermosas plantas, en cuyo centro resplandecía el agua de un estanque. Al final, bajo una galería construida con maderas talladas, se abría una bonita puerta tachonada con bronce pulido. El criado hizo sonar el llamador y repitió:

—¡Amo, amo Abasud! ¡El señor intendente está aquí!

La puerta se abrió y salió un moro alto, distinguido, con la barba en punta grisácea y unos vivos ojos oscuros bajo el ceño plateado.

—¡Oh, Hermesindo, amigo mío, al fin! —exclamó extendiendo los brazos.

—He aquí al tenente —me presentó Hermesindo—; tal y como te prometí traértelo.

—¡Maravilloso! —se alegró Abasud—. ¡Ea, pasad a mi humilde casa que es vuestra!

Penetramos en un salón de tal manera abarrotado de objetos que momentáneamente pensé que se trataba de un bazar. Sin embargo, era la estancia principal del mercader moro. No cabía allí un alfiler; todo estaba profusamente adornado: tapices coloridos, cojines, almohadones, mesas bajas a la manera mora, espejos en las paredes, bandejas de plata, colgantes de seda bordada, cuero repujado… El ambiente era cálido, merced a los grandes braseros que había en los rincones; olía a esencia de rosas y resina quemada, reinando una calma silente.

—¿Vino, señores míos? —ofreció Abasud exhibiendo una jarra de vidrio labrado llena de dorado caldo.

Escanció un dulce vino que, según dijo, provenía del sur de Alándalus. Lo elogiamos, pues era exquisito. Después los criados nos sirvieron una deliciosa comida: carne deshuesada de perdiz dentro de un pastel de pan fino, corzo adobado, truchas fritas con salsa de tomillo, nueces regadas con miel y dulces de castañas. Comprendí por qué Hermesindo había engordado tanto últimamente.

Cuando estábamos ahítos y embargados por el sopor de la bebida, en ese estado tan placentero, nuestro anfitrión quiso conversar. Con tono melodioso y marcado acento meridional, habló de su vida. Eludiendo cualquier intimidad, contó muchas cosas de sus largos viajes, de las ciudades y los hombres importantes que había conocido. Daba gloria oírle. Hermesindo le animaba: «Abasud, cuenta lo de aquella vez cuando…» o «dile a mi amigo lo que te pasó en tal o cual sitio». Yo estaba admirado. Aquel moro negociante se había pasado la vida yendo de una parte a otra de la península. Conocía el reino de Portugal como la palma de su mano, lo mismo que Alándalus, Gallaecia, Levante y todo el norte. Había navegado por el Mediterráneo en una enorme carraca repleta de mercancías, comprando y vendiendo en los principales puertos. Había sorteado todo tipo de peligros, enfermedades, pestes, piratas, guerras… Estaba ya curado de espanto a sus cincuenta años cumplidos.

—Tiene casa en cuatro ciudades —explicó Hermesindo—, y mujeres, hijos y criados en todas ellas. ¿Verdad Abasud? Anda, cuéntale eso al tenente.

—Bueno —respondió el mercader—. Un hombre como yo, que ha de viajar constantemente, debe tener hogar donde encontrar el solaz necesario después de tanto trabajo.

—Querrás decir «hogares» —precisé—. ¿Y qué ciudades son esas donde tienes tus casas?

—Valencia, Sevilla, Córdoba y, esta, Ambrosía.

—¡Qué barbaridad! —exclamé—. Y dime, amigo Abasud, ¿por qué razón decidiste asentarte aquí?

—Esta es la puerta de Castilla. Todo el mundo sabe eso. Hacia el poniente está el reino de León y viajar hacia oriente es peligroso; de manera que, hoy por hoy, cualquier mercancía debe seguir esta calzada camino del norte. No hay otra ley para los comerciantes: si quieres ir a Ávila, Segovia, Soria, Burgos…, has de pasar por aquí. A nadie se le ocurriría viajar por otra parte. Digamos que este es el sur del norte y el norte del sur, el este del oeste y el oeste del este.

—Humm… —balbucí—. Bonito juego de palabras.

—Además —añadió Abasud—, hay otra razón mayor si cabe: esta es una ciudad nueva; aquí no moran los fantasmas del pasado, ni los viejos resabios. Se vive bien aquí.

—En efecto —asentí satisfecho—. Precisamente esa es la idea de nuestro obispo; el más sabio hombre de Castilla.

—¡Brindemos por don Bricio! —propuso el mercader.

Bebimos fraternalmente, proponiendo cada uno un par de brindis más. Entonces me sentí relajado. Hasta ese momento, no había dejado de repetirme mi voz interior: «Estoy en la casa de un moro». Pero comprendí que Abasud era uno de esos comerciantes escépticos a fuerza de ver el mundo, un hombre amante de la paz; pues solo en tiempos de paz pueden concertarse buenos negocios. Como había dicho Hermesindo esa misma mañana: «El dinero no entiende de religiones».

—Creo que ha llegado el momento de estar entre ángeles —dijo repentinamente nuestro anfitrión, esbozando una enigmática sonrisa.

—¡Eso! ¡Entre ángeles! ¡Que vengan ya! —exclamó entusiasmado Hermesindo, aplaudiendo.

—¿Entre ángeles? ¿Qué queréis decir? —pregunté lleno de curiosidad.

—Ahora lo verás —contestó Hermesindo.

Salio Abasud al Waquil y regresó pronto.

—¡Eh aquí! —dijo, retirando la cortina.

Entraron detrás de él tres muchachas. Me quedé maravillado, pues en mi vida había visto mujeres tan hermosas, ni siquiera entre las damas de la corte del rey. Dos de ellas eran muy morenas, de dientes blanquísimos y oscuros cabellos, brillantes como la seda. La otra era rubia, delgada y alta, de piel clara y miembros delicados. Esta tercera me gustaba mucho más que las otras dos.

—¿Qué te parece? —Me daba con el codo Hermesindo—. ¿Ves como merecía la pena venir?

Yo estaba mudo. Solía sucederme que, en la proximidad de mujeres jóvenes, me dominaba como un arrobamiento y no podía articular palabra. Pero, al menos de momento, no tuve que hablar, puesto que aquellas tres bellezas se pusieron enseguida a recitar poemas, a tocar el laúd y a cantar. Se trataba de un espectáculo muy original con el que Abasud solía obsequiar a sus invitados ilustres después de la comida. Ellas se movían con delicadeza, sonreían constantemente y apenas miraban hacia nosotros. Sabían muy bien su oficio. No eran simples meretrices de lujo; más bien parecían princesas.

Antes de que anocheciera, debía yo regresar a la fortaleza. Así que me excusé, di las gracias a Abasud y le dije que había llegado para mí la hora de dejar su casa, aunque apenado por lo bien que se estaba allí. Insistieron en que me quedara. Expuse mis razones y lo comprendieron. Hermesindo decidió quedarse, a pesar de lo borracho que se le veía.

El dueño de la casa me acompañó hasta la salida. Me abrazó cariñosamente y me dijo:

—Tu compañía ha sido muy grata. Regresa cuando quieras. Te hará bien tener un lugar donde aligerar el alma de tantas responsabilidades. ¡Vuelve, te lo ruego!

Anduve dando traspiés por el arrabal que ya estaba casi en completa oscuridad. Me parecía que había salido

directamente de un sueño. No podía precisar el tiempo
que estuve en casa de Al Waquil; solo sabía que había
sido feliz ese día de invierno. Y la visión de las tres mujeres se quedó grabada en mi mente impidiéndome pensar en otra cosa.

30

Aquel fue el invierno más extraño de mi vida. Distribuía el tiempo entre la fortaleza y la casa de Abasud al Waquil. Era como compartir dos existencias absolutamente diferentes, o como poseer un cuerpo habitado por el alma de dos personas distintas. En la tenencia del burgo los días transcurrían monótonamente; revistaba la guardia, organizaba los turnos y procuraba mantener la disciplina en los centinelas. Diciembre y enero fueron meses oscuros y lluviosos. El castillo se llenó de humedades.

Cuando iba al arrabal, a la casa del mercader moro, todo resultaba diferente. Se daban cita allí los personajes más curiosos: comerciantes, prestamistas judíos, nobles de paso, caballeros aventureros y clérigos amantes de los placeres. No quería yo contarme entre estos últimos, pero mi asiduidad al pequeño paraíso de Abasud acabó convirtiéndome en un sibarita. Aunque no engordé como Hermesindo, ya que los menesteres de la mesnada exigían siempre algo de ejercicio. Y después de acudir allí semana tras semana, ¿quién podía ya renunciar a la buena mesa, el mejor vino y la compañía de mujeres hermosas?

Los encuentros solían transcurrir siempre de la misma manera: pasábamos al salón, conversábamos, bebíamos y, al final, entraban «los ángeles».

He de confesar que llegó un momento en que nada me atraía tanto como esto último. Aunque también debo decir que las conversaciones eran muy interesantes.

Te enterabas de muchas cosas en el salón de Abasud al Waquil. Como tenía él tantos contactos y la permanente necesidad de comunicarse con otras ciudades y otros reinos, su casa era una verdadera fuente de informaciones. Esto me sirvió para conocer cosas de mi oficio: armas nuevas, fortificaciones y defensas. De esta manera supe de la existencia del llamado «fuego griego», una misteriosa y devastadora mezcla que se usaba en Bizancio y otras partes de oriente para provocar explosiones. Me lo contó un viajero que había visto saltar por los aires una casa entera, merced a los efectos de esta mixtura hecha al parecer con salitre, azufre y carbón.

También supe lo que acontecía en Alándalus por aquel tiempo; cómo los moros andaban algo desconcertados mientras el sultán estaba en África sin que llegaran demasiadas noticias suyas. Asimismo, me enteré de que había muerto Saladino, dividiéndose su reino, después de que el emperador de los germanos y los reyes de Francia y Britania participaran en la tercera cruzada a Tierra Santa.

Cierto día que estaba yo algo afiebrado, después de soportar durante demasiado tiempo las humedades del castillo, decidí ir a casa de Abasud para ver si él conocía algún remedio.

—Pero… ¿qué te sucede, amigo mío? —me preguntó nada más verme—. ¡Qué mala cara!

—Es este duro invierno —contesté—. No para de llover y la fortaleza es muy fría. Hace unos días que tirito, toso mucho y me duelen los huesos.

—Entra y caliéntate. Veremos qué se puede hacer por ti.

Era muy confortable sentirse envuelto en el amable ambiente del hogar de Abasud. El salón, como de costumbre, estaba cálido e impregnado de agradables aromas. Como si estuviera en mi propia casa, me dejé caer sobre los almohadones y me cubrí con una suave manta de piel para entrar en calor.

—¡Ah, amigo mío —comentaba el mercader, mientras preparaba un cocimiento de hierbas—, esa vida dura de la milicia! Deberías tomarte un descanso. ¿Por qué no te vienes a vivir aquí una temporada? Al menos hasta que te recuperes. Ya ves, esto está caldeado siempre y podrías mejorar al abrigo de estas paredes.

—¡Qué más quisiera! —me lamenté—. No puedo abandonar mi puesto en el castillo. En cierta ocasión fui a cazar y unos bandidos causaron algunos males durante mi ausencia. El concejo y el cabildo se enojaron mucho conmigo. El más duro a la hora de increparme fue Hermesindo.

—La envidia es la madre de todos los vicios —sentenció Abasud.

—¿Qué quieres decir?

—Es algo natural, amigo Blasco. Eres un hombre envidiable: con tu juventud ostentas un alto cargo en la ciudad, eres la mano derecha del obispo y a buen seguro seguirás subiendo. Eso mueve las envidias. ¿Comprendes?

—No sé por qué han de envidiarme. Mi vida es dura en el castillo. No puedo abandonar mis responsabilidades y he de estar constantemente en guardia. En vez de vivir en una casa confortable, como el resto de los clérigos de Ambrosía, tengo que estar en la fortaleza día y noche, entre humedades y frías piedras. Ya compruebas cómo me veo ahora, enfermo, con el cuerpo maltrecho a causa de mi austera existencia. ¿De verdad es eso envidiable?

El mercader sonrió con cierto rictus malicioso. Retiró del fuego la tisana que hervía en una pequeña cazuela, la coló y me la ofreció en una bonita taza de plata.

—Cuidado —advirtió—, puedes quemarte. Espera durante un momento a que se enfríe y bebe lentamente. Te hará bien.

Hice como me aconsejó.

—¡Hum, está muy bueno! ¿Qué es?

—Nada más que cáscara de naranja, laurel, pimienta y miel de romero. Te hará sudar. Ahora será mejor que te tumbes, te cubras bien con la manta y procures dormir.

Así lo hice. Abasud entornó los postigos de las ventanas y dejó la estancia en penumbra. Me llegaba el delicado aroma de las maderas finas mezclado con el perfume de jazmín que solía impregnar el aire del salón. Me abandoné en un sueño placentero. Tal vez por estar sumido en tan sensual ambiente, soñé con bellas mujeres que me rodeaban alegres, prodigándome esmerados cuidados y regalándome con caricias y besos.

Desperté repentinamente envuelto en sudor. Tenía la mente muy espesa y no podía recordar por qué estaba en aquel salón. Creí que me hallaba solo, pero, al levantar la cabeza y mirar a un lado, descubrí la presencia de alguien que me observaba. Cuando mis ojos se hicieron a ver mejor en la escasa luz que había en la estancia, reparé en que se trataba de una de las muchachas que eran conocidas en la casa de Abasud como «los ángeles».

Permanecí en silencio, muy quieto. Ella tampoco se movía. Me miraba fijamente. Y yo la miraba a ella. Era la joven rubia, delgada y ágil que tanto me gustaba.

De repente tosí y empecé a tiritar de nuevo. Ella entonces se aproximó y clavó en mí sus azules ojos. Me puso la delicada mano en la frente y luego me acarició las mejillas.

—Aún estás enfermo —dijo con suave voz—. Has dormido durante horas y debes seguir haciéndolo.

—¿Dónde está Abasud? —le pregunté tímidamente.

—Me encargó que cuidara de ti.

Dicho esto, fue hacia la cocina y regresó al momento trayendo un recipiente con algo caliente.

—Bebe esto; te sentará bien.

Me incorporé y bebí. Mientras lo hacía, la miraba de soslayo. Era verdaderamente una mujer bellísima. Tenía un cuello largo y fino, la barbilla redondeada, los labios rosados y la nariz recta, perfecta. El cabello dorado le caía sobre los hombros. Un bonito vestido de color granate cubría su hermoso cuerpo. En mi estado febril, su agradable presencia era como una aparición.

—¡Qué bella eres! —balbucí dejando escapar un alocado pensamiento.

Ella entonces sonrió. Hasta ese momento había permanecido muy seria. Me pareció que mi atrevida exclamación, lejos de enojarla, le resultó una terneza agradable. Eso, en mi natural timidez con las mujeres, me sorprendió mucho. Pero mi pasmo aumentó cuando la vi desatarse los cordones del vestido con premura y desnudarse delante de mí.

—¡Eh, qué… haces! —tartamudeé.

Ajena a mi sobresalto, apartó la manta y se echó junto a mí sobre los almohadones, abrazándome muy cariñosamente.

—Yo soy tu medicina, querido mío —decía—. Anda, ven a mí.

Torpemente, temblando, rodeé su delicado cuerpo con los brazos.

Era una sensación nueva para mí; placentera y a la vez algo desconcertante. Hasta entonces, había tenido encuentros con fulanas de las que acompañaban a la hueste, mujeres rudas, desaliñadas y maduras ya la más de las veces. Esta muchacha tierna, fina y perfumada, bella como un ser celestial, me confundía al ofrecérseme libremente.

Su calor y el contacto de su piel suave parecía infundirme las energías que me faltaban y, casi en delirio, me aferré a su cuerpo como si fuera lo único real en aquel momento tan extraño.

31

—¿Quieres dar un paseo? —me preguntó ella por la mañana—. Ha vuelto el color a tus mejillas y ya no tienes fiebre. Las medicinas de Abasud han obrado en tu cuerpo. No te hará mal un poco de aire fresco.

Abrió las ventanas. Afuera lucía el sol, pero un vientecillo frío penetró en la alcoba helándome el rostro.

—Se está bien aquí —dije, perezoso—, temo enfriarme de nuevo y recaer.

No podía precisar cuántos días llevaba sin salir de aquella habitación de la casa de Abasud. Estaba como hechizado, ebrio de amor hacia tan dulce mujer que se ocupaba de cuidarme y de la que aún no conocía siquiera el nombre. Ella me hablaba suavemente, ungía mi pecho con aromáticas mixturas, me alimentaba y me daba calor con su cuerpo tierno durante las frías noches. Durante el tiempo que duró mi febril estado, deliré a veces y parecíame que solo ella y yo pertenecíamos al mundo.

Pero finalmente estuve repuesto y mi mente se aclaraba. Ahora sentía una pereza infinita. No quería abandonar aquel particular paraíso.

—Ven a mirar por la ventana, bobo —insistió ella—.

Aunque es aún invierno, brilla un hermoso sol y hay pájaros alegres cantando en las arboledas de la ribera. ¡Vamos a pasear!, te hará bien.

Me incorporé y la atraje hacia mí, intentando que regresase al lecho.

—¡Oh, no, no...! —protestó zafándose de mis manos—. ¡Eso se acabó de momento! Debes caminar. Solo así sabremos si ya estás sano.

De mala gana, me puse en pie. Casi me caigo a causa de un cierto mareo.

—¡Eh, despacio, querido mío! —exclamó ella acercando el hombro para que me apoyase—. Ahí tienes tu ropa —añadió señalando una túnica.

—Es ropa de moro —repliqué.

—¿Y qué? Anda, póntelo y vamos afuera.

Me enfundé en aquella túnica, larga hasta los pies, de lana tejida a la manera de los sarracenos, y salí con ella al exterior.

—¿Ves? —comentó—. El jardín está precioso.

Había retazos de bruma prendidos en la vegetación y el sol se colaba como cintas de luz entre las ramas desnudas de los árboles. Todo estaba en calma, mientras un hortelano sachaba removiendo la tierra húmeda.

Anduvimos entre los setos buscando las traseras de la propiedad de Abasud y luego salimos en dirección a la ribera. El río discurría placenteramente y un nutrido grupo de mujeres bulliciosas hacían en él la colada aprovechando que era un día seco. Caminábamos en silencio por el medio de la arboleda, sintiendo el crujir de las hojas muertas bajo los pies. Alguna de las lavanderas cantaba a voz en grito una de esas canciones serranas, monótonas, que hablan de caballeros ausentes, mozas casaderas y plegarias a la Virgen.

Me detuve a contemplar la maravilla del campo bañado de luz temprana, y la ciudad allá arriba, al abrigo de las murallas. Luego dejé que mis ojos buscasen a la muchacha. Ella estaba pendiente de cualquier movimiento mío.

—¿Qué te sucede? —preguntó.

Era tan bella que se aflojaban todas mis fuerzas al contemplarla y la mente se me quedaba en blanco al encontrarme con su mirada dulce e inteligente a la vez.

—¿Cómo te llamas? —musité con voz casi inaudible, asombrado.

—¿Qué dices?

—¿Cómo te llamas? —repetí, mirándola, cada vez más extasiado.

—¡Ah, ahora te acuerdas de preguntar eso! Te he cuidado día y noche durante una semana y parecías no querer saber mi nombre, y ahora…

—Estábamos solos los dos. Tú eras tú y yo era yo. No hubo necesidad de decir el nombre.

—¿Y ahora? ¿Por qué hay necesidad ahora de conocerlo?

—Si te pierdes, habré de llamarte de alguna manera.

—¿Si me pierdo? ¡Qué bobo eres!

La cogí de la mano e insistí:

—Vamos, dímelo ya.

—Eudoxia —contestó en un susurro.

—Te llamaré Doxia.

—Es así como me conocen mis amigos.

—¿Me consideras tu amigo?

—Eres muy querido para mi amo Abasud; luego debes serlo también para mí.

—No me agrada eso que me dices —observé fingiendo enojo.

—¿Por qué razón?

—Porque deseo que me estimes por mí mismo, no por lo que sienta o deje de sentir Abasud.

—¡Qué bobo eres! —exclamó abrazándome.

—¡Eh, es la tercera vez que me llamas bobo hoy!

—Bobo, bobo, bobo… —repitió susurrando en mi oído.

Olía maravillosamente a jazmín, como todo lo que pertenecía a la casa de Abasud. Me encantaba hundir la nariz en su pelo rubio, sedoso, así como sentir el contacto de su cuerpo frágil entre mis brazos. No podía ya pasar ni un momento sin dejarme perder en la enormidad azul de sus ojos, así que, a cada momento, me apartaba un poco para contemplar su bonito rostro.

—Me miras demasiado —refunfuñó.

—¿Y qué? ¿No te he dicho que me encantas?

La vi entonces hacer un mohín raro y adiviné cierto temor en ella.

—Sigamos caminando —dijo—, necesitas hacer algo de ejercicio.

Anduvimos ya sin hablar, por una vereda estrecha que discurría entre las cercas de piedra que separaban los huertos. Ella iba delante, resuelta y ágil, sorteando las zarzas espinosas que amenazaban sus blancas pantorrillas. Su cabello, como oro puro, brillaba bajo el sol entre el verdor de la fronda y el vestido color granate se agitaba por el vientecillo helado que llegaba desde los montes.

Caminando por el bosque, llegamos a un claro rodeado por una empalizada. En el centro se alzaba una choza grande, construida con piedras, barro y ramas. Las gallinas escarbaban por los alrededores y las cabras ramoneaban un poco más allá, entre las rocas y los arbustos de las laderas. Era un lugar solitario y agradable, al pie mismo de las sierras.

—Hemos llegado —dijo ella, mientras golpeaba con los nudillos varias veces la puerta de la cabaña.

—¿Quién vive aquí? —le pregunté.

—Una amiga mía. Pero veo que no está. Habrá ido al mercado del arrabal o andará por ahí en busca de setas. Pero… ¡entremos a calentarnos! Suele tener brasas encendidas.

—¿Sin estar la dueña vamos a entrar?

—Hay confianza —respondió, empujando la puerta.

Pasamos al interior de la choza. Era una única estancia circular, con un grueso tronco en medio, a modo de pilar principal, que sujetaba la estructura del techo. A un lado, había ascuas de carbón de encina, como dijo Eudoxia. Ella se puso enseguida a avivarlas soplando.

—Sentémonos aquí —propuso después, señalando unas pieles de cabra que estaban extendidas no lejos del fuego.

Nos sentamos el uno junto al otro. Olía a leña, cuero, queso, hierbas aromáticas y pescado seco. Había multitud de pequeñas vasijas y recipientes de todo tipo, colgaduras de hierbajos, marmitas, sartenes y orzas de barro. Asombrado, pregunté:

—Pero… ¿se puede saber quién vive en esta casuca tan extraña?

—Es una mujer sabia, una curandera. Se llama Leonila. Todo el mundo la conoce en el arrabal de Placencia.

—¿Leonila?… Nunca oí hablar de ella.

—Claro, cariño —contestó con retintín—. Te he dicho que todo el mundo la conoce en el arrabal. Y tú eres del burgo. Aunque… también la gente de murallas adentro acude a pedirle a Leonila sus remedios, cuando les fallan los médicos.

—De manera que es una curandera —observé paseando la mirada por los extraños objetos que abarrotaban hasta el último rincón de la cabaña—. ¡Qué interesante!

—Sí —explicó ella—. Créeme, es una mujer que sabe mucho de todo, un alma prodigiosa. ¿Quién crees que le enseñó a Abasud el remedio que te curó la tos y las fiebres sino ella? Es capaz de arreglar los huesos rotos, aplacar el ardor del estómago, secar el flujo de sangre y la fuente del pus, devolver el apetito, deshacer el remanimiento de las tripas, disipar la melancolía y hasta espantar los humores malsanos. Y también puede predecir el porvenir. Aunque ese don no suele usarlo, sino en casos de extrema necesidad.

—¡Anda, Doxia —repliqué—, eso son supercherías!

—No, querido, nada de eso. ¡No sabes quién es Leonila! Una mujer como ella, anciana y sabia, conoce muchas cosas. Ya estaba aquí antes de que el rey cristiano llegase al valle y pudo aprender de los curanderos, magos y gentes sabias que habitan estos bosques desde que el mundo es mundo.

—¡Bah! —objeté—. ¡Se trata de una simple bruja de esas!

—Tú di lo que quieras, pero es capaz de hacer mucho bien. Y… mucho mal a quienes pretendan perjudicarla. Eso todo el mundo lo sabe. ¿Por qué crees que puede permitirse vivir aquí, junto al monte, en un lugar tan apartado?

—¿Es mora o cristiana? —inquirí.

—Leonila sabe vivir en paz con todos, moros y cristianos. Así como todos procuran vivir en paz con ella, por lo que les interesa. Si no hoy, mañana pueden necesitarla. Nadie en el arrabal, sea moro o cristiano, se atrevería a causarle a Leonila mal alguno.

Me agradaba ver a Doxia explicarse con tanto convencimiento, muy seria, como si estuviese afirmando un dogma.

—Creo que esa vieja amiga tuya no es sino una bruja de las muchas que abundan en las tierras de nadie, en estos malos tiempos en que el demonio anda suelto

—dije para experimentar el puro placer de verla eno-
jada.

Pero ella, en vez de airarse, se me quedó mirando fijamente con sus ojos intensamente azules, en los cuales
brilló una inteligente expresión de suspicacia, y contestó:

—¿Ahora hablas como un clérigo? ¿Después de haber
yacido conmigo durante tres días?

Quedé mudo, vencido por la autoridad de aquel razonamiento tan libre, exento de toda hipocresía. Me abalancé hacia ella y la abracé borracho de amor. Nos besamos
de una manera que me hizo olvidar el día en que vivía, el
resto del mundo y quién era yo. Luego le susurré al oído:

—¿Dónde estuviste hasta hoy, ángel mío?

De repente se abrió la puerta con un crujido que nos
sacó del éxtasis de la ternura.

Me volví y me topé con la mirada penetrante de una
mujer de edad provecta y rostro arrugado, aunque alta,
robusta y de presencia poderosa, envuelta en un largo
abrigo de pieles de zorro.

—¡Leonila! —exclamó Eudoxia—. Resulta que…

—No, no hace falta que me digas nada —le interrumpió la mujer—. Ya veo que has encontrado donde arri-
marte para hallar calor en el frío invierno. ¿Este es el apuesto
tenente de la ciudadela que tan loca te trae? —añadió sonriente.

Eudoxia se ruborizó. Un elocuente silencio reinó durante un momento que se hizo eterno. Mientras tanto,
Leonila dejó a un lado el bastón y la cesta llena de setas
que traía colgada del brazo, se quitó el abrigo y se puso
a avivar la lumbre canturreando. Parecía estar de buen
humor y comprendí que no había tomado a mal que
irrumpiéramos en su casa sin permiso. Me fijé en ella, y
pensé que en su juventud debió de ser una mujer hermosa y fuerte. El color de su piel hablaba de una vida ruda

en los montes, tal vez al cuidado del rebaño, tanto en el duro invierno como en los calurosos veranos. Pero algo de su aspecto parecía advertir que no era solo una pastora de cabras. O tal vez esa impresión mía fue fruto de que un momento antes Eudoxia me hubiera dicho que su anciana amiga era muy sabia.

Leonila cocinó para nosotros. Sentados a la mesa, comiendo en silencio, formábamos un triángulo curioso. Doxia y yo nos mirábamos de reojo, mientras aquella mujer inquietante sonreía con un raro destello de suspicacia en los ojos.

32

Los cuatro peregrinos caminaron durante toda la noche, iluminados por la luna llena. Avanzaron precavidamente, en silencio, procurando evitar cualquier ruido, para no poner sobre aviso a los muchos bandidos y gentes fieras, montaraces, que andaban fuera de toda ley, dedicados al robo, sin encomendarse ni a Dios ni al diablo, después de que se enemistaran con el rey y sus señores naturales, descontentos a causa de que fueran convocadas y reunidas las primeras Cortes del reino de Portugal en Coimbra. Acostumbrados a vivir de la rapiña, muchos hombres no querían más fuero que campar a sus anchas echados a los montes.

Amanecía cuando se escuchó el repicar de una campana llamando a la misa del alba. Desde un oscuro valle cubierto de niebla, vieron sobresalir a lo lejos, como brotando de las nubes, las robustas torres de una fortaleza y el campanario de la iglesia. Se encaminaron entonces por una vereda que ascendía en abrupta pendiente hacia las murallas de una ciudad aislada sobre una colina. Al aproximarse, les salieron al paso algunos hombres rudos, oscuros como sombras, entre la bruma matinal.

—¡Peregrinos! —les gritó el caballero—. ¡No somos sino peregrinos a Santiago! Solo buscamos el abrigo de vuestra ciudad. Nada habéis de temer de nosotros.

Los guardias los condujeron por empinadas calles hacia lo que llamaban la *domus municipalis*, un austero caserón de piedra que servía como lugar de reunión de los *homens bons*, según les dijeron en lengua latina con un acento muy cerrado, casi incomprensible.

Allí no tardó en acudir el regidor de la ciudadela, un anciano hombre de aspecto bondadoso que les ofreció pan caliente y caldo de verduras. Les explicó que se hallaban en Brigantia, donde se alzaban el castillo mandado construir por el rey Sancho I de Castilla y otras fortalezas antiguas que sirvieron de refugio a las gentes cristianas en numerosas ocasiones, décadas atrás, siempre que el moro venía desde el sur con aviesas intenciones; como aquella vez, hacía dos siglos, cuando Almanzor fue a destruir el templo del santo apóstol. A pesar del tiempo transcurrido, se guardaba fiel memoria del suceso.

Junto a la iglesia dedicada a santa María, los habitantes de Brigantia habían edificado un pequeño hospital destinado a albergar peregrinos. Los cuatro caminantes, exhaustos por haber andado por los montes durante toda la noche, no tardaron en acomodarse para entregarse al sueño reparador.

Sería media tarde cuando los despertó el tintineo de la campana llamando a vísperas. Un enjuto sacristán irrumpió en el hospicio, abrió de par en par las ventanas y les exhortó:

—¡Vamos, hermanos peregrinos, acudamos al rezo!

—¿Eh? —balbució el mercader, somnoliento—. ¿Ya es de día?

—Oh, no, hermano —contestó el sacristán—. No

amanece, sino todo lo contrario: atardece ya. Habéis trastocado el sueño por haber caminado de noche.

Perezosamente, los peregrinos se alzaron de su postración y acudieron renqueantes hasta la fuente que manaba agua fresca afuera, en la plaza. Les dolía todo el cuerpo a causa del largo viaje por collados, valles y pedregosas veredas, subiendo y bajando, apresurando el paso en tan peligrosos territorios. Pero estaban alegres, pues sabían que ya les quedaban pocas jornadas —apenas medio mes— para concluir su peregrinación, transitando ahora por los frescos bosques de Galicia, por una región cristiana que acogía amorosamente a cuantos iban hacia el santuario del apóstol.

Ya en la iglesia de Santa María, un coro de monjes, revestidos con pardas cogullas de paño basto, entonaba la salmodia pausadamente, con extasiada devoción, dejándose acompañar por un gran salterio cuyas notas dulces arrancaba un anciano clérigo con el plectro.

> *Dominus pascit me, et nihil mihi deerit:*
> *in pascuis virentibus me collocavit*
> *super aquas quietis eduxit me.*
> *Animam meam refecit. Deduxit me super semitas*
> *iustitiae*
> *propter nomen suum.*
> *Nam et si ambulavero in valle umbrae mortis,*
> *non timebo mala, quoniam tu mecum es.*
> *Virga tua et vaculus tuus*
> *ipsa me consolata sunt.*
> (El Señor es mi pastor, nada me falta:
> en pastos de hierba me hace reposar,
> a aguas tranquilas me conduce.
> Me reanima, me guía por el sendero justo,
> por amor de su nombre.

Si camino por un valle oscuro,
no temería ningún mal, porque tú vas conmigo.
Tu vara y tu cayado
me dan seguridad).

Finalizado el canto del salmo reinó el silencio meditativo en la penumbra del templo. Los pábilos de las velas emitían su olor de cera quemada y las austeras piedras, frías, impregnadas de humedades, viejas, renegridas, parecían sostener aún el grave eco de las voces. Hasta que tanta quietud fue rota de repente por la voz recia, profunda y resonante del abad, que comenzó de manera inspirada una predicación acorde con el rezo:

—¡Oh, este salmo! Este maravilloso y consolador salmo que tantas veces cantamos en las misas dominicales y feriales, en el coro, en las vísperas… Y, con todo, siempre nos conforta, caros hermanos. Por muchos libros que leamos acerca del consuelo que de Dios viene, nada nos proporcionará tanta luz como los versículos de este salmo de David que acabamos de cantar.

»Nos habla, ciertamente, de un pastor que camina con nosotros, guiándonos y apacentándonos en el camino de esta vida, hacia los prados verdes del Creador. Mas a mí me parece que también nos habla de aquel que nos invita a cenar, tratándonos como a sus propios hijos, regiamente, sentándonos a su propia mesa y haciéndonos estar con él. Todo se reduce a eso: «Tú estás conmigo» y «me sosiegas». Él me hace reposar, me reanima, me guía por el buen sendero, me da seguridad, me prepara la mesa, me unge con bálsamo…

»Es la premura, la atención, el amor del buen Dios que cuida de mí. ¡Ah, qué simple, pero qué hermoso!

El abad era un hombre anciano, encorvado, cuyas largas y blancas barbas le colgaban hasta la barriga. Con unos menudos ojos grisáceos, vidriosos, inundados en lágrimas, oteó la iglesia buscando a los peregrinos. Después se levantó del asiento y, apoyándose en un bastón, anduvo con pasos vacilantes hasta ellos. Uno de los acólitos se aproximó llevando una jofaina, un jarro y una toalla. Arrodillose el abad trabajosamente y, con manos temblorosas, lavó los pies de los caminantes, los ungió con aceite perfumado y los besó. Ellos, ante este gesto caritativo, quedaron atónitos.

—Vosotros —dijo el anciano fervorosamente—, amadísimos peregrinos, sois hoy para mí el Señor mismo. Vosotros, santos varones caminantes, hombres de Dios que purgáis los pecados de este mundo engañoso, lleváis en vuestros cuerpos las llagas de Cristo. ¡Bienvenidos seáis! ¡Bendecidnos!

Los peregrinos se miraron entre ellos, asombrados por tanta fe, acongojados, vibrando de emoción. Bendijeron al anciano, le alzaron del suelo, le abrazaron y besaron sus manos blancas y sarmentosas.

—Dios te bendiga a ti, hermano —le dijo el fraile en nombre de los cuatro—. Tú comprendes sabiamente los misterios del Omnipotente y Altísimo Señor.

Concluidas las vísperas, salieron todos y penetraron en la pequeña abadía contigua a la iglesia. Ya en el refectorio, que a la vez servía de cocina, encontraron dispuestos todos los preparativos de una cena suculenta: anafres de hierro sobre los trébedes, diversas pailas, sartenes y asadores, jarras y platos. El buen abad había ordenado matar un carnero y la carne estaba ya asada, exhalando un delicioso aroma que resucitaba a los famélicos caminantes.

Ocuparon los asientos que tenían preparados junto a la mesa y acudieron enseguida los invitados: el regidor, los *homens bons* con sus hijos, los nobles, los clérigos y los monjes. Se repartió el vino, el pan y los deliciosos guisos. Se trataba de gente reservada, silenciosa y prudente. Se estaba bien allí.

Entonces comprendieron mejor el salmo y la piadosa explicación de la homilía del abad:

Preparas una mesa ante mí…

Satisfechos todos, se hizo una oración de acción de gracias y cada uno se despidió con sumo respeto. Los cuatro peregrinos entraron a rezar durante un momento en la iglesia, antes de retirarse a dormir.

Más tarde, no podían conciliar el sueño, tal vez excitados por tanta emoción o a causa de la fatiga acumulada. Estaban pensativos, como arrobados. El fraile, que siempre solía poner palabras a los sentimientos del grupo, dijo en voz alta:

—¿Habéis visto? En parte alguna de nuestra peregrinación hemos sido tratados como aquí. Estas buenas gentes comprenden bien aquella obra de misericordia: dar posada al peregrino.

—¡Como a santos en vida nos han tratado! —exclamó el mercader.

—¡Como a reyes de paso! —añadió el caballero.

Quedaron en silencio, meditabundos. Entonces, Blasco Jiménez, que estaba muy compungido, sentado en un rincón, comentó:

—Precisamente por eso, he sentido el mayor dolor y la vergüenza más grande a causa de mis pecados. Ese buen abad nos consideraba santos varones, gentes de Dios. Vosotros, compañeros de camino, sí merecéis tal trato. Mas yo no, que soy un pecador miserable. Cuando ese venerable anciano se arrodilló ante mí, sentí deseos de escapar de allí y arrojarme por un precipicio.

—¡Eh, cómo dices eso, hombre de Dios! —replicó el fraile, acercándose a él con los brazos extendidos—. ¿Crees que el buen abad, con su edad provecta y con toda su sabiduría no conoce los secretos del corazón humano? ¡Todos somos pecadores! Precisamente por eso hizo ese gesto lleno de amor y de fe, emulando a Dios mismo que acude en socorro de las miserias del hombre. El Padre es misericordia infinita, rico en piedad y leal. ¿No recuerdas acaso la parábola del hijo pródigo? En ella Jesús nos muestra el amor inmenso que Dios Padre tiene a sus hijos, a quienes siempre perdona y recibe con los brazos abiertos. ¿Qué puedes haber hecho tú, criatura, que Dios no pueda perdonar?

—Traicioné mis ideales, a quienes confiaban en mí y a quien me había legado cuanto era y cuanto tenía.

—Eras joven —repuso el caballero—. La juventud es loca e irreflexiva. Lo digo por propia experiencia.

—No, amigo —negó el clérigo—. Por aquel tiempo no actuaba yo llevado por un impulso sensual fruto de mis pocos años. Ya me daba cuenta con perfecta claridad de que mi alma se dividía entre dos mundos, como si se abrieran dos caminos diferentes, opuestos, delante de mis pasos, y debía decidir.

—La vida es así —sentenció el fraile—. El hombre está a merced de la concupiscencia. Dios lo sabe. Él es el creador. Ser libre es algo hermoso. Y cargar sobre las espaldas la responsabilidad de las opciones pertenece a la grandeza del hombre. Sin embargo, eso en la vida cotidiana se manifiesta como algo lleno de dificultades. También sabe eso el Bondadoso Señor, en su sabiduría que no tiene límites.

—Naturalmente, amigo —afirmó con rotundidad el mercader. Se aproximó a Blasco, le puso la mano en el hombro y, cariñosamente, añadió—: Pecaste amando a esa mujer y traicionando tus obligaciones del estado clerical. Pero… era una tentación sensual muy fuerte. ¿Qué podías hacer? La carne es débil…

—Eso no fue mi único pecado —dijo, pesaroso, el clérigo—. ¡Ojalá hubiera sido solo eso! Entonces sí sentiría que Dios me ha perdonado. Pues mi pecado consistía solo en amar y dejarme amar.

—¿Y qué más de malo hacías? —preguntó el caballero—. Cumplías fielmente con tus obligaciones, obedecías a tu señor natural, que era el buen obispo don Bricio, te jugabas cada día la vida defendiendo aquella ciudad prodigiosa…

—La ciudad… —balbució Blasco—. La ciudad de don Bricio por aquel tiempo había dejado de importarme lo más mínimo… Y no solo no me interesaba ya su defensa, ni mi responsabilidad, ni cuanto acontecía dentro de los muros, sino que empezaba a odiarla, pues era para mí como una cárcel; una jaula hermosa y perfecta, pero tediosa y asfixiante…

—¿Entonces, qué pretendías hacer con tu vida? —quiso saber el mercader.

—Di mejor: con «mis» vidas —respondió el clérigo—. Pues ya tenía yo dos vidas por entonces: la una, dentro de Ambrosía, a las órdenes del obispo, fingiendo ser el hombre obediente, el tenente abnegado y el sacerdote fiel al culto; pero deseando siempre escaparme para vivir la otra, mi segunda vida, extramuros, en el arrabal, en brazos de mi amada Doxia y descubriendo un mundo nuevo, diferente para mí, que Abasud al Waquil y Leonila desplegaban ante mi alma asombrada.

—Pero… ¡Cómo! —exclamó el caballero—. ¿Un mercachifle moro y una bruja?

—Abasud al Waquil era mucho más que un simple buhonero; era un hombre de mundo, un viajero de mente amplia, cosmopolita, que sabía relativizar las cosas y que no se escandalizaba por cosa alguna. Para él, nada había más importante en el mundo que el amor, la amistad y el goce de la vida. Leonila, por su parte, no era solo una bruja de esas que se ganan la vida con embustes, brebajes y adivinaciones; tenía ese encanto de lo natural, lo que no está sometido a las leyes, ni a la lógica, ni siquiera a lo que llamamos conciencia...

—Ambos eran gente peligrosa, ciertamente —observó el caballero—. Comprendo que arrastraran tu alma juvenil y ansiosa al pecado.

—Vivir no es fácil —dijo circunspecto el fraile—. También esas gentes, el mercader moro, la hechicera y la bella Eudoxia son hijos de Dios. El demonio se sirve a veces incluso de las criaturas más inocentes para hacer de las suyas. Creo que en toda esta historia no debemos buscar culpables. Debemos renunciar a la cómoda costumbre de remitir las culpas a otras instancias, el hábito de encontrar el chivo expiatorio en quien descargar la causa de los males. Creo, hermanos, sinceramente, que la vida de Blasco, como la de todo mortal, hubo de encontrarse un día en la difícil tesitura de tener que decidir entre dos caminos muy diferentes, como él mismo ha expresado. Lo cual no es sino el precio de la libertad humana, sagrada a los ojos de Dios.

LIBRO V

LOS DOS CAMINOS

33

¡Qué gran verdad! Hay dos caminos, siempre hay dos caminos, y constantemente hemos de decidir. Pero sucede a veces que uno de los caminos discurre en abrupta pendiente, pedregosa, fatigosa, difícil; mientras que el otro corre cuesta abajo, cómodo, practicable y complaciente. Para mí, el primero conducía hacia los altos ideales de la ciudad de Ambrosía; el segundo, el fácil, directamente al arrabal, a los brazos de la dulce Doxia.

Irrumpió la primavera sin avisar. De repente brillaba un dorado sol que lamía las cumbres derritiendo la blanca nieve. Las aguas fluían por doquier, cristalinas, impetuosas. Bandadas de aves llegadas desde el sur sobrevolaban las arboledas y las ciervas correteaban felices en busca de los prados llevando a sus cervatos a la vera. En la ribera, un tapiz de flores multicolor alegraba la vista y la albahaca perfumaba el aire; como en las laderas de los montes, donde las jaras brillaban regalando el blanco de sus flores y los cantuesos exultaban morados. Jamás olvidaré aquellas tardes de marzo en las que el poniente parecía una llamarada, a la vez que mi alma ardía de amor.

¡Ella y yo éramos entonces felices! Aunque ahora sé

que la felicidad es un fuego fatuo que se extingue con un suspiro.

Contaba el paso de las horas, arriba, en la ciudadela, esperando que concluyera mi turno en la tenencia. Después, pasado el rezo de la hora sexta, cuando sonaba el cuerno que anunciaba el cambio de guardia en las murallas, daba apresuradamente las órdenes e iba a buscar mi caballo, para galopar ladera abajo, extramuros, con la loca felicidad de un pájaro al que le han abierto la puerta de su jaula.

Doxia me aguardaba en el jardín de la casa de Abasud, siempre debajo de la misma higuera, que ya desplegaba en aquella hermosa estación sus alborozados brotes de hojas, como centenares de manitas verdes extendidas. Allí, junto al tronco retorcido, enredado, franco e insubordinado, se desataba nuestro amor sobre un lecho de hierba fresca.

Ella era una criatura bella y feliz. Me encantaba contemplar la catarata de cabellos rubios derramándose, el blanco de sus hombros, las mejillas rosadas, el azul profundo de sus ojos…, y la sonrisa generosa y agradecida a la vez. Nadie podría haberme convencido entonces de que tanta dicha era una visión fugaz, como agua que se escapa entre los dedos.

—¿Qué vamos a hacer? —le pregunté un día, antes de que anocheciera, mientras estábamos abrazados bajo nuestra higuera.

—¿Qué vamos a hacer con qué? —contestó con resuelta ingenuidad.

—¿Cómo que con qué? Me refiero a lo nuestro. ¿Qué vamos a hacer tú y yo?

—¿Tenemos que hacer algo en especial?

—Bueno, no vamos a estarnos así toda la vida.

—¿Así? ¿Cómo así? —observó con hilaridad.

—Quiero decir que nos amamos —dije muy serio—. Tú me amas a mí. ¿O no?

—Claro que te amo. ¿No te lo he repetido mil veces?

—Bien… —dije confuso—. Debemos pensar en algo…

—¿Algo?

—Sí, algo.

—Pues piensa tú lo que quieras —me espetó—. Yo no necesito pensar en nada, excepto en ser feliz. ¿No eres feliz tú acaso?

Me quedé desconcertado. Ni yo mismo comprendía por qué motivo habíamos llegado a sostener esa absurda conversación. Quizá por eso empezaba a enojarme. Ella parecía suficientemente inteligente como para comprender mis dudas, mi confusión. A pesar de tanta felicidad momentánea, para mí existía el futuro. En cambio, Eudoxia parecía vivir solo en el presente.

Me asaltó entonces un violento deseo de gritarle, de sacudirla para sacarla de aquella especie de sueño, de despertarla para que mirara las cosas igual que yo.

—El mundo avanza —dije con brusquedad—, el tiempo corre. Tú y yo envejeceremos… ¿No te das cuenta de eso? ¡Está el mañana!

Se me quedó mirando fijamente con ojos extraños.

—Nada de eso me importa lo más mínimo, querido —dijo encogiéndose de hombros. Luego me abrazó.

Sentí palpitar su corazón con fuerza. De esta manera me di cuenta de que mentía. Como yo, estaba preocupada y mis preguntas la habían inquietado. Por eso, me enojé aún más. No comprendía por qué ella no quería compartir sus dudas.

—¿Escaparías conmigo de aquí? —le susurré al oído, furioso.

—No —respondió rotundamente.

—Sí, Eudoxia, irás conmigo a donde yo quiera.

—No —volvió a negar. De repente, me empujó, me miró con un gesto despectivo y huyó de mi lado. La vi perderse por el huerto, en dirección a la parte trasera de la vivienda de Abasud.

—¡Eh! —le grité—. ¡Regresa aquí! ¿Adónde vas?

Corrí tras ella hasta la puerta falsa. Pero la cerró delante de mi nariz y escuché cómo dejaba caer la aldaba por dentro.

Golpeé con todas mis fuerzas.

—¡Doxia, abre! ¡Abre, te digo! ¡Doxia!…

Aguardé durante un largo rato, insistiendo. Nadie contestó. Entonces di la vuelta a la casa y fui a la puerta principal. Llamé también allí. Salió Abasud.

—¿Qué sucede? —me preguntó.

—¡Quiero ver a Eudoxia! —contesté hecho una fiera.

—No quiere salir.

—¡He dicho que quiero verla!

Al Waquil me miró con gesto entre asombrado y molesto.

—Si no quiere salir —dijo—, no podrás obligarla.

—¡Entraré!

—Esta es mi casa. Debes respetarla —contestó con serenidad, poniéndose firmemente delante de mí.

Le aparté a un lado bruscamente y entré esgrimiendo la autoridad de mi cargo:

—¡Soy el tenente de Ambrosía!

Recorrí las estancias. Los criados, atemorizados y confundidos, no se atrevían a cerrarme el paso.

—¿Dónde estás? ¡Eudoxia! ¡Eudoxia!… —vociferaba yo.

Como sabía dónde estaban las alcobas de las mujeres, subí de dos en dos los peldaños de la escalera de madera que conducía al piso alto de la vivienda.

—¡Sé que estás aquí arriba! ¡Sal de una vez!

Las mujeres gritaban espantadas ante mi violenta presencia y se cubrían el rostro. Forcejeaban conmigo. Abofeteé a una de ellas. Me insultaron y arañaron mientras yo lo revolvía todo tratando de encontrarla.

—¡No está aquí! —decían—. ¡Fuera! ¡Vete, animal salvaje! ¡Déjanos en paz!

Tenían razón: Eudoxia no estaba allí. Y si lo estaba, se hallaba tan oculta que no podría encontrarla.

—¡Esto es una vergüenza! —me decía Abasud—. ¿Así me pagas la hospitalidad con la que te he obsequiado? ¿Está bien acaso esto que haces? Cesa ya, Blasco, por tu propio bien. El obispo puede llegar a enterarse de este escándalo…

Mi ofuscación comenzaba a ceder. Pero la ira seguía poseyéndome como un espíritu diabólico. Estaba loco de rabia.

—Me marcho —dije—. Pero volveré. ¡Eudoxia, si me oyes, atiende bien a lo que te digo! ¡Volveré a por ti!

Subí a mi caballo y lo espoleé para hacerle galopar hacia la ciudad. Los guardias debieron de asombrarse al verme aparecer frente a la puerta en una rauda carrera. Incluso, tal vez temerosos de que hubiera un ataque, algunos preguntaron aterrados:

—¿Sucede algo, tenente?

Recorrí el adarve solitario ya a esa hora. Comenzaba a anochecer. La campana tintineaba llamando al rezo de completas. Fue como si volviera en mí repentinamente.

Descabalgué y anduve como un sonámbulo por las calles. La poca gente que pasaba me saludaba. Yo no respondía. Empezaba a sentir una vergüenza incómoda.

En un rincón, al torcer una esquina, me topé con el antiguo altar dedicado a san Miguel. El arcángel sostenía su espada, hierático, y tenía unos enormes ojos de vidrio muy brillantes, que parecían mirarme. A sus pies, un negro diablo se retorcía derribado, revolviéndose furibundo. Aquella visión hizo que mis fuerzas se aflojasen del todo.

Derrotado, exhausto, caí de rodillas y sollocé amargamente:

—¿Dios mío, por qué suceden estas cosas? ¿Qué me está pasando? ¿Me estoy volviendo loco?

34

Supe lo que era la pasión: esa perturbación del ánimo, tan viva, ciega, absorbente, hecha de afecto, celos y locos apetitos. Mi mente se ofuscó. Una parte de mi alma, la más racional y cuerda, adivinaba en el fondo lo que me sucedía; pero apenas se manifestaba, latente, empequeñecida, aplastada por aquella pesada montaña de ansiedad. Mi voz interior me decía: «Se trata de amor. No es más que eso; el amor de un hombre hacia una mujer». Pero otras intuiciones, más desconcertantes, me repetían: es pura y simple carnalidad; apetito concupiscible, deseos de bienes terrenales, sensuales y desordenados.

Lo único que permanecía en su lugar dentro de mí era la vergüenza. Gracias a ella me retuve y no acudí a la casa de Abasud al Waquil en los días siguientes a mi arrebato. La estimación de la propia honra me impedía aparecer por allí. ¿Con qué cara podía presentarme, después de haberme puesto en evidencia cual si fuera un muchacho inmaduro, un bruto irracional incapaz de contenerse? Tardé también algún tiempo en salir extramuros. Temía que los criados de Abasud o sus clientes hubieran puesto en oídos de la gente del arrabal el suceso y ahora estuviese en boca de todo el mundo. Me parecía que ya no podría atravesar los mercados tal y como hacía antes, arrogante a lomos de mi caballo, sin que las malas lenguas de la buhonería anduvieran diciendo: «Mirad, ahí va el tenente de Ambrosía; un clérigo libidinoso y pendenciero cuyos pecados ya no están ocultos, sino que han salido a la luz para escándalo del pueblo». Me sentía herido en mi pundonor. Y, por ser Eudoxia la causa de mis males, la odiaba. A pesar de lo cual, ¡no podéis imaginar cómo deseaba tenerla de nuevo!

Y la ceguera de la pasión me había impedido apreciar todo lo bueno que en Ambrosía se había realizado durante aquel tiempo de locos amores. La ciudad crecía, se embellecía y se fortalecía. Las murallas de la parte sur, cerca del río, eran ahora más altas y robustas. Pero la obra más grandiosa que se construyó por entonces fue la gran torre, imponente, en el centro de la ciudadela, rodeada por una fortificación octogonal que resultaba prácticamente inexpugnable en el corazón de la ciudad. Respondía esto a los planes del obispo, que desde el principio tuvo previsto que se reservara un espacio, como último reducto, para dominar desde allí los otros baluartes y servir de postrero refugio en el caso de que fueran asaltados.

Asistí sin demasiado entusiasmo a la edificación de estas portentosas defensas. Conformándome con seguir cumpliendo mi deber, con mayor interés en ocultar mis devaneos que en sumarme abnegadamente a los planes del obispo.

Una de aquellas tardes de incipiente primavera, miraba yo por la ventana de la tenencia, oteando la añorada vega que se extendía extramuros. Alcanzaba a ver a las lavanderas entregadas a su tarea, junto a las aguas del río, alegres, lozanas, cantarinas; y a los marchantes, quincalleros y mercachifles que pregonaban sus oficios y buhonerías por las veredas, pasando entre las cabañas de los pastores y hortelanos. También contemplaba, extasiado, la llegada de prodigiosas caravanas de moriscos: interminables recuas de mulas cargadas con pesados fardos, camellos de paso suave y lento, carretones tirados por bueyes y gentes, muchas gentes del sur, que venían a poner sus tiendas en los arrabales.

Me alcanzaba el aroma agreste de los montes, así como la húmeda fragancia de la hierba pisoteada en las orillas, donde tantas bestias pacían y se abrevaban. Escuchaba el lejano tamborilear de los panderos y atabales, el dulce silbido de las fístulas y el canturreo monótono de la morisma en torno a las brasas de las hogueras sobre las que cocían sus tortas de pan y asaban la especiada carne al atardecer.

Ya no solo era prisionero de mi ciudad, sino que ahora lo era también de mí mismo; de la melancolía que me embargaba y aprisionaba mi pecho.

En tal estado de congoja, de ofuscación, escuchaba únicamente a mis demonios internos. Por eso me sobresalté tanto cuando un lacayo de don Bricio avisó a mis espaldas:

—El señor obispo quiere veros, señor tenente. Es urgente.

¿Qué podía querer de mí? Hacía semanas, tal vez meses, que no iba a hablar con él. Le veía siempre de lejos, en la catedral, mientras se cantaba la salmodia de los laudes. Él se había vuelto un hombre reservado y taciturno, inaccesible, dedicado casi permanentemente a sus libros. Decían que incluso almorzaba en su biblioteca, de donde apenas salía para ir a los oficios religiosos. O tal vez era yo quien se había distanciado de él, para no dar la cara en pleno trance de mi locura pasional.

Mientras iba de camino hacia la residencia del obispo, se me pintaron todos los miedos.

Lo encontré donde hacía la vida, entre libros, abstraído, hundida la cabeza de blanca cabellera entre las hojas de un viejo códice, como si no hubiera más mundo que el que allí estaba escrito.

—Señor amo —susurré, para no perturbarle repentinamente.

—¡Amo! —gritó el lacayo que me acompañaba, al ver que el obispo no atendía.

Alzó la cabeza don Bricio, con la mirada aún perdida. Clavó luego sus agudos ojos en mí y los temores de mi alma se disiparon cuando le vi sonreír complacido, con su gesto más afable. Comprendí enseguida que no estaba enterado del escándalo del arrabal y que nadie le había hablado de mis escarceos. Loco de contento, dijo:

—¡Ah, querido hijo, estabas ahí! Cada día estoy más sordo… y, claro, más viejo…

Me fijé en él. Había menguado, los pómulos le caían hasta la línea de la barba encarnecida y tenía azuladas ojeras. Me sorprendió aún más advertir cierto temblor en sus manos. Se iba convirtiendo en un anciano. Pero yo mentí para resultar complaciente.

—¡Oh, amo, no digas eso! Tú no estás viejo. Te veo muy bien, como siempre… ¡Incluso mucho mejor!

—¡Ah, ja, ja…! —rio gozoso—. ¡Mentir es un pecado, hijo mío! Pero agradezco tu intención de hacerme feliz.

Me sacudió una emoción súbita, honda, al descubrirle tan alegre, tan calmado. Definitivamente, concluí que no sabía nada de lo mío y sentí un alivio inmenso.

Él me echó los brazos por encima de los hombros y me condujo paternalmente hasta el extremo de la biblioteca, donde se abría un amplio ventanal que daba a poniente, dejando penetrar un bello resplandor de dorada luz de atardecer que lamía los estantes, los ocres lomos de los libros, las vitelas, los pergaminos, los amarillentos papeles, los cálamos, las plumas grisáceas de oca, las brillantes tintas… Y descubrí entonces, a un lado, la bandeja con restos de comida, un pedazo de pan mordido, un puñado de rojas cerezas y una copa de vino. En efecto, don Bricio incluso almorzaba allí.

—Perdóname, querido Blasco —me dijo mirándome fijamente, con unos ojos vidriosos y entrañables, ablandados por el afecto verdadero:

—¿Perdonaros, amo? ¿Por qué? —respondí confuso.

—¡Ah, mi buen hijo! He andado enfrascado en mis ocupaciones, perdido en la lectura de tantos libros… Demasiado pendiente de muchas cosas… Ya sabes…, esta ciudad: Ambrosía, mi amada Ambrosía…

Dijo aquello con un tono diferente, como remachando los argumentos de una reflexión íntima muy meditada; pero, a la vez, como una queja, una defensa y una disculpa.

—Amo —repuse, para consolarle—, os debéis a vuestra obra, a vuestro bondadoso plan de sacar adelante esta ciudad singular.

—Sí, sí, sí…, hijo mío. ¡Estoy tan satisfecho! ¡Mira! —dijo, llevándome hacia la ventana—. ¿No es maravilloso?

Era la otra visión de Ambrosía, la que se encontraba a las espaldas de aquella con la que yo solía deleitarme. Hacia poniente, las murallas eran más perfectas, de piedra tallada; los adarves discurrían ordenadamente; los palacios se alcanzaban austeros, pero hermosos, con saledizas rejas de forja y blasones en las fachadas; los tejados, nuevos, mostraban ángulos limpios y las chimeneas, altas, soltaban hilillos de humo blanco a los cielos. A esa hora, un convento llamaba al rezo de vísperas con el tintineo de una campana, que fue secundado enseguida por el tañer sonoro, lento y largo en el majestuoso campanario de la catedral, tan próxima. Las palomas alzaron entonces el vuelo y formaron un bando que buscó las alturas, yendo a posarse en la inmensa torre de la ciudadela, que parecía un gigante poderoso que vigilaba estático la paz de la ciudad. Y más allá, detrás de los baluartes, los campos; los majuelos tan verdes, los olivares, los almendros, los frutales; y más lejos aún, los montes umbríos donde blanqueaban todavía las nieves.

Contemplar toda aquella perfección, sintiendo a la vez el céfiro suave y apacible, me hizo estremecer.

—¡Es una maravilla! —exclamé, dejando escapar mis pensamientos—. Ahora se ve todo concluido y resulta fantástico. No creo que haya otra ciudad como Ambrosía en la cristiandad. ¡Es verdaderamente hermosa!

—Me alegro en el alma de que compartas mis sentimientos... —dijo don Bricio—. Pero... la ciudad no está concluida...

—¿Qué le falta, pues?

—¡Oh, tantas cosas...! Nada es perfecto en este mundo, soy consciente de ello. Pero no puedo ocultarte que soy muy feliz. Durante años he vivido como un hombre errante. No hallaba mi lugar. Pero, ahora, siento que mi corazón inquieto encuentra al fin la paz. Este valle idílico, estas tierras de nadie eran el bendito sitio que yo buscaba para realizar mi sueño antes de morir. Sí, querido Blasco, así ha sido al fin. Lo supe hace años, la primera vez que pasé por aquí acompañando a mi señor el rey don Alfonso. Entonces en estos pagos apenas había una aldea de moros y un destartalado convento donde moraban algunos frailes para guardar la frontera. Y, ya ves, ahora puedo recrearme contemplando la hermosura de una ciudad próspera y netamente cristiana.

—Entonces…, ¿qué le falta? —insistí.

Perdió la mirada en el horizonte, que se había vuelto rojo como ascuas, derramando esa luz tan especial sobre los tejados, las murallas, los campos… Suspiró el obispo y contestó:

—Falta el tiempo; la conclusión del siglo, la consumación del reino divino y la unificación de todas las cosas en Dios. Todo hombre, instruido en la santa Iglesia, debe saber de dónde somos ciudadanos, y adónde peregrinamos, y que la causa de nuestra peregrinación son los males del mundo. Aquí, todo cuanto vemos, por hermoso y perfecto que parezca, es pasajero, perecedero, mutable… Solo Dios es eterno. ¿Por qué si no esas murallas, esos baluartes y defensas, y esa torre…? No, no son para embellecer la ciudad, sino a causa del mal de esta vida presente, saturada de codicias, envidias, rumores y todo género de iniquidades.

Contemplábamos la ciudadela, el castillo y la torre. Las fortificaciones de Ambrosía parecían ir creciendo escalonadamente, hacia el norte.

—Da la sensación de que la ciudad quisiera ir a resguardarse en los montes —observé—. Es bonita esta visión.

Don Bricio, con una sonrisa enigmática, empezó entonces a entonar el salmo 120:

Levavi oculos meos in montes,
unde veniet auxilium mihi.
Auxilium deum a Domino,

qui fecit caelum et terram...
(Levanto mis ojos a los montes,
de donde me vendrá el auxilio.
El auxilio me viene del Señor,
que hizo el cielo y la tierra...).

—Así sea —asentí—. Veo que todo está muy bien pensado, según vuestro plan tan preciso. Todo tiene su sentido. Pero, decidme, amo, ¿no creéis que el sur de Ambrosía está todavía algo desprotegido?

—El río defiende la ciudad por esa parte, ya lo sabes. Aunque, en efecto, aún hay que reforzar las murallas hacia el sur. Pero... todo se andará.

—¿No tememos, pues, ya a los sarracenos?

—Nunca hemos dejado de tenerlos presentes. Es un enemigo peligroso que permanece ahí. Pero, ahora, Castilla teme más al cristiano reino de León. En el ánimo del rey vecino, Alfonso IX, siempre ha habido odio hacia nuestro rey, hacia Castilla. Y ahora las cosas están peor que nunca, después de que el monarca leonés se uniera en matrimonio con su prima hermana, doña Teresa de Portugal, con ello quiso pegarse a los portugueses para amedrentarnos. Pero el papa de Roma ha anulado ese matrimonio incestuoso y, después de que el leonés se resistiera al decreto papal, ha sido excomulgado, al tiempo que el entredicho cae sobre todo su reino.

—¿Pensáis, pues, que hemos de temer más a León que a los moros?

—El tiempo lo dirá —respondió circunspecto—. Pero, por si acaso, hemos de estar prevenidos.

—Comprendo —dije—. ¿Por eso me habéis mandado llamar, amo?

Me lanzó una mirada cargada de suspicacia. Contestó rotundamente:

—No.

Algo desconcertado, balbucí:

—¿Entonces?

—¡Ah, Blasco, mi buen Blasco! —exclamó—. ¡Mi querido hijo! Esta ciudad necesita un arcediano. Ya ves, aunque tú no quieras verlo, yo me hago viejo. Y debo buscar algo de tiempo para ponerme a bien con Dios, orar, meditar, leer, pensar… Ambrosía necesita una persona joven que gobierne a todos esos clérigos ambiciosos, pendencieros, que no me dan sino disgustos; y a la vez alguien que se ponga al frente de la hueste en caso de guerra. Me temo que el rey don Alfonso VIII se disponga pronto a armar la mesnada y yo ya no tengo fuerzas para eso… Además, no quiero hacerlo. Después de la campaña de Sevilla hice voto de no volver a vestirme de hierro. Se acabó la espada para mí. Ahora solo deseo sostener mi cruz y servir a mi Señor, a quien tanto he ofendido en mi vida desatinada.

—¿Un arcediano? —repuse extrañado—. Creí oíros decir que no queríais tener ese cargo en la ciudad, después de lo que sucedió con aquel Pedro de Taiaborch, tan rebelde, el último arcediano que tuvo Ambrosía y que tantos problemas causó.

—En efecto —afirmó él—. Pero hoy ya tengo, gracias a Dios, gente hecha a mi mano entre el clero: buenos sacerdotes en quien confío, que sé que no me han de traicionar, pues han estado a mi lado tanto en lo malo como en lo bueno.

—¿Habéis pensado ya en alguien para ese cargo? —le pregunté lleno de curiosidad—. Se trata de una alta responsabilidad…

—Muchacho —dijo—, ¡qué inocente eres! Claro que tengo pensado quién será el arcediano y, si el rey lo tiene a bien y lo sella el papa, será también mi sucesor.

Se hizo durante un momento el silencio entre nosotros. Él me miraba y no dejaba de sonreír. Parecía sentirse muy feliz.

—Don Blasco Jiménez de Ávila será el arcediano de Ambrosía —dijo al fin, con estudiada solemnidad—. Tú, hijo mío, serás mi sucesor.

<h1 style="text-align:center">35</h1>

Otra vez dos caminos, siempre dos caminos. Cuando una vía se cierra, aparece otra. Si desaparecen las dos, otras dos vienen a abrirse por delante. Así de difícil es la vida. Una y otra vez hemos de elegir.

Todo cambió para mí. Momentáneamente, sentí que era como completar las páginas de un libro que se cerraba, al tiempo que otro, nuevo y diferente, se abría. Con treinta y dos años, ya se iba quedando atrás la edad de las locas pasiones. Aunque he de reconocer que todavía no estaba yo suficientemente en sazón para afrontar las responsabilidades y trabajos que se avecinaban sobre mis hombros. Me pareció que todo fue tan repentino, tan brusco, que asumí la dignidad de arcediano de Ambrosía como una impostura. Era como si me hubiera caído encima la pesada vida que le correspondía a otra persona. Precisamente cuando yo quería ser libre y andar ajeno a las cosas de la ciudad, despreocupado, sin tener que rendir cuentas.

Pero un cargo tan importante reportaba rentas y prebendas muy seductoras. Esté o no uno maduro para digerirlo, a nadie le amarga un dulce. Me correspondían por derecho vasallos, aldeas, tierras, bienes provenientes de las alcabalas y dineros contantes y sonantes de los diezmos. De la noche a la mañana, me había convertido en un amo y señor de esos que, cuando era un muchacho pobre, me parecían seres inaccesibles que pertenecían a un mundo lejanísimo, vedado de por vida para las gentes de mi ralea.

A lo bueno cuesta poco acostumbrarse. Ya no tenía que servir a ningún dueño, sino que era servido por diligentes lacayos. Tampoco me encontraba ya obligado por la disciplina militar de la ciudad. Otro tenente estaba al frente de la guardia. La milicia, por lo tanto, se acabó para mí. Ahora podía armar mi propia hueste y someter caballeros y soldados al avasallamiento que me era debido por mi nuevo rango. De manera que a nadie tenía por encima de mí, salvo, claro está, al rey y al obispo, a quienes estaba sujeto por juramento de perpetua obediencia para los menesteres de la santa Iglesia y también para los asuntos del siglo, por ser mis señores naturales.

Lo primero que hice, nada más verme investido arcediano, fue lo que suelen hacer los hijos de este mundo cuando alcanzan tales dignidades: agenciarse una morada en consecuencia. Me procuré el mejor palacio de Ambrosía, el cual me vino casi solo a las manos, pues pertenecía a un rico canónigo, recién muerto, cuyos deudos no podían permitírselo. No es que dispusiera ya del oro necesario; tuve que acudir a los prestamistas. Pero estaba seguro de que mis cuantiosas prebendas no iban a tardar en reportarme beneficios. Como así fue. Envié a los recaudadores para que apretasen a las gentes de mis heredades sacándoles los tributos que no pagaban desde hacía años, por hallarse vacante el señorío y por descuido o benevolencia de don Bricio. Durante meses, me llovieron las rentas.

Pronto comenzó para mí una vida regalada que no pensaba echar a perder retornando a mis antiguos errores. Había que guardar las apariencias. Todos los ojos estaban puestos en mí y no estaba dispuesto a excitar las envidias. Los trabajos propios de mi oficio no eran demasiado fatigosos: debía gobernar con potestad vicaria a los clérigos, proveer al culto principal en la catedral, vigilar las obras que se hacían en la misma y escoger los jueces que el obispo debía nombrar para ejercer el antiguo y buen derecho. No había, pues, más alta autoridad en Ambrosía que la mía, salvo la que correspondía a don Bricio, la cual solía ser delegada en mi persona. La ciudad estaba en mis manos.

No olvidaré nunca aquella primera Cuaresma como arcediano en la que experimenté lo que era detentar todo el poder. Cuando mi amo se marchó a un lejano monasterio para entregarse a sus rezos y penitencias.

—Ahora estoy tranquilo —me dijo antes de emprender el viaje—, pues ya puedo confiar en que alguien cuidará de mi rebaño. Es el momento de soltar el cayado para hacer meditación sobre mi azarosa vida, en el silencio, en la quietud monacal. ¡Ah, cuánto deseaba ver cumplido este sueño!

Se fue don Bricio a retirarse del mundo y me dejó como único dueño y señor de Ambrosía.

El Miércoles de Ceniza daba comienzo mi mandato vicario. Ese mismo día presidí los oficios en la catedral, en presencia de toda la clerecía, la nobleza y el pueblo. Recuerdo como si fuera ayer mismo la invocación inicial de la celebración:

Cuando invoqué al Señor,
Él escuchó mi voz.
Rescató mi alma de la guerra que me hacían.

Encomienda a Dios tus afanes, que Él te sustentará.

Pero fue la lectura del libro del Deuteronomio lo que me sacudió, como si estuviera escrita para mí:

Mira, hoy pongo ante ti vida y felicidad, muerte y desgracia. Si escuchas los mandamientos del Señor tu Dios que yo te prescribo hoy, amando al Señor tu Dios, siguiendo sus caminos y observando sus mandamientos, sus leyes y sus preceptos, vivirás...

Después se cantó el Salmo 1:

Beatus vir qui non abriit in consilio impiorum, et in via peccatorum non stetit...
(Dichoso el hombre que no sigue el camino de los impíos, ni entra por la senda de los pecadores...).

Los frailes de la orden del Pereiro sabían entonar admirablemente la salmodia, con voces recias y profundas que te llegaban al alma.
Pero nada me aterró más que la enérgica amonestación de la lectura de la Carta a los Gálatas de san Pablo:

Caminad en el espíritu, y no satisfagáis los deseos de la carne. Bien claras son las obras de la carne: fornicación, inmundicia, impudicia, lujuria, enemistades, disputas, envidias, ira, riñas, discusiones, herejías, homicidios, embriagueces, glotonerías. Los que practican tales cosas no pueden entrar en el reino de Dios. Los frutos del espíritu son: caridad, gozo, paz, paciencia, benignidad, bondad, longanimidad, afabilidad, fe, mansedumbre, templanza...

Cuando el diacono cantó el Evangelio de Mateo, el deseo de conversión me abrasó como fuego:

Entrad por la puerta estrecha; porque ancha es la puerta, y espacioso el camino que lleva a la perdición, y muchos son los que entran por ella. Pero ¡qué estrecha es la puerta, y qué angosto el camino que lleva a la vida!, y pocos son los que la hallan.

Escuchaba yo atentamente, hundido bajo el peso de mis culpas, arrepentido, cuando le llegó la hora de lanzar su sermón a un enjuto fraile predicador mandado llamar por don Bricio para la ocasión, antes de marcharse. Subió aquel hombre de aguda voz al púlpito y me dejó sin aliento:

¡Solo existen dos caminos! Dios, por su misericordia, te muestra que delante de ti se abren dos sendas; una de bendición y otra de perdición. Ante el hombre se extienden dos vías: la de la felicidad, en el caso de que acate los mandamientos de Dios, y la de la desgracia, si no quiere obedecer. Hemos de elegir una u otra. La presentación de esta alternativa nos evoca la advertencia de Cristo: «Caminad por la senda estrecha, que lleva a la vida, y rechazad la ancha, que conduce a la muerte...».

Bajo los ampulosos ropajes del pontifical, mis carnes temblaban y el sudor del pánico me recorría la espalda. Miraba a los techos y me parecía que se desharían las bóvedas de la catedral para dejar entrar un rayo del cielo que me consumiría allí mismo, o que se abriría el suelo bajo mis pies para precipitarme en el abismo del fuego del infierno. Abstraído, enajenado, no sé cómo me mantuve en pie durante tan larga celebración. Sentí, eso sí, el puñado de árida ceniza sobre la cabeza, como un amago mortal, con el aviso de aquellas espeluznantes palabras:

Memento homo quia pulvis eris et in pulverem reverteris.

(Recuerda hombre que eres polvo y en polvo te convertirás).

36

Hice penitencia, me vestí de saco y me mantuve a pan y agua durante cuarenta días con sus noches. Viví una cuaresma fervorosa. Parecía que mi alma escogía el camino de la conversión. Los habitantes más piadosos de la ciudad comenzaban a mirarme como a un santo varón. Lo cual era un regalo para mi vanidad. Ya me iba yo acostumbrando a la idea de ser un día el obispo y señor de Ambrosía. Pero, aun en su ausencia, pesaba mucho la presencia de don Bricio.

Andando el tiempo, concluía la Pascua y mi amo no regresaba. Por Pentecostés se recibió carta suya anunciando que, terminado su retiro en el monasterio, aprovechaba la proximidad de Burgos para ir a ver al rey con el fin de saludarle, hacerle reverencia en nombre de los placentinos y solicitar de él algunas mercedes. Este aviso me proporcionó un raro alivio.

Llegaron los calores y ese tiempo luminoso en el que maduran todos los frutos. La senda de las privaciones y sacrificios se me hacía demasiado angosta. También se me quedaba pequeña la ciudad encerrada en sus murallas, precisamente en la benéfica estación en que las gentes se echan a los caminos para viajar y hacer negocios.

¿Qué mejor pretexto que el de tener que inspeccionar mis dominios para ir a respirar otros aires? Dispuesto a tal menester, di orden de que me compusieran séquito y me armaran escolta. Feliz, montado en mi caballo con altivez, inflado de arrogancia, atravesé la ciudad en mi partida disfrutando al ver cómo los ciudadanos saludaban a mi paso con reverencias. Salí por la puerta del Sol adrede, para ir por el arrabal. Supongo que habréis adivinado ya el porqué de este rodeo innecesario. En efecto, nada deseaba más en aquel momento que divisar desde la altura de mi soberbia a la bella Eudoxia, para sanar el orgullo herido.

Habían pasado muchos meses desde aquel tonto enfado. Siempre albergué la esperanza de que fuera ella quien, humillada, acudiese en mi busca. Después, cuando quiso la fortuna que recayese sobre mí la dignidad de arcediano, imaginé que no se atrevía a verme por temor a mi cargo, y que estaría abrumada y confusa. Me hacía estas suposiciones mientras esperaba que, un día u otro, en una plaza, en un mercado, en la orilla del río o junto a las puertas de la ciudad, me topase de repente con el cielo azul de sus ojos. Pero esa ocasión no llegaba, por más que la buscara yo adrede, frecuentando cada vez más esos lugares con ridículas excusas: repartir limosnas, adquirir algún objeto, pasear, observar…

Tampoco esta vez se produjo esa casualidad. Crucé el arrabal de parte a parte, despacio, con toda la pompa de mi séquito, servidumbre, caballeros y soldados, ante el asombro de la gente humilde, el alborozo de los niños y el entusiasmo de los mendigos. Entre la multitud, vi cristianos, hebreos, moros; mas no alcancé a descubrir ni a Abasud al Waquil, ni a ninguno de sus criados, ni a Leonila, ni por asomo a mi añorada Doxia. Parecía habérselos tragado la tierra a todos.

Con este fiasco, malogradas mis ilusiones, emprendí el camino de los montes, hacia el norte, donde tenía noticias de que el señor del castillo de Béjar hacía tiempo que no pagaba los tributos y los diezmos amparándose en no sé qué viejo privilegio que le había otorgado un antiguo obispo.

Transité por collados, umbríos valles y ricas heredades, por aldeas que vivían en paz, dedicadas a la recolección de las mieses, con los graneros llenos, los apriscos abarrotados de ovejas orondas, buenos cerdos en las pocilgas y vigorosas reses en los establos. Me di cuenta de que aquella gente disfrutaba de la protección que les brindaba Ambrosía, como ciudad que les servía de puerta hacia el sur, sin tener que pagar nada a cambio. Por allí los fueros, las cartas pueblas y las rancias leyes que se sacaban de la manga los concejos estaban llenas de dispensas. Había que poner las cosas en orden.

Me acompañaba Hermesindo. Como os dije, era él quien se encargaba de la recaudación de todos los impuestos de Ambrosía. Por eso debía venir en la expedición, para cuidar de que los escribientes y contables hiciesen bien las anotaciones y todo fuese correcto.

Cabalgaba a mi lado, y aprovechó aquel viaje para aleccionarme bien y mover mi ánimo hacia las intencionadas miras de su codicia insaciable.

—Don Bricio es un gran obispo —me decía—, un legislador ecuánime, un gobernante intachable, un juez justo... Pero un pésimo administrador de sus bienes. Ha perdido el interés por los asuntos sensibles, terrenales, tangibles... ¡Ah, las ideas, siempre las dichosas ideas! También hay que comer, digo yo. ¿O no? Pero a él le da igual. Ya ves, tiene sus haciendas abandonadas. No le preocupan.

Bien sabía yo adónde quería llegar Hermesindo. Siempre tuvo el vicio de criticar a don Bricio. Si no era por una cosa, era por otra. Siempre habló mal de nuestro amo. Ahora, pasado el tiempo, disimulaba su maledicencia intercalándola sutilmente en aparentes discursos alabadores. Parecía decir bien del obispo, aseguraba admirarle y amarle, fingía fidelidad. Pero destilaba mucho veneno por su boca. En pequeñas dosis, iba soltando su ponzoña.

—Debería descansar ya el amo —proseguía—. ¡Ya ha peleado lo suyo en esta vida! Sí, debería descansar y poner en nuestras manos los asuntos terrenales.

—Pues ¿qué hace sino eso? —repuse—. ¿No manejas tú todas las rentas, diezmos y beneficios? ¿No gobierno yo ahora en su nombre?

—Bien, bien, querido Blasco. No comprendes lo que quiero decirte. Don Bricio es ya viejo y tiene pájaros en la cabeza. No me negarás eso…

—¿Qué quieres decir, Hermesindo? ¿Ya empezamos?

—No, no, amigo mío, no me juzgues. ¡Ya sabes que amo a don Bricio tanto como tú! Daría toda mi sangre por él, hasta la última gota. ¡Lo juro!

—Se ha portado bien con nosotros —observé—. Nos ha tratado como a hijos. No olvides que nos recogió de la miseria. Si no hubiera sido por él, ¿dónde estaríamos?

—¡Pues, claro, eso es lo que yo digo! Y por eso considero que hemos de ayudarle en todo, que estamos obligados a hacer todo aquello que nuestro amo ya no puede hacer, por su edad, por sus achaques… Mira, por ejemplo, estas tierras ricas, prósperas; ya ves, las gentes aquí viven como reyes. ¿Gracias a quién? A don Bricio y a Ambrosía, que les proporcionan paz, caminos transitables, mercancías, abastos y una seguridad que ya quisieran para sí las tierras de León o las mismísimas haciendas que rodean Burgos.

—¿Y qué es lo que crees que debemos hacer para ayudarle? ¿Cómo podemos colaborar con él?

—Poniendo en orden aquellas cosas de las cuales no se ha ocupado. Hace ya tiempo que nuestro amo descuida las obligaciones de sus súbditos. Le deben mucho. Hay señores, concejos y vasallos en todas partes que ya ni se molestan siquiera en pagar los tributos. Dejan pasar el tiempo y, como nadie los aprieta, sencillamente, se olvidan de los pagos.

—Pero... ¡Eso no puede ser! —exclamé—. ¡No es justo!

—Lo que yo digo: no es justo. No sé por qué don Bricio, a quien tanto place la sabiduría de los antiguos griegos, consiente tales injusticias. Puesto que el sabio Aristóteles decía: «Justicia es dar a cada uno lo suyo». Quiere decir esto que a los súbditos y vasallos corresponde pagar tributos a sus señores naturales. ¿Cómo se va a fortalecer y hermosear Ambrosía si los que están sometidos a su señorío eluden el pago de tasas y diezmos?

—Lo que no comprendo —observé— es por qué razón deja nuestro amo que sucedan esos dislates.

—Yo te lo diré —respondió enardecido—. Conozco muy bien el fondo del asunto; es mi trabajo. Los impuestos se solicitan cada año y hay, naturalmente, quien paga puntualmente. No seré yo quien diga que eso no es así. Mas no hay una autoridad firme que exija a quienes se demoran en los pagos lo debido, ni castigo para los que incumplan la obligación.

—Don Bricio ama las leyes, es un hombre de fueros y disciplina.

—Sí, pero llegan unos y otros a Ambrosía y le lloran: que si este año las cosechas no han sido buenas, que si los bandidos, que si esto, que si aquello... El obispo se ablanda, se compadece y, ya ves, pasa el año... ¡Es un desastre, un verdadero desastre!

—Tienes razón —asentí—. Don Bricio se va haciendo viejo y está demasiado ajeno a algunas necesidades del orden diario. Su afición a los libros, a las ideas, a la sabiduría… le tiene abstraído. Me pregunto qué podemos hacer.

—Ocuparnos nosotros de esos asuntos, querido amigo. Y ahora tenemos una ocasión inmejorable. Tú eres el arcediano de Ambrosía, la máxima autoridad de la ciudad en ausencia del obispo, y yo soy el recaudador de tributos. Exijamos a los deudores lo que deben pagar y en paz. Cumplamos con lo que exige la justicia.

—¿Y qué pensará de eso el amo?

—¿Qué va a hacer sino estar encantado? Le haremos un trabajo que para él es penoso. Y reportaremos a la ciudad unos beneficios que no le vendrán nada mal.

—¿Y por dónde hemos de empezar?

—Cualquier aldea que encontremos en el camino será buen sitio para iniciar este arduo trabajo.

Con tal propósito, nos fuimos deteniendo dondequiera que había más de cuatro casas reunidas. Las gentes salían a hacernos recibimiento y nos ofrecían cuanto tenían: frutos de la tierra, corderos, paños, piezas de alfarería y herramientas. Pero costaba mucho sacarles los dineros que guardaban a buen recaudo. Hermesindo se daba muy buena habilidad para atemorizarlos con amenazas de futuros castigos, gravámenes de intereses de demora e incluso con penas de cárcel, destierro y azotes.

Anduvimos durante dos meses por los montes, recorriendo las aldeas del señorío correspondientes al obispo. Hicimos acopio de bienes, alhajas, oro y plata. Estábamos encantados.

En una villa cuyo nombre omitiré por respeto a la honra de sus moradores, perpetramos una fechoría digna de hombres sin alma. Resultó que salió a recibirnos en una plaza un decrépito anciano originario de Salamanca que había ganado el feudo por luchar al servicio de don Alfonso VII durante toda su vida. Debía de ser un amo avariento que vivía miserablemente, en un castillo ruinoso, a pesar de que exprimía a sus siervos, que estaban muy descontentos. Aquel hombrecillo tacaño, mezquino, estuvo todo el tiempo quejándose de la pobreza de sus heredades serranas y quiso a toda costa zafarse del impuesto que le correspondía. Como quiera que alguien nos dijera que todo eran mentiras y que aquel señor mísero guardaba caudales en abundancia, intentamos disuadirle con intimidaciones de todo tipo. Pero seguía negándose a pagar. Ya solo nos quedaba cargarle de cadenas y llevarlo con nosotros a Ambrosía. Pero temíamos que don Bricio se enojase si hacíamos tal cosa.

Discutíamos Hermesindo y yo sobre lo que debíamos hacer, cuando el propio viejo infame y ruin nos ofreció a sus hijas para que hiciésemos con ellas esa noche lo que quisiésemos, a cambio de perdonarle la deuda. Nos quedamos atónitos. Tenía una docena de vástagos, entre los que se contaban tres muchachas bellísimas.

Me duele en el alma todavía el recuerdo de tal ignominia. La tentación era demasiado fuerte y nuestro egoísmo enorme. Aceptamos la oferta.

Antes de marcharnos del lugar, le propinamos una paliza a aquel mal padre, haciéndole injustamente único culpable del pecado que cometimos nosotros.

37

Cuando regresé a Ambrosía, traía beneficios suficientes para pagar mis deudas. Cancelé los préstamos que tenía contraídos y concerté otros nuevos. Ya se sabe: cuanto más se tiene, más se desea. Agrandé el palacio y lo adorné con muebles, tapices y demás ornatos, que se compraban a precio de oro en los bazares de los moriscos del arrabal. Hermesindo, que entendía mucho de estas cosas, me servía de intermediario. Si un día me tuvo envidia, ahora estaba encantado conmigo y me consideraba un hermano, porque yo le permitía que exprimiese a los súbditos con los impuestos y que se moviese libremente en la ciudad haciendo todo tipo de negocios.

También yo me dejé llevar por el fácil camino de la vida regalada, disfrutando como un hacendado y sentando a mi mesa a cuantos epulones pagaban el placer de banquetear con halagos y complacencias. Ya me iba yo dando cuenta de que en adelante me resultaría muy difícil renunciar a aquel género de existencia. Quizá por eso, no me apetecía nada que regresase el obispo.

¡Y qué bien se estaba por entonces en la ciudad! ¡Con cuánta razón la llamaban ahora Placencia! Ciertamente, era un lugar placentero, deleitable, pacífico, bello… Me encantaba salir a pasear a caballo, cuyas bridas conducía un joven palafrenero, y recorrer las calles, las plazas, los adarves y las fortificaciones. Pero más aún me complacía salir de mi gran casa los domingos por la mañana, a pie, precedido por acólitos, servidumbre y clérigos, y hacer el trayecto que me llevaba hasta la catedral, para presidir el oficio, vistiendo galas de buen paño, pieles y damasco. Acudían a mi paso los nobles y se inclinaban para reverenciarme; me presentaban a sus hijos, a sus escuderos y a las damas de su familia; me obsequiaban con el vino de sus lagares, con arrope y almendras fritas en miel; me pedían consejos, me regalaban el oído con cuidadas adulaciones y me ofrecían sus servicios, sus casas, sus heredades, cuanto eran y tenían. Pero, sobre todo, me encantaba que, en el momento de arrodillarse para besarme la mano, con tiernas miradas de sumisión, me llamasen «dignísimo señor».

Daba gloria ver tanta prosperidad. Acudían hombres principales de todas partes, tanto del norte como del sur, del levante y del poniente; condes, duques y grandes nobles de Castilla y León; potentados moros, dignatarios de paso, embajadores, legados y prelados con mensajes del papa para los reyes o para los obispos.

En medio de este tránsito, de este ir y venir de hombres poderosos y sabios que se detenían en Placencia para descansar del largo camino y abastecerse, me di cuenta de que yo era un gobernante hábil y preparado. Afloraban ahora en mi mente todas aquellas enseñanzas de la mocedad; los libros que había leído, aquellos viejos tratados que tanto me aburrieron entonces, y que don Bricio me obligó a leer; la instrucción recibida en la escuela del arzobispo de Toledo y, más que todo eso, la presencia siempre atenta de mi amo a lo largo de mi ansiosa vida, como un pastor sosegado que cuidaba de mí, llevándome firme y amorosamente; sus palabras siempre oportunas, sus agudas recomendaciones, su represión acertada…

Pero, aun reconociendo todo esto, no deseaba que regresase. Su proximidad era como una amenaza para el dominio sobre las personas y las cosas que tanto placer me reportaban en este preciso momento de mi vida. La vuelta de don Bricio significaba para mí el tener que retornar al segundo plano, cuando me sentía ufano en la cúspide.

Llegó al fin el correo con nueva carta del obispo. Rompí los cordones y los sellos, impaciente, y leí:

Al muy magnífico y reverendo señor arcediano de Placencia, mi caro hijo:

La gracia de Nuestro Señor sea contigo, amado hijo en la caridad. Quisiera que estuvieseis en salud, como os dejé, hace ahora seis meses. Perdonad tanta tardanza en mi regreso y el haber puesto en vuestras manos tantos trabajos y responsabilidades. Dios os lo premiará.

El rey nuestro amo me reclama aquí, en Burgos, junto a otros señores obispos, condes y grandes señores del reino para aconsejarle en muchas difíciles decisiones que ha de tomar, de las cuales no debo hablar en esta, no sea presa de manos no amigas.

Sin nada más que rogar a Dios salud y paz para todos mis discípulos, me despido. Tenedme en vuestras oraciones. El Señor os pague las mercedes que me hacéis, caro hijo.

Vuestro obispo, indigno siervo de Dios. Don Bricio.

Quería decir eso que seguiría yo gobernando Placencia durante algún tiempo. El verano concluía y se avecinaban las primeras lluvias. No sería ya tiempo propicio para emprender viaje, y mucho menos para un hombre de edad provecta como don Bricio. Aunque en la carta no se aventuraba una posible fecha para su regreso, supuse que el obispo no podría volver hasta la primavera.

Supo enseguida Hermesindo que había noticias frescas y no tardó en presentarse en mi casa, aunque no había hablado yo con nadie del asunto.

—¿Hay carta del amo? —preguntó irrumpiendo impetuosamente en mi despacho—. ¿Viene ya? ¿Vuelve don Bricio?

Disfruté viéndolo algo angustiado porque sus temores fueran ciertos.

—Hum… —respondí con ironía—. ¿Tienes mucho que ocultar? ¿Recuerdas aquello: «El Señor llegará como un ladrón en plena noche»?

—¡Vamos, habla ya! ¿Viene o no viene?

—No, no viene. Puedes seguir con tus manejos.

—¡Uf! ¡Menos mal! —suspiró aliviado—. ¿Qué sucede? ¿Qué es lo que le demora tanto?

—El rey, amigo mío. Don Alfonso tiene reunidas a las Cortes y solicita consejo de los prelados y potestades. Se trata posiblemente de algún pleito grave contra el reino de León. Eso parece deducirse de la epístola de don Bricio; aunque nada explica al respecto por miedo a que la carta hubiera caído en poder de los enemigos. Me temo que las cosas no deben ir del todo bien.

—Pues, mejor —observó, dejándose caer pesadamente sobre una de las sillas—. Si hay problemas, el amo permanecerá lejos durante algún tiempo, así podremos estar más tranquilos y…

—Y hacer de nuestra capa un sayo, ¿no?

—¡Ja, ja, ja…! —rio él con ganas—. No hace falta ser tan explícito, hombre. No hacemos sino trabajar por esta próspera ciudad. No irás a negar que la gente está más tranquila y puede obrar con mayor libertad desde que don Bricio está lejos.

—No, no lo niego. Sobre todo, tú y yo, gozamos de esa tranquilidad y libertad de las que me hablas.

—¡Tenemos edad para ello, diantres! Nos hemos pasado la vida a la sombra del viejo y ya es hora de que podamos organizar nuestros destinos sin tener que rendir cuentas constantemente. ¿Digo o no verdad?

—Dices verdad, Hermesindo. Pero no debemos olvidar que todo cuanto tenemos y quienes somos hoy se lo debemos a él.

—¡Si yo no lo olvido, bien lo sabes! ¿He dicho algo que ofenda el respeto y consideración que le debo al viejo?

—No, pero no me parece justo que demostremos demasiado el alivio que nos produce su ausencia.

—¿Ves? Tú también lo reconoces. ¡Alivio!, de eso se trata. Necesitamos ser nosotros mismos. Él ya tuvo su vida, con todas las oportunidades inherentes; posibilidad de equivocarse, aciertos, errores, triunfos y fracasos. Pero... ¿y nosotros? ¿Qué hemos sido hasta el día de hoy?

—Pues tú has sido nada más y nada menos que el administrador y gerente de la ciudad. Y yo el tenente primero y ahora el arcediano. ¿Podemos quejarnos?

—No, no, no... No me comprendes. Estoy muy agradecido, ya te lo he dicho. Pero ¡solo pido mi oportunidad!

—Creo que eso ya ha llegado —dije.

—¿Qué me quieres decir?

—Algo que vengo sospechando desde hace tiempo y que se va confirmando. Me parece que don Bricio tiene ya planeado su retiro.

—¿Eh? ¿Por qué dices eso? ¿Estás seguro? —me preguntó con unos ojos desorbitados.

—No, no estoy seguro del todo. Pero me doy cuenta

de que el amo siente que ya ha completado su obra. Antes de marcharse me habló con mucho sentimiento, desde su corazón sabio, y me pareció que su mirada había cambiado. Ya no hablaba de proyectos realizables aquí, en el mundo, sino de las realidades futuras, del reino eterno… En fin, me pareció entender que miraba hacia el más allá.

Hermesindo me escuchaba atónito. No podía ocultar su sorpresa y el placer que le causaba mi relato.

—¡Oh! ¡Claro, claro! —exclamó—. ¡Bendito hombre de Dios! ¡Ha peleado tanto! Quiere al fin descansar…

—Eso mismo pienso yo, amigo mío. Me parece que don Bricio ha ido a ver al rey para ofrecerle esta ciudad como un triunfo de sumisión y lealtad; a la vez que él mismo quiere prestar un último servicio al reino. Por eso está en Burgos. Creo conocer suficientemente a nuestro amo como para entender lo importantes que son para él los símbolos. Don Bricio empieza a saborear el final de su vida.

—¡Vive Dios! —gritó Hermesindo—. Se frotó las manos y luego se le enrojecieron los ojos—. ¡El final de don Bricio! —sollozó—. ¡Señor, qué gran hombre!

Conocía yo bien esas lágrimas fáciles de Hermesindo y no me enternecían en absoluto. Por mi parte, estaba plenamente seguro de cuanto le dije esa mañana. Había pues que preparar el futuro. El futuro de la ciudad y, naturalmente, el mío.

38

Pronto supimos por qué se retrasaba don Bricio. Las relaciones entre nuestro rey y su sobrino, el rey de León, eran más turbias que nunca, a consecuencia de que no terminaba de disolverse la alianza anticastellana concertada por los reinos de Aragón, Portugal y Navarra, bajo los auspicios del leonés, siempre tan encontrado con su primo. Como había tregua con los moros, los monarcas cristianos se entretenían aireando sus antiguas desavenencias. Pero, por más que estas noticias fueran muy ciertas, nada me quitaba a mí la idea de que mi amo prefería estar lejos de la ciudad de sus sueños para desarraigarse de sus afectos, de las cosas que le apegaban al mundo.

Sin embargo, yo me aferraba entonces a la vida y quería apurarla de un sorbo. Me sentía libre y no estaba dispuesto a desaprovechar ninguna flor de primavera que el destino pusiera en mi mano. Para satisfacer mis pasiones, me servía sin remordimientos de las jóvenes doncellas que componían el lado femenino de la servidumbre de mi casa. No sé si la gente de Ambrosía se percataba de mis libidinosas artimañas, pues me cuidaba mucho de hacer las cosas con cierto disimulo. Pero supongo que resultaría demasiado sospechoso que estuvieran a mi servicio media docena de mozas demasiado hermosas, todas libres y casaderas; por mucho que también mantuviese sujetas a otras tantas viejas y de peor presencia. Con todo, me preocupé bastante de que los secretos de mi casa no traspasasen nunca los umbrales de puertas afuera. Aunque ¿quién puede luchar contra los chismes?

Me daba igual lo que pudiera hablarse de mí en Placencia. A esas alturas, iban dando frutos mis esfuerzos para convencer a todo el mundo de que yo era un gobernante bien diferente a don Bricio. Consideré desde el principio que debía ejercer el poder de una manera un tanto desconcertante: me manifestaba repentinamente simpático, cordial en el trato diario, generoso siempre, muy dadivoso ocasionalmente y, a pesar de ello, generalmente distante. Procuré sentar a mi mesa a todos los canónigos. A los más viejos, que eran —según decía Hermesindo— como «perros lobeados que tenían retorcido el colmillo», me los gané con prebendas y regalos que jamás podrían haber esperado de la benevolencia del obispo. Escuchaba pacientemente sus «batallas», soportaba sus peroratas y los trataba por separado como a confidentes y consejeros, sin que ninguno de ellos pudiera sospechar siquiera que los demás se consideraban escogidos por mí para semejante deferencia. A los frailes, monjes y caballeros de las órdenes militares los visitaba con mucha frecuencia en sus conventos y les obsequiaba ora con un par de cerdos, ora con unas alcuzas de aceite, ora con unas arrobas de buen vino… ¡Me juraban fidelidad eterna! ¿Y qué decir de los nobles? En una ciudad levítica como aquella, la aristocracia llevaba años sin participar en las grandes decisiones. De manera que les di voz en el concejo y los consideré como lo que sabía deseaban ser:

importantes. Les otorgué mando en mi hueste y repartí entre ellos cargos que iba creando según las necesidades: portador del estandarte de la ciudad, guardián de la honra de Ambrosía, heraldo de la torre, jefe del primor de la hueste… Aquellos jóvenes vanidosos estaban encantados por poder unir al emblema familiar una filacteria que contuviera una leyenda altisonante. Y a mí no se me daba mal inventar esas frases rimbombantes que, en el fondo, no venían a significar nada.

En cuanto a Hermesindo, digamos que fue sellado entre nosotros un pacto tácito en virtud de la familiaridad que nos unía desde la mocedad. Yo le conocía lo suficientemente como para no interferir en sus manejos. Y él no me perjudicaba en tanto en cuanto le permitiese entregarse a la imposible tarea de satisfacer su codicia. Nos guardábamos las distancias, pues nos hermanaban los pecados: ambos éramos lujuriosos; mas él acusaba a la vez una insaciable sed de oro, mientras que a mí me perdía el deseo de poder.

La justicia que don Bricio había soñado para su ciudad ideal siguió de momento ejerciéndose, cual si el obispo legislador estuviera presente. Hubo firmeza contra el robo y contra los delitos de sangre. No se permitían reyertas, desórdenes, blasfemias ni herejías. Las honras de las personas se consideraban sagradas, así como las haciendas. Aunque no duró mucho este precioso orden. Pues esa afición mía de contentar a todo el mundo para sostener mis caprichos dio como fruto un relajo de las costumbres y una manga ancha entre los jueces, que miraban para otro lado, siempre que les compraban el ánimo con regalos.

También se ablandaron las estrictas normas que antes regulaban la entrada en la ciudad y los permisos para morar dentro de los muros. A la vez que se aumentaban las tasas y todo tipo de impuestos para mercaderes, artesanos y prestamistas. Hermesindo se encargó de facilitarle mucho las cosas a cualquiera que quisiese tener una casa en el burgo, siempre que estuviese dispuesto a pagar las considerables sumas que se exigían para obtener este beneficio. Placencia fue llenándose de conversos, moriscos, hebreos, extranjeros y negociantes de todo género. Se abrieron tabernas, bazares y casas de comidas. La vida fue entonces más alegre, más ruidosa y colorida. Las damas salían a las calles luciendo llamativos tocados y la mocedad se divertía en las fiestas comiendo, bebiendo y danzando. A simple vista, resultaba un cuadro dichoso: pasaban las estaciones con sus ciclos y nada divino ni humano venía a poner presagios funestos en tan suelta manera de vivir.

Para mí, transcurrió un tiempo fugaz en el que estuve como en una nube, entre banquete y banquete, entre fiesta y fiesta, embriagado por los mejores vinos y adormecido en los brazos de bellas y candorosas mujeres. Pero, al cabo de algunos meses, empecé a estar hastiado de aquella vida preñada de ansiedades e intemperancias. Y fue como despertar de un dulce sueño en la más completa soledad de la existencia. A esa edad en la que empiezan a brotar las canas del hombre se echa en falta el amor verdadero.

Una madrugada, sería noviembre, me asomé a la ventana de mi alcoba, que estaba situada en la más alta torre del palacio. Amanecía muy lentamente desde la profundidad infinita de una densa niebla, como si a la luz le costase desplazar a tanta oscuridad. Entonces me embargó una zozobra, una angustia. Me sentía el ser más desdichado del mundo.

No sé qué raro impulso me movió a hacer aquello. Me envolví en la espesa capa de piel de nutria, oscura como la noche, me cubrí la cabeza con un gorro calado hasta las cejas y rodeé mi cuello, barba y nariz con un tapabocas; todo para ocultar mi figura. De esta guisa, fuime en busca del caballo a las cuadras y salí por la puerta trasera.

La ciudad parecía haber desaparecido, envuelta en un manto de bruma. No se divisaban las torres, ni los campanarios, ni las murallas. El adarve parecía un frío túnel que conducía a la nada.

No sé por qué intenté disimular mi estampa, pues los guardias bien conocían mi montura y mis hechuras. Algo sorprendidos, pero sin decir palabra, descorrieron los cerrojos y me abrieron la que llamábamos la puerta del Sol. Afuera no había laderas, ni árboles, ni arrabales, ni orilla del río; solo un vacío gris.

El sendero serpenteaba por una cuesta pedregosa que el caballo conocía bien. Se guiaba solo él, pues mis pensamientos vagaban ausentes. Crucé el arrabal y galopé por la senda que discurría por la ribera. Hacía mucho tiempo que no pasaba por allí. Entre la niebla, surgían cabañas repentinas, carretas de gentes ambulantes, mulas, jumentos y bueyes. Resplandecían las hogueras a cuyo amor se calentaban ya los más madrugadores. El aire era fresco y húmedo. El denso pelaje de mi capa se iba cubriendo de resbaladizas gotas de agua. El corcel exhalaba un vaho blanco que se confundía con los retazos brumosos, como guiñapos que la brisa se llevaba.

De repente, apareció ante mí la casa de Abasud al Waquil. Mi corazón latió agitado. Descabalgué y recorrí a pie el caminillo que atravesaba el huerto desde la cancela hasta la puerta principal. Pasé junto a la higuera que estaba triste y desnuda de hojas.

—¡Quién va! —gritó una voz desde alguna parte del jardín.

—Busco a Abasud al Waquil.

—No está. Anda por Toledo, a sus negocios.

El dueño de aquella voz surgió de entre los setos. Era el jardinero Hamed, a quien yo conocía bien.

—¿Quién sois? —preguntó, pues él no me reconoció a mí.

Me descubrí el rostro.

—¡Ah! ¡Señor! —exclamó doblándose en una reverencia.

—Álzate —le mandé—. ¿Cuándo regresará tu amo?

Me miró aterrorizado. Le imponían mi presencia impetuosa y mi tono autoritario, destemplado.

—No sé... —balbució—. Pero ella vive ahora en la casa de Leonila.

Subí al caballo y le arreé. Galopé hasta llegar a los prados. Había amanecido completamente, pero la niebla continuaba, persistente, agarrada a las frondas. Me adentré en los bosques. Me perdí. Las ansiedades dominaban mi alma. Subía y bajaba por los cerros, metido entre una maraña de árboles que entrelazaban sus ramas. A punto estuve de dar en tierra más de una vez. Creí recordar por dónde se iba a la casa de la bruja, pero no lograba encontrar el sendero. Daba vueltas y vueltas, y retornaba constantemente al mismo sitio.

De pronto, apareció por allí un pastor con su rebaño y se quedó como petrificado al verme.

—¿Dónde está lo de Leonila? —le grité.

Estiró el brazo y señaló con el dedo la dirección.

—¡Condúceme allá!

Agarró las riendas y tiró de ellas, encaminándose hacia la profundidad del bosque, con paso ligero. No tardamos en llegar al claro donde se alzaba la choza.

Leonila cortaba leña delante de la puerta.

—¿Vos aquí? —preguntó sorprendida.

—¿Dónde está? —inquirí.

Con un gesto de su mano, me franqueó el paso a la cabaña.

Empujé la puerta. Al entrar, un calor maravilloso me dio en el rostro, a la vez que me llegaba el agradable perfume de las hierbas aromáticas. Cuando mis ojos se hicieron a la oscuridad, la descubrí sobre un blanco lecho de pieles de cabra. Era bella como un ángel, y sus cabellos rubios, larguísimos, estaban esparcidos alrededor de su rostro, como una aureola dorada.

39

Llevé a Doxia conmigo para que viviera en mi palacio. ¿Quién podría haberla dejado en aquella pobre cabaña? Se resistió al principio. Pero sus ojos claros me decían que su alma abrigaba el deseo de estar a mi lado. Aunque hube de aceptar la única condición que me puso: que Leonila también fuera a la ciudad para pasar mejor los rigores del invierno. Me pareció un precio razonable. Mi amada no era egoísta y yo tampoco debía serlo. La curandera había cuidado de ella y no hubiera sido justo abandonarla sola en el bosque, ahora que se avecinaban los fríos y las lluvias. Y debo confesar que para mí resultaba más fácil presentarme con las dos mujeres, haciendo creer a todos que las tomaba a mi servicio, que aparecer en casa solo con una joven tan bella y llamativa.

Era como empezar una vida nueva. Inicialmente parecían cohibidas. Supongo que la gente del arrabal había visto siempre el burgo de Ambrosía como un lugar inaccesible, reservado en exclusividad para los clérigos y los nobles. Doxia y Leonila no se atrevían a salir de sus habitaciones. Además, la servidumbre de mi casa no fue con ellas demasiado acogedora. Sobre todo, las mujeres recelaban de las recién llegadas. Hasta que debieron de percatarse de mi privanza por Eudoxia y procuraron entonces ser más solícitas con ellas, por la cuenta que les tenía.

Cuando nos hubimos acomodado todos, se inició una época gozosa. Fue un invierno durísimo. Cesaron las nieblas y dieron paso a las heladas, con escarchas que permanecían en los tejados durante días. Hubo viento gélido, frías lluvias y nieve en abundancia. La gente hacía la vida en el seno de los hogares, consumiendo montañas de leña y carbón. No se veían aves en los cielos y, a lo lejos, los bosques estaban parduscos y tristes. Por las noches, los lobos descendían de los montes y aullaban junto a las murallas, hambrientos, inquietando a las cabalgaduras y al ganado que se guardaba en los establos. Ni siquiera los gallos cantaban al amanecer, ateridos sus gaznates por el frío. Las oscuridades se estiraban, los días eran cortos.

Tenía mi casa un espléndido salón cuadrangular con una gran chimenea al fondo, donde ardían permanentemente gruesos troncos de encina caldeando el ambiente. Tampoco faltaban los braseros de ardientes ascuas bajo las mesas, ni los calientacamas en las alcobas, ni buenas mantas, ni las más abrigadas pieles… ¡Bastante frío pasé cuando era niño en Ávila!

En aquel aposento acogedor, nos pasábamos las horas mi adorada Doxia, Leonila y yo. Asábamos castañas y pedazos de carne en las brasas, bebíamos vino añejo, tomábamos ricos caldos de huesos de vaca, tila con miel y otras tisanas que preparaba la sabia y veterana curandera; conversábamos, contábamos viejas historias, recitábamos versos y romances de ciegos, cantábamos coplas, recordábamos nuestras vidas y nos reíamos de las penas pasadas.

El enfado entre Doxia y yo, que nos tuvo separados tantos meses, estaba olvidado. No nos guardábamos rencor. Aunque yo tenía curiosidad por saber qué hizo ella durante todo aquel tiempo. Por eso, pasados los iniciales días del reencuentro y los arrumacos de la reconciliación, una mañana que estábamos a solas los dos, en nuestro dulce nido de pieles, le pregunté:

—¿Me echabas de menos?

—¿Y tú a mí? —preguntó a su vez, con un mohín de suspicacia.

—Has de decirlo tú primero —repliqué.

—¿Por qué?

—Porque yo di el primer paso, yendo a buscarte. Aun habiendo sido tú quien se enojó en el jardín de Abasud, aquel estúpido día.

—¡Ah, resulta que yo me enojé! —me gritó indignada—. Tú, querido, pretendías convertirme en una pertenencia tuya y me negué. ¡Eso es lo que pasó!

Se había incorporado. La oscura piel de nutria cayó desde los hombros y el torso desnudo, blanco, me presentaba delante sus senos tan bellos, envueltos en una catarata de dorados cabellos. Me abrumaba tanta hermosura. Temí que se levantara y se marchara de nuevo, como la otra vez. Afuera llovía y el viento silbaba. Frente a nosotros, bajo la chimenea, un haz de leña en llamas nos regalaba el amor del fuego. La miré directamente a los ojos y suspiré:

—¡Qué bien se está aquí!

Como suponía yo, su enfado se disipó. Percibí cómo se estremecía y endulzó los ojos azulísimos. Quiso contener una risita apretando los labios, pero una carcajada mía terminó por aflojarle las fuerzas del todo. Envueltos en las mantas jugábamos y rebullíamos como niños. Su piel ardiente como ascuas me despertaba la energía de un loco muchacho.

—¡Cuánto te amo! —le decía al oído—. Ya no podré vivir sin ti. Te echaba de menos, querida mía, muchísimo… Creí que moriría entre tanta soledad… ¡Menos mal que estás hoy aquí! Ayer y mañana no existen para mí.

Comprendía yo que Doxia era un espíritu libre. Que cada vez que quisiese tensar el delicado cordón que nos unía, ella se sentiría incómoda y le asaltaría el deseo de huir de mi lado. No debía yo asediarla con mis temores, mis celos y mis deseos de tenerla atada a mi mundo.

Me acostumbré a escuchar a Leonila. Nunca antes se me hubiera ocurrido prestar atención a las adivinaciones de los muchos embaucadores que se dedican a engañar a la gente con absurdas auguraciones, filtros de amor, magia y otras supercherías. Ese viejo oficio no tenía cabida en el mundo de mi amo don Bricio. Recuerdo cómo se enfureció él un día cuando íbamos camino de Sevilla y un caballero interpretó el graznido de una corneja como un mal presagio.

—Es un pájaro de mal agüero —dijo atemorizado aquel guerrero supersticioso—. No deberíamos dar batalla sin antes celebrar la misa.

—¡Qué dices, majadero! —le espetó mi amo—. ¿Para eso han servido estos mil años desde que Cristo vino a este mundo? ¡Qué costumbres paganas son esas! Si ha de celebrarse la misa será por cumplir con el mandato del Señor, para comer su sagrada carne y beber su sagrada sangre, y no porque una insignificante corneja haya graznado a la vera de un camino. Somos cristianos y no salvajes hombres incivilizados que creen en un hado fatal que puede modificar el curso de las cosas sirviéndose de las aves o las bestias.

Estas razones de mi amo habían calado en mi alma de tal modo que no me causaban ningún espanto todas esas cosas que hacen temblar a los campesinos y a las gentes ignorantes: el estornudo de los animales de trabajo durante la faena, la sal derramada, el chisporroteo del fuego del hogar…, ni cualquier otra señal nefasta o de peligro advertida en la vida cotidiana. Al respecto, don Bricio explicaba:

—Son los últimos coletazos de aquel paganismo torpe que tenía encadenados a los hombres a los miedos. Gracias a Dios, hemos sido liberados de todo eso por la sangre de Cristo. No hay más fuerzas del mal que las del diablo. Al cual se vence con penitencia y oración. En las Escrituras se advierte en contra de la adivinación y de toda práctica supersticiosa: «No practiquéis la adivinación ni los sortilegios», señala el libro del Levítico. Y en el Deuteronomio se lee: «Nadie entre los tuyos sacrificará a su hijo o a su hija en el fuego; ni practicará adivinación, brujería o hechicería; ni hará conjuros, servirá de médium espiritista o consultará a los muertos».

Estaba yo tan convencido de tales enseñanzas, que puse a Leonila la condición de que dejase fuera de mi casa su oficio. Vino a morar ella al palacio sin sus artes. Pero, andando el tiempo, no pudo contenerse. Ya digo que fue aquel un invierno muy duro y la servidumbre de mi casa acusaba las consecuencias: dolor de huesos, cojeras, resfríos y fiebres. Como quiera que supieran que tenían una curandera en casa, acudían a Leonila. La cual repartía remedios, cocimientos, emplastos y friegas. Mejoraban y, agradecidos, iban confiándose cada vez más en la vieja. Esta sabía a su vez ganárselos con sus mañas y no tardó en hacerse una cohorte con mis criadas para aplicarse a sus cuentos en compañía.

Ya os dije que ella no era una simple bruja. Aunque era aficionada a cosas que parecían hechicerías, a mezclar sustancias y a observar el cielo de noche, pronto pude comprobar que no se basaba lo suyo en pactar con el demonio ni detentar poderes algunos para dañar a la gente. Por el contrario, fui testigo de que se complacía haciendo el bien: curaba males y dolencias, facilitaba bebedizos que ayudaban a dormir a quienes andaban desasosegados y cocinaba admirablemente.

Quizá empecé yo a prestarle mayor atención a consecuencia de un sueño que tuve por entonces. Con cierta frecuencia me despertaba agitado en la mitad de la noche, el corazón me palpitaba, sudaba copiosamente y me embargaba una tristeza infinita. Cuando esto sucedía, era siempre después de haber soñado lo mismo: yo era niño y me hallaba en lo más alto de una elevada torre queriendo atrapar una bonita paloma blanca que venía a posarse desde el cielo. Cuando lograba tenerla entre mis manos, agradable, sedosa, escapaba resbaladiza de mis dedos y se perdía en el firmamento. Entonces me asaltaba un llanto desconsolado; sentía que el cabello se me caía todo a los pies y después también los dientes; angustiado por ello, gritaba y suplicaba ayuda a gritos, pero nadie acudía en mi socorro. Con esa pena desgarradora, me despertaba, teniendo aún muy vivas las sensaciones de la pesadilla en la memoria. Ya no podía conciliar el sueño, no paraba de removerme en el lecho, gemía y hasta llegaba a parecerme que iba a morir. Tal era mi estado que Doxia se percataba de ello y enseguida me preguntaba:

—¿Qué te sucede, amor mío? ¿Otra vez ese sueño horrible?

—Sí, otra vez… ¡Oh, Dios mío, qué sufrimiento!

—Debes contárselo a Leonila —me aconsejaba—. Ella sabrá decirte el porqué de tu sueño.

—¡Qué dices, mujer! —replicaba yo.

—Anda, no seas bobo, cuéntaselo.

Tanto insistía que finalmente acabé haciéndole caso. Le conté a Leonila lo que me sucedía. Me escuchó ella con mucha atención, abriendo unos asombrados ojos de pupilas grisáceas. Estuvo después pensativa durante un largo rato.

—Vamos, dime ya qué sucede —me impacientaba yo.

—No estás preparado para comprender mis explicaciones —dijo al fin.

Esta respuesta terminó de exasperarme. Furibundo, rugí:

—¿Ah, no, vieja bruja? De manera que tú, mujer bruta e inculta sabes más que yo, que estudié nada menos que en la escuela del arzobispo de Toledo. ¡Estúpida hechicera! ¿En qué momento se me ocurriría acudir a tus supercherías?

Mis palabras la entristecieron mucho. También Doxia se sintió afectada por tal reacción, me miró espantada y después salió del salón corriendo. La seguí hasta la alcoba, donde la hallé sollozando sobre las pieles.

—Querida mía, la cosa no iba contigo —le susurré al oído con toda la ternura que pude conciliar en mi ánimo encolerizado.

—Escúchala, por favor —suplicó ella, con aquellos azulísimos ojos inundados en lágrimas—. Sabe mucho, créeme. ¡No la desprecies de esa manera!

No era capaz de negarle nada a Doxia, pues me hallaba cautivo de su menor deseo. Regresé al momento junto a Leonila y le pedí perdón. Después, con toda humildad, le rogué:

—Dime lo que sabes. Estaré atento a tus explicaciones y trataré de comprender. Si, como dices, no estoy preparado para asimilar tus conocimientos, haré un esfuerzo para iniciarme en tales ciencias.

No respondió nada. Salió del salón. Supuse que estaba muy ofendida y no atendería a mi ruego. Pero no tardó en regresar trayendo un viejo libro entre las manos.

—Mi padre era un hombre muy sabio —dijo con solemnidad premeditada—. Entre las cosas que me dejó, que no eran oro ni plata, está la riqueza de este antiguo libro que escribió un árabe persa hace dos siglos.

—¿Un moro? —inquirí—. ¿Vas a darme explicaciones del libro de un moro? ¿Qué sabiduría es esa?

—Escucha con atención —respondió sin inmutarse, a pesar de mi actitud. Pausadamente, leyó:

Hay una montaña que contiene la multitud de las cosas no creadas. En esta montaña se hallan todas las clases del conocimiento que pueden encontrarse en este mundo. No hay conocimiento, ni entendimiento, sueño, pensamiento, saber, opinión, reflexión, inteligencia, filosofía, geometría, modo de gobierno, poder, valentía, galanura, satisfacción, paciencia, educación, hermosura, inventiva, buena fe, don de mando, exactitud, vigilancia, dominio, imperio, dignidad, consejo o negocio que no estén contenidos en ella. Ni tampoco hay odio, ni malquerencia, engaño, infidelidad, yerro, tiranía, opresión, corrupción, ignorancia, estupidez, bajeza, despotismo ni desenfreno; ni canto, música, flauta, lira, boda, diversión, arma, guerra, sangre ni muerto que no estén en ella…

—No comprendo nada de eso. ¿Qué tiene que ver la explicación de ese libro con mi sueño? —le pregunté, confuso.

—¿Ves? Ya te dije que no estabas preparado. Este antiguo libro lo escribió Abu al Casim al Iraquí, el más sabio alquimista que ha habido. En la página que te he leído explica que hay una antítesis entre el mundo interior y el mundo exterior, o entre el mundo del alma y el mundo del cuerpo. Para los alquimistas, el alma es el fondo pasivo, es decir, es como la materia prima del mundo. Y lo que subyace en el alma es la sustancia de todas las almas, sin individualidades, sin distinción, lo cual es la sustancia básica de todo el universo.

—Sigo sin comprender…

—El mundo es un sueño, querido amigo. El mundo está hecho con la misma materia de los sueños. Hay, por eso, que distinguir entre la capa del pleno conocimiento, ese que nos hace vernos ahora a ti y a mí, sentir dónde estamos y respirar este aire. Pero está también esa franja en penumbra, que es como el crepúsculo, que tiene más de noche que de día, que es el lugar que no es claro ni oscuro, donde moran los sueños, es decir, esa materia donde está la explicación de todo cuanto hay. Esa montaña que explica Abu al Casim en su libro, que es el fiel espejo donde pueden verse todas las clases de conocimiento que pueden encontrarse en el mundo…

Empecé a angustiarme, tal vez porque iba comprendiendo, aunque muy ligeramente, lo que quería decirme. Ella prosiguió:

—En tu sueño, Blasco, has subido a la montaña de tus conocimientos. Aunque tu alma la ha representado como una alta torre, pues siempre has vivido entre fortalezas. Allí has atrapado la levedad de tu vida, la libertad, la dicha, el amor… Pero has comprendido el significado de la palabra «perder». Vivir, amigo mío, es perder…

Se me apretó un nudo en la garganta. Como en un relámpago aterrador, se me hizo presente el vacío del tiempo pasado, en el que comprendí que perdería cuanto ahora tenía, el palacio, la ciudad, mis riquezas, mi juventud… y a mi amada Doxia.

40

—¡Eh, hermanos caminantes! —les gritó alguien a sus espaldas.

Los cuatro peregrinos se volvieron sorprendidos, al escuchar aquella voz repentina en tan solitarios parajes. La senda se abría paso por un espeso bosque cuyos árboles crecían apretándose unos a otros, entrelazando sus ramas, con los troncos completamente cubiertos de madreselvas que surgían de una espesura húmeda, umbría. Por eso les extrañó tanto ver a un muchacho lampiño y rubicundo, alto, delgado y de tez clara que trataba de darles alcance, apresurado.

—Pero… ¿de dónde sales tú? —le preguntó el caballero—. ¿Adónde vas solo por estos mundos de Dios, mozo?

El joven llegó al lugar donde se habían detenido. Se le veía fatigado, sudoroso, apenas sin fuerzas. Nada más cesar en su rápido caminar, pareció desmadejarse y se dejó caer sobre la hierba fresca, intentando recobrar el resuello.

—¿Te encuentras bien, criatura? —le preguntó el fraile.

—Sí, hermanos… —balbució, jadeando—. No es nada… Apenas necesito un trago de agua…

Vieron los peregrinos que el muchacho no llevaba consigo otras pertenencias que un tieso palo de castaño y una media capa raída sobre los hombros. Sus ropas estaban viejas y remendadas, dejando al aire unas largas piernas cuyos pies calzaban pobres sandalias de cuero trenzado. Así, de cerca, resultaba hermoso y desvalido, como un niño grande abandonado. Compadecidos de él, los caminantes echaron mano enseguida a sus hatillos y sacaron agua y alimentos. El mercader aconsejó:

—Anda, bebe primero un poco. Pero despacio, no sea que te haga mal inflarte la panza enseguida si has pasado mucha sed.

—Bebí esta mañana en un arroyo, abajo en el valle —contestó él—. Pero después, ladera arriba, por esas cuestas de ahí atrás, sentí muy seca la garganta. No tenía donde transportar el agua y… ¡Ah, qué sed!

—Toma, muchacho —le ofrecieron sus calabazas llenas.

Bebía él con mucho deseo, mientras ellos le contemplaban, satisfechos al poder ayudarle.

—Despacio, despacio, que te puede hacer mal —insistía el mercader.

—¿A quién se le ocurre echarse a los caminos sin un recipiente para el agua? —observó el caballero.

Alzó sus ojos claros el joven caminante, dio un último trago, largo, y contestó apesadumbrado:

—Me robaron, hermanos. Traía conmigo cuanto ha de llevarse para un largo viaje: ropa nueva guardada en mi hatillo, flamante calzado, cinturón, capa de paño, jubón y camisa, comida, calabaza para el agua y un buen puñado de onzas de plata que me dio mi señor padre. ¡Todo me lo robaron, hermanos! ¡Y doy gracias a Dios porque no me dejaron molido a palos y desnudo los bandidos!

—¡Oh, Dios mío! ¡Qué mala gente hay por ahí! —exclamó el mercader.

—Pero… ¿adónde ibas así, solo? —preguntó Blasco Jiménez.

—En pos de vosotros, hermanos —respondió el muchacho—. Soy de Brigantia. Os vi en la abadía, cuando os detuvisteis allí durante dos días para descansar. Mi señor padre es uno de los *homens bons* del concejo, un hidalgo cristiano viejo que vino a estas tierras desde Germania hace veinte años. Siempre soñó para mí con un mejor destino que la soledad de aquella colina y la ciudad de piedra, despoblada y alejada del resto del mundo, encerrada en sus murallas. Le pareció la ocasión oportuna vuestro paso para que yo partiera con hombres de Dios, gentes buenas que me acompañarían hasta Compostela.

—¿Y a qué vas allá, criatura, tan mozo como eres? —quiso saber el fraile.

—¡Compostela es la puerta de la cristiandad! —exclamó el muchacho—. Mi señor padre cree que es el mejor lugar para hacerme una vida, al servicio de algún señor noble y principal de los muchos que van allá peregrinando; o de algún obispo, o, si Dios fuere servido de ello, para ingresar en un monasterio.

—Comprendo —añadió el caballero—. Tu señor padre decidió aprovechar nuestro paso por Brigantia para encomendarnos tu custodia, hasta que alcanzásemos el santo templo del apóstol. Es una buena idea, puesto que cuidaremos de ti. Pero… ¿por qué no vino tu padre en persona para rogarnos ese favor? ¿Cómo es que apareces ahora, una semana después?

—Porque estuvo mi señor padre muy indeciso. Me veía aún demasiado tierno para dejarme emprender una nueva vida. Le costaba tomar una determinación tan importante, puesto que, como comprenderéis, me ama y le dolía mucho separarse de mí. Mas luego, pasados dos días de vuestra partida, resolvió junto al abad de Brigantia que no vendría más a la mano una oportunidad como esta en mucho tiempo. Que vosotros, hermanos, sois gente de ley, hombres piadosos, honestos y sinceros que solo pretendéis servir al Creador de todas las cosas. ¡Es una ocasión única para ponerme en buenas manos!

—¿De manera que te dejó partir solo? —preguntó Blasco.

—Tengo quince años —explicó el muchacho—. En febrero cumpliré los dieciséis. Aun no soy hombre del todo, pero, como veis, he crecido, soy fuerte y estoy hecho a andar por los montes. Le dije a mi señor padre que, apresurando el paso, sería capaz de daros alcance en una jornada de camino. ¡Era la solución! Pero no contábamos con los malditos bandidos… Me asaltaron y me robaron todo. Hube de dar un rodeo buscando aldeas y pastores para mendigar alimentos. Esta media capa me la dio un buen ermitaño que encontré en mitad del bosque; se apiadó de mí, curándome los pies y dándome lo poco que tenía para ayudarme a proseguir mi camino.

—¡Es increíble! —exclamó el mercader—. Ha querido Dios que no te sucediera algo peor.

—Sí, ya veis. He caminado día y noche, por rutas desconocidas para mí, sin apenas comer… ¡Y os he hallado! ¡Bendito sea Dios! ¡El santo apóstol Santiago me ha valido!

—¡Viva Santiago! ¡Viva el apóstol! ¡Viva! ¡Viva! —corearon los peregrinos.

Sollozó el muchacho, emocionado. Le caían grandes lagrimones por las mejillas rosadas. Su rostro era noble y candoroso; tanto que inspiraba mucha ternura.

—Bueno, dinos cómo te llamas —le pidió Blasco—, ya que vas a hacer el resto del camino con nosotros.

—Ludwin Marcial de Santiago y de la Virgen María es mi nombre, y Grube el apellido de mi padre, que es oriundo de Magdeburgo, allá en la Germania. Mi madre es brigantina y mis abuelos por parte de ella también. Me he criado en Brigantia, donde fui bautizado, y he servido a Dios y a mi familia como buenamente he podido. Aquí me tenéis ahora para serviros a vos. Dadme vuestros equipajes, que ya los cargaré yo a partir de hoy.

—Oh, no, no —negó el fraile—. Ahora has de descansar, Ludwin, se te ve muy extenuado. Come, bebe un poco de vino y reposa bajo ese árbol. Por allá se escucha el rumor de un arroyuelo. Nos detendremos aquí. Hemos caminado hoy lo suficiente y todos necesitamos reponer fuerzas después de esas enormes cuestas. Más abajo deben de estar los valles llanos que avanzan con mayor sosiego.

Atardecía y el sol iba a ponerse en un horizonte lejanísimo donde los tupidos bosques parecían un mar verde con ondulaciones montuosas, como olas oscuras. Desde la altura de un promontorio, los peregrinos contemplaban la inmensidad del mundo. No se veían ciudades, ni cualquier otro signo de la presencia humana. En medio de tanta quietud, el único movimiento apreciable era el vuelo majestuoso de un águila poderosa en el firmamento limpio.

—Las tierras de Dios son vastas hasta el infinito —dijo el fraile.

—Allá debe de estar el mar —señaló el joven caballero—. Según la ruta que llevamos siempre hacia el norte, la costa nos queda a poniente.

—¡Oh, el mar! —exclamó el muchacho oteando aquella dirección con ojos soñadores—. ¡Cómo me gustaría verlo!

El caballero le lanzó una mirada comprensiva, amable, y explicó:

—Dicen que, tras completar el camino, muchos peregrinos prosiguen algunas jornadas más después de haber venerado el sepulcro del apóstol, y se llegan hasta el lugar donde se haya el fin de la tierra, el Finisterrae, a orillas del océano, como signo de cumplimiento del mandato del Señor Jesús: «Id y predicad el Evangelio a toda la tierra… Yo estaré con vosotros todos los días hasta el fin del mundo».

—Si Dios quiere que lleguemos sanos y salvos a Compostela —propuso el fraile—, podríamos caminar hasta la costa. ¿Habéis visto alguna vez el mar, hermanos?

Los cuatro negaron haberlo visto. Pero el mercader observó:

—Una vez, cuando era joven, me propuse ir hasta levante para adquirir mercancías en los puertos. Cuando tenía hechos todos los preparativos, se supo que el miramamolín de Marruecos venía con todos sus moros por La Mancha, hacia el norte, causando males sin cuento. Así que me quedé sin ver el mar.

—¡Me encantaría ir a ese Finisterrae! —exclamó el muchacho.

—Iremos y vendrás con nosotros —le dijo muy resuelto Blasco Jiménez—. Cuando se tiene tu edad no se deben desperdiciar esas ocasiones.

—¡Oh, gracias, señores! ¡Qué suerte haberos encontrado!

El céfiro enviaba la frescura de un aire que se les antojaba ya ser brisa del mar, aunque distaba la costa varias jornadas del lugar donde se habían detenido.

—Encendamos el fuego allá abajo, en aquel roquedal —propuso el joven caballero—. Al abrigo de las peñas descansaremos mejor y evitaremos que el resplandor de la hoguera descubra nuestra presencia a los salteadores de caminos.

Muy diligente, el muchacho recién incorporado al grupo se puso a cortar leña ayudando al caballero. El mercader sacó de su zurrón unos huesos, un pedazo de tocino y legumbres para preparar un caldo.

—El clérigo y el fraile, algo apartados, conversaban.

—Parece buen muchacho Ludwin, ¿verdad? —dijo Blasco.

—Me alegro de que se nos haya unido —contestó el fraile—. No será una carga para nosotros. Ya ves lo dispuesto que es. Aunque… siento que ahora, ante su presencia, no puedas seguir contando tu curiosa historia. A decir verdad, y creo no hablar solo por mí, los tres compañeros de camino estábamos sumamente interesados en conocer en qué acaba todo. ¡Vaya vida has tenido, hermano!

—Proseguiré mi relato aun delante del muchacho.

—¿Eh? ¿No temes causarle escándalo?

—No. Ludwin está ciertamente en esa edad en que todo produce el máximo asombro. El mundo, la vida, todo… es para él una pregunta, un misterio. No ha hecho sino comenzar el camino. En cambio yo hace tiempo que empecé a sentirme viejo. Lo que cuento en mi confesión es para mí todo cuanto ha habido en el peregrinar de mis pasos vacilantes; mis ilusiones, mis fracasos, mis dichas, mis penas, mis errores, mis pecados… En toda vida humana hay una enseñanza. Y todo hombre guarda en sí el misterio de la humanidad entera, la cual duda, titubea, sufre y goza…

—Y teme —añadió el fraile—. A pesar de lo cual,

prosigue su camino aun a riesgo de caer y arruinarse. Creo que tienes razón, hermano. El bueno y tierno Ludwin debe escuchar tu relato, pues no es otra cosa que la verdad desnuda, sin endulzamientos ni disimulos, sin el tapadillo de las pintureras moralejas que advierten de peligros y despistan al caminante. La tentación y el pecado pertenecen a la vida del hombre sobre la tierra. Esa es la mayor enseñanza de las Sagradas Escrituras, donde desde Adán y Eva, desde Caín, el hombre yerra sus pasos. Ahí están los libros de la Biblia: los de Samuel y Reyes, en los que se narran las vidas de grandes hombres, defensores de Dios, como el rey David que, a pesar de sus graves pecados, se arrepiente y retorna a su padre Yahvé una y otra vez. Ocultar a los jóvenes la verdad de las cosas y esconderlas a la realidad del mundo es un craso error, una tentación torpe que han padecido todas las generaciones. Siempre será preferible molestar con la verdad que complacer y preservar al alma envolviéndola en fantasías e hipócritas moralinas falsas y superficiales.

—Solo si el mal se conoce —observó Blasco—, se le puede hacer frente. Por eso yo estaba ciego, no veía, y no reconocía delante de mí el abismo hacia el que caminaba, cual era vivir solo para mí y fijarme únicamente en lo caduco y pasajero, sin mirar más allá, a la verdadera sabiduría.

El fraile se quedó pensativo, mirando hacia donde Ludwin se afanaba divertido, feliz, ayudando al caballero y al mercader a preparar la cena.

—Ya ves qué poca cosa es el hombre —sentenció como para sí—. ¡Qué frágiles somos! ¡Qué pobres somos! Como tiernas criaturas que vienen al mundo sin nada. Hemos de comprender que por nosotros mismos nada tenemos, sino vicios y pecados. Por eso, nada hemos de pretender tener en este mundo; antes hemos de gozarnos de hallarnos entre gente de baja condición y despreciada, entre pobres, débiles, enfermos y leprosos, entre niños, y entre los andrajosos que andan mendigando por los caminos...

Desplegada sobre ellos la oscuridad de la noche, una vez que hubieron cenado, se acomodaron junto al fuego para gozar con una apacible conversación. El mercader, que era muy ocurrente, les alegró contando un puñado de historias graciosas que les divirtieron mucho. También el joven caballero recordó aventuras pasadas que despertaron la curiosidad de Ludwin, sobre todo. Más tarde quedaron los cinco en silencio durante un largo rato. Era todavía temprano y no les apetecía dormirse. Quienes venían siguiendo el relato de Blasco Jiménez por el camino estaban deseosos, impacientes, pendientes del clérigo. El muchacho brigantino nada sabía de esto, pero parecía adivinar expectante que se enteraría de cosas interesantes aquella primera noche de boca de sus recientes compañeros de camino.

Repentinamente, el fraile puso palabras al deseo de sus compañeros y animó al clérigo con una pregunta:

—Por lo que contabas ayer, Blasco, veo que aquella mujer sabia, Leonila, era conocedora de misterios y lectora de libros secretos. He escuchado hablar de ello a lo largo de mi vida. Hay gentes que profesan ocultas creencias y que se inician en arcanas enseñanzas. ¿Era Leonila una mujer de esas?

—Sí, lo era. Según contó, había venido de Lucena, donde su padre y sus abuelos fueron riquísimos comerciantes hebreos; gente muy leída y principal en su comunidad, instruida en antiguas tradiciones de letras y números que tiene que ver con los libros sagrados de los judíos, lo que ellos llaman Kabalah, que significa algo así como recibir la luz para iluminar a los que estudian la sabiduría oculta y vieja de los israelitas, para descifrar los nombres, el sentido de las palabras… En fin, lo que está velado y solo se alcanza con símbolos.

—¡Vive Dios! —exclamó el joven caballero—. ¡Eso no es sino cosa de brujería, herejía y arte del mismo demonio! ¡La santa Iglesia prohíbe tales cosas!

—Dejémosle que se explique —intervino el fraile—. Prosigue, hermano. ¿Te inició aquella mujer en esas enseñanzas?

—No seguía yo a pies juntillas las doctrinas de Leonila. Aunque pecara y me apartara de Dios, no dejé de ser cristiano. Pero he de confesar que estuve muy encandilado con cuanto ella me iba mostrando, poco a poco, en pequeñas dosis para que no me acobardase demasiado.

—Dinos, amigo —quiso saber el comerciante lleno de curiosidad—, ¿cómo llegó esa mujer a Placencia?

—Mi ciudad era por entonces un lugar populoso y floreciente, la puerta de entrada a lo que se conocía como la Trasierra. Eran tiempos de mucho deambular de gentes de paso, caravanas camino del norte, ejércitos, mercaderes, hombres y mujeres de todo género, cristianos, agarenos y hebreos, que portaban ideas de la más rara índole. Leonila se vio obligada a abandonar Lucena cuando la invasión de los almohades marroquíes, debido a que su familia se arruinó y, ya se sabe, esos hebreos andan una y otra vez cambiando de ciudad. Pasó por el valle donde se edificaba Placencia y se estableció allí, ganándose la vida con sus artes, curando a los enfermos y haciendo uso de su intuición para adivinar las vidas de las gentes.

—¿No tuvo marido ni hijos? —preguntó el joven caballero.

—No, no, nada de eso. ¿Quién iba a querer casarse con una mujer así? Para cualquier hombre, fuera cristiano, moro o judío, Leonila resultaba demasiado compleja como para sustentar un hogar corriente. Vivió siempre sola, aunque tenía amigos tan próximos a ella como una familia.

—Tampoco esa mujer que te traía loco de amor, Eudoxia —observó el mercader—, era una mujer común y corriente que digamos.

—No, sin duda no lo era. Y creo que por esa razón empecé a estar tan ofuscado y tan temeroso del futuro, pues solo una cosa empecé a temer: perderla.

LIBRO VI

LA POTESTAD

41

Llegaban noticias del mundo a través de los caballeros errantes, ociosos, que recorrían una y otra vez el reino de parte a parte con la nostalgia de la guerra prendida en sus lánguidas miradas; aburridos guerreros que, sin moros a la vista por medio de la tregua vigente, orientaban su rabia hacia León, poniendo en el reino vecino la causa de todos sus males. Aquella boda celebrada en Guimares, cerca de Braga, entre don Alfonso IX y la infanta doña Teresa enfurecía a Castilla. La nueva pareja, joven, gallarda y prolífica había dado ya el fruto de tres hijos que alentaban todas las ilusiones de la alianza entre León y Portugal; un pacto sellado con demasiado veneno, según el sentir de los castellanos que vislumbraban en la unión solo el rencor hacia nuestro rey don Alfonso VIII. Estaba, por otra parte, la oposición del papa al enlace, por el muy cercano parentesco entre los esposos: el padre de la infanta doña Teresa era hermano de la madre del rey leonés, a pesar de lo cual, se celebró el matrimonio. A esta indisciplina venía a sumarse el rumor que circulaba por ahí de que Alfonso IX estaba en conversaciones con el miramamolín de Marruecos, el temido agareno, con el único fin de perjudicar al rey castellano. Decíase también que la soberbia del de León era muy grande, que renegaba de aquel día en que tuvo que besar la mano de su primo Alfonso VIII cuando este le armó caballero en Carrión de los Condes, delante de toda la nobleza castellana y de un nutrido y brillante séquito venido del vecino reino.

A causa de estas discordias y del odio inexorable de muchos poderosos de uno y otro lado de la frontera, se dieron por entonces rapiñas, desórdenes y matanzas en los castillos y villas limítrofes. A veces llegaban a Placencia pidiendo asilo gentes exhaustas, expulsadas de sus tierras por huestes descontroladas que, ignorando las leyes de la guerra justa y los pactos entre los reinos, causaban desdichas sin cuento entre los inocentes.

Amainaron los fríos y pronto el sol, aunque tímido todavía, alargaba los días en febrero. Terminaron por marcharse las persistentes escarchas y, como un milagro, brotaron las flores de los almendros, cuyos pétalos blancos desprendía el viento como una nevada juguetona que comenzaba a anunciar la primavera.

En marzo la vida se hizo más dulce. La luz entraba ya a raudales por las ventanas y el mundo parecía renacer despertando de la somnolencia invernal. Como si percibiera la llamada de la naturaleza que cobraba vida y esplendor, Leonila estaba inquieta. También a Eudoxia y a mí se nos hacía ya largo el encierro dentro de los muros de Placencia. Comprendí que ellas añoraban el arrabal y la libertad de caminar por la orilla del río, y a mí me cansaba la rutina de mis obligaciones. Así que decidimos los tres emprender un pequeño viaje por los valles.

Era maravilloso contemplar los cerezos y los ciruelos,

completamente floridos, en las laderas de los montes, como si por una suerte de magia alguien hubiera hecho que se desplegase un manto rosáceo con purpúreos bordados por los bancales de las sierras. Desde un altozano, arrobados ante la visión de tal maravilla, fuimos descendiendo por una vereda en pendiente que discurría entre zarzales y helechos. El rumor del agua impetuosa que enviaba el deshielo se escuchaba por todas partes y los arroyos brillaban cristalinos entre el verdor de la fronda.

Cuando el sol calentaba por estar en su punto más alto, en torno a mediodía, los criados extendieron un mantel sobre la hierba y sirvieron las viandas que llevábamos para el camino. Comíamos, bebíamos y conversábamos, en medio de unos campos que exultaban rebosantes de brotes nuevos en los árboles. Había tanta luminosidad y tanto brillo en las cosas que parecían flamantes, recién creadas.

Yo no podía dejar de mirar a Doxia. Sería por estar al aire libre, por los rayos de sol que nos bañaban, que sus cabellos me parecían más dorados y su piel más rosada. Ella sonreía constantemente, y mojaba pedacitos de pan en una roja confitura, que se llevaba a la boca, saboreando luego el dulce manjar con expresión extasiada. Si no hubiera sido por la presencia curiosa de la servidumbre, habría saltado sobre ella para robar aquella deliciosa mixtura de sus labios. ¿Cómo nos hará tan locos el amor?

Leonila nos observaba mientras partía nueces del último otoño para bañarlas en miel, confeccionando así, tan fácilmente, nuestro postre favorito. El crujir de las cáscaras, al ser golpeadas con la piedra una y otra vez, producía un ruido monótono y a la vez familiar. Una agradable modorra nos iba embargando a causa del vino bebido sin mesura.

Extrajo Leonila los frutos de siete nueces y los dispuso en línea, uno al lado del otro, sobre una pequeña bandeja de plata. Luego extrajo miel de una orza con una cuchara de palo y fue regando los frutos con ella. Resultaba una visión deleitable el áureo néctar sobre la carne rugosa de las nueces.

—Coged una cada uno —nos ofreció Leonila.

Tomó Doxia la suya. Y yo la mía, la cual elegí por estar situada junto a la que ella se llevaba a la boca.

Leonila miró la bandeja con gesto divertido.

—¡Lo sabía! —exclamó—. ¡Sabía que sucedería!

Eudoxia y yo nos miramos extrañados.

—¿Qué sabías? ¿Qué había de suceder? —le preguntamos.

—Doxia tomó la nuez que ocupaba el tercer lugar en el orden que dispuse y tú, Blasco, tomaste la cuarta nuez. ¡Lo sabía!

—¿Y qué? —inquirí—. ¿Qué quiere decir eso?

—Es muy sencillo de comprender para mí, aunque sé que para vosotros resultará difícil —explicó—. Como veis, dispuse siete nueces en orden, la primera de ellas más cerca de nosotros en la bandeja y la séptima la más alejada. Después de ofreceros los frutos, Doxia tomó la que ocupaba el tercer lugar, es decir, el número tres, que en la Kabalah es *Guimel*, que significa «ayuda», socorro al prójimo y capacidad de no desesperarse nunca aunque se tuviera que hacer el mayor esfuerzo. Inmediatamente después, tú, Blasco, tomaste la que estaba a continuación, es decir, la cuarta, que es *Dalet*, el número cuatro del alfabeto, la cuarta letra, que significa «socorro» o petición de ayuda, pero que también se interpreta como puertas que pueden abrirse o cerrarse.

—¿Y ello qué quiere decir? —le preguntó Doxia llena de ansiedad.

—Déjame terminar la explicación, no seas impaciente, querida —contestó Leonila y prosiguió—. En la sabiduría de Kabalah se cuenta una antigua historia que habla de las letras y los números. Se dice que, dos mil años antes de la creación del mundo, Dios contemplaba feliz a todas las letras del sagrado y misterioso alfabeto. Cuando el Creador determinó que había llegado el momento de crear cuanto hay, las letras del alfabeto se presentaron ante Él y le rogaron participar en la creación. Todas querían ser elegidas para intervenir. Todas menos *Alef*, que permanecía silenciosa, apartada. Y Dios le preguntó a *Alef*: «¿Por qué callas?». *Alef* contestó: «Señor todopoderoso, a cada letra le has concedido un lugar en la creación y considero que no debo quitarle a ninguna lo que le has dado». Dios, emocionado, dijo: «Es verdad, *Alef*, que otorgué a cada una su lugar. A *Bet* le concedí ser agraciada, por ser la letra inicial de *Bereshit*, que significa «el comienzo», de *Beruj*, que quiere decir «bendito», de *Berajá*, que es bendición… Y tú, *Alef*, por ser la más modesta, discreta y humilde, serás la necesaria para todos los cálculos y no podrá conseguirse unidad sin ti». Dicho esto por Dios, *Guimel* y *Dalet* se adelantaron y trataron de convencer al Creador para que les diera un puesto importante. Pero Él no las escuchó, diciéndoles que deberían permanecer juntas para asistirse, que su único sentido era el de necesitarse mutuamente: *Guimel* es «socorro» y *Dalet* es «necesidad». ¿Veis? Tú, Doxia eres *Guimel*, es decir, el socorro y la ayuda de *Dalet*, que es Blasco. Por esa razón, cada uno habéis escogido el número que os corresponde…

—¡Qué tontería! —repliqué desdeñoso—. ¿Y por qué has colocado precisamente siete nueces en la bandeja y no ocho o nueve…? ¡Esas explicaciones son mera palabrería!

—Oh, no, querido —protestó Doxia—. Todo lo que ha dicho tiene mucho sentido, porque siete es un número perfecto.

—Claro —añadió Leonila—. El número siete es sagrado y necesario. ¿No lo comprendes? Siete son los días de la semana; hay siete tierras: Caldea, Palestina, Arabia, Egipto, Turquía, Grecia e Italia; siete son los mares del mundo: Rojo, Muerto, Aristeo, Jónico, Adriático, Tirreno y Egeo; siete también los ríos: Tigris, Eufrates, Nilo, Jordán, Ganges, Danubio y Ródano; siete puertas tiene la cabeza: dos ojos, dos oídos, dos agujeros en la nariz y una boca…

—¡Qué absurdo tan grande! —repuse—. Acepto lo de los días y lo de la cabeza, pero hay muchos más ríos y más mares que esos. Si te empeñas en poner número antojadizamente a cuanto hay, no te resultará difícil. ¿Qué es Kabalah, sino un obcecado empeño en buscar sentido caprichosamente a números y palabras? No puedo creer en eso, lo siento.

—Pero… ¡si está en la Biblia! —contestó Leonila—. Kabalah viene de la palabra hebrea *le Kabel*, que significa «la luz»; es decir, la iluminación para comprender los textos sagrados, lo que tú llamas el Antiguo Testamento. Es una sabiduría oculta, propia de los judíos, de quienes viene toda la iluminación, toda la salvación…

—¡Qué dices, mujer! ¿Estás loca? —le interrumpí—. ¡Los judíos rechazaron a Cristo!

—No, no, no… —negó pidiéndome calma con un gesto de las manos—. No quieres comprenderme, no hablamos de lo mismo. Kabalah es una tradición antiquísima, una enseñanza secreta para comprender todo, las historias, las leyendas, los sueños, lo bueno, lo malo, la vida y la muerte. Kabalah es la ciencia que ayuda a buscar a través de la palabra, del Verbo, en una búsqueda que nos ayuda a vivir y a saber para qué vivimos. Nos ayuda a retornar a Dios…

Nervioso, apuré hasta el fondo mi copa de vino. Por una parte quería escucharla, pero algo dentro de mí me ponía en guardia frente a su discurso. Estaba confuso y lleno de curiosidad a la vez.

—La Kabalah —prosiguió— es una forma de buscar la verdad de las cosas. Tú, por ejemplo, estabas sufriendo hace algunas semanas a causa de un sueño que te causaba desazón; sentiste que perderías cuanto tienes ahora, cuanto eres en este momento, tu amor… ¿Por qué temías? Yo te lo diré: eres en el fondo un ser necesitado, alguien desvalido que siempre trató de hallar algo que le faltaba; pedías socorro con mudas palabras, con tu alma partida que es *Dalet,* la letra que ocupa el cuarto lugar y que va a continuación de *Guimel,* tu auxilio, lo que en el fondo necesitas…

Miré a Doxia. Ella tenía lágrimas en los ojos e infinita ternura en la expresión. Me abrazó. Sentí su calor y me envolvió un dulce consuelo.

Leonila proseguía su perorata, que iba adueñándose de mi mente:

—Siete son los cielos que se presentan encadenados, siete los planetas, siete los colores del arco iris, siete las maravillas del mundo, siete las notas musicales, el séptimo trono ocupa el Creador de cuanto hay…

—¿Dónde? —balbucí—. ¿Dónde se halla escrito todo eso? ¿Dónde lo has leído? ¿Dónde lo aprendiste?

—En el *Séller Yetzirá,* o Libro de la Creación, donde el propio Abraham, padre de toda fe, narra y explica el origen del mundo y los senderos de la verdadera sabiduría, a través del conocimiento de cada esencia, del fruto de cada letra… Pues cada letra guarda una verdad…

Quise ver la expresión de su rostro, para averiguar si hablaba con pleno convencimiento.

—¿Qué verdad? —le pregunté—. ¿Cuál crees que es esa verdad?

—Dios creo el mundo para hacer reinar la verdad. Y Dios no es como tú crees, sino que guarda en su corazón más misericordia que cólera, más ternura que castigo… Dios es también *Shejinah*, es decir, un lado femenino, divino, que aparece con el amor…

—¡Oh, Dios mío, qué hermoso es eso que dices! —exclamé estremecido dejando escapar un espontáneo sentimiento.

—¿Ves? —dijo Leonila—. Ahora has comprendido. Por fuera eres duro como la cáscara de nuez, pero guardas dentro, como ella, el fruto más amable. Eso es Kabalah. En el fondo, cada palabra es como una nuez; hay que golpearlas fuerte para extraer su fruto y encontrar su verdad.

Dicho esto, levantó la piedra que tenía en la mano y la dejó caer sobre una de las nueces. Crujió la cáscara y apareció el fruto que untó con miel, delicadamente, y después lo puso en mi boca.

42

Ya casi no me ocupaba gran cosa de lo que ocurría en Placencia, ni estaba enterado de las cuestiones internas. Tan separado vivía de los clérigos de un tiempo a esta parte, que me eran completamente ajenos sus manejos. Pero aquella vida mía no podía durar demasiado sin encender suspicacias. Llegó la Semana Santa y debía presentarme en la catedral para presidir los oficios. Aunque había estado durante meses obnubilado, solo un ciego no se habría percatado de que el ambiente estaba enrarecido. El Jueves Santo, a la hora de la celebración, el templo parecía vacío. Pensé que era a causa de la lluvia. Pero no solo faltaron a la solemne misa pontifical los principales nobles con sus familias, sino que también eché de menos a un buen número de canónigos y me vi casi desasistido, acompañado únicamente por los diáconos y acólitos. Tampoco acudió Hermesindo, y su ausencia me hizo comprender que mis viejos enemigos andaban conspirando.

El Sábado de Gloria, después de la vigilia, monté en cólera cuando supe que se habían celebrado otros oficios con nutrida asistencia de fieles en los conventos de la ciudad. Sin esperar al día siguiente, esa misma noche llamé a Hermesindo a mi presencia. El lacayo enviado a dar aviso regresó enseguida trayendo por respuesta una excusa: el intendente de la ciudad decía estar indispuesto.

Envuelto en mi capa y con el rostro embozado, salí por las puertas traseras y recorrí, amparado en el anonimato que me proporcionaba la oscuridad, el corto trayecto que separaba mi palacio de su casa.

El criado que me abrió la puerta intentó azorado convencerme de que su amo no estaba en disposición de recibir a nadie por hallarse enfermo.

—¡Vengo a visitarle! —grité con energía—. ¡Soy el arcediano! ¿No voy a poder asistir a la casa de un enfermo de la ciudad, sea quien sea?

No le quedó más remedio que franquearme la entrada. Iba por delante de mí caminando con nerviosos pasos por los corredores y los patios.

—¡El señor arcediano! —avisaba—. ¡Viene de visita el señor arcediano!

Mi ira se acentuó cuando me di cuenta definitivamente de que se tramaba algo a mis espaldas. Y mis peores sospechas se hicieron realidad al descubrir una reunión muy concurrida en el salón principal de la residencia. Como supuse, Hermesindo había convocado a los nobles, canónigos y miembros del concejo de la ciudad para celebrar con ellos esa noche la resurrección del Señor. Y nadie había contado conmigo. Cuando la tradición mandaba que ese día fuera el obispo quien congregase en su palacio a los principales. Por no estar don Bricio, ese deber me correspondía a mí. Pero, al no haber acudido casi nadie a la vigilia en la catedral, no pude extender la invitación a quienes les correspondía ser los convidados. Todos estaban allí, en ambiente de fiesta, comiendo, bebiendo y, seguramente, hablando mal de mi persona.

Hermesindo tosió nervioso cuando me vio irrumpir repentinamente en el salón.

—¡Ya veo lo enfermo que estás! —rugí.

Se hizo un silencio tan grande que podría haberse oído el ruido de un alfiler al caer al suelo. Algunos estaban sorprendidos. Otros me miraban desdeñosos. Había quienes estaban visiblemente incomodados por mi presencia, y quienes, arrogantes, parecían echarme en cara ofensivamente su presencia allí.

Debería haberme contenido, buscando el porqué de aquella fiesta a mis espaldas. Pero me ofusqué dolido al ver a tanta gente; especialmente a quienes creía tener a mi favor después de haberles otorgado prebendas, dispensas y sueldos.

Era como si se me encendiera delante una luz que me hacía ver, repentinamente, que Hermesindo no había perdido el tiempo, maquinando entre sombras, para ganarse a la ciudad en contra de mí.

—¡Traidores! —grité loco de rabia—. ¡Ingratos!

Entonces me sentí despreciado como nunca antes, solo y ridículo. Me contemplaban desde un abismo de soberbia y parecían decir: «¿Veis?, ha perdido la cabeza».

—¿Así pagáis lo que hago por vosotros? —proseguía yo con mis reproches, sin poder contenerme—. ¡Malditos traidores!

Uno de los miembros del concejo se adelantó hacia mí y replicó:

—¡No nos ofendáis, señor arcediano! ¡No somos culpables de nada! ¡Vos andáis perdido, no nosotros!

Aquel hombre era uno de los nobles principales de Placencia, llegado en los primeros tiempos de la fundación de Ambrosía. Tenía numerosos hijos y nietos bien situados en la ciudad, algunos miembros de mi propia hueste, a quienes yo había beneficiado mucho.

—¿Qué dices? —contesté—. ¿Qué derecho tienes tú para juzgar mis actos?

—No digo sino lo que todo el mundo sabe —me espetó con dureza—. No hemos acudido a la catedral porque no queremos que los nuestros, nuestras mujeres, hijos y nietos, vean el ejemplo de un pastor disoluto, un mal gobernante que ha llenado lo que era una cristiana y prodigiosa ciudad de moros, hebreos y herejes. ¡Sois una catástrofe para Ambrosía!

Me dio un vuelco el corazón. En ese momento comprendí que llevaban semanas, quizá meses, hablando de mí, conspirando y buscando la manera de quitarme de en medio. Desenvainé la espada, me aproximé a aquel hombre y le puse la punta en el pecho.

—Repite eso, majadero —le amenacé.

Con insolencia, apartó la espada. Uno de sus hijos, que pertenecía a mi servicio personal, se puso delante de su padre y me gritó a la cara:

—¡No podéis pretender tener autoridad ya aquí, cuando vivís amancebado con una ramera y habéis metido a una bruja en vuestra propia casa!

Hermesindo, entonces, viendo que las cosas se iban poniendo cada vez más feas, fue hacia el centro de salón y exclamó:

—¡Señores, seamos sensatos! ¡Haya calma! Hoy es el día de la resurrección del Señor, no hagamos un desatino.

—¡Eso! —contestaron algunos clérigos—. ¡Acabemos con esto! ¡Basta!

—¡Bien, cada uno a su casa! —ordenó entonces Hermesindo—. ¡Mañana será otro día!

Empezó a recoger la gente los capotes apresuradamente y salieron de allí encantados por verse libres de una situación tan embarazosa.

Quedé yo con mi espada en la mano, rígido como una estatua, sudando, encolerizado. Hermesindo llenó una copa de vino y me la ofreció con falso tono conciliador:

—Vamos, no te tomes así las cosas —dijo—. Ya sabes cómo es la gente. Anda, bebe, te aliviará.

Di un manotazo a la copa, que se hizo añicos contra el suelo, salpicándonos de vino a los dos.

—¡Traidor!

—¡Eh, un momento! —repuso él—. No es lo que piensas. No convoqué a esa gente en contra de ti, sino todo lo contrario. Me enteré de que había habladurías por la ciudad y quise saber de qué se trataba. Por eso los traje a mi casa. Precisamente estaba intentando convencerlos de que los rumores que habían escuchado sobre ti eran infundados, cuando entraste de esa manera y echaste a perder cuanto en tu favor había hecho yo.

—¡No lo creo!

—Haz lo que quieras. Pero lo que te he dicho es la única verdad. Si sospechas otra cosa, allá tú. ¿Crees que echaría yo a perder todo lo que hemos conseguido juntos desde que se fue don Bricio? ¿Crees que a mí me interesaría que regrese el viejo? Si no fuera por mí, hoy las cosas estarían mucho peor. Yo soy quien ha estado conteniendo a tus enemigos.

—¡Haz juramento —le pedí—, por lo más sagrado!

Sin pensárselo dos veces, se fue hacia un gran crucifijo que pendía de la pared al fondo del salón, puso en él la mano y dijo con una voz como un trueno:

—¡Lo juro por esta!

Le creí. Siempre acababa creyendo a Hermesindo. Entonces me derrumbé y estuvo a punto de vencerme el llanto. Había a un lado una silla. Me senté.

—Anda, amigo, toma una trago —me ofreció él una nueva copa—. Hablemos más calmadamente. ¿Qué es lo que tanto te preocupa?

—Esa gente no terminará de aceptar la autoridad de nadie, fuera de don Bricio —observé—. Ya ves, les he dado de todo y no he cosechado sino desprecio y arrogancia…

Me miró él circunspecto. Se acercó y me puso la mano en el hombro, buscando esa proximidad que sabía que yo necesitaba en aquel momento de desaliento.

—La gente es así —dijo—. ¿Te vas a venir abajo por eso? Cualquier magnate sabe que no puede tener contentos a todos sus súbditos.

—Lo que dijo ese joven imberbe es muy duro —contesté, refiriéndome a las acusaciones que había hecho delante de todos el hijo del noble miembro del concejo—. Cuando alguien se atreve a decir en público algo así a su señor es porque todos lo piensan.

Hermesindo entornó los ojos de manera extraña. Tomó un trago de su copa y, con aplomo, me aconsejó:

—¡Cuélgalo!

—¿Eh…? ¿Pero qué dices…?

—Manda hoy mismo a la guardia de la ciudad a su casa y métela entre rejas. Ha ofendido públicamente la honra del arcediano de esta ciudad, sus palabras merecen la muerte. Júzgalo frente a la catedral y ahórcalo. Estoy hablando completamente en serio. Si consientes que una afrenta así a tu autoridad quede impune, estarás perdido en adelante.

—Tienes razón —asentí—. ¡No puedo tolerarlo! Ese arrogante mozo es siervo mío…

Hice como Hermesindo me aconsejó. Envié esa misma noche a un heraldo con un nutrido destacamento de la guardia a la casa de aquel noble para que prendieran a su hijo. Lo tuve preso en la cárcel apenas un día, mandé que fuera juzgado y, como era cosa de esperar, los jueces decretaron la pena de la vida, pues la ofensa había sido muy grave. No me apiadé a pesar de que toda su familia vino a echarse a mis pies para suplicar clemencia, tampoco porque tuviera doncella prometida y estuviese a punto de celebrar su boda.

Como si de un vulgar malhechor se tratara, su cuerpo fue colgado por el cuello de la rama de una encina, fuera de los muros, donde se ajusticiaba a los reos de muerte, quedando sus cadáveres a merced de las aves carroñeras.

43

Cuando se hace uso de la mano dura, se emprende un camino de difícil retorno en el que hay que llegar hasta las últimas consecuencias. Después de que fuera ahorcado aquel mozo insolente, se enardecieron aún más los ánimos en mi contra. La ciudad estuvo dividida durante algunos meses y la tensión llegó a ser tan grande que temí que mis adversarios organizasen una revuelta o que tramasen de alguna manera quitarme de en medio. Mis partidarios me advertían de estos peligros y hube de estar precavido, alzando los muros de mi palacio y redoblando la guardia. Pero, cuando supe por mis espías que algunos canónigos se habían reunido una vez más con los miembros del concejo para conspirar contra mí, resolví que no me quedaba más remedio que terminar de meterles el miedo en el cuerpo. Se trataba de decidir: ellos o yo. Mandé entonces apresar a cuantos se me habían enfrentado y traté de disuadirlos con cárceles, azotes, cepos, requisas de bienes y destierros. Como no terminaron de someterse, ordené ajusticiar a los cabecillas. Entonces acabaron por fin comprendiendo que no había en Placencia más amo que yo.

No me resultó nada difícil componerme un nuevo concejo fiel y nombrar un cabildo que no me diera problemas. Eran tiempos de repoblación. Si antes la barrera montañosa defendía el reino de Castilla, ahora se extendían las nuevas tierras por lo que llamaban la Trasierra, hacia el sur, laderas abajo. Eran muchos los nobles cristianos que venían a buscar fortuna en la frontera. Placencia se había llenado de ellos, y estaban locos por instalarse murallas adentro, buscando a cualquier precio congraciarse. No pocos infanzones, hidalgos, clérigos y algunos no nobles sentían como caída del cielo la oportunidad de contarse entre los magnates de la ciudad.

Esta colonización reciente había creado en los páramos placentinos numerosas medianas y pequeñas propiedades, que hacían del burgo y su alfoz tierra de hombres libres, acogidos únicamente a la benefactoría del obispo de la ciudad. Había por esto muchos hombres, ya fueran peones o caballeros, que no reconocían más potestad que la de la Iglesia, es decir, que la mía ejercida en nombre del obispo ausente.

Habían pasado ya dos años desde que se marchara don Bricio. Dejaba de ser descabellado pensar que no iba a regresar. Era llegado pues el momento para empezar a hacer las cosas a mi manera. Y no hallé mejor forma de alejar el recuerdo de quien antes gobernara la ciudad que rodeándome de hombres nuevos de mi única confianza. Y a ellos no me fue difícil convencerlos de que mis antiguos opositores eran gente recalcitrante y obcecada, anclada en el pasado y aferrada egoístamente a sus privilegios.

Las circunstancias, por otra parte, me ayudaron mucho. Las relaciones con el reino de León no podían marchar peor: los señores de los castillos limítrofes no cejaban en sus pendencias y llegaban constantemente noticias de escaramuzas. Los caminos eran intransitables a causa de tantos bandidos como pululaban. Hacia el oeste, y hacia el norte, allende los montes, nadie se aventuraba. Las cartas no alcanzaban jamás su destino porque los correos no se atrevían a ejercer su oficio.

Sin embargo, hacia el sur, todas las vías estaban expeditas. Continuamente iban y venían caravanas en esa dirección. Con ellas afluían a Placencia todo género de mercancías desde la tierra de moros, como nunca antes se habían visto: joyas, paños finos, lino, legumbres, cabezas de ganado menor, rejas de arado, espadas, monturas, sayas, mudas de mesa, tapetes, almohadones de plumas, sedas bellas, aceite andaluz, trébedes, cuencos, morteros, calderos, candados, cuchillos, tenazas...

Con los primeros calores de mayo, seguramente enterado de lo que prosperaba el comercio, regresó Abasud al Waquil. Y no tardó en venir a visitarme, presentándose delante de mi palacio sin previo aviso.

Estaba hecho todo un señor. Le había ido muy bien en Alándalus y llegaba acompañado por un ejército de criados, trayendo la más grande y esplendorosa caravana que pueda imaginarse: camellos, bueyes y carretas, sacos por centenares, alforjas repletas, cebada, centeno, trigo y mijo; prendas de lujo, armas, arreos de caballos, sal a lomos de pollinos, ramas de urce para encender el fuego, cántaros, ollas, pucheros, braseros, barreños y cazuelas de barro rojo; hierro, latón, acero y cobre; y medio centenar de esclavos y esclavas, mozos todos, de rostros ahumados y negros cabellos rizados.

Como regalo, me trajo un caballo árabe de inmejorable estampa, bayo, hermoso, rápido como una centella, enjaezado con todo lujo a la manera mora, con cueros repujados, tachonados de bronce, y bridas relucientes que parecían de oro. Cuando el lacayo que lo traía a mi palacio recorrió con él la ciudad, se formó en pos de él una procesión de curiosos que, como yo, jamás antes habían contemplado un corcel semejante.

Abrumado por tan singular obsequio, y por la imponente presencia de Abasud, que venía rodeado por un brillante séquito de moros, como un verdadero rey, no supe qué decir.

—Mi señor don Blasco Jiménez —saludó él—, señor natural de esta ciudad de Ambrosía, aquí me tenéis a vuestros pies; soy vuestro más humilde siervo y toda mi gente se honrará sirviéndoos mejor que a mí mismo.

Muchos infanzones, clérigos, caballeros y labriegos se habían congregado en la plaza Mayor, frente a la catedral, y observaron llenos de asombro aquel recibimiento. Me daba cuenta yo de cómo los llenaba de satisfacción y los admiraba ver a todos aquellos mercaderes, ricos, adornados con mantos de damasco, turbantes de seda, alhajas y espadas curvas con empuñaduras de pedrería; los enormes camellos, los esclavos negros y las bolsas en el cinto, repletas de monedas de oro y plata.

Sorprendido por la repentina visita, me vi desprevenido, sin tener nada especial en mis despensas para ofrecerles una buena comida. Pero ya había pensado Abasud en ello: trajo consigo también cecina de la mejor, bandejas con piernas de cordero, truchas fritas, lomos de caballo en adobo, humeantes calderos con guisos de ave y gallina recién hechos, dulces, vino y arrope de calabaza.

Como estuviese yo tan impresionado, viendo desplegarse delante de mí todo aquello, a las puertas de mi casa, no tuve por menos que observar:

—No es de ley que el que llega a una casa y es bien recibido aporte el yantar. La buena hospitalidad manda que el anfitrión disponga la mesa.

—¡Dejaos obsequiar, señor y amigo! —exclamó él—. Somos muchos. Quise que todos estos socios míos me acompañasen hoy a rendiros el tributo que merecéis y no me pareció justo que vos corrierais con los gastos e incomodos del festín. Si podemos pasar, mis criados dispondrán la mesa.

Las maneras de Abasud, como siempre, eran tan refinadas, y su sonrisa tan franca, que resultaba imposible porfiar. Así que me hice a un lado y dije:

—Pasad, amigos. ¡Bienvenidos!

Los magnates y la gente sencilla de Placencia, que estaban mudos observando cuanto sucedía, prorrumpieron en un murmullo de aprobación al ver pasar delante de ellos las viandas, las ánforas con el vino, los tapices, las flores aromáticas y los candelabros; todo portado por unos esclavos tan ricamente ataviados que parecían príncipes.

Gocé con aquella comida. Disfrutamos primeramente de los manjares y del vino delicioso que trajeron. Después me contaron muchas cosas de Alándalus, de la riqueza que había en Sevilla, donde el emir, según aseguraban, había edificado una magnífica alcazaba y un alminar altísimo, el más elevado del mundo, junto a la mezquita aljama. La enemistad entre Castilla y León benefició mucho a los moros. Durante la tregua, sus ciudades prosperaban merced al comercio que le brindaban los puertos del sur y el levante, las rutas de África y las mercancías que llegaban de Oriente.

Más tarde, se habló de negocios. Todos aquellos mercaderes que acompañaban a Abasud, más de veinte, estaban dispuestos a convertir Placencia en un verdadero emporio. Era justo la ciudad que necesitaban para establecer su mercado en el interior, de cara a los reinos cristianos. Se presentaba una oportunidad inmejorable.

—Y siguiendo nuestro ejemplo —aseguró Abasud—, vendrán pronto más comerciantes desde el sur. Enviaremos cartas a nuestros socios de Sevilla, Córdoba, Jaén… ¿Te das cuenta? Afluirían riquezas sin cuento a Ambrosía, gentes poderosas, dineros, tributos…

44

Ya había alcanzado cuanto podía desear, mas me sobrevino mucho más; poder, haciendas, bienes, estima, amor. Es cierto eso de que cuanto más se tiene mayor es el miedo a perder. En el transcurso del día disfrutaba de mi fortuna. Pero, durante la noche, me asaltaban las pesadillas. Nunca logré la felicidad de un hombre tranquilo.

Por entonces había ya dejado de tener aquel angustioso sueño en el que me veía subido en lo alto de la torre intentando atrapar una paloma. Mis temores eran ahora causados por soñar con un enorme y terrible lobo que venía a morderme los pies. Creo que la pavorosa visión fue provocada porque una tarde me detuve en la catedral delante del sepulcro del obispo don Domingo. ¿Recordáis quién era?; aquel que mataron los moros a las puertas de Sevilla. Tenía su tumba labrada en piedra una estatua yaciente del prelado, vestido con casulla, sosteniendo el báculo entre las manos, y los pies muy tiesos reposando sobre la imagen de un fiero mastín que enseñaba los dientes. En las paredes laterales del sepulcro, de granito también, estaban esculpidas escenas que representaban la corrupción y la muerte, calaveras, huesos y gusanos devorando la carne inerte. El conjunto de aquella sepultura, tan bien hecha, causaba gran admiración a la gente. Al pie mismo del sarcófago, en los relieves macabros, se veían coronas, mitras, cetros y otros símbolos de poder. Era la explicación en piedra de lo caduco que es el mundo con sus dignidades y goces sensuales. Tan célebre llegó a ser la tumba de don Domingo y tan explícita, que los predicadores solían servirse de ella para ilustrar sus sermones acerca de la fugacidad de la vida, la evidencia rotunda de la muerte y la necesidad de conversión.

Quería yo no dejarme embargar por los miedos y procuraba mirar hacia otro lado siempre que pasaba por aquel rincón de la catedral. Pero una tarde me detuve, sin saber por qué, y estuve durante un buen rato como paralizado, contemplando las tétricas escenas. Recordé al que estaba allí sepultado, al obispo don Domingo, con todo su poder; lo elevadísimo e inaccesible que me resultaba su dignidad cuando le veía en la sede catedralicia, revestido con toda la pompa ceremonial, o acompañado por sus adláteres, acólitos y sirvientes. Asimismo me vino a la memoria el mucho sufrimiento que causaba a mi amo don Bricio, por tenerlo subyugado bajo su dominio durante tantos años, sin dejarle realizar sus sueños.

Entonces me dio por pensar que tal vez don Bricio ya había muerto. Fue esto como un presagio. Y os juro que no puedo ahora precisar si tal pensamiento me causó tristeza o alivio.

A pesar de pasarme la vida de fiesta en fiesta, de cacería en cacería, recibiendo a gentes solícitas y aduladoras en mi palacio, rodeado de la estima y consideración de los míos; a pesar del amor generoso, dulce, de Eudoxia; a pesar de la paz y prosperidad de que se disfrutaba en Placencia, no era capaz de espantar los pensamientos funestos y una especie de congoja, la carencia inexplicable de un algo indeterminado, vago como la nada, pero tan cierto como el aire necesario para vivir.

Una vez más, acudí a la sabiduría de Leonila para que me ayudara con tal desasosiego.

Le conté mi pesadilla: el lobo me asaltaba repentinamente en un paraje solitario, clavaba sus dientes en mis pies y me derribaba, forcejeaba yo, le daba patadas, intentaba zafarme de sus mordeduras, pero él, rabioso, soltando espumarajos por su canina boca, mostrándome sus fauces enormes, negras como una cueva, terminaba devorando mis pies primero y después mis piernas todas, entre dentelladas, dejándome las extremidades como huesos mondos.

—¡Qué espanto! —exclamó Leonila horrorizada—. No había oído a nadie contar una pesadilla más extraña y terrible.

—¿Qué puede ser? —le preguntaba yo—. ¿Por qué me atormentan tales sueños?

Resolvió ella que se trataba de un caso muy difícil en el que sus conocimientos cabalísticos y la sabiduría que contenían sus viejos libros nada le decían al respecto, así que consideraba necesario acudir a otra persona.

—¿A quién? —inquirí lleno de ansiedad—. ¿A quién voy a contarle mis intimidades? ¡Soy el arcediano!

—Es alguien de mi entera confianza. No has de temer nada. Iremos a consultar a una amiga mía que sabe mucho de estas cosas…

—¿A una mujer? —me enardecí—. ¿Estás loca? ¿Crees que puedo arriesgarme a ir por ahí de bruja en bruja buscando remedio a mis males?

—He dicho que no tienes nada que temer. Si queremos conocer el misterio que se oculta en ese sueño, debemos ponernos en manos de alguien que pueda ayudarnos verdaderamente. ¿O vas a esperar a que te suceda algo peor? ¿Quieres acaso volverte loco?

Como tantas otras veces, Leonila terminó convenciéndome. Allí estaba yo, como un alma en pena, atravesando el alfoz de Placencia una noche sin luna, en plena oscuridad, camino de la cabaña de una bruja que, según ella aseguraba, era capaz de hablar con los espíritus de los muertos.

No recuerdo el nombre de aquella hechicera y casi se me ha borrado en la memoria el aspecto que tenía. Su casa era pobre, sucia y maloliente. Encendió unas lamparillas de aceite e hizo algunos conjuros. Creo que estaba muy atemorizada por mi presencia y actuaba con movimientos nerviosos. Le temblaban las manos y la llama oscilaba.

—¿Habéis traído lo que os pedí? —le preguntó a Leonila, pues a mí no se atrevía siquiera a mirarme.

—Sí, aquí está —contestó ella mostrándole un gran envoltorio que llevaba bajo el brazo.

Se trataba de una piel de carnero recién sacrificado. Esa misma mañana Leonila me dijo que su amiga la necesitaba para llevar a cabo con éxito sus artes. Me enojé mucho, pero una vez más terminé cediendo y ordené que mataran al animal.

La bruja extendió la piel en el suelo, con la parte sanguinolenta hacia abajo, en contacto con la tierra, y ella se tumbó pegando la oreja en la lana. Convulsionaba, gemía y le castañeteaban los pocos dientes que le quedaban. Al ver aquella escena grotesca, hice ademán de marcharme. Pero Leonila me gritó:

—¡Quieto ahí! Está en contacto con los muertos…

No sabría decir ahora si era la simple curiosidad o si

había algo de crédulo en mí; el caso es que permanecí allí, como un pasmarote, aguardando a que aquella extraña mujer concluyera su maniobra.

De repente, lanzó un alarido. Me sobrecogí. Tenía la hechicera los ojos en blanco y una expresión delirante en el rostro.

—¡El lobo es él! —gritaba—. ¡Es él! Ha muerto, el viejo obispo a muerto y su espíritu viene a atormentarte.

—¿Qué dices, mujer? ¿Cómo sabes eso? —le pregunté.

—He trabado contacto con él… Me ha hablado…

—¡Lo sabía! —dijo Leonila—. Don Bricio ha muerto al fin, era de suponer que fuera así. Ahora, querido don Blasco, eres un hombre enteramente libre.

45

Hacía unas noches de calor sofocante, y no podía dormir. En mi cabeza daban vueltas los recuerdos, los remordimientos, las ambiciones y los miedos. No lograba reconciliar aquella maraña de sentimientos confrontados. Y las preguntas acuciaban aún más mi desvelo. ¿Habría muerto don Bricio? Si así fuera, ¿podía yo albergar la esperanza de ser el nuevo obispo de Placencia? ¿Qué debía hacer pues? No llegaban noticias del norte. Nadie se aventuraba a atravesar los montes hacia el otro lado de la Trasierra por temor a los bandidos. Solo contábamos con vagos rumores, suposiciones e incertidumbres.

A primeros de junio, uno de aquellos días, estaba yo almorzando cuando se presentó en el palacio el guardián de una de las puertas de la muralla preguntando por mí.

—¿A estas horas? —refunfuñé—. ¿Qué puede ser tan importante para interrumpir mi comida?

—Perdonad, señor —respondió azorado el oficial—. Un mensajero ha llegado a la puerta del Sol para avisar de que su amo, un señor obispo viene de camino hacia Placencia.

Me sobresalté.

—¿Un obispo? ¿Qué obispo?

—No lo sé, señor arcediano. Ese mensajero solo dio aviso y se marchó enseguida. Venía muy fatigado y decía necesitar reponer fuerzas.

—¡Estúpidos! —me enardecí—. ¡Cómo no se os ha ocurrido preguntarle en nombre de quién venía!

—Señor, no quiso decirlo. No íbamos a obligarle…

—Id inmediatamente a buscarle por las fondas del arrabal —le ordené—. He de saber quién es ese obispo y cuánto tardará en llegar. Debo estar prevenido para recibirle como mandan las leyes de la hospitalidad.

La noticia espoleó aún más mis temores. ¿Quién podría ser ese obispo? Sin duda, don Bricio que regresaba. Solo tratándose de él podía comprenderse aquella manera de actuar: avisar de la llegada para no irrumpir en nuestras vidas por sorpresa, pero reservándose algo de secreto. Tal suposición cabía en la lógica de la forma de ser de mi amo. O también, sin ser tan suspicaces, no era descabellado pensar que ocultaba su verdadera identidad por precaución; no fuera que quienes gobernaban la ciudad, pasados casi tres años, fueran otros que los que él dejó como vicarios suyos. Eran tiempos difíciles, de conspiración, traiciones y desavenencias entre cristianos; quien hoy estaba arriba, mañana podría ser que estuviera abajo.

Mandé inmediatamente que llamaran a Hermesindo. Acudió a mi palacio y le conté lo que sucedía, dándole a conocer mis conjeturas. Se quedó muy pensativo, atemorizado como yo.

—Hace tiempo que vengo intuyendo que sucedería esto un día u otro —me participó—. Sin duda se trata de don Bricio.

—¡Dios nos valga! —Di un puñetazo en la mesa—. ¿Y ahora, qué vamos a hacer?

Él vino hacia mí. Me puso las manos en los hombros y, visiblemente nervioso, aunque tratando de expresarse con serenidad, dijo:

—Nada tenemos que temer…

—¿Qué no? ¡Mira la ciudad! —exclamé señalándole la ventana—. ¡Mira nuestra Placencia! Las calles están llenas de moros y hebreos. Hemos convertido lo que fue aquella Ambrosía de don Bricio en un emporio, en un solaz de prestamistas, cambistas y mercaderes… ¿Cómo que no hemos de temer? ¿Crees que don Bricio aprobará muchas de las cosas que hemos hecho? Ni el concejo, ni la nobleza, ni el cabildo son hoy los que él dejó el día que se fue a su retiro.

—Bueno… —balbució—. El mundo cambia. Nada es estático, todo es mutable, pasajero… El comprenderá que han pasado casi tres años y…

—Y hemos ajusticiado a más de un centenar de personas en ese tiempo. ¡He quitado de en medio a cuantos me molestaban! Y mucha de esa gente era muy querida para el amo.

—¡Lo comprenderá! Tú eres tú y él es él. Esa gente te hacía la vida imposible.

—¡Oh, Dios! —exclamé—. ¡Qué inoportuno! Mira que presentarse precisamente ahora, cuando está el verano ahí, a las puertas, con las cosechas a punto de recogerse y la ciudad llena de mercaderes agarenos.

—Nada de eso es malo, ¡diantres!

—Pues, precisamente por eso, la vuelta del obispo echará a perder nuestros planes. Él no podrá soportar ver la ciudad tal y como nosotros la concebimos. Don Bricio piensa de manera diferente. ¿O es que no le conoces?

Me miró a los ojos con una expresión delirante.

—¡No hay tiempo que perder! —gritó.

—¿Qué quieres decir?

—Hemos de poner enseguida manos a la obra. Hay que disimular algunas cosas… Llamaremos a Abasud y le pediremos que mantenga a toda su gente en el arrabal. Hablaremos con los canónigos, con el cabildo, con los nobles y magnates. Deben apoyarnos todos en esto. Se aproxima la fiesta de Pentecostés, aún falta una semana. Ordena que se prepare un gran recibimiento, una magna celebración de acción de gracias en la catedral, que se apresten los campaneros para hacer sonar todas las campanas de la ciudad, mandaremos cortar hojas de palma y ramas de olivo…

—¡Espera, hombre! ¿No te he dicho que no sabemos cuándo se presentará? Lo mismo llega mañana que dentro de un mes, o quizá más tarde…

—Por eso mismo. ¿No lo comprendes? Prepararemos todo como si el amo fuera a venir mañana, ¡Dios no lo permita!

Fue un arduo trabajo. Había que disimular determinadas cosas; sobornar a unos, amenazar a otros; aleccionar a los clérigos y convencerlos de la necesidad de contentar a don Bricio, que, a fin de cuentas, era una anciano al que poco tiempo le iba a quedar de gobierno. Se trataba de fingir que las cosas habían seguido más o menos igual que antes de la partida del obispo, y de buscar explicaciones para todo aquello que, visiblemente, había cambiado. Los atavíos debían ser más austeros; se representaría decoro, piedad y modestia. Nada de galas, sedas, damasco, alhajas y ricos jaeces en las monturas; fuera turbantes, capotes moros, cintos repujados, tachones broncíneos, hebillas doradas y colgantes de pedrería. Los mercados, extramuros, y las tabernas al alfoz. En las calles debía haber silencio, compostura y no demasiado movimiento. Quien no cumpliera estas normas sería castigado severamente.

—Se dará cuenta. —Me temía yo—. ¡Es muy listo el amo!

—Más zorros somos nosotros —reponía Hermesindo—. Le regalaremos el oído; le contaremos solo aquello que querrá escuchar. No te preocupes. ¿O no recuerdas acaso cómo le engañábamos cuando éramos mozos e íbamos con él en la hueste?

—Confiaba tanto en nosotros…

—¿Eh? ¿Vas a dolerte ahora? ¡No te ablandes, hombre de Dios! ¡Es nuestra vida! Él tuvo ya su oportunidad…

—Todo esto no me parece sino traición.

—¡Qué estupidez! Es solo sentido común —dijo con tono malicioso—. ¿O vas a presentarle al amo a tu barragana y a la bruja que vive en tu casa?

—¡Hermesindo, no te consiento…!

—Vamos, amigo, no seas estúpido. Aquí no hay más camino que el de contentar de cualquier manera al viejo.

—Podemos disimular hoy; pero, mañana, ¿qué haremos mañana? El querrá gobernarlo todo, como siempre hizo.

—O no. No te pongas en lo peor. Tiene el viejo casi ochenta años. Vendrá muy fatigado de esos mundos de Dios. No creo que le queden fuerzas para ser el mismo de antes. Es prudente suponer que quizá quiera dedicarse a los libros y siga dejándolo todo en tus manos. Complácele tú y logra que te vea como a su sucesor. No te resultará difícil, puesto que es mucho lo que te estima.

Me dolió como una lanzada en medio del pecho aquello último que dijo. Aun así, ¿qué podía hacer?

Cuando les comuniqué a Eudoxia y a Leonila lo que sucedía, no querían creerlo. Palidecieron de espanto.

—¡No es posible! —dijo Leonila—. Está muerto. El

viejo lobo está más muerto que el carnero sobre cuya piel mi amiga habló con su alma atormentada…

—¡Calla ya, estúpida! ¿No te das cuenta? —rugí—. Debéis recoger vuestras cosas y abandonar enseguida este palacio.

—¿Y ahora qué? —preguntó Doxia—. ¿Qué haremos?

—Esperar, solo esperar. No te preocupes, iré a verte. Esta situación no ha de durar demasiado.

46

—¡Ya están aquí! —gritó el heraldo—. ¡Se ve asomar un estandarte por detrás de los cerros! ¿Lo veis? Entre aquellas encinas, hacia poniente.

Era ya media tarde.

De madrugada, nuestros vigías de las atalayas nos habían avisado de que se aproximaba una nutrida comitiva por los cerros, avanzando por el viejo camino que se adentraba en los territorios montuosos que se extendían hacia el este, por unos parajes despoblados, peligrosos, donde los moros solían perjudicar a cualquiera que se atreviera a ir a Coria, que era la más próxima ciudad cristiana en aquella dirección tan poco transitada por pertenecer al reino de León.

—Qué raro —observó Hermesindo—. Viene desde Portugal. Seguramente habrá hecho el viaje por mar desde el norte, desde Galicia. Es de suponer que haya querido visitar el sepulcro de Santiago, como final de su retiro.

—Sí, es posible —asentí.

Un anciano canónigo comentó:

—Hace ya una semana que avisó aquel mensajero de

la inminente llegada del obispo. Se habrá detenido en Coria.

Habíamos preparado una esplendorosa comitiva de bienvenida: clérigos, coros de monjes, caballeros, damas y músicos con fístulas y tambores. La ciudad resplandecía repleta de cabalgaduras, gallardetes y guirnaldas. Toda la población se había echado a la calle y aguardaba al pie de las murallas la llegada de su obispo.

—¡Vamos allá! —ordené, porque estaba previsto que la comitiva se adelantase un buen trecho del camino, para entregar las llaves de la ciudad a don Bricio junto a un crucero de piedras que se alzaba señalando el límite del alfoz.

Nos aproximábamos y veíamos venir hacia nosotros, a lo lejos, una fila de caballeros con lanzas en ristre y pendones alzados rodeando una brillante cruz dorada. Detrás de ellos, cabalgaban sobre buenas mulas unos hombres revestidos de apreciable dignidad, con serias capas y gualdrapas en sus monturas.

—¡No se ve a don Bricio! —exclamó alguien.

—Pero… ¿de quién se trata? —pregunté—. ¿Quién puede ser si no?

—Clérigos son —contestó un vigía que tenía muy buena vista—, mas no parece ser el obispo ninguno de ellos.

Llegaron a veinte pasos de nosotros y echaron pie a tierra, haciéndose a un lado y otro del camino. Entonces vimos con toda claridad, cuando se hubo disipado el polvo, que los que venían detrás, montando las mulas, eran en efecto clérigos importantes. Pero ninguno de ellos era don Bricio. Detrás, solo los seguían lacayos y más gente guerrera guardándoles las espaldas.

Me adelanté unos pasos solo. Uno de los clérigos montaba una enorme mula torda. Avanzó y se puso a dos varas de mí. Era hombre de unos sesenta años, menudo, de ojos negros, cara afilada, barba rala, gris, y expresión melancólica. Con mucha calma y circunspección, preguntó:

—¿Con quién hablo?

—Soy el arcediano de Placencia —respondí.

En ese momento, el clérigo echó mano a la alforja y extrajo una mitra. Se la colocó sobre la testa y afirmó solemnemente:

—Soy Arnaldo, siervo de Dios Altísimo, obispo de Coria. ¿Se halla entre vos el señor obispo de esta ciudad?

—No. Soy yo su vicario. Mi señor don Bricio está de viaje por el reino de Castilla. ¿A qué debemos el honor de vuestra visita?

El prelado permaneció hierático durante un momento, mirándome muy fijamente a los ojos. Luego dijo:

—El motivo de mi visita es concertar una entrevista con tu obispo. Mas, si no está, he hecho este viaje en balde. ¿Sabéis si ha de demorarse mucho en regresar?

—Eso solo Dios lo sabe. Yo gobierno Placencia en su nombre por mandato suyo. Ha ya casi tres años que mi señor se fue y no tenemos noticias de su paradero. Podéis tratar conmigo, con plena confianza, de lo que haya menester.

—Disculpad —contestó, dándose media vuelta para regresar adonde le aguardaban sus acompañantes.

Estuvo parlamentando durante un buen rato con uno de los miembros de su séquito. No se escuchaba nada de lo que hablaban entre ellos a causa de la distancia. Al cabo, regresó junto a mí y dijo:

—Lo que he de tratar es asunto grave y me urge. ¿Podéis vos atenderme?

—Ya os lo he dicho, señor. Yo hago las veces de mi amo el obispo en su ausencia. Entre él y yo no hay secretos. De eso, Dios es testigo. Acompañadme al seno de nuestra ciudad y aposentaos de esta sede como lo manda la madre Iglesia.

—Sea —asintió, arreando a su mula.

Cabalgó a mi lado. Ambos séquitos se unieron como uno solo. Hermesindo me hacía señas con impacientes movimientos de cabeza, deseoso de saber qué sucedía. Yo le hice un gesto con la mano para tranquilizarle.

La gente de Placencia, al vernos llegar frente a la puerta principal de la ciudad, prorrumpieron en vítores de recibimiento, tal y como estaba previsto. Yo iba confuso, sin saber qué pensar de todo aquello.

—¡Oh, qué gentileza! —exclamó el obispo de Coria, al ver a la población entusiasmada, los adornos, la música y la fiesta de bienvenida que se había organizado en honor de don Bricio y que él pensó que era por motivo de su visita.

—Somos un pueblo cristiano y acogedor —improvisé—. Tuvimos noticias de vuestra llegada y nos pareció bien alegrarnos por el honor de teneros con nos. Todos servimos al mismo Dios.

—¡Ah, qué maravilla! —dijo agradecido, admirado—. Vivimos unos tiempos bárbaros y, sinceramente, no esperaba esto. ¡Dios os lo premie!

Llegamos frente al palacio. Descabalgué y ofrecí mi ayuda al prelado, el cual descendió de su cabalgadura. Entonces, cumpliendo con la deferencia que le debía en atención a la jerarquía eclesiástica, me arrodillé y le besé el anillo con gran reverencia, delante de todo el mundo. Él me bendijo, me alzó de mi postración y me besó en las mejillas. Estaba emocionado.

Los clérigos y los nobles contemplaban la escena algo confusos. Tenían los infanzones en las manos los obsequios de bienvenida: unos Evangelios, el báculo de oro, la capa pluvial de gran solemnidad, un cáliz con vino y miel y un cesto con cerezas. No sabían qué hacer, puesto que todavía nadie les había dado órdenes y, a fin de cuentas, no era a aquel prelado a quien esperaban.

Con un gesto, les indiqué que debían proseguir con el ceremonial, como si todo transcurriera tal y como habíamos ensayado esa misma mañana.

Penetró el obispo de Coria en la catedral bendiciendo con su mano enguantada. La gente se arrodillaba a su paso, mientras los monjes entonaban el tedeum. Alcanzó el prelado el altar mayor y lo besó con devoción. Los acólitos le presentaban entonces las reliquias, las cuales veneró. No salía de su asombro.

Los caurienses que componían su séquito veían emocionados con cuánta consideración se recibía a su señor; sonreían y tenían lágrimas en los ojos.

Subí yo al púlpito y anuncié:

—El señor obispo de Coria ha venido a visitarnos. ¡Viva Cristo!

—¡Viva! —exclamó la concurrencia a una sola voz.

Improvisé un discurso de bienvenida. Contestó el obispo muy agradecido con palabras llenas de calor, correspondiendo con bendiciones a tanta deferencia. Se celebró misa solemnísima, con cantos, comunión y acción de gracias. A la salida se repartió el pan bendito y todo lo que estaba dispuesto para la fiesta: tocino, tasajos, peladillas, ciruelas secas, golosinas y vino en abundancia.

A la gente le daba lo mismo que fuera este u otro el obispo agasajado; el caso era pasarse una jornada holgando y disfrutando de cuanto se les daba gratuitamente.

Cuando conseguía aproximarse a mí, algo retirado, Hermesindo me preguntaba disimuladamente:

—¿Qué pasa? ¿A qué viene esto?

—Sé lo mismo que tú —le respondía yo.

—¿No será que este es el nuevo obispo? —observaba él—. ¿No será que lo manda el papa a hacerse cargo de la sede?

—No, no, no… Es el obispo de Coria. ¿No lo has oído?

Caída la noche, ofrecí mi palacio al prelado y ordené que dispusieran alojamiento digno para su séquito.

—Gracias, gracias, gracias… Dios os lo pague —contestaban todos con reverencias, encantados.

—Señor —le dije al obispo—. Vos os alojaréis en el palacio principal de la ciudad. ¿Quién os sirve directamente?

Sujetó él por el brazo a un clérigo más joven, sería de mi edad, de algo más de treinta años.

—Este sacerdote me acompañará —respondió.

En el salón principal de mi casa nos sentamos a la mesa para cenar el prelado, su acompañante, Hermesindo, el deán de la catedral y yo. Hubo silencio al principio. Nos mirábamos unos a otros mientras comíamos. No estábamos incómodos. Pero todo resultaba extraño, como si no lográsemos asimilar aquella situación sobrevenida, inesperada.

Hermesindo me preocupaba. Se le veía nervioso, y temí que dijera alguna inoportunidad, pues no sabía hablar de otra cosa que no fueran los asuntos de los negocios, los impuestos, el dinero.

El obispo de Coria de vez en cuando, como para romper el hielo, repetía:

—Bonita ciudad. ¡Oh, qué gente tan simpática! No nos esperábamos esto… ¡Qué recibimiento!

Hermesindo entonces se animó y empezó a hablar:

—Placencia es muy próspera; hay buen comercio y se vive bien. Ya veis. ¿Hay mercado semanal en Coria?

—¡Brindemos! —propuse poniéndome en pie y alzando mi copa—. ¡Por Coria!

Pausadamente, con aire clerical, el obispo alargó su menuda y blanca mano, cogió la copa y secundó el brindis:

—¡Y por Placencia! ¡Por toda la cristiandad!

Bebimos y retornó aquel silencio espeso. Me fijé entonces en el clérigo que acompañaba al prelado. Era un hombre fuerte, rechoncho, de ojos brillantes, largas barbas, cabello partido en raya, cortado a melena, con perfecta tonsura, enorme, que apareció cuando se quitó en la catedral el bonete de *tiraz* de seda muy roja. Supuse que sería un canónigo curialense.

Pero, justo en ese momento, don Arnaldo le presentó con estas o parecidas palabras:

—Este digno y reverendísimo varón que me acompaña es don Gregorio. Os preguntaréis, hermanos, por qué razón no ha abierto la boca. Debéis excusarle, pues no conoce nuestra lengua. Es extranjero y solo comprenderá si hablamos en latín.

Nadie se extrañó, pues en aquellos tiempos había en los reinos hispanos gentes de paso que hablaban todo género de lenguas rústicas.

En atención al tal don Gregorio, hice un nuevo brindis, esta vez en latín, que él comprendió perfectamente.

—*Per romanum papam!* —exclamé.

Volvimos a ponernos en pie y el extranjero añadió:

—*Per Celestinus tertius, papam romanum, salus et vita!*

—Bien —dijo el obispo—. Es hora de ir a descansar, hermanos. Don Gregorio viene de un larguísimo viaje, vos habéis hecho muchos preparativos para este recibimiento y yo, debéis disculparme, soy viejo… ¡Oh, ha sido un día hermoso! ¡Gracias una vez más!

Se retiraron a sus alcobas repartiendo bendiciones.

También se marchó el deán a su casa y le pedí a la servidumbre que nos dejara a solas a Hermesindo y a mí.

Cuando ya nadie podía oírnos, le pregunté:

—¿Qué piensas de todo esto?

Eso mismo te pregunto yo —contestó—. ¿Qué piensas tú? Es todo tan raro…

—No sé. Es ciertamente una cosa extraña. Supongo que mañana, más tranquilos, ese obispo dirá a qué ha venido en realidad. No creo que se trate solo de una visita de cortesía. Y, además, está ese clérigo extranjero…

—Propongo que sigamos con todo el plan, como si hubiera venido don Bricio —sugirió él.

—Iba a decir eso en este preciso momento. Te ruego que mantengas alejados a Abasud y a sus socios. Actuemos prudentemente y tratemos de sacar el mayor partido de todo esto.

47

Se echó repentinamente encima un verano bochornoso, sofocante. Los vencejos invadían el cielo al atardecer y subía desde la ribera un aire espeso, cargado de humedad y aromas de heno caldeado. Durante el día solo apetecía estarse en la frescura de las iglesias, en el seno umbrío de las bodegas y en la interioridad amable de las casas de piedra. Cuando el sol iba a ponerse, era delicioso respirar el vaho perfumado que enviaban los campos.

Mis huéspedes estaban encantados. Eran hombres de oración y les gustaba acudir a rezar las horas canónicas en los conventos. Por las mañanas se entregaban a la lectura en la biblioteca de don Bricio y, a medio día, procuraba yo que les sirvieran una comida apetitosa. Era esta una buena oportunidad para conversar acerca de múltiples asuntos.

Don Arnaldo resultó ser muy ocurrente, locuaz, optimista. Contaba anécdotas de su juventud, de los tiempos antiguos, parecidos a todos los tiempos, con peripecias muy curiosas. Había vivido durante mucho tiempo nada menos que en Roma, porque los moros causaban constantemente desastres en Coria y su alfoz. Su diócesis no era rica y no contaban con las defensas necesarias para sobrevivir en los años bárbaros pasados. Así que los cristianos de aquella parte tuvieron que huir una y otra vez durante las últimas décadas.

Estaba orgulloso el prelado de que su obispado fuera uno de los más antiguos de España, erigido posiblemente en tiempos del emperador Teodosio. En Roma había tenido conocimiento de que ya en los siglos VI y VII, reinando los visigodos, los prelados caurienses, antecesores suyos, habían frecuentado diversos concilios. Después, la llegada a la península de los ismaelitas había sumido la celebre ciudad en el olvido para la cristiandad, durante largos siglos de dominio agareno. Reconquistada por fin hacía cincuenta años por los leoneses, pugnaba ahora intentando recuperar el renombre de las eras antiguas.

Con suma humildad, haciendo mofa de sí mismo, don Arnaldo dijo:

—Aquí me tenéis. Soy el más pobre obispo del mundo, mas he conocido en persona a tres papas.

—¡Dios bendito! —exclamé—. ¡Qué afortunado sois! Habéis vivido en la ciudad de san Pedro. ¿Cómo fue que os dio por viajar allá?

—¡Uf! —suspiró—. Es largo de contar. Resultó que no teníamos la paz y el sosiego necesarios para servir a Dios. Nos pasábamos la vida tratando de defender la ciudad de los moros que querían hacerse de nuevo con ella. Hoy entraban y mataban gente, destruían, expoliaban…; mañana asaltaban a los caminantes. No había comercio, ni cosechas, ni ganado… ¡Nada! ¡Qué desastre! La gente emigró al norte, a los montes, buscando paz al pie de la sierra de Francia. Pero qué hace un obispo por ahí, con los fieles dispersos, errante. Así que junté los cuatro sueldos que tenía escondidos aquí y allá y me dije: ¡A Roma, a ver al papa! ¡Ja, ja, ja…! ¡Qué atrevimiento!

En fin, cosas de la mocedad. Hoy ni loco se me ocurriría emprender un viaje así.

—Contadme —le rogué—, don Arnaldo, ¿cómo es Roma?

—¡Humm…! ¡Te encantaría! Es… ¡maravillosa! En Roma las campanas suenan de diferente manera que en el resto del mundo. En Roma se respira el aire de la eternidad… Eso mismo: ¡de la eternidad!

Se entusiasmaba contando cosas. Manoteaba, ponía los ojos en blanco recordando; otras veces se quedaba abstraído e incluso, vibrando, le caían lágrimas mejillas abajo cuando le venía a la memoria algo que le despertaba mayor emoción. Describía Roma con todo lujo de detalles: el río Tíber con su fluir lento, caudaloso y turbio; el Trastévere, el Palatino; la vieja ciudad ruinosa, sucia y envejecida, pero eterna en sí misma, dueña de pasados gloriosos, de historias trepidantes, transitada por muchedumbres, clérigos, ilustres, peregrinos, aventureros y oportunistas a la zaga de los pedazos de esplendor que se desprendían de aquella secular grandeza.

Yo le escuchaba absorto, satisfaciendo una curiosidad que había anidado siempre en mi alma. Envidiaba en parte a don Arnaldo y me habría gustado tener una vida como la suya, viajera, itinerante, de años y años sin casa propia, a merced de la generosidad de otros, pidiendo asilo y favores, pero conociendo mundo.

—He padecido mucho —decía él—. No creas que todo ha sido gloria. He sufrido, he enfermado, he pasado hambre, miserias y soledad, pero… ¡Dios no me ha dejado de su mano! ¡Ay, qué vida esta!

Empezó a causarme admiración aquel hombre pequeño, mermado de salud, débil, pero saturado de una alegría que le nacía dentro y él transmitía a raudales.

—¡Vivir es un regalo, hermano! —repetía frecuentemente—. No, no hay que quejarse... ¡Dios sabe a qué hemos venido!

No era don Arnaldo nada parecido a los clérigos que había conocido a lo largo de mi vida. No era, desde luego, un guerrero. Nada sabía de armas ni de ejércitos. Jamás, según confesaba, se había vestido de hierro.

—Pero... ¿cómo es posible? ¿Os dan miedo acaso las armas? —le pregunté.

—¿Miedo? ¡Nada de eso! Los moros me cogieron cautivo en una ocasión y me dieron tantas palizas como pelos tengo en la barba. Mira aquí, esta cicatriz, y este dedo torcido... —E iba mostrando señales de antiguas heridas y otras secuelas de los malos tratos recibidos—. Otra vez, me agarraron los bandidos y me molieron a palos. Me pusieron la punta de una espada aquí, donde tengo el corazón... ¡Cristo bendito! ¡Si estoy vivo es de milagro!

—¿Y no os habéis defendido nunca?

—Jamás he empuñado otra cosa que mi báculo para apacentar a la grey que el Señor me encomendó. ¿Qué pinta un siervo de Dios vestido de armadura y con una espada en la mano?

Me dejaban asombrado aquellas explicaciones. Verdaderamente, el obispo de Coria me parecía un raro hombre. Me agradaba escucharle; su presencia me serenaba. Y notaba que también yo le iba resultando a él simpático. Me trataba cada vez con mayor afecto. Varias veces me participó que mi curiosidad, mi deseo de saber las cosas, le causaba satisfacción, por tener la oportunidad de contar cosas. Decía:

—Soy hablador, ya ves. ¡Ay, Dios me perdone! Esta boca mía no para un momento. En fin, nadie es perfecto...

En cambio, el clérigo extranjero era sumamente silencioso. No habría la boca si no era para comunicar lo indispensable. Y no se debía ello a que no conociera la lengua en la que conversábamos, pues las más de las veces lo hacíamos en latín. Él escuchaba, observaba atentamente, se fijaba en todo, muy serio, circunspecto, siempre tan digno.

A la caída de la tarde subíamos a la terraza más alta del palacio para contemplar el paisaje de Placencia. Se veían los edificios de piedra, las murallas, las torres y, a lo lejos, las casitas de adobe con sus enredaderas y sus parras, y el río con sus meandros bordeados por arboledas.

—¡Ah, qué ciudad! —exclamaba don Arnaldo. Y le decía a su acompañante—: Qué hermoso es esto, ¿verdad, don Gregorio?

Entonces yo me explayaba contándoles cómo se había ido construyendo la ciudad: primero los muros más alejados, la catedral, el burgo, la ciudadela, la fortaleza… Les exponía el plan bien pensado de don Bricio; su ideario de la creación de una ciudad ideal, *de civitate Dei*, la ciudad de Dios.

—Ya veis, señores —les explicaba—. El lema elegido por mi amo para adornar el escudo de la ciudad no puede ser más rotundo, ni más claro: *Ut placeta Deo et hominibus*; es decir, «para que plazca a Dios y a los hombres».

Ellos me escuchaban maravillados, asintiendo con gustosos movimientos de cabeza.

<h1 style="text-align:center">48</h1>

—¿Qué quieren? ¿A qué han venido? —me preguntaba una y otra vez Hermesindo, lleno de ansiedad, preocupado a causa de aquella inesperada visita.

—No lo sé —respondía yo—. El obispo habla mucho, pero no termina de decir el motivo de su visita. Y el extranjero es un hombre extraño, meditabundo y silencioso.

—¡Averigua de una vez el motivo de su visita, diantres!

—Puede ser que no haya ningún motivo en particular, que se trate de simple cortesía. A fin de cuentas, Coria y Placencia son ciudades y diócesis vecinas. Hemos vivido durante años dándonos la espalda, a causa de las discordias entre Castilla y León. Quizá sea el momento de acercarse. Don Arnaldo es un hombre piadoso, sensato, no es un obispo guerrero y nada parecen interesarle las contiendas. En todo caso, creo que sus motivos han de ser pacíficos.

—No sé, Blasco. Todo esto me parece muy raro. ¿Y si don Bricio vive y lo ha enviado a vigilarnos, a inspeccionar la diócesis? ¿Y si el viejo se ha enterado de nuestros manejos y quiere espiarnos?

—No, no, no... ¡Nada de eso! Don Bricio nunca actuaría así. Si se enterara de lo que hacemos, vendría él en persona y actuaría dándonos la cara.

Recorría Hermesindo mi despacho de parte a parte, nervioso, con las manos crispadas, a la altura del pecho. Se detuvo, se apoyó en mi mesa y, aproximándose mucho a mí, dijo:

—Averígualo, Blasco, por Dios, que esto es un sinvivir. Los mercaderes están extrañados, pues tenemos interrumpidos los mercados de la ciudad, las tabernas cerradas y a toda la buhonería esperando. ¡Averígualo!

Pasó una semana más. Don Arnaldo y yo conversábamos diariamente cada vez con mayor soltura. Aprendí de él muchas cosas que desconocía de la cristiandad. Tenía el obispo de Coria una visión amplia del mundo. Por haber soportado tantas penalidades, aportaba constantemente puntos de vista que atenuaban la importancia de los acontecimientos. Mi interés en hablar con él no era ya tanto averiguar el porqué de su visita, sino escuchar las interesantes historias que contaba y estar muy atento a las reflexiones que hacía y a los pareceres que manifestaba sobre personas, hechos y lugares.

De las muchas cosas que me contó, me llamó la atención el relato de la caída de Jerusalén y la pérdida de los Santos Lugares. El efecto que produjo en la cristiandad y cómo se había vivido en el corazón de la misma Roma, donde don Arnaldo vivía por entonces.

—Hubo una tristeza grande en Roma cuando llegó la noticia de que Saladino tenía en su poder los Santos Lugares, de que se habían cerrado en Jerusalén los sagrados templos cristianos y se habían abierto, en cambio, las mezquitas. El papa que reinaba entonces era el muy sensible Urbano III, el cual se afectó mucho al saber la fatal nueva, tanto que murió de dolor poco después.

—Es de comprender —le dije—. Es muy difícil aceptar que Dios permitiera tal derrota, después de tantas vidas perdidas de cristianos, fatigas y sacrificios sufridos por conservar la ciudad santa. No se entiende cómo nuestro Señor dejó que aquella, su ciudad, Sion, cayera en manos de infieles. ¿Dónde estaba pues la ayuda de su divina providencia? ¿Cómo no envió el auxilio de sus ángeles?

Don Arnaldo extendió las manos con las palmas mirando hacia mí. Con un tono que parecía gorja, exclamó:

—¡Apártate de mí, Satanás, que piensas como los hombres y no como Dios!

Aquella repentina respuesta me desconcertó y debí de ruborizarme.

—¿Eh…? —balbucí—. ¿Qué queréis decir…?

—Discúlpame, arcediano —contestó—. Me he permitido hacer una broma a costa de las palabras que Jesús dijo a san Pedro cuando este se escandalizó al saber de antemano que el Señor iba a padecer y morir.

Medité durante un leve instante sobre aquello que decía y observé:

—Ah, comprendo. Quieres decir que todo sufrimiento, todo sacrificio, aunque no se vea ahora su sentido, no es inútil. ¿No es eso? Por eso, os pregunto: ¿y qué sentido creéis que puede tener la pérdida de la ciudad santa de Dios, de aquella Jerusalén que guarda el sagrado lugar donde padeció, murió y resucitó nuestro Señor?

—¿Recuerdas el salmo 98? —preguntó a su vez.

—Claro que lo recuerdo —respondí. Y acto seguido, recité:

Dominus regnavit: irascantur populi;
qui sedet super cherubim: moveatur terra.
Dominus in Sion magnus,
et excelsus super omnes populos.
Confiteantur nomini tuo magno,

quoniam terrible et sanctus est...
(El Señor reina, tiemblen las naciones;
sentado sobre querubines, vacile la tierra.
El Señor es grande en Sion,
encumbrado sobre todos los pueblos.
Reconozcan tu nombre, grande y terrible:
Él es santo).

—Veo que gozas de buena memoria —dijo él—. Pues bien. Como puedes apreciar, da la sensación de que se canta el poder de Dios como un guerrero, como un rey que somete a sus enemigos. Digamos que es un himno a la realeza de Dios. El Señor reina en Sion, encumbrado sobre todos los pueblos. ¿Ves? Dice «todos» los pueblos. Esto ha sido interpretado como un mandato para imponer la autoridad de nuestra fe, la verdadera fe, a cualquier precio, a los infieles.

—¡Claro! —observé—. Por eso no comprendo cómo Dios, el solo Santo, ha permitido que Sion esté en manos de los infieles.

—Te daré la explicación que me pides. En efecto, sabemos que Sion es la ciudad de Dios. Sion se llama la ciudad de Jerusalén. Siguiendo la interpretación de ese nombre, significa especulación o visión y contemplación. «Especular» es mirar adelante, intentar ver, u observar. Es, pues, Sion toda alma que aspira a ver la luz que se ha de ver. Si el alma se mira a sí misma, se oscurece; si mira la luz de Dios, es iluminada.

—¡Qué sabias palabras! —exclamé admirado.

—No son mías —contestó humildemente—. Son de san Agustín. Precisamente se trata de los comentarios del salmo 98, que no tiene desperdicio y que pueden aportarnos mucha luz en esta duda que tenemos.

—Prosigue, por favor.

—Es, pues, manifiesto que Sion es la ciudad de Dios; ¿y qué es la ciudad de Dios sino la santa Iglesia? Porque los hombres que mutuamente se aman y aman a Dios, que habita en ellos, constituyen una ciudad para Dios. Pues la ciudad está constituida espiritualmente con amor, con caridad, no con piedras físicas, temporales, pasajeras… ¡con amor! Porque Dios es amor. Solo eso: *Deus caritas est*, dice el Evangelio de san Juan. Esta es la ciudad de Dios. Por eso no debemos buscarla en ninguna parte, ni aquí, ni allá siquiera, en Jerusalén, en la Sion de piedra pura… ¿Comprendes?

—¡Admirable! —exclamé—. ¡Ahora lo comprendo! He ahí el fracaso estrepitoso de tanta guerra y tanta desolación…

—Por eso, hermano, te digo que no me vestiré jamás de hierro —concluyó—. Pero, eso, ¿a quién se le puede decir en estos tiempos bárbaros?

—Comprendo, comprendo, comprendo… —repetí—. ¡Oh, Dios, qué sabio sois!

—No, querido arcediano —me dijo, poniéndome la mano en el hombro—. ¡Qué sabio eres tú, por comprender esta explicación! Porque no es sabiduría mía lo que te he expuesto. ¡Pobre de mí! Es la sabiduría de la Iglesia que muchos no terminan de entender. Son las sabias palabras de san Agustín, llenas de luz. Él nos dice que: «Con la unión y la concordia de todas las gentes se forma esta *civitas*, a la que se llama en los salmos "Ciudad del gran Rey". Ella es espiritualmente Sion, nombre que equivale a visión, porque es capaz de mirar hacia el gran bien del siglo futuro: allí hay que mirar. Ella es igualmente la Jerusalén espiritual. Y su enemiga es la ciudad del diablo, Babilonia, que significa confusión». Es decir, carnalidad, guerras, egoísmos, mentiras, fraudes, intereses mezquinos… y, finalmente, dolor y muerte.

49

Habíamos subido don Arnaldo y yo a lo más alto de la torre octogonal mandada edificar por don Bricio en el centro de la ciudadela. Era el punto más elevado de Placencia, y desde sus terrazas se dominaba enteramente el conjunto de murallas, los puentes, los caminos, las veredas y los montes. Hacía ya tiempo que yo no contemplaba aquella prodigiosa visión del burgo, el alfoz, los huertos y los campos. No había otro punto desde el cual pudiera uno gozar mejor del conjunto que formaban la ciudad y su entorno, idílico, bello hasta la saciedad cuando era bañado por la dorada luz de la tarde; con toda esa paz que la vida pastoril enviaba desde los altozanos por donde se movían, lentamente, mansamente, las majadas que blanqueaban entre oscuros matorrales, haciendo sonar la esquilas, cuyo rumor venía a fundirse con el repicar de alguna campana.

—¡Maravilloso! —exclamaba el obispo de Coria—. ¡Qué fantástica vista!

—¿Cómo es vuestra ciudad? —le pregunté.

—¡Oh, es también hermosa! Tiene sus murallas, su río, sus campos de verdes pastos… Pero somos pobres…

¡Todas esas guerras…! No hemos podido vivir en paz ni un momento: ora moros, ora cristianos, vuelta otra vez a los moros y, de un tiempo a esta parte, cristianos al fin. Pero no cesan las aceifas de los agarenos, cada verano… ¡Un desastre! No bien van granando las cosechas, cuando ya tenemos merodeando partidas de guerreros a ver lo que rapiñan. ¿Y qué decir del ganado? ¿Para qué nos sirven tan jugosos pastizales si nadie se aventura a meter en ellos una sola vaca?

—¡Qué lastima! —exclamé.

—Envidio sanamente esta paz —dijo—. Se ve que esta ciudad, toda ella de nueva planta, está construida con inteligencia. Se aprecia aquí la sabia mente de hombres con visión de futuro… ¡Eso es lo que le hace falta a nuestra cristiandad!

—Don Bricio albergó siempre en su corazón el íntimo deseo de gobernar una ciudad —expliqué—. Cuando el rey le dio esta, que apenas era un villorrio de frontera, pudo al fin realizar su proyecto. Ya os conté cómo tuvo presente el tratado *De civitate Dei* de san Agustín.

—Prodigiosa tarea la de tu obispo. Por cierto, ¿qué es de él? Llevamos aquí ya más de diez días y observo que nada indica que haya de regresar. ¿Qué sucedió?

—Nada sabemos al respecto. Solo que se marchó un día antes del comienzo de la Cuaresma. Creímos que regresaría por Pascua. Fue eso lo que dio a entender. Llegaron algunas cartas suyas y, luego, dio comienzo este silencio, esta incertidumbre. Cierto es que los tiempos son malos y que hoy los correos no son eficientes merced a tanto desalmado como anda suelto, pero… ¡es demasiado tiempo sin tener noticias!

—¿Cómo era su salud cuando se marchó? —preguntó él.

—Buena, muy buena para su edad. Don Bricio fue un guerrero imponente en su juventud, alto y fuerte como una torre, vistió de hierro durante casi toda su vida, frecuentaba la caza y no dejaba de ejercitarse. Los años pasaron por él, naturalmente, y ahora se le veía más anciano y, consiguientemente, mermado de fuerzas, mas no padecía dolencia alguna. Supongo que me habéis preguntado por su salud poniéndoos en lo peor, es decir, su posible muerte...

—Así es —asintió.

—También nosotros hemos llegado a suponer eso, puesto que no nos resulta nada lógica esta prolongada ausencia.

—Y... ¿en ese caso? —quiso saber—. Si no regresa, ¿qué vais a hacer?

—Sea lo que Dios quiera —respondí demostrando humildad—. El rey y la santa madre Iglesia sabrán proveer según lo que Él disponga.

—Has sido el brazo derecho de don Bricio durante muchos años —dijo él—. No resulta nada difícil suponer que tuviera ya dispuesto que fueras su sucesor... ¿Te gustaría?

Me quedé pensativo, algo azorado. Era, en efecto, eso lo que yo pretendía, pero sabía bien que no debía manifestarlo.

—Sea lo que Dios quiera —contesté fingiendo total indiferencia—. No aspiro a grandezas que superan mi capacidad.

—No se puede ocultar una ciudad puesta en lo alto de un monte —sentenció—, ya lo dijo Nuestro Señor Jesucristo. Veo, querido hermano Blasco, que eres un hombre que reúne todas las virtudes: juventud sin arrogancia, inteligencia sin presunción, fortaleza sin prepotencia... y humildad. Sabes bien quién eres, mas no resultas vanidoso.

Escuché atentamente estos halagos. Resonaban completamente sinceros en mis oídos. No eran pues las empalagosas adulaciones a las que tan acostumbrado estaba. Viniendo de don Arnaldo, que era transparente como el cristal, no podían ser sino le exposición de lo que verdaderamente pensaba de mí.

Por eso, me turbé y enmudecí, buscando mis propios sentimientos; tratando de enfrentarme al apretado nudo de contradicciones que llevaba conmigo, desde hacía años; ese fondo oculto de falsedades, mentiras, pasiones, dobleces y egoísmos. Resultaba difícil no sentirse uno interpelado ante la sincera elocuencia, la bondad y la espontaneidad que brotaban de don Arnaldo. Sus apreciaciones, sus consejos, su piedad verdadera, llegaban a mi alma como flechas que se topaban con la dura coraza que formaban mis engaños entrelazados. Por primera vez en mucho tiempo, me sentí el ser más ruin de la tierra.

—¡Eh! —exclamó él, zarandeándome por un brazo—. ¿No dices nada, hermano? ¡Oh, Dios bendito, qué humildad, que pureza…! Creo, sinceramente, que nadie será más adecuado que tú para gobernar esta ciudad. Si no fuera porque nuestros reyes están enemistados, escribiría inmediatamente a don Alfonso VIII para expresarle ese parecer mío, no vaya a ser que envíen aquí para sustituir a don Bricio a uno de esos energúmenos que se pasan la vida a la caza de una sede episcopal. No, no y no. ¡Nadie mejor que tú para Placencia!

Yo iba a estallar. Me dolía en el fondo del alma lo que me estaba sucediendo, porque noté que una parte franca de mí, aunque pequeña, sepultada bajo la montaña de mis iniquidades, era incapaz de brotar, como una insignificante semilla aplastada por pesadas rocas.

—¿Qué piensas? —insistía el obispo—. Vamos, habla. A fin de cuentas, ¿yo quién soy? No tengo autoridad sobre ti. Ni siquiera puedo ayudarte. ¡ojalá pudiera! Pero, al menos, puedes confiar en mí…

Se me hizo un nudo en la garganta. Regresó ese niño que todos llevamos dentro y casi estuve a punto de llorar. No sé si era arrepentimiento o vergüenza, pero sentí la necesidad de expresarme, de confesar, aunque fuera en términos vagos e imprecisos, lo que me pasaba.

—Hay veces en la vida —comencé a hablar— en que el mal nos atenaza de tal forma con sus seducciones y con sus engaños que no hacemos lo que quisiéramos, sino que nos dejamos llevar, como paja que arrebata el viento, a merced de situaciones, de circunstancias y personas que nunca estuvieron en nuestro ánimo. Entonces, cautivos, presos realmente de cuanto nos rodea, somos incapaces de romper lazos, ataduras, de escapar de esa realidad sobrevenida, que en el fondo no queremos para nosotros, aunque atrae, nos embelesa, nos embruja de tal manera, que no podemos librarnos de ella… y… y no somos ya quienes éramos, ni quienes queríamos ser…, ni… siquiera… quienes otros creían que éramos…

Me deshice en lágrimas, sorprendido yo mismo por aquel discurso que me brotaba sin saber de dónde, pero que sentía más mío que nada, a diferencia de tantas otras cosas como me había acostumbrado a decir premeditadas, estudiadas, disimuladas.

Don Arnaldo se aproximó entonces a mí. Tenía los ojillos brillantes y su delgado y menudo rostro, habitualmente pálido, había enrojecido.

—¡Déjame que te abrace, hijo mío! —exclamó emocionado—. ¡Esas palabras no brotan de la carne ni de la sangre, sino del espíritu…!

Acogí aquel abrazo como el de un padre y sentí algo que en verdad necesitaba: el calor de la auténtica misericordia. Creí que don Arnaldo comprendía mi confesión, mis ansias de reconciliación.

—He de deciros que… —intenté proseguir.

Pero él se agitó muy nervioso. Me puso los dedos en los labios y me rogó:

—No, no hace falta decir más. Ahora, hermano, escúchame tú a mí.

—Pero… —hice un nuevo intento.

—¡No, déjame! —Se enjugó las lágrimas con la manga de la túnica e inició su propia perorata—: Todo eso que has dicho ha sido como una luz para mí. Dios mismo ha hablado por tu boca, hermano. ¡Menos mal que vine a Placencia! Durante meses vivía en la mayor de las incertidumbres. Necesitaba un sabio consejo y no hallaba a la persona adecuada. Oraba y oraba a Nuestro Señor suplicándole una señal, una indicación que me ayudase a elegir el camino que debíamos tomar. Hoy, gracias a ti, por fin he comprendido lo que debo hacer…

—Pero, señor, yo… —balbucí.

Él me hizo un firme gesto con la mano, pidiéndome que no le interrumpiera. Se fue hacia el borde de la torre y se puso junto a una de las almenas. Apoyó en ella la espalda. Veía yo el cielo muy rojo hacia poniente y bandadas oscuras de aves que se alejaban sobrevolando las montañas. Estaba totalmente desconcertado, sorprendido por aquella reacción del obispo.

—He de revelarte un secreto —dijo don Arnaldo—. Es algo que solo podría decir a una persona como tú. ¿Por qué crees que llevo aquí más de diez días abusando de tu hospitalidad? Hoy por fin he comprendido que tú puedes saber ese secreto.

Le escuché atentamente. Todo en aquella conversación se había dado la vuelta: ahora era él quien se manifestaba necesitado de hacer confesiones. Así que, lejos de interrumpirle, se despertó mi curiosidad.

—Estoy aquí por mandato del papa —reveló con circunspección, en baja voz—. Ese clérigo que me acompaña, don Gregorio, es en realidad un cardenal romano enviado por el mismísimo pontífice Celestino III para entrevistarse con los obispos, solo con los obispos, uno por uno, para conocer sus opiniones y para expresarles el mandato del papa en persona. Su santidad quiere resolver de una vez por todas el problema de los reinos cristianos hispanos. Desde que se perdieron Jaffa, Beirut, Acre y la propia Jerusalén, pasando a manos de ismaelitas, en Roma se vive en ambiente de gran preocupación por temer el avance incontenible del islam. El papa ha expresado una y otra vez su dolor por las desavenencias entre los reyes de Hispania y teme, visto el panorama de Oriente, que aquí, en la península, se acabe en un desastre como aquel, pues fueron las discordias internas del reino de Jerusalén las que lo condujeron a su ruina. Ante esa evidencia, ha enviado a su sobrino, el cardenal Gregorio, con el fin de instar a los obispos españoles para que persuadan a los reyes, príncipes y varones de España para que se unan, acuerden una paz perpetua y pongan sus reinos al servicio de la lucha contra el infiel.

—Eso no ha de ser fácil —observé.

—Por eso mismo, esta misión es tan secreta y solo concierne a los prelados. El cardenal Gregorio confía plenamente en mí. Soy yo quien debe recorrer las diócesis, una por una y, con suma cautela, esperar el momento oportuno para transmitir la información que poseo y el mandato del papa. Mas yo, ¡pobre de mí! Soy solo un viejo inútil, hombre torpe que no entiende de los complejos asuntos de las armas y los ejércitos… Soy amante de la paz y no comprendo el lenguaje de la guerra, ya te lo dije. Soy pues el menos indicado para esta misión. Pero…, hoy, he visto la luz. ¡Tú puedes ayudarme!

—¿Yo? ¡Si yo no puedo moverme de aquí!

—No ahora, hermano —dijo—. Esta es una cuestión de paciencia. Hemos de averiguar primero si vive don Bricio. Si tu obispo ha muerto, al cardenal Gregorio no le resultará nada difícil lograr del papa que te nombre obispo de Placencia. El rey aceptará esa decisión, puedes estar seguro de ello.

—¿Y mientras?

—Don Gregorio y yo proseguiremos nuestro trabajo. Emprenderemos viaje mañana mismo hacia Castilla, donde no nos resultará nada difícil saber acerca del paradero de don Bricio. Pronto recibirás noticias mías.

50

Los peregrinos se dieron cuenta de que el paisaje había cambiado. El cielo se mostraba gris; los campos más verdes. Por los altos corrían excitados pequeños caballos de colas cortas y crines espesas. Abajo resplandecían los prados, y brillaban las hojas de las parras, dispuestas de manera muy ordenadas alineadas junto a algunas casonas de piedra.

Mientras descendían hacia el llano, arreció el viento. No hacía frío a pesar de ello, por ser un aire suave y húmedo. Les pareció un espectáculo nuevo ver agitarse las copas de los árboles, el murmullo del follaje y el rumor del arroyo, al caminar por entre las altas hierbas o por los claros del bosque. Luego la vereda discurría entre viñas de troncos alargados, retorcidos, arrugados y nudosos; las ramas frondosas dejaban ver sus racimos aún menudos, de granos apretados y verdes.

—Ha de haber aquí buen vino —comentó el mercader.

—Mas no han de madurar demasiado las uvas —observó el joven caballero—, con tanta umbría como hay. El vino quiere sol.

—¡Eh, mirad, se ve un campanario! —señaló Ludwin.

Miraron todos en aquella dirección. Por entre las frondas asomaba una torre toda de piedra, ennegrecida por la humedad. Al irse aproximando vieron los tejados de un edificio grande y después las paredes, también de piedra.

—Parece un monasterio, hermanos —dijo el fraile.

Enseguida vieron una muchedumbre que se encontraba reunida en torno a una alta iglesia.

—Son campesinos que están de romería —indicó el mercader—. Ved la procesión del santo, allá, por el camino, y los curas en fila. Sí, aquella gente está de fiesta.

Al aproximarse más, escucharon el bullicio, los cantos y los vivas al santo. De repente el cielo se cubrió completamente con grandes masas de nubes y empezó a llover. Los campesinos apenas se inmutaron, siguieron a lo suyo, a la intemperie, cantando y vociferando. Sin embargo, se vio correr a la imagen, en sus andas, que unos mocetones transportaban con grandes zancadas, casi en volandas. Los clérigos y acólitos también apresuraron el paso. La campana del monasterio inició entonces un repiqueteo alegre que resonaba en las montañas.

Pronto el aguacero pasó a ser una lluvia fina, persistente, que suspiraba en las arboledas y empapaba el prado. La gente acudía a la iglesia para refugiarse, o para participar en la misa que anunciaba ya machaconamente el esquilón en el campanario.

Apareció una larga fila de monjes que iba desde una de las puertas del monasterio hacia el templo. En ese momento, unos gaiteros hicieron sonar sus instrumentos; una melodía solemne, grave.

—¡Una limosna, por caridad! ¡Apiadaos de este pobre ciego! —gritaban los mendigos, cojos y harapientos, que parecieron animarse repentinamente al escuchar las gaitas.

Los cuatro peregrinos penetraron en la iglesia. Dentro olía a humedad, a sudor, a lana mojada y a cera. El gentío se apretujaba y trataba de avanzar hacia el fondo de la nave, donde, bajo los arcos de una bóveda oscura, se veía la imagen del santo sobre sus andas, pequeña, hierática, con una mirada como de espanto pintada en la madera tallada, rodeada de velas que emitían un resplandor amarillo y soltaban negros humos hacia los techos.

—¿Qué santo es? —le preguntó el fraile a uno de aquellos campesinos que se aproximaba con devoción, abriéndose paso entre la muchedumbre que abarrotaba el templo.

—San Xiao —respondió el hombre.

—¡Ah, Santiago! —exclamó emocionado el fraile.

—No, no, no... —negó el campesino—. No es san Yago, es san Xiao.

—San Julián —repuso otro de los fieles, de aspecto más refinado este, vestido con jubón de fiesta y tocado con bonete adornado con plumas de ánade—. Discúlpale, hermano, aquí se habla la lengua rústica de Gallaecia. Y solemos nombrar a san Julián como san Xiao.

—Claro, claro —asintió el fraile—. Estos hermanos y yo somos peregrinos camino de Compostela. ¿Dónde nos hallamos?

—En la abadía de San Julián de Samos —les explicó el hombre del bonete con plumas—. Habéis venido a buen sitio y en buena fecha. Aquí los monjes de san Benito alojan a los peregrinos en un hospital que tiene el cenobio. Además de eso, hoy podréis disfrutar gratis de las empanadas del santo y del vino que se repartirá luego, después de la misa.

—¡Oh, maravilloso! —exclamó el mercader, frotándose las manos.

—Guardemos silencio —les pidió aquel hombre—. Ya sale el abad al presbiterio; comienza el oficio.

Fue una misa larga, solemne, cantada por los monjes. El vaho espeso y el humo de las velas y de los sahumerios hacían irrespirable el ambiente. Al final se dio a venerar un relicario que contenía un hueso de san Julián. Los cinco peregrinos pasaron a besarlo después de haber guardado cola durante un largo rato.

Salieron al fin al exterior. El aire parecía ahora más puro y más fresco. No había dejado de llover y la gente deambulaba de un lado a otro, sin hallar acomodo para almorzar, pues el suelo estaba encharcado. Algunos, los que debían ser los ricos del lugar, se aplicaban a la comida y la bebida junto a una mesa dispuesta bajo la protección de unos toldos. Los pobres, en cambio, soportaban el agua. Nadie se alteraba. Todo el mundo, ricos y pobres, parecían disfrutar de igual manera.

Repentinamente, se formó un alboroto. Algunos corrían bulliciosos en dirección a la abadía.

—¿Qué sucede? —preguntó el joven caballero—. ¿A qué esta estampida?

—¿No lo veis? —contestó Ludwin—. Los monjes reparten empanadas y vino, allá, junto a aquella puerta.

—¡Vamos, vamos, no nos quedemos sin nuestra parte! —les apremió el mercader.

Acudieron a incorporarse al nutrido grupo de pobres que solicitaban de los monjes el auxilio de la caridad. También había muchachería hambrienta esperando a ver si les caía algo.

Un mozo larguirucho les sugirió amablemente:

—Hermanos peregrinos, avanzad en la fila, que tenéis más derecho que nadie, pues es san Xiao el defensor de los caminantes.

Cuando les tocó recibir su parte, uno de los monjes

les indicó dónde encontrarían el refugio destinado a los peregrinos.

Pudieron comer bajo techo, junto al fuego, mientras se secaban sus ropas. Y más tarde se acomodaron mejor, echados sobre unos jergones, recuperando el calor del cuerpo abrigados con mantas.

—¡Ay, qué bien! —suspiró el mercader.

—Veo que has perdido la panza —le dijo el joven caballero.

Se llevó el mercader las manos a la barriga y se la palpó con gesto preocupado.

—Ya la recuperaré cuando regrese a casa —repuso.

Charlaban amigablemente, recordando los sucesos del camino o contando cosas de sus vidas. Pero, en todo momento, tenían presente el relato de Blasco Jiménez, que tanta curiosidad e interés despertaba en ellos.

El fraile, que como los demás deseaba escuchar al clérigo, tomó primeramente la palabra.

—Me doy cuenta de que ese obispo de Coria, don Arnaldo, era sin duda un hombre de buena voluntad. Confundido, interpretó tus confesiones no como tales, sino como una interpelación hacia él. Resulta sorprendente observar cómo se entrecruzan los senderos, las vidas, los proyectos de los hombres, y Dios lo permite...

—Sí, hermano —asintió Blasco—. Ese buen hombre, con su humildad y sabiduría, estuvo a punto de ayudar a que se enderezaran mis pasos. Pero no era aún servido Dios de que hubiese llegado ese momento. Después de haberme revelado su secreto, a la mañana siguiente, se despidió rogándome una vez más discreción y silencio. El cardenal Gregorio y él emprendieron el camino del norte, por los montes, hacia Castilla. Y yo me quedé con una sensación agridulce; una mezcla de satisfacción, impaciencia y remordimientos.

—¿Qué pasó? ¿Revelaste el secreto? —inquirió con ansiedad el joven caballero.

—Enseguida —respondió rotundamente Blasco—. Corrí a buscar a mi amada Eudoxia y le conté todo lo que había sucedido, mi conversación con don Arnaldo y cuanto él me había propuesto. Ella se alegró primeramente, pero más tarde se quedó preocupada, pensando que tal vez eso pudiera separarnos. Pero yo la tranquilicé asegurándole que nada ni nadie nos alejaría, pasara lo que pasara.

—¿Y la curandera? —preguntó lleno de curiosidad Ludwin.

—Doxia se lo contó a Leonila. Entre ambas amigas no había secretos. Me enojé primeramente, mas luego me hicieron ellas comprender que me sonreía la fortuna y que todo aquello estaba escrito en un porvenir fulgurante que me correspondía por tenerlo decretado mi destino. Regresaron a mi palacio y siguió nuestra vida como antes, gozando de cuanto nos brindaba aquel hermoso verano. Pero conservando yo mis miedos e incertidumbres.

—¿Y a Hermesindo? ¿Se lo contaste a él? —preguntó ahora el mercader.

—También. No podía ocultárselo, puesto que constantemente me acosaba con preguntas. En cuanto lo supo, se entusiasmó más que yo mismo. «Es la solución —decía—; el remedio de todos nuestros males nos ha venido solo a las manos». Todo esto suponía para él que, definitivamente, nos habíamos librado de don Bricio. Bien estaba seguro de que conmigo podría hacer lo que le viniese en gana, robar, oprimir, extorsionar y negociar con cualquiera. Él me prometía fidelidad eterna y dineros para sostener mis caprichos, a cambio de que cerrase yo los ojos a sus turbios manejos. Así que, nada más desaparecer por los montes la comitiva del obispo de Coria, regresaron a Placencia los mercaderes, las lonjas de esclavos, los prestamistas, las tabernas y toda aquella suerte de buscavidas que fluían como un río desde todas partes. En fin, la Babilonia confundida donde se daba cita cualquier cosa que pudiese comprarse con dinero.

—Hay algo que hace tiempo que quiero decirte, hermano Blasco —le observó el fraile—. Nos has contado muy sinceramente cuanto te sucedió desde tu infancia, y no has tenido reparos a la hora de confesar los más vergonzosos aspectos de tu vida: pasiones, sensualidad, mentiras, traiciones, ira e injusticias. Son miserias del hombre que a ti, ciego, seducido por el deseo de una vida cómoda y feliz, te impedían seguir aquel camino dirigido hacia el orden más excelso, el de la ciudad de Dios. Todo esto es muy humano, comprensible, que no quiere decir aceptable. Tú mismo repruebas aquella conducta errada y ahora estás aquí precisamente haciendo penitencia para rogar el perdón de Dios a causa de tu vida pasada.

—Eso es —asintió Blasco—. Desde el principio os dije que no trataría de justificar mis pecados con excusas vanas. Lo que sucedió es tal y como lo confieso ahora. No busco la exoneración humana, sino el perdón de Dios.

—Bien, eso lo hemos comprendido y ahora te honra —contestó el fraile—. Pues el Señor dijo: «No quiero la muerte del pecador, sino que se convierta y viva». Y también: «No me complacen los sacrificios, sino el corazón contrito, humillado». Pero hay muchas partes de tu historia que me desconciertan más que otras. Y no te preguntaré acerca de ellas por mera curiosidad, humana por otra parte, sino porque creo que son, digamos, menos lógicas, inconsecuentes, menos naturales con los antecedentes, con el conjunto de tu relato.

—Repito que quiero hacer relucir únicamente la verdad de todo aquello —observó Blasco—. Puedes preguntarme lo que quieras, hermano. Yo te contestaré sin ocultar nada, por vergonzoso que resulte para mí.

—Me refiero a lo de las supersticiones —prosiguió el fraile. Bien cierto es que el hombre, sintiéndose menesteroso y necesitado de luz para la mente y de sostén para el ánimo, ha de acudir a la presencia de fuerzas superiores a él para obtener protección frente a las adversidades, ayuda y favor para sentirse seguro, medios para una vida tranquila y cómoda, así como gracia y perdón para las faltas que gravan su conciencia. Muchos, desde antiguo, han buscado esos beneficios por el escabroso camino de las supersticiones idolátricas, la adivinación y el homenaje a los espíritus. Pero, tú, Blasco Jiménez, eres un hombre instruido en el más genuino conocimiento de la verdadera fe, la luz de Cristo. ¿Qué sucedió? ¿Por qué tal desviación? La seducción de la carne, el afán de obtener riquezas, la mentira… tienen la lógica propia de la fragilidad del cuerpo, proclive al goce temporal, y de la concupiscencia, inherente a la lucha espiritual. Sin embargo, la superstición es otra cosa diferente, es un error de conocimiento, una búsqueda de la verdad equivocada, propia de espíritus pobres, poco instruidos, desequilibrados y necios.

—Tienes toda la razón —asintió Blasco—. Y tú mismo lo has expresado: ese vicio hace desviarse fácilmente del espíritu religioso cuando no está iluminado por la luz verdadera, la de la revelación, y fomentado por una religiosidad auténtica. Para mí, la fe se había reducido ya a un mero rito externo, a una práctica vacía. No voy a decir con ello que me hubiera apartado completamente de Dios. No, ya os conté cómo había una parte de mí, aunque ínfima, que clamaba en mi interior. Pero, hermanos, habéis de comprender que bien y mal, en el hombre, no son parcelas distantes, determinadas con precisión. Sino que bien y mal crecen juntos en el alma humana, como en las sociedades, como el trigo y la cizaña que verdean juntos en el campo creando confusión. El uno es generoso, regala grano y abundancia. Mas la otra es una planta dañina que solo engendra esterilidad ahogando las buenas intenciones de las fértiles espigas.

—Claro, claro —asintió el fraile—. Retornamos de nuevo a aquella dualidad maravillosamente expresada por Agustín. El contraste fundamental es de los dos amores, que nos introducen en las profundidades dramáticas del hombre; en forma de dos afectos estalla el conflicto, la confusión de sentimientos, la entrelazada sucesión de errores y verdades, trigo y cizaña. Los dos amores de la presente vida luchan en toda tentación, el amor del siglo y el amor de Dios, y el que de estos dos vence arrastra al amante con todo su peso. Porque no vamos a Dios con alas o con pies, sino con los afectos.

LIBRO VII

LA PÉRDIDA

51

Las noticias que prometió don Arnaldo no se hicieron esperar. No bien debió de haber llegado a la corte del rey de Castilla envió a un mensajero con una carta para mí, que no discurrió por los caminos ordinarios que nos unían por el norte, sino que fue veloz por una ruta más segura, hacia el oeste, cruzando el reino de León, y luego hasta Coria, desde donde otro veloz y seguro correo se presentó en Placencia una mañana.

Sacudido por una especie de escalofrío de ansiedad, pues no suponía que las nuevas acudieran con tal prontitud, rompí los sellos y desenrollé el papel que contenía la misiva:

Caro hermano don Blasco Jiménez, arcediano de Placencia:

Paz y beneficios para ti y para esa noble ciudad.

Vuestro señor obispo, don Bricio, vive. Se halla en Valladolid acompañando a nuestro señor el rey de Castilla don Alfonso VIII, sirviéndole de consejero, junto con otros numerosos prelados y muchos caballeros y grandes hombres del reino.

Se me heló la sangre en las venas. Todas las suposiciones, las absurdas, caprichosas e interesadas cavilosidades que habíamos montado una sobre otra, apoyadas solo en juicios apresurados, poco meditados, se desmoronaron en un momento.

La carta proseguía:

Sé que darás gracias al Dios Altísimo y Providente al conocer esta alegre noticia. Como que holgarás también mucho al saber que, por fin, ha querido el Omnipotente que haya avenencia entre nuestros reyes. Una nueva era se abre para la Hispania cristiana.

El eminentísimo cardenal de Santangelo, don Gregorio, a quien conocisteis allá en tu insigne ciudad de Placencia, había citado a los reyes de Castilla, León y Portugal en estas tierras castellanas, en el sitio que dicen Tordehumos, donde se reunieron con él en abril de este año del Señor. Fruto de aquel encuentro, en el que el legado pontificio mandó a los reyes cristianos avenirse como buenos hermanos en Cristo, florece hoy al fin la paz. Sumisamente, los monarcas obedecen al vicario del Señor y firman un tratado de al menos diez años de vigencia. El rey de Castilla devolverá al de León algunos castillos ocupados. Se restablecen las antiguas fronteras. Y se recuerda que, si don Alfonso IX muere sin hijos, el reino de León pasará a manos de don Alfonso VIII, sin mención a los hijos habidos con la infanta doña Teresa, cuyo matrimonio es declarado nulo por la santa madre Iglesia. Esta noble y serenísima señora, hija de rey, deja de ser reina, y acata la decisión del sumo pontífice e ingresará en religión en el convento que se determine.

Todo esto pongo en tu conocimiento para que sepas que, solucionados los viejos conflictos, el cardenal lega-

do parte hoy para Roma llevándole al papa tan felices nuevas.

Caro hijo, por el momento no necesitaré tus servicios, lo cual solo es signo de que la causa cristiana marcha como Dios quiere.

Aconséjote que te aprestes para recibir a don Bricio como se merece, pues llegará fatigado por tantos sacrificios y esfuerzos para servir al Señor Jesucristo y a su santa Iglesia. Que Dios se lo premie.

Santa María te guarde. Encomiéndote.

Arnoldus, Episcopus Cauriensis.

Fue como si me cayera encima un frío aguacero. Permanecí durante un momento con la mente en blanco, mientras un frío sudor me recorría la espalda.

Poco después, trataba de poner en orden las ideas que, como ráfagas, me asaltaban; intuiciones, temores, posibilidades y fatales presentimientos. Embargado por esta zozobra, por tan angustiosa inquietud, llamé a un lacayo y le ordené que fuera enseguida en busca de Hermesindo. Acudió este presuroso y, antes de que pudiera yo contarle lo que sucedía, me anunció él con nerviosismo:

—¡Hay gran agitación en los zocos, tanto en el arrabal como en el burgo! Llegan gentes del norte, del poniente, de Portugal, de León… ¡Las mercancías fluyen como nunca! Corren rumores de que los reyes cristianos se unen contra el moro… Las treguas expiran y… ¡Parece ser que se avecina la guerra!

Sin contestar nada, le extendí la carta.

—¿Qué es? —preguntó.

—Lee.

Cuando hubo concluido la lectura, estaba tan rojo

como el puñado de cerezas que solían poner los criados cada día encima de mi mesa. Exclamó:

—¡Vive Dios! ¡Es nuestra ruina!

—Tranquilízate. No podemos permitirnos ahora actuar llevados por el nerviosismo. Tengamos calma —dije, tratando de aparentar frialdad—. Debemos volver a nuestro plan inicial. Sabíamos que esto podía suceder un día u otro...

—¡Qué dices, hombre! —gritó, presa de gran crispación—. ¡Has encarcelado y matado a media ciudad! ¿Crees que nuestro amo aprobará lo que has hecho durante estos tres años?

—¿Lo que he hecho? ¡Canalla! ¡Dirás: lo que hemos hecho!

—No, no, no... ¡No es lo mismo negociar que ajusticiar...!

Me fui hacia él y le agarré por la pechera. Le habría matado en aquel momento.

—¡Maldito usurero! —rugí—. ¡Sucio e innoble mercachifle!

—¡Suéltame, asesino! ¿Vas a matarme a mí también? —gritaba él.

Le solté. Se recompuso las ropas y trató de salir huyendo de mi presencia. Pero me puse delante de la puerta y le cerré el paso.

—¡Quieto ahí! He dicho que no podemos ahora permitirnos actuar torpe e irracionalmente. Sentémonos y pensemos.

Jadeaba Hermesindo, bufaba casi, gordo y rojo. Sudaba copiosamente y su rechoncho rostro brillaba. Para calmarle, le ofrecí un vaso de vino que se bebió de un trago, y después otros dos más.

—Eso, hay que tranquilizarse —repetía él—. De nada servirá dar un escándalo. ¡Tengamos calma!

—Eso es —asentí—. Volvemos a los inicios, a lo que estaba previsto antes de que viniera el obispo de Coria. No sabemos cuándo ha de llegar don Bricio, pero no nos sorprenderá desprevenidos. Una vez más, disimularemos. Vuelve a organizar a los comerciantes, soborna a quien pueda resultar peligroso, reorganiza los mercados y manda cerrar las tabernas del adarve... ¡Dispondremos un gran recibimiento!

—¡Dime la verdad —me rogó él—. ¿Qué piensas de todo esto? ¿Por qué crees que don Bricio no escribe ni se comunica de manera alguna con nosotros? ¿Crees que estará informado de lo que sucede aquí? ¿Le habrá ido alguien con el cuento?

—Eso pronto lo sabremos. Su misión ha concluido allá en el norte y no ha de tardar en regresar a casa. Consolémonos pensando que han sido tiempos duros, sin correos, con los caminos cerrados y el comercio con los reinos cristianos interrumpido. O supongamos también que quizá don Bricio necesitaba reflexionar. Ya conoces al amo, lo raro que es para estas cosas. ¿Quién puede saber lo que ha pasado por su mente durante este tiempo?

52

—¡Está en Placencia! —Irrumpió Hermesindo en el salón de mi casa, con la cara desencajada y una expresión delirante.

Enseguida comprendí lo que sucedía.

—¿Don Bricio? ¡No es posible! —exclamé—. Así, sin avisar...

—¡Está en la ciudad! —repitió—. ¡Está en Placencia! ¡El viejo ha regresado! ¡Nos han traicionado!

—¿Quiénes nos han traicionado?

—¿Quiénes iban a ser? Esos canónigos falsos, traidores...

—¡Qué estás diciendo, Hermesindo! ¿Cómo nos han traicionado? —le pregunté azorado.

—¡Oh, cielos! ¡Qué estúpidos hemos sido! —decía él—. Nuestro gran error fue creer que teníamos controlada la vida en Placencia. ¡Qué gran necedad! Esos malditos traidores, embusteros, falsos... Les faltó tiempo para enviar emisarios al viejo llevándole todo tipo de cuentos... ¿Qué haremos ahora?

—Calma, calma, por favor... —le rogaba yo—. Vayamos por partes: ¿dónde está el amo?

—¿Dónde va a ser? En su palacio. Casi todo el mundo en la ciudad lo sabe ya. ¿No te das cuenta? Ha habido maniobras ocultas, conspiraciones y avisos secretos. Acabo de enterarme de que ayer salió una comitiva, amparada en la oscuridad de la noche, para recibir al obispo a una legua de aquí, al pie de los montes. ¿No lo comprendes? ¡Estamos perdidos! ¡Nos han traicionado!

—¡Eso han de ser solo calumnias! —repliqué—. ¡No me lo creo! Don Bricio no llegaría sin avisarnos; no, no es su manera de actuar…

—¿Qué podemos hacer? ¡Estamos perdidos! —sollozaba él—. ¡Oh, qué fatalidad!

No dije nada más. Dejándome llevar por un irrefrenable impulso, salí del salón con la intención de ir enseguida al palacio de don Bricio. Hermesindo me gritaba a las espaldas:

—¡Espera! ¡No vayas! ¡No seas loco! ¡Pensemos antes lo que vamos a decirle…! ¡Hagamos un nuevo plan!

—Nada de planes —contesté mientras me alejaba por los corredores—. Se acabaron los planes. ¡Lo que haya de ser será!

Cuando llegué frente a la puerta de la residencia del obispo, encontré a mucha gente arremolinada, bulliciosa, exaltada. Los lacayos, palafreneros y guardias aún estaban allí. Supuse entonces que hacía poco que la comitiva habría atravesado la ciudad y que no se habrían enterado tantos como pensaba Hermesindo. Llegaban también en ese preciso momento numerosos clérigos, frailes, caballeros y gentes sencillas, en grupo, vociferantes, en ambiente de fiesta.

—¡Viva don Bricio! —gritaban—. ¡Viva nuestro obispo!

Sentí una gran opresión en el pecho, a pesar de que todo aquel gentío no parecía manifestar nada en mi contra.

Ya dentro del palacio, en el zaguán, estaban reunidos

ciertos personajes que me dieron muy mala espina: nobles y canónigos que me miraban con frialdad e incluso con arrogancia. Pude escuchar los cuchicheos, observé los codazos que se daban entre ellos y hasta me pareció entender lo que decían en voz casi inaudible:

—Ahí está, ya se ha enterado…

Sin esperar a que nadie me anunciase, y eludiendo conscientemente el deber de cortesía, no llamé a ninguna puerta. Fui atravesando los patios y las diversas dependencias. La servidumbre me franqueaba el paso. Al final del palacio, en una amplia estancia que servía de sala de recepciones y a la que llamábamos familiarmente «el salón del trono», encontré a dos canónigos ancianos. Sus miradas me traspasaron.

—¿Dónde está? —pregunté.

Ambos señalaron a la vez con sus dedos la pequeña puerta que daba al oratorio dedicado a san Ambrosio, san Isidoro y san Agustín, que comunicaba directamente con la catedral por un pasadizo.

—Está muy fatigado —dijeron—. Ahora medita. Será mejor dejarle descansar antes de nada.

—¿Antes de nada? —repliqué—. ¿Antes de qué? ¡Echaos a un lado!

Los aparté y empujé la puerta. Las paredes de aquella pequeña capilla, al fondo, en el ábside, estaban decoradas con hermosas pinturas que resplandecían a la luz de las velas. Representaban a los tres santos obispos de los cuales era tan devoto mi amo: el de Milán, el de Sevilla y el de Hipona; sus modelos, sus maestros. Debajo de aquellas coloridas y venerables imágenes estaba don Bricio encogido, puesto de hinojos sobre un tapiz de tonos morados.

Me aproximé a él con sumo cuidado y me arrodillé a su lado.

—Padre —dije en un susurro—, heme aquí.

Se volvió para mirarme. Sus grisáceos ojos estaban vidriosos, rodeados por oscuras ojeras, y su rostro muy envejecido. Tenía las barbas y los cabellos muy lacios, crecidos, y completamente blancos. Jamás olvidaré aquella expresión cargada de infinita perplejidad y el lastimero jadeo que emitía su pecho hundido bajo la túnica de lino blanco.

—¿Qué has hecho? —musitó—. No puedo creer todo lo que me han contado…

—Amo —observé—, ahora estáis muy cansado. Mañana, después del sueño reparador, podré daros explicaciones.

—Mañana, mañana, mañana… —repitió como un eco.

Besó el suelo con devoción y después hizo un gran esfuerzo para ponerse en pie. Le ayudé. Me asió por el brazo con sus dedos sarmentosos, como con un gancho de duro hierro, y anduvo apoyándose en mí hasta lograr alcanzar el báculo que reposaba en un rincón. Entonces me soltó y se dirigió hacia la salida. Yo le seguía.

Uno de los canónigos se aproximó y le sugirió una vez más que se retirara a descansar. Habían entrado en la sala otros criados que insistían también.

—¡Basta de consejos! —replicó con voz temblorosa—. Mañana, mañana, mañana es ya tarde. ¡Dejadme ahora con el arcediano, hemos de hablar en privado!

Obedeció todo el mundo. Cuando estuvimos a solas el uno frente al otro, no pude sostener su mirada. Aquellos ojos llenos de incertidumbre, fijos en mí, esperando respuestas, me impresionaban tanto que no sabía qué hacer.

—Puedo explicároslo… —balbucí—. Desconozco lo que os habrán contado, pero… puedo explicároslo…

—¿Explicarlo? ¿Explicar qué? ¿Qué vas a explicar?

—Hermesindo y yo…

—¿Hermesindo? —rugió golpeando fuertemente el suelo con el pie del báculo—. ¿Vas a culpar ahora a Hermesindo?

—Oh, no, no… —intenté explicar—. Quería deciros que Hermesindo…

—¡Escúchame con atención! —me ordenó—. Si Hermesindo me escribió para contarme tus desatinos fue solo porque era su obligación. ¿Qué otra cosa podía hacer? Hizo lo que debía, por el bien de esta ciudad y por tu propio bien.

Estupefacto, no daba crédito a lo que me parecía entender. Con una voz que no me salía del cuerpo, le pregunté:

—¿Hermesindo os escribió? ¿Hermesindo? ¿Qué os contó Hermesindo?

—Tus dislates, Blasco Jiménez; tu desordenada, injusta y nefanda manera de gobernar esta ciudad en mi ausencia. Eso me contó. Mas lo hizo sin destemplanza ni doblez, en un desesperado intento de frenar la confusión a la que conducías a Placencia. ¡Qué podía hacer si no! ¿Vas a reprocharle haber actuado como debía?

—¡Oh, Dios! ¡Dios! ¡Santo Dios! —grité—. ¡Maldito traidor! ¡Cómo es posible!…

—Eso digo yo: ¿cómo es posible? ¿Cómo has podido convertir Ambrosía en un mercado, en un nido de buhoneros, meretrices y todo género de buscavidas? ¿Cómo has podido matar a pobres gentes, a hijos míos, hombres cristianos y nobles que no hacían sino clamar por la justicia? ¿Cómo has podido traicionar todos tus principios? ¿Cómo te dejaste embaucar por brujas, infieles y putas? ¿Qué has hecho? ¿Por qué? ¿Por qué me has traicionado tú a mí? ¡Confiaba en ti! ¿Por qué me olvidaste tan pronto?… —sollozó.

Yo estaba paralizado, contemplándole, dándome cuenta de que era todo aflicción. ¿Qué podía responder a sus lamentos?

A un lado, colgaba de la pared de piedra un gran crucifijo de madera, ennegrecido, cuyo Cristo, hierático, parecía observar la escena con unos ojos muy abiertos y una mayestática expresión bajo la frente ceñida por una dorada corona de rey.

Me arrodillé y puse mi mano sobre los pies del crucifijo. Confesé:

—He cometido muchos errores. No voy a negarlo, puesto que ya lo sabéis. Pero os juro, amo, que en todo momento Hermesindo fue acorde conmigo en cuanto he hecho, sea bueno o malo en la ciudad. ¡Os lo juro! Hermesindo me ha traicionado una vez más, como tantas otras… Yo no soy santo, pero… ¿quién lo es? También yo he tenido que sufrir en mis propias carnes la infidelidad, la conspiración, la mentira, el engaño… No, amo, no ha sido fácil para mí el intento de salir adelante con tan alta responsabilidad…

Me escuchaba atento, circunspecto, con los ojos aún inundados de lágrimas. Contestó:

—¿Por qué, por qué, por qué…? ¿De veras era tan difícil mantener aquí la paz y el orden? ¿He de creer que al demonio le ha resultado tan fácil engañarnos? Puedo aceptar que Hermesindo colaborara en tamaños errores, sé bien de sus desmedidas ansias de dinero, de su apego a los bienes terrenales. Pero a él no le di la educación que a ti. Tú, Blasco Jiménez, estudiaste nada menos que en la escuela del arzobispo de Toledo. Poseías un bagaje de conocimientos, una experiencia y una edad propia; es decir, todo lo necesario para haber cumplido como manda Dios tu cometido. ¡Qué has hecho, santo Cristo! Hermesindo es bruto e inculto, pero tú…

—¡Amo…! —balbucí—. ¿Qué puedo hacer…? ¿Y…?

—¡Oh, cielos —exclamó—, cuán difícil es esto para mí!

—Mañana, amo, más tranquilos vos y yo…

—¡Mañana, mañana, mañana es tarde, te he dicho ya!

—¿Por qué? ¿Qué piensas hacer?

—Márchate ahora, te lo ruego —me exhortó—. ¡Y ora a Dios! Pide al altísimo su perdón. Mañana, antes de que amanezca, regresa aquí, a mi presencia. Y te prohíbo que hoy hables con nadie más excepto con tu conciencia y con el Dios misericordioso.

—¿Qué…? ¿Qué puedo hacer…? —insistía yo—. ¿Cómo puedo…?

—¡Márchate! Ya me has oído: regresa mañana antes de la salida del sol. Aunque… mañana ya es tarde…

53

Fue la noche peor de mi vida. En medio de aquel calor sofocante, con las ventanas abiertas de par en par, escuché todos los ladridos y lastimeros aullidos de los perros, que tampoco dormían a causa de la gran claridad de la luna llena. El tiempo parecía estirarse de tal manera que creí que nunca más amanecería. Aun faltando todavía bastante para que saliera el sol, de repente empezaron a cantar los gallos. «Me levantaré e iré ahora mismo», me decía. Pero sabía que debía aguardar al menos lo necesario para permitir que don Bricio descansara, aunque dudaba de que pudiera lograrlo, con tan enorme disgusto.

Me asomaba una y otra vez para ver el horizonte. Cuando despuntó la primera luz, tenue, incierta, salí a la calle. Recorrí la corta distancia que me separaba del palacio del obispo y fui a presentarme ante don Bricio escuchando todos mis miedos.

Él me aguardaba en el salón donde le dejé la tarde antes, vestido con la misma ropa y conservando inalterada la expresión de tristeza y perplejidad con que tan gravemente me había interpelado el día anterior. Antes de que yo pudiera decir nada, se irguió, como sobreponiéndose, y me ordenó con recia voz:

—¡Ve a vestirte de hierro y regresa aquí!

—¿Pero…?

—¿No me has oído? ¡No rechistes! ¡Ve a vestirte de hierro y regresa aquí!

Completamente desconcertado, regresé a mi casa y busqué mi armadura, que descansaba en el fondo de un baúl desde hacía años, untada de aceite y envuelta en paños impregnados en pez para evitar el óxido. Tan nervioso estaba que no atinaba con las diferentes piezas, ni con tantas correas como debía atar, a pesar de haberlo hecho centenares de veces en mi vida. Así que hube de llamar a un criado para que me ayudara.

Salí vestido como para ir a la batalla, con cota de malla, loriga, yelmo, espada en el cinto y adarga de a caballo empuñada. De esta guisa llegueme hasta la presencia de don Bricio de nuevo, algo atolondrado.

—Bien —dijo al verme—. Eso es lo que yo quería. Y ahora escúchame con toda atención. He meditado durante largas horas, orando y suplicando al buen Dios que me diera luz en tanta oscuridad, en tanta incertidumbre. Sinceramente, he de decirte que no sabía qué hacer; si desterrarte para siempre de Ambrosía o solo durante cierto tiempo. Es lo que te mereces por haber traicionado la confianza depositada en ti. Mas parece que la divina providencia viene a poner las cosas de tal manera que lo más oportuno en un caso tan peliagudo como este nos viene a las manos como caído del cielo. Sí, Blasco Jiménez, eso es lo que parece a todas luces. Dios ha querido que haya ocasión oportuna, ¡la mejor ocasión, él lo sabe!, para redimir culpas y purgar pecados. Bien cierto es aquello de que «el hombre propone, pero Dios dispone». ¡Oh, cuán cierto es! Por tal razón, ayer te dije que mañana es tarde; pues, a la sazón, mañana, ese mañana, es hoy…

Temí que mi amo se alargara, como solía, con sus explicaciones interminables sobre la acción providente de Dios y el sentido último de los sucesos. Mi impaciencia no me permitía en aquel preciso momento soportar una perorata que prometía no tener fin por el momento. Máxime cuando me daba cuenta de que don Bricio había envejecido hasta el punto de repetir las cosas una y otra vez, como hacen los ancianos que chochean ya. Con todos los respetos lo digo, bien lo sabe Dios.

—Amo —le pedí—. Abreviad, os lo ruego, que amanece ya y me van a ver vestido de esta manera, alarmándose mucho la gente sin necesidad.

—¿Sin necesidad? —replicó—. ¡Vive Cristo! ¡Lo que tengo que soportar…! ¡Esa impaciencia, Blasco Jiménez! Esa impaciencia tuya es la causa de todos tus males. Eres fuerte; ya lo eras cuando apenas siendo niño tuviste que atravesar dificultades. Pero ¿qué ha sido de aquella alma agradecida? Has de saber que la fortaleza en sí misma nada es, si no está indisolublemente unida a otra virtud de igual rango: la paciencia. Pues sostener o soportar es el acto fundamental de la fortaleza, que consiste en esa firmeza agresiva y a la vez defensiva. Es decir, esa voluntad que ejercita el hombre virtuoso en su enfrentamiento con las dificultades y que le hacen ser arduo en los caminos de la virtud. Esa fuerte paciencia es la que te ha faltado. ¡Eso, como siempre, Blasco Jiménez! No has ejercitado la paciencia para comprender que, en este mundo engañoso, el mal se presenta como una fuerza aparentemente superior, fuera de nuestros cálculos y del dominio de nuestra voluntad. Solo una resistencia firme es capaz de derrotar al mal. La aquiescencia pasiva, el tolerar los males, es lo que al final hace que una pequeña falta, unida a otra, y a otra después… hagan una montaña de iniqui-dad. Primero pereza, después lujuria, más tarde avaricia, sigue la ira, la superchería…

—¡Todo eso lo sé! —grité—. ¡Os lo ruego, decidme qué es lo que queréis de mí!

Me miró con una expresión rara, mezcla de sorpresa, excitación y enojo. Dijo:

—Un corazón contrito y humillado. Únicamente eso pido. Humildad para reconocer el mal que se ha hecho.

—Lo reconozco —contesté con rotundidad—. ¿Y ahora?

Se fue hacia la ventana. El sol asomaba ya en el hori-zonte, por encima de los tejados, de las murallas, de las torres y de los montes. Esa luz dorada del estío iba inun-dando la ciudad. En las calles empedradas comenzaban a sonar los ruidos tan familiares: el chirriar de los ejes de los carros, los cascos de las bestias, los balidos del gana-do, las esquilas, el rumor de las conversaciones, los pre-gones, las riñas de vecinos…

—Amanece ya —dijo don Bricio—. Es llegada la hora.

—¿La hora de qué?

—La hora de armar la hueste de Ambrosía e ir contra el moro. Las treguas han expirado y el miramamolín agareno viene desde Marruecos con toda su gente para presentarnos batalla. Es hora ya de que las armas dejen de estar ociosas. Las discordias entre los príncipes cris-tianos han cesado al fin, merced al mandato del papa de Roma que nos manda estar avenidos. Nuestros reinos están en condiciones de hacer frente de manera unitaria a la amenaza de los sarracenos.

—Es la guerra —musité.

—Sí —asintió con circunspección—. Y el glorioso rey de Castilla manda a todos los suyos que armen el más grande ejército que hayan visto jamás estas tierras. El propio don Alfonso va ya de camino a Toledo, donde el arzobispo don Martín tiene reunida a una multitud de soldados y de hombres de a pie, así como de cuantos caballos hay en Castilla, venidos de Burgos, de Valladolid, de Ávila, de Salamanca, de Soria… Y nos manda el rey a nosotros, sus vasallos, que le sigamos con rapidez. Todos los grandes y también los sencillos, ciudades, aldeas, villas, gentes de campo y de los montes, en todas partes, se aprestan a exponer sus vidas acudiendo a esta llamada.

—¿Cuándo? ¿Cuándo ha de hacerse la fonsadera?

—¿No me has oído? ¿Te lo vengo diciendo y no lo has entendido? Mañana es tarde, ya lo sabes.

En ese momento, comenzó a escucharse afuera el sonido de los atabales, los atambores y las chirimías en una fanfarria que despertaba la ciudad. El ruido, como un estruendo ya, se intensificaba. Corrí hacia la ventana y me asomé. Los heraldos recorrían las calles seguidos por una muchedumbre enardecida que enarbolaba toda suerte de armas: espadas, lanzas, arcos y flechas, mandobles, cuchillos y también hazadones, horcas, guadañas y otros instrumentos de labor campesina.

—Son las gentes de aquende las montañas, de la Trasierra, a los cuales ya han avisado y mandado venir aquí, a esta bendita ciudad, pues desde Ambrosía hemos de partir todos, unidos como una piña, sin que nadie se demore… ¡Es la más grande ocasión que han visto los siglos para librar al fin a Hispania de los infieles!

Todo aquello me parecía irreal, como una pesadilla de la que iba a despertar de un momento a otro. Allí estaba yo, vestido con armadura, con mi adarga en la mano, escuchando el estruendo de los instrumentos afuera, el vocerío, los gritos guerreros, el sonido metálico de armas, armaduras, arneses, carretas…; el rumor de la guerra que crecía como una tormenta que se nos venía encima. Veía a la gente de Placencia echarse a las calles, eufórica, a los jóvenes caballeros a medio vestir, exaltados, profiriendo vítores, con los ojos desorbitados, como en una locura colectiva que los arrastraba.

—Hoy, hoy mismo ha de partir tu hueste —prosiguió don Bricio—. Es nuestra hora, la hora de Ambrosía. ¡Lástima que haya sido tan mal momento a causa de tus errores! Mas tienes en este momento la oportunidad de redimir tus culpas. Ya te lo he dicho.

—¿Qué he de hacer?

—Yo soy un viejo, salta a la vista. Hice voto de no volver a vestir de hierro cuando el Todopoderoso fue servido de darme el gobierno de esta ciudad a la que amo más que a mi vida. Para mí, la guerra terminó hace años. Pero estás tú, Blasco Jiménez. Aún te asisten las fuerzas necesarias para acometer esta empresa que es la ocasión de tu vida. Tú irás al frente de la hueste de Ambrosía en mi nombre.

—¿Yo?

—¿Quién si no? Nadie como tú conoce mi manera de entender la guerra. Nadie como tú estuvo a mi lado en aquellas campañas de Sevilla, de gloriosa memoria; nadie como tú sabe aquí de ejércitos, de aparatos guerreros, de armas y de soldados de a caballo y de a pie. Tú debes ir, pues la guerra te purificará y te ayudará a comprender de nuevo quién eres y las muy altas empresas a las que has de estar llamado, en vez de adormecerte entre placeres, mujerzuelas y pecados que pueden matar tu alma. Y si mueres en este sacrificio que ahora se te pide, será que la voluntad de Dios tiene ya determinado su veredicto.

—Entonces…, ¿vos me perdonáis? —le pregunté.

—Dios ha de perdonarte, Blasco Jiménez. ¡Corre a expiar tus pecados haciendo obras buenas!

—¿Cuándo habré de partir?

—¡Ya! ¡Hoy mismo! Ve y reúne a toda la gente de la ciudad y que cada cual se busque el sustento necesario para el camino. A vuestro paso, se os unirán Albalá, Santa Cruz y Turgello, con muchos frailes y las órdenes militares y todo el personal que pueda juntarse. ¡Vamos! ¿A qué esperas ahí pasmado? ¡Anda y haz lo que te mando!

Obediente, hinqué la rodilla en tierra para solicitar su bendición.

—No os defraudaré —le aseguré.

—Eso espero. Pero, antes de partir, has de jurarme que no te vengarás de Hermesindo.

—No quiero ni verle —dije—. ¡Lo juro!

—¡Que Dios te bendiga! ¡Anda, parte ya!

54

En mi vida había visto yo semejante inmensidad de gente en pie de guerra. Se montó el campamento cristiano en Alarcos con tal cantidad de tiendas de campaña, aparatos militares, hombres y bestias, que se perdía la vista en el horizonte sin que se viera el fin de tamaño fonsado. Y no paraban de llegar las huestes desde todos los caminos, fluyendo como un río de la multitud de pueblos que seguían al rey de Castilla.

Poco se había dormido durante aquellas noches. Reinaba la ansiedad. Los condes y potestades no dejaban de dictar órdenes que sus infanzones y merinos transmitían con prontitud a los infantes y jinetes que no desaprovechaban ni una sola hora de luz para hacer maniobras guerreras, explorar aquellos territorios y determinar cuál había de ser el lugar más idóneo para la batalla. Con tal propósito, el propio rey se adelantó con sus grandes hasta un sitio llamado el Congosto, considerado el límite de Castilla, donde le pareció oportuno no permitir que el miramamolín sarraceno pisara ni un solo palmo de la tierra cristiana. Así que resolvió poner allí vigilancia con prudentes caballeros para que avisaran en el caso de que se tuviera noticia de que el ejército moro venía camino de Alarcos.

Iba yo al frente de los de Placencia, obedeciendo al mandato de don Bricio. Llevábamos una hueste muy digna, con más de un millar de hombres muy bien pertrechados, entre los que se contaban un buen número de aguerridos veteranos y diestros jinetes de la mesnada de la ciudad. Aunque también llevábamos con nosotros a mucha gente de campo, peones inexpertos y mozuelos imberbes poco curados de espanto.

Con el estandarte de la ciudad al frente, se hizo el camino bien, reuniendo a cuantos más se pudo hacia el sur. Iba el personal animoso y con ganas de tener pronto al enemigo cerca, a pesar de que corrían rumores que hablaban de centenares de moros venidos de África y de ejércitos sarracenos, como no se habían visto jamás, que se armaban en Sevilla, en Córdoba, en Jaén y donde quiera que los ismaelitas tenían súbditos dispuestos a unirse al sultán agareno.

Pero de la parte cristiana no se contaba solo con la hueste de Castilla, sino que se esperaba a que los reyes de León y Navarra respondieran acudiendo a auxiliar a don Alfonso VIII. Para poner de manifiesto la unidad y concordia entre las monarquías cristianas, obedeciendo al mandato del papa Celestino III, que se apresuró a recordar a los prelados que recaería excomunión sobre todo aquel que se atreviese a estorbar a quienes se disponían a hacer la guerra a los infieles ismaelitas.

Habíamos acampado los de Placencia cerca de los caballeros de Santiago, próximos también a los de Calatrava, y lo más alejado posible del campamento abulense. Siguiendo órdenes de don Bricio, que no quería que nadie fuera a pensar que el obispo de Ávila tenía algún mando sobre nosotros. Para que no sucediera tal cosa, me había dado instrucciones muy precisas y cartas para el arzobispo de Toledo, los maestres de las órdenes militares y demás potestades que llevaban la voz cantante en la organización de la campaña. Estos dispusieron que me colocara con mi gente al pie del cerro donde se asentaba Alarcos, en las proximidades del río, que iba crecido por haber llovido recientemente.

Los primeros días allí fueron de gran actividad. Había que componer las defensas y cuantos aparatos de guerra se consideraba que iban a ser necesarios en los combates que se avecinaban. Discutían los generales y los oficiales el plan, teniendo en cuenta la posibilidad de una emboscada, y se decidió ordenar las fortificaciones mirando hacia el sur, hacia lo que llamaban el cerro de la Cabeza, que se alzaba a dos tiros de piedra de Alarcos. Los caballeros salían cada día a recorrer los bosques y los desfiladeros de los caminos para reconocer el terreno y mirar que no hubiera moros escondidos, observando o preparando ataques por sorpresa. Pero en muchas leguas a la redonda no había un vivo, pues los habitantes huyeron en su totalidad a los montes, nada más ver aproximarse a los ejércitos.

Avanzaba el mes de julio y el calor era sofocante. A medida que pasaba el tiempo y no sucedía nada, la vida se hizo más tranquila en el campamento. Algunos incluso empezaron a decir que el moro no vendría a presentar cara, que la presencia de las tropas castellanas le había metido el miedo en el cuerpo al miramamolín y que andaba ya de vuelta a África, con el rabo entre las patas.

No tardó en extenderse esta patraña de tal manera que muchos se ponían nerviosos al comprender que se esfumaba su gran oportunidad de participar en una guerra como no habían visto los tiempos, mientras que otros, encantados, proponían levantar el campamento y emprender el avance hacia el sur en busca de botín.

Por mi parte, no daba crédito a tales rumores, porque estaba muy cierto de que la guerra era inminente. Don Bricio me lo había asegurado, y creía yo más bien a su intuición y sabiduría que a las cavilaciones de tantos aventureros como había en Alarcos.

Os preguntaréis qué era lo que pasaba por mi cabeza en aquel campamento, durante los días de espera. Es difícil de explicar. Para mí, era esta ya otra época. Habían quedado atrás ya los años de la mocedad en los que tanto soñé con gloriosas batallas, ganando aína méritos, honores y ricos trofeos guerreros. Ahora, era yo otro. Poco me importaban ya las cosas militares. Y aquella vida dura, de privaciones y recias costumbres, se me hacía cuesta arriba.

Estaba allí solo en actitud purgante. ¿Qué otra cosa podía hacer? Se me cerraron todas las puertas, y mi única salida posible era la guerra, a la que me había sentido precipitado, como arrojado. Era el campamento de Alarcos mi purgatorio. Mas no logré sentir latir en mi pecho el corazón contrito y humillado que me pedía don Bricio. Añoraba a mi amada Eudoxia y mi vida regalada de antes, lo cual llenaba de tristeza mi alma.

Los caballeros y gentes de guerra que componían la hueste, en cambio, parecían divertirse mucho: bebían, brindaban, cantaban, reían, platicaban, discutían, y los menos descansaban.

Pero duró poco el holgar. De repente, se armó un gran alboroto cuando un sábado se vio aparecer a media mañana la cabeza de la columna que se había adelantado hasta el sitio que llamaban el Muradal para ejercer la primera contención frente al enemigo. Los exploradores venían muy alterados, contando que se veían ya los ejércitos moros atravesando los puertos de las montañas y que constituían tal enormidad que causaban espanto.

Los condes dispusieron entonces que se organizase

una avanzadilla compuesta por miembros de todas las huestes para ir hasta lo más alto de un monte y ver a qué habíamos de enfrentarnos. No quise perderme el espectáculo; decidí que iría yo en nombre de los de Placencia.

Anduvimos por unos derroteros tortuosos, subiendo y bajando por senderos pedregosos y veredas de cabras, hasta encaramarnos en una altura muy considerable, desde la que se observaba una gran distancia, sierra tras sierra, valle tras valle.

—¡Allá van! —señaló alguien—. ¿Los veis?

Miramos todos en aquella dirección y nuestro asombro dio paso al estupor. El ejército moro era en efecto imponente. Se le veía negrear a lo lejos, cubriendo una gran extensión de terreno, descendiendo laderas abajo. Caminaba con lentitud, a pequeñas jornadas de dos leguas diarias —según explicaban los expertos observadores—, para no fatigar a los hombres y a los caballos. Llevaba, además, una impedimenta grande.

—¡Vive Dios! —exclamó un heraldo—. ¿Cuánta gente hay ahí?

—¡Mirad! —señaló otro, apuntando hacia otra dirección.

Giramos la cabeza hacia otro lado y pudimos ver en la lejanía, en unos montes distantes, una nueva columna de moros, más grande si cabe que la anterior, que avanzaba con mayor premura.

—Es la caballería ligera —explicó un conde muy docto en asuntos militares moros—: millares y millares de jinetes a lomos de rápidos caballos árabes, diestros guerreros que manejan la espada y la lanza desde la silla como nadie en el mundo.

—¿Y qué? —le espetó uno de los caballeros—. Ahí en Alarcos está lo más granado de los jinetes de Castilla. ¿Vamos a temer a esos infieles mugrientos?

Mirábamos todos con circunspección hacia donde avanzaba el espectacular ejército sarraceno. Supongo que casi todos pensábamos lo mismo en aquel momento: había que aguardar al refuerzo de León y de Navarra, pues a la vista estaba que, por mucha gente que hubiera en el campamento castellano, aquella inmensidad de moros que iba cubriendo la tierra hacia nosotros, como una oleada, nos superaba con mucho.

Sobre el promontorio más elevado, a mi derecha, veía yo a importantes hombres del reino: Ordoño García de Roda y sus hermanos, Pedro Rodríguez de Guzmán, Rodrigo Sánchez y bastantes otros. Destacaba por su robustez y su señorial presencia don Diego López de Haro, señor de Vizcaya y merino mayor de Castilla, que era quien dirigía la campaña. Este noble caballero anunció con solemnidad:

—¡Las banderas sarracenas han rebasado el Congosto!

—¡Los infieles pisan tierra de Castilla! —gritaban los caballeros enardecidos—. ¡Muerte al moro! ¡A ellos!

—¡Viva Santiago! —gritaban otros—. ¡Santiago y a ellos!

55

Reuní a los caballeros de Placencia y a los clérigos que venían en la hueste. Aquella gente me miraba con cierto recelo, y yo lo notaba. Supuse que estaban enterados en parte de mi comprometida situación frente al obispo y eso les hacía manifestarse distantes y a veces con cierta arrogancia. Pero había entre ellos algunos jóvenes que tenían suficientes motivos para estarme agradecidos. Yo y nadie más les había conseguido sus dignidades y poderes, y bien sabían que ahora tenían cerca una inmejorable oportunidad para ganar rico botín, prestigio y tal vez títulos más honrosos. Por mi parte, se me presentaba también la ocasión para redimirme ante ellos. Así que les hablé con dignidad, sin artificios, con una sinceridad que a mí mismo me asombraba:

—Nunca antes los placentinos hemos venido en fonsadera defendiendo nuestras propias enseñas, las de vuestra noble ciudad. Bien es cierto que muchos de vosotros, veteranos caballeros, guerreros sin par, seglares y clérigos, como yo, habéis antes ido en pos de nuestro glorioso rey don Alfonso, siguiendo al nobilísimo pendón de Castilla. Mas lo hacíais formando parte de la hueste de vuestras ciudades de origen: Ávila, Burgos, Salamanca… ¡Dios las guarde! Pero hoy, aquí, sabemos quiénes somos más que nunca, y que se nos brinda la oportunidad de dejar muy alto el nombre de Placencia, en toda Castilla, en toda la cristiandad, frente al moro y delante de nuestro rey y de todos los grandes señores, condes y obispos que están ahí, a nuestra vera. ¡No somos menos que nadie!

—¡Eso! —gritó un tal Lope Veler, un caballero maduro, muy fiel a don Bricio, que no había dejado de acudir a cuantas campañas había habido en anteriores épocas—. ¡Eso, que sepan quiénes somos! Ya no hay aquí, en esta fonsada, abulenses, ni vallisoletanos, ni salmantinos… ¡Placentinos somos por voluntad de Dios! ¡Viva Placencia!

—¡Viva! ¡Viva! ¡Viva!… —vitorearon todos al unísono.

—De eso se trata —proseguí—. Si ha de haber un día en el que nuestra noble ciudad debe proclamar su nombre, sus fueros y su sede episcopal, tal día ha llegado. ¡Viva el rey! ¡Viva Placencia! ¡Viva don Bricio!

—¡Viva! ¡Viva! ¡Viva!

No es que me los hubiera ganado solo con aquel discurso, pero ya notaba yo que me miraban de otra forma. Ahora debía ponerme al frente de ellos, y no podía dejar que me vieran titubear. Si había de redimir mi honra, ninguna ocasión sería más propicia que la batalla que se avecinaba.

A última hora de la tarde, mientras el sol se ponía, se vio aparecer a lo lejos la masa ingente de la morisma. Las huestes cristianas se replegaron entonces hacia las alturas que coronaba la fortaleza de Alarcos, a las traseras del monte, junto al río, y en el llano donde se asentaba el campamento. Era noche cerrada y aún se escuchaba el rumor de las pisadas de tantos hombres y bestias como iban llegando al lugar donde se fueron asentando los sarracenos.

Nadie durmió durante aquella breve y calurosa noche de julio. Reunidas todas las potestades con el rey y con don Diego López de Haro, se determinaba en el salón principal del castillo qué sería lo más oportuno. Y resolviose que se madrugaría sobradamente, para evitar cualquier sorpresa. Uno de los condes, en nombre de cuantos allí estábamos, preguntó:

—¿Cuánto se ha de madrugar pues?

—¡Harto! —respondió con energía don Diego—. Lo cual quiere decir que, cuando partan a sus campamentos las potestades que aquí se hallan, concluida esta reunión, debe ponerse toda la gente cristiana en pie e ir a componer los frentes en el que ha de ser el campo de batalla. No les demos reposo a esos infieles que no bien acaban de poner los sucios pies en tierra cristiana.

Elogiamos con entusiasmo esta decisión todos los jefes, por parecernos de mucha inteligencia, a pesar de que suponía renunciar al sueño aun cuando los cuerpos reclamaban descanso. A lo que el arzobispo de Toledo, don Martín López de Pisuerga, hombre bravo, fuerte y de ardiente mirada, exhortó:

—¡Velemos! ¡Velemos y oremos, hermanos, para no caer en tentación!

Así pasamos la noche, en vela. Y nos sorprendió la aurora pertrechados: enjaezados los caballos, armados los caballeros con sus lorigas de cuero, los agudos yelmos, embrazados los escudos, empuñadas las espadas y las robustas lanzas; dispuestos los arqueros y los peones; cargados los pollinos con armas de repuesto, flechas, picas y piedras, y agrupadas las diversas huestes.

Despuntaba el sol en el horizonte cuanto todo el ejército cristiano presenciaba la salida del rey de la fortaleza de Alarcos, acompañado por su cortejo. Lo esperaban a las puertas los prelados y los condes. Las tropas formaban de espaldas a las murallas, unos a caballo y otros a pie. Los diáconos vestían preciosas dalmáticas y llevaban turíbulos de plata que agitaban emitiendo hacia el cielo los blancos sahumerios del incienso. En medio de ellos, sobre su yegua alazana revestida con gualdrapa de brocado, el primado de Toledo alzaba una resplandeciente cruz de oro cuajada de gemas.

Se entonaron salmos y cantos emocionados. Se hizo después un gran silencio al que siguieron las plegarias pidiendo al Dios de las batallas auxilio y protección para el ejército cristiano. Imploró el arzobispo don Martín para el rey la victoria, y el retorno triunfal a sus tierras para cuantos allí íbamos a luchar. Entonces, un archidiácono tomó la cruz labrada que contenía en su interior una reliquia del sagrado madero de Cristo y se lo dio a venerar al rey, el cual se arrodilló con gran devoción, mientras los monjes cantaban:

Sume scutum inexpugnabile equitatis...

Impartieron bendiciones los prelados y abades, siendo tan grande el silencio y el orden, que podía escucharse el canto de los pájaros. Hasta que, de repente, los condes y potestades comenzaron a dictar las órdenes de marcha, que los infanzones y merinos transmitieron enseguida a los heraldos, los cuales, a voz en cuello, lanzaron sus señales sobre las filas de las huestes que, como indica su nombre, comenzaron a moverse, ágilmente los peones y arqueros y con mayor lentitud la caballería pesada, envuelta en su impedimenta de hierros, arneses y petos, palafreneros, escuderos y armeros.

Emprendieron la marcha los frailes de las órdenes militares, que habían de precedernos, y, cuando avanzaba delante de nosotros el último de ellos, monté de un salto sobre el hermoso bruto que me regaló Abasud al Waquil. Me imitaron las gentes de Placencia y pusimos rumbo hacia el combate; los arqueros y lanceros delante; a continuación, el portaestandarte con la insignia de la ciudad, seguido por los magnates, canónigos y caballeros, a quienes yo iba arengando con palabras parecidas a las del día anterior para enardecer sus ánimos.

Era ya completamente de día. El sol iluminaba el campo, donde no se veían sino soldados. Había una quietud grande bajo el cielo azul y el aire estaba inmóvil. Los tambores iniciaron entonces su ensordecedor estruendo guerrero que se unió al estrépito de las pisadas. Caminamos por unos yermos desolados y polvorientos hasta llegar a un llano extenso. Delante y a los lados se veían los cerros pelados, donde negreaban ya como un bosque las filas de moros que nos aguardaban, pero no avanzaban ni un paso.

Nos detuvimos y estuvimos allí varias horas, bajo el sol cada vez más potente, muy atentos a los sarracenos, que permanecían inmóviles, dando la impresión de que no estaban muy decididos a dar batalla o que incluso rehusasen el encuentro.

Más tarde, cuando el calor se hizo insoportable dentro de las armaduras, los condes se impacientaron e iban de un lado para otro, comunicando sus impresiones, como nerviosos. Algunos empezaron a gritar:

—¡Vayamos a por ellos! ¡A qué esperamos! ¡Al moro, que nos asaremos!…

Como no terminaban de decidirse las potestades, mi gente comenzó a inquietarse y a enojarse:

—¿Qué pasa? —me preguntaban—. ¿Por qué no vamos al combate? ¡Este sol nos matará!

Me acerqué hasta donde estaba el arzobispo de Toledo. No bien me vio llegar a su altura uno de sus adlátares cuando, como si adivinase mi pregunta, explicó:

—¡Dejad hacer a quienes saben de esto! Que lo que quieren los moros es que vayamos una y otra vez a por ellos, para echarnos encima nubes de flechas desde los cerros y fatigarnos. ¡Ya veis cómo son de cobardes y traicioneros, rehusando el cara a cara!

—¡Pero el calor mata a nuestra gente! —repliqué.

—¡Paciencia, arcediano! —me espetó.

En esto, se vio que los agarenos se removían y empezaron a hacer sonar sus atabales y a gritar. Nuestra gente les contestó con más ruido de tambores y vocerío.

Salió entonces del enemigo una fila de jinetes de su caballería ligera, al trote; serían medio centenar.

—¡A ellos! —ordenó don Diego López de Haro a su caballería pesada.

Fueron los de Toledo a por los moros sobre sus caballones, lanza en ristre, parapetados con escudos y arneses. Pero los sarracenos parecían reírse de ellos, rodeándolos con sus gráciles monturas árabes de pura raza, ágiles, sin la impedimenta propia de los caballeros cristianos.

Desconcertados los toledanos, no sabían qué hacer, pues no estaban adiestrados en el tipo de lucha que presentaban aquellos africanos que recorrían el campo de parte a parte como centellas.

Vi titubear entonces a don Diego López de Haro, que se había alzado la celada y observaba atónito el espectáculo.

—¡Están despistados! —comentó uno de mis caballeros—. Los moros se ríen de ellos.

Tampoco yo sabía lo que debía hacerse ante este juego tan raro, tan ajeno a los usos guerreros que se aprendían en las mesnadas cristianas.

Pero he aquí que llevaba en mi hueste a un buen número de arqueros moros, de los muchos que vivían en Placencia y que se habían unido a la fonsadera.

—¡Dejadnos a nosotros, arcediano! —me pidió el jefe de todos ellos, un tal Abu Abás, que me había recomendado mi amigo Abasud, asegurándome que era harto ducho en las artes guerreras.

Dudé primeramente. Pero, como él insistiera y me diera cuenta yo de que los enemigos empezaban a causar estragos en los de Toledo, les dije a los moros placentinos:

—¡Andaos y haced lo que podáis!

Salieron a todo correr y se encaramaron en lo alto de un cerro, entre los africanos y nosotros. Apuntaron los arcos hacia sus hermanos de religión y, ante nuestra asombrada expectación, comenzaron a disparar con tanto tino que derribaron a una docena de jinetes sarracenos. Debió de espantar esto a los capitanes de la caballería almohade de tal manera que rápidamente se retiraron todos hacia sus filas.

Entre la gente cristiana se elevó un gran clamor de aprobación, mientras regresaba la caballería cristiana al grueso de la hueste.

Creí yo, ¡ingenuo de mí!, que me felicitarían. Pero no fue así, sino todo lo contrario; pues se enojó mucho don Diego López de Haro, que era muy orgulloso, así como su gente, y nos recriminaron a los de Placencia nuestro atrevimiento.

—¿Quiénes? ¿Qué hacéis? —nos espetaron—. ¡No estorbéis, mentecatos! ¡Sacad del ejército cristiano a esos moros! ¡Fuera esa gentuza!

Era injusto, y los míos se disgustaron mucho, desazonados al ver pagado con tanta ingratitud el favor que les habíamos hecho.

Ganas me dieron de ir contra aquellos arrogantes toledanos y vengar el agravio, pues hubimos de soportar insultos y desaires durante un buen rato.

En vista de ello, envió el arzobispo don Martín a un emisario para felicitarnos en nombre del rey y en nombre propio, pues estaban contemplando el suceso con desagrado desde el promontorio del castillo. Y este mismo emisario afeó mucho su ingratitud a los caballeros que nos insultaban. Lo cual, en vez de hacer que se enmendasen, los enardeció aún más en contra nuestra, arreciando con insultos y ofensas mayores.

Entonces la gente de Placencia se sintió tan mal que me pedían:

—¡Vámonos de aquí! ¡Esos presumidos no nos quieren! ¡Volvamos a casa!

—¡No, no, no! —contesté—. El rey mismo nos felicita. ¡Que se zurzan esos bellacos! ¡Nosotros a lo nuestro! A partir de este momento, haremos lo que nos parezca mejor. No obedeceremos sino al rey y al arzobispo. ¡Ignorad a esos desagradecidos!

Estábamos en esta porfía, cuando se les agotó la paciencia a los castellanos. Las huestes empezaron a avanzar hacia los moros y se vio descender de Alarcos al rey con todos los condes, hacia el campo de batalla.

—¡Ya es hora! ¡Santiago! ¡Santiago! ¡Santiago!… —gritaban los cristianos, enfurecidos, rabiosos a causa del sol implacable.

—¡Quietos nosotros! —ordené a los míos—. ¡Ya nos llegará el momento!

Lo que pasó a continuación vino a darme toda la razón, así como a cuantas otras huestes acordaron no entrar en el juego de los africanos. Resultó que la caballería pesada cristiana fue una y otra vez al campo, en un fatigoso empeño, a pleno sol, para hacer entrar en lid a la morisma, la cual seguía rehusando, amparada en sus cerros, reposando debajo de tenderetes y sombrajos, muertos de risa al ver a sus contrarios con tanto aparato guerrero, sin tener enemigo contra quien blandir las armas.

Retornó todo el ejército cristiano al campamento a última hora de la jornada, fatigado por el peso de los pertrechos y sediento. El descontento era grande y comenzaba a cundir una especie de desánimo que acabó derivando en trifulcas. Unos a otros se echaban la culpa y no eran pocos los que empezaban a manifestar desgana e incluso a sugerir que era más prudente replegarse hasta Castilla, a la espera de que vinieran los refuerzos leoneses y navarros que se prometían.

56

Amaneció en el campamento cristiano después de una segunda noche sin que nadie pegara ojo. Allá iba la hueste de nuevo, a campo abierto, deshecha y aplastada, a pleno sol, bajo el peso de las armaduras y los pertrechos. Se dispuso idéntico plan de batalla y parecía repetirse, paso por paso, los del día anterior: los nuestros amagaban y los moros rehusaban.

Este sucio juego acabó de hartar finalmente a don Diego López de Haro y dio la orden de avanzar a toda su caballería, hacia los cerros donde estaban apostados los sarracenos. Celebraron los caballeros esta decisión e iniciaron una embestida al trote, por las cuestas. Mientras, el rey, con las demás huestes y las ciudades, se guardaban en retaguardia, quietos, a ver qué pasaba. A nosotros nos tocó esperar con ellos.

La visión era muy buena desde donde nos hallábamos y observamos cómo brotaban flechas desde el ejército agareno, en tal cantidad que parecían auténticas nubes. Esto no arredró a los de López de Haro, que seguían su camino, muy firmemente, ascendiendo. De repente, respondieron los enemigos al ataque con una vanguardia ingentísima de moros de a pie, en desorden, mal armados y peor guarnecidos, sin corazas ni cascos siquiera. Por entre ellos pasó la caballería pesada casi sin inmutarse y alcanzó el promontorio donde barrió a los arqueros.

Un ensordecedor griterío de júbilo se elevó en nuestras filas, pues daba la impresión de que la cosa no era tan difícil como se pintó en un principio. Veíamos a los caballeros cristianos, tan poderosos, abriendo brecha en el imponente ejército almohade, que se apartaba a ambos lados como si fuera incapaz de contener tan impetuosa embestida.

En esto, don Diego López de Haro se animó y mandó orden a las potestades de que enviaran nuevas oleadas de caballería pesada, para no darle respiro al enemigo. Se obedeció al punto y partieron varios millares más, de Ávila, Burgos, Benavente, Salamanca, Zamora, Palencia… Y nos llegó a nosotros el momento.

Iba yo decidido con tres centenares de caballeros, detrás de la orden de Santiago, y pensaba, como tantos otros cristianos, que la batalla era ya pan comido. Pero pronto empecé a darme cuenta de que algo raro estaba pasando. A mi alrededor, nuestra gente gritaba:

—¡Mirad! ¡Mirad allá! ¡Ved lo que sucede! ¡Mirad a los moros!

La polvareda era muy densa y el gentío cristiano que avanzaba a un lado y otro enorme. Pero pude distinguir muy a lo lejos cómo los sarracenos habían iniciado un rápido movimiento envolvente, con millares de sus jinetes ligeros que, veloces, nos rebasaban ya a derecha e izquierda, en sentido contrario, yendo hacia Alarcos.

—¿Qué hemos de hacer? —me preguntaban—. ¿Nos volvemos?

Titubeé durante un momento, sujetando al caballo, pero no se podía dar la vuelta uno ya, pues nos seguía una masa incontenible de cristianos que iba ciega hacia el frente. Entonces comprendí que habíamos caído en una trampa militar, muy al uso de los viejos ejércitos, que yo conocía bien por haberla aprendido leyendo el libro de estrategias militares de un antiguo romano llamado Frontino. Se trataba del clásico ataque por los flancos, dividiéndose el ejército en dos alas que rápidamente envuelven al contrario y le perjudican en los costados y en la retaguardia. Podían permitirse los moros esta maniobra por ser más, estar descansados y contar con su caballería ligera.

Era ya tarde. Muchos otros guerreros veteranos de la hueste cristiana se percataron, como yo, de lo que nos estaba pasando. Pero nadie podía parar nuestro avance, pues las potestades iban a la cabeza y don Diego López de Haro se entretenía arrasando la vanguardia almohade, donde, según se supo luego, había caído Abu Yahya, uno de los principales generales agarenos.

Faltaba todavía lo peor. No bien habíamos alcanzado los cerros, cuando se nos pusieron a los lados, en las alturas, miríadas de arqueros, lanceros y honderos que nos descargaron encima tal lluvia de proyectiles que no se veía el sol. Esto hizo estrago sobre todo entre nuestros peones, de manera que se quedó la caballería pesada muy descubierta, a merced del incordio de las múltiples oleadas de jinetes enemigos que parecían brotar de la misma tierra. El combate se hizo encarnizado. Apenas veíamos a causa del polvo; el calor era sofocante, el aire ardiente, y no nos quedaban fuerzas en el cuerpo, muertos de sed, extenuados, desesperados.

Se escuchó entonces la orden de retirada. La cual celebramos, pues poco hacíamos frente a un enemigo que nos acosaba por todos lados, sin darnos respiro y sin presentarnos cara en la manera en que estábamos duchos en el arte de la guerra: frente por frente, lanza en ristre o espada en mano.

Todavía, cuando nos retirábamos, nos seguían como lebreles a su presa, sin dejarnos recuperar el resuello. ¡Qué purgatorio! A mis lados caían buenos soldados del caballo y la morisma los hacía pedazos con hachas y alfanjes. Otros muchos iban heridos, tuertos, con los ojos colgando, sin dedos, asaeteados, desfallecidos, aterrados.

Quiso Dios que no sufriera yo herida mortal alguna, pero galopaba aturdido a consecuencia de tantas piedras como me habían golpeado en el yelmo, dejándome sordo y desconcertado.

No sé cómo pudimos alcanzar Alarcos en tal estado, pero recuerdo que no acabaron nuestras penas. Los moros rodeaban ya la plaza por todos lados y el ejército cristiano, disperso, iba en estampida montes arriba, como rebaño sin pastor perseguido por manada de lobos. Quien pudo se refugió en la fortaleza y, quien no, ponía tierra de por medio hacia el norte.

Esto último hice yo con la gente que me quedaba con vida, ya que no era cosa de pensar siquiera que pudiesen volverse las tornas a nuestro favor. ¡Tal fue el desastre!

De noche ya, dejábamos a nuestras espaldas el rumor de la guerra y el resplandor del fuego que se alzaba por todas partes. No sabíamos si el rey cristiano vivía o era muerto. Solo nos preocupaba tener siquiera un momento de reposo para poner en claro las ideas.

Nos detuvimos en unos arroyos que corrían frescos, lo cual nos pareció un milagro. Echamos pie a tierra al fin y, creyéndonos seguros, nos despojamos de armaduras y ropas para arrojarnos a las aguas y sanar la ardentía de tan larga jornada de brega.

Nadie decía nada; los que iban heridos gemían de vez en cuando. La pena por la derrota era muy grande y la incertidumbre mayor aún. ¿Qué podíamos hacer a partir de ese momento?

—¡Alarma! ¡Alarma! —gritó alguien—. ¡Viene gente en tropel!

Nos quedamos muy quietos, amparados en la oscuridad, desnudos, tal y como estábamos metidos en el arroyo.

—¡Somos gente cristiana! —se oyó exclamar—. ¿Quién está ahí?

Eran burgaleses que iban, como nosotros, de retirada. Más tarde, pasaron muchos otros castellanos que iban deshechos en lágrimas, cuajados de heridas y atormentados por la vergüenza.

—¡Dios no nos ampara! —sollozaban—. ¡Esto es la ruina! ¡Dios nos ha abandonado! ¡Mejor hubiera sido morir hoy!…

57

Llegamos sin fuerzas y con los caballos agotados. La infausta noticia había cabalgado más veloz que nosotros, y en Placencia era grande el duelo por tamaño infortunio. Del millar de hombres que partimos en junio regresábamos apenas cuatro centenares. Todas las huestes cristianas habían sido diezmadas y en las ciudades cundía el pánico al temerse lo peor: que el miramamolín apeteciese sacarle el mayor partido a su victoria y emprendiese una feroz razia por tierras castellanas para contentar a su ejército aprehendiendo botín.

La gente nos recibió sobresaltada, echada a las calles entre gritos y llantos. Las mujeres se habían cubierto de luto y colgaban crespones negros en todas las puertas y ventanas. Doblaban las campanas y largas filas de monjes y flagelantes recorrían el burgo entonando misereres. En todas partes, nos preguntaban:

—¿Vienen los moros? ¿Vienen ya?

—Nada sabemos —respondíamos—. Solo que hemos sido derrotados.

—¡Qué desgracia! —exclamaban—. ¡Válenos, santa María! ¡Santiago, protégenos!

Descubrí a Eudoxia entre la gente. No se atrevió a aproximarse a mí mientras cruzábamos la plaza, camino de la ciudadela, y hube de hacer como si no la hubiera visto. Pero corría ella al lado de mi caballo; llevaba medio rostro cubierto con el velo y veía yo sus azulísimos ojos, enormes, muy abiertos, fijos en mí e inundados en lágrimas.

En el palacio episcopal nos aguardaba don Bricio, con el cabildo y el concejo. Todos se habían puesto ceniza sobre las cabezas en señal de penitencia y parecían aún más viejos y decrépitos de lo que eran, tan afligidos, hundidos en su dolor. Muchos nobles, linajes principales, familias hidalgas y gentes sencillas, campesinos y pastores, perdieron a sus hijos en el desastre. En todas partes se lloraba a los muertos. Pero, en aquel salón del palacio, solo reinaba un silencio grave.

Recorrí los veinte pasos que separaban la puerta del trono episcopal. Se alzó de su asiento don Bricio, circunspecto. Hinqué la rodilla en tierra y dije:

—No pudo ser.

—Sabemos que habéis hecho cuanto estaba en vuestras manos —contestó—. No ha sido servido Dios de darnos esta victoria. Hágase todo según su santa voluntad.

Dicho esto, me abrazó.

—Señor —le dije—, no sabemos si vive el rey. Tuvimos que emprender huida apresuradamente, pues los sarracenos eran harto más que nosotros y temimos perder la vida en un lance que ya no tenía remedio. Creímos preferible regresar para defender la ciudad.

—Hicisteis bien —respondió él—. El rey de Castilla vive, gracias a Dios. Hemos sabido que se batió virilmente en medio de muchos enemigos, con los que le asistían. Pero, dándose cuenta, como vosotros, de que ya muchos de los suyos habían caído, y no pudiendo contener a la innumerable multitud de moros que los asediaban, acordó alejarse a preservar su vida, ya que el Señor Dios se mostraba airado con el pueblo cristiano y los privaba del triunfo. Llegó don Alfonso a Toledo con pocos soldados, doliéndose de la gran desgracia acontecida, y por tantos nobles caballeros castellanos como perdió en la batalla.

—Y ahora —le pregunté—, ¿qué nos queda?

—Nos queda defender Castilla. Ha pasado el tiempo del ataque con pena y sin gloria. Mas los infieles no han de vernos flaquear. Si ese miramamolín agareno quiere ahora acrecentar su reino a costa nuestra, debe toparse con la resistencia de cada ciudad, villa, aldea o alquería cristiana. Las fronteras castellanas, tal y como hoy marcan los dominios de nuestro reino, han costado la sangre de muchas generaciones de cristianos. ¡No cederemos!

—Pero… —observé— ¿con qué gente contamos? Apenas hemos regresado cuatrocientos soldados. ¿Qué es eso para defender Placencia y toda la Trasierra?

—Descansad hoy —ordenó—. Mañana será otro día. No hay tiempo que perder. Daremos órdenes de que todas las almas se pongan enseguida a cavar zanjas y a reforzar las defensas, a reunir piedras y a componer armas. ¡Dios no ha de abandonarnos! ¡Rezaremos a Él!

Con este mandato, me retiré. La gente se agolpaba a las puertas del palacio. Allí mismo, los pregoneros anunciaron las órdenes del obispo: la solemne vigilia de súplica que se celebraría esa noche en la catedral y los funerales por los caídos; así como que al día siguiente debía ponerse todo el mundo al servicio de los capitanes para cuantas obras y aparatos de defensa debían fabricarse.

Al escuchar aquello, el gentío prorrumpió en un clamor de terror y comenzaron a dispersarse en todas direcciones.

—¡Nadie ha de abandonar Placencia! —gritaban los heraldos—. ¡Quienes huyan serán condenados a muerte! ¡Defended vuestra ciudad! ¡Obedeced al obispo y al concejo! ¡Acudid mañana a primera hora a trabajar! ¡No seáis cobardes!

Llegué a mi casa y la encontré inhóspita y triste. Casi toda mi servidumbre escapó nada más conocerse la derrota. Me quedaba un viejo lacayo y algunos galopines que no sabían ni freír un huevo. Nadie me esperaba con ánimo sincero de confortarme en tan mala hora.

Así que solté la impedimenta y volví a montar mi caballo para salir por las puertas traseras y galopar ladera abajo, hacia el arrabal.

Nada más entrar en la casa de Abasud, me encontré allí con una desagradable sorpresa: Hermesindo estaba sentado a la mesa, gordo y orondo, revestido con ricas sedas, devorando un capón asado. Me hirvió la sangre.

Él se sobresaltó al verme e intentó salir corriendo, pero tropezó con algo y cayó al suelo, derribando la mesa y cuanto había en ella, viandas, platos y copas. Se armó un gran revuelo entre los criados, que gritaban, en medio del estrépito de la vajilla rota.

—¡Infame, ruin, traidor...! —rugía yo, mientras desenvainaba la espada e iba hacia Hermesindo—. ¡Hoy te mataré!

Él estaba lívido e inmóvil por el miedo, panza arriba, mirándome con ojos de animal asustado.

—¡No, no, no...! —exclamaba—. ¡Yo te lo explicaré...! ¡Yo te diré qué pasó! ¡No te confundas! ¡No es como piensas!

Le puse la punta de la espada en la garganta y creo que iba a hendirla. Pero me asieron por todas partes, conteniéndome, Abasud y sus criados.

—¡Quieto! ¡No lo hagas! ¡No te pierdas!

Estaba yo tan débil que se me aflojaron las pocas fuerzas que me quedaban y caí desfallecido. Momento que aprovechó Hermesindo para huir.

Recobré el resuello y recuerdo que balbucía:

—Porque juré no vengarme de él, que si no… ¡Maldito traidor! ¡Mal amigo!

—Debes calmarte y descansar —me aconsejaba Abasud—. ¿No ves lo maltrecho que estás?

En esto, apareció de repente Eudoxia y se arrojó sobre mí, abrazándome y cubriéndome de besos.

—¡Gracias a Dios que estás vivo! —sollozaba—. ¡Eso es lo que importa!

58

Poco tardó en dar comienzo ese tránsito lastimero, que anunciaba la amenaza de la guerra; gentes que huían hacia el norte, acarreando consigo cuantas pertenencias podían llevarse: ganados, ajuares, carretas y alimentos. A su paso, nos contaban que el moro avanzaba lentamente, arrasando todo lo que encontraba, y que era poco indulgente con los habitantes de las tierras cristianas. Se avecinaban pues unos tiempos nada venturosos. Aunque también había quienes predecían que la tormenta no sería tan feroz como pronosticaban los funestos augurios que venían de Alándalus. Muchos cristianos, confiando demasiado en la providencia, se tranquilizaban unos a otros diciéndose que el rey de Castilla contaba con el auxilio de leoneses, navarros y portugueses, los cuales le valdrían para contener al miramamolín frente a Toledo antes de que se echase encima el invierno. Y que, después, con las lluvias y los fríos, intransitables los caminos y ásperas las mesetas para los africanos, había tiempo suficiente para rehacerse y componer un nuevo ejército en el reino.

Pero mi amigo Abasud al Waquil, que constantemente recibía noticias frescas del sur, contradecía tales razones. El mercader me repetía una y otra vez:

—Ahora será diferente. Con el sultán vienen multitudes de africanos, nobles y villanos, ricos y pobres… Alándalus entero responde a la llamada de Abu Yusuf. ¡Es la guerra santa! ¡Nadie los detendrá! ¡Vendrán!

—¿Cuándo? —le preguntaba yo—. ¿Cuándo llegarán aquí?

—Solo Alá lo sabe. Pero puedes estar seguro de que no han de tardar.

—Estamos prevenidos.

—Creo, amigo —observó con circunspección—, que servirán de muy poco las pobres defensas de esta ciudad.

—¿Pobres? —repliqué—. ¡Qué dices! Las murallas de Placencia son altas y robustas, y la ciudadela es un reducto defensivo como no hay otro en Castilla.

—Sí…, pero… ¿con cuántos hombres cuentas para defender esas fortalezas? Mis socios de Alándalus me dicen que el sultán avanza con más de setenta mil guerreros, zanatas, marroquíes, mauritanos, andalusíes, entre los que se cuentan millares de expertos arqueros y aparatos de guerra de todo género. Se trata de una fuerza aplastante.

—Resistiremos —contesté—. ¿Qué otra cosa podemos hacer sino defender nuestra ciudad?

—Se puede parlamentar —sugirió él.

—¿Parlamentar? ¿Qué quieres decir?

—Me refiero a que podéis enviar emisarios al sultán ofreciendo condiciones.

—¿Condiciones? ¿Qué condiciones?

—De rendición, claro. Se trata de adelantarse y pactar con los almohades un tributo. Estoy seguro de que Abu Yusuf respetará a cuantas ciudades se apresuren a reconocer su imperio. Él no desea otra cosa que afianzar sus reinos en la península. Una vez que tenga asegurados los tributos y sometidos a cuantos se le oponen, regresarán a Marruecos, como han hecho en otras ocasiones. Para él, Alándalus no es sino una provincia de sus vastos dominios. Supongo que no le interesa Castilla.

—¿Sugieres que nos avasallemos? ¿Qué nos sometamos al miramamolín?

—Sí, si quieres llamarlo de esa manera —respondió rotundamente.

—¡Eso es absurdo! —repliqué.

—¿Por qué razón? No es la primera vez que los cristianos deciden vivir bajo el dominio de los seguidores de Mahoma. En otros tiempos, no demasiado lejanos, ha habido paz merced al *jarai*, el impuesto pagado a los antiguos reyes. A fin de cuentas, ¿no pagamos ahora las alcabalas y tributos que exigen los reyes castellanos? ¿Qué más da pagar a unos o a otros? El caso es conservar la vida y las haciendas, y vivir en paz.

—¿Estás loco? —le dije, atónito, pues no daba crédito a lo que me proponía—. ¿Estás tratando de convencerme de que vivamos sometidos al yugo de los infieles? ¿Que nos consideremos tierra de moros?

—No, estoy exponiéndote unas razones llenas de cordura. Te aconsejo que salves las vidas de toda la gente que vive en estos valles y que preserves esta prodigiosa ciudad de la destrucción segura.

—¿Y si esa destrucción no fuera tan segura? ¿Y si el rey castellano lograra frenar al miramamolín con la ayuda de León, Navarra y Portugal?

Meneó la cabeza y apretó los labios en un gesto de absoluto escepticismo.

—No te engañes —sentenció—. La suerte de Castilla está echada. El rey de León no ayudará a vuestro rey. Eso lo sabe ya todo el mundo en Alándalus, puesto que el leonés ha concertado treguas y pactos de amistad con el sultán. Castilla está sola.

—¿Estás seguro de eso? —le pregunté, estupefacto.

—Como de que luce el sol ahí afuera. Los mercaderes necesitamos saber esas cosas para asegurar nuestros negocios. Mis socios me aconsejan que permanezca aquí solo el tiempo necesario para resolver mis asuntos y que regrese enseguida a Sevilla. Así que, como comprenderás, si no se firma ese pacto con el sultán, habré de partir inmediatamente con toda mi gente. Dentro de poco no resultará nada recomendable permanecer aquí.

—¿Quieres decir que huirás?

—¿Huir? ¿De quién? No, no, no, amigo mío, mi caso es diferente. Yo no necesito huir del sultán almohade, puesto que pago puntualmente todas mis alcabalas en sus dominios. Cuento con los salvoconductos necesarios para transitar por los territorios que pertenecen a los reinos de la Umma. Pero, como te digo, no resultará prudente permanecer en unas tierras sobre las que pasará la fiera incontenible de la guerra. Una vez que toda esa avalancha de soldados se precipite sobre estos valles, ¿quién podrá verse a salvo? Por eso, hazme caso, si eres lo suficientemente listo para comprender que mi consejo es oportuno. Aún estás a tiempo para salvarte tú y salvar Placencia.

—Don Bricio jamás consentirá que nos rindamos ante el moro —aseguré—. Le conozco bien.

—Solo tú puedes convencerle.

—No, nadie podrá convencerle. Y menos yo que ahora estoy en desgracia ante él. No me atrevería siquiera a sugerirle que nos hagamos vasallos del sultán agareno.

—En fin, allá vosotros —dijo él—. Yo os he advertido de lo que va a suceder. Pero considero que al menos debías intentar poner sobre aviso al obispo. Es posible que no sepa siquiera que no hay que esperar nada de León.

Ya tenía yo resuelto hacer tal cosa. Nada más concluir aquella conversación con Abasud, partí apresuradamente hacia el palacio del obispo.

—Nada de lo que me cuentas es nuevo para mí —observó don Bricio, apesadumbrado, después de escuchar mi relato—. Hoy mismo he sabido que en Toledo las cosas no han marchado bien. El rey y sus caballeros ponen tierra de por medio, hacia el norte, para guardarse de las iras del diablo sarraceno. León nos ha fallado una vez más, como en tantas otras, aliándose con los enemigos de la cristiandad en vez de unir fuerzas con nosotros. ¡El papa de Roma ha de excomulgar a don Alfonso IX! Esta vez no ha de temblarle la mano, pues solo a él y a nadie más que a él debemos tanto infortunio.

—¡Nuestro rey fue impaciente! —repliqué—. No esperó a que los leoneses y los navarros se nos juntaran en Alarcos. ¡Quería toda la gloria para él! Yo estuve allí y lo vi con mis propios ojos. Si don Alfonso VIII hubiera templado los ánimos, aguardando al momento preciso, no nos veríamos así.

—Puede que tengas algo de razón —asintió—. Pero eso ya no tiene remedio. Ahora hemos de pensar en defendernos como mejor podamos. ¡Dios nos ayude!

Dicho esto, don Bricio me pidió que le acompañase para cambiar impresiones conmigo acerca de la defensa de la ciudad. Las obras avanzaban y, con grandísimos esfuerzos, se construían por todas partes muros y se cavaban zanjas. Para observar tales preparativos, cruzamos la plazuela del palacio episcopal y anduvimos por una calleja en cuesta, tortuosa, que terminaba en una escalera que conducía hasta el camino en ronda que recorría las murallas de la ciudadela.

Se contemplaba desde allí un amplio espacio. En todos sitios se habían levantado andamiajes por la parte interior de los muros. La gente, hombres, mujeres y niños, trabajaban denodadamente. Cualquiera que tuviera fuerzas estaba ocupado, incluso los ancianos, trayendo y llevando barro, piedras, ladrillos, cortando troncos, componiendo saetas, lanzas y artilugios defensivos. Pero se apreciaba a simple vista que el personal no abarcaba tanta tarea como era necesaria para ver bien fortalecida la ciudad. Ni siquiera el acopio de abastos parecía suficiente para el larguísimo asedio que se prometía.

—Es poca gente —comenté—. No somos suficientes para contener un ejército tan grande.

Me miró don Bricio y me fijé en que le temblaba el labio inferior. Como todo el mundo, estaba soportando durante aquel tiempo una tensión enorme. Y él tenía la más alta responsabilidad en lo que había de suceder en la ciudad.

—Me da una lástima grandísima toda esa gente —dijo, abatido, embargado por una visible tristeza—. Es ciertamente lamentable ver cómo se echan a perder las ilusiones de este mundo. Podíamos ser tan felices…

—Decidme, amo —le pregunté—, ¿habéis llegado a pensar en la posibilidad de que todo esté perdido?

—¿Quién puede saber eso? —respondió—. La vida toda es un misterio. Porque ¿qué otra cosa nos muestra la horrible profundidad de la ignorancia humana? De ella se derivan todos los errores que fluyen a los hijos de Adán, como en un tenebroso seno, del cual ¿cómo podemos librarnos si no es con trabajos, dolor y temor?

—¡Eso es fatalísimo! —le espeté—. ¡Vos nunca habéis pensado de esa manera! Hemos de encontrar soluciones posibles. Hemos de pensar en lo mejor que pueda hacerse ante un peligro tan grave, tan inminente.

—El mal está ahí —repuso—. Hemos de reconocerlo y luchar contra él con todas nuestras fuerzas. Eso es lo que hemos de hacer, pues es la consecuencia del amor a tantas cosas vanas y perjudiciales, que originan perturbaciones, tristezas, miedos, discordia, guerras, asechanzas, irritaciones, engaños, soberbia, ambición, envidias...; cosas todas que no faltarán jamás en las vidas de los hombres. Ahora nos toca sufrir y pelear. No nos queda otra cosa que afrontar ese destino inmediato y ponernos en las manos de Dios.

—Pero, amo —repliqué—, hay otras salidas posibles. Siempre se puede hacer uso de la inteligencia y buscar la solución menos penosa para salir del trance.

—¿Qué solución es esa? —inquirió mirándome muy fijamente a los ojos.

Bajé la cabeza; no podía sostener aquella mirada interpelante.

—¡Vamos! —insistió—. ¡Habla sin miedo!

No pude contestar.

—Sé lo que piensas —dijo—. Te conozco bien, Blasco Jiménez. Esos moros de ahí abajo, del arrabal, te envían para que me convenzas de que nos rindamos y entreguemos la ciudad a los ismaelitas.

—No, amo... —balbucí.

—¿Todavía sigues creyendo que soy tonto? Veo que, aunque llevas tantos años a mi lado, aún no me conoces. Sin embargo, yo a ti te he querido siempre lo suficiente como para que nada de lo tuyo me sea ajeno... Blasco, dime la verdad, ¿piensas que hemos de rendirnos?

—¡Yo no soy un cobarde! —contesté airado.

—Ya lo sé. Nunca lo fuiste. No he dicho que seas un cobarde. Por el contrario, pienso que eres arrojado como nadie en el combate y que no te tiemblan las carnes en la guerra. El mal de tu alma no es ese tipo de cobardía que hace huir a los hombres, que los amedrenta y paraliza.

—¿Entonces? ¿Qué pensáis que me sucede?

—Tu mal es el amor a los goces de este mundo. No eres capaz de vencer el hambre insaciable de placer que anida dentro de ti. Pues no has llegado aún a comprender que en esta vida somos peregrinos, que andamos de paso y que hay que aprender a renunciar a cosas que nos atan, interrumpen nuestro camino y nos desvían hacia el lugar erróneo. Los infinitos rodeos del corazón humano son siempre consecuencia de un amor equivocado: el amor al dinero, a la gloria, al poder, al placer en sus innumerables formas, a las comodidades y a uno mismo. Cuando esto degenera en desorden, se olvida el camino que conduce a la verdadera ciudad de Dios. Suspiramos en nuestra peregrinación, pero gozaremos en la ciudad. ¿No recuerdas las fiestas de los mártires? ¿No sirvió entonces su sacrificio para nada? Se esforzaron, sufrieron, lo perdieron todo, las vidas incluso... ¡Y alcanzaron la inmortalidad, la ciudad celeste de Jerusalén!

—¡Es mucho lo que pedís! No todos hemos nacido para ser mártires. Mirad esa gente que tanta pena os causa. ¿Podemos exigirles tan alto precio?

—No, nosotros no. Pero la vida es dura de por sí y lleva en sí misma la semilla de la muerte. Las apreturas, las tribulaciones, los dolores, que se llaman guerras, mortandades y miserias de todo género pertenecen al secreto íntimo de esta vida transitoria. Mas son espuelas de la esperanza. San Agustín lo expresa mejor que yo: *Ideo venerunt ista ut credamus futura bona*; es decir, nos vienen estas tribulaciones para que creamos en los bienes futuros.

—Es difícil ver eso —observé—. Es mucho pedir.

—Sí. Pero estos ásperos tiempos nos ayudan a amar

la vida eterna. Si ahora cedemos y perdemos nuestra libertad, aquella en la que creemos, que es cuanto somos en el mundo, quedaremos a merced de las miserias pasajeras, de los goces efímeros, de la tibieza que pudre las ciudades y descompone las civilizaciones.

—Pero… ¡también la paz es un bien!

—¿Paz? ¿Qué paz? ¿A cambio de qué? Eso a lo que llamas paz no es sino servidumbre. No —sentenció—. No consentiremos en comprar miseria, esclavitud y vergüenza con vil metal. ¡No seremos tributarios de una cultura bárbara y una religión de fieras irracionales!

59

Nos cayó encima un invierno crudo y seco. Hubo tanta escasez a causa de la guerra y por el afán de reservar abastos para el asedio, que la gente empezó a morirse, famélica, presa de horrendas pandemias. Seguían pasando fugitivos por Placencia, camino del norte. Contaban terribles historias de pueblos enteros masacrados, ciudades reducidas a escombros, campos incendiados, olivares talados y todo género de crueldades inimaginables. Parecía que el mismo infierno había ascendido desde sus honduras hasta la superficie de la tierra. Y para colmo, se oscureció completamente el sol uno de aquellos días helados, sin nubes en el firmamento. Durante un rato, reinó una penumbra extraña, silenciosa e inquietante, en la que se interrumpió el vuelo de los pájaros y el rumor del viento en el bosque. Una especie de lamento aterrado recorrió la ciudad. Todos vieron en tan extraordinario suceso como un signo, el presagio de las peores desgracias. Algunos se tranquilizaban elevando plegarias a los cielos, pero las almas estaban desasosegadas.

Solo junto a Eudoxia hallaba yo cierta calma. Cada noche me escapaba hacia el arrabal y procuraba dormir con ella, en el seno cálido y confortable de la casa de Abasud al Waquil. Caía rendido por el sueño, después de tan agotadoras jornadas preparando la defensa, y parecía quedar sumido en la nada, como si desapareciera del mundo. Después despertaba y retornaban a mi mente los pensamientos más funestos, las inquietudes, los problemas, las dudas. Pero ahí estaba mi amada, envuelta en su halo de impertérrita belleza. Contemplarla me devolvía a un mundo únicamente de presente, donde parecían borrarse el pasado y el incierto futuro.

Aunque también adivinaba en el profundo azul de sus ojos los temores. Y eso me abría una dolorosa herida en el alma.

—¿Te acuerdas —le pregunté una madrugada—, querida, cuando aquella vez te pedí que nos marcháramos de aquí y me costó un enfado?

—Sí —respondió—. Era primavera, y la embriagadora presencia de las flores nos había vuelto locos.

Ella sabía de poesía. Comprendí que era su manera de explicar que ahora, en este duro invierno, no nos importaban los estúpidos asuntos de los jóvenes enamorados. A ninguno de los dos nos preocupaba ya tener o no libertad, pues éramos prisioneros de aquella angustia que atenazaba a todos por igual en Placencia.

Antes de que concluyera febrero, se dio la alarma. Llegaron unos caballeros de la orden de Santiago desde Turgello y avisaron de que las hordas almohades avanzaban incontenibles, cruzando el Guadiana por los vados, en una multitud que cubría los campos como una mar de hombres, de tal manera que hasta retumbaba el suelo, como si bramara la superficie de la tierra, por el estrépito de las pisadas de los caballos.

Al saberlo, Abasud ordenó a sus criados que recogieran todas las pertenencias, como tenía previsto, para abandonar sus posesiones. Los moros de Placencia que no se habían marchado todavía organizaron pronto una caravana y emprendieron el camino del oeste, hacia las fronteras con el reino de León, para bordear la impetuosa presencia del ejército sarraceno, y escapar después hacia el sur.

—Márchate con él —le rogué a Eudoxia.

—No —contestó—. Prefiero ir a ocultarme a la casa de Leonila. Allí, en medio del bosque, no podrán encontrarnos.

—¡Es una locura! —protesté—. ¡No lo consentiré!

—Hagámosle caso —le dijo Leonila—. Será mejor que nos alejemos de aquí por el momento. Aunque mi casa está escondida, no sabemos cuánto durará el asedio y lo que va a suceder en estas tierras. Estaremos más seguras en otra parte. Y tú, Blasco —me aconsejó—, ven con nosotros. Podemos hacernos una vida diferente en cualquier ciudad de Alándalus. Tienes oro y plata suficiente para empezar y ser feliz lejos de aquí. Olvida esto, te lo ruego.

Era una tentación muy poderosa. Pero mi alma se había vuelto dura y fría como el acero. Nada me importaba en aquel momento, excepto que corriera pronto el tiempo. Misteriosamente, no tenía miedo. Solo sentía una soledad muy grande.

Me despedí de ellos junto al río. Abasud iba al frente de aquella caravana formada por más de un centenar de personas, entre las que viajarían Eudoxia y Leonila, junto a otras mujeres. Se unieron a ellos todos los moros de Placencia que podían pagarse el viaje y la protección que les brindaban los mercaderes. Los que no tenían dinero ni bienes, se dispersaron por los montes.

En el arrabal no quedó nadie. Todo se veía desolado y triste, sin los rebaños, los pollinos, los camellos y los niños correteando; sin las lavanderas de la orilla y las hogueras que encendían los buhoneros en el prado. Las casas no tenían tejados, pues se aprovecharon todas las vigas y alfajías, que fueron transportadas a la ciudad. Ya no transitaba nadie por los caminos y las aldeas también se despoblaron.

Cuando Eudoxia me abrazó, sentí una pena infinita. Atardecía y llegaba desde las montañas un frío que helaba el rostro.

—Abrígate —le aconsejé, por decir algo, pues temí romper a llorar y hacer el ridículo delante de todo el mundo.

Los palafreneros tiraron de las bridas cuando Abasud dio la orden de partida. En ese momento, vi que llegaban varios hombres cabalgando para incorporarse a la caravana. Me fijé en ellos y, atónito, descubrí que eran cristianos que pretendían huir.

—¡Eh, quietos ahí, traidores! —grité.

Debí suponerlo. El principal fugitivo era Hermesindo. Iba rebozado en pieles, llevaba turbante y jaeces moros, pero no podía disimular su peculiar barriga.

—¡Déjame! —replicó—. ¡Haré lo que quiera, pues soy un hombre libre!

—Maldito cobarde —le dije—, miserable; no te marcharás...

—Tengo un salvoconducto del obispo —contestó, esgrimiendo un documento que sacó de la alforja—. Don Bricio me ha permitido partir hacia las fronteras de León para pedir socorro a los buenos cristianos que quieran ayudar a Placencia.

—¡Canalla! ¡Una vez más has engañado a nuestro amo!

—¿Y tú? —me espetó—. ¿Qué haces aquí? ¡Vela por ti! Mira la viga en tu ojo y no la paja en el ajeno. ¿No deberías estar en la ciudad, en vez de aquí, con tu querida?

Me hirvió la sangre y salté hacia él, tirándole de las ropas y derribándole del caballo. Rodamos por el suelo. Una vez más hubiera querido matarle, pero sus criados me sujetaron por todas partes.

—¡En marcha! —gritó Abasud.

La caravana emprendió la senda que discurría por la rivera.

Quedé allí, tendido en la hierba, cuando me soltaron. Se me aflojaron las fuerzas. Veía la fila alejarse. Al final estaba solo, en mitad del prado, con la mente en blanco y la mirada perdida en el firmamento infinito. Una tristeza indescriptible me cubrió con su sombra.

Los peregrinos se quedaron completamente en silencio, inmóviles, fijos sus ojos en Blasco Jiménez, atentísimos a su relato. Era completamente de noche y, a pesar de estar cansados por una larga jornada de camino, no querían irse a dormir. Se les había despertado una curiosidad enorme y deseaban continuar escuchando al clérigo.

Pero este parecía no tener intención de proseguir. Había enmudecido, mirando las llamas que se desprendían, en una especie de danza luminosa, de la hoguera que ardía en medio de ellos, creando un bello resplandor en mitad del bosque tan oscuro.

—¿Y qué pasó? —le preguntó espontáneamente Ludwin, que ya no podía soportar más la espera.

—¿Qué fue de la ciudad? ¿Vinieron los moros? —querían saber los demás, impacientes, lanzando una pregunta detrás de otra—. ¿Qué hizo don Bricio? ¿Acudieron al fin los leoneses?

Blasco Jiménez alargó la mano y cogió la calabaza llena de vino, que estaba un poco más allá. Dio varios tragos y pareció que se enjuagaba la boca, que seguramente tendría seca por haber hablado tanto, o por la emoción que le producía el relato de sus recuerdos. Prosiguió:

—Después de que se marchara Abasud, llevándose consigo a Eudoxia, Leonila, Hermesindo y a los mercaderes de Ambrosía, la ciudad pareció quedar en una especie de letargo. Era como si todas las energías estuviesen contenidas. Oteábamos cada día el horizonte, escudriñábamos con la vista la lejanía de los montes, los valles, los caminos… La quietud era grande.

—¿Cuánto duró aquella espera? —preguntó el caballero.

—Apenas cuatro meses. El tiempo suficiente para que remitiesen los fríos. Como no llovió casi nada aquel infausto año, el ejército sarraceno avanzó fácilmente hacia el norte, estragando viñedos, olivares y plantíos a su paso; sembrando desolación y muerte. Pronto supimos que habían caído Montánchez, Santa Cruz, Turgello y otras plazas cristianas. El pánico sacudió Placencia cuando vinieron a refugiarse gentes huidas que anunciaron la inminente presencia de los fieros agarenos en nuestras tierras. Entonces, aterrados, muchos quisieron escapar a buscar refugio en las alturas de las sierras y a punto estuvo de quedarse desierta la ciudad. Después del desastre de Alarcos, contábamos con muy pocos guerreros verdaderos. Era muy difícil no sentir fragilidad e inseguridad, a pesar de tantas murallas y torres como había.

—¡Qué espanto! —exclamó el mercader.

Se apreciaba que a Blasco Jiménez le resultaba duro recordar todo aquello. A pesar de lo cual, en vista del gran interés que tenían sus oyentes, prosiguió:

—Una mañana, sería todavía febrero, los centinelas dieron la voz de alarma. Corrí hasta la torre que ocupaba el centro de la ciudadela y subí hasta lo más alto, a la terraza desde donde se contemplaba la mayor extensión de territorio. Allí estaban reunidos bastantes clérigos, miembros del concejo, caballeros y heraldos. Sus rostros eran el mejor reflejo del estado de ánimo que reinaba en la ciudad. Supongo que todos palidecimos al ver a lo lejos una nube de polvo que se alzaba a los cielos, oscureciéndolos, hacia el sur.

»No tardó en aparecer la primera columna del ejército moro, avanzando por los llanos, como una marea humana que cubría el verdor de los campos.

»Las campanas de la ciudad prorrumpieron entonces en un frenético toque de rebato. Y los habitantes de Placencia se apresuraron a encaramarse donde podían para mirar hacia lo que se nos avecinaba. Las órdenes de mando se mezclaban con el griterío de la población asustada.

»En pocas horas, los sarracenos arrasaron el alfoz y redujeron a cenizas todo el arrabal. No intentaron de momento asaltar las murallas, pues aguardaban al grueso de las huestes y se hacía ya de noche.

»Pero, a la mañana siguiente, aprovecharon el primer rayo de luz para venir contra la ciudad en oleadas, con muchas escaleras y aparatos de asalto, lanzando a la vez una nube de flechas y piedras sobre nosotros. Tan precipitados fueron estos primeros ataques, que les matamos a mucha gente y tuvieron que detenerse para reorganizarse. Entonces fuimos ganando confianza, pues comprobamos que nuestras defensas eran recias y efectivas, y que ellos, a pesar de ser muy numerosos, no estaban demasiado duchos en ganar plazas fortificadas.

»A partir de entonces comenzó un largo asedio. Pusieron tiendas en los llanos y dejaron allí a una parte de su ejército rodeando Placencia, mientras que el grueso de las hordas proseguía el avance por las vegas del Tajo para retomar el camino del este hacia tierras de Toledo».

—¡Y cuánto duró el sitio? —preguntó el mercader.

—Mucho tiempo, demasiado. Se prolongó durante meses. Los moros disponían de agua abundante y abastos. No estaban dispuestos a sacrificar sus vidas para conquistar las piedras de una ciudad, cuando tenían numerosos huertos, fértiles tierras de labor, árboles frutales, leña y pastos para alimentar a sus bestias. Así que se dispusieron a disfrutar de la primavera, encantados por haber encontrado aquel solaz después de haberse pasado tanto tiempo en largos desplazamientos y guerras.

—Y los de dentro de la ciudad, ¿qué hacíais mientras tanto? —le preguntó Ludwin, lleno de curiosidad.

—Desesperarnos. Pues nada podíamos contra tal cantidad de asaltantes que se instalaron rodeándonos por todas partes. Al principio, supusimos que atacarían una y otra vez, intentando cruzar murallas adentro, pero después nos dimos cuenta de que ese no era su propósito; ya que no tenían prisa alguna, y preferían aguardar pacientemente a que nos vencieran la sed, el hambre y las mortales enfermedades que se propagan en las ciudades sometidas a sitios prolongados. Bien conocía yo esta antigua táctica que se narraba en los viejos libros, que consistía en poner cerco a las plazas fortificadas y dejar que fuera el tiempo, y no las fuerzas del asaltante, lo que al fin les diese la victoria.

—Fuiste muy valiente, hermano —le dijo el joven caballero—. Constantemente, te afloran los remordimientos. Sin embargo, fue una noble acción la de quedarse defendiendo la ciudad. Podrías haber hecho lo mismo que tu compañero Hermesindo; huir aprovechando la caravana de aquellos moros amigos vuestros. No comprendo por qué motivo te mortificas tanto. En efecto, causaste muchos males, fuiste infiel a tu obispo, te entregaste a la sensualidad, al placer y al goce. Pero también supiste estar al lado de los tuyos, sufrir con ellos, aguantar el penoso sitio de Placencia, las guerras, trabajos, miedos, incomodidades…

Blasco Jiménez seguía mirando el fuego. De vez en cuando, cogía algún palo del montón de leña, lo partía con una enérgica presión de sus fuertes manos, en un estallido seco, y lo arrojaba al fuego. Las llamas brotaban entonces e iluminaban su amplia frente, los ojos tristes, la barba plateada, el cuello cubierto de vello hirsuto…

—Mi relato no ha concluido —observó—. Mi mente estaba entonces confusa. Algunas cosas las veía muy claras; otras, en cambio, permanecían oscuras…

—Luces y sombras —sentenció el fraile—; eso es la vida del hombre. ¡Oh, qué gran misterio! A veces errados, otras veces, en acierto, caminamos por este mundo. Nadie ha de pensar que el mal es tan poderoso para ser capaz de abarcarlo todo, de apropiarse del ser del hombre completamente, pues somos imagen y semejanza del Creador. Buscando el encuentro con Dios, el alma es conducida como en una noche, entre oscuridades y sombras engañosas, al amanecer de la fe, de la luz. Al despunte del alba, solo sentimos que la noche está pasando, pero sin alcanzar aún toda la radiante claridad del día, algo se conserva aún de oscuridad; como en un camino claroscuro.

—¡Cierto! —repuso Blasco, como en un lamento—. ¡Pero yo podría haber rechazado el mal! ¿Por qué Dios permitió que me equivocara tanto? ¿Por qué me soltó de su mano? ¿Por qué me dejó caminar entre sombras?

—Esto requiere sabia aceptación, más que comprensión —dijo el fraile—. Aguardamos «el día que no tiene ocaso», nos dice el Apocalipsis de san Juan. Pero san Pablo nos advierte de que «la noche va pasando, y el día está encima»; porque ha de haber oscuridad, como en la naturaleza. La palabra «encima» nos anuncia lo que no ha llegado todavía. Esas sombras de tu vida, hermano Blasco, son las huellas de tu camino; del camino claroscuro de la fe. Lo que quiere significar que parte de nuestro obrar es según la luz, pero conservando siempre restos de tinieblas. Y que, a veces, aun en plena oscuridad, hay luz suficiente para no caminar completamente a ciegas. Así, en la vida, avanzamos entre luces y sombras; a veces entre esplendores, otras en profunda tiniebla, en claridad, con sol, de noche, con luna, estrellas, atardeciendo, amaneciendo, en penumbra o bajo la luz cegadora del más radiante sol. Como nosotros, ahora, hermanos peregrinos…

—¡Es difícil vivir! —suspiró Ludwin, con una expresión llena de candorosa inocencia—. Ya me decía eso mi padre…

—Sí, muchacho —asintió el fraile—, ciertamente, no es fácil. El hombre es un ser hecho de deseos; siempre anda insatisfecho, caminando, incompleto, hacia la totalidad del ser, la plenitud, la felicidad, el amor total. Por eso, toda realización inmediata, y, por lo tanto, parcial, de la felicidad, contiene en sí misma la experiencia de la insatisfacción, la necesidad de ir más allá. ¡Ah, la condición humana! Somos un entramado de deseo y felicidad, comprobación de la propia fragilidad y amenazas de infidelidad. Y cada vez que somos infieles retornamos a nuestra soledad, triste, desconcertante.

—Como aquella ciudad mía, sitiada —añadió Blasco—. Donde, para mí, la mayor felicidad era soñar con verme libre y retornar a los placeres de una vida cómoda y fácil.

—Buscabas la felicidad —observó el fraile—. Algo humano. Dios conoce el corazón del hombre. Él lo sabe todo, nada se le oculta: cada instante, hasta el más íntimo de la vida humana y de la historia le resulta diáfano. Pero su modo de conocer no es lejano e indiferente, sino que comporta una forma de comunión e interés por cada hijo suyo. Por eso, nada puede esconderse a sus ojos ni oponerse a su presencia salvadora, por más que a veces el hombre trate de ocultarse o se crea ignorado de Dios. Por el contrario, su mano está siempre dispuesta a tomar la nuestra para guiarnos en nuestro itinerario terreno. Dios todo lo sabe y está presente junto a su criatura, la cual no puede sustraerse a Él. Pero la presencia de Dios no es amenazadora. No quiere Él controlar. Aunque, ciertamente, su mirada ante el mal no es indiferente.

—Comprendo eso que dices —afirmó Blasco Jiménez, llevándose la mano al pecho—, y creo en ello. Pero… a veces… el hombre se siente tan solo…

—Hablar con Dios, orar, nos libra de tan grande soledad —aseguró el fraile—. Recemos pues ahora y manifestemos nuestra total confianza.

> Señor, tú me sondeas y me conoces;
> me conoces cuando me siento o me levanto,
> de lejos penetras mis pensamientos;
> distingues mi camino y mi descanso,
> todas mis sendas te son familiares.
> No ha llegado la palabra a mi lengua,
> y ya, Señor, tú la sabes toda.
> Me estrechas detrás y delante,
> me cubres con tu palma.
> Tanto saber me sobrepasa,
> es sublime y no lo abarco.
> ¿Adónde iré lejos de tu aliento,

adónde escaparé de tu mirada?
Si escalo al cielo, allí estás tú;
si me acuesto en el abismo, allí te encuentro;
si vuelo hasta el margen de la aurora,
si emigro hacia el confín del mar,
allí me alcanzará tu izquierda,
me agarrará tu derecha.
Si digo: «Que al menos la tiniebla me cubra,
que la luz se haga noche en torno a mí»,
ni la tiniebla es oscura para ti,
la noche es clara como el día.

LIBRO VIII

LA CLAUDICACIÓN

61

Solo una vez más, bien avanzada la primavera, intentaron los moros penetrar en Placencia por la fuerza. Ya veníamos observando desde hacía tiempo que talaban árboles, y llegaba hasta la ciudad el sonido constante del martilleo y los golpes de hacha, de manera que era fácil concluir que andaban metidos en faena para construir torres de asalto, escaleras y otros aparatos con el fin de pasar murallas adentro.

Un día de finales de mayo, con la primera luz de la mañana, se presentaron delante de la ciudad trayendo consigo numerosísimos arqueros. Se dio la voz de alarma y corrieron los placentinos, cada uno a su puesto, como teníamos previsto para acometer la defensa.

Al acercarse a las murallas los sarracenos, lanzaron muchas flechas por encima de ellas, las cuales no nos causaron ningún perjuicio, como tampoco en otras ocasiones anteriores. Contestaron al momento nuestra gente echándoles encima proyectiles de todo tipo y logramos una vez más contenerlos de tal manera que ni siquiera pudieron aproximar las construcciones de asalto que habían hecho.

Suponiendo que el ataque podría durar varios días, se preparó la defensa lo mejor posible. Se llevaron muchas piedras y sacos de tierra a las almenas para disparar, guarneciéndose en ellos. E incluso se dispuso que una fuerza de doscientos hombres a caballo y otros tantos infantes se aprestaran para salir a hacerles frente en las pendientes fuera de la ciudad, donde sería fácil rechazarlos cayendo sobre ellos por sorpresa, aprovechando la cuesta abajo.

Al amanecer del día siguiente, los sarracenos, con el triple de hombres que el día anterior, atacaron con gran ímpetu y llegaron hasta la puerta, a pesar de que les causamos muchas bajas. Entonces ordené que nos abrieran y salí con todos los caballeros e infantes, con gran rapidez, sorprendiendo a los atacantes, que de ninguna manera se lo esperaban. Abrimos una brecha en el frente de los moros y enseguida dimos alcance a sus arqueros, haciéndoles muchos muertos.

Desconcertados los moros, no sabían qué hacer de momento. Hasta que les dio por correr laderas abajo, hacia sus posiciones en el llano, abandonando los aparatos de asalto, torres, escaleras y arietes, al pie mismo de las murallas, dándonos la oportunidad de destrozárselos y quemárselos, mientras se rehacían y acudían de nuevo al ataque.

Logramos volver, antes de que se nos echaran encima por centenares. Y una vez al abrigo de la ciudad, cerradas de nuevo las puertas, nuestros caballeros empezaron a gritar con entusiasmo:

—¡Viva Placencia! ¡Viva Santiago! ¡Viva el rey!

Los placentinos, que lo habían visto todo desde las almenas y las torres, se apresuraron a poner a raya a los asaltantes desde arriba, mientras contestaban con el mismo o mayor entusiasmo:

—¡Viva! ¡Santiago y a ellos! ¡Victoria! ¡Victoria!

A partir de ese día, no volvieron a intentar los sarracenos el asalto. Se mantenían a distancia, en sus tiendas, dedicados a sacar el mayor provecho de aquella fértil vega; gozando del agua fresca del río, de las calabazas, melones, pepinos y habas que daban los huertos y de la rica carne de los ganados que robaron a los pobres pastores de las montañas.

Dentro de la ciudad, nuestros éxitos repeliendo los ataques animaron a la gente. Pero se agotaban las provisiones, iban ya escaseando las flechas y las piedras, los víveres se consumían, el agua empezaba a corromperse, la gente enfermaba y el aire se iba volviendo fétido, nauseabundo, a medida que avanzaba el verano.

Cuando se cumplían seis largos meses de durísima vida dentro de la ciudad sitiada, no quedaban ya abastos. El año anterior había sido paupérrimo, a causa de la guerra y de la sequía. Poco pudo guardarse como reserva para sostener a la población soportando tan largo asedio. La gente subsistía con una ración mísera; apenas un puñado de trigo y algunas castañas rancias. Los aljibes se agotaban. Había muy poco terreno donde poder dar sepultura a tantos muertos y no tardó en brotar la pandemia.

A una situación tan desesperante, se sumaba la falta de noticias del resto del reino. No sabíamos siquiera si Toledo era todavía cristiano o había caído en poder de los moros. Tampoco si el rey vivía o no, ni qué era de Ávila, Zamora, Salamanca, Burgos… A esas alturas del verano, viendo la libertad de acción de los sarracenos y la calma con que se habían tomado el asedio, empezábamos a presagiar que la victoria del miramamolín había sido total. Era eso lo que nos repetían una y otra vez los sitiadores, para mover nuestro ánimo a la rendición, cada vez que pedían parlamentar con la ciudad para ofrecer condiciones.

Pero don Bricio, cuando venían los emisarios del enemigo para intimarle a que les entregase Placencia, siempre les repetía lo mismo:

—No. Decidle a vuestros dueños que no tendrán las llaves sino ganadas con sangre. ¡Que vengan por ellas! Que aquí los aguardamos.

En agosto, cuando la vida se hizo insostenible, arreció murallas adentro el mayor enemigo de los sitiados: el desánimo. Muchos nobles, hidalgos, miembros del concejo, clérigos e incluso canónigos empezaban a sugerir con medias palabras y veladas razones que se hacía necesario empezar a pensar en alguna solución. Aunque no se atrevían a proponerle nada en concreto al obispo.

Pero don Bricio, que era harto sagaz, no tardó en percatarse de tales intenciones. Reunió a todos los notables y nos habló con mucha firmeza:

—No podemos venirnos abajo, ahora precisamente, cuando el estío camina ya hacia el otoño. ¡Resistamos! Aguantemos hasta que Dios nos envíe una lluvia fresca que limpie el aire. Confiemos en que nuestro rey haya reunido fuerzas suficientes y no tarde en acudir en nuestro socorro.

—¿Y si no sucede tal? —repuso uno de los canónigos—. No parece que esos moros de ahí afuera teman ataque alguno; se los ve pacientes, aguardando a que nos rinda el hambre y la enfermedad.

—Supongamos que nuestro rey ha sido vencido —añadió un miembro del concejo—, en cuyo caso… ¡esto es tierra mora! Estamos en medio del reino agareno, y esos moros esperarán a que nos rindamos.

—¡Eso es ponerse en lo peor! —replicó don Bricio—. ¿Por qué hemos de perder la confianza en Dios? ¡Tengamos esperanza! Esto es tierra cristiana y conforme a ello hemos de actuar. ¡Resistamos!

—Pero la gente se nos muere por docenas… —observó el canónigo—. No hay ya alimentos y las enfermedades diezmarán nuestras fuerzas.

—¿Qué propones pues? —inquirió don Bricio, clavando en todos nosotros una fiera mirada, interpelante—. ¿Qué queréis? ¿Insinuáis acaso que he de entregar la ciudad a esos infieles? ¿Qué creéis que harán con todos nosotros?… ¿Pensáis acaso que les podremos contentar con un tributo? ¡No seáis ingenuos! Destruirán lo que con tanto esfuerzo hemos construido; el trabajo de nuestras vidas, nuestra civilización, nuestra fe, muestra manera propia de entender el mundo… ¿Eso pretendéis? ¿Queréis ser moros?

Se hizo un gran silencio. Unos negaban con gestos de sus manos y cabezas, y otros miraban al suelo, como avergonzados.

Don Bricio, entonces, se encaró conmigo y me preguntó con potente voz:

—¿Y tú?, ¿qué piensas tú, arcediano?

Sostuve yo su mirada interrogante, sin saber qué contestar.

Él insistió:

—¡Vamos, habla! ¿Qué piensas?

—No tenemos noticias de afuera —respondí tímidamente—. Eso genera incertidumbre y miedo en la ciudad…

—¿Y qué? —replicó el obispo—. El futuro es siempre incierto. Ese es el salario del hombre sobre la tierra. Ninguno de nosotros puede saber siquiera si mañana vivirá o si Dios tiene, por el contrario, decretado ya que rindamos ante Él las almas. ¿Por qué hemos de ponernos en lo peor? ¿Y si el rey cristiano está ya de camino hacia aquí para liberarnos?

Tampoco a mí, como a la mayoría de los que allí estábamos, conseguían animarme aquellas razones. Pero no era capaz de enfrentarme al obispo. Así que bajé la cabeza sumisamente e hice ver que acataba sus decisiones.

Don Bricio entonces inició un discurso exaltado sobre la necesidad de la fe, recordando el paso del pueblo de Dios por el desierto, durante cuarenta años, después de salir de la esclavitud de Egipto. Nos animó una vez más a tener esperanza, a confiar en Dios, a que viviéramos la incertidumbre y el sufrimiento como una prueba que no había de quedarse sin premio; a defender nuestra ciudad que era ejemplo, símbolo del hombre animado por el espíritu, por el alma de la ciudad que conformábamos todos los que allí vivíamos. Recordó a los mártires, a los santos que ofrecieron sus vidas como sacrificios y soportaron los mayores tormentos para dar testimonio de su fe.

—¡No decaigamos! —repetía—. ¡Confiemos! ¡Confiemos en Dios, que no ha de abandonarnos! ¡Él nos salvará! ¡Él nos dará la libertad!

En la soledad de mi palacio, durante aquellos días tórridos, de aire fétido, inmóvil, asfixiante, vivía como en el más oscuro e insufrible de los infiernos. Se me presentaban funestos pensamientos. Delante de mí había únicamente tedio, desencanto y repugnancia. Mi existencia era pura rutina. Cada mañana me levantaba para hacer el mismo trabajo: revistar a la tropa, recibir las novedades y recorrer las diversas torres oteando un panorama que siempre era el mismo. Abajo, en la vega, los moros hacían su vida plácidamente; unos venían y otros se marchaban, llegaban caravanas, se construían nuevas casas en el alfoz y proliferaban los mercados a los que afluían gentes desde todos los caminos.

Echaba mucho de menos mi antigua vida; la libertad de ir a donde me viniera en gana, la comida, la bebida, los placeres y los lujos. Pensaba en Doxia cada día y me angustiaba recordar todo lo que había perdido. ¿Dónde estaría ella? ¿En qué lejanas tierras se hallaría? ¿Volvería a verla alguna vez?

Dentro de Placencia, el mayor trabajo de los ciudadanos consistía en cavar sepulturas e idear la manera de llevarse algo a la boca. Nos comimos primero todos los animales, las bestias de carga, bueyes, asnos y mulas; después los perros y los gatos; y a última hora habíamos empezado ya a devorar los caballos, pues no teníamos con qué alimentarlos. Lo más triste fue descubrir que algunos se comían a los muertos, ¡tanta era el hambre! Tuvo que ponerse vigilancia en los cementerios y custodiar la santa quietud de las sepulturas.

Durante las noches sofocantes, yo no podía dormir. Mi cabeza daba vueltas tratando de buscar la manera de escapar de una situación tan angustiosa.

Al principio me avergoncé algo por desear que don Bricio rindiera la ciudad. Pero hube de luchar poco conmigo mismo para convencerme plenamente de que nada quería más en el mundo que verme libre cuanto antes de aquella cárcel penosa en que se había convertido el asedio.

No disponía de razones que convencieran al obispo. A la mínima sugerencia mía en ese sentido, él respondía con un torrente de argumentos arrebatados en contra. Lejos de agotarse don Bricio, de perder consistencia en sus posiciones, parecía crecerse con el infortunio. Bien conocía yo esa cualidad suya por haberla apreciado en mi larga vida junto a él. Exaltado, elevado a un estado místico y casi delirante, el obispo insistía una y otra vez con sus arengas. Repetía constantemente que aquello sería la gran prueba de fuego para Ambrosía; que una ciudad, con su pueblo fiel, debía ser moldeada y templada como el más puro acero en la fragua.

A mí, en cambio, me parecía que nos precipitábamos hacia un suicidio absurdo. Y no deseaba morir, pues tenía sed de vida, de libertad, de ir a correr mundo y experimentar otras existencias diferentes a aquella. El sacrificio de las oportunidades que sentía como propias y no realizadas aún se me antojaba un desperdicio innecesario a cambio de ideales tan altos, tan lejanos.

Puse a trabajar mi imaginación. Necesitaba encontrar la excusa perfecta para disfrazar mi huida. Porque el amor propio, la vanidad, me impedían acometer una simple escapada. No podía soportar que a mi nombre, manchado ya por tantas debilidades, se le uniera la palabra «cobarde».

Pero me urgía salir de Placencia a cualquier precio y debía encontrar la manera de hacerlo sin poner en peligro mi vida fuera de las murallas, ni despertar sospechas dentro.

De repente, durante una de aquellas noches de sudorosa vigilia, me visitó la inspiración. Había encontrado el plan perfecto para eludir las suspicacias de don Bricio y evitar que los moros me rebanaran el cuello. Estaba tan impaciente por llevarlo a efecto que a punto estuve de levantarme y correr para ir al palacio del obispo. Pero se oyó sonar en la calle el lastimero toque de la esquila que anunciaba el rezo de ánimas a media noche, y resolví no precipitarme, sino urdir bien mi estrategia y preparar a conciencia las palabras con las que iba a convencer a mi amo.

Amanecía mientras atravesaba yo la ciudadela. Encontré a don Bricio entregado a sus rezos y aguardé a que concluyera. Cuando hubo rezado el último salmo, me preguntó:

—¿Hay novedades?

—Nada de nada —respondí.

—Nuestra mejor arma ha de ser la paciencia —observó.

Comprendí que no me resultaría fácil abordar el asunto que me llevaba allí. Me armé de valor y le dije:

—Seguimos sin noticias del resto del reino.

—¿Y qué? —contestó—. Hayan de venir o no a librarnos del asedio, con saberlo nosotros nada ganamos, pues, en cualquier caso, no podemos hacer otra cosa que resistir.

—Los ánimos de la gente aumentarían si tuviéramos noticias de Castilla.

—Querrás decir: si tuviésemos buenas noticias —repuso—. Porque, si fueran malas, ese pueblo hambriento y desesperado sucumbiría.

—Por eso considero que deberíamos intentar saber algo.

—¿Qué sugieres? —inquirió circunspecto.

—Que alguien salga a informarse de lo que sucede en el resto del reino. En las guerras, los hábiles estrategas que siempre hubo se sirvieron de espías, informadores que tanteaban al enemigo, calibraban sus fuerzas y se hacían con noticias que luego resultaban muy útiles.

Se quedó don Bricio pensativo, acariciándose la barba. Dijo:

—Tienes razón. Pero… ¿qué podemos hacer nosotros, si estamos rodeados por todas partes? A cualquiera que pretendiera salir de Placencia esos moros lo prenderían al instante y, a fuerza de tormentos, se harían ellos con la información más útil para sus propósitos que nosotros para los nuestros. Además, ¿quién se aventuraría a intentarlo?

—Yo —respondí.

—¿Tú? ¡Qué locura!

—Amo, conozco a muchos moros importantes. Durante el tiempo que goberné esta ciudad en vuestra ausencia, hice buenos amigos entre algunos potentados de Alándalus. Me bastará con mencionar sus nombres y hacer creer a los agarenos que pretendo una rebelión dentro de la ciudad, para entregarla. Podéis estar seguro de que se fiarán de mí.

—¡Qué insensatez es esa! ¿Has perdido la cabeza? ¡Esos diablos no han de vernos flaquear!

—¿No comprendéis? Se tratará de un truco. Saldré y los convenceré de que hay posibilidades de que se rinda la ciudad. Mientras abriguen esa esperanza, no intentarán el asalto. Ganaremos tiempo y veré la manera de saber si podemos esperar ayuda de Castilla. ¡Es nuestra única esperanza!

—Pareces muy seguro de todo eso —observó—. No tengo más motivo para negarte esa posibilidad que el temor por tu vida.

—Debo hacer algo por esta ciudad —le dije, implorante—. Dejadme que aproveche esta oportunidad, os lo ruego.

—Bien —asintió al fin—. ¡Dios no ha de abandonarnos!

—Gracias, don Bricio. No os arrepentiréis.

—Solo dime una cosa —me pidió—. ¿Cómo lo harás?

—De la manera más fácil. Saldré enarbolando una bandera blanca y pediré parlamentar con el jefe de los sarracenos. Lo demás dependerá de ese primer momento. Veré la manera de ponerme en contacto con alguno de mis conocidos. Hace ya muchos meses que se inició el sitio de la ciudad. Ahí afuera, en el alfoz, ha seguido la vida como si tal cosa. Los mercaderes regresaron pronto para volver a sus negocios y ahora obtienen sus ganancias del ejército sitiador. Confío en que alguno de mis amigos haya acudido para reiniciar sus trabajos. Creedme, si no me matan en el primer momento, no me resultará difícil enterarme de lo que sucede en Toledo.

—¿Cuándo saldrás?

—Mañana mismo. ¿Para qué esperar más?

63

Había moros apostados a un tiro de piedra de la puerta del Sol de Placencia. Cuando me vieron salir, corrió uno de ellos a dar aviso a sus jefes. Iba yo a lomos de mi caballo, que llevaba sujeto por las riendas un joven palafrenero; me precedía un heraldo que portaba la bandera blanca. No llevábamos arma alguna y nuestras ropas eran sencillas; camisote claro, largo, sin cinto ni cíngulo, como signo de paz.

Descendí por el camino en pendiente y, cuando estuve fuera del alcance de los arqueros que defendían las torres albarranas, se me echaron encima decenas de moros para apresarme, como era de esperar. Fui obligado a descabalgar y me asieron numerosas manos por todas partes. Entonces les dije quién era y les comuniqué mis intenciones: parlamentar con su jefe en nombre de la ciudad.

Bulliciosos, jaraneros, los moros debieron de suponer que nos íbamos a rendir enseguida, prorrumpiendo en un jubiloso griterío mientras me conducían por el arrabal hacia el campamento que tenían montado en los llanos, junto al río. No tardó en juntársenos una muchedumbre curiosa que nos rodeaba por todas partes; no ya solo guerreros, sino gente rústica, errante, buscavidas, buhoneros y el muchacherío mugriento que suele acompañar a los ejércitos.

Me di cuenta de que, a pesar del desorden y la suciedad producida por la enorme aglomeración de personas y animales, al arrabal habían regresado los negocios moriscos que tanta riqueza producían: cambistas, mercaderes, caravanas, artesanos, peleteros, herreros, armeros, sacamuelas, perfumistas, herboristas… A más de toda una suerte de aventureros, oportunistas, expertos en sacar provecho de las guerras. Y esta primera apreciación del territorio de los sitiadores, alentó aún más en mí la esperanza de que Abasud al Waquil hubiera retornado con toda la gente que huyó en su caravana.

El jefe de la morisma estaba sentado sobre un tapiz, delante de su tienda, departiendo apaciblemente con otros agarenos. Me empujaron hacia él y hube de hacerle reverencia.

—¡Álzate! —me ordenó.

Atropelladamente, quitándose la palabra unos a otros, los sarracenos que me custodiaban se enzarzaron en largas explicaciones en su lengua incomprensible para mí. Supuse que algunos de ellos querían arrogarse el mérito de mi captura. Pero el jefe de todos guardaba silencio mientras me miraba de arriba abajo sin prestar atención aparentemente a cuantos le hablaban.

Al fin, mandó a los guardias que me condujeran al interior de la tienda. Dentro reinaba el orden. Parecía la alcoba lujosa de un palacio, cubierto el suelo con alfombras y las paredes con bonitas pieles de lince.

Entró el magnate moro muy sonriente y despidió a los guardias. Cuando quedamos solos, el uno frente al otro, dijo él en lengua cristiana de acento sureño:

—Así que eres el arcediano de esta ciudad, la mano derecha del fiero obispo don Bricio.

—El mismo —contesté.

Con un gesto, me indicó que tomara asiento sobre unos almohadones.

—Bien —propuso—. Hemos de hablar con calma. Sentémonos y concedámonos el tiempo necesario.

Dicho esto, dio una sonora palmada y enseguida acudió un lacayo solícito portando una bandeja con dos vasos.

—Es agua perfumada con flores de azahar —explicó el jefe moro—. Aunque… si quieres vino…, puedes solicitarlo. Yo no bebo vino, no tengo esa costumbre.

—Comprendo —contesté—. Beberé el agua, tengo la garganta seca. Se agradece.

Sonrió él ampliamente, complacido, inclinó la cabeza, se llevó la mano al pecho y dijo:

—Me llamo Hasan al Bulti y soy siervo del príncipe Abu Abdalá, emir del comendador de los creyentes nuestro excelso señor el sultán Abu Yusuf Yacub al Mansur.

Era el magnate sarraceno un hombre corpulento, de oscuro rostro, nariz afilada y barba espesa. Vestía rica túnica de lino crudo y calzaba babuchas de tafilete, bordadas con hilo rojo. En el pecho le brillaba un medallón de oro, grande como un puño, y en el turbante, intensamente azul, una gema rosácea, que habría lucido mejor en el tocado de una dama que en tan rudo hombre.

—Soy Blasco Jiménez —me presenté—, el arcediano de Placencia, como bien dijiste. Me envía mi amo el obispo para parlamentar.

—¿Por qué no vino él en persona? —inquirió el tal Hasan—. ¿Pensaba acaso que no respetamos los buenos usos de la guerra? ¿Creía tu amo que sería perjudicado aun acudiendo a pedir conversaciones?

—Mi amo es hombre de edad provecta.

—¡Ah, un viejo lobo! —exclamó con ironía.

—Un hombre sabio —repuse.

—Un viejo zorro, en tal caso. Un astuto guerrero es ese don Bricio. Y a buen seguro cree que podrá contentarnos arrojándonos un simple hueso, como si fuéramos perros apostados al pie de su mesa.

Me di cuenta de que aquel moro era más inteligente de lo que pensé en un principio, por lo que la cosa no iba a resultar fácil.

—Mi amo desea conocer lo que podéis ofrecerle —dije.

—¿Ofrecerle? ¿Está en condiciones de pedir algo? Arcediano, nosotros sabemos que a estas horas la gente de Placencia se muere a causa del hambre, la sed y la peste. Escuchamos cada día el ruido que hacen los sepultureros cavando tumbas en la roca viva, los llantos de las plañideras y los responsos de los sacerdotes. Por eso estás hoy aquí; porque apenas pasen unas semanas, en tu ciudad no habrá sino muertos que ya nadie podrá enterrar.

—No he venido por ese motivo. No voy a negar que las cosas estén mal en Placencia, pero tenemos armas, alimentos y agua para resistir mucho tiempo.

—¿Crees que me puedes engañar? —replicó.

Ante su resistencia, y viendo que no podía esperar a que él me diera alguna información por propia voluntad, espontáneamente, decidí forzar la situación. Le dije, fingiendo gran seguridad:

—No creo que pueda engañarte. Pero tampoco tú me engañarás a mí. Sé que el rey cristiano anda reuniendo un gran ejército en el norte y no tardará en venir a reconquistar sus posesiones, con la ayuda de muchos reinos de nuestra religión.

Creí adivinar cierto estupor en su rostro, pero enseguida soltó una sonora carcajada y replicó:

—¡No tienes ni idea! Tu rey está completamente solo.

El de León ha hecho alianza con nuestro excelso señor el sublime sultán y va camino de Carrión con numerosísimos guerreros fieles del ejército venido de Berbería, a vengarse de las muchas afrentas que le hizo su pariente, vuestro rey, el derrotado.

Después de oír aquello, me pregunté si sería capaz de llevar a cabo mi plan secreto. El corazón me palpitó con fuerza cuando creí llegado el momento de poner en práctica mi último recurso.

—Antes de que sigamos hablando sin llegar a un acuerdo —dije, después de pensarlo bien—, necesito saber si un hombre, conocido mío, se encuentra por aquí.

—¿Quién es ese hombre?

—Un rico mercader de Alándalus. Abasud al Waquil es su nombre.

No apartaba sus ojos de mí. Me escrutaba con la mirada, como queriendo leer mis pensamientos.

—¿Para qué necesitas a ese mercader? —inquirió.

—Es cosa mía. Pero he de decirte que te alegrarás si me complaces en lo que te he pedido.

—No sé. ¿Por qué he de confiar en ti? Todo lo tienes perdido.

—Por eso precisamente.

—Te complaceré —dijo, después de dudar un poco—. Pero te advierto de que no admitiré ningún truco.

Dio una fuerte palmada y en un instante acudió su ayudante, al cual dio instrucciones en su lengua, mencionando el nombre que yo le había dado. Pronto se repitieron las órdenes afuera y comprendí que varios hombres partían.

Quedamos en silencio Hasan y yo, sin dejar de mirarnos cara a cara. De vez en cuando, él sonreía burlonamente y le brillaban unos negros ojos plenos de codicia.

—Has excitado mi curiosidad —dijo al fin.

—No te arrepentirás de haberme hecho caso —contesté.

Pasado un largo rato, se abrió repentinamente la tienda e irrumpió uno de los lacayos y le habló al oído.

—Ha habido suerte —me dijo Hasan—. El hombre que buscas está ahí afuera. ¡Vamos!

Salimos y me topé de frente con Abasud. Me sacudió una gran alegría. Mientras nos abrazábamos, él exclamaba:

—¡Tengo una buena noticia para ti, amigo mío!

Aquellos moros nos miraban llenos de estupor. Y el magnate se impacientó visiblemente. Con energía, ordenó:

—¡Aclaremos esto de una vez!

Pasamos al interior de la tienda los tres; él, Abasud y yo. Fue una conversación larga, tensa al principio y después más distendida. Hasan no paraba de hacernos preguntas, sin terminar de salir de su asombro. Y mi amigo el mercader le daba explicaciones con suma paciencia, procurando que se enterara bien de quién era yo; de los muchos favores que me debían los mercaderes que, como él, se habían asentado en la ciudad en otra época. Le iba contando detenidamente muchas cosas de mi manera de ser y le recomendaba encarecidamente que hiciera pacto conmigo, en vez de con el obispo, pues sería la mejor solución para tener pronto la ciudad sin perder más hombres.

El jefe moro me miraba de soslayo y parecía irse convenciendo a medida que se alargaba la conversación, aunque no paraba de hacer preguntas.

Mi corazón estaba abatido, sumergido aún en las dudas, indeciso. Me daba perfecta cuenta de que, poco a poco, como dejándome engullir por un torbellino, iba cayendo en la tentación de traicionar definitivamente a don Bricio.

Finalmente, Hasan parecía estar de acuerdo en todo

con Abasud. Este le prometía grandes ganancias cuando la ciudad cayera. Y le aseguraba que todos los mercaderes estarían encantados por establecer allí de nuevo el emporio que hubo antes, lo cual facilitaría mucho las cosas a los ejércitos en su camino hacia Castilla. Ambos se animaban ya el uno al otro, haciendo planes y barajando venturosas posibilidades para el futuro. Los príncipes almohades los felicitarían y Placencia se convertiría en una ciudad de primer orden para su imperio; posiblemente en la cabeza de un emirato.

—Y bien —dijo Hasan—, ¿qué es lo que haremos, en resumidas cuentas?

—Él ha de regresar y convencer a los nobles y clérigos para que rindan la ciudad —contestó Abasud, dando por hecha mi anuencia con sus planes—. No le resultará difícil, puesto que tiene muchos partidarios a quienes deberá hacer ver que el obispo lleva a Placencia hacia el desastre. Supongo que allí dentro la gente estará ya en las últimas. No, no va a ser difícil.

—Perfecto —asintió Hasan—. No veo motivos para alargar más esta situación. Que el arcediano regrese allá y mueva el ánimo de los cristianos contra ese don Bricio, cuanto antes, hoy mismo.

—¡Un momento! —repliqué—. ¿Y que ganará la ciudad con todo esto? No voy a rendirla así, sin más.

—¿Ganar? —murmuró confuso el magnate—. Toda esa gente ganará la vida… ¿Te parece poco?

—No, no, no… —negué—. No puedo regresar allí y proponer que abramos mañana las puertas. ¡Nadie creerá mi historia!

—No hay otra escapatoria —dijo Abasud—. Es la única oportunidad para la ciudad. Si no, no podréis esperar misericordia. Esos guerreros de ahí afuera reducirán a escombros Placencia.

—¿Queréis morir de hambre? —observó Hasan—. No tenéis esperanza; tarde o temprano, entraremos.

—Bien. Hagamos una cosa —propuso Abasud—. Por un día más no se perderá nada. Dejemos que Blasco Jiménez venga a mi casa y démosle tiempo para pensarlo. Necesita serenarse.

—¿Y si se escapa? —preguntó con suspicacia el magnate.

—No escapará —le aseguró el mercader—. Respondo yo por él con mi vida. Además, escape o no escape, ¿en qué podrá perjudicarnos?

—Tienes razón —asintió Hasan.

Abasud había reconstruido su casa de tal manera que parecía otra. El jardín seguía siendo el mismo, pero todo lo demás estaba cambiado. La puerta se abría ahora hacia el sur y la construcción era más sólida.

—¿Cuándo regresaste? —le pregunté por el camino.

—Enseguida. Llevo aquí ya más de siete meses. Todos los mercaderes decidimos volver para cuidar de nuestros negocios nada más saberse que los fieles de Mahoma habían ganado fácilmente estos territorios. Nos amparan las leyes de la Umma y gozamos de la protección del sultán. Ahora esperamos lograr las mayores ganancias.

—No os encomendáis ni a Dios ni al diablo —repuse con sorna.

—No me ofendas, amigo. El dinero es un buen aliado; el mejor. Ya ves a lo que conducen los ideales…

—¿Dónde está Doxia? —le pregunté con ansiedad.

—Ahora lo verás.

Descorrió una cortina y penetramos en un salón algo destartalado, donde se hallaban reunidas varias mujeres cuyos rostros apenas podían distinguirse en la penumbra. Me dio un vuelco el corazón cuando presentí que ella podría estar allí.

—¡Querido! —oí gritar—. ¡Gracias a Dios!

Vi a Doxia que venía hacia mí con los brazos abiertos. Había engordado visiblemente, pero estaba muy bella.

—¡Oh, querida, amada mía! —exclamé abrazándola.

Me deshice en lágrimas. Era como despertar de un mal sueño.

—¡Mira! —susurró ella, radiante de felicidad, mostrándome su barriga—. ¡Tendré pronto un hijo tuyo!

Me quedé boquiabierto. No sabía qué pensar.

—¿Un hijo…? ¿Mío…? —balbucí.

—Claro, bobo —contestó ella—, hace ocho meses que no nos vemos y ya ves… ¡Así es la vida!

Eso, así es la vida —comentó Abasud—. Y donde hay vida hay esperanza, como suele decirse. Así que es hora ya de ir pensando entre todos en la manera de preparar un buen futuro para esa criatura que está a las puertas.

<h1 style="text-align:center">64</h1>

En la sala capitular, delante del concejo de la ciudad, del cabildo catedrático y de los nobles y potestades, iba desgranando yo mis desalentadoras informaciones. Don Bricio escuchaba con suma atención, muy fijos los ojos en mí, y permanecía impertérrito, tieso e inmóvil, como una estatua sedente. Tampoco se inmutó cuando finalmente dije que nada podíamos esperar del rey de Castilla, ni de ninguna otra fuerza cristiana, por ser tan grande el acoso de los moros aliados con el de León.

Los magnates de Placencia, en cambio, prorrumpieron en un denso murmullo de sobresalto cuando escucharon esto último. Y uno de los canónigos, avanzando hacia el centro de la estancia, gritó:

—¡Qué vamos a hacer! ¡Es el acabose!

Se enardeció la concurrencia y todo el mundo empezó a dar voces, sin orden ni concierto, durante un largo rato. Hasta que el obispo, elevando desde lo más profundo esa voz suya, que parecía brotar del fondo de una caverna, rugió:

—¡Basta!

Se hizo un gran silencio. Todas las miradas estaban muy atentas a él, esperando su resolución.

—Resistiremos —dijo con gran firmeza.

—¿Con qué fin? —repliqué yo—. ¿Con el de acabar aquí nuestros días?

—Con el fin que Dios disponga —contestó él, poniéndose en pie para abandonar la sala.

—Un momento —exclamé—. ¡No os vayáis todavía! ¡Hemos de tomar una determinación!

—He dicho mi última palabra —respondió don Bricio.

Se retiró a sus aposentos y los demás nos quedamos allí, discutiendo a voz en cuello. Estaban todos muy exaltados y apenas se escuchaban los unos a los otros. Entonces empecé a percatarme de que había aumentado el número de los partidarios de rendir la ciudad. Muchos de ellos me rodeaban sin atreverse a sugerirme esa posibilidad, pero se manifestaban ansiosos, deseando saber mi opinión.

Hasta que, por fin, un noble muy partidario mío se puso en medio de todos y, alzando su voz por encima de las demás, rogó:

—¡Silencio, señores! ¡Calma! ¡Escuchemos al arcediano!

—¡Eso! ¡Eso! —asintieron algunos canónigos, que también compartían mis pareceres—. ¡Que hable el arcediano! ¡Hablad! ¡Decid lo que opináis!

Subí a la tarima que había al fondo, sobre la cual estaba vacía la sede del obispo, junto a la cual me situé muy erguido. Cuando me vieron en tan preponderante lugar, todos callaron. Entonces inicié un escueto discurso:

—He visto lo que hay ahí afuera. Los moros hacen ya la vida como si tal cosa, sin importarles en absoluto lo que suceda aquí dentro. Tienen agua y alimentos suficientes para permitirse esperar el tiempo necesario. Y no están dispuestos a poner en peligro sus vidas intentando asaltar los muros de esta ciudad ni una sola vez más.

Aquí, en cambio, cada semana, cada día, cada hora… se estrecha más el cerco de la muerte. Ya no podemos aguardar sino a que nos rindan definitivamente la inanición y las enfermedades…

Cuando estuve seguro de que tenía toda su atención, creí llegado el momento de ir al meollo del asunto.

—He tenido conversaciones con el jefe de los moros, un tal Hasan, y me ha parecido un hombre razonable; no una fiera sedienta de sangre. A él le tienen sin cuidado nuestras vidas. Solo le importa ganar esta ciudad para su señor, el miramamolín agareno. Me ha manifestado sus intenciones de manera sincera: él no pretende destruir Placencia, sino someterla, como a tantas otras ciudades, villas y aldeas que ahora pagan ya tributo a los almohades y prosiguen sus oficios, labores y mercados… ¡Han salvado vidas y las de sus hijos! Porque, al fin y al cabo, qué pretendemos todos sino estar en paz y tener pan para nuestros hijos…

En esto, se adelantó fray Pedro Macías, el arcediano prior de los frailes de Santo Domingo, y observó:

—¿Y respetarían esos sarracenos nuestra fe, nuestras tradiciones, nuestras iglesias y conventos…?

—Todo eso se puede pactar con ese Hasan. Ya os digo que a ellos no les importa nada más que someter la ciudad y asegurar el tributo —respondí.

—¿Adónde quieres llegar? —inquirió don Lisandro Gómez de Pisuerga, un noble caballero que estaba visiblemente incómodo en aquella reunión, desde que la abandonó el obispo.

—A una solución adecuada para salvar las vidas de los placentinos —respondí.

—¡Habla claro! —me instó el noble—. ¿Estás diciendo que nos avasallemos al moro? ¿Que les demos las llaves de Ambrosía?

De repente, se armó un alboroto en las últimas filas. Algunos caballeros jóvenes se habían enzarzado en una disputa y comenzaban a empujarse unos a otros. Mientras, Lisandro gritaba con furia:

—¡No, no, no! ¡De ninguna manera! ¡Obedeceremos a don Bricio! ¡Resistamos!

—¡Calma, señores! —exclamé yo—. ¡Sigamos manifestando las opiniones sin alterarnos!

Pero aquello ya no se podía gobernar. Los de atrás estaban a puñetazo limpio, insultándose y vociferando:

—¡Traidores! ¡Canallas! ¡No entregaréis Ambrosía! ¡Viva don Bricio!

—¡Quietos! —les gritaba yo—. ¡No seáis irracionales! ¡Teneos!

Entonces vi que don Lisandro sacaba su espada y venía derecho hacia mí. En su camino, hirió al canónigo que secundaba mis opiniones y la sangre brotó de su cuello como una fuente.

Brillaron los aceros en la sala, que se convirtió en una batalla. Luchaban los miembros del concejo entre ellos, los clérigos y los nobles.

Como don Lisandro amenazaba mis piernas con la punta de su espada, salté de la tarima y caí sobre él. Saqué el cuchillo que llevaba en el cinto y le apuñalé.

—¡Traidor! ¡Canalla! —me decía, con los ojos desorbitados, mientras se desangraba.

Comprobando los que no querían rendir Placencia que eran menos que mis partidarios, iniciaron la retirada gritando:

—¡Salvemos a don Bricio! ¡Corramos a la torre!

—¡Quietos ahí! —les ordenaba yo—. ¡Deteneos!

Pero ellos fueron rápidamente a perderse por las dependencias del palacio episcopal, hacia los aposentos de don Bricio.

En ese momento me di cuenta de que estábamos a merced de la guardia del obispo, que custodiaba toda la ciudadela, y comprendí que no saldríamos de allí con vida si no iniciábamos la retirada.

—¡Salgamos de aquí! —exclamé—. ¡Esos no tardarán en acudir con la gente de don Bricio! ¡Corramos hacia la ciudad!

Abandonamos precipitadamente el palacio y atravesamos la plazuela mientras volaban decenas de saetas sobre nuestras cabezas.

—¡Traidores! —nos increpaban desde las almenas y desde la torre—. ¡Renegados!

Nos llovían las flechas. Pero logramos atravesar la puerta de la ciudadela y ponernos a salvo en las calles de la ciudad. Una vez allí, las fuerzas de Placencia no obedecían a otra voz que no fuera la mía.

—¡Ha habido una rebelión! —les expliqué a los oficiales. ¡No sabemos qué es del obispo!

Los magnates que me seguían estuvieron de acuerdo enseguida con ponerse a mis órdenes. Entre la mayoría de ellos no cundía otro deseo que el de salvar el pellejo cuanto antes. Y muchos de los que supieron que íbamos a rendir la ciudad acogieron con alivio la noticia.

Se convocó una nueva reunión para acordar la manera en que había de hacerse la entrega. No podía permitirse otra disensión; así que obré con gran firmeza. Mandé que se prendiera a cualquiera que fuese sospechoso de intentar oponerse a mis planes. Y fueron ejecutados al momento quienes manifestaron la mínima resistencia.

Mis oficiales y soldados, acostumbrados a obedecerme durante años, no rechistaron cuando les ordené ir a buscar las banderas blancas y situarlas en las torres y almenas.

Cuando los moros vieron desde el alfoz estos signos,

empezaron a aproximarse jubilosos, como una marea humana. Y entre todos ellos, yo distinguí, desde lo más alto de la ciudad, el cortejo de Hasan que se aproximaba triunfante, con muchos sarracenos a caballo que enarbolaban estandartes y gallardetes de victoria.

Fui hasta la puerta del Sol y di las últimas instrucciones: que nadie empuñase arma alguna y que todas, lanzas, espadas, puñales, flechas e incluso herramientas de labor, fueran depositadas en un gran montón en la plaza principal de la ciudad.

Una vez cumplidas tales órdenes, me hice acompañar por mis fieles, clérigos y nobles, y salí de Placencia llevando las llaves en la mano para entregárselas a Hasan.

Él estaba sobre su imponente montura, arrogante y pleno de satisfacción, mientras sus guerreros le aclamaban y jaleaban su victoria.

Fuime hasta él, puse la rodilla en tierra y con este gesto rendí Ambrosía.

65

Las hordas moras irrumpieron en la ciudad con el ímpetu de una avalancha, en medio de un ensordecedor griterío. Lo primero que hicieron fue apropiarse de cuantas armas teníamos depositadas en la plaza. Después, como si se tratara de un río desbordado, corrieron en completo desorden a ocupar los adarves, las calles, los patios, cada rincón de Placencia. Incontenibles, parecían haber enloquecido y no consentían que nadie se interpusiera ni tratara de frenar su afán de rapiña; aquella codicia que habían ido alimentando durante meses de asedio. Tumbaban las puertas de las casas, destrozaban los graneros vacíos, derruían los muros y picaban suelos y paredes para dar con la última alhaja u onza de oro y plata que pudiese estar escondida.

Entonces aconteció algo que, absurdamente, no tuve previsto. Cuando los moros llegaron hasta las murallas interiores que protegían el último reducto, la ciudadela, comenzó a caerles encima una lluvia de flechas, piedras y aceite hirviendo que provenían de los guardias de don Bricio, los cuales, aun siendo muy pocos, se hacían fuertes intentando salvaguardar la fortaleza.

Esto desconcertó a los sarracenos momentáneamente. Pero pronto su pasmo se trocó en ira y se revolvieron como perros rabiosos en contra nuestra. Empezaron a matar a la gente y a incendiar las casas a su paso. Menos mal que la mayoría de los habitantes de Placencia habían escapado hacia los montes en un primer momento, siguiendo mis consejos, porque si no aquello habría terminado en una terrible matanza.

Viendo lo que sucedía, fui a quejarme a Hasan, que contemplaba impasible los dislates de sus hombres.

—¡Esto no era lo acordado! ¡Juraste que respetarías las vidas y haciendas de los placentinos!

—Solo si vosotros cumplíais vuestra parte del pacto, cual era no oponer resistencia a nuestra entrada. Y ahí, en la fortaleza, hay guerreros armados que hieren a mis hombres.

—Son apenas medio centenar, la guardia del obispo y los fieles que le protegen —repuse.

—¡Tú me juraste a mí que nadie resistiría! —replicó él, furioso.

—Las puertas os fueron abiertas y tenéis toda la ciudad en vuestras manos…

—¡Toda no! Falta ese reducto. ¡No habéis cumplido el trato!

—Déjame que intente convencer al obispo —le rogué.

—No —me espetó secamente—. Tu tarea ha concluido. Si como dices hay ahí apenas cincuenta hombres, esa ciudadela será nuestra dentro de un rato.

Dicho esto, ordenó a sus hombres que asaltasen las murallas con escaleras y que echaran la puerta abajo con el gran ariete que tenían en su campamento.

—¡Respetad la vida del obispo! —le supliqué a Hasan.

—No pienso matar a ese viejo lobo —contestó—. Sirve mejor vivo a mis propósitos. Se lo enviaré encadenado a mi amo el príncipe Abu Rabí, señor y dueño de estos territorios. Y también le mandaré, junto a ese preciado regalo, las campanas de todas las iglesias de esta ciudad, para que funda el bronce y haga con él lo que mejor le parezca.

Yo no podía hacer otra cosa que intentar aplacar a Hasan, pues me daba cuenta de que peligraban nuestras vidas. Y no quería cargar mi conciencia con otro peso más: el de haber sido el causante de la muerte de todos los placentinos. Bastante me afligían ya los remordimientos por lo que estaba sucediendo.

Fui en busca de Abasud para pedirle que me ayudara a contener a los moros. No estaba él demasiado preocupado. Sin alterarse, me dijo:

—Ten calma, hombre. ¿Qué esperabas? ¿Creías acaso que esto iba a ser una fiesta de bienvenida?

—¡Matan a cualquiera que se cruza en su camino! —le expliqué—. ¡Violan a las mujeres! ¡Queman las casas!

—Solo perjudican a quienes quedan en la ciudad. Eso ya lo sabíamos. ¿No acordamos que toda la población huyese a los montes? ¿No era eso lo que se pactó: que se depusieran todas las armas y se rindiera la ciudad sin un alma dentro?

—No he podido evitar que se quedaran algunos, aferrados a sus pertenencias. Nadie pensó que habría muertes.

—¡Es la guerra! ¡Cómo un hombre de armas como tú no comprende que los ejércitos son una fiera incontenible!

—¡Oh, Dios! —sollocé—. ¡Dios mío! ¡Qué desastre!

—Vamos, vamos —me consoló—, amigo mío, ¿a qué esa pesadumbre? ¡Sobreponte, hombre! Lo principal se ha salvado. El concejo de la ciudad casi al completo, con todas sus familias, y una multitud de clérigos, mujeres y niños están ahora seguros en las sierras. Han conservado las vidas; eso es lo que importa. Veamos el lado positivo de todo esto.

—Sí, pero… ¿Y ahora qué?

—Esperar. Esperar a que se extinga el fuego de la ira y las aguas vuelvan a sus cauces. Todos esos guerreros, una vez que no quede botín, se marcharán con su guerra a otro lugar. ¿O piensas acaso que esos hombres desean quedarse aquí para labrar la tierra? ¡Son guerreros! Cuando se vayan, que no ha de faltar mucho, la gente de Placencia podrá volver a la ciudad.

—¡No queda nada! —repliqué angustiado—. No hay casas, ni animales, ni herramientas, ni establos, ni muebles… ¡Solo hay ruinas y ceniza!

—¡Hay vida, hombre de Dios! Y donde hay vida hay esperanza. Mira todos esos huertos de la vega; ahí puede sembrarse mañana mismo lo que se quiera.

—¿Y con qué pagaremos los impuestos?

—Os haremos préstamos. ¿Para qué si no es el dinero? Anda, confía en mí. Deja esos asuntos en mis manos y en las de mis colegas. Hay un montón de mercaderes dispuestos a devolverle su esplendor a esta populosa ciudad.

—¡Años! —suspiré—. ¡Nos aguardan años de esclavitud! Ya lo decía don Bricio…

—¡Olvida al obispo, Blasco! —me aconsejó—. Sácatelo de la cabeza. Eres una persona inteligente y tienes derecho a hacerte una vida propia. Pronto tendrás un hijo y se abre para ti un futuro hermoso junto a la mujer que amas. ¿Para qué angustiarse? ¿Qué ganas mortificándote? El destino está escrito en las estrellas… El tiempo todo lo pondrá en su lugar. Lo que hoy te causa tanto pesar, es la semilla de tu futura felicidad. ¡Has salvado la vida! ¡Eres libre!

En medio de tanta angustia, aquellos razonamientos de Abasud eran para mí como un bálsamo. Debía pensar, en efecto, en todo lo bueno que conservaba: a Doxia y al hijo que llevaba en las entrañas, la vida, la salud, y todas mis pertenencias, las cuales me preocupé de poner a buen recaudo en casa de mis amigos moros, antes de que se iniciase el saqueo.

Pero seguía preocupándome mucho por lo que pudiera pasarle a don Bricio. Sabía que mi amo resistiría hasta el final y temía que pudieran perjudicarle. Así que le rogué a Abasud:

—Ven conmigo, por favor. No quiero que le suceda nada al obispo. Hemos de convencer a Hasan para que le respeten.

—Nada malo debes temer —dijo él—. Puedes estar seguro de que Hasan le respetará. Yo mismo escuché cómo advertía a sus hombres de que no debían tocarle un pelo o serían castigados severamente.

—Aun así, vayamos, te lo suplico. No estaré conforme hasta que le vea sano y salvo. ¿No comprendes que es para mí como un padre?

—Di mejor «como un peso».

Fuimos hasta la puerta de la ciudadela, la cual ya había sido hecha pedazos. No quedaba ningún defensor en las murallas y la gente de Hasan se disponía a penetrar en la fortaleza.

Comprendí que don Bricio, con sus últimos fieles, se hallaba refugiado en la torre, en el corazón del castillo.

—Entraré yo solo —le propuse a Hasan.

—¿Estás loco? —me gritó Abasud—. ¡No hagas tal cosa! Te matarán nada más poner los pies ahí.

Ni siquiera pude intentarlo. Desde lo alto de la torre nos cayeron encima algunas piedras y flechas que hirieron a un par de soldados. Entonces el magnate de los moros dio la orden de derrumbar la última puerta.

Con una docena de golpes del enorme ariete, cedió la madera y apareció ante nosotros la escalera de caracol.

Pertrechados con sólidas armaduras, un centenar de

hombres empezó a subir. En su lengua, que Abasud me tradujo, Hasan les ordenaba:

—¡Recordad, quiero vivo al obispo!

Debió de haber lucha en cada una de las estancias intermedias de la torre. Se escuchaban gritos y ruido de refriega guerrera. Tuve el alma en vilo. Finalmente, se hizo un gran silencio. Todos nos miramos, como diciendo: «Se acabó».

De repente, aparecieron varios soldados llevando muy sujeto a don Bricio. Iba este con una mirada fiera, tensas las facciones y crispadas las manos.

—¡Soltadle! —le grité a Hasan.

Hizo este una señal a sus hombres y dejaron libre al obispo.

Creí morir cuando mi amo se abrió paso entre la morisma, arrogante, a pesar de que cojeaba, muy digno, como si fuera a presidir el oficio en la catedral, por aquella plaza que tantas veces había recorrido, solemnemente, en presencia de todos sus fieles.

Detrás de él, los soldados agarenos llevaban atados con sogas a varios nobles y clérigos que habían defendido a don Bricio hasta el final. Eran hombres venerables, caballeros y algunos muchachos imberbes todavía, vistiendo sus armaduras manchadas de sangre.

Al pasar a mi lado, uno de aquellos jóvenes me miró fijamente y me espetó con un infinito desprecio:

—¡Judas!

66

Cuando no quedó en Placencia nada de donde obtener el más mínimo provecho, Hasan al Bulti decidió continuar su marcha hacia Talavera, para unirse al gran ejército del emir Abu Rabí, que descendía hacia el sur para hacerse cargo del gobierno de Badajoz y sus territorios. Iba el magnate sarraceno encantado llevando consigo nada menos que al insigne obispo de Placencia para ofrecérselo como presente a su amo, el príncipe agareno, y también un cuantioso botín de guerra después de esquilmar nuestra rica ciudad y toda la Trasierra. Dejaron tras de sí un panorama empobrecido, desolado y triste: huertos pisoteados, establos derruidos, campos de labor arrasados, olivares talados y los mejores majuelos reducidos a montones de leña acumulada por si debían pasar allí el invierno.

Antes de que se pusieran en camino, me preocupé una vez más por la suerte de don Bricio. Fui a ver a Hasan y le pregunté qué sería de él.

—Te lo he repetido cien veces —contestó molesto—. ¿A qué tanta preocupación? Te juré por lo que hay en los cielos que no haría daño al obispo. Yo cumplo mi palabra. Nadie tocará un pelo a ese viejo lobo.

—¿Y qué crees que hará con él tu amo el emir una vez que se lo hayas entregado?

—Lo que suele hacerse en estos casos: pedirle a tu rey un rescate por él. Un obispo es una buena pieza de caza. Los reyes pagan oro en cantidad por ellos. Y también está el gran muftí de Roma, el jefe de todos los cristianos, que siempre está dispuesto a rescatar a sus prelados. No te preocupes por el viejo lobo; te aseguro que no ha de pasar demasiado tiempo antes de que pueda volver a Castilla. Pero ya nos encargaremos de advertirle de que aquí no regrese jamás. Esto ya es dominio del comendador de los creyentes y mi sultán no consentirá que un obispo pretenda mandar aquí. Como se le ocurra poner los pies en Ambrosía, la próxima vez no habrá rescate que valga.

Se dieron las órdenes y toda la horda se puso en pie de marcha. Los látigos restallaban en el aire y las bestias, camellos, mulos y jumentos se agitaron cargados hasta los topes con fardos, alforjas y sacos. Chirriaron los ejes de los carretones y relincharon los caballos. Iba la morisma muy contenta a emprender la vuelta a sus reinos, feliz por la victoria y las ganancias de la rapiña. Se los veía fanfarrones, de gorja, canturreando y parloteando jaraneros, a lomos de sus brutos unos y a pie otros; llevando tras de sí cuerdas de esclavos llorosos y rebaños robados.

Apresuré mi paso junto a la larguísima fila que partía por el viejo camino del sur, tratando de encontrar entre los cautivos a don Bricio. Preguntaba por él y, cuando comprendían lo que quería averiguar, me indicaban con la mano que el obispo iba más adelante, unido al grupo de los prisioneros ilustres.

Le descubrí al fin sobre un pequeño asno. Resultó una visión lamentable. Iba mi amo con una soga al cuello, vestido con sencilla túnica de basto paño, sin cíngulo, ni bonete, ni sobrepelliz. Quise aproximarme para decirle algo, pero los demás cautivos empezaron a escupirme y a insultarme. Así que me quedé allí pasmado, contemplando la enorme fila que se alejaba adentrándose en los espesos encinares. Pasaron junto a mí miles de hombres; caballeros, arqueros, infantes, peones y esclavos. Cuando desapareció entre el polvo y los árboles el último de los sarracenos, se apoderó de los campos una quietud extraña. Todavía se escuchaba a lo lejos el rumor de las pisadas y las voces, pero iba apagándose el ruido. Reinó al fin el silencio y un vientecillo suave se fue llevando la nube de polvo.

Me embargó entonces una pena grande, como un vacío, y emprendí el retorno hacia la ciudad. En el alfoz, en las alquerías y en el arrabal no se veía a nadie. Todo estaba desierto y silencioso. La vega estaba sembrada de montones de cenizas que aún humeaban, y de basura y escombros. En el aire quedaba prendido todavía el nauseabundo hedor de la guerra, una mezcla de podredumbre, olor a quemado, aroma de tierra removida y excrementos.

Caminaba yo por el sendero en pendiente, puestos mis ojos en la triste visión de la ciudad en ruinas. Resplandecían los huesos pelados en las laderas. Buitres y cuervos, ahítos ya, se entretenían sacando lo que podían de los cadáveres secos de hombres y animales. Pasé junto a un jumento muerto que tenía abierto el vientre y brotó desde sus nauseabundas tripas un enjambre de moscardones. Más arriba, junto a las murallas, me sacudió un escalofrío cuando vi a unos niños desnudos, famélicos, apedreando calaveras para divertirse. Les regañé y se mofaron de mí mostrándome sus traseros.

Crucé la puerta del Sol y penetré en la tristísima realidad de Ambrosía. Las puertas y ventanas permanecían abiertas, pero no había nadie en las calles. Todo era soledad y silencio. Ni siquiera ladraban los perros, pues no los había, como tampoco palomas, ni aves de corral. No se apreciaba más movimiento que el del polvo levantado por el aire.

Escuché ruido de pisadas a mis espaldas y murmullo de voces. Cuando me volví, vi un grupo de frailes de Santo Domingo que venían hacia a mí.

—Eh, hermanos —les pregunté—, ¿regresa ya la gente? Los moros se marcharon hace horas…

—Ya lo vimos desde los montes —respondió el prior. Somos nosotros los primeros en regresar. Por ahí solo hay muchachos huérfanos y algún que otro tullido que no tiene nada que perder. Pero el resto de los habitantes de la ciudad están todavía escondidos en las sierras. Tienen miedo, es de comprender.

—No hay nada que temer —dije—. Id y decidle a todo el mundo que vuelvan, que hemos de empezar mañana mismo a reconstruir la ciudad.

—¿De qué viviremos ahora? —preguntó uno de ellos—. No han dejado nada.

—Hemos de trabajar —dije.

Un hermano lego muy anciano, jadeante, se había sentado en el umbral de una puerta. Miraba hacia todos sitios con una expresión de gran ansiedad y parecía que había perdido la cabeza. Alzando las manos al cielo, exclamó:

—¡Moros! ¡Ahora somos todos moros! ¡Ay, Dios, qué desgracia!

El prior se aproximó a mí y me preguntó angustiado:

—¿Quién manda ahora en la ciudad, arcediano? ¿Somos un feudo del diablo sarraceno?

—¿No me habéis oído? —repliqué—. ¡Id a avisar a la gente! ¡Id a decirles que deben volver a Placencia!

Los frailes me miraban con ojos ausentes y parecían

no escucharme. Su convento estaba medio derruido y humeaba todavía. Fue uno de los primeros edificios que incendiaron los asaltantes. Pero todos ellos se salvaron porque tuve la precaución de avisarlos antes de que entraran los sarracenos, para que escaparan a los montes; como al resto de los conventos y a toda la gente que pude. Me debían la vida y eso me daba autoridad en Placencia.

—Ahora vamos a rezar —dijo el prior—. Esto es una gran tribulación y hemos de alzar nuestras súplicas al cielo. Por eso estamos aquí. Cuando hayamos concluido nuestras oraciones, iremos a avisar al resto de la gente.

—Sea —otorgué.

Un joven fraile afinó su salterio e inició la melodía de un salmo que todos conocíamos muy bien. Se entonó la antífona y siguió el canto monacal, como un lamento, en medio de las ruinas.

Deus, converte nos, et ostende faciem tuam,
Et salvi erimus...

Sobrecogido, contemplaba yo lo que quedaba de la ciudad: la catedral al fondo, sin puertas; los campanarios deshechos, las piedras diseminadas por la plaza, las estatuas hechas pedazos; los pórticos ennegrecidos por el fuego; las bóvedas agrietadas... Ante la visión de tal desastre, resultaba penoso recordar el esplendor y el orden que había reinado allí mismo hacía apenas un año.

Los frailes proseguían el canto del salmo y una gran congoja me atenazaba.

Oh, Dios, restáuranos,
que brille tu rostro y nos salve.
Señor Dios de los ejércitos,
¿hasta cuándo estarás airado

mientras tu pueblo te suplica?
Les diste a comer llanto,
a beber lágrimas a tragos;
nos entregaste a las contiendas de nuestros vecinos,
nuestros enemigos se burlan de nosotros.
Dios de los ejércitos, restáuranos,
que brille tu rostro y nos salve.
Sacaste una vid de Egipto,
expulsaste a los gentiles, y la trasplantaste;
le preparaste el terreno, y echó raíces
hasta llenar el país;
su sombra cubría las montañas,
y sus pámpanos, los cedros altísimos;
extendió sus sarmientos hasta el mar,
y sus brotes hasta el Gran Río.
¿Por qué has derribado su cerca
para que la saqueen los viandantes,
la pisoteen los jabalíes
y se la coman las alimañas?
Dios de los ejércitos, vuélvete:
mira desde el cielo, fíjate,
ven a visitar tu viña,
la cepa que tu diestra plantó
y que tú hiciste vigorosa.
La han talado y le han prendido fuego;
con un bramido hazlos perecer.
Que tu mano proteja a tu escogido,
al hombre que tú fortaleciste.
No nos alejaremos de ti:
danos vida, para que invoquemos tu nombre.
Señor Dios de los ejércitos, restáuranos,
que brille tu rostro y nos salve.

67

La gente regresó a la ciudad cuando se aseguró de que la guerra estaba lejos. Aunque no dejaron de pasar los ejércitos. En un extraño orden de cosas que parecía haber puesto el mundo al revés, hubo todavía algunas semanas de tránsito de hombres de guerra que paraban poco, pues no había nada de lo que sacar provecho.

Mientras los moros retornaban a sus antiguas posiciones, los reinos cristianos se sumían en una estéril contienda. Castilla era acosada por todos los frentes y no tenía fuerzas suficientes para restablecer sus dominios. Alfonso IX había pactado alianza con el sultán y atacaba a nuestro rey, como también hacían los navarros, desoyendo antiguos requerimientos del papa Celestino III. Solo llegaban noticias de derrotas y calamidades.

A finales de septiembre, brilló para mí una luz de esperanza, cuando Eudoxia tuvo a nuestro hijo, al que bauticé poniéndole de nombre Cosme Damián, pues por la fiesta de esos santos vino al mundo. Había decidido yo por entonces hacerme una vida diferente, olvidándome por completo de las responsabilidades de gobierno. Establecí mi casa en el arrabal, junto a la de Abasud. En tiempos tan difíciles, resultaba más inseguro permanecer en la ciudad que fuera de ella. En Placencia reinaba el desorden y proliferaban las enfermedades, que se cebaban sobre todo en los niños. Como suele suceder.

Transcurrió el otoño, cargado de fatigosos trabajos, temores y aprensiones. Nada volvió a ser como antes y, sobre lo que un día fue la populosa Ambrosía, cayó un manto de abatimiento. La gente seguía muriéndose de hambre. Y el invierno se precipitó muy duro para empeorar las cosas, sumiendo la ruinosa ciudad allá arriba en una inmovilidad fría y gris.

Por entonces, frecuentábamos una fonda del arrabal que solía reunir a mercaderes y hombres de paso. Era un lugar ideal para matar aquel tiempo penoso. Paraban allí soldados, mercenarios y aventureros de todo género que regresaban a Alándalus escapando de los rigores de la meseta castellana. Eran estos la mejor fuente de información para saber lo que sucedía al otro lado de los montes. Y las noticias no eran nada halagüeñas.

Una de aquellas tardes, en las que Abasud y yo nos entregábamos al vino y a la nostalgia, desahogué mi corazón.

—Me matan los remordimientos —le confesé, cuando la bebida me condujo al borde del llanto. ¡No recuerdo haber sentido tanta pena en toda mi vida!

Él se quedó mirándome, atónito. Hacía solo un momento habíamos estado haciendo planes de futuro, hablando de negocios, proyectando ilusiones sobre nuestras vidas y el porvenir de Placencia. Para Abasud todo resultaba prometedor, esperanzado; no existía el desánimo ni la tristeza. Se mantenía invariablemente firme, como si las desgracias no fueran con él.

Sin embargo, yo fingía naturalidad, aunque por dentro me estaba muriendo de angustia. Todo lo que había sucedido en los últimos meses atormentaba mi alma y no era capaz de mirar hacia delante olvidándome del pasado.

Como otras veces, Abasud trató de darme ánimos:

—¡No te aflijas, hombre! —dijo sonriente, poniéndome paternalmente la mano en el hombro—. La vida es así. Lo que ya pasó no existe. Los recuerdos son una pérdida de tiempo y la nostalgia solo sirve para endulzar el corazón y obtener de ella cierto placer, como al escuchar una triste melodía. ¿A qué atormentarse de esa manera?

—No puedo evitarlo.

—Pues has de intentarlo. Valora cuanto tienes: salud, amor, una fortuna… ¿Qué más puede desear un hombre en estos malos tiempos? Haz como yo; disfruta del tiempo presente y saca el mejor partido a los que posiblemente sean los mejores años de tu vida.

—Un hombre no es solo lo que tiene —repuse apesadumbrado—. Y nadie puede renunciar completamente a sus orígenes. Sufro porque no sé quién soy, porque no puedo evitar sentir un vacío muy grande por dentro. Es como si todo lo que ha sucedido últimamente me hubiera robado mi identidad, mi lugar en el mundo, y me viera arrastrado a vivir otra vida que no es la mía. No, nadie puede renunciar a sus orígenes, ni a sus creencias, ni a sus deberes, porque, entonces, posea lo que posea de nuevo, no sabrá quién es. Nadie puede matarse a sí mismo y pretender seguir viviendo… Y yo siento que he matado a Blasco Jiménez…

—¡Qué estupidez! —replicó—. ¡Todo eso son boberías!

—¿No puedes comprenderlo?

—¡No! —contestó mientras llenaba las copas hasta el

borde—. Y he de decirte que todo eso me suena a sermones de frailes tristones. Lo que me dices que sientes no es sino la consecuencia de esa religión vuestra saturada de mortificaciones, temores y atriciones. Habéis convertido vuestra fe en un puro remordimiento, en la más opresiva y dolorosa manera de experimentar la vida.

—Pero… ¡Dios existe! ¿Cómo puede un hombre olvidarse de Dios? Aquí me tienes a mí; he abandonado mis promesas, mis obligaciones, mi ministerio… Vivo de espaldas al Creador. ¡Nadie puede escapar de su mirada! Tampoco vosotros, los seguidores del profeta Mahoma, vivís alejados de Él. Tenéis severas obligaciones para con quien decís ser Alá: cumplís rígidos mandamientos, oráis en la mezquita cinco veces al día… ¿Es que acaso vives tú sin Dios? ¿No haces lo que manda el Corán?

Apuró su copa y, con un brillo especial en los ojos, respondió:

—Hace mucho tiempo que soy un hombre libre. Un feliz día me dije: «Cierra tu Corán, piensa en la libertad y encara sin miedo el cielo y la tierra».

—¿Eh? —balbucí completamente desconcertado—. ¿Qué quieres decir…?

—Que no me preocupa nada más que vivir y dejar vivir.

Cuando dijo esto último, me pareció distinguir un cierto destello de delirio en su mirada. Entonces pensé que había bebido demasiado y que estaba derramando delante de mí la copa de la locura. Algo que me pareció muy raro en él, pues siempre se había portado como alguien muy comedido, equilibrado, juicioso.

—Estás borracho —le espeté—. Yo te he visto muchas veces ir a la mezquita.

—¿Qué vale más? —observó—. ¿Examinar nuestra

conciencia ante la mesa de la taberna o prosternarnos en un templo con el alma ausente? ¡Desprecio al hipócrita que murmura oraciones para acallar su conciencia!

—No sé de dónde sacas esas ideas—dije—. Me das miedo, Abasud.

—No, amigo mío, no te doy miedo. Lo que te sucede es que estoy poniendo palabras a tus propios sentimientos. Eso es lo que te asusta. Porque ya no te preocupa nada saber si Dios existe ni el destino que te reserva. Has dejado de confiar en Él. Cuando a un hombre le sucede eso, ha dado el primer paso para hallar su propia libertad.

—¿Qué sabiduría es esa? —insistí—. ¿De dónde sacas tales ideas?

—Ya que tienes tanta curiosidad, y hemos bebido lo suficiente, te revelaré mi secreto. —Se aproximó a mí, con una expresión rara, como si hablara en un éxtasis que le causara gran placer—. Cuando aún era joven, descubrí la obra de un poeta persa cuyos versos fueron para mí una verdadera iluminación. Él me descubrió que la libertad tiene un precio, y que no se obtiene si uno no está dispuesto a pagarlo.

—¿Qué poeta es ese?

—Omar Jayam se llamaba. Vivió hace siglo y medio allá en el lejano Oriente, era astrónomo y matemático, sabio y atrevido. Sus poemas fueron prohibidos por esos hombres que se dicen «piadosos», a pesar de lo cual prendieron en la gente como fuego en un rastrojal y han sido leídos por muchos hasta el día de hoy. Desde que descubrí un libro suyo titulado *Rubaiyat*, soy un hombre diferente.

—¿Por qué? —le pregunté lleno de curiosidad—. ¿Qué dice en esos poemas?

—Que nada hay en esta vida que merezca la pena,

sino el vino y el amor. Que la vida es breve y debe ser apurada… Y que nuestro mejor amigo es el vino nuevo… Como es nuestro mejor tesoro la mujer amada.

Fui ahora yo quien llenó las copas. Bebí con avidez y me pareció penetrar en un mundo de enajenación, de indolencia. Se disipaban mis angustias. Sería a causa de la bebida.

Abasud se puso en pie y anduvo tambaleándose por la borrachera hasta el mostrador donde el tabernero atendía a sus clientes.

—¡Dile al muchacho que toque el laúd! —ordenó el mercader, con la autoridad que le otorgaba el buen dinero que se gastaba allí todos los días.

Obediente, el tabernero fue a buscar a su hijo, que a esas horas estaba ya en la cama.

—¡Ahora vais a saber lo que es poesía! —dijo en voz alta Abasud.

Todo el mundo permanecía atento a él. Y yo no daba crédito a lo que estaba viendo, pues nunca antes se había manifestado así mi amigo.

Apareció el hijo del tabernero, que solía tocar el laúd por las tardes en la fonda, y templó las cuerdas de su instrumento. Cuando inició una bonita melodía, Abasud me dijo:

—Va por ti, amigo mío.

Y recitó con cálida voz un poema:

> Los sabios no te enseñarán nada,
> pero la caricia de las largas pestañas de una mujer te
> revelará la felicidad.
> No olvides que tus días están contados y que pronto
> serás la presa de la tierra.
> Compraste vino, llévatelo aparte y luego déjate
> consolar.

Él te echará calor,
te librará de las nieves del pasado y de las brumas
del porvenir.
Te inundará de luz.
Romperá todas tus cadenas de prisionero…

68

Pasado el invierno, encontré al fin placentera mi vida en la casa que me edifiqué en la lengua verde que se extendía hasta el río. A pesar de la proximidad, mi corazón logró desentenderse de las miserias de la ciudad. Mis preocupaciones personales habían desaparecido, como esas aves que se alejan volando hacia el sur cuando comienzan los fríos. No es que fuera feliz, pero dejó de atenazarme la sombra del pasado; el futuro no me inquietaba. Y llegué a ver con total claridad que el destino de Ambrosía nada tenía que ver con el mío. Contemplaba desde mi ventana las murallas allá arriba, envueltas en bruma, abandonadas, silenciosas, y me asombraba mi indiferencia.

En lo que en otro tiempo fue el arrabal, una minoría de notables y comerciantes nos habíamos creado un remanso de comodidades y tranquilidad, amparados por la protección del gobernador almohade, puesto por el emir para recaudar los impuestos y mantener en aquellas tierras el dominio del sultán agareno.

Cuando la primavera cubrió de tiernos brotes las alamedas y los pájaros enloquecieron bajo el ardiente sol, volví a disfrutar de la naturaleza en los valles. Los paseos a caballo, la caza y las fiestas me regalaron una existencia indolente que me llevó a pensar que los males no iban a regresar jamás. Y las explicaciones cabalísticas de Leonila sembraban mi alma de sueños dorados, de respuestas fabricadas a medida para todas las preguntas, siendo como un bálsamo que mitigaba cualquier asomo de remordimientos.

Durante aquellos días de flores, comíamos, bebíamos, cantábamos y reíamos. Parecíame incluso que el tiempo se había detenido y que la vida me regalaba una tregua para disfrutar y amar.

Desperté repentinamente una mañana, después de haber dormido profundamente, sumergido en el dulce sopor del vino. Una ráfaga de enérgica luz penetró en la alcoba y abrí los ojos. El sueño me tenía aún rendido, despojado de fuerzas, y permanecí muy quieto, envuelto en una especie de calma cósmica. Cuando dirigí la mirada hacia la ventana, vi la ciudad sobre su monte, bañada completamente por el sol matinal. El firmamento estaba limpio y una enorme bandada de aves lo surcaba, de sur a norte. Era un feliz anuncio de que haría buen tiempo.

A mi lado dormía Doxia y, en su cuna cercana a la cama, el pequeño Cosme. Me separé del cálido cuerpo de mi amada, me levanté y mis pies se hundieron en la suave alfombra de piel de cordero.

Necesitaba beber agua, a causa de la resaca. Extendí el brazo y fui a coger la jarra. Lo recuerdo como si hubiera sido ayer mismo. En ese momento, volví a mirar por la ventana y vi una larga fila de hombres a caballo que galopaban al borde mismo de las murallas, próximos a las ruinas de la puerta del Sol.

No me sobresalté. Contemplaba sin inmutarme la sucesión de los hechos como quien asiste a algo que acontece lejano, extraño a él.

Pero pronto me sacaron de aquella especie de letargo unas voces:

—¡Nos atacan! ¡Alarma!

Todavía permanecí un momento estático. Hasta que reparé en que sucedía algo extraordinario.

Apenas tuve tiempo para enfundarme en la túnica. Salí al exterior de la casa y me topé con los criados que venían locos de espanto a avisarme:

—¡Los cristianos nos atacan!

—¿Los cristianos? ¿Qué cristianos? —les pregunté, desconcertado.

La gente corría despavorida en todas direcciones. En mi aturdimiento, me pareció estar sufriendo una pesadilla.

—¿Qué pasa? ¿Qué sucede? —gritaba, sin saber hacia dónde dirigirme.

Entonces irrumpió en el jardín una tropa desordenada, impetuosa, de caballeros vestidos con armaduras y hombres a pie que vociferaban desafiantes.

Volví sobre mis propios pasos e intenté ir hacia donde guardaba mis armas. Pero se me echaron encima aquellos asaltantes y me inmovilizaron.

Alguien exclamaba:

—¡Ese es el arcediano! ¡A él!

Me encontré sujeto por todas partes, forcejeando, sin comprender aún lo que estaba sucediendo. A mi alrededor se iban congregando guerreros de feroz aspecto, armados hasta los dientes, que me apuntaban con sus lanzas y espadas.

—¡Ese es! ¡Traidor! —rugían.

Vi cómo penetraban en mi casa, furibundos, destrozando cuanto hallaban a su paso. Me parecía estar asistiendo a algo extraño e irreal. Mis criados trataban de huir y eran abatidos sin piedad, delante de mis ojos; caían a golpes de hacha, asaeteados por los arqueros, ensartados por certeras lanzadas.

Llegaban decenas de hombres a caballo, en un estrépito ensordecedor, arrollando a su paso los setos y derribando las empalizadas.

Supuse que iban a matarme allí mismo, sin más contemplaciones. Tenía la mente espesa, el corazón me latía con fuerza y no terminaba de explicarme lo que sucedía.

Hasta que apareció frente a mí un rostro conocido. Era uno de los miembros del concejo de Placencia, que me apuntaba con el dedo.

—¡Maldito traidor! —me acusaba—. ¡Tú eres el culpable! ¡Al fin te tenemos! ¡Dios se apiade de ti!

Entonces empecé a comprender lo que estaba pasando. Eran guerreros castellanos y soldados fieles a don Bricio que habían regresado para reconquistar la ciudad.

Intenté dar explicaciones y hacerme entender por ellos, pero estaban poseídos por una ira irrefrenable y no me prestaban la mínima atención.

—¡Démosle muerte aquí mismo! —proponían algunos—. ¡Matemos a este judas! ¡Eso, acabemos con este demonio!

Me llovían patadas, bofetadas y escupitajos, además de los insultos. Parecían fieras sedientas de sangre. Pensé llegado el final de mis días.

Entonces quiso Dios que apareciera un joven caballero que parecía tener autoridad sobre aquella tropa.

—¡No le matéis! —les prohibió con firmeza.

—¡Debe morir! —insistían los demás—. ¡Es el arcediano traidor! ¡Dios lo maldiga!

—¡No! —les intimó el caballero—. ¡Deberá rendir cuentas ante los jueces! Llevémosle preso y que decida la justicia.

Me echaron una soga alrededor del cuello y tiraron de mí. Volví la vista y vi una muchedumbre de gente de guerra que ocupaba mi hacienda. Una angustia enorme se apoderó de mí cuando vi que entraban y salían en la casa. Dentro estaban Doxia y el niño.

Forcejeé una vez más. Pero me asían con tal fuerza que apenas podía moverme. A rastras, me llevaban hacia la ciudad, entre un griterío ensordecedor, sin dejar de escupirme, insultarme y maldecidme.

69

No podría precisar el tiempo que permanecí en una lúgubre mazmorra de la fortaleza de Placencia. Quién me iba a decir a mí que acabaría metido en la prisión que yo mismo mandé construir cuando era el tenente de la ciudad. En la oscura y húmeda celda no se oía ruido alguno del exterior, y apenas entraba una débil claridad por un minúsculo ventanuco que se abría en lo más alto de la pared, inaccesible desde el suelo. Me encerraron solo, aunque habían capturado a mucha más gente. Los demás cautivos debían de estar hacinados en otros departamentos de la cárcel, al otro lado de los patios, porque donde yo me hallaba el silencio era absoluto.

Únicamente podía determinar el transcurso de los días y las noches por el paso de la penumbra a la total oscuridad. Nadie acudía a darme explicaciones de ningún tipo, ni alimentos. Pude sobrevivir gracias al agua putrefacta que contenía un sucio cántaro. Y llegué a sospechar que me dejarían morir de hambre en el tormento del olvido.

Por fin, no sé cuántos días habían pasado, oí el rumor de pisadas en los pasillos, al otro lado de la sólida reja.

—¡Eh! ¿Hay alguien ahí? —grité en mi desesperación—. ¡Tened caridad!

Vi aproximarse un resplandor. Cuando tuve frente a mí la luz de una antorcha, se me cerraron los ojos, cegados.

—¡Ah, Blasco! —exclamó alguien—. ¡Blasco Jiménez, arcediano de Ambrosía!

Tardé un rato en poder soportar la intensa luz.

—¿Quién eres? —preguntaba—. ¿Me conoces?

—¿No me conoces tú a mí? —respondió la voz.

Abrí los ojos y mi vista se fue restableciendo. Distinguía la silueta de un hombre grueso, pero no lograba ver su rostro.

—No veo bien —le rogué—. Aparta esa antorcha, por favor.

La llama se desplazó y, al otro lado de la reja, apareció ante mí el rostro de aquel hombre.

—¡Hermesindo! —exclamé.

Me observaba él con gesto compadecido. Dijo:

—Blasco, Blasco Jiménez, arcediano de Ambrosía. ¡Cuánto lamento verte así!

Alargó la mano y me dio un pedazo de pan y un puñado de ciruelas secas.

—Come despacio; no te haga mal.

A pesar del consejo, devoré aquello en un santiamén.

—Cuánto han cambiado las cosas, ¿verdad? —comentó él, sin quitarme los ojos de encima—. ¡Qué tiempos locos estos! Ya ves lo que sucede: ora los moros, ora los cristianos, ora los moros otra vez y… ¡vuelta a empezar! ¿Quién puede sentirse seguro en tal estado de cosas?

Dicho esto, me alargó una jarra. Bebí con avidez y exclamé:

—¡Es vino aguado!

—No —repuso—. Digamos que es «agua vinada». Anda, apúralo, que te hará bien.

En efecto, aquel brebaje me reconfortó al momento. Entonces, me asaltó un violento llanto.

—¿Qué ha sucedido? —sollozaba—. ¿Qué ha sido de Doxia? ¿Y mi hijo? ¡Dime que ha pasado!

—Pero… —respondió— ¿no sabes nada? ¿No te han explicado por qué estás aquí?

—¡No sé nada! Dormía plácidamente en mi casa… Desperté y repentinamente irrumpieron hombres armados, que me prendieron y me encerraron aquí. No sé cuánto tiempo llevo en esta mazmorra solo. ¡Dime qué ha sucedido, te lo ruego!

—¡Humm…! ¡Qué inconsciente has sido! Deberías haber abandonado Ambrosía conmigo. ¡Qué torpeza!

—¡Traidor! —le grité, casi sin fuerzas.

—¿Traidor yo? ¡No me hagas reír! ¿Por qué crees que estás hoy en esta asquerosa mazmorra que tú mismo mandaste construir?

—¡Eres tú tan traidor como yo! —le espeté.

—No, nada de eso —contestó con suficiencia—. Yo me marché hacia el norte, a tierra de cristianos. No creas que lo he pasado bien. He tenido que cabalgar durante meses: Salamanca, Zamora, Burgos, Carrión… En todas partes las cosas han estado difíciles. Los moros nos han tenido con la lengua fuera hasta ayer mismo. Pero, gracias a Dios, nuestro rey ha podido al fin restablecer su ejército con la ayuda del papa y de las huestes cristianas que han venido en nuestro socorro, desde Francia, Germania e Italia. El rey de León fue excomulgado y ha dejado ya de hostigarnos. Y no solo eso, sino que parece ser que concierta alianza con Castilla, para verse libre de la penosa excomunión y del entredicho de su reino, mediante un posible matrimonio con doña Berenguela, hija de don Alfonso VIII.

—Entonces… ¿Estas tierras vuelven a ser cristianas?

—¡Claro! ¡Las hemos recuperado para Castilla! ¿No te das cuenta?

—¿Y el gobernador almohade? —le pregunté—. ¿Qué ha sido de los moros que custodiaban Placencia para el sultán agareno?

—Van camino de Alándalus. No hay moros ya en la Trasierra. Como te digo, Placencia vuelve a ser cristiana.

—¿Y Doxia? ¿Y mi hijo? No sé qué ha sido de ellos.

—¡Calma, hombre! Están bien. El ejército cristiano que reconquistó la ciudad tenía orden de no causar mayores perjuicios a las gentes. ¡Bastante han sufrido ya! Doxia y el niño están bien y van ya hacia el sur con Abasud y toda su gente. Don Bricio ordenó que los moros fueran expulsados…

—¿Don Bricio? ¡Qué dices! —exclamé—. ¿Don Bricio?

—Sí, nuestro amo. El viejo recobró la libertad gracias al rescate que pagó generosamente el rey.

—¿Está aquí él? —quise saber—. ¿Regresó a Placencia?

—No. Pero viene de camino. Como comprenderás, tanto infortunio hizo mella en él. Se ha convertido en un anciano que ya no puede ni cabalgar. Envió a su hueste por delante y él viaja despacio en litera.

—¡Don Bricio se apiadará de mí! —sollocé.

—Tus acusaciones son muy graves —observó Hermesindo, con gravedad en el semblante.

—¡Él me comprenderá! ¡A ti te ha perdonado!

—¿A mí? —contestó con ironía—. ¿Qué había de perdonarme a mí?

—¡Maldito embustero! —rugí—. Has jugado a dos barajas, según tus conveniencias… ¡Cómo has logrado engañar al amo una vez más!

—No, Blasco, no me acuses a mí. Tú no has jugado bien las cartas que tenías, que eran mejores que las mías.

El viejo te protegió siempre y le traicionaste. No te excuses ahora culpándome a mí.

—¡Le diré a don Bricio quién eres!

—No. No lo harás, porque no te servirá de nada. Además, me debes mucho. Yo me encargué de que esa mujer tuya y el hijo que tuviste con ella pudieran irse sanos y salvos con Abasud. ¡Lo hice por ti! Me debes ese gran favor.

—¡Ayúdame a salir de aquí! —le supliqué—. ¡Por nuestra vieja amistad!

—Lo siento, pero, aunque quisiera, no podría hacerlo. Tú eres el chivo expiatorio sobre el que recaen todas las iras de la ciudad. Incluso la gente que te siguió entonces ahora te da la espalda y te odia, pues te hacen culpable de todos los males. Eres reo de graves acusaciones. Todo el mundo en Placencia espera la vuelta del obispo para que se haga justicia. Me temo que te aguarda un sombrío destino…

—Quieren mi muerte —dije, aterrorizado—. No consentirán que salve la vida…

—No. Pero la última palabra la tiene don Bricio… Quién sabe.

70

—Es triste tu historia —dijo el joven caballero—. Da mucha pena ver cómo lo perdiste todo: tu posición, la mujer que amabas, tu hijo, tu prestigio, tus amigos…

—Y tu ciudad —añadió el mercader—. Porque, a todo esto, ¿qué sucedió con la ciudad?

—Mientras estuve aislado en aquella sombría mazmorra —respondió Blasco—, poco sabía de lo que sucedía en el exterior. Solo de vez en cuando venía Hermesindo a traerme algo de comer y me ponía al tanto de algunas noticias. Gracias a él, supe que había regresado al fin el obispo, y que todos se afanaban denodadamente en devolverle a las ruinas algo del antiguo esplendor de la ciudad. ¡Pero era un arduo trabajo! Eran tiempos de miserias.

—Estás vivo, hermano —observó el fraile—. A pesar del oscuro porvenir que te vaticinó tu amigo Hermesindo, vemos que, al final, el obispo se apiadó de ti y te perdonó la vida.

—No quiero adelantar acontecimientos —contestó el clérigo—, pues mi historia es mucho más complicada de lo que puede parecer. Lo que sucedió después debo contarlo paso a paso, sin omitir nada. La vida y la muerte se entrelazan de la más misteriosa manera que pueda imaginarse en mi ser desasosegado, hundido bajo el peso de tantas infidelidades. Aunque mi desgracia era muy grande, todavía no había tocado fondo; a pesar de verme en la cárcel, a merced de los jueces, pesando sobre mí gravísimas acusaciones cuyo único castigo posible era la pena de la vida.

—¡Ardo en deseos de saber el final! —exclamó Ludwin—. Nunca en mi vida había escuchado nada tan interesante.

—Pues ten paciencia —le recomendó el joven caballero—. Lo mejor será no perderse nada del relato, para poder ir obteniendo de él toda su enjundia; las enseñanzas que puedan extraerse de tantos males.

Era mediodía y el sol inundaba de brillante luz un paisaje idílico. El camino serpenteaba por en medio de un bosque cuajado de bellos árboles, intensamente verdes, que entrelazaban sus copas. El aire húmedo, denso, estaba saturado de aromas florales, y de zumbidos de abejas que libaban dulce néctar por todas partes.

De repente, al bordear la espesura de unos matorrales, el sendero descendía en pendiente pedregosa hacia un llano cubierto de fresca hierba por donde discurría un arroyuelo cristalino.

—¡Gracias a Dios! —exclamaron—. ¡Agua fresca! ¡Qué maravilla!

Se detuvieron a gozar de aquel regalo. Estaban fatigados y sedientos. Se lavaron, reposaron y compartieron la comida que les quedaba: algo de bizcocho, castañas secas, tasajos y tocino. Poca cosa para estómagos tan agradecidos. Pero los animaba presentir que el final de su peregrinación estaba cerca.

—¡Ay, mi espalda! —se quejaba el mercader, mientras buscaba el mejor acomodo sobre la tierna hierba—. ¡Qué ganas de llegar a Santiago!

—Pues a mí me sucede algo raro —confesó el joven caballero—. Resulta que me da un poco de pena concluir el camino.

—¿Pena? —protestó el mercader—. ¿Qué pena? ¡No veo la hora de llegar al templo del santo apóstol! Me duelen todos los huesos.

—Mientras caminamos —explicó el caballero—, me siento libre y feliz. Es maravilloso ver mundo.

—Eso mismo siento yo —dijo Ludwin—. Nunca he salido de mi ciudad y ahora estoy apreciando la belleza de estos lugares, conociendo gentes diferentes y disfrutando de vuestra compañía. Yo también siento que, cuando terminemos la peregrinación, habremos de separarnos y...

—¡Y proseguirá la vida! —añadió el fraile—. El camino no termina mientras el Padre Eterno nos deja proseguir nuestras frágiles existencias en esta tierra.

Parecieron reflexionar todos sobre tan profundo juicio, pues no podían dejar de pensar en el relato de Blasco Jiménez.

—Si no estás cansado de hablar —insistió Ludwin, que seguía impaciente—, podrías continuar con tu historia. Se está bien aquí y creo que a todos nos apetece seguir escuchándote.

—Me quedé sin nada —prosiguió Blasco, con la mirada perdida, absorto en sus recuerdos, sombrío el rostro—. Todo lo perdí y solo me quedaba la vida. ¿Veis, hermanos, en qué acabó mi infatigable búsqueda de una felicidad efímera? Podría haber hecho el bien, pero fui muy egoísta...

—No son nuestros deseos, fatigas y negocios los que hacen bueno al mundo —sentenció con circunspección el fraile—. En su creación, Dios ha plasmado su gran bondad. Y lo bueno que hay en este mundo viene de su Hacedor. Y todas las cosas que hay, con su sola existencia, irradian ese bien. Es por esa razón que el maligno, en su lucha contra Dios, solo busca enamorarnos de la nada. El mal intenta hacer prevalecer la apariencia, imponer la fuerza de lo efímero, confundirnos para erigirse en emperador de un imperio vacío... El imperio de la nada más absoluta. Tales serán las estrategias del mal hasta el fin de los siglos.

Se quedaron los cinco pensativos, muy afectados por estas reflexiones. Y parecían esperar a que el fraile acabara de desvelar el eterno misterio del mal.

Pero fue el propio Blasco quien, recurriendo a las sabias enseñanzas que recibió en su juventud, añadió:

—Sin duda es como dices, buen hermano. Es aquel contundente «*Ubi sunt?*» de Horacio lo que más solo deja al hombre frente al transcurrir de la vida; la fugacidad del tiempo, su paso rápido y su inexorable poder devastador. Eso sentí yo en aquella cárcel: la fragilidad, la contingencia, el agotamiento hasta la nada; la misma ruina de cuanto hay, de toda materia, como trasunto de la vida humana.

—Pero el camino del hombre sobre la tierra no se agota por un sobresalto, por un sendero errado —repuso el fraile—. Eso no es sino algo inherente a nuestra peregrinación vital. Hoy estás aquí, Blasco Jiménez. ¿Por qué? Porque Dios quiso que no se agotasen tus posibilidades, a pesar de la calamidad. Recordemos aquello que ya dijimos en otra etapa de esta peregrinación nuestra, hermanos: el hombre es un *homo viator*, un peregrino obligado a caminar, y no puede detenerse, pues, aunque lo haga, la historia continúa su marcha. Él se mueve con el mundo y nunca permanece estático. En tu caso, no debemos ver la fatalidad de un sentido melancólico; de una mirada retrospectiva, angustiada por lo irrevocable, por la imposibilidad de revivir el pasado para rehacerlo, para subsanar los errores. Veamos el conjunto: lo de entonces y lo de ahora. Lo que Dios ha salvado…

—Tienes razón —asintió Blasco—. En ese camino se van dejando cosas y personas atrás. En la vida todo cambia; pero hay quien permanece, este es el sujeto mismo. El mismo Blasco que estaba entonces en Ambrosía es el que ahora camina hacia Compostela con nosotros. Pero mis heridas de entonces las percibo aún abiertas: la ignorancia o dificultad para conocer la verdad; la malicia, la debilidad de la voluntad; la fragilidad, es decir, la cobardía ante las dificultades; la incapacidad para apreciar el bien; la ingratitud; la concupiscencia o deseo desordenado de satisfacer los instintos y sentidos en contra de las normas morales y de la propia conciencia…

—Eso no es sino el misterio del ser humano —observó el fraile—, lleno de contradicciones; capaz de lo mejor y de los peor, capaz de amar y de matar. No podemos evitar en nuestras vidas la presencia del mal, de la injusticia, de la iniquidad que es capaz de adueñarse de nuestros corazones. Vivir es asumir eso.

—¡Pero qué difícil es comprenderlo! —exclamó el joven caballero—. Si Dios nos ama como un padre, si quiere lo mejor para nosotros, sus hijos, ¿cómo es que permite tal situación? ¿Por qué nos abandona en manos del mal?

—¡Ah, qué pregunta, hijo mío! —contestó el fraile—. Es verdad que Dios a veces tiene planes que no podemos comprender y que, muchas veces en esta vida, nuestra fe es puesta a prueba, sobre todo por lo incomprensible del mal. Pero no es menos cierto que, si miramos hacia atrás en nuestras pobres existencias, Dios siempre ha sido fiel. No, no nos deja completamente de su mano.

—¿Tampoco en el momento de la muerte? —preguntó el mercader, con los ojos muy abiertos, atentísimo a cuanto se decía—. Nadie sabe cuándo ha de dejar esta vida. ¿Por qué motivo no avisa Dios? Si, como creemos, es leal al hombre hasta el final, podría darle al menos la oportunidad de pensar antes de morir, de reflexionar aunque fuera durante un momento...

—El futuro es una caja de sorpresas —respondió Blasco—. De ahí la completa libertad del hombre. Comprender eso es lo más difícil, pienso yo. Nada está terminado y pareciera que no hay una mente ordenadora del mundo. Da la impresión de que en el universo todo sucede al azar. Por eso, yo mismo estoy aún asombrado por las sorpresas de la vida... y de la muerte —añadió con una enigmática sonrisa—. Pues yo, hermanos, tuve el privilegio de vivir mi propia muerte...

LIBRO IX

LA VIDA Y LA MUERTE

71

Pedí ver a don Bricio. No temía encontrarme con él cara a cara. Por el contrario, mi mayor esperanza era poder acogerme a su benevolencia. Pero nadie me hacía caso. En aquel olvido al que fui relegado, pasaba el tiempo sin que vinieran a interesarse por mí. Excepto los carceleros que se asomaban de vez en cuando, para ver si estaba vivo o muerto, y Hermesindo, que, como ya he dicho, solía ir a llevarme comida y a informarme de lo que sucedía afuera.

—Mañana te juzgarán —vino a anunciarme un día.

—¿Veré al obispo? —le pregunté.

—Me temo que no —respondió circunspecto.

—¿Por qué? ¿Se niega a escucharme?

—No, no se trata de eso. Solo los jueces han de conocer en lo tuyo. Ya sabes lo que mandan las leyes de la ciudad: el juez puede juzgar únicamente en compañía de un alcalde. No se permite que el obispo, señor natural de la ciudad, asista a las deliberaciones de la justicia, precisamente para evitar presiones. El fuero de Placencia es muy estricto en esto.

—¿Sabes de qué se me acusa?

—¡De qué va a ser, Blasco Jiménez! Se te acusa de alta traición. Abriste la puerta de la ciudad al enemigo.

Como temí desde que fui hecho cautivo, se me presentaba el más tétrico de los futuros: la horca, que era la pena que les correspondía a los traidores. Cualquier esperanza de misericordia que pudiera acariciar mi alma se disipó por completo.

Al día siguiente, sería antes de romper el alba, aparecieron los guardias para conducirme a las dependencias de la tenencia. En aquel lugar, donde tantas veces ejercí yo mi autoridad en otros tiempos, me dejaron lavarme y vestirme con una túnica limpia para ir a comparecer ante el juez. Resultaba una triste ironía del destino ser preso y reo en una estancia tan familiar para mí.

Los jueces fueron rigurosos en los procedimientos de su oficio. Comparecieron los testigos, más de medio centenar, y parecían estar de acuerdo en sus testimonios. Todo el mundo me acusaba de haber hecho traición grave, alevosamente, en connivencia con los asaltantes de la ciudad, para entregársela.

Nada dije cuando se me dio ocasión para hablar en descargo propio. Sabía que cualquier esfuerzo era inútil. El abogado defensor que me pusieron, un tal Paniagua, que había sido buen amigo mío en la juventud, tampoco gastó demasiada saliva en sus alegaciones. Los hechos eran claros y la culpa manifiesta. El asunto quedó visto para sentencia y me devolvieron a la mazmorra.

Esa misma tarde, antes de ponerse el sol, el juez me anunció el veredicto y la condena. No hubo ninguna sorpresa. Todo acontecía siguiendo el curso de mis funestos temores. Me correspondía la severísima pena de la vida.

***

El oficial que gobernaba la prisión vino una mañana a comunicarme que don Bricio quería verme. La noticia encendió en mi alma una débil llama de esperanza. Aunque sabía yo bien que poco podía hacer el obispo para salvar a un reo condenado a ser ejecutado por alta traición.

Me recibió en el palacio episcopal, que todavía presentaba un aspecto ruinoso, sin muebles ni adornos de ningún tipo. Estaba mi amo de espaldas, mirando por una ventana, cuando me condujeron a su presencia. La sola visión de su figura, antes de enfrentarme con su cara, me hizo estremecer.

Sin volverse, aunque enterado de que yo estaba ya allí, me dijo con apesadumbrada voz:

—Esta era tu ciudad, Blasco Jiménez. Cuando la contemplo ahora, desde aquí, como hice tantas veces en estos años, me embarga una tristeza infinita. Veo casas sin tejados, callejuelas sucias, sembradas de cascotes y escombros, rincones oscuros, ceniza, polvo y miseria. Huelo la presencia del mal, de la humanidad sin redimir, oigo súplicas de mendigos y sollozos de niños… Sufro ante esta burla trágica que ha transformado un sueño en pesadilla…

—¿Soy yo acaso el único culpable de esa lamentable situación? —repliqué—. ¿Me habéis convertido a mí en la causa de todos los males? ¿Se trata de eso? ¿Por eso vais a ahorcarme?

—¡No seas arrogante! —rugió—. ¡No ahora! ¡Es eso lo único que no puedes permitirte!

Se volvió y me miró fijamente. Tenía los ojos enrojecidos y tristes; mas no había en ellos odio ni desprecio.

—¿He traído yo la guerra a Placencia? —insistí con mis preguntas, a pesar de su reconvención—. ¿Soy yo el único culpable de que los hombres luchen? ¿He dividido yo a la gente entre cristianos y moros?

—No trates de enredar las cosas —me dijo—. No lograrás sepultar tu propia responsabilidad bajo una montaña de incógnitas etéreas acerca del mal y del bien. Todas esas circunstancias están ahí, son inherentes a la vida misma y nada le quitan ni le ponen a la bondad o malicia de los actos humanos. Es, precisamente, en medio de la injusticia, la mentira y la división, donde ha de resplandecer la pureza de las intenciones. Y tú has sido ingrato y rebelde. ¿No son acaso eso males en sí mismos?

Bajé la cabeza en un gesto de asentimiento.

—Ya no puedo negar la acusación ni rechazar la sentencia —observé.

—¿Por qué, Blasco? ¿Por qué lo hiciste? ¿Fue pasión o fue orgullo, fue envidia o desprecio, avaricia o egoísmo...?

—No puedo explicarlo —suspiré—. ¡He vivido! Solo eso sé...

—Has ido sucumbiendo a todas las trampas de este mundo; a los más lamentables engaños y seducciones del maligno.

—Soy un hombre...

—Ya no hay tiempo para justificaciones. Lo que te ha sucedido pertenece al enorme entresijo de la libertad humana. Y yo, aunque quisiera, ya no podría remediarlo. Tu gran egoísmo está en la base de todos tus pecados y debes reconocerlo, debes humildemente tomar conciencia de que has hecho mal para que Dios pueda perdonarte. Si buscas razones para toda tu debilidad, sin duda las encontrarás. El hombre sabe hallar excusas que apagan la conciencia. Ese también ha sido tu pecado: racionalizarlo todo, adornar tu vida con los finos hilos de seda de la indulgencia para contigo mismo. El mal, lentamente, sabe encontrar explicación para cada inmoralidad, para cada injusticia, ingratitud y egoísmo. Las excusas matan el arrepentimiento y el alma se va convirtiendo en un laberinto de torcidas metas, ambiciones necias, desenfrenadas pasiones y sueños arruinados.

—Ya he dicho que no puedo negar la acusación ni rechazar la sentencia —repliqué—. No trato de justificarme, pues sé bien que resulta inútil. Solo decidme una cosa: ¿voy a morir?

—Me doy cuenta de que no hay aún arrepentimiento dentro de ti —respondió con el rostro sombrío—. Ahora solo te interesa saber si vas a escapar una vez más de lo apremiante del peligro. ¡Oh, Blasco, qué lástima! ¡No has aprendido nada!

Yo permanecía sumiso e indiferente ante sus razonamientos.

—¿Voy a morir? —insistí.

Don Bricio avanzó unos pasos hacia mí y me miró con cierta ternura en la expresión. Dijo:

—Si el grano de trigo no cae en tierra y muere, queda infecundo. ¿Recuerdas esas bellas palabras del Señor? Solo a través del morir llega el resurgir, llega el fruto y la nueva vida. En efecto, el ciclo de la naturaleza nos enseña que hay una promesa divina en medio de las tinieblas del sufrimiento y la muerte que se nos imponen. ¡Oh, cómo desearía que llegaras a comprender eso, pequeño Blasco!

Me pareció al fin que se despertaba su compasión y que le vencerían sus sentimientos hacia mí. Entonces empecé a tener verdaderas esperanzas en hallar indulgencia. Como ráfagas, acudían a mi mente pensamientos ilusionados llenos de posibilidades: un indulto, una revisión de condena, algún testigo a mi favor, incluso una eventual fuga.

Pero don Bricio prosiguió su discurso, muy convencido, para desconcierto mío:

—El grano de trigo que muere bajo tierra es un símbolo que debe ayudarte a comprender. De él nace una nueva planta que termina siendo una espiga; pero, si ese grano queda en los graneros, jamás dará fruto. Nuestro señor nos habla de una realidad transformadora e indiscutible, que es el grano de trigo transformado en espiga. Enterrar los granos de trigo en la tierra parece algo sin sentido, como la muerte, pero es necesario para revivir...

—¿Queréis decir con eso que he de morir irremediablemente?

—El que ama su vida se queda él solo, como el grano de trigo que no cae en tierra y muere. Su tiempo lo consume la estéril soledad. El que solo ama su vida, su propio placer, es como el grano de trigo en el granero; su inutilidad, su falta de buenas obras, lo llevará a perder su propia vida. Pero aquel que se niega a sí mismo, es como el grano de trigo que cae en tierra y muere para germinar a una nueva vida...

—¡Eso es muy cruel! —protesté—. ¡Yo quiero vivir! ¿Quién no desea vivir?

—¡Vivirás!... Mas una nueva vida, diferente a esta.

—Eso ya lo sé, pues creo en el más allá. ¡Pero pido otra oportunidad aquí, en la vida presente!

—¿Para qué? —contestó él circunspecto—. Te harías buenos propósitos para hoy, pero mañana volverías de nuevo a tu egoísmo, a tu ansia de placer, a tus rebeldías y a nuevas justificaciones e indulgencias para contigo mismo. No, esa oportunidad ya la has tenido en la vida que se te otorgó como un regalo.

—¿He sido yo libre para elegir mi vida? —pregunté airado.

—Has sido libre para elegir vivirla bien o mal. Ninguno elegimos nuestra vida, pero somos libres para escoger en ella entre el bien y el mal.

—Me doy cuenta de que no voy a ablandar vuestro corazón. El juez ha decretado mi muerte y no haréis nada para salvarme —le dije, lleno de ansiedad—. Nadie moverá un dedo por mí. Vos estáis empeñado en sermonearme y yo trato de comprender, pero estoy angustiado...

—La salvación proviene del Señor —observó, poniéndome la mano en el hombro—. Por eso, pídele a Él que te salve. El milagro de la salvación consiste en quedar completamente limpios de nuestros pecados; es pasar de la oscuridad al camino de la luz de Cristo, es nacer de nuevo, es pasar de la muerte a la vida eterna. Pero, para nacer de nuevo, es preciso morir...

—¿Cuándo será eso? ¿Cuándo voy a morir?

—Mañana, al amanecer del nuevo día, tú tendrás una vida nueva —respondió con una expresión enigmática.

Con estas últimas palabras, mi amo se despidió de mí. Le rogué que me bendijera y llegué a pensar que me abrazaría, pero hizo un gesto con la mano extendida y se apartó de mi lado, yendo a perderse por el interior de sus aposentos.

Los guardias me devolvieron a la mazmorra y quedé sumido en la mayor de las soledades, angustiado y sintiendo un vacío infinito en el alma.

Todavía era de día afuera y penetraba algo de claridad por el ventanuco, cuando apareció un clérigo con una lámpara encendida para oírme en confesión. Me dio la absolución y estuvimos orando los dos durante un largo rato.

Más tarde, llegó Hermesindo con comida y vino. El confesor nos dejó solos.

—Ahora comamos juntos —me dijo Hermesindo—. He traído una perdiz guisada con ajos y el mejor vino.

No contesté. Permanecí dándole la espalda. No deseaba hablarle.

—¿Me odias? —preguntó.

Yo seguía sin prestarle atención.

—¿Me guardas rencor? —insistía—. ¿Me odias, amigo?

—No —respondí al fin—. Ya que voy a morir, quiero conservar el alma limpia.

—¿Te consuela saber que yo también estoy arrepentido de lo que hice? —confesó él.

—Siempre fuiste un mentiroso. ¿Por qué he de creerte ahora?

—Por eso, precisamente, porque vas a morir.

—Te creo —dije con sinceridad—. Pero eso no me alivia nada. He caído en una trampa que también se te tendió a ti. Tú salvarás la vida y yo moriré.

—Anda, comamos juntos, por favor —me rogó—. Unos tragos de vino te ayudarán en este momento.

Me volví para mirarle. El tenía lágrimas en los ojos y logró conmoverme. Se aflojaron mis fuerzas y lloré con amargura. Como si el niño que todo hombre lleva dentro retornara a mi ser.

—Bebe. —Me ofreció una copa llena hasta el borde de vino.

Lo apuré y, en efecto, me confortó mucho, aunque tenía cierto sabor amargo.

—Tiene un gusto raro —dije.

—Es porque estás angustiado. Hay amargura en tu alma. Vamos, bebe una copa más; te ayudará a conciliar el sueño.

—Hoy no podría dormir aunque bebiese una tinaja entera —observé.

Creo que acabé con el contenido de la jarra yo solo, porque Hermesindo ni siquiera lo probó.

—Compréndeme —dijo como excusa—, no debo

alegrarme en un día así. Mañana la vida proseguirá para mí...

—Y seguirás emborrachándote —le espeté con ironía.

De repente, empecé a sentirme mal. Todo me daba vueltas alrededor y se me nubló la vista.

—¡Qué vino es este! —exclamaba—. ¡Me hace demasiado efecto!

—Acuéstate —me decía Hermesindo, sujetándome.

No podía ya sostenerme en pie, ni hablar, ni pensar. Y parecía abandonarme la vida...

72

Mi despertar no fue súbito. Era como retornar lentamente de un abismo profundo; del vacío de la nada. Me hacía consciente de los miembros de mi cuerpo, pero no podía mover un dedo, como si pesase sobre mí una losa. Ni siquiera sentía la respiración, ni el hálito que expulsaba mi pecho, ni el aire que penetraba en mis entrañas; tan débil era el soplo de vida que me animaba en aquella confusión que me impedía saber quién era, dónde estaba, qué me sucedía.

Entonces, una sutil voz interior me sugirió que tal vez había muerto y me hallaba en las sombras del Purgatorio. Trataba de musitar oraciones, y no me obedecían los labios, ni la memoria. En algún momento experimenté la sensación de estar lejísimos de mí mismo.

Recobré el sentido al notar agua sobre la cara. Era como regresar a la materia, desde una realidad expandida, infinita y a la vez insignificante. Mi espalda estaba adherida a una superficie plana, muy dura; sentía los pies y las manos ateridos de frío, la boca seca y la carne dolorida.

Abrí los ojos y me encontré con la oscuridad. Supe

que estaba a la intemperie al percibir la frescura de la brisa nocturna.

—Ya despierta —dijo una voz cercana.

Me volví en aquella dirección y vi una ladera que se recortaba tenuemente en el negro firmamento, así como las siluetas de los árboles y alguna estrella lejanísima sobre ellos.

—Sí, ya despierta —repitió la voz.

Junto a mí había alguien que me arrojaba de vez en cuando agua helada sobre el rostro.

—Vamos —me decía—, que amanecerá pronto. Vuelve en ti.

Yo no podía aún recordar nada. Seguía estando pendiente únicamente de la pesadez de mis miembros. No me asistían las fuerzas para moverme, ni para hablar siquiera.

Alguien me asió por los hombros y me agitaba:

—¡Venga, despierta! ¡Arriba, hombre!

—Déjale —dijo otra voz—. Tengamos paciencia. No creo que sea conveniente que vuelva en sí bruscamente.

—Estoy muerto… —balbucí débilmente, cuando logré reunir la energía necesaria para ello.

—¡Oh, no! —contestó la voz—. ¡Vives!

No sé cuánto tiempo transcurrió en aquel estado de inmóvil perplejidad. Pero recuerdo que, detrás de la oscura ladera, empezó a crecer la luz crepuscular. Entonces aparecieron frente a mí los rostros de tres hombres.

Cuando pude distinguir sus rasgos, descubrí que uno de ellos era don Bricio, cuyos blancos cabellos agitaba el viento. Los otros dos eran desconocidos para mí.

—Amo —decía yo—, ¿dónde estoy? ¿Qué me ha sucedido? —Sintiéndome ya despejado para saber quién era, aunque todavía no lograba recordar nada del día anterior.

El obispo me habló con suavidad, lentamente:

—Hijo mío, ya soy viejo, y sé que me queda poco tiempo de vida. Mi salud es buena, gracias a Dios, a pesar de que he sufrido mucho últimamente. ¡Oh, Señor, cuánto he padecido! Por eso no temo a la muerte, sino que más bien la deseo, como todo hombre busca el descanso del sueño después de haberse pasado toda la jornada trabajando. No creo haber hecho mal la tarea que se me ha encomendado en esta vida. Lo cual no quiere decir que no tenga pecados. ¡Dios sabe qué frágil soy! Quiero vivir mis últimos años en paz y reparar en la medida de mis fuerzas cuantos males haya causado. Por esa razón, te ruego, querido hijo, que me perdones por haber puesto pesadas cargas sobre tus hombros que tal vez superaban tu capacidad. Yo, por mi parte, perdono y olvido el daño que me has infligido, por tu rebeldía y tu impaciencia.

»¡Ojalá pudiera devolverte tu dignidad, tu hacienda y tus derechos en nuestra amada ciudad! Pero el camino de esta vida solo avanza hacia delante, y no se puede regresar sobre los propios pasos. Algunas acciones, circunstancias y personas quedan atrás, detenidos o caminando con mayor lentitud. Pueden corregirse algunos errores, no todos. Pero siempre hay tiempo frente a nosotros para buscar nuevos bienes, completar la vida y hallar la paz. Este mundo presente concluye con la muerte. Mas no existe el tiempo para Dios. Él es principio y fin.

»Por eso, aunque no puedo ir en contra de las leyes ni del inexorable curso de los acontecimientos para restituirte tu antigua vida, sí está en mis manos facilitarte una nueva oportunidad. Que, a fin de cuentas, era lo que ayer le pedías a Dios, y a mí, si pudiera alcanzarte ese favor.

»Pues bien, Blasco Jiménez, ese ruego tuyo ha sido

posible. Soy consciente de que con ello he variado el natural devenir del orden humano. Pero creo que Dios mismo me inspiró un plan que encauza toda esta tragedia hacia una solución luminosa; hacia el mal menor. Y como creo no causar con ello perjuicio a nadie, sino darte ocasión para salvar tu alma, aquí tienes tu nueva vida. Para que hagas penitencia, encuentres a tu Creador y halles al fin la paz que todo hijo de Dios merece.

»El vino que Hermesindo te ofreció y que bebiste en tu celda de la cárcel, contenía la dosis justa de un poderoso bebedizo, elaborado con raros hongos y secretas sustancias, que produce un efecto semejante a la muerte. Catalepsia lo llaman los físicos, desde antiguo, desde los sabios griegos, que según dicen descubrieron tal misterioso estado.

»Llevas más de dos días sumido en esa especie de letargo. Yo mismo llegué a temer que hubieras muerto de verdad, a pesar de que el boticario que me proporcionó esa bebida me juró que despertarías. Al tercer día, cumpliendo el pronóstico, has abierto los ojos. ¡Estoy asombrado!

»Ahora te preguntarás por qué motivo hice que pasaras por esto. La respuesta es simple y tienes derecho a ella.

»Si recuerdas las últimas palabras que te dije, el día anterior a la fecha que se había determinado para tu ejecución, encontrarás la explicación a esta muerte aparente. Es necesario nacer de nuevo, decíamos; morir para vivir.

»En Ambrosía todo el mundo piensa que estás muerto y enterrado. Pues estos dos buenos hombres que me acompañan eran los encargados de dar fe de ello. Yo los convencí para que me ayudaran a realizar mi plan. Y ellos, sensatos y obedientes, estuvieron conformes con la idea y con jurar delante de Dios llevarse este secreto a sus tumbas.

»No nos fue difícil encontrar un cadáver para ponerlo en el ataúd. Ahora, según el común parecer, yaces en un frío sepulcro de piedra. Aunque en esa sepultura está un muerto desconocido.

»Esta realidad te libera y te proporciona una verdadera nueva vida, que podrás emprender en cualquier otra parte, lejos de aquí, con otro nombre y otra identidad. Eso lo dejo a tu libre elección.

»Como supondrás, si se te ocurriera regresar a Ambrosía, nada más poner los pies en la ciudad serías hecho preso y ahorcado sin más contemplaciones. Te aconsejo que pongas tierra de por medio, hacia el norte, a Gallaecia, o a tierra de cántabros, allende las montañas, o incluso, cruzando los Pirineos, fuera de Hispania.

»Ruego a Dios que me perdone haber urdido esta farsa. Ya desde antiguo, se han realizado en diversas ocasiones juegos como este. Se le llama *actus mortis*, o falsa muerte. En conciencia, alguien revestido de autoridad encuentra así la solución a los gravísimos problemas que se presentan a veces en las vidas de algunas personas. Cuando la muerte verdadera no solucionaría nada, sino que quedaría como una huella dolorosa e imborrable, es preferible poner las cosas en manos de Dios y que sea Él, único juez justo, quien resuelva según su infinita sabiduría. ¡Él se apiade de nosotros!

»Así que, querido hijo, Blasco Jiménez, ahí tienes el camino de tu nueva vida. Ándalo en beatitud y purga tus pecados como un peregrino. Encamina tus pasos hacia Aquel que todo lo puede.

»No volveremos a vernos en esta vida. Mas somos gente de fe y confiamos en la resurrección de la carne. ¡Dios nos reunirá en el mundo nuevo!

Dicho esto, me besó en la frente. Puso en mis manos un bordón, una calabaza con agua, un hatillo con alimentos y un puñado de monedas.

Después montó trabajosamente en su mula y los otros dos hombres hicieron lo propio en sus cabalgaduras.

Los tres se alejaron en la dirección que salía el sol en ese momento. Pero, antes de desaparecer camino adelante por en medio de la espesura del bosque, el obispo se volvió y me gritó:

—¡Camina! ¡Vive! ¡Y que Dios te ampare!

Me quedé pasmado, con la mente espesa y con una gran congoja que me atenazaba la garganta.

Cuando logré alzarme de mi postración, anduve con pasos vacilantes en la dirección contraria a donde amanecía. Una débil luz dorada comenzaba a bañar las copas de las encinas. Los pájaros saludaban al nuevo día con tímidos cantos de madrugada.

73

Los campos tenían el color de la vida, en la claridad diáfana de la mañana. ¿Hay quien no ame la luz? Era como si el mundo despertase recién creado de la nada. Después del primer trago de agua pura, fresca, en una fuente del camino, respirando aquel aire transparente, regenerador, me parecía estrenar la tierra evidente que pisaban mis pies. Recobraba las fuerzas. Pasado el temor y la angustia, el ansia de existir se apodera del último rincón del ser. Disipado el peligro, parecía haber nacido de nuevo.

Todavía anduve atolondrado algún tiempo, quizá un par de leguas, aunque feliz por seguir viviendo. Pero la tensión que había sufrido, los padecimientos recientes y los últimos efectos de la pócima que me provocó la catalepsia temporal terminaron venciendo mi ocasional euforia. Caí rendido, exhausto, bajo la sombra acogedora de un enorme alcornoque. Dormí plácidamente, olvidado del amago de la muerte. Mi alma transitó entonces por los confines de un cosmos vago, informe.

***

Volvían a despertarme del sueño de la nada. Alguien me pellizcaba y me llamaba a la realidad.

—¡Eh, tú! ¡Despierta!

Abrí los ojos. Un hombre de tosco aspecto me observaba, preguntándome:

—¿Eres un peregrino, amigo?

Me sobresalté cuando vi a media docena más de hombres, rudos también, armados con lanzas y montados en mulas, detenidos en el camino. Pensé que eran bandidos y di un respingo.

—¡Eh, no te asustes, buen hombre! —me dijo el que estaba a mi lado—. Somos gente pacífica, comerciantes que tratan con cuero y pieles. ¿No ves las alforjas? Nada malo te haremos. Llevamos armas para defendernos. Pero no causamos perjuicio a nadie. ¿Eres peregrino, amigo?

Aunque mi mente estaba aún confusa, me daba cuenta de que aquel hombre solucionaba el problema de mi nueva identidad. En su misma pregunta me daba la respuesta.

—Sí… —balbucí—, eso soy, peregrino…

—¡Ah, amigo, has tenido suerte! —exclamó él—. Somos gente cristiana y solemos acoger en nuestra compañía a los que transitan solos por este mundo de Dios, sembrado de peligros. ¿Verdad, compañeros? —les preguntó a los demás.

Los otros comerciantes asintieron jocosos.

—¿Adónde vais? —les pregunté.

—¿Adónde va a ser? ¿Pues no sabes acaso hacia dónde va este camino? ¿Tan perdido andas?

—Vengo de muy lejos —dije, por responder a su pregunta, porque no tenía ni idea de dónde me hallaba.

—Estamos cerca de Coria.

—¿De Coria? —exclamé, completamente sorprendido.

—Sí, de Coria. Este es el camino que llaman del Alagón, por el nombre del río que discurre por este valle.

—Entonces… —pregunté—, ¿estas tierras pertenecen al reino de León?

—No, amigo —negó él—. Caminas por tierra de moros: estos son los dominios del señor de Galisteo, que es vasallo del rey moro y aliado del rey de León. Pero nada has de temer, si tienes dinero para pagar la tasa que te exigirán al cruzar los puentes y al entrar en los pueblos. Estos moros son de fiar; gente de paz, agricultores y pastores que sacan el mejor provecho del valle y que entregan a cambio sus tributos.

—¿Cuánto falta para llegar a Coria?

—Apenas una jornada de camino. Pero habrá de cubrirse mañana; hoy ya atardece y debemos pasar la noche en Galisteo. Así que, ¡arriba, amigo! Coge tus cosas y echemos a andar, que se hará tarde.

Me parecía recibir un regalo de la providencia. Don Bricio me había llevado hasta los límites con el reino de León, tal vez para facilitarme con ello el poder emprender la vieja vía que transitaba hacia el norte, en dirección a Gallaecia. Y con ello, sin saberlo él, me ponía muy cerca de Coria, donde podría acogerme a la protección de su obispo, don Arnaldo, cuyo afecto me tenía ganado desde su visita a Placencia, durante el tiempo que mi amo estuvo ausente.

Seguro entre aquellos mercaderes de cuero y pieles, que era gente llana y de buenas intenciones, me puse en camino hacia el oeste, convencido de que la suerte me acompañaba. En Coria podría reponerme, pasar el invierno y conseguir ayuda del obispo para luego viajar hasta Sevilla, donde no me sería difícil encontrarme con Doxia y mi hijo, que a buen seguro estarían bajo la protección de Abasud, y hacerme una nueva vida.

Con tales esperanzas, acariciando mis felices sueños, caminaba por en medio de los paisajes que me parecían pertenecer al más bello paraíso. Era ya el final del estío, y los campos estaban teñidos de tonos ocres. Junto al río, en cambio, crecía hierba jugosa, que mansos rebaños de bueyes orondos rumiaban pacientemente, alzando sus lánguidas miradas a nuestro paso, con sus largos y curvados cuernos apuntando al cielo.

A lo lejos, sobre un monte poblado de oscuras encinas, se alzaban las murallas de Galisteo, hechas de rojo adobe, en medio de las cuales surgía la alcazaba, que el sol de la tarde bañaba con dorada luz, creando un mágico juego de sombras al recortarse la visión sobre un oscuro fondo de nubarrones que amenazaban tormenta.

Arreció el viento al llegar a las puertas de la ciudad fortificada. Mientras pagábamos la tasa, se nos vino encima un denso aguacero que nos empapó por completo.

Más tarde, secábamos nuestras ropas junto a la enorme chimenea que había encendida en la fonda donde fuimos a hospedarnos. Los moros que vivían en Galisteo eran acogedores y tranquilos, tal y como me dijeron los mercaderes de pieles, que no desaprovecharon la estancia allí para hacer sus tratos.

A la mañana siguiente, la naturaleza parecía renovada después de la tormenta. Los árboles brillaban y la tierra mojada exhalaba su amable aroma. Nos pusimos en camino muy temprano, disfrutando de la visión del rojo amanecer y de la inmensidad de un paraje en cuyo lejano horizonte brillaban las alturas de las montañas.

Llegamos a Coria a media tarde. La ciudad era vieja y hermosa. En la misma puerta que daba al mercado, me despedí de mis compañeros de camino muy agradecido por el gran favor de su protección, y me adentré por un laberinto de calles bulliciosas, abarrotadas de moriscos que vendían de todo: frutas, verduras, legumbres, carne de vaca y cordero, especias, tortas de pan y dulces de almendra. Me costó dar con la ciudadela. Pero por fin atravesé un arco y me encontré de repente en una plazoleta silenciosa, rodeada de nobles edificios. Admirado, contemplaba aquellas construcciones de barro y ladrillos, tan diferentes en su conjunto de las de Placencia, adornadas con piedras blasonadas, puertas de madera tallada y ventanas con rejas de buena forja.

—¡Eh, tú, qué buscas ahí! —me increpó de repente un guardia armado con un bastón—. ¡Fuera! ¿No sabes que solo pueden atravesar ese arco los miembros del concejo y sus familiares?

—Soy forastero —me excusé.

—Pues, ¡andando! ¡Regresa al zoco, que es donde están las fondas!

—Deseo ver al obispo —dije.

—¿Al obispo? —gritó con desprecio—. ¿Para qué?

—Necesito su ayuda. Soy peregrino.

Me miró de arriba abajo, con suficiencia. Contestó:

—Bien. En ese caso… Acude por la parte sur de la ciudadela, por las puertas traseras. El obispo reparte el pan de los pobres antes de que se ponga el sol. ¡Y lárgate ya de aquí! Esta plazoleta es privada.

Aguardé durante un largo rato en el lugar que me indicó el guardia. Allí, frente al destartalado portón trasero de la ciudadela, se iban congregando mendigos, ciegos e inválidos. Como me di cuenta de que se me adelantaban muchos de ellos, formando un hervidero que ya casi me impedía ver la puerta, intenté abrirme paso entre ellos. Pero un hombrecillo deforme se puso a gritar enardecido:

—¡A ver ese, que se cuela!

Los demás me daban empujones y también me reprendían severamente:

—¡A la cola! ¡Fuera! ¡Que aquí cada uno tiene su sitio!

Me di cuenta de que no podría enfrentarme al orden establecido por la jerarquía de aquella congregación harapienta. Así que fui a ocupar el último lugar, que era el que correspondía a los necesitados forasteros u ocasionales.

De repente, crujió el portalón y los pordioseros se alborotaron. Cuando se abrió al fin, aparecieron varios frailes con cestos y empezaron a repartir el pan. Intenté entonces avanzar, pero me llovían patadas y codazos.

Entonces vi por encima del revuelo al obispo que estaba entre los frailes.

—¡Don Arnaldo! —grité con todas mis fuerzas—. ¡Aquí, don Arnaldo!

Le vi escrutar la multitud con la mirada, buscando a la persona que le llamaba por su nombre.

—¡Aquí, don Arnaldo! ¡Soy Blasco! ¡Blasco Jiménez!

Me descubrió entre el gentío, aguzó los ojos y trató de distinguir quién era.

—¡Blasco Jiménez! —gritaba yo—. ¿Recordáis? ¡Placencia!

—¡Ah! —exclamó.

Avanzó hacia mí. Los mendigos se hacían a un lado y a otro con gran respeto. Menudo y venerable, el obispo venía sonriente, con los brazos extendidos:

—¡Oh, qué gran sorpresa! ¡Blasco, el arcediano! ¡Cómo por aquí! ¡Bendito sea Dios!

74

Le conté a don Arnaldo lo que me había sucedido. He de confesar ahora que aderecé mi relato según mis conveniencias: ocultando lo que no me interesaba de la realidad, adoptando una actitud de víctima, y dándole a entender al obispo que mi desgracia fue un desafortunado encadenamiento de circunstancias fatales, de accidentes inevitables y de traiciones e injustas acusaciones.

Después de escucharme atento, comentó con circunspección:

—Un *actus mortis*, una falsa muerte; ¡qué agudo ha sido don Bricio! ¡Qué astuto, qué hábil! Ha logrado librarte de tu fatal condena, cumpliéndola…

—Sí —observé—, pero me han robado mi vida…

—Humm… No, no lo veas de esa manera. Vives, eso es lo importante. Y hay muchas virtudes en ti, talentos que no deben quedar desaprovechados.

—¿Qué puedo hacer ahora?

—Mucho, muchísimo, hijo mío. Has caído en buenas manos —dijo paternalmente, con esa gran bondad que emanaba toda su persona—. Aquí puedes hacerte una nueva vida. Yo necesito hombres como tú, cultos, inteligentes, intrépidos… ¡Dios ha escuchado mis ruegos! Me vienes ahora como caído del mismo cielo, te lo aseguro. Te integrarás a la vida de esta ciudad que también se rehace, como Placencia, de muchos infortunios. Pero despunta ya, gracias a Dios, en el horizonte el sol de una nueva era. Castilla y León están por fin en paz, aunque siguen haciendo la vida de espaldas. Aquí nadie te perjudicará, porque nadie te conoce. No hay intercambios comerciales, ni de cualquier otra índole, entre Coria y Placencia. Pero, por si acaso, te recortarás la barba de diferente manera y haremos que los perfumistas te apliquen un tinte de color oscuro en tus cabellos. Será solo durante algunos meses. La vida es larga y el tiempo se encargará de modificar tus rasgos. Nadie puede escapar a la vejez. Vestirás con atuendos clericales, como corresponde a tu dignidad, y te acomodarás a vivir en las dependencias del cabildo. ¡Esta es tu casa y tu ciudad, caro hijo!

No tenía yo por el momento intención alguna de revelarle a don Arnaldo mis propósitos de irme a Sevilla. Resolví hacer uso de la paciencia y sacar el mejor provecho de tan favorables circunstancias. Así que, lleno de agradecimiento, besé sus manos y le dije:

—¡Gracias, señor! ¡Dios os premie tanta merced, tanta caridad, tanta comprensión…!

—Nada, nada, no es nada —contestó él—. Dios te pagará a ti todo lo bueno que puedes hacer aquí, al servicio de este humilde siervo suyo.

¡Qué extraña sensación! Empezar de nuevo, hacerse un lugar entre gentes desconocidas; nuevas caras, diferentes costumbres; era como habitar el cuerpo de otra persona, conservando solo los recuerdos de una vida anterior. Nadie supo en Coria de dónde venía. A todos los efectos, según acordamos don Arnaldo y yo, mi origen debía ser algo impreciso. Comunicó el obispo a todo el mundo que me había mandado llamar para que le sirviera, después de haberme conocido en una de sus misiones diplomáticas. Enseguida me nombró canónigo de su catedral y me puse a asistirle en los asuntos de la curia.

En la ciudad transcurría una existencia monótona. Pasaban cosas sin importancia por las que nadie se inmutaba, excepto los corazones de las personas afectadas. En un lugar tan alejado de todas partes, extremado, fronterizo, parecía que el mundo terminaba allí, o tal vez empezaba.

A pesar de haber sido Coria de los moros durante siglos, sus habitantes vivían imbuidos del sincero convencimiento de pertenecer al principio de la civilización y de la cristiandad. No he conocido a gentes más orgullosas de sus orígenes. Y tenían sobrados motivos para presumir de su vetustez. Resulta que hacía ya más de medio siglo desde que los cristianos reconquistaron la ciudad, tiempo más que suficiente para obrar en ella importantes transformaciones, construir iglesias y edificios singulares, trazar nuevas calles y modificar algunas partes de las fortalezas ya configuradas por los ismaelitas.

Pero no era nada de esto lo que inflamaba la propia estima de los caurienses, sino los orígenes romanos de su noble urbe. Hasta el más tierno infante era capaz de explicarte que las piedras más antiguas de la muralla databan nada menos que de los tiempos del emperador Constantino, que convirtió el viejo Imperio romano a la fe de Cristo.

El propio don Arnaldo me contó que el obispado de Coria era uno de los más antiguos del sur de Hispania, y que había constancia en Roma de que existía ya en época visigoda, en que varios de sus obispos asistieron a diversos concilios durante los siglos VI y VII de nuestra era cristiana. Y que ni siquiera durante el dominio agareno dejó de haber cristianos allí, los cuales se retiraron al alfoz para seguir viviendo conforme a su fe, sus ritos y costumbres. Quedaban en pie monasterios, en los montes cercanos, que conservaban en vida ancianos monjes que ya vivían consagrados en los cenobios antes de que el rey de León conquistase la ciudad. Esto había constituido una riqueza de conocimientos y una memoria viva singular, por la tradición de usos, costumbres, leyendas e instituciones. Pero, sobre todo, por esa conciencia ininterrumpida del ser cristiano, de pertenecer al occidente romanizado que se extendía hasta los confines del mundo, el *finisterrae*, alcanzado por el Evangelio siguiendo el mandato de Cristo: «Id y predicad la Buena Nueva hasta el fin del mundo».

Me contaba estas cosas don Arnaldo inflamado de fe, con sus vivos ojillos oscuros perdidos en el vacío, como en éxtasis. Y yo le escuchaba asombrado, atentísimo, como quien está al borde mismo de un manantial de sabiduría.

Tenía el obispo siempre un buen humor admirable. Hacía chistes y se mofaba de su propia sombra. Nada era realmente importante para él, en tan optimista visión de las cosas, excepto hacer el bien, subsanar errores y perdonar las ofensas. «Cada día es un empezar de nuevo —solía decirme—. ¿Quién sabe si mañana viviremos?». Comprenderéis que una persona así me causaba un beneficio inmenso después de cuanto yo había pasado. ¡Lástima no haberlo aprovechado suficientemente!

De entre todas sus enseñanzas, que fueron muchas durante el tiempo que permanecí en Coria, algunas se me quedaron profundamente grabadas en el alma. Aunque por entonces seguía yo todavía más pendiente de mi propia vida que de nada, por trascendente que fuera.

75

Predicaba don Arnaldo en cualquier parte con mayor pasión y agudeza que en el púlpito los domingos. Vertía constantemente lecciones que extraía de alguna circunstancia; no eran sermones, ni moralinas, sino instructivas reflexiones, breves, acertadísimas, que a veces le dejaban a uno con la boca abierta.

Un día, mientras paseábamos los dos solos por la ciudad, me fijé en la catedral. Era un edificio destartalado, rudimentario y de pobre fábrica, que el obispo mandó construir aprovechando lo que había sido la mezquita principal de los moros antes de la conquista cristiana. Destacaba solo el campanario, algo alejado del resto del templo, que era de buen ladrillo. Pero lo demás no valía nada. Por eso, le pregunté en confianza al obispo:

—¿Cómo siendo vos un hombre tan preocupado por vuestra ciudad, tan piadoso, no habéis ya mandado construir una catedral como Dios manda?

Se me quedó él mirando con gesto de perplejidad, sin enojo alguno, a pesar de mi atrevimiento.

—Hubo un tiempo —dijo—, hace años, en que esa fue la mayor preocupación de esta ciudad. Los nobles se empeñaban en edificar aquí una catedral como las que se hacen en el norte, a base de buena piedra, altas, hermosas y cuajadas de tesoros. ¡No sabes cuántos disgustos costó a la ciudad el empeño! Después de muchas discusiones y peleas, porque los magnates querían ser todos protagonistas en el asunto, se empezó a reunir lo necesario y se pidió a un renombrado arquitecto que idease la traza, el plano y los elementos necesarios para una gran obra. Como no alcanzaban los dineros, por ser tiempos difíciles, de guerras y sobresaltos, hubo gran disgusto. Tornaron las contiendas entre unos y otros, la envida y ese maldito orgullo humano que emponzoña todas las buenas ideas.

—Lo comprendo —comenté—. He vivido historias parecidas a esa. Pero, por favor, continuad, y perdonad la interrupción.

—Pues bien. En resumidas cuentas, la dichosa catedral no era sino fuente de disgustos y división. Parecía que dejaba de actuar la fe verdadera en las almas y quedaba suplantada por el empeño a toda costa de poner piedras sobre piedras, levantar andamios, alzar torres y demostrar al mundo con nuestro edificio que éramos más cristianos que nadie. Cuando, en el fondo, andábamos peleados y rabiosos todos por no ser capaces de sacar adelante el proyecto. Con tanta discusión y viendo la magnitud que alcanzaba el problema, decidí plantarme de una vez y no secundar más aquella descabellada idea.

—¿Os negasteis a que se hiciera la catedral?

—¡Por supuesto! —afirmó, muerto de risa, como si aquella decisión de entonces le causara ahora un inmenso placer.

—¡Es increíble! —exclamé—. ¿Y qué sucedió luego?

—Pues lo que tenía que suceder: se pusieron como fieras y llegué a temer incluso que me mataran. ¡Tal era su loco deseo de tener esa dichosa catedral! Lo cual demuestra que, en el fondo, se trataba de un engañoso subterfugio del demonio para causar males haciendo ver en apariencia que beneficiaba a la ciudad. Ya ves, empeñados a toda costa en construir un templo para la gloria de Dios, se enfrentaban llegando incluso a matarse, odiando, calumniando y cometiendo todo tipo de maldades. ¿Esa gloria buscaban para el Creador? ¡Ah, el corazón humano! ¡Cuán ciegos e irracionales somos!

—¿Y cómo salisteis de tal atolladero? —le pregunté.

—Dios mismo nos libró del problema. Resulta que, cuando se encresparon los ánimos y a punto estaba de estallar una tremenda contienda entre unos y otros, aparecieron los moros en el horizonte. Los almohades regresaban para recobrar lo que consideraban suyo en tal número y con tal poder que resultaba absurdo tratar de defenderse. Tuvimos que huir, dejando Coria a su merced. Penetraron en la ciudad y destruyeron en un santiamén lo que llevábamos construido de la catedral, volviendo a rehacer su vieja mezquita. ¡Ah, los caminos de Dios...! Fue por entonces cuando yo marché a Roma. Y ya te conté lo demás que sucedió cuando te visité en Placencia.

—¿Y a vuestro regreso? ¿Qué pasó cuando los caurienses lograron de nuevo reconquistar su ciudad?

—No se volvió a hablar de la catedral. Todo el mundo estuvo muy conforme con ese pobre templo que ves ahí. Es todo un símbolo de lo que merece y de lo que no merece la pena. Los hombres a veces nos afanamos en vanas contiendas, queriendo imponer nuestras propias razones. Después queremos machacar al que piensa de diferente manera, al que se opone a nuestros locos caprichos. En el fondo, la vida toda es como una torre de Babel en la que no logramos entendernos, vivir en paz, amarnos y hacernos felices unos a otros... ¡Qué lástima!

Me quedé pensativo y triste. Aquella historia de don Arnaldo había logrado conmoverme de verdad. Recordaba mi propia vida: tantos trabajos, tantos denuedos inútiles, el debatir de unos y otros, tantas razones elevadas a la altura de la «única verdad». ¿Qué es lo realmente importante en esta existencia confusa?

Como si respondiera a mis preguntas interiores, el obispo sentenció con voz cargada de sincero convencimiento:

—Todo pasa. Todo es efímero excepto el gran misterio que se guarda en la eterna verdad de Dios. Y quien ama lo efímero, quien se complace solo con las cosas de este mundo, encontrará tristeza y será acosado por el desconsuelo cuando lo que le complace llega a su fin. Los templos, las catedrales, los monumentos y las ciudades, por hermosas y ricas que sean, son únicamente piedras puestas unas encima de otras, construcciones efímeras. Quien mire solo hacia ellas, y no a lo que verdaderamente importa, que es amar, perdonar y hacer el bien, finalmente será acosado por la tristeza y la soledad.

Vencido por tan sabias palabras, mi corazón palpitaba. Un arrebatado impulso me hizo abalanzarme hacia el venerable don Arnaldo, me arrodillé delante de él y le besé las manos, arrobado.

—¡Eh, qué haces, insensato! —exclamó echándose a un lado—. ¡Tampoco hay que adorar a personas de carne y hueso! ¿Quién soy yo, sino un pobre y mísero pecador, como tú?

Esa humildad suya me ganaba aún más. Sabía que me hallaba ante un ser excepcional, cuya alma enorme se había forjado en el fuego del dolor, la ingratitud, el peligro y los más grandes trabajos por servir a Dios.

—Sois un santo —le dije—, querido don Arnaldo.

—¡Ah, ja, ja, ja…! —rio con ganas—. ¡Un santo! ¡Ahí es nada!

—Lo que me sucede —observé con sinceridad— es que estoy asombrado por el gran beneficio que recibe mi alma desde que llegué aquí. Creo en lo más profundo de mi ser que Dios, en su infinita providencia, me ha enviado a esta ciudad, a serviros.

—¡No sabes cuánto me agrada oír eso! —exclamó—. ¡Que Dios te premie toda esa sinceridad!

—Debía decíroslo, a fuer de no ser ingrato…

—También yo estoy agradecido —expresó con brillo en los ojos—. Y para demostrarte lo feliz que me siento, quiero hacerte una gran merced.

—Oh, no, no… —repliqué—. No quiero mayor regalo que teneros por padre y maestro. No me debéis nada, don Arnaldo.

—Vamos —contestó—, déjame complacerte. El obsequio que te haré dentro de un momento no es algo material, sino una gracia puramente espiritual.

—Repito que no me debéis nada. ¡Yo he de pagaros a vos!

—Pues págame haciendo lo que te digo —insistió—. Ven conmigo, que quiero mostrarte algo que hará un inmenso bien a tu alma.

Dijo aquello con un tono misterioso y a la vez emocionado, mientras me sujetaba por el antebrazo y tiraba de mí, para que fuese con él a donde quería conducirme. Así que obedecí, pues empezaba a embargarme una gran curiosidad.

Atravesamos apresuradamente los patios que servían de claustro a la vieja y destartalada catedral, y nos adentramos en un laberinto de corredores y pasadizos que guardaban aún el aspecto de los antiguos edificios moros que hubo allí. Subíamos y bajábamos escaleras, cruzamos dos pequeños patios más y llegamos frente a un pequeño oratorio de piedra. Allí el obispo extrajo un manojo de llaves de entre sus ropas, mientras me lanzaba una mirada de complicidad.

—Nadie suele ver lo que tú vas a ver —dijo.

Mi impaciencia aumentó. Él soltó los candados que mantenían cerrada una poderosa verja de hierro. Después hizo girar una gran llave en la cerradura de la puerta. Penetramos en una capilla oscura y húmeda.

—Oremos aquí un rato —propuso don Arnaldo, a la vez que se arrodillaba en el frío suelo—. Pidamos sinceramente perdón a Dios por todos nuestros pecados. Acerquémonos a Él con un corazón contrito y humillado.

Mi curiosidad era ya enorme, azuzada por tanto misterio. Me agitaba una ansiedad grande y apenas podía concentrarme para rezar, como él me pedía.

—Ahora, vamos allá —dijo al fin el obispo—, con todo respeto, con toda humildad, con toda fe…

Fuimos hacia otra puerta donde abrió más candados y cerraduras. Descendimos por una estrecha escalera hasta lo que parecía ser una cripta. Supuse entonces que quería mostrarme el sepulcro de algún personaje ilustre.

En aquel sótano, pequeño, fresco y silencioso, se percibía una atmósfera sosegada, sacra, reinando una rara penumbra creada por la luz de una única vela encendida.

—Postrémonos —pidió don Arnaldo.

Nos arrodillamos de nuevo frente a una pequeña ara de mármol, que estaba en el centro de la cripta, y sobre la cual brillaba algo.

—¿Qué hay ahí? —pregunté.

—Chisss… —contestó, llevándose el dedo índice a los labios—. Permanezcamos en el mayor silencio. Sigamos orando.

Entonó luego el obispo unas letanías y se alzó al fin. Yo permanecía arrodillado, mientras él encendía cada una de las velas de un enorme candelabro de trece brazos que había al fondo. Todo en un ambiente de gran misterio.

Cuando hubo luz suficiente, vi una arqueta de brillante plata sobre el altar de mármol. Entonces comprendí que se trataba de una reliquia.

Don Arnaldo encendió la última vela, se santiguó y fue hacia el cofre. Se sacó del cuello un cordón que llevaba atada una pequeña llave y la introdujo en la ranura de la cerradura. Después de dar un par de vueltas, abrió la tapa y miró el interior con ojos extasiados.

—¡Oh, Señor! —exclamó—. ¡Ten misericordia de nosotros!

—¿De qué se trata? —pregunté con voz casi inaudible—. ¿Qué hay ahí?

—Aproxímate —dijo él.

Mientras me acercaba, el obispo extrajo de la arqueta con sumo cuidado una tela clara y la depositó sobre el blanco mármol.

—¡El Sagrado Mantel! —explicó—, una reliquia única y llena de significado. Sobre esta tela que ves, Nuestro Señor Jesucristo hizo el gran milagro de la consagración del pan y el vino; la institución de la Sagrada Eucaristía, su propio cuerpo y sangre… ¡Su presencia entre nosotros para siempre!

Me sacudió un escalofrío. No daba crédito a lo que me sucedía en aquel momento. Me fijé con gran atención en el mantel: era un tejido que debió de ser blanco y que resultaba ahora algo amarillento, por el transcurso de los siglos; se apreciaban sencillos adornos en azul y rayas en los extremos del mismo color. Se trataba de una pieza larga, que estaba doblada en su mayoría, extendida solo una parte; mediría unas cinco varas.

Ambos veneramos la reliquia con gran devoción. Después don Arnaldo la besó y me la dio también a mí a besar. Sentí algo difícil de describir; alegría y a la vez desazón, temor… El obispo depositó de nuevo el mantel en la arqueta, echó la llave, apagó las velas del candelabro, nos postramos por última vez y salimos de allí emocionados.

Ya fuera del edificio, en los patios, le pregunté a don Arnaldo con suma delicadeza:

—No es que yo dude, pero… ¿Cómo podemos saber que se trata en verdad del mantel que estuvo en la Santa Cena del Señor?

—Oh, claro, tu inquietud es razonable —respondió él—. En estos tiempos abundan las reliquias y bien sabemos todos que hay un sucio negocio en torno a ello, con robos, ventas e incluso con objetos de dudoso origen, falsedades, estafas, engaños… Pero no es este el caso, de ello puedes estar completamente seguro.

—¿Por qué? ¿Quién lo trajo? ¿De dónde vino ese tesoro?

—¡Ah, es una larga historia! Remontándonos a su origen más lejano, a la tierra de Nuestro Señor Jesucristo, no es fácil seguir las incidencias del mantel de la Sagrada Cena, desde aquella venerable noche del Jueves Santo. La cristiandad tuvo noticias de otros objetos que estaban en el mismo cenáculo: la mesa fue traída a Roma por el emperador Tito y hoy se encuentra en la basílica de San Juan de Letrán, yo mismo he podido venerarla allí; el asiento del Señor, también en Roma; un plato, en la catedral de Génova… Y así, si seguimos, veremos cómo santa Elena, madre del emperador Constantino, buscó y encontró muchas reliquias que estuvieron en contacto directo con el Señor, trayéndolas a la cristiandad, a la Ciudad Eterna principalmente. Pues bien, el recuerdo vivo, envuelto tal vez en leyenda, que ha pervivido en Coria es el de que esta singular reliquia, el Sagrado Mantel, fue traído aquí por un obispo antecesor mío, de aquellos lejanos tiempos en que el Imperio abrazó la fe de Cristo. Quizá quiso el papa, o tal vez el emperador, que viniera a esta ciudad, a esta antigua sede cristiana, un signo vivo de la presencia del Señor entre los hombres. Fue un regalo valiosísimo y a la vez un reclamo para que los cristianos viniesen a poblar estas tierras lejanas, próximas al extremo del mundo.

—¡Claro! ¡Ahora lo comprendo! —exclamé—. Aunque, decidme, ¿cómo se conservó el mantel? Porque, es lógico que permaneciera durante las épocas cristianas, romanas y visigodas; pero… ¿y cuando llegaron los moros a estas tierras?

—Esa es precisamente la garantía de autenticidad de la reliquia. Los cristianos ocultaron ese tesoro de fe, fuera de la ciudad, en los cenobios donde los ermitaños y piadosos monjes mantuvieron el recuerdo y la tradición. Ellos lo conservaron. ¿No te das cuenta? Es un signo de permanencia, de tradición… ¡Es el símbolo de la fe de esta ciudad, a pesar de tantas vicisitudes! Si la reliquia hubiera sido falsa, ¿crees que habría merecido la pena el gran esfuerzo de transmitir generación a generación su recuerdo y el secreto de su escondite?

—No, desde luego que no. Sobre todo, porque han transcurrido muchos siglos de dominio moro. Me resulta fascinante toda esta historia. ¡Son tantos años!

—Eso es lo verdaderamente sorprendente —afirmó—. Cuando el monarca leonés llegó aquí y reconquistó Coria, esos cristianos de siempre, ¡de toda la vida de Dios!, acudieron enseguida a él portando la reliquia… ¡Aguardaban ese momento durante siglos! Eso es lo verdaderamente importante: no por el valor en sí de esa tela, sino por lo que significaba; por lo cual vino aquí y por lo que ha permanecido.

Me quedé pensativo. Estaba verdaderamente asombrado.

—¡Oh, qué gran tesoro! —exclamé—. ¡Qué bendito designio de la providencia!

—Sabía que te maravillaría —dijo satisfecho—. Tú puedes comprender esto. Por ese motivo he querido mostrarte tan valioso secreto.

—¿La gente de Coria sabe que el Sagrado Mantel está aquí? —le pregunté—. ¿Se da a venerar al pueblo?

—Solo en contadas ocasiones. Siempre hemos temido que se propagara la noticia de que el mantel está aquí. En estos tiempos difíciles sería peligroso darlo a conocer… Podría suscitar la codicia en almas impías.

—Comprendo. En cualquier lugar de la cristiandad pagarían una fortuna por contar con tan valioso tesoro.

—Ciertamente. Por eso se muestra a los fieles solo una vez al año: el Jueves Santo. Después se guarda ahí, en el recóndito lugar que acabas de visitar. Solo los canónigos saben dónde se halla la reliquia. Y las llaves están siempre en posesión del obispo. Hoy he hecho una excepción, porque consideré que debías ser partícipe del secreto. Y me perdonarás si no te lo vuelvo a enseñar. Hasta el próximo Jueves Santo. Yo mismo hago esfuerzos para no abusar de tan generosa gracia. Sería injusto apropiarse del misterio.

—Dios os pague tan grande merced —le dije, besándole las manos.

—Comprendamos que no hay que adorar cosa alguna —observó con circunspección—. A Dios se debe adorar en espíritu y en verdad. ¡Solo Él es santo! Y las reliquias en sí mismas nada valen, desprovistas de su significado. Ese mantel es muy importante para nosotros por lo que sucedió sobre él, nada más. Pero… ¡Oh, Dios, qué afortunada circunstancia es tenerlo aquí!

76

Abril tiñó los campos con el morado intenso de la flor del cantueso. Toda Coria estaba perfumada con aromas de cera de abejas e incienso. Con extasiado fervor, con pasión desbordada, la ciudad celebraba la Semana Santa. Habían acudido congregaciones enteras de frailes, monjes de los cenobios cercanos, vírgenes consagradas y tal cantidad de fieles provenientes de las villas, aldeas y alquerías de los dominios caurienses que en las calles no se podía dar un paso.

La explanada donde se alzaba la catedral estaba toda tapizada con juncos recién cortados en las orillas del río, tomillo fresco y tiernas ramas de arbustos, mientras el tañer de las campanas anunciaba el oficio del Jueves Santo. El templo estaba suntuosamente decorado por dentro, deslumbrante por la cantidad de cirios encendidos. Fascinaba la contemplación de aquel recinto cubierto con pobres vigas de madera, convertido para la ocasión en la más bella de las iglesias, por la majestad y el gozo sagrado que irradiaban los ornamentos, las alfombras que cubrían los suelos y paredes, los candelabros, las imágenes; las vestiduras de los sacerdotes, los hábitos de los monjes, las cogullas monacales, los más modestos atuendos y la belleza de los niños que ayudaban al lado de los altares; la hermosura de los cantos, la solemnidad de los salmos y sagradas plegarias, y todas las ceremonias y ritos repetidos secularmente. La liturgia marcaba los tiempos, los movimientos lentos, los silencios, las invocaciones y las respuestas fervorosas del pueblo congregado.

Avanzaba el oficio religioso y se suscitaba una eficaz impresión de tristeza en el ánimo de los fieles, que escuchaban en sobrecogedor silencio la serie de relatos que evocaban de diversa manera el encarnizamiento de los enemigos de Cristo, su mortal desolación en el Huerto de los Olivos, el arresto y, sobre todo, la traición de Judas.

Recitadas las vísperas y concluida la misa, se retiraron todos los manteles de los altares, los cuales fueron lavados con agua y vino por los acólitos, en un sencillo rito interpretado místicamente como un fúnebre obsequio a Cristo.

Todos se arrodillaron entonces. Y el obispo, acompañado solo por dos canónigos, abandonó el presbiterio para ir en busca de la reliquia, el Sagrado Mantel, con el fin de exponerlo al pueblo para su veneración.

Me correspondió el gran favor de asistir a don Arnaldo en tan trascendental menester. Pues consideró el obispo que debía obsequiarme con esa deferencia, por haber venido a servirle. Y porque había puesto mi persona toda a disposición de la ciudad durante los más de seis meses que habían transcurrido, aportando mis conocimientos en las artes de defensa de las fortalezas, organización de la guardia y demás cuestiones tan necesarias en aquella época revuelta.

Por segunda vez, iba a ver el Sagrado Mantel. Anduvimos por los pasadizos, patios y estancias que conducían a la cripta. Una vez en el oratorio desde cuyo interior se

accedía a ella, nos arrodillamos repitiendo idéntico ceremonial que la primera vez. Pero era costumbre que una
sola persona fuese a por la reliquia, pues la escalera y el
habitáculo eran minúsculos. Según la disposición de don
Arnaldo, le correspondió a otro canónigo descender a la
cripta. El obispo y yo permanecimos arrodillados aguardando.

Regresó el canónigo con la arqueta y devolvió las llaves
al prelado. Este envolvió el cofre con un paño bordado e
iniciamos los tres una procesión en completo silencio, de
vuelta a la catedral.

Cuando irrumpimos desde la sacristía en el presbiterio, los fieles seguían puestos de hinojos, quietos como
estatuas, esperando impacientes, arrobados, el momento
que solo una vez cada año se repetía: la veneración de su
preciadísima reliquia.

Con sumo cuidado, don Arnaldo abrió la arqueta y
desdobló sobre el altar el Sagrado Mantel.

Los sacerdotes, los monjes, los acólitos, la gente toda,
prorrumpió en un denso murmullo de emoción, al tener
ante sus ojos el admirable recuerdo de la Última Cena
del Señor. Entonces el obispo depositó el Santo Sacramento sobre el mantel: un cáliz con la sangre de Cristo
y una patena con su Cuerpo, pan y vino consagrados en
memoria del sacrificio del Salvador.

Un coro de frailes interpretó un profundo y bello
canto y todo el mundo permanecimos en adoración durante un largo rato. Pasado el tiempo que don Arnaldo
estimó oportuno, retiró el Santo Sacramento y dos diáconos le ayudaron a doblar con delicadeza el mantel
para devolverlo a su arqueta. De nuevo, el obispo y los dos
canónigos emprendimos la procesión hacia el lugar donde se hallaba la cripta.

Al llegar allí, don Arnaldo extrajo el manojo de llaves

y se sacó el cordón que llevaba al cuello. Me los entregó y dijo circunspecto:

—Devuelve tú la reliquia a su lugar. Se arrodillaron ellos y yo, emocionado, tomé en mis manos el cofre y descendí por la angostura de la escalera hasta el piso subterráneo donde debía depositarlo.

Una vez allí, cerré la arqueta con dos vueltas de la llave en la cerradura y me arrodillé dispuesto a despedirme del venerable objeto. Pero, en ese momento, me sacudió un raro nerviosismo y brotó en mi mente una alocada idea: robar la reliquia. Algo me decía que lograría con ella una fortuna y la solución de todos mis males.

Como llevado por un impulso irrefrenable, volví a introducir la llave y abrí la arqueta. Extraje el mantel, me alcé la casulla y la túnica y me lo até bien a la cintura, apretando el cíngulo con fuerza. Apenas podía respirar cuando me recompuse las vestiduras. Pero, por la ampulosidad de los ropajes litúrgicos, no se notaba nada.

Ascendí hasta el oratorio. El corazón me latía con fuerza. Allí estaban el otro canónigo y don Arnaldo. Este me dijo:

—¡Cuánto has tardado!

—Necesitaba orar un momento. Siento haberos hecho esperar —respondí.

—Comprendo —asintió—. Regresemos al templo.

Por el camino, iban ellos de manera más informal. En cambio, yo temblaba y llevaba una gran opresión en el pecho.

—Devuélveme las llaves —me pidió el obispo—, pues he de ir cerrando bien todas las puertas y candados. Ya que nadie volverá a estar junto al Sagrado Mantel hasta completarse otro año.

—¿Nadie? —balbucí.

—Nadie —repitió con rotundidad—. Solo excepcionalmente puede sacarse la reliquia del lugar donde se guarda: en caso de peligro grave, para hacer rogativas si hay epidemia, guerra o sequía; si viniera a la ciudad un visitante ilustre, el rey, algún prelado o legado del papa y para dar gracias a Dios por algún acontecimiento extraordinario. Ni yo mismo vengo aquí si no es por uno de esos motivos.

—¡Menos mal! —suspiré aliviado.

Me miraron los dos, extrañados. Y añadí yo una explicación:

—Sería una lástima que algo tan singular estuviera constantemente en danza, de aquí para allá. Me parece muy oportuno que sea considerado conforme a su importancia y misterio velado, expuesto solo en contadas ocasiones.

—En efecto —asintieron ellos—. De eso se trata.

Escondí el Sagrado Mantel bajo el colchón de mi cama y, en cuanto tuve ocasión, me hice de una buena bolsa de fino cuero para guardarlo envuelto en delicada tela.

La posesión de aquel tesoro me quemaba en las manos mientras estuviese en Coria. Así que debía buscar la manera de marcharme cuanto antes.

El Domingo de Resurrección me presenté ante el obispo y le dije:

—He de comunicaros algo muy importante para mí.

—Tú dirás —respondió él.

—He resuelto ir en peregrinación al sepulcro del apóstol Santiago en Compostela durante la Pascua. Necesito hacerlo, pues mi corazón aún no ha hallado la paz necesaria para servir a Dios en esta ciudad como os merecéis Él y vos.

—¡Oh, caro hijo, el Padre Eterno te ha perdonado! ¿A qué viene eso? —exclamó extrañado.

—Lo tengo decidido. Siento que debo emprender el camino mañana mismo. He vivido con gran fervor la Semana Santa en esta devota ciudad y quiero completar las profundas reflexiones que se ha suscitado en el fondo de mi alma.

—Bien. En ese caso, dispondré que te acompañen algunos de mis fieles servidores para darte protección.

—¡No! —repuse con gran nerviosismo—. ¡He de ir yo solo! ¡Solo! Debo meditar…

—¡Es una locura! —replicó él con gesto preocupado—. Hay bandidos, rufianes y gentes desalmadas por esos caminos de Dios…

—Confío en la divina providencia…

—En fin, caro Blasco, veo que no podré convencerte. Si Dios mismo ha hecho prender esa moción en tu alma, no seré yo quien se oponga a sus divinos planes. ¡Esperaré ansioso tu regreso! Y aquí rezaremos por ti…

77

No era un ingenuo. Y no podía obrar como si lo fuera. Sabía que mi única pertenencia era la reliquia que portaba en el interior de mi hatillo. Para cualquiera que no conociera su verdadero origen, se trataba tan solo de un pedazo de vieja tela. Por lo que no temía a los salteadores de caminos. Si me topaba con ellos, yo no sería sino uno de tantos vagabundos errantes que se desplazaban en busca de mejor vida, de ciudad en ciudad. Sin embargo, nadie podía sospechar siquiera que cargaba a mis espaldas el liviano peso de un tesoro de valor incalculable, por el que cualquier rey de la cristiandad habría dado todo el oro de su reino. Por eso, feliz por saber que el Sagrado Mantel era la llave que me abriría un venturoso futuro de fama y riquezas, anduve presuroso por los bosques, siempre en dirección al sur, aunque jamás en línea recta, sino variando el curso de mis pasos, como en un prolongado zigzagueo, para despistar a cualquiera que fuera en pos de mí. Y mi destino no podía ser otro que Sevilla, donde encontrarme seguro en tierra de moros, amparado bajo la protección del mercader Abasud. Y, por fin, junto a Doxia y mi hijo.

Con estos planes caminé durante semanas, mal abrigado y peor comido. Recelaba de buscar cualquier tipo de ayuda, sobre todo entre cristianos, temeroso como estaba de que la noticia del robo de la reliquia hubiera corrido pronto desde Coria. Con tan mala vida, extenuado, famélico y enfermo, llegué a presentar tan triste aspecto que incluso me daban limosnas. No sé cómo pude resistir tantas jornadas sin caerme muerto.

Pero, al fin, una tarde fría de febrero, divisé a lo lejos la semblanza de una ciudad que pareció ser la que estaba guardada en mis recuerdos como la de aquella Sevilla de la que apenas pude conocer sus muros, en mi mocedad, cuando fui en la hueste del rey de Castilla.

Acerqueme hasta la puerta y descosí las entretelas de mis ropas sucias y gastadas, para rescatar mi única moneda de plata que llevaba prendida en ellas. Los guardias se sorprendieron cuando un pordiosero de tan pobre aspecto fue capaz de pagar la tasa para pasar al interior de las murallas. A ellos mismos les pregunté por la dirección de la casa de Abasud. Entonces se confirmaron mis esperanzas: mi amigo el mercader era alguien conocido y respetado en la capital del reino moro.

Ilusionado, anduve por el laberinto de la medina gastando mis últimas fuerzas.

—¿La casa de Abasud? —preguntaba.

—Por allá —me respondían.

Finalmente llegué frente a una hermosa fachada, adornada por columnas y tejadillos, jalonada por labradas piedras, en cuyo centro permanecía abierta una gran puerta de fina madera que guardaba un muchacho bien vestido.

—¿Casa del señor Abasud? —pregunté.

—Hoy no se dan limosnas —contestó con desdén el joven—. Ven mañana.

—No quiero limosnas —dije—. Es a tu amo Abasud

en persona a quien busco. Se alegrará al verme, pues soy un viejo conocido suyo.

El muchacho sonrió con desprecio y me espetó cruelmente:

—¡Anda, lárgate, asqueroso mendigo! ¿Quién te crees que eres?

Eso me exasperó. Me abalancé, le di un empujón y le aparté a un lado. Corrí con pasos vacilantes por el patio principal, gritando:

—¡Abasud! ¡Amigo mío! ¡Abasud, socórreme!

Cayó sobre mí un tropel de criados. Me llovieron encima pescozones, bofetadas y puntapiés. Creí que, tan maltrecho como estaba, moriría a manos de la servidumbre del mercader, después de haber sobrevivido en tan largo y penoso camino.

—¡Abasud! —imploraba—. ¡Por el amor de Dios! ¡Abasud, soy Blasco Jiménez! ¡Socórreme!

En esto, se escuchó gritar con energía a una mujer:

—¡Quietos! ¡Deteneos!

Se hizo un gran silencio. Los lacayos dejaron de golpearme. Alcé la vista y, allá arriba, en la ventana que apenas distaba de mí cuatro varas, me topé con la hermosa presencia de mi amada Eudoxia, que me contemplaba sorprendida.

—¡Doxia! —exclamé.

Estupefacta, ella no abría la boca.

—¡Doxia! —repetí—. ¡Soy yo! ¿Me has olvidado?

Entonces, a mis espaldas, habló una voz conocida:

—¡Blasco Jiménez! ¡Increíble!

Los criados me soltaron. Pude volverme y creí haber alcanzado el mismo cielo al verme salvado, pues estaba allí Abasud, digno, elegante como siempre, atónito al encontrarse de repente conmigo en el medio del patio principal de su casa sevillana.

—Abasud, amigo mío… —balbucí yo, caminando hacia él con pasos inseguros.

—Pero… ¡cómo es posible! —exclamaba el mercader.

Caí a sus pies, sin fuerzas ya. Me así a su túnica. No podía siquiera hablar. Todo a mi alrededor daba vueltas y me sobrevino un vahído. Alzaba los ojos hacia la ventana y Eudoxia me parecía una visión de encantamiento. Luego miraba a mi amigo y su rostro se borraba delante de mí, entre brumas. Cayó de repente como una cortina que me nubló la mente y, perdido el sentido, todo se desvaneció.

Desperté en la penumbra de una alcoba austera y fresca. Desnudo como estaba, me palpé el cuerpo y comprobé mi delgadez extrema, de manera que me sobresalían las costillas, las clavículas, cada uno de mis huesos. Mi pecho se agitaba a causa de la ansiedad y me asaltaban repentinos temblores. Me costó recordar dónde estaba y lo que había sucedido en mi vida hasta ese momento. Mas el pasado lejano parecía acudir a mi memoria con vivas imágenes de la infancia, y la juventud, tanto en sus momentos felices como desdichados. Entonces hice un gran esfuerzo para evocar en mi mente el rostro de Eudoxia. Solo, y muy vagamente, podía entrever sus dorados cabellos y una lejanísima imagen de su esbelta figura. Lo demás, las facciones, la forma de los ojos, su sonrisa, todo se había borrado. Una infinita tristeza me embargó. Era como si pasara sobre mí la sombra de la muerte con un frío y negro vacío.

Duró esta sensación fatal un momento que me pareció eterno. Pero después me sobrevino súbitamente la memoria. Recordé mi llegada a Sevilla, la casa del mercader Abasud, la agresividad de los criados y, como en un feliz sueño, la aparición de Eudoxia en la ventana, mirándome fijamente, espantada cual si viera un fantasma.

Me incorporé en el lecho. Había comenzado a sudar, aunque sentía los pies ateridos de frío. Como un niño asustado, grité:

—¡Abasud! ¡Eudoxia!

El eco de mis voces resonaba en el vacío de la estancia. Reinó tras los gritos un gran silencio. Pero luego se oyó ruido de pasos apresurados en algún corredor cercano.

—¿Qué sucede? —preguntó alguien que descorría la espesa cortina de la entrada de la alcoba. Era un lacayo.

—¿Y mi amigo Abasud? —dije angustiado.

—No hay nadie en casa —explicó él—, excepto yo. Mi amo me encargó que estuviese pendiente de ti, por si despertabas. Veo que ya estás lúcido. Durante días, has delirado. Pensábamos que morirías en medio de terribles pesadillas, pues, con los ojos abiertos, nos mirabas sin vernos y gritabas cosas incomprensibles, presa de una gran agitación.

—¿Y Abasud? —insistí.

—Ya te lo he dicho, señor. Mi amo no se encuentra en casa. Fue a sus negocios.

—¡Eudoxia! —exclamé, asiendo fuertemente las vestiduras del criado. —. ¿Dónde está Eudoxia?

—¿Eudoxia? —contestó, con gesto de extrañeza—. ¿Qué Eudoxia? No vive aquí ninguna mujer con ese nombre.

—¡Mientes! La vi en la ventana.

—Lo habrás soñado, señor.

—No, no, no… ¡Nada de eso! Fue antes de perder el sentido, lo recuerdo perfectamente. Eudoxia estaba mirándome a cuatro varas de mí, desde la ventana que daba al patio.

—Señor, procura descansar. Aún no estás bien del todo; tu enfermedad te hace ver visiones.

Salté de la cama y corrí como un loco por la casa, buscando el patio.

—¡Eudoxia! —gritaba—. ¡Eudoxia! ¡Doxia mía!…

—Señor, detente, no estás en condiciones de tales esfuerzos —me decía a mis espaldas el criado.

En medio del patio, que estaba solitario, busqué con la mirada la ventana.

—¡Allí, allí estaba! —señalaba yo—. ¿Quién vive ahí arriba?

—Son las estancias de las mujeres —explicó el criado—; mas ya te digo que aquí no habita Eudoxia alguna. Créeme.

—La vi. ¡Juro que la vi con mis propios ojos!

Estando en esta porfía, irrumpió repentinamente en el patio Abasud, que venía acompañado por sus secretarios y escribientes.

—¿Qué sucede aquí? —preguntó.

—Vuestro amigo, el cristiano —le respondió el criado que se ocupaba de mí—, parece haber enloquecido.

—Abasud, amigo mío —dije yo—, ¿dónde está Eudoxia?

—Debes comer algo, Blasco —contestó él—. Deliras a causa de la debilidad. Me preocupa tu salud. Anda, regresa al lecho.

—¡La vi con mis propios ojos! —grité asiendo su túnica con febril ansiedad.

—Vamos, sujetadlo y llevadlo al lecho de nuevo —ordenó Abasud.

Los criados me agarraron por todas partes y, a rastras, me condujeron a la fuerza de regreso a la alcoba.

—¡No estoy loco! —gemía yo—. ¡Soltadme! ¡He dicho que la vi!

De nuevo en mi cama, el mercader me convenció para que bebiera una tisana oscura, turbia.

—Anda, tómalo, te sentará bien. Acuérdate de las veces que mis remedios te hicieron recobrar la salud en Ambrosía. Debes descansar y alimentarte. Mírate, eres apenas un manojo de huesos. Puedes morir si continúas con esa ansiedad.

78

Además de buen mercader, mi amigo Abasud era un hábil médico. Ya os conté que había aprendido de Leonila numerosos remedios, aparte de los que ya conocía él por sus muchos viajes. Con sus cuidados, y después de vivir durante algunas semanas bajo el techo de su confortable vivienda, recuperé la salud, engordé y conseguí estar mucho más tranquilo. Pero una gran melancolía se adueñó de mi alma. Los recuerdos de tiempos felices, las doradas delicias del pasado me punzaban como espadas, como si toda mi vida se hubiera derrumbado y quien fui quedara lejano, sin posibilidad de retorno.

Sevilla es una ciudad bellísima, y en su seno se avivaban mis nostalgias. Tristeza y poesía siempre se llevaron bien. Brotó en los jardines una primavera exultante que llenó el aire de aromas de azahar. Las aves enloquecían llevadas por el celo en las tardes lánguidas de mayo; arrullaban las palomas, los jilgueros trinaban felices y los ruiseñores ponían su precioso canto al servicio de los corazones acongojados. En las terrazas de la casa de Abasud yo me pasaba las horas embobado, contemplando el mar de tejados y huertos que se extendía ante mis ojos, salpicado de palmeras y cipreses enhiestos que asomaban desde detrás de las tapias, aquí y allá, recortándose en el morado cielo del atardecer. Cuando el sol se ocultaba, temía yo la llegada de la noche con sus desvelos y pesadillas. Se me oprimía el pecho y, desconsolado, me veía asaltado por un llanto amargo, como el de un niño aterrorizado.

—Vamos, vamos, amigo Blasco —me decía Abasud—. ¿Qué es esto? ¿Lloras como una débil mujer? ¿Has olvidado ya que un día fuiste un valiente guerrero de la hueste del rey cristiano?

—No sé qué me sucede, Abasud, amigo mío. Siento una tristeza infinita. ¿Quién soy ahora? No lo sé. Traicioné mis raíces, mis creencias, mi religión. He perdido a mi amada, a mi hijo, mi ciudad, mis bienes y… —Sollocé—. Y lo peor de todo: he perdido mi nombre…

—¡Oh, vamos, vamos, amigo! ¿Vas a sentir remordimientos? Hiciste lo que creías oportuno, ni más ni menos. Conservas la vida; ¡ahí es nada! Puedes comenzar de nuevo aquí. Un hombre con tus conocimientos puede hacerse un lugar en el reino almohade.

Le miré directamente a los ojos. Le pregunté:

—Dime la verdad, Abasud. No me engañes, ¡por Alá!, ¡por el profeta de los creyentes, por Mahoma! ¿Qué fue de Eudoxia? Yo la vi en esta casa. Sé que no me engañó la locura y que no se trataba de una alucinación.

—¿Otra vez con eso? ¡Te he dicho mil veces que eso es imposible! Eudoxia desapareció cuando los cristianos de don Bricio volvieron a conquistar Ambrosía. Jamás volvimos a verla. Seguramente… Seguramente fue cautivada y llevada lejos por la hueste o, ¡Alá lo sabe!, tal vez murió…

—¡Triste vida! ¡Maldigo mi existencia! ¡Ojalá hubiera muerto yo en vez de regresar a esta realidad penosa!

—Eso es lo que te sucede, Blasco: sientes profundos

remordimientos. Anda, desahógate conmigo y suelta de una vez el nudo de tus desdichas.

No podía ocultarle a Abasud mis secretos; se había portado muy bien conmigo. Le conté lo que me sucedió después de que don Bricio reconquistase Ambrosía. Cómo me dio Hermesindo a beber la pócima secreta para ayudar al obispo a realizar el *actus mortis* y convencer a todo el mundo de mi muerte, mi posterior destierro y lo que me sucedió después en Coria. Pero decidí ocultarle el asunto del Sagrado Mantel, pues aún no estaba yo muy seguro de lo que debía hacer con la reliquia.

—Debí morir en Ambrosía —dije—; morir de verdad. En vez de tener esta segunda oportunidad en la que, lejos de hallarme a mí mismo, me encuentro más perdido que nunca.

—Sigues enamorado —repuso él circunspecto—, eso es todo. No has logrado olvidar a Eudoxia y arrastras esa pena. Pero tu mal, amigo mío, tiene remedio. Necesitas una mujer que borre en tu alma la semblanza del primer amor. Es ley de vida, y ya lo dice el proverbio: «La mancha de mora se borra con una verde». Es decir, búscate una mujer joven y bella que te haga feliz. Entonces desaparecerán tus nostalgias.

—Siento pereza. Mira, mis sienes han encanecido. Ya no hay en mí ardor alguno de juventud.

—¡Anda —replicó—, no digas eso, hombre! Eres aún joven para amar, ser amado y tener hijos que alegren tu vida.

Abasud siempre fue un hombre que sabía infundir ánimos. Sus palabras me aliviaban algo, aunque no consiguieran alegrarme.

—No sé… —balbucí, perdiendo la mirada en el rojo cielo del ocaso—. Siento pereza, ya te digo. Me parece que la vida pasó ya para mí…

—¿Por qué no te conviertes a la fe de Mahoma? —me preguntó de repente.

—¿Eh? No, no, no… ¡Eso jamás! —negué con firmeza.

—Pero… amigo mío, ¿en qué crees tú? ¿Has perdido la fe?

Mi tristeza aumentó con esa pregunta.

—No lo sé. Creo que Dios me ha abandonado.

Siguiendo los consejos de Abasud, quise hacerme una nueva vida en Sevilla. Al principio me costó adaptarme, sobre todo porque mi pena parecía ser mayor que las fuerzas necesarias para comenzar de nuevo. Pero, como suele decirse, el tiempo todo lo cura.

Empecé a salir de la casa acompañando al mercader a sus negocios. En los zocos de la ciudad se desenvolvía todo un fascinante mundo de aromas y colores. La gente transitaba en un constante ir y venir, bullicioso, festivo, entre los tenderetes abarrotados de toda clase de vituallas, caprichos y bagatelas. Cerca de la puerta que abría Sevilla al arenal que se extendía delante del río, proliferaban los ricos bazares donde se compraban lujosos enseres: cobre, cueros repujados, preciosas telas, muebles y alhajas. En esta parte desenvolvía Abasud su actividad comercial. Poseía dos enormes almacenes, media docena de embarcaciones, carromatos y bestias suficientes para organizar caravanas hacia cualquier lugar. Cuando vi con mis propios ojos la cantidad de mercancías que acumulaba y el trajín que se desenvolvía en sus establecimientos, comprendí que era un hombre mucho más rico de lo que pensaba:

—¡Eres el rey de los mercaderes! —le dije, en medio de mi asombro—. Ahora compruebo que cuanto se decía de ti era más que cierto.

—Oh, no te dejes llevar por las apariencias —observó queriendo ser modesto—. Son malos tiempos estos. Cuando vivía mi abuelo el gran Abu Abdalá el sevillano, todo el puerto del Guadalquivir y la mitad de las atarazanas de Huelva pertenecían a mi familia. Mi padre fue intendente general del visir y supo sacar el mejor provecho en aquellos años de abundancia. Ahora, las guerras y los impuestos del sultán no nos dejan respirar. Esto, querido amigo, no es ni la sombra de lo que fue. Alándalus decae.

—Nadie lo diría —repuse, paseando la mirada por la montaña de tapices que se alzaba delante de nosotros y por el resto de mercancías que se apilaban en el almacén.

—Ven, te mostraré algo —me dijo entonces él.

Le seguí hasta una terraza que se elevaba por encima de las sólidas murallas, en el tercer piso de su establecimiento principal.

—Mira —señaló el río—. ¿Ves los barcos quietos en el puerto y los esquifes varados en la orilla? ¡No hay vida! Apenas llegan mercancías y lo poco que sale de los emporios comerciales muchas veces no llega a su destino a causa de la rapiña de gobernantes sin escrúpulos, bandidos y señores de la guerra. Ya te digo: son estos unos malos tiempos para todo y, como suele suceder, el comercio se lleva siempre la peor parte.

79

En aquel tiempo, por mucho que se quejaran Abasud y otros comerciantes siempre descontentos, se vivía bien en Sevilla. La victoria de Alarcos había proporcionado al reino almohade suficiente confianza en sus propias fuerzas para reorganizar la red de tributos y acarrear los beneficios necesarios que garantizaban una vida próspera. Los grandes señores que en otra época emigraron a África dejando sus casas y posesiones en manos de los administradores retornaban ahora para hacerse cargo de sus ricas haciendas. El sultán gobernaba el imperio desde Berbería, pero, a pesar de la distancia, la comunicación con los emires por medio de celosos inspectores aseguraban cierto orden en los asuntos temporales. Aunque, según me dijo Abasud, las costumbres mahometanas en materia religiosa se habían relajado. Se veían ya lejanas las viejas observancias, sumamente estrictas, que llegaron del sur como una oleada, cuando el Mandi llamó a la guerra santa y al retorno de los severos principios del profeta. ¡Sevilla era mucha Sevilla! Y a pesar de no existir el paraíso en esta tierra, donde se vive bien, los asuntos del más allá pasan a segundo término.

En realidad, no sé de qué se quejaban los mercaderes de Alándalus, porque gozaban de una suerte de existencia que les permitía disfrutar de todos los placeres que un hombre puede soñar. Tenían buenas casas, varias esposas, concubinas, hijos contados por docenas, siervos dispuestos a satisfacer el más mínimo de sus caprichos, halcones, caballos y los dineros necesarios para pagar los impuestos que les exigían sus gobernantes a cambio de garantizarles seguridad en sus negocios. ¿Qué más le pedían a la vida? Ciertamente, Alándalus era un mundo bien diferente al de los austeros reinos cristianos. ¿Y cómo no iba yo a sucumbir a tan dulce género de vida precisamente entonces, cuando las primeras canas me pedían aferrarme a los goces de este mundo incierto?

Abasud me prestó ropajes lujosos, puso anillos de oro en mis dedos, me proporcionó una espada mora con mango de marfil y vaina de plata, un buen caballo, palafrenero y lujosa brida. De esta guisa, atravesé la medina de parte a parte, como un gran señor, hasta una casa de comidas que se llamaba Al Salam, donde solía reunirse lo más granado de la ciudad para solazarse comiendo, bebiendo y contemplando mujeres jóvenes y hermosas que danzaban para ellos luciendo vientre, cuello y cabellos.

Mi amigo y yo nos acomodamos en una esquina de aquel prodigioso lugar, sentados a la manera mora en cómodos divanes, y fuimos viendo cómo se llenaba el inmenso salón con ricos hombres sevillanos de todas las edades que iban ocupando sus sitios. Jamás he vuelto a ver gente mejor ataviada que aquella; túnicas de damasco, mantos de fina lana, turbantes de seda, broches, cinturones, perlas, pedrería… Y las barbas todas bien recortadas, los rostros brillantes por los afeites y las barrigas orondas por la buena vida.

—Mira allá —me señalaba con discreción Abasud—. ¿Ves aquellos dos hombres gruesos y de piel oscura? Son los mellizos Ben Zaydán. ¡Menudos sinvergüenzas! Se hicieron de oro en tiempos del anterior emir y ahora, no sé por qué rara habilidad, han sabido ganarse al actual gobernador del reino y hacen lo que les da la gana; trafican con todo lo que les viene a la mano: esclavos, vino, especias, hermosas mujeres… Y aquel otro de allí —dijo señalando ahora a un viejo enjuto que parecía desaparecer entre sus ampulosos ropajes—, es Uzmán al Taziní, el jefe de la servidumbre del palacio del sultán. Ahí le tienes, viejo, chocho y babeando, pero dispuesto a no perderse ni una juerga. Y más allá está el general Mohamed Simún con sus hijos, el intendente del gobernador y los nobles principales. En fin, no falta nadie.

—Veo que estás bien relacionado, Abasud —comenté.

—Mi dinero me cuesta. En Sevilla, si no haces regalos y contentas a los magnates te ignoran como a un perro.

—Comprendo. Aunque creo que eso sucede en cualquier parte.

—Sí. Pero en algunos lugares más que en otros.

Estando en esta conversación, sirvieron la comida; cordero con ciruelas, almendras y albaricoques. Una delicia. Mientras nos aplicábamos al banquete sosegadamente, Abasud me iba explicando muchas cosas de la curiosa sociedad de Alándalus. Bajo el techo suntuoso de aquel salón, decorado con bello artesonado de maderas y lapislázulis, se divertían también feroces mercenarios cristianos, leoneses, portugueses y francos errantes, guerreros sin tierra fija dispuestos a ponerse al servicio de quien mejor les pagase o les ofreciese suculentos beneficios en el botín de guerra. Me fijé en ellos; estaban allí orgullosos, con atavíos sarracenos, conversando alegremente con los militares almohades, henchidos de satisfacción.

—¡Qué vergüenza! —exclamé—. Gracias a gentuza como esa consiguió el sultán moro vencer a don Alfonso en Alarcos.

—Sí —repuso Abasud—. Pero también luchaban al lado del rey cristiano los reyezuelos mahometanos de levante y el rey de Mallorca y no les hacíais ascos. La traición no es patrimonio exclusivo de nadie; pertenece a este mundo interesado.

Tenía razón mi amigo. No sé cómo era yo capaz de afearle la conducta a los mercenarios cristianos, cuando en mi poder tenía, después de habérsela robado a un obispo, la reliquia más preciada de la cristiandad.

—Amigo mío —añadió sacudiendo la cabeza—, hace ya mucho tiempo que comprendí que ninguna causa, por justa que parezca, merece la pena. El único tesoro valioso que poseemos es la vida. «Vive y deja vivir en paz», ese es mi único lema.

—Eso es fácil de decir…

—Ya lo sé, pero es preferible a las ataduras de ideales grandes que no traen al mundo sino guerras sin cuento.

—Si te refieres a que la única norma de la vida deben ser la buena vida y el afán de ganar riquezas, acabas de darme una pobre y mezquina visión del ser humano. ¿Solo eso ha de conducirnos en la vida?

—No, claro que no. Hay otras cosas: están el amor, la belleza, el goce… ¡Vive hoy!, puesto que mañana, ¿quién sabe?

En esto, iniciaron los músicos una bonita melodía con sus salterios, laúdes, timbales, cascabeles y flautas. Irrumpieron en la sala entonces media docena de odaliscas envueltas en suaves gasas y comenzaron a contonear sus cuerpos prietos y bellos.

—¡Ah, qué maravilla! —exclamó Abasud—. Dejémonos de profundas reflexiones que no llevan a parte alguna y disfrutemos ahora del espectáculo.

Me emborraché aquella noche como hacía mucho tiempo que no lo hacía. En aquel salón destinado al placer, me enamoré falsamente de la felicidad. Transcurrieron muy rápidas las horas y, finalmente, no atendía a la conversación, ni a la música, ni siquiera a las bellísimas bailarinas; solo me importaba el vino que me sumía en la nada.

Sería muy tarde, posiblemente cerca de que amaneciera, cuando recorría Sevilla dando traspiés, unido al último grupo de juerguistas que se resistía a abandonar aquel sueño de efímero goce para entregarse al sueño verdadero en sus casas. Recorríamos las tabernas y derrochábamos el dinero, pagando los altísimos precios que exigían los taberneros judíos por atendernos a tan altas horas. En tal estado de embriaguez, únicamente cabía la fanfarronería y la estupidez a que conduce el exceso de vino.

Solo Abasud parecía algo cuerdo, en aquella locura colectiva compuesta por ricachones ahítos de todo, balbucientes y torpes.

Los seguía yo, hechizado por la noche de luna plateada, en mi tonto empeño de beber para olvidar, y no entendía nada de lo que hablaban en su indescifrable lengua alárabe. Si alguien decía algo y todos se reían, entendía que debía de tratarse de una ocurrencia y me sumaba a las carcajadas exageradas. Cuando cantaban con ensordecedoras voces, trataba yo de seguir el canto como podía, emulando el tono, imitando el sonido de las palabras incomprensibles para mí.

Abasud era el único que se comunicaba de vez en cuando conmigo, aunque todos los demás hablaban la lengua cristiana, que tan necesaria resultaba para muchos de sus negocios. Pero, en la borrachera que teníamos encima, no había ocasión para la delicadeza.

En una de aquellas tabernas, mi amigo me aproximó sus labios al oído y me recitó un poema de su admirado Omar Jayam:

> *¡Vino! ¡Vino a torrentes! ¡Que salte en mis venas!*
> *¡Que bordonee en mi cabeza! Unas copas...*
> *¡No digas más!*
> *Todo es mentira. Unas copas... ¡Aprisa!*
> *Ya he envejecido...*

Aquellos versos fueron inoportunos. ¿O tal vez los más oportunos? El caso es que espolearon de tal manera mi alma desasosegada que terminaron desbocándola y derramando dentro de ella el vaso de la locura.

Me puse fuera de mí. Me agitó una ansiedad terrible. Quería escapar de mi propio cuerpo y echar a volar como un pájaro espantado hacia otros cielos.

Aprovechando que nadie me miraba, pues estaban muy entretenidos tratando de acompasar palmas y voces en un viejo canto, salí de la taberna y corrí con desatinados pasos en cualquier dirección, adentrándome en una oscuridad densa, por unos jardines desconocidos; tropezaba, chocaba con todo lo que encontraba delante, sentía las ramas de los arbustos arañándome brazos y rostro, caí varias veces...

No sé cómo llegué repentinamente a encontrarme al pie de las murallas, junto a una hermosa torre que se alzaba a la orilla del río. Allí sollocé con una aflicción infinita. El vino se había convertido en hiel dentro de mí.

Vomité entonces como si quisiera echar fuera de mi cuerpo tanta amargura.

Estuve luego refrescándome en la fuente de las abluciones de una pequeña mezquita. Unos ancianos madrugadores que aguardaban a la primera oración del día me observaban con desprecio y murmuraban inaudibles palabras, escandalizados tal vez al sorprender allí a alguien tan ebrio. Finalmente, acabaron arrojándome piedras y a punto estuvieron de liarse conmigo a bastonazos.

Caminé por los laberínticos barrios. Aún era noche cerrada, pero ya los almuédanos llamaban al rezo que los moros llaman *salát al Fadchr*, antes de la salida del sol. En las calles había gente trasnochadora, que como yo regresaba ya de pasar la fiesta, pues celebraban aquel día el final del ayuno que cada año hacen los ismaelitas.

Me costó dar con la casa de Abasud, pero al fin me topé con la fachada, casi por casualidad, pues es Sevilla una ciudad complicada de por sí, incluso a plena luz del día y hallándose uno sobrio.

Golpeé la puerta. Me abrió el criado que aún tenía semblante somnoliento.

—¿Y mi amo Abasud? —preguntó.

Nada le contesté, pues iba yo ofuscado, loco todavía a causa de la bebida. Crucé los patios y me adentré en las dependencias más interiores de aquel enorme caserón, donde vivía tanta gente como en una aldea. Iba de un lado a otro, recorriendo estancias y alcobas. Aún dormía todo el mundo. Y no era yo consciente de mi atrevimiento, pues en el sagrado recinto familiar de los ismaelitas nadie ajeno debe jamás penetrar. Las habitaciones de las mujeres, hijos y sirvientes de confianza están vedadas para cualquiera que no sea el señor de la casa.

Llegué al fin a una alcoba grande, muy lujosa, que comprendí que sería la de la favorita, por encontrarse en la parte más interior del palacio, pasados cuatro patios, una sala y un pequeño laberinto de corredores. Se veía poco, pues no había otra luz que las débiles llamas de un par de lamparillas de aceite que ardían en los rincones. Pero se distinguían en la penumbra los cuerpos de varias mujeres que dormían plácidamente, cubiertas con sábanas.

Sobre una pequeña mesa vi uno de esos faroles compuestos con espejos. Lo encendí con la llama de la lamparilla y, al prender el aceite, brotó una brillante luz que inundó la estancia. Las mujeres se removieron y alzaron las cabezas, somnolientas.

—¡Lo sabía! —rugí.

Doxia estaba allí y me miraba horrorizada, como quien contempla a un fantasma.

—¡Siempre supe que estabas aquí! —le gritaba yo—. ¡Qué sucede, por Dios santo! ¡Qué suerte de misterio es este! ¿Por qué no quieres verme?

No decía nada. Trató de ocultarse bajo las sábanas, como si así pudiera desaparecer de mi presencia. Pero yo fui hacia ella. La sujeté por los hombros y le seguía gritando, fuera de mí:

—¿Por qué te ocultas de mí? ¿Por qué?

Sobresaltadas, las demás mujeres empezaron a chillar y corrían despavoridas en todas direcciones. Mientras, una vieja y gruesa criada se abalanzaba sobre mí, me golpeaba, me arañaba y trataba de morderme, como una fiera salvaje.

—¡Doxia! ¿Por qué te ocultas? —insistía yo, tratando de verle la cara, que ella tapaba con un almohadón.

Irrumpieron en la alcoba más mujeres desde otros dormitorios, uniéndose a la algarabía de gritos, aullidos y aspavientos. Algunas me golpeaban por detrás, tiraban de mí agarrándome por las ropas y me aporreaban los oídos con sus agudas voces.

En esto, sonó a mis espaldas un estruendo de fuertes pisadas. Entraban Abasud y sus fieles lacayos, preguntando:

—¿Qué pasa aquí? ¿Qué es esto?…

Me volví y vi que se me echaban encima media docena de fuertes hombres descargando puñetazos y patadas. Intenté defenderme, pero tardaron poco en reducirme con gran violencia, rodeándome por todas partes, haciendo presa en mí con manos fuertes como tenazas.

Se adelantó Abasud con la espada en la mano y una mirada encendida de cólera. Pensé que iba a matarme allí mismo, pues aún estaba, como yo, bajo el efecto del mucho vino que habíamos bebido. Nunca le había visto de aquella manera.

—¡Cómo se te ocurre entrar aquí! —gritaba furibundo—. ¡Maldito traidor! ¿Así me pagas todo lo que he hecho por ti?

—¡Doxia está ahí! —contesté—. ¿Por qué me habéis engañado?

—¡Ella es libre! —dijo él—. Ya intentaste una vez arrebatarla del lugar donde siempre ha querido estar: de entre mi gente. Ahora ya no quiere saber de ti.

—No comprendo nada… —balbucí—. ¡Doxia… habla tú!

Ella no decía nada. Permanecía en un rincón, asustada, envuelta en una sábana.

—¡Canalla! —le espeté a Abasud—. ¡Debí haberlo sospechado! La querías para ti; eso es lo que había detrás de esto. ¡Me has robado a mi mujer!

Abasud se puso frente a mí y llegué a pensar que aquel era el último instante de mi vida. Pero él pareció recobrar repentinamente su habitual serenidad. Tiró la espada a un lado y le preguntó a Doxia:

—¡Doxia, habla ahora! ¿Te quieres marchar con él?

Ella me miró, espantada. Busqué su alma en aquellos ojos inundados en lágrimas y sentí que saltaría hacia mí. Pero ella bajó la cabeza.

—Debes hablar —insistió Abasud—. ¿Quieres marcharte con Blasco en este momento?

—No —contestó con rotundidad—. ¡Quiero que se vaya!

Se me cayó el mundo encima. Forcejeé queriendo zafarme de los criados. Gritaba:

—¡Mientes! ¡Doxia! ¡Di la verdad! ¿Dónde está nuestro hijo?

—Traed al niño —ordenó Abasud.

Enseguida apareció una criada trayendo en la mano al pequeño Cosme, que ya caminaba.

—Dile quién es el padre de ese niño —le pidió Abasud a Doxia—. ¡Díselo!

—Tú —respondió ella.

—¿Él? —exclamaba yo.

—Sí, yo. ¿Cómo eres tan estúpido? ¿No hiciste cuentas? ¿No sabes de números?

Con la cabeza hecha un lío, comencé a comprender que un asomo de sospecha que albergó mi corazón antes de nacer el niño fuera cierto.

—Mira bien a esa criatura —decía Abasud—. Mira sus ojos, sus cabellos, el corte de su cara… ¡Y mira al resto de mis hijos! ¡El pequeño es mío! Y no se llama Cosme, sino Abdalá Abu al Waquil.

Había por allí numerosos niños de diversas edades, serían más de veinte. Algunos se parecían entre ellos; otros no. Pero el pequeño Cosme era idéntico a algunos: el cabello negro y rizado, la tez muy morena, los labios abultados… Con la mayor perplejidad, asistía yo a una verdad evidente.

Fue como si me hundiera en el más negro y profundo

pozo. Se me aflojaron las fuerzas y comencé a sollozar con amargura. No podía soportar la idea de haber compartido a mi amada con quien creía ser mi mejor amigo.

—¡Y ahora, fuera de mi casa! —dijo él—. ¡Estás completamente loco! No puedes sacarte de encima las absurdas locuras de los cristianos, sus prejuicios, remordimientos e hipocresías. ¡Fuera! ¡Echadlo de mi casa! ¡A la calle!

Los criados me arrastraron hasta la salida del palacio. Me dieron un empujón y caí de bruces en el polvo de la calle.

Humillado, escarnecido, tuve que soportar todavía la mofa de la servidumbre, que parecía disfrutar siendo partícipe del drama, viéndome allí en el suelo, revolcándome en mi propia desgracia.

Corrí por las calles, queriendo huir de tanta fatalidad, tal vez buscando incluso escapar de mí mismo, por tanta vergüenza, tanta desazón. Pero, apenas había perdido de vista la casa de Abasud, recordé que dentro de ella estaban mis escasas pertenencias, entre las cuales se encontraba el Sagrado Mantel.

Regresé. Aporreé la puerta con ansiedad. Abrió el portero y me gritó:

—¡Fuera de aquí! ¿No has oído al amo? En esta noble casa no eres bien recibido…

—Mis cosas —balbucí—. ¡Devolvedme mi hato!

Al momento, apareció el jefe de la servidumbre en una ventana del piso alto y me arrojó mis ropas y la bolsa de cuero que contenía la reliquia. Miré dentro, por si acaso, y comprobé que mi tesoro estaba allí.

80

Anduve durante días como un vagabundo, sin permanecer demasiado tiempo en el mismo sitio de la ciudad. Dormía donde podía: en algún rincón del adarve, junto a las mezquitas, en los sucios arrabales donde se reunía gente miserable, pobres, ciegos y niños huérfanos. Aquellos desgraciados, despreciados por el resto del mundo, hallaban cierto placer vengándose de su infortunio en la persona del extranjero abandonado a su suerte, cristiano y de extraño aspecto: comenzaron a apedrearme, me insultaban llamándome «perro» y se juntaban para ir en tropel en contra de mí.

Pasé más de una semana sin saber qué hacer. Cuando se me agotaron las pocas monedas que llevaba encima, empecé a sentir el acoso del hambre. Debía pensar en alguna solución. Y no se me ocurría mejor idea que convertir en dinero mi más preciada pertenencia: la reliquia.

Encaminé mis pasos hacia las atarazanas donde tenían sus negocios los ricos mercaderes sevillanos. Anduve por allí durante un largo rato, indeciso, sin saber dónde meterme para ofrecer mi tesoro. Preguntaba por señas, con medias palabras; nadie me entendía. Finalmente, encontré a un hombre despabilado que conocía mi lengua a la perfección. A él le pregunté por los almacenes de los mellizos Ben Zaydán, prometiéndole una buena recompensa si me salía bien el trato que iba a concertar. Dudó al principio, pero luego estuvo conforme. Me acompañó hasta el lugar y se informó allí.

Solo estaba en el bazar uno de los hermanos Ben Zaydán, y el siervo que atendía a la gente no me dejaba pasar para hablar con su amo si antes no le decía qué quería. Tuve que hacer uso del nombre de Abasud al Waquil, a pesar de la repugnancia que me causaba.

—¡Ah, venís en nombre de Abasud! —exclamó al criado—. Pasad en ese caso.

El mellizo Ben Zaydán me recibió sin demasiado entusiasmo. Era un hombre grueso, muy moreno, de aspecto distante y suficiente. Sus negras manos, en las que lucían doradas sortijas con brillantes piedras preciosas, no se movían, entrelazados los dedos sobre la abultada barriga. El rico mercader hablaba la lengua cristiana, pero no se esforzaba demasiado para demostrarlo.

Cuando le dije que había estado en la casa de comidas de Al Salam con Abasud, me miró de arriba abajo y contestó displicente:

—No te vi allí.

Me deshice entonces en explicaciones que a él parecían no interesarle. Le dije quién era yo, de dónde venía; le hablé de mi amistad con Abasud y traté de preparar el terreno para ir al fondo del asunto. Pero él, con la mirada perdida de vez en cuando, como abstraído, acabó por impacientarse y dijo:

—¡Al grano, que tengo mucha prisa!

Me puse muy nervioso. Empecé a contarle la historia del Sagrado Mantel, remontándome al emperador Constantino. Él sudaba copiosamente, visiblemente aburrido por mi relato. Entonces abrevié y le dije que había una preciadísima reliquia, de incalculable valor para los cristianos, que estaba extraviada.

—¿Y a mí qué? —me espetó—. ¡Allá los cristianos con sus cosas!

Empecé a sentir agobio.

—Yo tengo esa reliquia —le dije, haciéndome el importante.

—¿Dónde la guardas? —preguntó, con un poco más de interés.

—Aquí, en esta bolsa de cuero —respondí.

—A ver.

Con circunspección, tratando de manifestar cierta tranquilidad, a pesar de que me temblaban las manos, desaté los nudos y extraje la reliquia. La puse encima de la mesa y aguardé a ver su reacción, convencido de que se iban a solucionar enseguida todos mis problemas.

—¡Ja, ja, ja…! —rompió el grueso mercader en sonoras carcajadas—. ¡Qué broma es esta! ¡Vaya ocurrencia!

—El Sagrado Mantel de la Última Cena del Señor —le explicaba yo—. Se trata de un tesoro codiciado por papas, emperadores, reyes… La cristiandad no escatimará oro para recuperarlo…

—¡Qué idiotez! —decía él—. ¿Oro? ¿Por un trapajo viejo?

—¡Fortunas enteras —trataba yo de convencerle—, dominios, perlas, oro, plata, mujeres hermosas, esclavos…! ¡Matarían por esa reliquia!

—¡Mohamed! —llamó él a su criado—. ¡Acompaña a este cristiano loco hasta la puerta!

Guardé el mantel en la bolsa y salí de allí airado. Pensaba que la incomprensión de aquel hombre, su incultura y torpeza para valorar en su precio verdadero lo que le ofrecía, no serían óbice para hallar a alguien más inteligente que me comprara tan singular mercancía.

Con esta esperanza, recorrí los establecimientos de todos los mercaderes de Sevilla, excepto el de Abasud. En todas partes se rieron de mí, o se quedaron mudos, atónitos; no les interesaba a ninguno la reliquia. A todos ellos les parecía solo eso: un pedazo de tela vieja. Me tomaban por un embaucador en el mejor de los casos; porque en la mayor parte de los negocios me echaron creyéndome completamente loco.

Empecé entonces a hacerme consciente de una crudísima realidad: a aquellos comerciantes seguidores de Mahoma no les decían nada los sagrados objetos, vestigios del pasado, que tanto se veneraban en nuestros reinos del norte; sencillamente, no lo comprendían y les parecía algo absurdo, cosa de necios.

Mi única esperanza se hallaba pues en la cristiandad. Debía ir con mi historia y mi tesoro en busca de personas que pudieran valorar realmente lo que significaba el Sagrado Mantel de Coria.

Pasé todo tipo de calamidades. Vendí mis alhajas: la cruz de oro que llevaba en el cuello, las sortijas y la espada que me había acompañado durante más de veinte años. Sin nada más encima que el hatillo con la reliquia y el puñado de monedas que me dieron en tan penosa venta, emprendí viaje hacia Toledo. Iba triste, deshecho, cabizbajo, dejando atrás el más penoso de los desengaños, tratando de olvidar sin conseguirlo. Me sentía el ser más ruin de la tierra y me humillaba profundamente enfrentarme a la dura realidad de ser el hombre al que solo le quedaba en la vida luchar para sobrevivir.

Llegué a Toledo agotado, pobre, sucio y harapiento.

Me sobrecogió la visión de la ciudad resplandeciendo en la altura de su loma, y se agitaron en mi alma los recuerdos de la mocedad lejana.

Me adentré por aquel dédalo de calles que suben, bajan, se entrelazan y a veces se cortan súbitamente, topándose con un paredón o una plaza sin salida. Caminaba lleno de ansiedad y preocupación. No sabía adónde debía dirigirme ni qué sería lo más conveniente para mis propósitos.

El dinero ya no me alcanzaba para descansar en una fonda y tuve que hacer la vida a la intemperie. El otoño avanzaba y el aire empezaba a ser frío y húmedo. Me dolían todos los huesos después de tantas jornadas de camino. Tenía deshechos los pies.

Traté de ser cauto: indagaba en los mercados, preguntaba a los cambistas, merodeaba por las iglesias, por los palacios y conventos, por si descubría a alguien que pudiera servirme de enlace. No quería precipitarme echándolo todo a perder, ni ponerme en peligro. De manera que dejé transcurrir el tiempo.

Se encapotaron los cielos y comenzaron las lluvias. Se me acababa el sustento y la necesidad apremiaba. Empapado, mugriento y con hambre, vagaba por la ciudad, a merced de los fríos y la crueldad de las gentes. A veces, durante aquellas negras noches, en medio de tanta soledad, me asaltaba el llanto, como a un niño indefenso. También esa debilidad, esa ingobernable falta de entereza, venía a sumarse a mis humillaciones.

Dispuesto a solucionar de una vez y para siempre mi dolorosa indigencia, me armé de valor y decidí arriesgarme. No podía ya andarme con más rodeos. Debía ir con la reliquia directamente al lugar donde sabrían ponerle precio: a la catedral, a la presencia si podía lograrlo del mismísimo arzobispo de Toledo.

Me atendió un deán adusto, largo, tieso y delgado como el asta de una lanza. Me escuchaba desde su enorme altura sin inclinarse lo más mínimo, poniendo entre él y yo una distancia infinita.

Yo me deshacía en explicaciones. No podía decir quién era, de dónde venía; ni debía sacar a relucir mis orígenes, ni nada del vergonzoso motivo de mi desgracia. Así que hablaba con medias palabras; decía sin decir, ocultaba lugares, personas, hechos… Me daba cuenta de que me enzarzaba en un monólogo absurdo, contando historias sin pies ni cabeza: le dije que era un clérigo de paso, un peregrino, que llevaba ocultas e íntimas razones de conciencia que no podía revelar.

—Bueno —contestó él con una voz metálica, desagradable—. ¿Y qué te trae aquí? ¿Qué es lo que quieres?

—Llevo conmigo un secreto, algo, un objeto, que es de suma importancia para nuestra santa madre Iglesia.

Pareció erguirse aún más e incluso que aumentaba la distancia entre nosotros.

—Vamos, habla con claridad —inquirió—. ¿De qué se trata?

Me aproximé a él todo lo que pude, pues estábamos junto a una de las columnas de la catedral y pasaba gente a nuestro lado. Él, en vez de facilitarme las cosas, se retiró, con cierto rictus de desagrado, posiblemente a causa del mal olor que desprendían mis ropas, pegadas a mi cuerpo durante meses, ya que no tenía otras.

—Una reliquia —dije—. La más preciada de cuantas componen el sagrado inventario de los objetos que estuvieron en contacto con nuestro Señor Jesucristo.

Torció la boca de medio lado, con irónica suficiencia. Se dio media vuelta y me dejó allí, con la palabra en la boca.

—¡Eh, esperad! —le supliqué—. Prestadme atención solo durante un momento; no os arrepentiréis…

Como no le dejé marchar, cortándole el paso, con ruegos, importunándole, volvió a prestarme atención.

—A ver ese sagrado objeto —dijo con sequedad.

Nervioso, deshice los nudos y saqué de la bolsa el saco de tela que contenía la reliquia. Extraje un extremo del mantel y se lo mostré.

—¡Oh, claro, el lienzo que envolvió el cuerpo de Nuestro Señor en el Santo Sepulcro! —exclamó, después de echarle una simple ojeada—. Aquí, en esta catedral, tenemos ya uno —me dijo con desdén.

—No, no, no… —negué yo—. No se trata de eso. ¡Es el Sagrado Mantel de la Última Cena del Señor!

—¡Ah, qué barbaridad! —contestó echándose hacia atrás—. ¿Y cuánto pides por tan valiosa reliquia?

—Poco pido. Apenas lo necesario para vivir. No quiero sacar un beneficio injusto por algo tan sagrado, después de que llegara a mis manos por casualidad.

—Bien —dijo muy serio—. Aguarda aquí, que he de ir a consultar el asunto a mis superiores.

La espera se me hizo eterna, acurrucado en un frío rincón del templo. Tiritaba a causa de la ansiedad, el frío y el hambre. Pero empezaba a sentirme esperanzado. Ni siquiera pensaba en una cantidad determinada como precio a mi tesoro. Fui sincero cuando le dije al deán que me conformaba con poco. En el fondo, empezaba a sentir enormes remordimientos por lo que hacía. No me consideraba una bestia sin alma, a pesar de tanta traición y mentira como había ya en mi desatinada vida.

De repente, regresó el seco clérigo acompañado por cuatro guardias de la ciudad. Señalándome con el dedo, les indicó:

—Aquel es.

Cayeron sobre mí los guardias para llevarme preso.

—¡No, por caridad! —grité—. ¡No miento! ¡Es cierto lo que os he dicho! ¡No soy un embaucador! ¡Creedme! ¡Lo juro por este santo lugar!

El deán se aproximó entonces a mí, me miró fijamente a los ojos con enorme desdén y me propinó una bofetada con todas sus fuerzas. Sentí aquella dura y fría mano en el rostro como si fuera de mármol.

—¡Estúpido blasfemo! —me gritó él—. ¡Fuera de aquí! ¡No ensucies más este sagrado templo con tu asquerosa presencia!

Los guardias me condujeron ante la justicia. La acusación no podría ser otra: tratar de estafar con falsos objetos sagrados. Era algo frecuente, según parecía, pues el juez sentenció fundamentando su veredicto en la necesidad de dar público escarmiento en este grave delito de una vez por todas. Me condenó a treinta azotes.

En medio de una gran plaza que servía de mercado y que a esa hora estaba abarrotada de gente, me ataron a un poste, me quitaron toda la ropa y me aplicaron el duro suplicio. Todo el mundo dejó sus ocupaciones y corrió entusiasmado a presenciar el espectáculo. Me dolían más las risotadas y las burlas que los golpes de las varas.

No me perdonaron ninguno de los azotes. Aunque los verdugos tuvieron caridad y me propinaron los últimos con cierta suavidad. De no ser así, podrían haberme matado, pues estaba yo tan escaso de carnes que sentía crujir las varas en el hueso.

Cumplido el castigo, me devolvieron las ropas y el hatillo, y me dejaron marchar. Anduve tambaleándome por entre la gente que me observaba llena de curiosidad, de gorja, encantados por haber podido matar la rutina diaria con tal cruel entretenimiento.

A partir de ese día, me uní a la masa de mendigos que pululaban por la ciudad. Mi único sustento era la caridad de los frailes en las puertas de los conventos: hoy, un mendrugo duro y negro de moho, mañana, una escudilla de caldo grasiento; pasado, si había fortuna, una lasca de tocino, un puñado de habas secas o roer la rancia carne pegada a un hueso; y muchos días nada, solo agua de las fuentes; soledad, llagas, piojos, sarna, remiendos y toda la miseria del mundo.

81

Anduve durante meses mendigando, sumido en una congoja grande. Deambulaba por las calles con la mente en blanco, sin techo, sin acomodo ni abrigo. Purgué durante aquel duro invierno muchos pecados, a merced de los fríos, los dolores de huesos, el desprecio de las gentes y las penas de mi alma. Llegué a pensar que moriría en cualquier sucio rincón de la ciudad, tirado como un perro.

Pero, a pesar de tantos desatinos en mi vida, no me faltó finalmente el socorro de la divina providencia. Cuando pude vencer mi ofuscación y mi vergüenza, me puse a ordenar el pensamiento y llegué a concluir que no me vendría caída del cielo más ayuda que la que yo mismo me buscase. Entonces recordé, como recibiendo una feliz inspiración, que en Toledo se hallaba aquella principal escuela de su arzobispo donde tan buenas enseñanzas recibí en mi mocedad.

Adecenté mi aspecto cuanto pude. No tenía otras ropas que las que llevaba encima, así que tuve que lavarlas en el río y aguardar desnudo, aterido de frío, a que el sol las secara. Armado con la poca entereza que me quedaba, encaminé mis pasos hacia el barrio noble y llegué frente al enorme y vetusto caserón que no me fue difícil encontrar, por presentar idéntica fachada que el día que la abandoné, años atrás, a pesar de que los edificios próximos a él habían cambiado.

Llamé con tímidos golpes a la puerta y, para sorpresa mía, me atendió el mismo portero que desempeñaba ese oficio en mis tiempos de estudiante; el cual estaba envejecido, como es natural, pero reconocible, con su escoba en la mano, como siempre.

—¡Heliodoro! —exclamé, felizmente sorprendido, y casi me abalanzo para abrazarle.

Él dio un respingo y alzó la escoba amenazante.

—¡Fuera de aquí! —me espetó—. ¡Hoy no se dan limosnas!

—Pero… ¿no te acuerdas de mí? —le pregunté con ansiedad—. ¿Tan cambiado estoy? ¡Heliodoro, por el amor de Cristo, soy Blasco!

—¿Blasco…?

—¡Blasco, Blasco Jiménez! ¿No me reconoces, hombre de Dios? ¡Blasco de Ávila me llamabais!

Abrió unos grandes ojos, como si su mente se iluminara repentinamente por el recuerdo, aunque todavía no fuera él capaz de reconocerme dentro de mi desmejorado semblante.

—Ay, madre… —balbució—. ¡Diantre!

Qué lamentable estampa no vería en mí, que enseguida fue a buscar algo de comida y un vaso de vino.

—¡Si no eres más que huesos! —no paraba de decir—. ¿Qué demonios te ha sucedido?

El portero me informó al instante de cuanto necesitaba yo saber acerca de la escuela. Había muerto el anterior arzobispo, don Gonzalo Petrez, y su sucesor, don Martín, había hecho muchos cambios. Aunque por fuera parecía seguir todo igual, el régimen interno había mejorado; no era ya tan duro como en mis tiempos y, según ponderaba Heliodoro muy contento, no se comía nada mal.

—¿Quién dirige ahora la escuela? —le pregunté.

—¡Oh, es una buenísima persona! Don Blas se llama; un alma de Dios, sapientísimo, venerable… —decía, con apreciable agrado.

—Debo verle —le rogué—. ¿Podrás llevarme a su presencia?

—Naturalmente. Ahora debe de estar en la biblioteca. Vamos allá.

Nada más entrar en aquel recinto, casi sacro, me llegó el singular aroma, tan suave y agradable, de los papiros, pergaminos, vitelas y papeles; y de las tintas, gomas y mixturas que se empleaban un poco más allá, en la estancia contigua que servía de *scriptorium*. En la quietud que parecía emanar del reposo pacífico de los innumerables libros que reposaban en los estantes, los maestros y estudiantes de la afamada escuela del arzobispo se entregaban a la atenta lectura, a la minuciosa copia de los códices y al dibujo paciente de las filigranas y miniaturas que ilustraban las delicadas hojas de las diversas copias.

Era como si el pasado regresase a mí repentinamente, invadiéndome una agradable sensación de sosiego, en el acogedor ambiente creado por la abundancia de la madera en suelo y paredes, de la presencia humana consagrada a tan sabios menesteres, y por el calor que provenía de los grandes braseros que ardían repletos de ascuas en los rincones, para evitar que las manos de los artistas estuviesen frías e incapaces de plasmar con acierto sus finos trazos.

Hizo el portero una seña a un muchacho para que se acercara, le dijo algo al oído y este fue enseguida a avisar a un alto y delgado hombre que estaba de espaldas junto a la ventana, aprovechando la luz que entraba para aguzar la vista sobre un gran libro.

—Aquel es don Blas —me susurró Heliodoro—. He mandado a ese mozo para que le advierta de que tiene visita.

Cuando el clérigo que dirigía la escuela se volvió, creí que el alma se me caía a los pies. Aquel hombre, alto, seco y recto como una vara, no era otro que el deán de la catedral que me puso en manos de la justicia para que me azotaran.

Me quedé como un pasmarote, aterrorizado, viendo cómo el tal don Blas venía hacia mí, con impertérrito semblante y pasos de vieja cigüeña.

—Verás, verás qué gran hombre es —me decía el portero.

—Oh… no… no puedo quedarme —tartamudeé—. He… de… irme…

—¡Eh, quieto ahí! —replicó el portero—. ¿A qué esas prisas ahora?

Don Blas estaba frente a mí, mirándome desde aquella fría distancia que me recordó el momento en que me abofeteó en la catedral.

—¿Y bien? —inquirió—. ¿Qué deseas de mí?

Yo estaba muerto de espanto.

—Es un antiguo alumno de la escuela —explicó Heliodoro al superior, viendo que yo no decía nada—. Lo trajo acá un célebre arcediano de Ávila ha más de catorce años, en tiempos de vuestro antecesor y del ilustre arzobispo don Gonzalo Petrez.

—Bien —asintió el deán—. ¿Y qué os trae de vuelta acá? ¿Necesitáis algo?

«¡Oh, designio providente!», pensé. Me daba cuenta de que aquel adusto clérigo no me reconocía. Un momento antes, todavía en la portería, le rogué a Heliodoro que me prestase una túnica suya para estar presentable. También le pedí una navaja para arreglarme los cabellos y la barba. Durante los meses pasados adelgacé mucho más de lo que ya estaba cuando llegué a Toledo, y a buen seguro me hallaba desmejorado y envejecido. Don Blas, hombre ya de corta vista, debido a su trabajo que exigía constante lectura, no me identificaba con el embaucador que un día, hacía ya más de un año, quiso estafarle tratando de venderle un reliquia.

—Hablad, por favor —insistió el deán—, que tengo tarea… ¿Qué os trae a la escuela?

—No he tenido suerte en la vida hasta el día de hoy —respondí tímidamente—. He sufrido guerras y desgracias sin cuento. Los moros invadieron la ciudad donde ejercía mi ministerio y he vagado luego sin rumbo fijo, como un peregrino, durante estos años tan duros de hambres y miserias con que Dios ha castigado nuestros pecados.

—*Oh, tempora; oh, mores!* —exclamó él—. ¡Qué malos tiempos son estos, hermano! Comprendo lo que os pasa. Todos hemos sufrido. ¿Y bien? ¿Qué necesitáis de esta humilde casa?

—He venido a Toledo arrastrado por las mayores penalidades. En otro tiempo más feliz, como bien os ha explicado el portero, fui alumno de esta escuela. Aquí aprendí a copiar, a traducir y muchas otras artes que, merced a la benevolencia del señor arzobispo de Toledo, aquí se enseñan para beneficio de la cristiandad. He leído bastantes de los libros que descansan en esos estantes y, además de ellos, otros, a lo largo de mi vida. No consentiría que me llamaran «maestro», pues no lo soy en ninguna materia en concreto, mas puedo poner mis conocimientos humildemente a vuestro servicio. Estoy cansado, enfermo y hambriento; me conformo con un techo para cobijar mis maltrechos huesos y un pedazo de pan para compartirlo con gente que sirve al Señor. No pido más.

—He comprendido —dijo, con una levísima sonrisa en los labios—. Con un juicio apresurado, pensé que pedías dinero o cualquier otra ayuda para proseguir tu camino. Ello no me hubiera sido posible dártelo, pues no hay otra riqueza en esta casa que los libros y esa sabiduría que tanto agradeces. Aquí poco más podemos ofrecerte. Pero tú reclamas poco a cambio de lo que a buen seguro guardas como un tesoro en tu alma.

—¡Lo daré de mil amores! —aseguré.

—Pues sé bienvenido —dijo, extendiendo las manos con un entusiasmo que, apenas un momento antes, me había parecido imposible que brotaría de tan áspero ser—. Permanecerás a prueba durante todo el Adviento, alojado con la servidumbre, pues no contamos con más espacio. Pero este es un sitio donde el personal es variable; alumnos y maestros suelen parar justo lo necesario para adquirir conocimientos y después revertirlos a sus diócesis de origen. Así que te aconsejo que trabajes duro. Solo el tiempo dirá cuál ha de ser tu lugar en la escuela.

—¡Oh, Dios os lo pague! —exclamé, besándole las secas y largas manos.

82

Transcurrieron diez años. De los cuales, los primeros se me hicieron lentos, tristes y monótonos, sin mayor novedad que los rutinarios trabajos de la escuela. Pero después, con el correr de la vida, las estaciones transcurrían fugaces, como el vuelo de pájaros veloces.

Durante aquel tiempo, quedaron definitivamente en agua pasada las diferencias entre los reyes de León y Castilla. Firmada en Palencia la carta de arras que hacía notorio para los dos reinos el matrimonio entre doña Berenguela y don Alfonso IX, cesó el fragor de las armas y regresaron las huestes a sus dominios. Las noticias corrían llevadas por pies de peregrinos. Se alegraban los graneros con la abundante mies y los lagares con el mosto.

Aunque todavía hubo algún sobresalto. Se supo que había muerto en Roma el papa Celestino III y que el nuevo pontífice se llamaba Inocencio III. Este tuvo conocimiento pronto de que el monarca leonés y su joven esposa eran tío y sobrina, con lo que su matrimonio resultaba prohibido como camino de paz, merced al impedimento dirimente de parentesco. Pedía Roma la renovación del contrato por abominable a Dios y detestable a juicio de los fieles. La excomunión pesaba de nuevo sobre don Alfonso IX y se extendía a la reina, cayendo el entredicho sobre todo León. Pero en nada afectaba esto a la tierra de Castilla, por cuanto el rey se declaró obediente al papa y manifestó estar dispuesto a recibir a su hija, si mandaba la ley de la Iglesia que regresara a su casa, disuelto el matrimonio.

Dejando aparte aquellos interminables pleitos con Roma, transcurrió una década en estado de cierta calma. Los agarenos se hallaban enzarzados en guerras civiles en sus territorios africanos, y no les quedaban fuerzas para complicarse la vida en la península. Además, a su desconcierto vino a sumarse la muerte del sultán miramamolín. Su hijo y sucesor, Mohamed Anasir parecía no tener la misma disposición de ánimo que aquel para hacer frente a los moros de las montañas de África que se oponían a su dominio.

Ociosas las espadas por no haber guerra contra los infieles, los campesinos empuñaban los arados; los monjes, la azada, para cavar los huertos de los monasterios, o la pluma en los escritorios. En la escuela de Toledo, copiábamos el Viejo y el Nuevo Testamento, las obras de los padres más famosos de la Iglesia y los libros litúrgicos. Aunque también seguían traduciéndose los poetas paganos, para mejor formarse en el arte de la palabra, según decían los maestros. Virgilio, Lucano, Suetonio y Curcio eran transcritos en elegante escritura. Lo mismo se hacía con Valerio Máximo y sus ejemplos, el teatro de Terencio, las fábulas de Esopo, el *carpe diem* de Horacio y la poesía amorosa de Ovidio.

Con tanto leer y copiar, la sabiduría parecía querer venir a mi alma, que se encontraba más dispuesta que nunca, más abierta para el conocimiento. Quizá por haber tenido yo que sufrir impuesta la renuncia del mundo.

Ahora tenía ante mis ojos una y otra vez, día tras día, mes tras mes, año tras año, las historias contenidas en las Sagradas Escrituras. Comprobaba yo cómo esos relatos de las vidas de hombres de carne y hueso, afligidos por peligros, entre infidelidades, guerras y excesos de todo género no habrían sido revelados por Dios como su sagrada palabra si no yaciera en ellos un sentido profundo, una iluminación para comprender los misteriosos acontecimientos del peregrinar humano en este mundo.

A fuerza de tanto trabajar con los textos, quienes nos pasábamos la vida dejándonos la vista en las copias, descubríamos algunos secretos que parecían ocultarse bajo las formas de las letras. Por ejemplo, cuando Ezequiel profetiza que la frente del justo será señalada con la letra T, se refiere sin duda a la semejanza de dicha letra con la cruz del Señor. También en los nombres de la Biblia se encierra un curioso sentido. No ha de ser mera coincidencia que la madre del Redentor fuera saludada con la palabra «Ave», que invertida se convierte en el nombre de la mujer que fue causa del primer pecado, Eva. Los números son de igual manera importantes: cuatro letras tiene el nombre de Adán, como cuatro son los elementos, cuatro los ríos del Paraíso, cuatro los reinos de la Tierra, según el libro de Daniel; cuatro los profetas, y cuatro los evangelistas. Siete son las vacas y gavillas del sueño del faraón, siete los rizos de Sansón, siete las trompetas de Jericó; siete pilares hay en la Casa de la Ciencia, y siete veces se cita la cifra siete en el Apocalipsis de san Juan; doce eran las piedras del Jordán, doce las piedras preciosas del escudo de Jacob, y doce son los apóstoles.

Pero todas estas coincidencias, por asombrosas que resulten algunas de ellas, se quedan en simples curiosidades, en mero divertimento para el espíritu del copista, frente a la gran revelación: la profundidad del misterio que se guarda en las palabras de Jesús que se hallan en los Santos Evangelios. La misma Sagrada Escritura advierte de que los mortales no pueden contemplar a Dios cara a cara, y que aquí vemos tan solo en imágenes, en fragmentos, como en un espejo deformado.

Por eso Jesús hablaba en parábolas. Porque la vida misma nos enseña que a través de las cosas humanas podemos conocer algo del misterio de Dios. Y, sin embargo, el Dios de Jesucristo es tan amable y paciente que respeta la libertad, atendiendo a la fragilidad del hombre, porque conoce nuestro corazón y sus caminos difíciles y tortuosos.

Y así, repentinamente, sin buscarlo, recibí yo una prodigiosa revelación de Dios. Mientras copiaba un capitulo del Nuevo Testamento y plasmaba palabras mil veces repetidas, descubrí el misterioso sentido de gran parte de mi azarosa vida.

Se trataba el pasaje del Evangelio de Lucas que narra la parábola del hijo pródigo:

En aquel tiempo, se acercaban a Jesús todos los publicanos y los pecadores para oírle. Y los fariseos y los escribas murmuraban, diciendo: «Este acoge a los pecadores y come con ellos».

Jesús les dijo esta parábola: «Un hombre tenía dos hijos; y el menor de ellos dijo al padre: "Padre, dame la parte de la herencia que me corresponde". Y él les repartió la hacienda.

»Pocos días después el hijo menor lo reunió todo y se marchó a un país lejano donde malgastó su hacienda viviendo como un libertino.

»Cuando hubo gastado todo, sobrevino un hambre extrema en aquel país, y comenzó a pasar necesidad. Entonces, fue y se ajustó con uno de los ciudadanos de aquel país, que le envió a sus fincas a apacentar puercos. Y deseaba llenar su vientre con las algarrobas que comían los puercos, pero nadie se las daba.

»Y entrando en sí mismo, dijo: "¡Cuántos jornaleros de mi padre tienen pan en abundancia, mientras que yo aquí me muero de hambre! Me levantaré, iré a mi padre y le diré: 'Padre, pequé contra el cielo y ante ti. Ya no merezco ser llamado hijo tuyo, trátame como a uno de tus jornaleros'".

»Y, levantándose, partió hacia su padre.

»Estando él todavía lejos, le vio su padre y, conmovido, corrió, se echó a su cuello y le besó efusivamente.

»El hijo le dijo: "Padre, pequé contra el cielo y ante ti; ya no merezco ser llamado hijo tuyo".

»Pero el padre dijo a sus siervos: "Traed aprisa el mejor vestido y vestidle, ponedle un anillo en su mano y unas sandalias en los pies. Traed el novillo cebado, matadlo, y comamos y celebremos una fiesta, porque este hijo mío estaba muerto y ha vuelto a la vida; estaba perdido y ha sido hallado".

»Y comenzaron la fiesta.

»Su hijo mayor estaba en el campo y, al volver, cuando se acercó a la casa, oyó la música y las danzas; y llamando a uno de los criados, le preguntó qué era aquello.

»Él le dijo: "Ha vuelto tu hermano y tu padre ha matado el novillo cebado, porque le ha recobrado sano".

»Él se irritó y no quería entrar. Salió su padre, y le suplicaba.

»Pero él replicó a su padre: "Hace tantos años que te sirvo, y jamás dejé de cumplir una orden tuya, pero nunca me has dado un cabrito para tener una fiesta con mis amigos; ¡ahora que ha venido ese hijo tuyo, que ha devorado tu hacienda con prostitutas, has matado para él el novillo cebado!".

»Pero él le dijo: "Hijo, tú siempre estás conmigo, y todo lo mío es tuyo; pero convenía celebrar una fiesta y alegrarse, porque este hermano tuyo estaba muerto, y ha vuelto a la vida; estaba perdido, y ha sido hallado"».

Sé de memoria ese relato del Evangelio, palabra por palabra; lo he copiado decenas de veces. Está grabado en mi corazón, como las letras de una inscripción tallada en la sagrada lápida de un santuario. A pesar de ello, siempre me sobrecojo al recordarlo y me sacude un estremecedor sentimiento al recitarlo en alta voz, como en este preciso momento.

Porque, para mí, eso de alejarse de la casa paterna significa mucho. Y recuerdo como si fuera hoy mismo el momento en que descubrí luminosamente la rica enseñanza que la parábola me reservaba expresamente en el designio oculto y eterno que el Padre guarda para todas las almas y todos los tiempos.

El relato de la vida del hijo que se marcha del lado de su buen padre constituye la esencia espiritual de la vida del hombre sobre la tierra. Significa negar la realidad de nuestra pertenencia a Dios. Somos de Él, amorosa y entrañablemente le pertenecemos. Aunque somos capaces de olvidarnos de ello para seguir nuestro propio camino hacia la tierra del desamparo, donde creemos poder encontrar la plenitud y la felicidad en abundancia.

Cuando copiaba las frases, afanándome en la delicada caligrafía que exigían los trabajos de la escuela, las escribía en mi propia alma. Y aquella sentida petición: «*Pater, da mihi portionem substantiae, quae me contingit* (Padre, dame la parte de la herencia que me corresponde)», es como decir: «Dame lo que de cualquier manera será mío cuando tú mueras». Es como espetarle al padre: «Ya no te necesito, soy mayor y he de seguir mi propio camino; de nada me sirve ya un padre y nadie ha de decirme qué he de hacer para ser feliz, puesto que eso es solo cosa mía. Así que ¡muérete y déjame en paz!».

Cuando llegué a comprender esto, me horroricé. Pues descubría lo que en el fondo se ocultaba en el ansia de libertad y riqueza que había guiado mi vida pasada. Con la misma ingenua crueldad que el hijo pródigo de la parábola, había reclamado para mí todo lo que el buen padre podía darme: amparo, salud, éxito, sabias enseñanzas y amor. Como si él hubiese estado ahí únicamente para regalarme todo el fruto de su trabajo y las ilusiones de su vida. Mientras que yo me alejaba de él en el corazón, dejándole completamente olvidado. Como un joven atolondrado, apresuraba el paso para dejarle atrás, sin volver a mirarle, poniendo los ojos únicamente en la fascinación del presente, libre de coacciones morales, de lazos y vínculos del pasado.

Y así me hallé rodeado de amigos halagadores, sintiéndome el centro de todo, de una vida seductora, de acompañantes que me otorgaban el placer de elegir sin ataduras. Me convertí en poseedor por derecho propio, volviendo la espalda a la generosidad de quien ya no tenía rostro para mí, pues creía que él ya nada más podría aportarme. Su tiempo en mi vida estaba concluido. Y no me importaba lo que pudiera acontecer en su corazón afligido por la pérdida. Comía con mis nuevos amigos, bebía y me alegraba. Me sentía pletórico.

Pero siempre termina por llegar esa hora en que todo parece deshacerse a un tiempo. Entonces la realidad pasajera se desmorona a nuestro alrededor y acaba dejándonos a solas con nuestra propia verdad. Por una ley inexorable del mundo, toda ingratitud termina revolviéndose contra el ingrato para acusarle con la fuerza de aquellas implacables sentencias: «Tratad a los demás como queréis que ellos os traten» y «Con la medida con que midáis seréis medidos».

83

En la escuela de Toledo no solo me dediqué a la biblioteca y al escritorio, sino que tuve que emplearme en muchos otros menesteres. Como todos los que allí nos ganábamos la vida, tenía que atender a diversas tareas de la casa: ayudar en las cocinas, limpiar, hacer la compra, cuidar de los huertos, fabricar papel y atender a los pobres que acudían a las puertas traseras para pedir limosnas.

Al principio me costó acostumbrarme a tales oficios. Pero procuraba conformarme recordando mis desdichas pasadas y las veces que me había tocado sufrir la humillación de mendigar. Creo que esto obró una transformación en mí, pues en el fondo sentí que con ello pagaba una deuda contraída con la divina providencia. A fin de cuentas, me podía haber ido peor. No podía quejarme.

Un día me sucedió algo que terminó por encararme definitivamente con mi propia verdad.

Fue un Domingo de Resurrección, en el que me correspondía atender a los menesterosos tal y como he explicado. Nos hallábamos Heliodoro y yo entregados a esa obra de caridad, rodeados de los pobres infelices que nos acosaban extendiendo sus mugrientas manos, como cada día sucedía, en una plazoleta polvorienta que comunicaba con el adarve de la muralla en la parte de atrás del edificio. Por ser fiesta tan señalada, don Blas había determinado que el auxilio fuera más generoso que de ordinario: en vez del pan duro de todos los días, repartíamos roscas dulces, tocino y gachas de harina de almorta. Yo, que había pertenecido al gremio de mendigos, sabía bien que eso era para ellos toda una fiesta. Y me di cuenta enseguida de que solos los dos no nos bastaríamos para hacer frente a la turba hambrienta que nos iba rodeando por todos lados. Nos empujaban, nos tiraban de las ropas y nos arrancaban de las manos las limosnas con una violencia que empezaba a inquietarnos.

En ese momento, como caídos del cielo, aparecieron por allí varios alumnos de la escuela que regresaban de disfrutar del día libre.

—¡Eh, vosotros, ayudadnos! —les rogué.

Ellos, viendo cuán embarazosa era nuestra situación, acudieron enseguida a echarnos una mano.

Entre todos distribuimos los alimentos en un santiamén, y los menesterosos los devoraron con fruición ante nuestras gozosas miradas.

Entonces llegó el momento de entregarles una ayuda extraordinaria: un saco repleto de monedas. Se trataba de piezas de poco valor, que apenas les servirían para comprarse alguna bagatela en los mercados, pero que don Blas había considerado que les alegrarían mucho en la Pascua recién estrenada. Había sido un buen año para la escuela y quería nuestro superior agradecer los beneficios acordándose de los necesitados.

—¡Poneos en cola! —les grité, pretendiendo lograr cierto orden para que a cada uno le correspondiera solamente una moneda, que era lo mandado.

Los mendigos se alborotaron, presintiendo tan generoso regalo.

—Esto va a ser peor que lo de la comida —comentó Heliodoro—. Estemos prevenidos.

Solté yo el nudo que cerraba la boca del saco y extraje la primera pieza. Cuando la harapienta muchedumbre vio brillar el metal, se abalanzó hacia nosotros prorrumpiendo en un griterío ensordecedor.

—¡Ay, madre mía! —exclamó el portero—. ¡Huyamos adentro!

Intenté retroceder para escapar hacia la puerta, pero ya me resultó imposible. Decenas de manos me asían por todas partes, tirándome de la túnica, de manera que perdí pie en los escalones y caí entre los mendigos que se echaron encima de mí. El saco se abrió del todo y las monedas saltaron desparramándose.

Se formó una pelea feroz a mi alrededor. Los ciegos rodaban por el suelo, los cojos repartían golpes con sus muletas y llovían patadas, a pesar de lo cual la chiquillería se colaba entre las piernas para sacar el mayor provecho de tanto desorden.

—¡Quietos! ¡Teneos! —gritaba Heliodoro, descargando escobazos a diestro y siniestro sobre el tumulto.

En un momento, cesó la algarabía y el pobrerío corrió en todas direcciones para escapar con su botín. Alcé la cabeza y vi que la guardia de la ciudad era la causa del repentino orden.

—¡A esos! ¡Cogedlos! —señalaba el portero a unos niños que también huían—. ¡Id a esos, que se escapan con un puñado de monedas!

Echaron los guardias a correr en pos de los chiquillos y los alumnos hicieron lo propio.

Me alcé del suelo, maltrecho. Me habían pisado los dedos y tenía la boca y los ojos llenos de tierra.

—¡Qué barbaridad! —exclamaba Heliodoro—. ¡Qué locura!

—Hemos sido muy ingenuos —dije—. Deberíamos haberlo pensado antes. Era de esperar que reaccionasen de esa manera.

En esto, llegó uno de los muchachos, alumno de la escuela, trayendo agarrado por la oreja a un niño harapiento.

—¡He cogido a este! —acusaba—. Yo mismo le vi robar.

Heliodoro se armó con la escoba y fue para allá dispuesto a propinarle una paliza al ladronzuelo.

—¡Sucia rata! —decía—. ¿Por qué no has aguardado a que te diéramos la moneda? ¡Manilargüelo! ¡Preferías robar como el resto de esa mala e ingrata gente!

—¡Un momento! —grité—. ¡Traedlo acá! Veamos qué es lo que ha robado.

Acercaron al niño a mi presencia. Era diminuto, muy oscuro de piel, sucio, desgreñado, descalzo y apenas cubierto por unos jirones de trapos mugrientos. Estaba aterrorizado, temblando de miedo, mientras su captor le sujetaba por la oreja, casi alzándolo en el aire, sin compasión alguna.

—¡A ver qué has cogido, rapazuelo! —inquirí.

El niño, que llevaba el puño muy cerrado hasta ese momento, extendió la manita y me mostró la insignificante moneda de cobre. La criatura me miraba con unos enormes ojos, blanquísimos en la oscura tez, de iris verdoso, en cuyo fondo había miedo y desolación.

Me sacudió un escalofrío de pies a cabeza. Y sentí esa rara sensación de haber vivido ya aquel mismo instante en otra vida diferente y lejana.

Quedé pasmado, mudo y enternecido. Y cuando pude al fin reaccionar, grité con fuerte voz:

—¡Soltadle!

Debió de ser una potente orden porque el muchacho soltó sin rechistar al niño. El cual quedó allí, paralizado, mirándome muy fijamente.

Como movido por un impulso sin reflexión, me incliné hacia él y lo alcé en mis brazos. Estreché al frágil crío y le besé con un amor infinito, mientras me brotaban lágrimas a raudales y el corazón parecía írseme a salir del pecho.

Dios me hacía comprender, como al hijo de la parábola, lo difícil que es recorrer el camino de la vida sin la ayuda de un padre que nos ame, nos comprenda y nos anime; de alguien que esté ahí siempre pendiente de nosotros para encauzar nuestros pasos.

En ese momento, me vi por fin libre de toda atracción, de toda seducción, de las trampas y engaños que aparentemente son liberación y plenitud. Ahora miraba mi pasado y descubría mi propia verdad.

84

Necesitaba regresar a Ambrosía cuanto antes. Y no era solo el recuerdo de la ciudad, de los paisajes, de la juventud y de la dignidad perdida lo que me movía a alzarme sobre mí mismo y partir, sino el deseo de borrar el abismo que me había mantenido alejado de mi propio ser. Debía volver para saber quién era yo. Y sabía que no iba a un lugar extraño que no me reconocería, a pesar del tiempo transcurrido; a un lugar donde tendría que preguntar: «¿No os acordáis de mí?». Porque en mi alma había brotado el arrepentimiento y ahora nada más buscaba sino misericordia y reparar de alguna manera cualquier daño que hubiese hecho.

Con estos propósitos, fui a ver a don Blas. Necesitaba revelarle a alguien mi verdad. Y él, que había confiado en mí en todos estos últimos años, me parecía el más adecuado, aun siendo un hombre reservado, parco en palabras.

Por entonces, el maestro superior de la escuela de Toledo se hallaba postrado en la cama, aquejado de una grave dolencia que le producía debilidad y grandes dolores de huesos, cuando no fiebre y espasmos. Así que me recibió en su alcoba, escueta, austera, como él.

—Deseaba verte —me dijo, con un hilo de voz—. He de tratar contigo de cosas importantes.

—Yo también he de hablar con vos de algo muy trascendente para mí —contesté—. Pero hablad vos primero, maestro.

—Yo me muero —me soltó de sopetón, sin inmutarse, desde su habitual adustez.

—¿Qué…? —balbucí—. ¿Cómo…?

—Ya lo has oído. Esto se ha acabado. No me quedan fuerzas ni para decir amén. Ya he pagado mi propio entierro. Y estoy disponiéndolo todo en esta escuela para que los trabajos prosigan de la mejor manera.

—¡Oh, maestro! —exclamé.

—Aquí estamos de paso —sentenció él—. Nuestras vidas son como hierba que florece en la mañana y por la tarde se seca y la siegan. Así que no perdamos más el tiempo. He propuesto al señor arzobispo que tú te hagas cargo de mi puesto para cuando yo me haya ido. Él ha aceptado.

Atónito por aquel anuncio inesperado, caí de rodillas delante de la cama.

—¡No! —dije, en mi confusión—. ¡No lo merezco!

—Tonterías —contestó él—. He visto cómo trabajas en silencio. Y cómo meditas… Estás preparado para el cargo. Además, eres un forastero cuyos orígenes nadie conoce. Justo lo que necesita este templo del conocimiento. Te respetan todos y no despiertas suspicacias ni envidias. No se hable más del asunto. A mi muerte, ocuparás mi cargo. No hay nadie más adecuado que tú en la escuela. Hazte a la idea de que es la voluntad de Dios.

—¡Soy un gran pecador! —repliqué angustiado—. He de contaros mi errada vida… He de deciros quién soy… ¡No puedo aceptar eso!

—No quiero saber nada.

—¡Debéis escucharme! He venido aquí con la intención de confesaros quién soy en realidad. Hace años, cuando llegué a esta casa, os mentí. Si es que vais a morir, debéis saber mi verdad. ¡Os lo ruego!

Se me quedó mirando con gran sobriedad en el semblante. Circunspecto, me pidió:

—Habla.

Le conté todo desde el principio: mi origen, mi vida entera, la traición, la falsa muerte, el robo de la reliquia, las mentiras que proferí e incluso que yo fui quien intentó venderle el Sagrado Mantel en la catedral. Él escuchaba muy atento. Su expresión se demudaba.

Por primera vez desde que le conocía, adivinaba en su rostro algún asomo de un estado de ánimo: parecía perplejo y afligido.

—¿Dónde tienes la reliquia? —inquirió con una débil voz, como si el aire no quisiera salirle del pecho.

—En mi celda —respondí—. No he vuelto a abrir la bolsa donde la guardo desde hace más de diez años. No me considero digno de tocar tan sagrado objeto con mis sucias manos.

—Tráela —me pidió.

Corrí a por ello y se lo llevé a su presencia.

—Ayúdame a levantarme —me suplicó.

—Don Blas no pesaba nada. Me pareció que levantaba un manojo de huesos cuando le ayudé a salir de la cama.

—¿Qué vais a hacer? —le pregunté, al verle de pie, tambaleándose.

—Dios me otorga una gran merced al final de mi vida —dijo él—. Hace muchos años, supe de la existencia de esta reliquia en Coria y deseé ir a venerarla. Pero, cuando me hallaba de camino hacia allí, hubo guerra con los moros. Me apresó uno de los ejércitos sarracenos que se desplazaban y fui conducido a Salé. Allí viví como un esclavo durante años, gracias a lo cual aprendí la lengua árabe. Lo que me pareció entonces una desgracia, me valió después, cuando al fin fui liberado, para ganar mi puesto en esta escuela, donde, como bien sabes, se traducen obras a todas las lenguas.

Dicho esto, sollozó un momento, cubriéndose la cara para que yo no le viera en tal estado de emoción. Después se arrodilló y me rogó:

—Saca la reliquia de la bolsa.

Así lo hice. También me arrodillé y juntos estuvimos venerando el Sagrado Mantel.

—¡Oh, Señor, ten misericordia de nosotros! —gemía el deán—. ¡Dios nuestro, apiádate! ¡Qué poca cosa somos…!

Él tenía los ojos inundados en lágrimas mientras miraba muy fijamente la tela. Acercó a ella los labios con sumo cuidado y la besó con reverencia.

—Dios me ha hablado hoy como nunca antes en mi vida —dijo emocionado—. ¡Gracias Dios mío! He visto con gran claridad que no somos enviados a este mundo para hacer lo que nos plazca, sino para cumplir su santa voluntad… ¡Oh, qué dicha tan grande! Ahora sé que podré morir en paz…

Aquellas sentidas palabras del maestro parecían ser pronunciadas para mí, aunque expresara él su propia experiencia. Y también me emocioné.

Don Blas se volvió entonces hacia mí y me dijo:

—Perdón, perdón, hermano mío, por haberte abofeteado aquel día. No debí haberlo hecho. No debemos maltratar jamás a nadie… ¡Oh, cuánto sufrió nuestro Señor!

—Me lo merecía —repuse—. Mi vida ha sido miserable…

—No, nada de eso, hermano mío —dijo, como gastando sus últimas fuerzas, mientras me tomaba las manos y me las besaba—. ¡Tu vida es un tesoro de gracia! ¡Ahí está el gran amor y la misericordia del Padre, puesto que hay sincero arrepentimiento! Ya lo dijo Él: «No quiero sacrificios, sino que me complazco en el corazón humillado y contrito».

Mi alma ardía al escuchar aquello. Todo mi ser era puro agradecimiento. Caí de bruces sobre el mantel y lo besé efusivamente. Percibía que Dios me perdonaba y era como ascender a una montaña de indulgencia.

—¿Qué he de hacer? —sollocé—. ¡Oh, Dios! ¿Qué debo hacer ahora? Este sagrado objeto no me pertenece... ¿Qué debo hacer?

Don Blas me puso la mano cariñosamente en el hombro y susurró:

—Devuelve la reliquia. Ve a Coria y entrégasela al obispo.

—La robé... ¡Me matarán por ello!

—Asume tu destino. Cumple con tu obligación y no dejes de confiar en Dios. Él no permitirá que nada malo te suceda.

—Tengo miedo...

—No, no temas. Veo con claridad que es este tu lugar. Devuelve la reliquia y, cuando lo hayas hecho, regresa aquí.

Vivió todavía don Blas algunos meses, aunque ya no pudo abandonar el lecho, pues no podía sostenerse en pie. Y postergué yo mi viaje para cuidarle, sintiendo que tenía contraída con él una deuda que no lograría pagar nunca, por más que me entregara solícito para ayudarle a sobrellevar sus últimos días.

Durante ese tiempo, él me fue explicando cuanto debería hacer yo para sucederle al frente de la escuela. Y a todos los efectos empecé a ejercer de superior de la misma, sin encontrar oposición alguna, ni del arzobispo, ni de los canónigos toledanos, ni en el resto de los maestros. Tanta era la consideración y estima que le profesaban todos al recto don Blas que a nadie se le habría ocurrido contradecir una disposición suya; mucho menos la manifestación de su última voluntad.

El maestro expiró en otoño. Se hicieron los funerales, austeramente, como él había dispuesto, y se le enterró en una tumba discreta en la catedral. Yo participé de la aflicción que embargó a mucha gente cristiana en Toledo. Aquel buen deán se había pasado la vida prodigando enseñanzas y había muerto sin nada, ya que todo lo que tenía lo gastaba en obras de caridad.

Para mí llegó el momento de emprender el viaje de regreso y devolver el Sagrado Mantel.

Con este fin, pedí audiencia al arzobispo, que era don Rodrigo de Rada, el cual se pasaba parte de su vida acompañando al rey de Castilla para auxiliarle en muchos asuntos del gobierno. Y por tal motivo, no pudo recibirme, porque se habían complicado mucho las cosas en el reino últimamente, estando el prelado más ocupado que nunca.

No os aburriré con detalles que conocéis de sobra. Baste con recordar que, por aquel tiempo, corrían de nuevo vientos de guerra. Aún no habían expirado las treguas con los agarenos, cuando los caballeros de Santiago bajaron hasta Mérida, devastando sus alfoces y logrando rico botín de cautivos y ganados. Y ya don Alfonso VIII, impaciente, se había lanzado con su hueste hacia el sur arrasando Montoro y otras plazas. También su hijo, el belicoso infante don Fernando, se internaba en los territorios de los ismaelitas siguiendo la margen izquierda del río Guadiana y atacaba los antiguos dominios que se perdieron después del desastre de Alarcos, como Turgello. Regresó victorioso a Toledo, donde murió ese mismo año a causa de una desconocida fiebre, arrancando gran dolor en todos los corazones castellanos.

Estas noticias irritaron sobremanera a los almohades en África, que proclamaron el terrible fuego de la guerra santa, convocando a los reinos agarenos para que cruzasen el estrecho en pos del sultán que desembarcaba en Cádiz al frente de un inmenso ejército.

El arzobispo de Toledo, primado e íntimo de la familia real, se empleaba a fondo consolando a los reyes de la aflicción por el joven y gallardo hijo muerto, y a la vez ponía en funcionamiento la cancillería castellana para lograr una alianza universal de la cristiandad, con espíritu de cruzada, para hacer frente a la gran guerra que se avecinaba.

Por todos los caminos del reino discurrían torrenteras humanas: miles de nobles, prelados, caballeros, fijosdalgos y compañas de soldados que llegaban de ultrapuertos, de Francia, Italia y Germania, de las merindades castellanas, de los señoríos de Extremadura, de Navarra, Vascongadas y Aragón. Todas las sendas conducían a Toledo. Y en esta ciudad se organizaba el aparato necesario para los asuntos de la guerra: intendencia, pagaduría, fábrica de armas y pertrechos, mercado de abastos, bestias y ganados para el sustento… En todas partes se vibraba en medio del ambiente castrense.

Solo mi corazón permanecía lejano, indiferente a aquella guerra. Lo único que a mí me importaba, como una obsesión, era correr a subsanar cuanto antes los errores de mi vida pasada, para recobrar definitivamente la paz de mi alma.

Así que, con esa determinación, decidí organizarme por mi cuenta, ya que veía que nadie prestaría atención a mis problemas, en medio de la gran excitación que reinaba en la ciudad. Y resolví emprender el camino cuanto antes, temiendo que pudieran empeorar las cosas.

Únicamente me encomendé al Creador y partí de madrugada un día de finales de mayo, cuando ya todo el alfoz de Toledo se había convertido en el mayor campamento militar que imaginarse pueda.

85

Como un peregrino que camina con sus pies cansados, pero empujado por un espíritu agradecido, recorría yo de vuelta a Coria aquellos paisajes tan familiares. El sol de julio brillaba sobre los campos y el oro de los trigos segados se extendía como una pacífica visión. Los pastores conducían sus rebaños de cabras hacia los roquedales de las alturas, donde triscaban felices entre las peñas, ramoneando los tiernos brotes de las umbrías. El calor levantaba en la atmósfera limpia aromas herbáceos, de albahaca, mejorana y tomillo. Las abejas zumbaban encantadas por la presencia del rico néctar en las miríadas de flores multicolor que crecían en los bosques. Los cardos exultaban de verdor, exhibiendo sus moradas coronas entre el pasto que ya se tornaba dorado a la vera del camino.

En la altura de los ribazos, que caían sobre un arroyo limpio, unos mozos bulliciosos lanzaban al vuelo halcones para que les cazasen los ánades que surgían de la espesura espantados por el bullicio de los ojeadores. ¡Qué visión tan deleitosa! La juventud se entretenía con los menesteres que permitía la paz. Bellas muchachas de claras vestiduras aguardaban a que sus amores regresasen de la caza, reposando lánguidamente bajo la sombra de los nogales, extendidos ya los limpios manteles sobre los que estaban dispuestas las ricas viandas y el vino generoso.

En la entrada de las aldeas había mercados donde se vendían productos de la huerta, legumbres y verduras; gallinas, huevos, queso de cabra y carne de ciervo recién matado. Las fuentes manaban agua fresca y cristalina sobre sus pilones de piedra granítica, donde abrevaban las bestias. De los balcones de las casucas de los campesinos colgaban ramilletes de medicinales plantas, puestos a secar, junto a gallardetes de coloridas telas y cruces adornadas con cintas y flores.

Supuse que los aldeanos se disponían a celebrar la fiesta de Santiago y que por ese motivo las plazas se alegraban con los sones de la flauta y el tamboril, y con la danza y el vino que todo el mundo bebía en las jarras que corrían de mano en mano.

—¡Eh, tú, caminante! —me gritó un labriego que tenía el rostro brillante y rojo—. ¡Bebe con nosotros y regocíjate!

Me alargó la jarra y bebí.

—¿Estáis en fiestas? —le pregunté.

—¿En fiestas? —contestó con una sonrisa bobalicona—. ¡Pues claro, hombre! ¡Toda Castilla está en fiestas!

—¿Es por Santiago? ¿Festejáis al santo apóstol?

—¿Eh…? —balbució extrañado—. Pero ¿eres tú acaso el único forastero que no sabe lo que ha pasado? ¿No conoces el motivo por el que todo el reino se alegra y da gloria a Dios?

—Pues… ¿qué ha pasado?

—¡Nuestro rey cristiano ha vencido al moro en las Navas de Tolosa! ¡La noticia corre veloz por todo el reino!

En esto, unos jóvenes que cantaban a voz en cuello

un poco más allá, fanfarrones, ebrios, empezaron a gritar:

—¡Victoria! ¡Viva el rey de Castilla! ¡Viva! ¡Viva!

—¡Oh, santo Dios! —exclamé—. ¿Es verdad eso? Dime, buen hombre, ¿cómo ha sido eso? ¿Qué ha sucedido?

Me rodearon varios campesinos y empezaron a hablar todos a la vez, encantados por hacer partícipe de la feliz noticia a alguien que estaba de nuevas. Me contaron que la batalla entre cristianos y moros, que se había librado en los campos de las Navas de Tolosa en la jornada del 16 de julio, había concluido con una victoria total para el ejército cristiano, con lo que el poder africano estaba ya sentenciado a desaparecer de Hispania. Atropelladamente, quitándose la palabra unos a otros, y con la tosquedad propia de su condición sencilla, aquellos aldeanos expresaban como en una especie de delirio lo que sabían, por haberlo escuchado proclamar a los pregoneros y porque, a esas horas, nadie hablaba de otra cosa en ninguna parte.

Apreté el paso. Apenas me faltaban un par de jornadas para llegar a Placencia. Dentro de mí brotaba un surtidor de dicha. Me daba cuenta de que, por un misericordioso designio de la divina providencia, todo parecía ponerse a mi favor. Una magna victoria como esa cambiaría el orden de las cosas. Sobrevendrían indultos y gracias de todo género. ¡Estaba salvado!

Llegué a las proximidades de Placencia llevando el alma en vilo. La gente estaba echada a los caminos en espíritu de fiesta. Unos contaban una cosa, otros lo contrario. Supuse que abundaban las exageraciones. Pero nadie quería estarse en las casas o atendiendo a las labores de los campos. Por todas partes se extendía el gozo. Los cabreros descendían desde los lugares escarpados de los montes y los hortelanos subían desde las concavidades de los fértiles valles por donde discurría el río. Todo el mundo afluía hacia la ciudad para participar en las celebraciones que se prometían con el fin de festejar la victoria.

Cuando vi por primera vez las murallas de Placencia, el corazón me dio un salto dentro del pecho. Avanzaba unido a la ingente masa de personas y animales que se dirigían hacia allí y experimenté una extraña sensación al formar parte de aquel tumulto alborozado de sencillos campesinos y rudos pastores. En algún momento, tuve la misteriosa intuición de que nos aproximábamos a la consumación final de todas las cosas; al apocalíptico destino de lo creado, o a la apocatástasis.

Como debí suponer, las puertas de la ciudad estaban cerradas y las murallas guarnecidas. Nadie podía entrar sin un permiso. Aunque ya era conocida la victoria, el reino permanecía en estado de guerra y la precaución más elemental exigía que se mantuviera la alerta mientras no fuesen firmadas las treguas.

Así que hube de incorporarme a la multitud que se asentó en las afueras de las murallas, en las orillas del río y en las alamedas, aguardando a ver qué pasaba en los días sucesivos.

Por mi mente volaban los recuerdos. Me encontraba abstraído, experimentando la más rara sensación de mi vida. Habían pasado quince años desde que me marché de allí y me parecía que ya todo aquello pertenecía a un mundo lejano y distinto.

Recorrí los lugares de mi juventud: el arrabal, que estaba completamente transformado; las viejas fondas y tabernas seguían en pie, aunque ahora eran otros sus dueños. Se apreciaba aún, a pesar de tanto tiempo, que el furor de la guerra estuvo allí en una época no demasiado lejana. Los árboles que se talaron habían vuelto a crecer, pero no alcanzaban todavía sus antiguas alturas. Todo lo que consumió el fuego se había regenerado, y reverdecían las laderas saturadas de nuevos arbustos. Las murallas estaban recompuestas, los huertos vueltos a plantar, los ribazos restablecidos y las casas reconstruidas. Aunque de la mía no quedaba piedra sobre piedra, y tampoco de la de Abasud. Apenas se veían moriscos en el alfoz. Se apreciaban solo los usos del norte en mercados y alquerías.

Pero el aire conservaba los aromas de siempre. Avanzaba el verano y aquel cielo limpio, sobre el cual se recortaba la visión tan entrañable de los montes, era el mismo bajo el cual viví una existencia que ahora me parecía pertenecer a otra persona.

Y así permanecí yo allí durante días, como si fuera otro, ocultando mi identidad y procurando no hablar con nadie. Me construí una sencilla cabaña con ramas en la espesura del bosque y viví retirado, como un ermitaño. Bajaba hasta el mercado, compraba lo necesario y me conformaba con poco. Me había hecho ya a estar en soledad, orando y meditando.

Cuando llegó la fiesta de la Asunción de la Virgen María, bien avanzado el verano, repicaron las campanas arriba en la ciudad desde muy temprano. Supuse que sería por ser la fecha tan señalada; pero, cuando me acerqué hasta el arrabal a por un poco de pan, me enteré enseguida de que sucedía algo extraordinario.

—¡Regresa el obispo! —exclamaban las gentes alborotadas—. ¡El obispo vuelve ya de la guerra! ¡Viva el obispo!

Me sobrecogí más que nadie ante esta noticia. La hueste regresaba por fin, una vez que se concertaron las treguas. Y el obispo de Placencia venía victorioso a la ciudad al frente de sus hombres.

Para mí, resultaba verdaderamente sorprendente. Don Bricio debía de ser ya muy anciano, a pesar de lo cual no había renunciado a participar en tan sonada campaña. Una vez más, mi viejo amo resultaba admirable por su intrepidez y abnegación; parecía incombustible al paso de los años y de las décadas.

Mi corazón se alegro por ello y di gracias inmensas al Creador por haberle conservado con energía para el momento de mi encuentro con él. Puesto que hice aquel viaje temiendo encontrarle ya muy mermado de fuerzas, o tal vez con la cabeza enajenada por la senectud.

Corrí hacía donde iba todo el mundo entusiasmado para participar en el recibimiento.

Se vio venir primero a los hombres de a pie con sus lanzas en ristre, levantando polvo en el camino. Detrás de ellos aparecieron muchos caballeros que saludaban felices al gentío, alzando las espadas que relucían por el sol del mediodía, así como las pulidas armaduras lanzaban deslumbrantes destellos.

Pasaron por delante de mí algunos nobles y miembros del concejo a quienes reconocí al momento, a pesar de que el tiempo había dejado huella en sus rostros. Pero ellos no podían saber quién era yo, por lo crecido de mis canosas barbas y por la delgadez extrema de mi cuerpo. Era solamente un ermitaño harapiento e insignificante, mezclado entre lo más sencillo del pueblo.

—¡Viva el obispo! —gritaron de repente las voces—. ¡Dios guarde al obispo de Placencia!

Me estremecí al ver asomar la mitra por encima de los yelmos de algunos caballeros. Sin duda, don Bricio venía cabalgando, a pesar de sus muchos años.

A empujones, me abrí paso entre la muchedumbre, buscando alcanzar la primera línea. Casi lo había logrado, recibiendo codazos e insultos, cuando el obispo pasaba por delante del lugar donde yo estaba. Alcé entonces la vista y el sol me cegó durante un breve instante. Pero, abiertos de nuevo mis ojos, pude ver la figura del prelado que montaba un enorme bruto: no era mi amo, sino un hombre joven, lozano y de imponente figura.

—¡Viva el obispo! —exclamaban a mi lado—. ¡Dios guarde al obispo de Placencia! ¡Viva! ¡Viva!

—¿Quién es? —le pregunté a una mujer, asiéndola con ansiedad por las ropas—. ¿Cómo se llama el obispo?

—Es don Domingo, hermano. ¡Dios le guarde! ¡Dios le bendiga!

—¿Y don Bricio? —volví a preguntarle, sobresaltado—. ¿Qué ha sido de don Bricio?

—¿Don Bricio? ¿Pues no sabes, hermano, que murió el año pasado? ¡Dios le tenga en su gloria!

Me quedé pasmado, viendo cómo terminaba de pasar delante de mí el resto de la hueste, y cómo la multitud corría en pos de ella, dejándome allí solo, envuelto en una densa nube de polvo. No podría hoy describir aquella sensación de desolación y de fatalidad tan terrible. Con la mente espesa, apenas podía pensar y el nudo que se me formó en la garganta me angustiaba, y no me llegaba el aire a los pulmones.

Esa tarde abrieron de par en par las puertas de la ciudad para que entrase quien quisiese a dar gloria a Dios en acción de gracias por la victoria.

Anduve por las calles con pasos vacilantes, confundido, afligido y avergonzado. Temía que alguien pudiese llegar a reconocerme, precisamente ahora, cuando ya no tenía sentido alguno revelar mi identidad en Placencia. Así que me eché la capucha sobre la cabeza y deformé mi figura encorvando la espalda.

De esta manera, entré en la catedral, cuando el coro de canónigos entonaba el tedeum, que era secundado por las voces de los monjes y caballeros que se habían congregado para agradecer a Dios el don de la gran victoria.

Te Deum laudamus: te Dominus confitemur...

Escuchando tan profunda plegaria, avancé entre la muchedumbre que abarrotaba el templo, buscando un lugar en concreto: la capilla que se abría en un lateral, donde suponía yo que estaría sepultado mi amo. Me costó adentrarme por en medio de tanta gente, pero, al cabo de un rato, alcancé mi destino.

En efecto, allí estaba el sepulcro con la imagen del obispo tallada en piedra y una sencilla inscripción en un lateral:

HIC JACET DOMINUS BRICIUS EPISCOPUS
SANCTAE ECCESIAE

Sobrecogido, miraba la tumba mientras mi alma era invadida por la pena y por un infinito vacío. De repente, advertí que, en el suelo de la capilla, bajo mis pies, había una losa que cubría otra sepultura que rezaba simplemente:

DOMINUS BLASCUS

Era mi propia sepultura.

Paralizado por tan estremecedor descubrimiento, permanecí allí durante un rato, tratando de entrar en mí, de hallarme para comprender.

El canto proseguía profundo, grave, y lleno de misterioso significado:

Tu, devicto mortis aculeo,
aperuisti credentibus regna caelorum…
(Tú, rotas las cadenas de la muerte, abriste a los creyentes el reino del cielo…).
In te, Domine, speravi: non confundar in aeternum.
(En ti, Señor, confié: no me veré defraudado para siempre).

Salí de la catedral y me encaminé hacia la puerta de

la ciudad. Nada me retenía ya en Placencia. Percibía con claridad que allí yo era un muerto, un espectro doliente, invisible y solitario.

Mientras caminaba hacia el poniente, trataba de poner en orden mis emociones. Sufría en mi alma la dolorosa contradicción de haberme encontrado con la ciudad de Placencia restablecida de sus pasados males, reconstruida, hermosa y plena de gozo por la reciente victoria; pero sentía que aquella ya no era mi cuidad, que debía poner tierra de por medio y proseguir la vida en cualquier otra parte. Me convencí de que era ese mi destino cuando la vida me puso delante una cruel realidad: no podía esperar ya el perdón, ni hacerme un lugar, por humilde que fuera, en Placencia. Había soñado con acogerme a la bondad de don Bricio, sabiendo que no regresaba a un extraño que no me reconocería, y al cual podría hablarle a la cara y decirle: «¿Me recuerdas, padre? Hubo un tiempo en que tenías un hijo que te traicionó y te abandono; soy yo. Aquí me tienes. Haz lo que debas hacer, pero has de saber que estoy arrepentido y quiero saldar esa deuda sirviéndote». Esa ilusión se había desvanecido. Ahora a nadie podía irle con ese discurso. La muerte de mi amo abría en mi corazón una profunda herida hecha de remordimientos que difícilmente se cerraría.

Con toda esa tristeza, anduve con paso decidido por el camino que discurría próximo al río Alagón, en dirección a Coria, convencido de que solo podría hallar algo de paz en mi alma cuando restituyese la preciada reliquia que robé quince años atrás. Confiaba en que, subsanado el daño, alcanzaría el perdón de mis culpas y podría intentar empezar de nuevo, sin estar ya atado a ninguno de mis errores pasados.

Animado por esa esperanza, llegué al pie de la imponente muralla que construyeron los viejos romanos. Alcé la vista y observe que las torres de la fortaleza, los campanarios y los palacios más señeros lucían vistosos estandartes, flámulas blancas que se agitaban al viento y cruces en las alturas. También en Coria se celebraba la gran victoria de los reyes cristianos sobre los sarracenos.

Nadie me impidió cruzar la puerta. La ciudad, como tantas otras, estaba en fiestas y el gentío abarrotaba las plazas. El mundo entero parecía hallar solaz, en cuanto que yo seguía inmerso en la tribulación.

Mientras me adentraba por el laberinto de calles estrechas y de recorrido sinuoso, se agitaban mis ansiedades. Me ponía en lo peor y me asaltaba el pánico al suponer lo que podría sucederme cuando me presentase ante las autoridades con la preciada reliquia. Sabía que las penas serían severísimas, porque, además de ladrón, yo era sacrílego.

Pero estaba completamente dispuesto a afrontar todo lo que Dios tuviese a bien reservarme. No podía seguir viviendo ni un día más con algún asomo de mentira en mi vida. Y si era menester que siguiera mi existencia en este mundo, había de serlo con la conciencia tranquila. Si debía morir, me consolaba ser consciente de que había purgado mis culpas con tanto dolor y, además, en mi ánimo estaba restituir en lo posible el daño que había hecho.

Mi corazón palpitaba con fuerza cuando estuve frente a la puerta del palacio del obispo. ¿Y si don Arnaldo también había muerto? ¿Qué clase de persona sería el nuevo obispo? ¿Comprendería mis razones? ¿Se apiadaría de mí?

No quise preguntar el nombre del prelado. No ganaba nada sabiendo si habría de comparecer ante el bueno de don Arnaldo o ante cualquier otro hombre. A fin de cuentas, mi decisión estaba firmemente tomada y yo estaba convencido de que hacía lo que debía. No podía esperar mayor compasión que la que merece alguien que cometió la vileza de abusar de la confianza, traicionar, robar y mentir.

—El señor obispo no recibe a nadie —me dijo el guardia de la puerta, secamente, cuando le expresé mi deseo de suplicar audiencia.

—Es muy importante —insistí—. He viajado desde muy lejos para traerle una noticia que ha de alegrarle mucho.

—¿Eres mensajero real? —inquirió—. ¿Correo apostólico, acaso? ¿Legado de algún conde u obispo?… ¡Muestra tus credenciales!

—Oh, no, no… —negué con ansiedad—. Soy un viejo amigo del obispo. Llévale mi nombre, te lo ruego. Se alegrará de que haya venido a visitarle. ¡Dile mi nombre!

—Bien, ¿cómo te llamas? —accedió al fin—. Pero te advierto que el señor obispo no goza de buena salud. Hace ya tiempo que no sale del palacio y solo recibe a contadas personas. Ni siquiera ha presidido el tedeum en acción de gracias por la victoria del rey. Con decirte eso… A ver, ¿cuál es tu nombre?

—Blasco Jiménez. Dile que soy el arcediano de Placencia y que tengo algo para él.

Apenas transcurrió un breve instante, aunque a mí me pareció eterno, antes de que regresase el portero acompañado por varios clérigos y algunos miembros de la servidumbre del obispo.

—¡Es él! —exclamó uno de los secretarios, que me reconoció enseguida, a pesar de mi cambiado aspecto—. ¡Vamos, adentro!

Como en volandas, sujeto por todas partes, fui conducido por un dédalo de pasillos y corredores hasta el caserón donde se hallaban las dependencias episcopales. Supe que me llevaban directamente a ver al prelado cuando advertí que estábamos delante de la puerta de la sala donde él solía recibir en audiencia.

Entramos y me topé de frente con don Arnaldo, que descansaba sentado en un sillón. El obispo de Coria había desmejorado una enormidad; decrépito, menudo, caído de medio lado, tenía paralizada la parte izquierda de su cuerpo, en una visible hemiplejia que le impedía abrir un ojo y le mantenía recogidos el pie y la mano correspondientes.

—¡Oh, don Arnaldo! —exclamé, hincándome de rodillas delante de él—. ¡Perdonadme!

Se inclinó él hacia mí y aguzó el único ojo que tenía abierto; me miró fijamente y percibí con alivio que me reconocía. Estuvimos así durante un momento, mirándonos, sin decir nada. Entonces noté que una lágrima le brotaba y corría mejilla abajo, para perderse en su barba blanca y descuidada.

—*Deo gratias...* —musitó, esbozando una media sonrisa que se desplazó hacia su lado sano.

—¡Perdonadme! —insistí—. No sé por qué lo hice...

—*Deo gratias, Deo gratias...* —repetía él, extendiendo hacia mí la mano que podía mover.

Me aproximé a él. Sentí una compasión infinita. La visión de aquel hombre bondadoso, afligido por la enfermedad y la vejez, sin asomo de rencor ni amargura en el rostro, me enterneció. Me alcé y quise abrazarle, pero me sujetaron por detrás bruscamente, impidiéndomelo.

Entonces don Arnaldo se agitó en el sillón, crispó los dedos de la mano y les gritó a sus lacayos:

—¡Dejadle!

Me soltaron y pude arrimarme al obispo. Él me rodeó con el brazo y, de nuevo, musitó en mi oído:

—*Deo gratias...*

Al percibir su compasión, al hacerme consciente de que me comprendía y que nada me reprochaba, sino que se alegraba sinceramente porque hubiera vuelto, se aflojaron todas mis fuerzas y lloré como un niño.

Después de aquel abrazo, pleno de sincero aprecio, besé las manos de don Arnaldo. Tiré de mi bolsa y extraje el saco donde guardaba la reliquia durante años. Solté los cordones y, con suma delicadeza, se lo extendí al obispo de Coria.

El temblaba emocionado mientras sacaba el Sagrado Mantel y lo observaba con su ojo sano inundado en lágrimas. Mientras comprobaba que la tela estaba intacta, no paraba de repetir:

—*Deo gratias, Deo gratias...*

Todos los presentes se arrodillaron al darse cuenta de lo que estaba sucediendo ante ellos. Algunos exclamaban:

—¡El Sagrado Mantel! ¡Dios bendito! ¡La reliquia!

Don Arnaldo, entonces, trabajosamente, con cascada voz, explicó solemnemente a la concurrencia:

—Hace quince años, como todos sabéis, los ismaelitas rompieron las treguas concertadas con el rey de León y acudieron en masa para arrasar una vez más estos territorios, como tantas otras en nuestra triste y azarosa historia. En este último ataque vinieron por sorpresa y no tuvimos tiempo para prevenirnos, pues confiábamos en la alianza que hizo don Alfonso IX con los sarracenos después de que fuera derrotado en Alarcos el rey de Castilla. Los asaltantes incendiaron la ciudad, destruyeron la catedral una vez más y robaron cuanto de valor había en Coria. No tuve tiempo para esconder el Sagrado Mantel de la Última Cena del Señor, pues me sorprendió la invasión hallándome en una ermita alejada. Pero fui capturado y llevado a presencia del jefe de los agarenos, que se había hecho ya con la arqueta de plata que contenía la reliquia. Temí que sucedería lo peor: que la abriría bruscamente y que destruiría nuestro tesoro de fe. Pero alguien les había dicho antes que yo llevaba colgada la llave de mi cuello. Me la arrebataron de un tirón, y el agareno abrió el cofre. Se enfureció al encontrarlo vacío.

»Aunque más que él me sorprendí yo porque el Sagrado Mantel no estuviese guardado en su sitio. Entonces vine a creer que Dios había hecho un milagro grande para salvar la reliquia.

»Algunos meses después, fue liberada de nuevo la ciudad y la vida volvió a la normalidad. A pesar de haber sufrido la pérdida de su más preciada pertenencia.

»Al perderse el cofre de plata, mandé a los orfebres que hicieran uno semejante. Llegué a pensar que un día u otro lo abriría y se habría producido el milagro de que el Sagrado Mantel estuviese dentro, devuelto allí por Dios. Pero pasaron los años y esa feliz sorpresa no llegaba, por mucho que fuera yo una y otra vez a alzar la tapa.

»Entonces, dándole vueltas al asunto, comprendí al fin lo que había sucedido. Sencillamente, la reliquia ya no estaba allí cuando los moros asaltaron Coria. Y no lo estaba porque había sido robada meses antes. ¿Quién podía haberlo hecho? No me fue difícil llegar a la solución de tal enigma, porque recordé, paso por paso, instante por instante, todo lo que había sucedido el día que se abrió la arqueta por última vez; aquel Jueves Santo en que tú te encargaste de guardar el Sagrado Mantel y cerrar la tapa. Blasco Jiménez, tú te llevaste la reliquia, movido por no sé que ocultos motivos. Pero ya Dios mismo tenía resuelto en su divina providencia el verdadero porqué de tal acción. ¡Oh, sus caminos no son nuestros caminos!

»Nuestro Señor no hace burda magia; no hace desaparecer las cosas como en un vulgar juego de manos como los que hacen los ilusionistas en los mercados a la vista de la gente. Nuestro Dios es providente y sabe sacar bienes de todos los males. ¡Oh, sus caminos no son nuestros caminos!

»Blasco Jiménez sustrajo el Sagrado Mantel y así lo preservó para la cristiandad de ser destruido. Hoy, pasado el tiempo, en el misterio oculto de la paciencia y del designio divino, nos lo devuelves intacto. *Deo gratias!*

Ese mismo día, no solo fui perdonado, sino restituido en mi dignidad y ensalzado como un héroe. A nadie le importaba ya si el Sagrado Mantel de la Última Cena del Señor había sido robado u ocultado. Solo resplandecía el hecho de que Dios había sido misericordioso con la ciudad y le devolvía la apreciadísima reliquia que tantas generaciones de fieles cristianos habían venerado.

Como una prolongación del ambiente festivo que se vivía en Coria por la victoria, se decretaron tres días más de celebraciones en acción de gracias y otros tantos de jolgorios.

El primer domingo que siguió a la recuperación del Sagrado Mantel, hubo una solemnísima misa en la que se exhibió la reliquia al pueblo. Los fieles se deshacían en lágrimas al contemplar por fin su tesoro, y una extasiada felicidad inundaba la catedral mientras el coro entonaba el salmo 125:

> *In convertendo Dominus captivitatem Sion,*
> *facti sumus sicut consolati.*
> *Tunc repletum est gaudio os nostrum,*
> *et lingua nostra exsultatione...*

> (Cuando el Señor cambió la suerte de Sion,
> nos parecía soñar:

la boca se nos llenaba de risas,
la lengua de cantares.
Hasta los gentiles decían:
«El Señor ha estado grande con ellos».
El Señor ha estado grande con nosotros,
y estamos alegres.
Que el Señor cambie nuestra suerte,
como los torrentes del Negueb.
Los que sembraban con lágrimas,
cosechan entre cantares.
Al ir, iba llorando,
llevando la semilla;
al volver, vuelve cantando,
trayendo sus gavillas).

87

Los cuatro peregrinos descendían por las laderas de un elevado monte, por donde discurría el camino serpenteando en pendiente, hacia la bella ciudad de Santiago de Compostela, que resplandecía allá abajo, haciendo contraste con lo frondoso del valle. Avistaban ya las alturas de la portentosa catedral e incluso oían el alegre tañer de las campanas, que la brisa matinal desplazaba por los campos, extendiendo el sonido jubiloso de la convocatoria a la sagrada fiesta del apóstol.

Más adelante, desde un altozano cubierto por aromáticos matorrales, arbustos y resinosos troncos de árboles, distinguieron con mayor claridad la forma del hermoso templo, con sus torres asomando desde el centro de Compostela, circundadas por un luminoso burgo y una muralla redonda, con adarve y torres albarranas. La visión del conjunto resultaba impresionante, por el verdor de los prados y los densos bosques.

—¡Santiago, al fin! —exclamaron gozosos—. ¡Bendito sea Dios! ¡Hemos llegado a nuestro destino! ¡Maravilloso!

Locos de contento, atravesaban los arrabales de la

ciudad y la encaminaban en la dirección que le señalaban las gentes que iban presurosas y jaraneras hacía el centro.

No tardaron en llegar a la plaza donde confluían todos los caminos, frente al grandioso pórtico que llaman de la Gloria, y que dicen ser la maravilla de las maravillas. Allí se apretujaba el gentío, absorto en la contemplación del famosísimo monumento labrado en granito. Y como si leyeran con ojos de asombro en un libro de piedra, señalaban con sus dedos las prodigiosas figuras esculpidas, exentas o adosadas a las delicadas columnas: Cristo con suprema majestad reinando sobre todo, rodeado de sus apóstoles, ángeles, profetas, patriarcas, mártires, santos y fieles; escenas «vivas», «parlantes», de las Sagradas Escrituras; coros de sabios ancianos exultantes que glorificaban a Dios con sus voces y con el armonioso sonido de la orquestación de cuantos instrumentos musicales puedan imaginarse; pasajes de los santos evangelios claros y manifiestos, milagros y pétreas explicaciones; también extraños monstruos representando el mal, lo torcido, lo ofuscado, los errores, los pecados…; todos los vicios y equivocaciones, lo claro y lo oscuro. En tan armoniosa obra, los rostros, las posturas, los ropajes eran representados con tal realidad que solo les faltaba el movimiento y parecían estar a punto de cobrar vida y mezclarse con el común de los mortales que los contemplaban atónitos.

Los cuatro peregrinos se detuvieron allí el tiempo suficiente para admirarse y recoger las bíblicas enseñanzas contenidas en aquel prodigio hecho por manos humanas que solo podía haber surgido por inspiración divina.

A empujones, se adentraron en el templo abarrotado de fieles. Olía a incienso y a cera, y el ambiente estaba impregnado de la presencia de la muchedumbre ardorosa, henchida de fe, ansiosa de salvación. Su meta era el altar mayor, bajo cuya ara marmórea se hallaba el venerado sepulcro del apóstol Santiago. Hacia allí se dirigían las miradas y los pasos impacientes de torrenteras de peregrinos anhelantes, arrobados, que habían acudido desde todos los rincones del orbe en busca de la fe, de la reconciliación o de la sencilla verdad de sí mismos.

Cuando pudieron estar cerca de la tumba del santo, los cuatro se arrodillaron con reverencia. Así, de hinojos, humillados, meditaban y oraban en silencio. Les brotaban lágrimas de alegría y sentían una dicha desbordante.

Con voz emocionada, esforzándose por vencer el nudo que se había formado en su garganta, Blasco Jiménez dejó escapar de su alma todo lo que sentía en ese momento:

—Señor, cuando llame yo a la puerta de tu casa, cansado de luchar, abatido y desnudo, ¿me reconocerás?

»Padre, si un día voy donde tú estás sin poder llevarte otra cosa que mis infidelidades, mis amargos desengaños, mis batallas inútiles, todo el mal que hice a los demás…, ¿sabrás quién soy?

»Señor, hoy sé que no soy quien yo hubiera querido ser. Ni siquiera sé si me asemejo algo a lo que esperabas de mí. No soy un santo…, ¿me aceptas así?

»Porque puedo sentir que he sido el hombre perdido que viniste a buscar; el enfermo a quien solo tú podías sanar… ¿Me reconoces así?

»Soy un pobre ser que reclama tu amor, solo amor. Y veo que mis manos están sucias y que voy vestido de mugre; pero creo ser ese hijo para quien reservas un traje de fiesta, un anillo y, sobre todo, esa ternura infinita que emana de ti, para poder sentir el abrazo del encuentro y entrar en tu casa, y celebrar una fiesta que nunca ha de terminar.

Esta sentida reflexión los hizo estremecerse. Habían recorrido un largo camino juntos y sabían que la plegaria de Blasco era el final de su relato, a la vez que llenaba de sentido toda la peripecia de la vida; el extraordinario milagro de existir.

Ninguno de ellos dijo nada más. Estuvieron muy quietos durante un largo rato, escuchando las voces que les hablaban en el fondo misterioso de sus corazones.

Después salieron al exterior. Afuera del templo el cielo se había cubierto de nubes y empezaba a llover. Corrieron para resguardarse bajo unos soportales.

—Aquí nos despedimos —dijo el fraile.

Todos estaban meditabundos. Concluida la peregrinación, cada uno debía seguir su propio camino.

—¿Adónde iréis ahora, hermanos? —les preguntó Blasco a los demás.

—Regreso a mi convento en Alconétar —respondió el caballero de Santiago.

—Y yo a mis negocios —dijo el mercader.

—Pues yo he de volver a Italia —explicó el fraile—. Los hermanos de mi humilde fraternidad me esperan. Emprendí esta peregrinación para conocer mejor al Omnipotente y Altísimo Señor. Me siento muy feliz. El Padre me ha hablado acerca de su inmensa bondad. ¡Dios no defrauda jamás!

—¿A Italia…? —le preguntó Blasco—. ¿Creía que eras de Francia?

—¿Por qué pensabas eso? —dijo el fraile.

—Te apodas Francesco —observó el clérigo—. Creí que ello significaba que tu tierra es Francia.

—¡Oh, no, hermano! —exclamó él—. Mi padre tuvo a bien ponerme caprichosamente ese nombre, «Francesco», pero soy de Asís, en Italia. La mía también es una larga historia…

Los otros tres se quedaron mirando al fraile, esperando a que dijera algo más. Pero él, con su habitual sencillez, extendió los brazos y propuso:

—¡Abracémonos, hermanos! No es necesario hablar más entre nosotros. El Padre Eterno tiene la última palabra…

Se abrazaron los cuatro.

El recuerdo del camino, con toda su elocuente sabiduría, tocaba a su fin. Ninguno de ellos deseaba ya otra cosa que regresar a sus menesteres y guardar en su corazón el secreto de la verdad con que Dios les había regalado en tan larga andadura.

Allí mismo se dispersaron.

Las calles estaban mojadas y las piedras exhalaban su húmedo aroma, que hablaba del tiempo que parece detenido, pero que fluye en la densa y hospitalaria atmósfera de aquel lugar que pertenece al misterio de los caminantes en búsqueda.

Blasco orientó sus pasos hacía el sur, buscando la salida más próxima. Se sentía solo y a la vez acompañado. Estaba fatigado, pero se descubría contento, tal vez como no recordaba encontrarse en muchos años.

Se detuvo junto a una cruz de piedra que se alzaba fuera de las murallas. Delante de él se extendía el camino de regreso. Una pereza grande embargaba su cuerpo.

Antes de echarse andar, de repente, oyó estrépito de pisadas a sus espaldas. Se volvió. El joven Ludwin venía hacia él, apresurado y sonriente.

—¿Adónde vas? —le preguntó el muchacho.

—Vuelvo a Toledo —contestó Blasco—. He de hacer lo que Dios me pide. ¿Y tú? ¿Por qué me sigues?

—Porque he decidido ir contigo.

—¿Conmigo? ¡Qué absurdo!

—No, maestro —dijo con sinceridad el joven—. Lo he pensado bien. No quiero servir a nadie que no tenga nada que enseñarme. Ya os dije que venía a Compostela para buscar a alguien a quien servir, para hacerme una vida propia en lo ancho del mundo, lejos de la rutinaria vida de mi pueblo. Soy joven y he de aprender…

—¿Y qué puedo yo enseñarte? Mi vida no es precisamente un ejemplo…

El muchacho recobró el resuello. Miraba a Blasco con un asombrado gesto de admiración. Sus ojos claros, limpios, parecían sedientos de verdad. Esto conmovió al clérigo.

—Vamos, pequeño Ludwin —le preguntó de nuevo con mayor ternura—, ¿qué podré yo enseñarte?

—¡Todo! —exclamó el joven con expresiva franqueza—. Puedes ayudarme a descubrir los engaños que se ocultan en esta vida extraña. Cuando hablabas por el camino, se llenaba mi corazón de algo inexplicable. Solo puedo decirte que, escuchándote, he descubierto las bendiciones que se derramaban sobre mí en la casa de mis padres, en la infancia feliz que viví junto a ellos. Aunque nada comprendía… Te confieso que me escapé. No, no fue mi buen padre quien me envió al camino, sino que yo quise buscar mi propia libertad, mi destino, y me fui en pos de ti aquella mañana sin despedirme…

—¡Oh, Dios santo! —exclamó Blasco—. Debes regresar junto a tu familia.

—No, maestro; no ahora. Déjame ir contigo a Toledo, pues siento que ya no puedo volver atrás. No sería ya capaz de vivir en la intimidad de mi casa, día tras día, año tras año, donde no había daños, ni sufrimiento, ni traición… Ningún hombre puede regresar al tiempo en que todo era inocente, porque la vida tiene su propio camino…

La lluvia se derramaba sobre ellos generosamente. Estaban empapados, pero permanecían impasibles, mirándose fijamente. El agua corría por el rostro de Blasco, mezclándose con sus lágrimas. «No se puede regresar al pasado —pensaba, sintiendo que las palabras de Ludwin resonaban dentro de él como un eco—, porque la vida tiene marcado su propio camino...».

—Anda, vámonos ya, que el viaje es largo —le dijo al muchacho—. Te encantará Toledo. Vivimos unos tiempos que, si Dios quiere, han de ser felices... Queda mucho por hacer...

Comprendía Blasco, como hombre sabio, que el camino de retorno no es fácil; como tampoco lo fue el de ida. Pero, cuando nos hemos dado cuenta de esto, somos capaces de entrar en nosotros mismos y vernos libres de las garras de todo lo que puede aprisionarnos; de la mentira, de la soledad infinita, del miedo que tanto nos empobrece, de la desesperanza... Y de la mayor oscuridad, que es no ser capaz de ver más allá; esa triste falta de fe...

NOTA HISTÓRICA

LA GRAN REPOBLACIÓN DEL SIGLO XII

Después de la muerte en 1157 del emperador Alfonso VII de Castilla, se inició una profunda transformación en la realidad de las monarquías hispanas. El nuevo rey, Sancho III, aunque no se había roto en realidad el viejo vínculo feudal que ligaba a los diversos príncipes peninsulares al heredero de los reyes godos, no se adjudicó el título de emperador que habían ostentado sus antepasados. Una vez integrada la confederación catalanoaragonesa, no era ya posible la supremacía imperial del rey de Castilla. Sancho III el Deseado contuvo la ambición de su hermano Fernando II de León y rechazó la invasión de Sancho VI de Navarra, pero no intentó nombrarse emperador.

Se inicia entonces una etapa de paz relativa en la que se va consolidando una organización política y social cada vez más complicada. El predominio de la nobleza crece. Las ciudades renacen, y con ellas las instituciones municipales; el comercio parece despertar de un letargo, se acelera la circulación monetaria, aparecen nuevos sectores sociales y la cultura adquiere nuevos vuelos.

Todos estos acontecimientos transformadores se dieron en un escenario que ofrecía simultáneamente el esfuerzo denodado de una gran tarea: la de reconquistar y repoblar. En Castilla, la función colonizadora adquiere notable importancia, no solo por los grandes espacios donde hubo de ejercerse, sino también por la atención que requería mantener la constante tensión guerrera con los reinos musulmanes. Colonizar los grandes territorios llamados *Extrema Durii*, atendiendo a la vez a las necesidades económicas y militares, era empresa ardua. Pero la monarquía encontró instrumentos que le permitieron superar esos obstáculos.

Uno de esos instrumentos fue el concejo, que en su forma más perfecta era un organismo complejo, formado por un núcleo urbano y un término rural. Así se muestran en especial los nacidos desde el siglo XI en adelante. El término municipal o alfoz podía formar parte del concejo desde el momento mismo de la fundación de la población, o ser adquirido después. Pero en el siglo XII las concesiones de estos territorios son muy extensas, como en el caso de Cuenca, Ávila y Salamanca.

Los reyes dejan ya de ser los caudillos en los que se concentran todos los poderes. Crecen las fuerzas de nuevas potestades sobre grandes señoríos: las dignidades eclesiásticas y las órdenes militares; además de la gran nobleza, poseedora de inmensos territorios, de castillos propios para la defensa y del dominio sobre innumerables vasallos dispuestos a acudir a su llamada. A pesar de lo cual, permanecen las autoridades de los monarcas, y nadie pone en duda el origen divino de su regia potestad.

Toda la obra repobladora va ofreciendo un paralelismo cronológico con el avance de la Reconquista militar. Los vaivenes que se van produciendo a causa de la debilidad o fortaleza del poder musulmán acompañaron el ritmo de la misma. Pero, en líneas generales, se considera que el proceso repoblador se desarrolló en cuatro grandes etapas: una primera que comprendió la orla cantábrica y los montes de León a mediados del siglo VIII; la segunda, desde el siglo IX, todo el valle del Duero; la tercera, la zona entre el Duero y el Tajo, en los siglos XI y XII; y la cuarta, el valle del Guadiana en la segunda mitad del XII y principios del XIII.

La reconquista de Toledo y de los territorios de su antiguo reino por las huestes castellanoleonesas supuso un impulso definitivo que permitió adelantar la frontera hasta los márgenes del Tajo. La llamada «Extremadura castellana», que se encontraba más o menos desierta desde antiguo, por hallarse comprendida entre fronteras, en la llamada «tierra de nadie», queda ahora en retaguardia, al amparo del Sistema Central.

Se repobló con bastante éxito la región del Júcar ya en tiempos de Alfonso VIII, desde que se conquistara Cuenca en 1177. Y una década después, hacia 1188, se colonizaba la zona de Plasencia a costa de una parte del alfoz de Ávila.

ÁVILA A FINALES DEL SIGLO XII

Ávila fue conquistada definitivamente por Alfonso VI de Castilla y León en los primeros años de su reinado. El monarca encomendó la repoblación de la ciudad a Raimundo de Borgoña, aunque ya antes de 1088 habían llegado los primeros pobladores cristianos, provenientes de las sierras del Sistema Central. Pero la principal ola migratoria acudió a Ávila a principios del siglo XII y estaba formada por gallegos, asturianos, santanderinos y leoneses.

La ciudad había sido privilegiada por el rey con fuero, voto en cortes y alcalde mayor desde pocos años después de la conquista. Y en poco tiempo se convirtió en un enclave importantísimo en Castilla, donde convivían pacíficamente cristianos, judíos y musulmanes atraídos por el esplendor de sus mercados.

A pesar del ataque almohade de 1174, no se interrumpió el florecimiento demográfico (continuación de la repoblación) ni el económico. Esto permitió que los abulenses participasen con entusiasmo en las principales campañas de la Reconquista.

Cuando Alfonso VII asignó al reino de Castilla la totalidad de los términos de los concejos de Medina del Campo, Olmedo y Ávila, este último concejo se extendía ya por tierras que hoy pertenecen a Salamanca hasta alcanzar la Calzada de la Plata, que servía de límite al reino castellano en 1157. Béjar con toda su tierra y sus cuarenta y nueve aldeas formaban parte del dominio de Ávila.

El 21 de abril de 1181 el rey Alfonso VIII otorgaba y confirmaba al concejo de Ávila una nueva concesión de límites que se extendían por amplios territorios, contemplando por el sur zonas aún en manos musulmanas e incluso el señorío cristiano de Trujillo, que detentaba desde 1169 el magnate castellano don Fernando Rodríguez de Castro. Dentro de estos términos tan amplios, se comprendía el lugar donde pocos años después se fundaría la ciudad de Plasencia.

La fundación de Ambrosía

En 1186 visitaba el rey Alfonso VIII personalmente Trujillo y otorgaba allí a la Orden de Santiago el cinco por ciento de todos los ingresos regios de la plaza y sus términos, así como la mitad de los tercios de esos mismos términos que se extendían, según rezaba un documento suscrito por el monarca, desde el Tajo hasta el Guadiana.

Con ello se aseguraba el dominio de Trujillo y de las tierras colindantes para Castilla. Pero, con muy buen juicio, el rey estimaba muy necesaria la repoblación de las tierras próximas fundando un centro urbano que, desde el primer instante, funcionara como una ciudad que organizara el asentamiento de los colonos y sirviese de punto avanzado de gobierno en las nuevas posesiones ganadas.

Esta nueva población, que es denominada como ciudad desde el primer instante, recibirá el nombre de Ambrosía, por haberse fundado en un lugar llamado Ambroz, ubicado en un meandro del río Jerte donde quedaban en pie algunas antiguas ruinas romanas. Bordean la localidad hacia el norte una sucesión de montes, mientras que el río la circunda hacia el sur, este y oeste.

Se conserva un diploma suscrito por el rey Alfonso VIII el 12 de junio de 1186 que nos ha dejado puntual constancia del tiempo de la fundación, del nombre de la ciudad y de la presencia del rey en ella. Los datos de dicho documento son muy precisos y rezan con la siguiente datación: *Hecho el diploma en la ciudad de Ambrosía en los días de la fundación de esta población.*

El primer nombre que recibe la ciudad, Ambrosía, designaba en lengua poética latina «todo aquello que es amable, agradable, dulce, suave, exquisito, delicioso… admirable», según el *Nuevo diccionario latino-español etimológico* del profesor Raimundo de Miguel.

En realidad, usamos el nombre de origen griego «ambrosía» para denominar algo que no sabemos qué es. El contenido del nombre latino es moderno y viene a significar en sentido propio «no muerte». Pero el término griego de donde procede es más complejo. *Ambrotos* es la forma arcaica de *ambrosios*, y ambos vocablos significan lo mismo: «inmortal». La palabra «ambrosía» significa primeramente «alimento que proporciona la inmortalidad», para pasar a designar después la misma «inmortalidad».

En la mitología griega, «ambrosía» (en griego ἀμβροσία) quiere decir unas veces comida y otras bebida de los dioses. Pero, en un sentido más arcaico, *ambrosios* designa a «aquel cuya sangre no ha sido derramada», es decir, no exactamente al «inmortal», sino al «no muerto».

Debemos partir pues del hecho evidente de que la palabra griega «ambrosía» nació para denominar a las personas que coincidían en una característica: la de que su sangre no había sido derramada, o sea, personas no muertas. Teniendo en cuenta que, cuando surgió esta palabra, la única muerte conocida era la muerte violenta, ya fuese a manos de otros hombres, por accidente o devorado por depredadores, se entiende que conservar el cuerpo y no perder la sangre era como «no morir»; algo que se identificó con «dormir». Por eso se impuso la costumbre de enterrar el cuerpo «dormido», para evitar que experimentase la muerte de sufrir la sangre derramada o ser devorado. De ahí que al lugar de los enterramientos se le llame «cementerio», palabra que viene del término griego *coimeterion*, que significa literalmente «dormitorio».

La ambrosía se ha identificado con diversos elementos y sustancias: con el ámbar (que se portaba en el cuello como amuleto), con la miel, con ciertos vinos dulces y fragantes, con el hidromiel, con la amrita hindú e, incluso, algunos investigadores modernos como Danny

Staples han relacionado la ambrosía con el hongo aluci-
nógeno *Amanita muscaria.*

Podemos intuir que Placencia se llamara originaria-
mente Ambrosía. Ya hemos hecho referencia al diploma
suscrito por el rey Alfonso VIII que designa a la ciudad
con ese nombre. Ahora bien, lo que no sabemos es el por
qué del nombre. Son varias las hipótesis. José Benavides
Checa en su obra *Prelados placentinos* nos dice textual-
mente: «El nombre de Ambroz, que tenía la fortaleza y
el pequeño pueblo en que Alfonso VIII fundó la ciudad,
procede del río Ambroz, que corre algunas leguas al norte de la misma. Nos parece esta opinión equivocada:
más exacto creemos asegurar que en este lugar existió un
castillo o fortaleza árabe, el cual denominaron los mus-
limes «Castillo de Ambroz» por haberlo fundado en la
segunda mitad del siglo VIII el célebre cadí de Toledo,
Obeida ben Amza, por Amrú en Toledo, por orden del
emir Alhaquén de Córdoba. Ambroz dio su nombre a la
fortaleza o castillo aquí construido…».

Otros hablan de un originario nombre anterior, de
época romana, que designaría al lugar de la fundación
como «Ambracea». Pero esta opinión es hoy muy con-
trovertida.

En todo caso, no es finalidad de esta novela resolver
dicho enigma. La elección del nombre Ambrosía para
todas las referencias que hay a la ciudad de Plasencia en
la primera parte del relato responde más a un capricho
literario del autor que al empeño de mantener una hipótesis histórica concreta; aunque con cierto fundamento
de veracidad, como ya se ha expuesto suficientemente.
Sirva esto de justificación, además de las explicaciones
sobre las acepciones y curiosos significados del término
griego que se han incorporado para enriquecer el sentido
último de la elección de dicho nombre. Me parece que la

palabra «ambrosía» es en sí tan hermosa y tan rica en sentidos, que el hecho de que aparezca en los orígenes de una ciudad es motivo más que suficiente para no renunciar a ella en el libre juego de la ficción que recrea esa ciudad.

PLASENCIA Y SU PRIVILEGIO FUNDACIONAL

El primer nombre que recibió la ciudad, Ambrosía, durará poco, pues ya en diciembre de 1186 el propio rey Alfonso VIII la designa como Placencia. Se trata posiblemente de una latinización, cuando no cristianización, de aquel primer nombre que guardaba en sí ciertas resonancias paganas. Ahora, la nueva fundación, ubicada ciertamente en un lugar deleitoso, pasa a ser nombrada como «la que causa agrado, la agradable, la que place...». Se asienta la ciudad en una pequeña colina rodeada por el río Jerte y está situada al comienzo de dos comarcas muy fértiles y de belleza singular: la vera de Plasencia y el valle del Jerte. Hay en la proximidad fuentes que manan abundantemente y caudalosos arroyos, el clima es benigno y grato, y los paisajes muestran una belleza singular en cualquier estación del año.

Debió de ser por tales virtudes por lo que se escogió como lema de la ciudad, ya desde los inicios de la fundación, el sugerente enunciado: *Ut placeat Deo et hominibus*, esto es, «para que agrade a Dios y a los hombres».

En su obra *Las siete centurias de la ciudad de Alfonso VIII*, el cronista placentino Alejandro Matías Gil expresa con gran elocuencia las opiniones de Celso Monge sobre los orígenes de la ciudad: «Aldea pequeña Ambroz, y que sufrió repetidos y continuos rebatos de cristianos y moros, no es extraño que no haya dejado en sus ruinas y alrededores restos de construcciones que revelaran su origen; pero sí lo revela el mismo vocablo "Ambroz", atribuido a un rey moro así llamado, sus norias, riegos, acequias, sus huertas y sistema de cultivo (que de seguro se diferencian hoy poco, al cabo de tantos siglos, del que emplearan aquellas inteligentes agriculturas) y lo indica también cierto sello moral común a los habitantes de esta población, que recuerda el carácter, si noble y valeroso, también indolente y soñador de los sectarios del profeta». Se adhiere el cronista a estas opiniones y, además, las fortalece con más argumentos extraídos de la *Historia general de España* del padre Mariana y otros de fray Alonso Fernández, que en el capítulo III de su obra, refiriéndose a «las cosas memorables del rey don Alfonso», dice: «Edificó también esta ciudad de Plasencia en la parte de la provincia Lusitana que los antiguos llamaron Vettonia y nosotros Extremadura, habiendo ganado de los moros el lugar de Ambroz».

En 1189 habían transcurrido ya doce años desde que se fundara Plasencia en 1178, era tiempo suficiente para edificar la ciudad y fortalecerla. Comprendiendo lo estratégico del sitio, se construyó castillo y se levantaron muros. Se tiene constancia de que, durante ese período, el monarca estuvo en algunas ocasiones en Plasencia para animar con su presencia las obras de construcción de la ciudad y de sus murallas. Así lo atestiguan dos diplomas expedidos el 4 y 6 de diciembre de 1186, como recoge Julio González en su obra *El reino de Castilla en época de Alfonso VIII*.

En su obra citada, Alejandro Matías Gil resalta el hecho de que la llamada y concesiones del monarca fomentaran la población naciente. Los caballeros de Burgos y de León con sus gentes acudían al llamamiento, y venían a edificar y establecerse en la nueva y estratégica ciudad, además de los abulenses que en gran número no dejaban de acudir.

El rey don Alfonso VIII considera ya oportuno otorgar a Plasencia el privilegio fundacional aquel año de 1189. El texto íntegro de dicho documento se conserva en otro de don Alfonso X el Sabio, bisnieto del fundador, expedido en pergamino y con su sello de plomo al uso.

El obispo de Ávila don Domingo I en la repoblación de Plasencia

Como ya pusimos de manifiesto en otro apartado anterior, la ciudad de Ambrosía o Plasencia había sido erigida en territorio perteneciente a la ciudad de Ávila. El rey quiso al principio que el obispo de Ávila interviniera activamente en la nueva fundación. Con tal motivo, para interesar más al prelado, otorgaba el 2 de enero de 1187 a la iglesia de San Salvador de Ávila y a su obispo don Domingo la tercera parte de las rentas reales que se generasen en la nueva población y que enumera con todo detalle: del quinto del botín, de los portazgos, de las penas pecuniarias por los homicidios, de las otras penas pecuniarias, de las monedas, de las rentas de las tiendas, del impuesto pagado en marzo por razón de la vecindad, del impuesto especial para cada familia judía y en general de cualquier otro ingreso que perteneciera al fisco del rey.

La obra que más me ha servido para obtener detalles fidedignos de estas circunstancias es el intenso trabajo de investigación hecho por el historiador y archivero de la catedral de Plasencia don Francisco González Cuesta. Este minucioso ensayo, que lleva el título *Plasencia ciudad y sede episcopal bajo Alfonso VIII*, resulta absolutamente esclarecedor, por el orden tan preciso que presenta en la exposición de los diversos hechos históricos, por la cronología detallada, por la bibliografía incorporada y por las explicaciones que en todo momento ayudan al lector a no perderse, situando a los diversos personajes en su contexto y encontrando razones en lo que está oscuro o desdibujado en el amplio espectro de una época tan lejana.

Sabemos que el obispo de Ávila reunió hombres para acudir con ellos a poblar la nueva ciudad. El propio obispo don Domingo así se lo cuenta al papa Clemente III cuando apela a él para quejarse de que el arcediano de Plasencia rechaza su autoridad y le niega sus derechos.

En una respuesta pontificia de 7 de junio de 1190 se manifiesta que: «Siendo que su antecesor en la sede abulense había reunido hombres y poblado con ellos Plasencia de acuerdo y conforme a los deseos del rey de Castilla, y que mientras vivió ejerció en el lugar plena jurisdicción, nombrando allí un arcediano al que hizo jurar fidelidad, y que además había percibido por concesión regia la tercera parte de las rentas».

Uno de los diplomas expedidos en Plasencia por el rey en 1188 nos da a conocer el nombre de dicho arcediano díscolo que se negaba a someterse al obispo de Ávila. Se trataba de don Pedro de Taiaborch, el cual había fallecido ya en 1191, según consta en un documento de la catedral de Ávila.

La dignidad de arcediano correspondía a un delegado o vicario del obispo para el gobierno de una notable porción del territorio diocesano, el cual ejercía jurisdicción visitando las parroquias, corrigiendo a los párrocos y clérigos, oyendo y purgando en los pleitos ordinarios y presentando al obispo a los candidatos al sacerdocio.

En el trabajo de don Francisco González Cuesta se hace referencia a una notable coincidencia: la sucesión en esta época de dos obispos de Ávila consecutivos con el mismo nombre, Domingo. Esto puede haber inducido a cierta confusión en la atribución e interpretación de los documentos. Aclara esta realidad González Cuesta poniendo de manifiesto que, en un diploma de la catedral abulense del año 1191, se habla sucesivamente por este orden de cuatro obispos de esa diócesis: Iñigo, Sancho, Domingo I y Domingo II.

Cabe aquí añadir la noticia de un obispo don Domingo enterrado por entonces en Plasencia, según consigna el padre Luis Ariz en su *Historia de las grandezas de la ciudad de Ávila* (Alcalá de Henares 1607). La noticia, que parece ser muy verosímil, dice así: «Sucediole don Domingo, y parece aver muerto el año que fue electo, y enterrose en Plasencia. Sucediole otro don Domingo, el cual murió el año 1190. Está enterrado en su Sancta Iglesia, a la puerta del coro, en una laude, y así lo dize el libro de los Ouitos de su Iglesia».

Hay pues dos obispos de Ávila don Domingo: uno que muere en plena campaña de repoblación, o tal vez en la empresa guerrera, y que es enterrado en Plasencia; y otro que es el que reclama ante el papa quejándose de que ni el arcediano, ni el clero, ni el pueblo de Plasencia reconocían sus derechos. La tumba de este último se conserva en la catedral de Ávila. Sin embargo, la del primer Domingo debió de perderse durante la algarada musulmana de 1196.

Campaña militar de Alfonso VIII por la Baja Extremadura y por el alfoz de Sevilla

En su *Historia política de la Baja Extremadura en el período islámico*, Manuel Terrón Albarrán hace referencia a una importante invasión del rey Alfonso VIII en territorio musulmán, cruzando el Guadiana y penetrando profundamente por toda la Baja Extremadura, hasta alcanzar los alfoces sevillanos y devastar las vegas del Guadalquivir.

Al parecer, son los cronistas musulmanes los únicos que nos ofrecen relación de esta señalada ofensiva. El monarca se apoyaba por entonces en Trujillo, dominio de los Castro, y en los castillos protegidos por los caballeros de la Orden de Santiago. Y no iban solas las huestes cristianas, sino que eran auxiliadas por fuerzas musulmanas del rey de Mallorca, último reducto almorávide.

Dichas fuentes son el *Bayan* y el *Anónimo de Madrid*, en los cuales se asegura que el ejército sitió Magacela y se dirigió hacia el sur, donde, tras rebasar la sierra de Hornachos, apareció el 17 de julio ante el imponente castillo de Reina, al sur de Llerena. Después de ocupar esta plaza, Alfonso VIII avanzó hacia Sevilla, donde infligió un grave castigo a los musulmanes.

Pero las noticias de esta expedición llegaron pronto a Marruecos, inquietando al sultán almohade, que enseguida ordenó hacer los preparativos necesarios para cruzar el estrecho e ir en socorro de Alándalus.

El monarca castellano, al saber que importantes fuerzas musulmanas desembarcaban en la península, se apresuró a pedir treguas que le fueron concedidas en 1190.

Como bien pone de manifiesto González Cuesta en el trabajo ya mencionado, no contamos con un documento que indique expresamente la fecha en la que fue erigida la diócesis de Plasencia. La bula del papa Clemente III por la que accede a los ruegos del rey Alfonso VIII solicitando un obispado para la reciente fundación carece de fecha. Así lo corroboran Alejandro Matías Gil en *Las siete centurias de Alfonso VIII* (1930), Alonso Fernández en *Historia y anales de la ciudad y obispado de Plasencia* (1627) y Domingo Sánchez Loro en *Historias placentinas inéditas* (Cáceres 1982).

Sí podemos saber que la bula debió de ser expedida entre el 20 de diciembre de 1187 y marzo de 1191, que son los años que comprende el pontificado de Clemente III.

Pero, por otra parte, consta que en 1190 dicho papa confirmaba los derechos del obispo de Ávila en el pleito mantenido con el arcediano rebelde de Plasencia. Y ya nos aparece documentalmente un obispo placentino el 3 de diciembre de 1190 confirmando un privilegio real. Por lo que la conclusión es clara: solo pudo ser despachada la bula entre el 7 de junio y el 3 de diciembre de 1190.

Se refiere al hecho otra bula de confirmación que Honorio III otorga en 1221:

> Honorio obispo, siervo de los siervos de Dios, al venerable hermano obispo y a los queridos hijos en el cabildo placentino, salud y bendición apostólica.
>
> En estos hechos de feliz recordación del papa Clemente, nuestro antecesor, hallamos unas letras en la siguiente forma:
>
> Clemente obispo, siervo de los siervos de Dios, al muy querido hijo en Cristo, ilustre rey de Castilla, salud y bendición apostólica.
>
> …De aquí el que, valorando en todos sus matices el regio deseo de ampliar los confines de la religión cristiana, ya manifestada en la ciudad placentina que en tierra sacada del poder de los ismaelitas hicisteis

poblar con ayuda de la clemencia divina, constitui-
mos con autoridad apostólica una cátedra episcopal.

Mandamos que dicha iglesia catedral posea una
diócesis de acuerdo con el mandamiento real y, como
villas, según en el presente escrito se consigna, que
son suyas, concedidas por su liberalidad, deben per-
tenecerla con derecho diocesano para siempre, esto
es, Trujillo, Medellín, Monfragüe y Santa Cruz con
todas sus pertenencias.

...Dada en Letrán, el décimo octavo día de las
kalendas de diciembre, año quinto de nuestro pontificado (14 de noviembre de 1221).

Don Bricio

En su ya citada obra, *Prelados placentinos*, José Benavides Checa nos dice lo siguiente: «Los primeros obispos
que gobernaban esta diócesis, sujetos a las costumbres y
a las necesidades de la época, eran hombres de guerra,
tanto como virtuosos sacerdotes. Los tiempos aquellos
eran de luchas entre el pueblo español, católico fervien-
te, y el pueblo musulmán, fanático y valiente, que dominaba una gran arte de nuestra península». Hay que
comprender que esto está escrito en 1894 por un hombre de genuino espíritu decimonónico. Pero el dato es
certero y muy significativo, puesto que esta era la realidad que vivía la Iglesia medieval en pleno ambiente de
Reconquista. Todas las fuentes documentales que poseemos nos remiten a las circunstancias particulares en
que ejercían su episcopado unos prelados que se pasaban la vida organizando huestes y acompañando a los
monarcas en sus campañas guerreras.

A pesar del tono grandilocuente y triunfalista, que

debemos excusar en atención a su época, me parece oportuno recoger aquí una página reveladora del famoso libro de Benavides Checa, porque considero que expresa fielmente el sentimiento de ese recuerdo de los hechos del pasado que suele perdurar en la memoria colectiva de los pueblos:

D. Bricio, fue el primer prelado que ocupó la sede plancentina, desde el mes de abril de 1190 al 1212. Nació en Burgos, de noble y distinguida familia, destinado por la providencia para gobernar y regir una sede que se erigía y una ciudad que se formaba con elementos heterogéneos, procedentes de distintas provincias y con aspiraciones contrarias. Poseía este prelado las virtudes que deben adornar a un celoso obispo, que tan elocuentemente nos describe san Pablo, en su primera y segunda epístola a Timoteo. La santidad de su vida, sus conocimientos en las ciencias divinas y humanas y la prudencia extraordinaria que en sus actos todos patentizaba, le dieron el justo y merecido renombre de padre, jefe y guía del nuevo pueblo plancentino y de la ciudad que se edificaba, para rechazar y detener el poderío de los sectarios del Corán, mal reprimidos con las constantes y nuevas conquistas de Castilla y León.

Las virtudes del prelado se reflejaron en el pueblo que regía: el ejemplo, es el mejor conductor para la moral pública, y Plasencia desde entonces se distingue por su laboriosidad, se ocupa sin descanso en formar su hogar, segar las malezas, cultivar sus campiñas y collados, dando repetidas y elocuentes pruebas del carácter, que el sabio y virtuoso obispo supo imprimir en el naciente, pero activo, guerrero y honrado pueblo placentino. Sorprendido este repentinamente, se ve invadido por el vencedor de Alarcos (1196) y después de sangrienta y porfiada lucha, *Plasencia... CAPTA EST.*

La poca importancia de sus muros facilita a Abent Jusef y a su poderoso ejército momentáneos triunfos. Pero D. Bricio no languidece; ante infortunio tanto, no desmaya: se prepara, trabaja, lucha, alienta, anima y casi sin armas y sin pertrechos de guerra, obispo y pueblo, unidos con férreo vínculo, alentados por idéntico deseo y auxiliados por la Orden de Calatrava, invocan al Dios de las Batallas, para la desigual lucha que emprender querían: el denuedo y valor que en tan solemne momento los impulsa, hace retroceder a los adversarios, apoderándose de su querida ciudad, y... *Plasencia capta est*. Prelado y pueblo entran triunfantes en la ciudad querida (1198), elevan himnos de gratitud al Dios de las Victorias y con condiciones honrosas para los vencedores, se establece una paz necesaria para los vencidos.

En realidad no se sabe la procedencia de don Bricio, a pesar de que Benavides Checa, en este texto, lo reconoce burgalés. Pero no hay constancia documental alguna de este dato.

González Cuesta apunta que se ha sugerido la posible identificación del primer obispo de Plasencia con un clérigo de nombre Bricio, de Palencia, que en 29 de enero de 1163 recibe en un documento conservado una importante prebenda. O también la posibilidad de que fuera otro canónigo salmantino del mismo nombre que está documentado el 16 de junio de 1181. Y se puede añadir otro Bricio de Medina del Campo, que aparece en los documentos entre 1159 y 1164.

El caso es que en 1190 el primer obispo de Plasencia se llama don Bricio, como atestigua el primer documento que suscribe el prelado. Y debió de fallecer inmediatamente después del 15 de mayo de 1212, pues con fecha de octubre de ese año ya tenemos diplomas regios confirmados por su sucesor, don Domingo. Además, sabemos que no participó don Bricio en las Navas de Tolosa, porque no figura entre los obispos que enumera como presentes don Rodrigo Jiménez de Rada.

Las ciudades en la Edad Media

Durante la Edad Media, se encuentran diseminadas por los territorios de cada reino ciudades dotadas de privilegios especiales y regidas por gobernantes asimismo especiales. Algunas de ellas se alzan en el mismo solar e incluso dentro del cerco que formaban las murallas de los antiguos *municipia* del Imperio romano. Son las Romas en miniatura que quieren repetir la imagen, el gobierno y la cultura de la capital del Imperio. Aunque los bárbaros nada quisieron saber del *municipium* romano, y los ciudadanos fueron reducidos a la condición de siervos, pasando a la propiedad de un rey, de un obispo o de un conde, grande o pequeña; la ciudad no dejaba de ser un hecho insólito, un caso *sui generis*, para los juristas, cuando no una enojosa anomalía e incluso un abuso privilegiado.

En realidad, no es fácil llegar a una definición que sirva para todas las ciudades medievales. Por lo general, suele haber cerca un castillo, una catedral, una abadía o un palacio real, y las fuerzas de defensa están permanentemente dentro del cerco de las murallas. Además, si la ciudad está situada en una zona recién conquistada o próxima a la frontera, será a la vez fortaleza y emporio.

Parte de los que residen en ella serán clérigos y caballeros u hombres de armas que poseen tierras a cambio de la obligación de defender la ciudad; y otra parte serán artesanos y comerciantes, muchos de los cuales se harán ricos e independientes bajo la protección del magnate.

Fuera del recinto amurallado, se extiende un dilatado término, llamado alfoz, en el que germinan agrupaciones menores, aldeas y villas que dependen económica, social y administrativamente de la ciudad.

Si analizamos los privilegios de las ciudades recién fundadas, el primero en importancia es siempre «la paz de la ciudad», que solo el rey o un delegado suyo pueden conceder. Investida de esta paz, la ciudad pasa a ser como un lugar santo, un santuario protegido por penas y multas especiales; los habitantes de la ciudad se encuentran con respecto al rey en una relación de protección semejante a la viuda o al huérfano; el mal que se les haga será como un agravio a la regia majestad.

Después viene el derecho de comerciar. Los habitantes de la ciudad reciben licencia para celebrar un mercado a la semana. Lo cual atrae a mercaderes forasteros, y se concede un salvoconducto a todos los extranjeros que acudan con sus mercancías a ferias o mercados. Esto genera tasas y portazgos. Y en la ciudad se asientan asociaciones y gremios de mercaderes, muchos de ellos llegados de otros países, que permanecen allí por temporadas o que se instalan permanentemente amparándose en el pago de sus alcabalas.

La atracción de los pobladores se logra mediante la concesión de fueros, cartas de población o cartas de franquicia para los comerciantes. Y se suele aceptar indiscriminadamente a cuantos quieran repoblar, exigiendo como condición la de que establezcan en ella sus domicilios, al menos durante un año.

Los concejos tienen sus propias autoridades encargadas de ultimar la repoblación y de dirigir la vida económica y jurídica de los municipios. Además de contar con sus propias milicias que actúan con independencia, al frente de las cuales está un tenente u otro jefe militar nombrado por el magnate.

En los concejos más importantes se establecen sedes episcopales. Y si la ciudad es de mayor importancia se convertirá en arzobispado.

Junto a las órdenes militares, son muchas las sedes episcopales que intervienen activamente en la repoblación. El obispo es un magnate muy poderoso que ejerce su liderazgo espiritual y temporal sobre los fieles de su diócesis y que a la vez gobierna a un gran número de clérigos menores.

A pesar de lo cual, la administración de justicia siempre corría a cargo del juez y de los alcaldes. No pudiendo estar presente el obispo, para que los que habían de testificar no se sintieran constreñidos.

Los repobladores de estas ciudades de frontera son de origen muy diverso. Además del personal llegado para asentarse en la plaza conquistada o de nueva fundación, subsiste la antigua población musulmana y, aunque en las ciudades es menos importante, en algunos centros mantiene bajo su control el mercado.

LA CIUDAD DE DIOS DE AGUSTÍN DE HIPONA

Por encima de todas las demás obras análogas, *La ciudad de Dios*, de san Agustín, vino a ser el libro que sirvió de base a toda la filosofía y a toda la historia de la Edad Media.

Fulbert Cayré dice: «Hay un hombre que ha sido el

instrumento de esta influencia (de la Antigüedad sobre el cristianismo); y no es Carlomagno ni san Luis. Hay un hombre en quien los papas mismos, verdaderos caudillos de la Edad Media, se han inspirado. Este es san Agustín, particularmente por *La ciudad de Dios*, obra monumental, donde se halla sobre el plano de la historia una vista teológica con elementos de filosofía y un código cristiano de vida social superior».

Sin duda, en la Edad Media se formó un hábito o modo de mirar el mundo con ojos agustinianos. Se leía *La ciudad de Dios* como un libro espiritual, pero que servía como ninguno para comprender los acontecimientos de la historia e insertarse en la realidad del mundo con deseos de formar parte de los ciudadanos de la misma.

Al mismo tiempo, surgió otra lectura —digamos— sociopolítica de la obra agustiniana. Algunos gobernantes y organizadores de la sociedad humana y cristiana vieron en ella una cantera de ideas como orden, justicia, paz, autoridad… que servía para tener un ejemplo, un ideario preciso a la hora de ordenar la vida de las comunidades.

Ya antes, en los siglos precedentes, la herencia agustiniana se había ido extendiendo dentro de la Iglesia por la obra de monjes, sacerdotes y obispos; como Fulgencio de Ruspe, Cesáreo de Arlés, Gelasio I papa, Anastasio II, Aurelio Casiodoro y san Gregorio Magno. Y tales ideas siguieron su curso a lo largo de la Edad Media imbuyendo las mentes de San Beda el Venerable, de San Isidoro, Rabán Mauro, abad de Fulda y obispo de Maguncia, Hildeberto, obispo de Hans, etc.

Se descubre la historia en *La ciudad de Dios*, por una parte, como estado terrenal. Es la historia del reino de esta tierra, con sus grandes monarquías, de las cuales habla el profeta Daniel, siendo la última de ellas el Imperio romano, y de sus seis épocas históricas, correspondientes a los seis días de la creación.

Y a la vez, aunque por otra parte, se va desarrollando el otro Imperio, la ciudad de Dios. La idea de Agustín es que el cristiano, aunque reconozca el relativo derecho del reino terrenal y se incline ante sus potestades, ha de sentirse ante todo ciudadano de la ciudad de Dios, y desde ese punto de vista saberse hombre de paso y como extranjero en la Tierra.

Ya desde los primeros siglos de la Edad Media hubo espíritus que intentaron, desde este ideario, despejar el horizonte de la historia universal. En la voluminosa obra del obispo Gregorio de Tours se dirigen las miras hacia la historia de la Francia cristiana. Pero más sentido histórico mostró san Isidoro de Sevilla, que basándose en la historia particular de la España visigoda, paseó su mirada por las seis edades de la historia agustiniana.

De civitate Dei sirvió más que a nadie a los obispos gobernantes de la Edad Media, que veían, desde la caída del Imperio carolingio, cómo el mundo se había dividido en tantos fragmentos que resultaba difícil apreciar el conjunto de un destino universal.

No pocas veces se observa el empeño de verter sobre aquel mundo dividido la moral y la doctrina sobre la felicidad de la gran obra del obispo de Hipona. «En el hombre —escribió—, la virtud es condición de felicidad, y la voluntad ordenada es condición para la virtud. Por consiguiente, solo la voluntad ordenada, es decir, reparada por la gracia, es capaz de la verdadera felicidad». Es pues necesaria la gracia para restaurar el desorden provocado por el pecado de origen.

Así pues, la voluntad libre se hace mala cuando está privada del orden debido. Así expresa su experiencia san

Agustín en las *Confesiones*: «Cuando yo deliberaba servir al Señor, tal como lo había decidido mucho antes, ero yo el que quería y era yo el que no quería; y ese yo, era yo. Ni quería plenamente ni plenamente no quería. Luchaba yo conmigo mismo y me escindía. Esa escisión se hacía contra mi voluntad, pero no mostraba otra naturaleza diversa, sino que mostraba el castigo de mi naturaleza. No era yo el que hacía esa escisión sino el pecado que habitaba en mí: consecuencia del castigo de un pecado más libre. Porque yo era hijo de Adán». Es decir, la rebelión del cuerpo contra el alma es consecuencia del pecado original, del cual procede la concupiscencia y la ignorancia. Desde la comisión de ese pecado, el alma, que había sido creada para gobernar un cuerpo, se encuentra regida por él, y, en consecuencia, se orienta a lo material; y, puesto que no saca de sí misma las sensaciones e imágenes, sino que las obtiene a través del cuerpo, termina conformándose al cuerpo.

La doctrina de san Agustín no puede separarse de la experiencia de su propia vida; por eso resalta con rasgos muy definidos el drama del mal a propósito de los recuerdos de su adolescencia: «Yo quise hurtar y hurté; no llevado por la necesidad o la penuria, sino por escasez de justicia y abundancia de iniquidad. Robé cosas que yo tenía, y aún mejores; no quería disfrutar de lo que robaba, sino disfrutar con el mismo hurto y pecado… Una vez cogidas las peras, las arrojé; el único banquete fue la iniquidad. Si algo de aquello entró en mi boca, lo condimentaba la maldad». Nos dice Agustín que el mal acaba encadenando: «El enemigo se había apoderado de mi querer; lo había convertido en cadena que me apresaba. De la voluntad perversa, surge la concupiscencia; sirviendo a la concupiscencia, surge el hábito; y no resistiendo al hábito, nace la necesidad. Estos eslabones entre sí soldados —por eso los llamo cadena— me tenían constreñido a dura servidumbre».

Este texto de las *Confesiones,* que acabamos de reproducir, subraya el influjo del mal y su fuerza en la vida del hombre: produce claudicaciones sucesivas, incita a excusas que se convierten en justificaciones, de manera que la maldad no curada crece y se construye para sí misma caminos sin salida. San Agustín comprendía muy bien la necesidad de la gracia para poder salir del pecado y cumplir la Ley de Dios, pues la gracia divina restituye al libre albedrío el poder de hacer el bien. Por consiguiente, la libertad consiste en usar bien del libre albedrío: *libertas vera est Christo servire.* Y así, la libertad es mayor cuanto más unido está el hombre a Dios, y por tanto, más apartado del mal. Aquí enlaza san Agustín con la concepción de la libertad que desarrollará san Anselmo a finales del siglo XI y que estará en la base de todo el ideario medieval.

San Agustín no ignoraba la diferencia entre lo natural y lo sobrenatural, y reconocía, por tanto, la posibilidad del bien en el orden estrictamente natural. Así podía establecer una diferencia entre el cuerpo humano y las sociedades temporales (*civitas terrena*), que reconocía como buenos, y destinados a conseguir los bienes necesarios para la vida; y la *civitas Dei,* constituida por todos los cristianos y de naturaleza espiritual, como el alma dentro del cuerpo. Pero insistía en que solo la construcción de la *civitas Dei* da sentido a la historia universal.

En tal contexto, para alcanzar la felicidad, los hombres y las sociedades temporales deberán regirse por una voluntad ordenada y sujeta a norma. Digámoslo de otro modo: toda la sociedad quiere la paz, y la paz es orden. En efecto: la paz del cuerpo humano es el equilibrio ordenado de todos sus órganos; la paz de la vida animal es el acuerdo ordenado de los apetitos; la paz del alma es la armonía del conocimiento racional y la voluntad; la paz doméstica es la concordia de las familias, obtenida por el amor, los mandamientos y la obediencia; la paz de la ciudad es la misma concordia familiar extendida a todos los ciudadanos; y la paz de la ciudad cristiana es una sociedad perfectamente ordenada de hombres que gozan de Dios y se aman mutuamente en Él. En todas las cosas, pues, la paz es «la tranquilidad del orden».

Pero las dos ciudades, una ordenada a lo material y otra a lo espiritual, se distinguen y hasta se oponen: «Dos amores fundaron dos ciudades: el amor del hombre por sí mismo, que lleva al desprecio de Dios, la ciudad terrena; el amor de Dios, que lleva al desprecio de sí mismo, la celestial. La primera se gloría en sí misma, la segunda en Dios». Las dos ciudades están mezcladas y se entrecruzan; no son, por tanto, dos tipos de realizaciones históricas (Estado civil e Iglesia, por ejemplo), sino principios opuestos de la conducta personal y de las realidades sociales. Estas dos ciudades se contraponen y luchan entre sí. Sin embargo, y esta es la conclusión de san Agustín, cualquiera que sea la historia de la humanidad, con sus alternancias de predominio del mal y del bien, al final la *civitas terrena* perecerá y saldrá vencedora la *civitas Dei*, en virtud del amor a Dios, «pues el bien es inmortal y la victoria ha de ser de Dios».

Como muy bien señala José Ignacio Saranyana en su *Historia de la filosofía medieval* (Pamplona 1985), la influencia de san Agustín en la evolución de la filosofía occidental ha sido tan grande que bien puede decirse que el agustinismo es una constante histórica que informa los más diversos movimientos doctrinales, tanto de inspiración cristiana como de carácter inmanentista. Visto desde alguna de sus formas medievales más brillantes, se han considerado como ideas características del agustinismo: la primacía de la voluntad sobre el entendimiento, la producción de todos o de algunos conocimientos sin el concurso inicial de las cosas exteriores (teoría de la iluminación), el hilemorfismo universal, la positividad de la materia, la pluralidad de formas substanciales en el individuo, la identidad del alma y sus facultades, la imposibilidad de la creación *ab aeterno*, la identificación de la filosofía y la teología en una sabiduría única. Debe advertirse, sin embargo, que no todas esas teorías, que se dicen agustinianas, se encuentran en san Agustín. Debe verse el agustinismo en un sentido muy diferente. Más que una escuela es un modo de pensar y de mirar el mundo que ha permanecido dentro de otras visiones de la realidad.

En este sentido, llega a decir Carl L. Becker: «Trataré de demostrar que los principios fundamentales del pensamiento del siglo XVIII eran todavía, dejando aparte ciertas modificaciones importantes en cuanto a su orientación, los mismos en su esencia que los del siglo XIII. Me propongo hacer ver que los filósofos no han demolido *La ciudad de Dios* de san Agustín más que para reconstruirla con materiales nuevos».

Los miembros del clero católico gozaron de una preeminente consideración social en la Edad Media. Se mantuvo el prestigio adquirido por la Iglesia en siglos anteriores y aun se acrecentó con la gran empresa de la Reconquista, por el especial fervor religioso que alentó las campañas guerreras y repobladoras.

La nobleza asumía principalmente la defensa armada de aquella sociedad que vivía en casi permanente estado de conflicto. Aunque también el estamento eclesiástico participaba en los asuntos castrenses, y a veces muy activamente. Los obispos armaban huestes e iban a la guerra auxiliados por otros clérigos; organizaban en algunos casos la defensa de las ciudades e incluso ejercían importantes cargos militares en los ejércitos.

Pero la Iglesia se caracterizó principalmente por monopolizar la función educadora. Generalmente, eran sus miembros los únicos instruidos, así como el sector dedicado preferentemente al cultivo de las letras y las artes, es decir, de los valores espirituales.

En la *Historia de España y América social y económica* dirigida por J. Vicens Vives (Barcelona 1977), en el volumen I, dedicado a la Edad Media, se dice: «Esta cualidad (la del cultivo de las artes y las letras), juntamente con su estado religioso y su superior virtud, les infundió una notable ascendiente sobre la sociedad de la época, bárbara e iletrada, tanto en los círculos nobiliarios como en los populares. Ello explica el hecho de que clérigos y monjes actuaran de cronistas y notarios en la corte, de maestros en la única escuela, monacales o catedralicias, donde se educaban los hijos de los reyes y los magnates, y que los miembros más elevados de la jerarquía (obispos y abades) desempeñaron, al igual que los nobles, cargos y funciones de gobierno, llamados a ellos por sus dotes de prudencia y de saber».

LA ESCUELA DEL ARZOBISPO DE TOLEDO

El 25 de mayo de 1085, Toledo fue conquistada por Alfonso VI y sus huestes cristianas, mediante pactos, con victoria incruenta. Se inició a partir de entonces una era de gran actividad, empeñados sus habitantes en reorganizar la ciudad. Empiezan a convivir musulmanes, judíos, mozárabes, castellanos y extranjeros en una gran variedad de ritos, culturas y legislaciones.

Después de 1166, bajo el reinado de Alfonso VIII, Toledo conoció una época de gran prosperidad, a pesar de sufrir terremotos y riadas. Y ya desde mediados del siglo XII, bajo el mecenazgo del arzobispo Raimundo, venían trabajando un grupo de traductores españoles y extranjeros, entre ellos el arcediano Domingo Gundisalvo y el judío converso Juan Hispalense, haciendo de puente entre Oriente y Occidente.

Copistas, traductores, *ayuntadores*, miniaturistas se agrupaban en este importante centro de trabajo, arte y sabiduría, vertiendo principalmente textos filosóficos y teológicos. Interpretaban y escribían en latín los comentarios de Aristóteles y muchas otras obras de la antigüedad pagana que se conservaron escritos en lengua árabe.

Por eso, es un grave error considerar que la Escuela de Traductores de Toledo pertenece solo al período comprendido por el reinado de Alfonso X el Sabio. Aunque bien es verdad que este fue un gran propulsor de la institución y extendió su labor hacia un contenido más amplio, incluyéndose también textos astronómicos y médicos.

La Cábala

«Cábala» viene del término hebreo *qabbalah*, que significa «tradición». La Cábala es la transmisión de algo y los cabalistas judaicos son aquellos que han recibido la Cábala. Se trata de un sistema teosófico utilizado inicialmente por los judíos para interpretar el Antiguo Testamento de forma mística y alegórica, fundamentalmente por tradición oral. Su aplicación ha tenido grandes variaciones en el curso del tiempo, y es solo desde los siglos XI y XII que el término *qabbalah* se convirtió en la denominación exclusiva para el sistema de filosofía religiosa judía que pretende haber sido ininterrumpidamente transmitida por las bocas de los patriarcas, profetas, ancianos, etc., por siempre desde la creación del primer hombre. Es un método esotérico que busca revelar a sus iniciados doctrinas ocultas acerca de Dios y del mundo.

En primer lugar, conviene aclarar la opinión errónea, aunque admitida casi universalmente, según la cual se trataría de una doctrina particular que se habría desarrollado principalmente durante la Edad Media; una doctrina de naturaleza mística que avanzaba paralelamente a la tradición bíblica. La Cábala no es una doctrina, no se desarrolló en un momento preciso de la historia, no nació de la destrucción del segundo Templo de Jerusalén, como tanto se ha dicho, no proporciona recetas de magia y no sirve para hacer brujería. Aunque popularmente se le llama también cábala a una conjetura o suposición supersticiosa, a la intriga y a la maquinación.

Tampoco debe confundirse la Cábala con la verdadera fe judía. Se trata de la transmisión de una enseñanza secreta que se apoya en supuestas revelaciones que no forman parte del canon de las Sagradas Escrituras y tiene su origen entre los judíos de Europa después del siglo X de nuestra era.

Los dos libros que los cabalistas tienen como autoridad doctrinal son el *Libro de la Creación* y el *Zohar*, al que se le llama la «Biblia» de los cabalistas. La compilación del *Zohar* se le atribuye a Moisés de León, judío español que vivió entre los siglos XIII y XIV, aunque sus elementos son mucho más antiguos. Parte de sus ideas parecen provenir de los filósofos griegos, de los panteístas egipcios y de los gnósticos.

Algunas creencias de los cabalistas son: Dios es el Ser Supremo, sin fin, infinito que se manifiesta en diez potencias que formaron la primera creación del mundo y que a su vez produjo el segundo mundo; cada mundo generando al próximo; los seres humanos fueron creados por una potencia; el alma de cada ser humano existió antes de su concepción y regresa a Dios por medio de la transmigración; los practicantes de la Cábala pueden, según sus creencias, entrar en comunicación directa con poderes invisibles, interpretar los sueños y actuar sobre los demonios, la naturaleza, las enfermedades, etc. Esta es la parte más atractiva de las creencias y se le llama la Cábala «práctica». Es lo que más sedujo en la antigüedad a las gentes y lo que le ganó la condena de la Iglesia.

El desastre de Alarcos y la victoria de las Navas de Tolosa

Las treguas con el miramamolín se agotaban en este año de 1194 y la voluntad de guerra se manifestaba claramente en el campo musulmán, hasta que el almohade ordenó predicar la guerra santa. El sultán pasó el estrecho el 1 junio y el 30 revistaba en Córdoba a sus innumerables combatientes.

Por su parte, Alfonso VIII movilizaba a todas sus fuerzas: hueste real, mesnadas nobiliarias, milicias concejiles y órdenes militares, y se dirige con ellas hacia La Mancha, por donde avanza el ejército moro.

Los otros reyes cristianos de la península (León, Navarra y Aragón), que obedecían las directrices derivadas de Tordehumos y de la Santa Sede, acudían también para frenar a los almohades. Alfonso no aguantó más y, sin aguardar a sus aliados, llegó a Alarcos con sus vanguardias el 17 de julio. Don Lucas de Tuy escribirá que «encendido por las ganas de pelear no quiso esperar a nadie». Don Alfonso apostó por una batalla de furia y definitiva, de asalto rápido. Se equivocó. En el día 18, los moros estuvieron alertados, pero no combatieron. Descansaron. Al empezar la tarde los cristianos, agotados por la tensión, se retiraron a sus tiendas.

Debe destacarse que, en el paroxismo bélico, al rey de Castilla se le atribuyeron algunas frases que hirieron el orgullo exclusivista de los castellanos viejos al equipararlos en valor con los «caballeros de las Extremaduras de las villas commo los fijosdalgo e tan bien cabalgantes commo ellos e que tanto bien fasíen commo ellos». Esta apreciación del rey aflojó los ánimos de algunos combatientes, según pudo comprobarse.

El día 19 de julio, a media tarde, el ejército castellano comenzó a sufrir la derrota. En un escenario cruel de sol, polvo y sangre, Alfonso se lanzó a morir matando. Pero los suyos lo rescataron del campo de batalla y escaparon hacia Toledo, adonde llegó, dicen las crónicas, escoltado solo por veinte caballeros.

Durante dos años, la situación fue desesperante para Castilla. Acrecidos los almohades, el miramamolín declaró la guerra santa en los años 1196 y 1197. Un analista toledano resumió la triste situación de esta manera: «Prisó el rey de Marruecos a Montánches e Santa Cruz, e Turgiello, e Plasencia, e vinieron por Talavera e cortaron el olivar e ermóse Santa Olalla e Escalona e lidiaron Maqueda e non la prisieron e vinieron cercar Toledo e cortaron la vinnas e los árboles e duraron y x días en el de junio». Según el cronista Abenjaldún, el sultán encomendó el gobierno de Badajoz y su frontera a Abu Rabí y el de Algarbe a Abu Abdalá, sobrinos suyos, e hijos del príncipe Abuhafs.

Levi-Provenzal, en su obra *Un recueil des lettres officielles almohades* (Hesperis 1941), recoge los hechos narrados por el califa en una carta de fecha 6 de agosto de 1196, donde se cuenta que la guarnición de Plasencia buscó refugio en la ciudadela, mucho más fortificada y más fácil de defender. Los almohades arrasaron completamente la ciudad y, asaltando el recinto de la ciudadela, obligaron a los defensores cristianos a concentrarse en una sólida torre, que tampoco pudo resistir, entregándose. Fueron hechos prisioneros ciento cincuenta caballeros, enviados a trabajar como esclavos en la construcción de la mezquita de Sale. Nada se dice del obispo, que, de hallarse en la ciudad, también debió de ser llevado cautivo.

Alfonso VIII tuvo que insistir para que el enérgico Yusuf aceptase una tregua que necesitaba para combatir a los reyes de Navarra y León, que aprovechaban la fatal coyuntura para acosarle.

La paz llegó cuando se celebró a fines del años 1197 el casamiento de don Alfonso IX con doña Berenguela, hija de Alfonso VIII, y devolvió este a aquel muchos lugares que le había quitado.

Firmadas las treguas en 1197 con el califa almohade, y recuperada Plasencia por su obispo don Bricio, don Alfonso VIII fomentaría la restauración y reforzamiento de su ciudad.

Así, toda la primera década del siglo XIII transcurrió en un estado de relativa calma. Hasta que, en el verano de 1211, estando don Alfonso con su hijo don Fernando en la sierra de San Vicente, hizo el infante una razia por las comarcas de Trujillo y Montánchez, y después de hacer botín regresó a Toledo en agosto. Murió al poco tiempo este príncipe, lo cual fue un golpe doloroso para su padre. El contratiempo no impidió, sin embargo, los propósitos del rey de Castilla, que hizo grandes aprestos militares para reñir al año siguiente nueva batalla con los almohades. Accedieron a su llamamiento los reyes de Aragón, Navarra y Portugal y muchos caballeros franceses y provenzales, pero no acudió don Alfonso IX, que otra vez estaba desavenido con el de Castilla, pues el único vínculo que antes los ligaba, que era el matrimonio del leonés con doña Berenguela, lo había declarado nulo el papa en 1201, por impedimento de parentesco.

El resultado de este concurso de fuerzas fue la gloriosa batalla de las Navas de Tolosa, que libró el 16 de julio de 1212, y quebrantó por completo a los almohades. Esta victoria total llenó de regocijo a toda la cristiandad y puede decirse que abre la puerta a una nueva y definitiva etapa de la Reconquista.

CORIA

Al noroeste de la provincia de Cáceres, la ciudad de Coria se encuentra situada en el valle del río Alagón, y goza de una privilegiada situación estratégica, tanto desde el punto de vista económico, gracias a su fértil valle, como por ser paso obligado hacia las tierras del norte y este portugués. Todo ello hace que sea importante núcleo de asentamiento desde épocas remotas. Primero aparece como enclave vetón, luego como municipio romano y posteriormente como medina musulmana y sede episcopal cristiana. Con la refundación romana pasó a llamarse Caurium, se construyó el puente que daba paso a la Calzada Dalmacia y se levantó la muralla (siglos iii-iv) ante el temor de las invasiones bárbaras. Es citada

Caurium por Plinio, entre los núcleos estipendiarios existentes en Lusitania, y también por Ptolomeo. La llegada de los pueblos germánicos pone a Coria bajo el dominio de los suevos.

Posiblemente, fuera sede episcopal desde al año 335, aunque no existe certeza de ello hasta el 589 en que su conquistador, Leovigildo, firma las actas del Concilio de Toledo en el que se decide la conversión de los visigodos al catolicismo.

En el siglo VIII, ya bajo dominación musulmana, vivía en Coria uno de los primeros núcleos mozárabes de la península. En el siglo IX, Quriya, es capital del valiato independiente del rey Zez ibn Casín.

Su reconquista se inició en 861 por Ordoño I y pasó sucesivamente por manos árabes y cristianas, en una alternancia que duró décadas, hasta que fue reconquistada definitivamente por Alfonso VII, que la asimiló al reino de León.

Coria es un lugar de singular belleza, que conserva la herencia de tan rico pasado histórico, atesorando, bajo el reposado silencio de sus recuerdos, un magnífico legado monumental dentro del irregular trazado de su ciudad medieval.

Don Arnaldo, obispo de Coria

Como hemos dicho anteriormente, no se conoce con exactitud ni el origen ni la fecha de creación de la diócesis, aunque se cree que fue fundada por san Silvestre en el año 338 en tiempos del emperador Constantino. Sí tenemos certeza de que la diócesis existía en el 589, por aparecer Jacinto, obispo de Coria en las actas del III Concilio de Toledo.

También tenemos constancia documental de la existencia de un obispo de nombre Arnaldo, que gobernó la diócesis desde 1157 a 1232 y que, debido al logro de privilegios y donaciones territoriales, fue configurando la diócesis.

Sabemos de su presencia en el exilio, y de su estancia en Roma, posiblemente durante uno de los períodos en que la ciudad estuvo en poder musulmán.

El Sagrado Mantel de Coria

Desde antiguo, cuenta la ciudad de Coria con una reliquia de gran importancia: el Sagrado Mantel de la Última Cena, que actualmente se custodia en el museo Diocesano y puede contemplarse en horario de visita. Pero en la antigüedad se guardaba velado por los obispos y solo en contadas ocasiones se exhibía al pueblo.

Se trata de una pieza de lino de cuatro con cuarenta y dos metros de largo y noventa y dos centímetros de ancho, blanca por un lado, con sencillos adornos en azul por el otro y con algunas roturas y desgarros.

El origen de la veneración del Sagrado Mantel de Coria se pierde en la noche de los tiempos. Hasta el año 1791, cada 3 de mayo se celebraba en la catedral la fiesta de las tres reliquias: el *Lignum Via*, la Santa Espina y el Sagrado Mantel, que eran sacados al balcón llamado «de las reliquias». Después, el mantel colgaba, pasando por debajo la muchedumbre llegada desde todo el país, para besarlo, tocarlo y confiar en los milagros que, según la leyenda, se producían. La fiesta acabó dando lugar a una importante feria que impulsó la prosperidad de la villa.

Pero las aglomeraciones humanas fueron a mayores y se tornaron peligrosas, decidiéndose la exposición de las reliquias únicamente en el altar. Lo cual fue peor, porque los devotos cogían el mantel, se frotaban con él y le causaban desgarros. Entonces, el cabildo cauriense acabó suprimiendo la adoración ya en el siglo XVIII. Con ello decayó el culto, la feria y el beneficio económico.

De aquellos desgarros de entonces podrían proceder los dos fragmentos del mantel que se conservan en Viena y en Gladbach, cerca de Colonia, de donde saldría otro trocito que se venera en el monasterio de las Clarisas de Monforte.

Lo curioso de todo esto es que el mantel de Coria es único en el mundo. Se conservan, aparte, solo fragmentos del mismo.

Sobre la procedencia del mantel hay varias teorías. Una asegura que llegó a Coria tras la conquista de la ciudad por Alfonso VII, habiéndolo traído desde Francia el obispo Iñigo Navarrón, después de asistir al Concilio de Reims en 1148. Según otras opiniones, un obispo cauriense lo trajo de Roma en el siglo VIII. Aunque la más emocionante tradición asegura que el mantel, como tantas otras reliquias, habría sido llevado a Roma en el siglo III por la madre del emperador Constantino, santa Elena. De allí pasaría al tesoro de Carlomagno, acabando en manos de los templarios del castillo de Alconétar de los Caballeros. Al ser disuelta la orden, el mantel pasó a la Iglesia, que lo depositó en Coria.

Al respecto, Miguel Muñoz de San Pedro, conde de Canilleros, en su trabajo *Coria y el Mantel de la Sagrada Cena (La ciudad, su catedral, su relicario y su gran reliquia)* (Madrid 1961), nos dice:

Consignado lo relativo al uso de manteles, de lo que, además, como dijimos, nos ofrece patente prueba, en lo relativo a la Sagrada Cena, la reliquia que nos ocupa, es fácil seguir las incidencias corridas por esta tela venerable desde aquella sublime noche del Jueves Santo. Algunas noticias tenemos de otros objetos que estaban en la misma cámara. La mesa fue traída por el emperador Tito y se encuentra en Roma, en San Jaun de Letrán; el asiento del Señor, en la misma ciudad, y un pedazo, en El Escorial; la toalla con que secó los pies de sus discípulos, en Gladbach; un plato, en la catedral de Génova; el cáliz, en Valencia…

En todos estos sagrados recuerdos es sabido que lo remoto impide puntualizaciones. Por lo que se refiere al mantel de la catedral de Coria, tampoco es posible seguir sus itinerarios hasta la llegada aquí. Hay, sin embargo, un hecho importante, que es el de poder considerar única la reliquia, sin discusiones de que exista otro mantel en lugar alguno. Hay, eso sí, o había hace más de medio siglo, trozos de él en Viena y en Gladbach; pero no son más que trozos, que bien pudieran proceder del de Coria, e incluso en algún caso ser dudosos.

Y Eugenio Escobar Frutos abunda en ello, en *Noticias históricas acerca de las reliquias que se veneran en la catedral de Coria* (Cáceres 1909):

Hace esto verosímil la información que a petición del cabildo y de orden del obispo D. Frutos Bernardo de Ayala, se practicó en 1669. Es el documento que más luz arroja acerca de la existencia inmemorial de los *manteles* y de la veneración en que han sido tenidos siempre.

En esta amplia información jurídica, después de declarar muchos y muy calificados testigos, el provisor, en 27 de febrero de dicho año, «en razón de la reverencial devoción y afecto que (el deán y cabildo) tiene a la memorable y santa reliquia, que en dicha catedral está colocada en su altar entre otras muchas reliquias, de los Santos Manteles en que Cristo Nuestro Redentor cenó con sus discípulos e instituyó el Santísimo Sacramento el jueves de la Cena», aprobó la información mandando entregar un traslado de la misma al cabildo para acudir a Roma con él.

En 22 de Junio de 1670 expidió un breve Clemente X, autorizando al cabildo catedral de Coria para rezar del Santísimo Sacramento todos los jueves del año no impedidos, exceptuando el tiempo de Adviento y Cuaresma, cuya gracia se extendió más adelante a todo el obispado.

Debió de influir poderosamente, aunque no se dice en el Rescripto, para la concesión de tan singular privilegio, la circunstancia de existir en esta catedral la reliquia de que estamos tratando, pues si hubiera sido solo por fomentar la devoción, no había necesidad de instruir un expediente tan amplio como el que acabamos de extractar.

Nos dice la tradición que el Sagrado Mantel de Coria desapareció en algunas ocasiones, a lo largo de su larga historia, posiblemente ocultado en períodos de guerra, sustraído y luego devuelto o, simplemente, olvidado.

La Iglesia asume la veneración de esta reliquia, como la de tantas otras, por tradición y porque no hay evidencia alguna de que sea falsa, aunque tampoco existen pruebas científicas de que sea verdadera. El mantel fue examinado en 1960 en el museo de Ciencias Naturales de Madrid por cualificados especialistas, como los profesores Hernández Pacheco y Carrato Ibáñez, y fue sometido a la prueba del polen acumulado, determinándose que era de fabricación arábiga. También se utilizó más tarde el método del carbono-14 y el examen certificó que el tejido era del siglo I de nuestra era.

Sea como fuere, tras el análisis, se intentó resucitar su legendario culto, pero no hubo éxito. Y resulta cuanto menos extraño, a la vista de todo esto, que el Sagrado Mantel no haya convertido Coria en una etapa del turismo sacro, semejante a otras ciudades que llaman a miles de peregrinos a sus centros religiosos famosos por sus relicarios, como Asís, Santiago, Padua, Lourdes, Fátima, Guadalupe, Casia, Loreto, Lisieux o Czestokowa.

San Francisco de Asís peregrinó a Santiago de Compostela en 1214

Fray Natalio Saludes Martínez, en un reciente e interesantísimo artículo publicado en la revista *Peregrino* (La Coruña, septiembre-octubre 2006), despeja muchas dudas con respecto a la antiquísima tradición que habla de la presencia de San Francisco de Asís en Compostela como peregrino en 1214.

La peregrinación de Francisco de Asís a Santiago debe situarse en el marco medieval de la reconquista cristiana de la península Ibérica. Los reyes de España habían pedido al papa Inocencio III la bula de cruzada contra el miramamolín, emir de los almohades. Y En 1212 el arzobispo de Toledo Ximénez de Rada viajó a Roma para insistirle al papa sobre este perentorio asunto, que él mismo predicó en toda Europa como gran amenaza para la cristiandad. En Pentecostés de 1212 Inocencio III impuso en Roma un ayuno de tres días por la victoria de los cristianos en España.

Pocos meses antes Francisco de Asís vio frustrado su intento de embarcar hacia Siria; y enseguida le surge otra oportunidad de «luchar» contra los musulmanes. Aunque no será hasta su tercer intento, en 1219, cuando por fin consiguió anunciar su paz al sultán de Egipto Melek el Kamel, nieto de Saladino, durante la quinta cruzada, en su afán por anunciar el evangelio a los musulmanes, con la palabra y sin la violencia de los cruzados.

En cambio, la tradición llegada a nosotros, y la escrita a partir del siglo xiv, dice que Francisco de Asís, en su intención de llegar a tierra de musulmanes, emprendió el Camino de Santiago en 1214, por ser la vía que todos los europeos tomaban. Entonces es cuando nos dice la tradición que este singular peregrino caminó hacia Compostela.

Los lugares que guardan la memoria de su presencia en España marcan un itinerario que bien podría dirigirse hacia Sevilla hasta que en algún lugar Francisco comprendió la imposibilidad de su proyecto y desde Ciudad Rodrigo se encaminaría hacia Compostela bien por devoción a Santiago, —como afirman los documentos del siglo xiv—, bien por tomar el camino de regreso más conocido de la cristiandad.

Dos hechos que sitúan a Francisco de Asís en Italia enmarcan el plazo de tiempo en el que pudo realizar su peregrinación: la Pascua de 1213 cuando recibe la donación del Monte Alvernia, y noviembre de 1215 cuando asiste al IV Concilio de Letrán. Aun con esta amplitud de tiempo sería muy difícil aceptar todo el recorrido fundacional o misionero que marcaría el conjunto de todas las tradiciones locales existentes.

Lo que no admite duda es que la peregrinación jacobea fue un proyecto de la primera generación franciscana en su programa de expansión y en la necesidad que la Iglesia tenía de hombres fieles y santos para combatir las herejías.

Los datos sobre la presencia de san Francisco en Santiago darían para muchas páginas. El monasterio benedictino entregó a Francisco un solar, en el lugar de Valdedeus, para el asentamiento de su convento. A cambio Francisco se compromete a que sus hermanos paguen una cesta de peces cada año en concepto de renta, tradición que se mantuvo hasta el siglo XIX.

Y la tradición más fuerte es la del carbonero Cotolay, que vivía en el monte Pedroso, junto a la ermita de San Paio. Cotolay habría acogido a Francisco y ayudado a construir el convento.

Está muy documentada la presencia en Compostela de la familia de D. Pedro Cotolay, cuya estirpe no sería de humildes carboneros sino de hombres acaudalados, y ennoblecidos. Cotolay, por tanto, pudo haber sido un burgués compostelano que ofreció ayuda a los primeros frailes menores y al mismo Francisco.

En la ermita de San Paio se conservó hasta hace un siglo una imagen de san Francisco, datada en el siglo XIII, que habría sido una imagen del hombre que conocieron en este lugar.

Y entre todas las tradiciones que sitúan a Francisco de Asís por debajo del Camino de Santiago destacó la de esta villa por el testimonio de una iconografía sorprendente en la catedral de Ciudad Rodrigo. Además de varias escenas franciscanas hay una imagen en piedra del siglo XIII en el arranque de un nervio de la tercera bóveda, que caracteriza a Francisco de Asís con báculo de caminante en forma de Tau, descalzo, semblante joven, sin barba y con las orejas salientes —tal como le define su biógrafo Celano—, y se cuenta que se labró en memoria de su paso por la ciudad. La talla de esta imagen coincide con una segunda fase de las obras de la catedral, reanudadas a partir de 1212.

Es en esta última tradición y en esta escultura en lo que nos hemos basado para traer a este relato la presencia de san Francisco.

NOTA DEL AUTOR

Al concluir esta novela, me apetece escribir una última reflexión, a modo de justificación, o de pretexto, o simplemente porque quiero experimentar esa libertad que expresaba Tácito diciendo: «Felices los tiempos en los que cada uno puede sentir lo que quiera y decir lo que sienta».

En primer lugar, debo traer a la consideración del lector algo que he sentido durante todo el trabajo, intenso, que ha supuesto para mí pensar, estructurar y escribir este relato: que quien se acerque a él para leerlo como si se tratara de un libro de historia se equivocará. Porque yo no lo he concebido así en ningún momento. *El alma de la ciudad* es una novela, solo eso.

El hecho de incluir una amplia nota histórica para justificar la densa investigación que hay de fondo es un mero capricho, y una delicadeza del autor para quienes quieran profundizar más en el contexto de la época en que se desenvuelve la novela.

Pero, como se habrá apreciado, a lo largo del relato no se incluyen fechas. Sobre todo porque quien habla en primera persona (Blasco Jiménez) pertenece a un tiempo que se computaba con un calendario diferente al actual. Es decir, los años de aquella era no son coincidentes con los de la nuestra, pues no se había operado aún la última reforma del calendario, que tuvo lugar durante el pontificado del papa Gregorio XIII (1502-1585). El calendario gregoriano cuenta los años desde el nacimiento de Cristo: la era cristiana. Esta costumbre ya venía practicándose con el calendario Juliano desde el siglo VI en Italia y desde el siglo VIII de manera generalizada. Fue Dionisio el Exiguo quien, en el año 527, realizó los cálculos, determinando que el nacimiento de Cristo había tenido lugar el 25 de diciembre del 753 desde la fundación de Roma (*ab urbe condita*), pero se equivocó en cuatro años. Este cómputo se aceptó a pesar de haber sido reconocido como erróneo, en al menos cuatro años y en la fecha concreta. La era cristiana fue defendida, para las dataciones, por el papa Bonifacio IV en el año 607, y se fue adoptando lentamente en todo el mundo cristiano. El impulso definitivo lo recibió de Carlomagno, que lo empleó para sus dataciones oficiales. En España comenzó a usarse en el siglo VII, aunque para documentos oficiales no se utilizó hasta el siglo XIV. Por eso, los documentos que se han empleado como inspiración de algunas partes de este relato están fechados con años que no son coincidentes con los de nuestro cómputo. Sería por tanto absurdo que el protagonista dijese, por ejemplo, «en el año 1227...»; porque, realmente, en nuestro cómputo ese año es el 1189 y el lector se volvería loco tratando de comprender algo que es un mero cálculo matemático. Además, es preferible que los personajes hablen tal y como lo hacen las personas que desgranan sus recuerdos en la sucesión de los hechos de toda una vida: «Por aquellos años...», «durante el reinado de tal o cual rey...», «en aquel tiempo...», «por entonces...». Otra cosa sería una pedantería que restaría frescura y veracidad al conjunto.

Después de estas consideraciones, surgirá una pregunta inevitable: ¿es *El alma de la ciudad* una novela histórica? Si se determina que por desenvolverse en un período histórico concreto se le ha de conferir tal calificación, he de decir que esta será otra de sus lecturas posibles. El trabajo documental previo ha sido intenso, pero no porque se buscara contar la historia que transcurre entre los siglos XII y XIII, ni por mero afán de erudición. El armazón histórico es aquí un elemento que da seriedad al conjunto; es decir, hay un respeto profundo por la historia como disciplina. Y también hay una coherencia con lo que se ha investigado, porque lo han investigado quienes deben hacerlo, los historiadores. Aquí el período histórico elegido no es caprichoso y es solo el medio, el pretexto, para contar una historia humana, el relato de las vidas de hombres y mujeres que el lector debe sentir existentes. Es fundamental que se perciba a estos personajes, a don Bricio, Blasco Jiménez, Eudoxia, Leonila, Hermesindo, Abasud al Waquil, etc., como seres reales a los que se ha de recordar como si de auténticos conocidos se tratase, a pesar de haber vivido en una época lejana.

Para lograr este propósito, resulta muy útil lo que yo llamo «el tratado de vida cotidiana»; es decir, la investigación de las formas de vida, las relaciones, el pensamiento, el vestido, los transportes, los viajes, las costumbres, la comida, la bebida…, todo lo que conforma el vivir diario de hombres y mujeres pertenecientes a una realidad concreta. He querido contar cómo se vivía en aquellas ciudades; cómo era la guerra y qué sucedía durante la paz; los movimientos de los ejércitos y los desplazamientos de las personas, mercaderes, aventureros, peregrinos…; las grandes y solemnes celebraciones litúrgicas, las creencias, los conocimientos, la sabiduría; y también los temores, las supercherías, las dudas y los misterios.

Asimismo, me pareció que era indispensable un buen tratamiento del tiempo: una lógica en los saltos temporales y el respeto a la cronología en que se desarrollan los momentos históricos contemporáneos a los protagonistas. Y no solo eso, sino también la consideración del tiempo como elemento de fondo, dándole un alcance simbólico y haciéndolo inteligible en la esfera de lo espiritual y lo ideal. En otras palabras, en *El alma de la ciudad* vuelvo sobre algo ya conocido, a saber, sobre el misterio del tiempo, que la novela trata de diversos modos. Es una novela temporal en un doble sentido: primero en el histórico, ya que se trata de trazar un cuadro de los aspectos internos de una época, de España en plena Reconquista; pero también porque se ocupa del propio tiempo, en cuanto experiencia de sus personajes principales, como novela, y a través de sí.

El mismo libro es aquello que cuenta; porque, al describir el hermético encantamiento que hace a Blasco Jiménez sucumbir a la temporalidad, aspira a anular el tiempo gracias a sus medios artísticos, mediante el intento de conferir una presencia total en todo momento al lector.

La peregrinación que se narra en tiempo real por un narrador omnisciente, como perspectiva para el *flashback* que supone el relato de las vidas de don Bricio y de Blasco Jiménez, hecho por este último, no es más que la fachada, una de las fachadas, del libro, cuya esencia es más bien lo oculto. El aviso sobre los peligros morales y físicos de su vida, la reflexión de los peregrinos, sus apreciaciones y comentarios, sacan al lector de la profundidad esencial de la obra y le ayudan a reencontrarse consigo mismo y a mirar desde arriba a los protagonistas principales. Esto es así incluso en el tratamiento de las personalidades de los cuatro peregrinos, que para el lector son más de lo que parecen: ellos son exponentes, representantes y enviados de ámbitos, principios y mundos espirituales. He procurado que no sean meras sombras o alegorías en peregrinación.

Lo que aprende Blasco del fraile anónimo es que la sabiduría más perfecta se adquiere mediante las profundas experiencias del fracaso, el dolor y la muerte, del mismo modo como el conocimiento del pecado constituye una condición previa para la redención.

El joven miembro de una orden de caballería sería el héroe buscador, un alma un tanto ingenua, limpia, preocupada solo por los grandes ideales.

El mercader representa lo puramente inmanente, lo práctico y cotidiano, la simple preocupación por «salir adelante» sin problemas.

El adolescente Ludwin Marcial es la «sencillez», simplicidad y ausencia de artificios. Es un testigo que, asombrado, descubre el mundo interno de Blasco como un ejemplo de lo difícil que es vivir.

Como trasfondo, está el *actus mortis*, la falsa muerte de Blasco, que le introduce definitivamente en la dimensión purificadora del tiempo. Hay una intuición en el sueño provocado por la cercanía de la muerte, antes de que se vea arrastrado, desde sus alturas, hasta la catástrofe de perderlo todo. Es la idea del hombre, la concepción de una humanidad futura que haya atravesado el conocimiento más profundo, la soledad y la muerte.

Pero el hombre mismo es un secreto, y toda humanidad descansa en el respeto al secreto del hombre. Ello se muestra en la «recapitulación» final, la *anakephalaiosis* al quedar completada la peregrinación, desvelándose el misterio de la gran misericordia del Padre en su más profundo significado, a la vez que el sentido de la vida de Blasco: el *homo viator*, el hombre como caminante, la ruta existencial, que no culmina en un mero juicio sobre buenos y malos, sino en una luminosa revelación, y una aceptación agradecida del hecho de vivir, como un regalo, como una oportunidad entregada.

Al finalizarse la lectura, debe experimentarse esa sensación impagable, esa conclusión feliz que yo he sentido en todo este camino, en todo este esfuerzo: ha merecido la pena.

AGRADECIMIENTOS

Para escribir esta novela conté con un material previo de inestimable valor que, generosísimamente, puso en mis manos don Francisco González Cuesta, canónigo director del Archivo de la Catedral de Plasencia, historiador, infatigable investigador del pasado placentino. Era su trabajo de muchos años de investigación; una obra imprescindible que recopila muchos otros trabajos anteriores y que incorpora una bibliografía exhaustiva. Sin esta aportación, gratuita, desprendida, me habría resultado mucho más difícil llegar al fondo de los hechos históricos que conforman el armazón de la novela. Por eso, muestro aquí mi admiración y mi más sincero agradecimiento a don Francisco González Cuesta.

También agradezco la amabilidad, cordialidad y diligencia de doña María del Carmen Fuentes Nogales, encargada del Archivo Capitular de Coria y del Archivo Histórico Diocesano de Coria-Cáceres. Con gran interés, se prestó inmediatamente a rastrear en los fondos documentales todo lo que pudiera servir para mi trabajo previo de investigación. A ella le debo lo referente al Sagrado Mantel de Coria y al obispo don Arnaldo. No sería justo omitir aquí tan útil ayuda.

Por último, agradezco a la ciudad de Plasencia las facilidades que me ha mostrado en todo momento. Y especialmente quiero mencionar al Ateneo Ciudad de Plasencia por el cariñoso interés que siempre prodiga en la difusión de mi obra.

www.ingramcontent.com/pod-product-compliance
Lightning Source LLC
Chambersburg PA
CBHW030905300726

48970CB00001B/10